王安忆自选集

王安忆 ◎ 著

天 地 出 版 社 | TIANDI PRESS

图书在版编目（CIP）数据

王安忆自选集 / 王安忆著. —成都：天地出版社，2017.6（2021.9重印）
（路标石丛书）
ISBN 978-7-5455-2676-9

Ⅰ. ①王… Ⅱ. ①王… Ⅲ. ①中国文学—当代文学—
作品综合集 Ⅳ . ①I217.2

中国版本图书馆 CIP 数据核字（2017）第 065142 号

王安忆自选集

出 品 人	杨 政
著 者	王安忆
责任编辑	陈文龙 欧阳秀娟
封面设计	今亮后声
电脑制作	九章文化
责任印制	葛红梅

出版发行　天地出版社
　　　　　（成都市槐树街 2 号　邮政编码：610014）

网 址	http://www.tiandiph.com
	http://www. 天地出版社 .com
电子邮箱	tiandicbs@vip.163.com
经 销	新华文轩出版传媒股份有限公司

印 刷	廊坊市印艺阁数字科技有限公司
版 次	2017 年 6 月第 1 版
印 次	2021 年 9 月第 2 次印刷
成品尺寸	160mm×238mm　1/16
印 张	33
字 数	506千
定 价	98.00 元
书 号	ISBN 978-7-5455-2676-9

序言

王蒙

新华文轩集团在做一套当代作家的自选集，第一批将出版陈忠实、史铁生、张炜、韩少功、王蒙的自选作品，目前签约的则还有熊召政、王安忆、赵玫、方方、池莉、苏童等同行文友，今后还将考虑出版港澳台及海外华语作家的自选作品。好事，盛事！

现在的文学创作并没有太大的声势，人们的注意力正在被更实惠、更便捷、更快餐、更市场、更消费也更不需要智商的东西所吸引。老龄化也不利于文学作品的阅读与推广，因为老人们坚信他们二十岁前读过的作品才是最好的，坚信他们在无书可读的时期碰到的书才是最好的，就与相信他们第一次委身的情人才是最美丽的一样。新媒体则常常以趣味与海量抹平受众大脑的皱折，培养人云亦云的自以为聪明的白痴，他们的特点是对一切文学经典吐槽，他们喜欢接受的是低俗擦边段子。

孟子早就指出来了，"耳目之官不思，而蔽于物。物交物，则引之而已矣。心之官则思，思则得之，不思则不得也。"他强调的是心（现在说应该是"脑"）的思维与辨析能力，而认为仅仅靠视听感官，会丧失人的主体性，丧失精神的获得。因为一切的精神辨析与收获，离不开人的思考。

当然，耳目也会激发驱动思维，但是思维离不开语言的符号，而文学是语言的艺术，是思维的艺术，是头脑与心灵而不仅仅是感觉的艺术。文艺文艺，不论视听艺术能赢得多多少百倍更多的受众，文学仍然是地基又是高峰，是根本又是渊薮。文学的重要性是永远不会过时与淡化的。

当代文学云云，还有一个问题，"时文"难获定论，时文受"时"的影响太大。学问家做学问的时候也是希罕古、外、远、历史文物加绝门暗器，不喜欢顺手可触、汗牛充栋的时文。

但读者毕竟读得最多最动心动情最受影响的是时文。时文而晒一晒，静一静，冷一冷，筛一筛，莫佳于出版自选集。此次编选，除王蒙一人而外都是文革后"新时期"涌现的作家，基本上是知青作家。知青作家也都有了三十年上下的创作历程与近千万字的创作成果。几十年后反观，上千万字中挑选，已经甩掉了不少暂时的泡沫，已经经受了飞速变化与不无纷纭的潮汐的考验，能选出未被淘汰的东西来，是对出版更是对读者的一个贡献。以第一批作者为例，陈忠实的作品扎根家乡土地，直面历史现实，古朴淳厚，力透纸背。史铁生身体的不幸造就了他的悲天悯人，深邃追问，碧落黄泉，振撼通透，沉潜静谧。张炜对于长篇小说的投入与追求，难与伦比，乡土风俗，哲思掂量，人性解剖，一以贯之，未曾稍懈。韩少功更是富有思辨能力的好手，亦叙亦思，有描绘有分解，他的精神空间与文学空间纵横古今天地，耐得咀嚼，值得回味。我的自选也忝列各位老弟之间，偷闲学学少年，云淡风清，傍花随柳，作犹未衰老状，其乐何如？

我从六十余年前提笔开写时就陶醉于普希金的诗：

> 我为自己建立了一座非人工的纪念碑，
> ……所以永远能和人民亲近，
> 我曾用诗歌，唤起人们善良的感情，
> 在残酷的时代歌颂过自由，
> 为倒下去的人们，祈求宽恕同情。
> ……不畏惧侮辱，也不希求桂冠，
> 赞美和诽谤，都心平静气地容忍。

看到文友们的自选集的时候，我想起了普希金的诗篇《纪念碑》。每一个虔诚的写者，都是怀着神圣的庄严，拿起自己的笔的。都是寄希望于为时代为人民修建一尊尊值得回望的纪念碑来的。当然，还不敢妄称这批自选集就已经是普希金式的纪念碑，那么，叫路标石就好。几十年光阴荏苒，总算有那么几块石头戳在那里，记录着时光和里程，记忆着希冀和奋斗，还有无限的对于生活、对于文学的爱惜与珍重。它们延长了记忆，扩展了心胸，深沉了关切与祝福，也提供给所有的朋友与非朋友，唤起各自的人生百味。

目　录

中篇小说

小鲍庄

引子

七天七夜的雨，天都下黑了。洪水从鲍山顶上轰轰然地直泻下来，一时间，天地又白了。

鲍山底的小鲍庄的人，眼见得山那边，白茫茫地来了一排雾气，拔腿便跑。七天的雨早把地下暄了，一脚下去，直陷到腿肚子，跑不赢了。那白茫茫排山倒海般地过来了，一堵墙似的，墙头溅着水花。

茅顶泥底的房子趴了，根深叶茂的大树倒了，玩意儿似的。

孩子不哭了，娘儿们不叫了，鸡不飞，狗不跳，天不黑，地不白，全没声了。

天没了，地没了。鸦雀无声。

不晓得过了多久，像是一眨眼那么短，又像是一世纪那么长，一根树浮出来，划开了天和地。树横漂在水面上，盘着一条长虫。

还是引子

小鲍庄人的祖上是做官的，龙廷派他治水。用了九百九十九天时间，九千九百九十九个人工，筑起了一道鲍家坝，围住九万九千九百九十九亩好地，倒是安乐了一阵。不料，有一年，一连下了七七四十九天的雨，大水淹过坝顶，直泻下来，浇了满满一洼水。那坝子修得太坚牢，水连个去处也没有，成了个大湖。

直过了三年，湖底才干。小鲍庄的这位先人被黜了官。念他往日的辛勤，龙廷开恩免了死罪。他自觉对不住百姓，痛悔不已，扪心自问又实在不知除了筑坝以外还有什么别的做法，一无奈何。他便带了妻子儿女，到了鲍家坝下最洼的地点安家落户，以此赎罪。从此便在这里繁衍开了，成了一个几百口子的庄子。

这里地洼，苇子倒长得旺。这儿一片，那儿一片，弄不好，就飞出蝗虫，飞得天黑日暗。最惧怕的还是水，唯一可做的抵挡便是修坝。一铲一铲的泥垒上去，眼见那坝高而且稳当，心理上也有依傍。天长日久，那坝宽大了许多，后人便叫作鲍山，而被鲍山环围的那一大片地，人们则叫作湖。因此别处都说"下地做活"，此地却说"下湖做活"。山不高，可是地洼，山把地围得紧。那鲍山把山里边和山外边的地方隔远了。

这已是传说了，后人当作古来听，再当作古讲与后后人，倒也一代传一代地传了下来，并且生出好些枝节。比如：这位祖先是大禹的后代，于是，一整个鲍家都成了大禹的后人。又比如：这位祖先虽是大禹的后代，却不得大禹之精神——娶妻三天便出门治水，后来三次经过家门却不进家；妻生子，禹在门外听见儿子哭声都不进门。而这位祖先则在筑坝的同时，生了三子一女。由于心不虔诚，过后便让他见了颜色。自然，这就是野史了，不足为信，听听而已。

一

鲍彦山家里的，在床上哼唧，要生了。队长家的大狗子跑到湖里把鲍彦山喊回来。鲍彦山两只胳膊背在身后，夹了一杆锄子，不慌不忙地朝家走。不碍事，这是第七胎了，好比老母鸡下个蛋，不碍事，他心想。早生三个月便好了，这一季口粮全有了，他又想。不过这是做不得主的事，再说是差三个月，又不是三天，三个钟点，没处懊恼的。他想开了。

他家门口已经蹲了几个老头。还没落地，哼得也不紧。他把锄子往墙上一靠，也蹲下了。

"小麦出得还好？"鲍二爷问。

"就那样。"鲍彦山回答。

屋里传来呱呱的哭声，他老三家里的推门出来，嚷了一声："是个小子！"

"小子好。"鲍二爷说。

"就那样。"鲍彦山回答。

"你不进来瞅瞅？"他老三家里的叫她大伯子。

鲍彦山耸了耸肩上的袄，站起身进屋了。一会儿，又出来了。

"咋样？"鲍二爷问。

"就那样。"鲍彦山回答。

"起个啥名？"

鲍彦山略微思索了一下："大号叫个鲍仁平，小名就叫个捞渣。"

"捞渣？！"

"捞渣。这是最末了的了，本来没提防有他哩。"鲍彦山惭愧似的笑了一声。

"叫是叫得响，捞渣！"鲍二爷点头道。

他老三家里的又出来了，冲着鲍彦山说："我大哥，你不能叫我大嫂吃芋干面坐月子。"说完不等回答，风风火火地走了，又风风火火地来了，手里端着一臽小麦面，进了屋。

"家里没小麦面了？"鲍二爷问。

鲍彦山嘿嘿一笑："没事，这娘儿们吃草都能变妈妈。"此地，把奶叫作了妈妈。

大狗子背了一箕草从东头跑来："社会子死了！"

东头一座小草屋里，传出鲍五爷哼哼唧唧的哭声，挤了一屋老娘儿们，吸吸溜溜地抹眼泪甩鼻子。

"你这个老不死的，你咋老不死啊！你咋老活着，活个没完，活个没头。你个老绝户活着有个啥趣儿啊！"鲍五爷咒着自个儿。

他唯一的孙子直挺挺地躺着，一张脸蜡黄。上年就得了干痨，一个劲儿地吐血，硬是把血呕干死的。

"早起喝了一碗稀饭，还叫我：'爷爷，扶我起来坐坐。'没提防，就死了哩！"鲍五爷跺着脚。

老娘儿们抽嗒着。

队长挤了进来，蹲在鲍五爷身边开口了：

"你老别忒难受了，你老成不了绝户，这庄上，和社会子一辈的，'仁'字辈的，都是你的孙儿。"

"就是。"

"就是啊！"周围的人无不点头。

"小鲍庄谁家锅里有，就少不了你老碗里的。"

"我这不成吃百家饭的了吗！"鲍五爷又伤心。

"你老咋尽往低处想哇，敬重老人，这可不是天理常伦嘛！"

鲍五爷的哭声低了。

"现在是社会主义，新社会了。就算倒退一百年来说，咱庄上，你老见过哪个老的，没人养饿死冻死的！"

"就是。"

"就是啊！"

鲍五爷抑住啼哭："我是说，我的命咋这么狠，老娘儿们、儿子、孙子，全叫我撵走了……"

"你老别这么说，生死不由人。"队长规劝道。鲍五爷这才渐渐地缓和了下来。

二

鲍山那边，有个小冯庄。庄上有个大闺女，叫小慧子。一九六〇年，跟着她大往北边要饭，一去去了二三年。回来时，她大没了，却多了个两岁的小小子，说是路边上拾来的。她就叫他拾来，他就叫她大姑。于是，渐渐的，一庄子人都改口叫大姑了。大姑一辈子没嫁人，守着拾来过。大姑疼拾来，疼亲儿似的。拾来吃稠的，大姑喝稀的；拾来穿新的，大姑穿补的。只见大姑对拾来翻过一次脸，倒也不是为什么大事。拾来不知从哪翻出个货郎鼓，坐在门口摇着耍，大姑劈手夺过去，给了他一耳巴子。多少好东西叫拾来糟踢了，大姑也不心疼，也不知这货郎鼓是金打的，还是银打的。倒是有些蹊跷。还有一桩蹊跷事。有一天，几个媳妇姊妹坐在一堆晒太阳纳鞋底，拾来走过来，一头钻进大姑怀里，伸手就掀她褂子前襟。大姑脸变了，推开拾来，站起身拾了板凳就朝家走，留下拾来呆站着。媳妇们逗拾来：

"想吃妈妈？找你娘去，这是你姑啊！"

拾来扁扁嘴，要哭又没哭。

渐渐的，庄上传出一个怪话，说的什么怪话，从不叫大姑听见，倒是常常有人去问拾来：

"拾来，你大姑那货郎鼓找来让我耍耍可管？"

"拾来，你大姑的妈妈你吃过吗？"

"拾来，你大姑……"

拾来虽小，却晓得问的不是好话，倒不回去向大姑学嘴，只是一味地沉默。问的人便越发觉着蹊跷，越发地要问。

拾来阴沉沉地看着他，然后一声不响地走了。于是，人们更加觉着这一大一小共同保守着一个什么秘密。而拾来则变得孤寂起来，尽力躲着人，和一切人疏远着，只与他大姑接近。

就这样，大姑带着拾来过。到如今，大姑老了，没人上门提亲了；拾来大了，长得又高又大，堂堂一条汉子，干活拿九分五的工了。住的还是大姑她大盖的那间小屋，快趴到地底下去了，拾来要弯下腰才能进门。屋里黑洞洞的，一眼两块砖大的窗，冬天塞团草，夏天把草投了。灶底下是张案板，案板边上是一张床，床板上一领凉席，凉席上一个枕头一条被。拾来大了，一头睡不下了，大姑缝了个布口袋，塞进麦穰，又做了个枕头。一人一头睡。大姑抱着拾来的脚丫子睡，拾来的脚丫子一直伸到大姑暖暖的怀里，心里才觉着踏实，不一会儿就睡过去了。

初春的夜里，拾来觉着有点燥热，忽然睡不着了。一双脚搁在大姑的怀里，暖暖的，软软的。他轻轻地动了一下脚指头，脚指头触到了一个更加柔软的地方，他头皮麻了一下，不敢再动了。他听见了自己的心跳。风吹进窗洞，窗洞里的草"嗞啦啦"轻响了一下。他试探着又动了一下脚，想离那柔软远一些，不料他的脚在那柔软暖和中陷得更深了。拾来这才发现，他的脚是在一个温暖的峡谷里。这双脚已经在这峡谷里沉睡了十五年了。他感觉到那峡谷最底层，最深处，有一颗心在跳动。风吹进窗洞，轻轻地响了一声。

第二天早起，拾来眼皮子耷拉着喝稀饭，不吭一声。大姑问他：

"怎么啦？哪儿不好过？"

他不说话。

大姑去摸他的脑门。

他一扭头，让开了。

中午，大姑烧开了锅，才见他扛了个凉床架子回来了。问他从哪扛来的，他不吱声，闷着头，扯绳子网床。

夜里，他自个儿睡在凉床上，枕着枕头，裹着一床破棉絮，缩成了一团，直到下半夜才慢慢伸展开来。他梦见自己的一双脚又搁进了温和的峡谷里，岂不知大姑把棉被给他盖上，自己和衣蜷了一宿。

三

鲍仁文缠定了老革命鲍彦荣，要了解他的生平，以著成一部长篇小说。题目已经起定，就叫作《鲍山儿女英雄传》。老革命这一生尽管有过几日峥嵘岁月，跟着陈毅的队伍打了好几个战役，可谓是九死一生，眼下每月还从民政局领取几元津贴，可他极不善于总结自己，也一无自我荣耀的欲望。他最关心的是一家六七张口，如何填得满。见了鲍仁文成天拿了个本本问那早已作了古的事，而且问了一遍又一遍，心下早已烦了，想起身而去，又经不住鲍仁文烟卷的笼络。十分的折磨。

"我大爷，打孟良崮时，你们班长牺牲了，你老自觉代替班长，领着战士冲锋。当时你老心里怎么想的？"鲍仁文问道。

"屁也没想。"鲍彦荣回答道。

"你老再回忆回忆，当时究竟怎么想的？"鲍仁文掩饰住失望的表情，问道。

鲍彦荣深深地吸着烟卷："没得工夫想。脑袋都叫打昏了，没什么想头。"

"那主动担起班长的职责，英勇杀敌的动机是什么？"鲍仁文换了一种方式问。

"动机？"鲍彦荣听不明白了。

"就是你老当时究竟是为什么，才这样勇敢！是因为对反动派的仇恨，还是为了家乡人民的解放……"鲍仁文启发着。

"哦，动机。"他好像懂了，"没什么动机，杀红了眼。打完仗下来，看到狗，我都要踢一脚，踢得它汪汪的。我平日里杀只鸡都下不了手，你大知道我。"

"这是一个细节。"鲍仁文往本子上写了几个字。

"大文子，你赔了这么多工夫，还搭上烟卷，是要干啥哩？"他动了恻隐之心，关切地问道。

"我要写小说。"鲍仁文回答他。

"小说？"

"就是写书。"

"是民政局让你写的？"

"不是。"

"是公社要你写的？"

"不是。"

"那是给谁写的呢？"

问到了文学的目的，鲍仁文作难了。这是历代多少大文豪争辩不清的问题，他小小的鲍仁文作何回答。他只草草地说了一句："我自己想写呢！"

"写成书能得钱吗？"老革命锲而不舍地问道。

"没得钱。'文化大革命'了，稿费取消了。"鲍仁文耐着性子解释道。

"那你图啥？"又回到了"文学的目的"的问题上。

鲍仁文不再回答，只是微笑了一下，笑得有点忧郁。停了一会儿，他又问：

"我大爷，你老再说说涟水战役可管？"

鲍彦荣沉默了一会儿，从兜里摸出烟袋。

"你老吸这个。"鲍仁文递上烟卷。

"我还是吸这个过瘾。"鲍彦荣执意不接受烟卷，他忽然觉着自己在小辈面前做得有点不体面。

鲍仁文只得自己点了一支吸起来。

烟雾缭绕着一盏油灯，一点火光跳跃着，把人的影子投在墙上，鬼似的乱扭着。

影子在霉湿的墙上扭着，忽而缩小，忽而扩张起来，包围住整间屋子。人坐在影子底下，渺小得很。

"我要写一本书。"他心想。他在县中念了二年，晓得苏联有个高尔基，没上过一天学堂，结果成了大作家；他有一本《创业史》，听说那作家是在乡里的；他有一本《林海雪原》，听说那作家是个行伍出身，不识几个字的……古今中外，无穷的事实证明，作家是任何人都能做得的，只要勤奋。"勤奋出天才"，他写在自家床头。

他没日没夜地写着，写在中学里没用完的练习本上，写了有几厚本了。他大他娘要给他说媳妇，他也拒绝了。先著书，后成家，这也是他的座右铭，记在了心里。

人家叫他"文疯子"，这里有着几重的意思。一是他的名字叫仁文；二是他这个疯子是文的，而不像鲍秉德家里的，是武的，耍起疯来几个男人也弄不了她；三是这"文疯子"的"文"里还有着一层"文章"的意思。

面对大家善意的讥讽，他不动声色，心里想着他记在本子上的又一句话："鹰有时飞得比鸡低，而鸡永远也飞不到鹰那么高。"

四

牛棚里，孤老头子鲍秉义坐在凉床上，唱花鼓戏：

关老爷门口字两行，
古人又留下劝人方。
这一字出马一杆枪，
二字上横短来下横长。
三字立起来像川字，

四字好比四堵墙

　　……

　　老革命鲍彦荣目不转睛地看着他，听得出神。

　　鲍彦山家老大建设子替他喂牛，铡齐的麦穰子填进槽，刷啦啦地响。

　　鲍秉义打小跟一个戏班子唱戏，卖过嘴，叫族里人瞧不起。老了，回来了。孤身一人去，孤身一人回。问他在外成过家吗？他微微一摇头。有多事的人，给他说过几回寡妇，他还是微微一摇头。

　　后来，传出一个怪话，说他在戏班子里，和那挂头牌的女角儿相好了，那女戏子又把他甩了。还有个怪话，说他对东头鲍彦川家里的有点意思。鲍彦川死了有四年了，他家里的拖了四个孩子，再嫁也是难。只不过，都是一族里的，论起辈分来，鲍彦川家里的该叫鲍秉义叔，是想也不敢想的。

　　如今，他单身一人，就让他喂牛，住在牛棚，他有落脚处了，牛也有照应了。

　　虽瞧不起他干的那行当，可大人小孩都爱听他唱，都叫他作唱古的。一段曲儿能唱遍上下五千年的英雄豪杰：

　　　　一字出马一杆枪，
　　　　韩信领兵去见霸王。
　　　　霸王逼在乌江死，
　　　　韩信死在厉未央。

　　　　写个二字两条龙，
　　　　王母娘娘显神通。
　　　　花果高山摆下阵，
　　　　水帘洞里捉妖精。
　　　　写一个三字三条街，
　　　　陈世美求官未回来。
　　　　家里撇下他的妻，

怀抱琵琶又上长街。

……

一把坠子吱吱嘎嘎地拉着过门。

五

捞渣满地乱爬了。小脸儿黄巴巴的，一根头毛也没有，小鬼似的。就是笑起来的模样好，眼睛弯弯的，小嘴弯弯的，亲热人，恬静人。大人们说他看上去"仁义"。

他没得什么吃，只有他娘的奶。他娘像头老牛——他大说的，吃什么都能变成妈妈。开始是吃红芋，后来红芋也不能吃净的了，要掺红芋秧子。

他大哥建设子过年十九了，还没说上媳妇。媒人还没进门，就吓回去了。黑洞洞的三间屋，给水泡松了，眼看着就要瘫成一堆烂泥。屋里两块床板，两床棉花套子破成渔网了。

这天，门前来了个打莲花落子要饭的，一个十一二岁的小丫头，尖尖的下巴颏，圆圆的一对眼睛。他大姐抱着捞渣站在门前玩，那小妮子站定了，打响莲花落子，滴溜溜地打了一转，才开口唱道：

这大嫂，实在好，

抱小孩，也不闹，

……

他大姐还没过门呢，涨红了脸，唾了一声，进屋去了。他娘却乐了，觉着这妮子鬼得喜人，从大锅里舀了一瓢稀饭给她喝。她不喝，倒在一个大瓷碗里，说要端给她娘喝。

"你娘在哪里？"他娘问。

"在庄东头大柳树底下，有病了。"小丫头说着走了。

他娘一顿饭吃得不踏实，心里七上八下的，像是搁进了一桩事。吃罢饭，她把锅擩下，又盛了一满碗稀饭，抓了两张煎饼，往庄东头去了。

庄东头大柳树是小鲍庄最高的地方。那年夏天，下了九天九夜的雨，一整个庄子，全淹在水里，只露出大柳树的梢，一丛子草似的，停了几十只老鼠。

柳树下果然靠了个病病歪歪的女人，蜡黄的脸皮。小妮子偎在她身边自己给自己梳小辫。干巴巴猴儿似的人儿，倒有两条乌黑油亮的大辫子。鲍彦山家里的往这娘俩身边一蹲，摸摸丫头的辫子，说：

"早年，我也有这么一头好头毛。那时，只扎一根独辫子，这么长一段红头绳。"她将手指伸成一拃。

后半晌，有人看见鲍彦山家里的，带着外乡人模样的娘俩，往家去了。过了两日，那女人脸色滋润了一些，走了。小闺女留下了。每日里，跟着捞渣那十二岁的小哥文化子下湖割猪菜，回到家就抱着捞渣在门前玩，唱小调儿，嗓门又尖又脆，听着喜人，惹得那些二流子似的小伙站在门前不走了：

"小翠子，唱个'十二月'！"

鲍彦山家里的便从门里蹦出来，先把二流子们骂退了，再骂小翠子："甭唱了，没脸没皮的，唱什么！"说急了，还在她身上拍两下。渐渐的，小翠子便不唱了。嗓门也像暗了似的，哑哑的，连说话都懒得说了。她唱，她不唱，捞渣总和和气气地对着她笑，笑得她也只好笑了。

人人喜欢捞渣，独独鲍五爷见了他就来气。为的是捞渣落地的时候，正是他的社会子咽气。于是他便认定他的社会子是叫捞渣抓了替身。如今他被队里"五保"起来了，心中却是很不乐意听说这"五保"两个字。"五保户"在人们心目中，就算是"绝户"的代名词了。鲍五爷脾气倔，见不得自己成了大伙的累赘，总到队里争活儿干。队里便给了他些烂草烂绳头，让他搓绳。于是，他每日里就坐在磨房的墙根下，晒着太阳搓绳。

磨房里人不断。小驴蹄子嘚嘚打着地；石磨轳辘辘地轧着石盘；推磨的娘儿们尖起嗓子吆喝驴；面，沙沙地从筛子上洒下箩。他听着总觉得心窝里暖烘烘的，不那么寂寥了。

小翠子背着捞渣，一手挎着篮子，一手牵着小叫驴，来磨面了。

小叫驴套上了套，戴了眼罩，捞渣被放下了地，坐在太阳下抓石子玩，就在鲍五爷脚边上。鲍五爷斜起眼瞅他，轻轻骂了声："鬼！"

"鬼"听见了,伸出手拍了一下鲍五爷的大毛窝,笑了。

鲍五爷心里头咯噔一下子,觉得那笑模样实在像他的社会子,鼻子一酸,叫道:

"你这个鬼吧!"

小叫驴嘚嘚地围着磨盘转,小翠子轻轻吆喝着:"吁,吁。"

六

鲍秉德家里的又闹了,爬树上梁的,把锅都砸了。几个大男人拉住她,被她拖了几丈远。最后把她四脚朝天翻倒在地,才捆住了。她龇牙咧嘴地吼着,没人声了。

鲍秉德抱着脑袋蹲着。鲍彦山家里的端了一碗稠得能挑上筷子的芋干子稀饭,夹了两张煎饼,给他送去。他不吃,说心里堵得慌。众人们也没得法子,只能陪他叹气。

鲍秉德家里的疯了有八九年了。她娘家是鲍山那边十里铺的人家,做姑娘时如花似玉。都说鲍秉德交了桃花运,娶了十里铺的一枝花。不料这娘儿们中看却不中用。来的头年怀了一胎,生下是个死孩子,第二年又是一胎,还是个死孩子,怀了有三四胎,胎胎是死的。暗地里就有人说怪话:兴许是做姑娘时不规矩来着。生下第五个死孩子时,疯了。疯了以后,那怪话才没有了。说疯子的怪话就太不厚道了。

刚疯的那阵子,曾经有人劝过鲍秉德,把她离了,再娶一个。鲍秉德一口回绝:"我不能这么不仁不义。一日夫妻百日恩,到这份儿上了,我不能不仁不义。"他说不出过多的道理,只是口口声声的"不能不仁不义"。后来,"文疯子"写了一个广播稿,题名大约是"阶级感情深似海",还是"阶级情义比海深"之类的,投给了公社广播站,给广播了一下。后来,他又往县广播站投,就没投中。不过,鲍仁文的名声还是出去了,知道小鲍庄有了个舞文弄墨的。鲍秉德的名声也出去了。这下子,就是他想离也离不成了。就这么凑合过吧,只是鲍秉德一日比一日话少,成了个哑巴。他心底深处,很奇怪的,暗暗的,总有点恨着鲍仁文。好像,他给自己的事情做了包办,后来却又撒手不管,很不负责。而鲍仁文，隐隐的，也有些畏着鲍秉德，似乎觉着自己欠了他些什么。总之，有些尴尬起来。

鲍秉德家里的在地上乱挣着，一会儿，地上就被她歪了一个坑，浮土一蓬一蓬地扬起来。这疯子虽说是武的，却不伤别人，只打她男人，打孙子似的揍。鲍秉德是不怕她揍的，这么捆起来只是怕她伤了自己。有一年腊月里，她一股劲跑到湖里跳了大沟，鲍秉德忘了自己不会水，也跟着跳了下去，让人一起救了上来。

鲍秉德闷着头，不由滴下一滴泪来。他遮掩着大声咳了几声，吐出几口痰，把那滴泪盖住了。

"你也别太愁了。"鲍二爷劝他，"啥事都有个头，你又没做过缺德事，凭什么这样难为你。"

"我家里的她娘家，有个疯子，疯得蹊跷，好得也蹊跷。"鲍彦山说，"不知怎么就疯了，疯了有十几年，爬树上梁的。后来，他奶奶死了，棺材一落地，他这边立马就好了。醒过来了哩，就好比做了一场梦。问他是怎么啦！他什么也不知道，这十多年就像是睡过来似的。"

"真是的吗？"大家都问他，连鲍秉德也抬起眼睛，好像看到了一丝希望。

"现在都有两个儿子，好好的，清冷得很。"

"这是胡诌八扯的。"远远的，蹲着鲍仁文，"说正道，该送我七奶去城里疯人院。"

"那是不成的。"大家一齐反对。

"那么些疯子都关在一起，不打成一堆，撕碎了才怪。"

"听人说，那就像坐大狱似的。"

"大夫都拿着带钉的棍哩！"

"这不是病！"

鲍秉德自己是不用再说什么了，只是恨恨地盯着鲍仁文。

鲍仁文长叹一声，立起身，走了。傍晚的太阳，落在地沿上，把他的影子拉得细溜溜长，孤孤单单地斜过去了。

七

　　拾来和他大姑分床睡了，到了夏天，他便把凉床抬出去，在大槐树下睡。等到秋凉了，外面睡不住人了，把凉床扛进屋的时候，他大姑猛然发现拾来长成了一条汉子，屋子越发的小了。

　　拾来越发的孤独了，唯一可接近的大姑，这会儿他却疏远起来，比对平常人还要疏远得厉害。一天没有三句话，吃饭只听得喝稀饭响。吃罢饭，对坐着，连喝稀饭的响都没了，只觉得又腻味又不自在，只得早早上了床睡去。夜里听见大姑的磨牙声、打鼾声，睡也睡不踏实。到后来，他见了大姑就要躲，怕似的，又像是恨似的。自己也琢磨不透，只觉得心窝里烦躁得慌。

　　早起，他大姑和他商议，把猪卖了。

　　"卖就是了。"他没好气地说，像有一肚子火似的。

　　"卖了猪，扯几丈布，给你缝个新被窝。"大姑说。

　　"扯就是了。"

　　"买个凉床子。"

　　"买就是了。"

　　"那凉床，冯大家虽然没说要，可话里那音，总是急着要使的意思。"

　　"还就是了。"他就好像吃了枪子儿似的，绷着脸，埋着头。

　　"你向队长告个假，上街一趟。"

　　"不管。"他一口回绝。

　　"咋不管？"

　　"不管就是不管。"他硬邦邦地说。自己也不晓得为啥不管，故意要找别扭。

　　"你不去我去。"大姑也气了。她也弄不明白，这些日子咋侍弄不好这个侄儿了。

　　大姑换了一身衣裳，借了一挂平车，把猪捆了，推起就走。她迎着早晨的太阳走去了，蓝白花的褂子裹着她健壮的身子，肩膀头圆滚滚的，轻轻快快地上了路。

拾来眼睁睁看着他大姑上了路，心中又十分地后悔起来。一整天，他心里都不安生，不时抬头看看日头，再往大路上眺一眼。大路上走着一挂平车，却不是他大姑，是个大男人，推着一平车的红芋。

直到收工，他大姑还没回来。拾来烧开了锅，馏上馍，蹲在家门口等着。不晓得怎么回事，这会儿，他想起了他大姑的种种好处。他心里那一团无名火熔成了一片热腾腾的东西，像水似的荡漾开来，流遍了他的全身。他想着，该对他大姑好。

上弦月升起来了，碧空上细弯弯的一勾，却把个大地照得明晃晃，白花花。

他心里忽然不安起来，会不会出什么事了？都什么时候啦！

他浑身一激灵，站起身，来不及锁门，就往庄头走。迎面过来几个割猪菜的小孩，背上的草箕子比人高，小山似的。走到跟前，让开了道，看着拾来过去，看稀罕似的。拾来总叫人觉得稀罕。而面对这么些探究的眼光，拾来更与人接近不了啦。他成天价虎着个脸，叫人见了害怕，岂不知他心里是害怕人的。

白花花的一条大路，弯弯曲曲盘过一道坝子，没了。

坝子上翻过来一只黑虫，顺着白花花的路爬了过来，越来越大了。定睛一看，是一挂平车哩！

拾来一拍大腿，三步并两步地迎上去。果然见他大姑推着一挂平车，平车上是凉床，凉床底下一只篮子，篮子里，有布，有两斤肉，还有一盒卷烟。拾来眼窝热了一下：她见我吸烟了？

拾来捡了一个烟嘴，拾掇了一个烟袋，背着人吸呢。

他跑上去，接过大姑的车把子，迈开大步，把大姑甩下了二丈远。他的两张大脚片子踩在白花花的大路上，轻轻巧巧地走着。车轱辘"嗞咕嗞咕"转着。路边一只小虫"吱吱"地唱，秋秋"唧唧"地在拔节儿。月亮婆婆把什么都照得明明晃晃，清清白白。拾来心里一片空明，又平静又欢愉。他不明白，事情咋会变得那么好，叫人觉得，活着是一桩多大的美事，受了多大的恩德。

八

小翠子长个儿了。细溜溜的身子，穿了她大姐的紫花布褂子，直拖到膝盖上。烧锅，刷碗，割猪菜割得比谁都多。人喜欢她，她也喜欢人。就是不和建设子说话，建设子也不理她。两人不能搁一个桌上吃饭。有时见了面，隔老远眼皮子就耷拉下来了，像是几百年的仇人似的。鲍彦山家里的倒喜欢，说这才稳重，稳重好。她对小翠样样满意，就是有一桩搁在心里老放不下，这丫头子太聪明了。她时常想起第一次看见小翠的情景：滴溜溜地打着莲花落子，小嘴一张："这大嫂，实在好，抱小孩，也不闹！"太鬼了！其实，她最怕的也就是当时她最爱的。看看建设子那么蔫，几棍子打不出一个响。这丫头子能乖乖地跟他过吗？鲍彦山家里的心中没有一点数。因此，有时候，她难免觉得自己要吃亏。逢到这种念头上来，她就拼命地使唤小翠子，似乎是要在鸡飞蛋打之前把本给捞回来。

"翠，喂猪了！"

"翠，把你哥的衣裳拿河里洗了！"

"死妮子，水缸见底了。"

小翠给使唤得滴溜溜转。她眼睛里的笑模样一天比一天少，变得十分严肃，下巴颏越发的尖，两条乌黑的大辫也有点见黄。有人看见她在庄东头大柳树下哭过，不出声，抹抹眼泪，赶紧地又走回家了。看见的人自然要叹息，可是大家都晓得，比起别庄上的童养媳，小翠可说是享福了，不挨打，给吃饱。小鲍庄的童养媳是最好做的了，方圆几百里都知晓，这庄的人最仁义，可惜是太穷了。

有了小翠这一把割猪菜的好手，文化子下了晚学，再不必急急忙忙地下湖了。他深感得着了小翠的好处，嘴甜得很，赶着小翠叫"翠姐"。他叫一声，小翠的脸就红一下。文化子不愧是文化人，读着书，晓得男女平等的道理，有着很先进的民主思想，见他娘吆喝小翠吆喝得紧了，他常常会挺身而出："我去担水。"

他担着桶去了，小翠撵着喊他放下。他不干，飞快地跑，小翠便飞快地追。这么跑着追着到了井沿上，他抢什么似的把桶放了下去，桶脱钩了，漂在水上。傻眼了。

"你看你，慌啥？"小翠说他。

"都是叫你赶的。"文化说她。

"看你咋办？"小翠说。

"这有啥难的！"文化弯下腰去，伸下扁担去钩，扁担绳晃悠晃悠。

"看你能的！"小翠撇撇嘴，弯下腰去夺扁担。

"我能行。"文化不放手。

"给我。"

"不给。"

两人趴在井沿上，水上漂着一只桶，一根扁担钩晃悠晃悠。井底映着两个人影，一个小翠，一个文化。扁担钩子钩着了桶，却没吊起来，倒把水搅花了，花了一阵，又平了。小翠和文化又出来了，看电影似的。

"你看你那样儿！"小翠说文化。

"我看你还怪俊哩，翠姐！"文化嬉着脸说小翠。

"呸！"小翠唾了他一下。

"怎么，我说错了？"

"错了。"

"你丑吗？"

"不是这个错。"

"那又怎么错了？"文化子纳闷。

"就是错，就是错！"小翠点着他鼻子说，那活泼泼的样子又回来了一点。文化子又傻了眼，不吭气了。

桶，捞上来了，水打满了。两桶水搁中间，文化在后，小翠在前。文化把扁担搁上肩，弯着腰，半蹲着，等着小翠上肩。刚要上肩，小翠又直起腰回过头问道："你多大，我多大？"

"你属牛，我属鼠。"文化立即回答。

"那么你咋叫我姐？"

文化一愣。

"可不是你错了！"小翠直起腰，扁担上了肩，麻溜溜地就走，把文化拽得一踉跄。

扁担悠着。水在桶里悠着，悠到桶边上，又回来了。

九

捞渣歪歪扭扭地能走了，话也能说不老少了。正吃晚饭，鲍五爷拄着拐来了。鲍彦山招呼他：

"五爷，来吃。"

捞渣学嘴："来七（吃）。"

鲍五爷装没听见，不理会他，在门槛上坐下来，看蚂蚁搬家。

"吃过了吗？"鲍彦山紧问着。

"吃过了。"鲍五爷回答。

"咋吃的？"

"煎饼、稀饭、咸菜。"

"你老要懒得烧锅了，就过来。咱家人多锅大，多一人少一人见不着。"鲍彦山家里的说。

"我能烧。"鲍五爷回答。闷着头看地。天黑了，看不见蚂蚁了，一只蚱蜢蹦跶过去。

什么东西碰了他的嘴，定睛一看，捞渣什么时候到了跟前，小手里攥着一块煎饼，捏成了团，直送到他嘴边。他看看捞渣，捞渣朝他笑着，一脸厚道相。他心里又是咯噔一下，扭过了脸去。

月亮升起了，眼前豁亮了许多。

鲍五爷掉回头，捞渣正坐在他脚边抓土玩，稀稀的黄头毛底下露出了头皮。鲍五爷伸出手在那头皮上胡噜了一下，心想："我咋像是在哪见过这鬼哩。"

前边牛棚里在唱古，坠子吱吱嘎嘎地传得老远：

　　　　　写一个五字无底洞，

薛仁贵跨海又去征东。

征东招够人共马，

回马枪挑凤凰城。

写一六字变化开，

我配姣娥女裙钗。

带领三千人共马，

才把唐王我主救出来。

......

十

在一千里外的北京，正进行着一场江山属于谁的斗争。

一千里外的上海，整好了装，等着发枪了。

十一

里外三新的新被窝，软软和和地裹着拾来。拾来钻在被窝里，舒服得心里发虚，有点不实在。翻来覆去，不知怎么舒服才好，反倒睡不踏实了。

月光照进堵了一半的窗洞，落在大姑的床上。大姑盖着一床旧棉被，薄得像纸，硬得也像纸。

大姑是真疼自己，拾来想。这世上不会再有像大姑这样疼自己的人了。是媳妇也不能这样，是娘也不能这样，是姐妹更不能这样。拾来这辈子没娘，没姐妹，还没媳妇，他不知娘、媳妇、姐妹的疼是啥味道，他只觉得大姑的疼是天底下最最好，最最好的了。

是大姑给铺的被，身下垫一层，身上盖一层，脚后跟还折了一道，紧紧地裹住了脚。脚一暖，浑身都暖了，俗话说："寒从脚底来。"好多日子，脚没这么暖和过了。可是，这暖和又和那暖和不一样。拾来想起那温暖的峪谷。那柔软的暖和是非常特别地包围着他的脚。

月光移到了大姑的脸上，那脸庞近两年丰腴了起来，只是眼角的皱纹很密。

大姑好像微微地哆嗦了一下，拾来赶紧闭上了眼，等他再睁眼时，大姑已经掉过身去，脸朝里了。月光移到了她的身上，洼下去而又凸起来的地方。

过了几日，有一天，大姑对拾来说："拾来，你过年就十八了吧！"

"嗯哪！"拾来生硬地回答。天一亮，他夜里的那些柔情便全退潮似的退去了，不晓得退到什么地方，找也找不见了。

"也该说媳妇了。"她停了一下。

拾来不吭声，心跳了。

"二奶她娘家高庄有个闺女，比你长一岁。啥都好，就是小时出花，脸上落了疤。"她又停了一下。

拾来不吭声，心跳得凶，气都喘不过来了。

"她不嫌咱家穷，愿意跟你过。你要是愿意，明天就上高庄去一下。我让冯大家二小子进城捎了两斤果子。"她停住不再说了。她听见拾来的喘气声，像牛一样。

只听得"砰"的一声，碗碎了。拾来站起身跑了，带倒了案板，带倒了板凳，咸菜碟子掉了，臭豆子撒了一地。

大姑怔怔地望着一地的碗渣子。进来一只鸡，啄着臭豆子。啄啄，又丢下；啄啄，又丢下。

拾来出去一天，直到夜半才回来，三星都偏西了。大姑坐在床沿，没睡，等他。

他一进门，拉开被子，蒙上头就睡倒了。

"拾来。"大姑叫他。

他不动弹。

"拾来，"大姑脸对着窗洞，一字一句地说，"我给你置一副货郎挑子，你走吧！"

他不动弹。

"你成人了，自己过去吧。我不能养你一辈子，你也不能守我一辈子。"

他不动弹，只觉得从头到脚都凉了，就像掉进了冰窟。

一个风和日暖的早晨，拾来挑着一副货郎挑子，上路了。上路前，大姑不知从哪摸出一个货郎鼓，她用手抹了抹鼓面，轻轻摇了一下，"叮咚"，货郎鼓响了一下，响得还脆。她看看鼓，又看看拾来，张张嘴，要说什么，又没说，然后把鼓交给了拾来。拾来接过鼓看了看，恍恍惚惚记着小时玩过，为了玩它还挨了一耳巴子。这是他从小长成人，第一次挨耳巴子，就一次，也记得住了。他随手把货郎鼓往货架上一插，径直走了，没有回头。货郎挑子在他宽厚的肩上晃悠着，货郎鼓清清脆脆地响着：

叮咚，叮咚，叮咚，叮咚。

大姑听着那鼓声一步一步远远地去了，眼泪直流了下来。

十二

早几天就听说，县上要来个作家，来此地采访治水的事。

这几天又听说，那作家日后就到了，住宿都安排妥了，住县一招。

鲍仁文要去见见那作家。早几天，就把他这些年写的文章拾掇出来，看了几遍，改了几遍。这几天，又重新抄了一遍，整整齐齐地摞在一起，用他娘糊的鞋靠子贴上光溜溜的画报纸，做了个精装的封面，封面上用墨笔写了两个立体的美术字——作品。直弄到夜半，他只眯盹了一小会儿，天就亮了。他起床洗了脸，刷了牙，又用他娘的破梳子沾了点清水梳梳头，穿上他的蓝卡其学生装，夹着"作品"出发了。

他娘撵了他有半里地，要他捎上半篮鸡蛋上街卖了。他装没听见，大步流星地走出了庄子。

太阳很好，把风都暖热了。半个多月没下雨，大路上的浮土有半脚深了。大车过去，平车过去，自行车过去，人走过去，把个浮土踢起来，扬了个半天，遮黄了太阳。

他感到燥热，走过大方家井沿上，向个提水的老头讨了半瓢水喝，再接着赶路。

路，向前蜿蜒，看不到头，难得遇见个人。远远的，看见个小黑点。走着走着，渐渐大了，大了，大了，显出人形了，辨清男女了，认出眉眼了。

到了跟前，过去了，前边只有一条白生生的路，蜿蜒到看不见的远处去了。太阳到了头顶，踩着自己的影子走。

他觉得困顿，像是睡着了。"作品"的封面滑溜溜的，老往下打滑，他把它搂搂好，向前走。

这是他的宝贝，他的心肝，他的所有的一切，一切的所有。他为它熬了多少夜，熬了多少灯油。他累极了，困极了，难极了，写不出一个字却又非要不停地写下去，写下去。这时候，他便会困惑起来：

"这么苦究竟是为啥？究竟图的啥？会有个什么结果呢？"于是他会一下子委顿下来，心里充满了虚无的情绪。这种心情冲击得最强烈的一次，他竟把他写了九个晚上还没写完的一篇小说撕了。然而，等那一阵狂暴过去之后，他望着一地的碎纸片，落寞地哭了。这时，他特别想往什么上面偎靠一下，温暖一下，安慰一下自己这颗破碎而孤寂的心。他觉得自己苦得很，苦得很。他蜷缩着，自己偎依自己，慢慢地平静下来，又重新摊开一张纸，拿起笔。除此以外，他不明白还有什么能给自己安慰和偎靠的。只有这么写着，他才能够希望着什么，妄想着什么。

路，无穷无尽地延伸着，这是一条寂静的路。他又觉着渴，却再不能遇上一口井了。

日头偏过正午，他走上了刘庄的地，前边就是县城了。有人担着空挑子往回走，是从街上下来的。

城里很安静。街中央馆子里，一地的鸡骨鱼刺，一个围着稀脏的围裙的娘儿们，正往外扫，招来了两条狗。剃头店里只有一个师傅靠在剃头椅子上打呼噜。一只猪大摇大摆地从百货店走出来。

他走过邮局，走进招待所。他心中忽然有些紧张。他努力回想着"作品"中最叫自己满意激动的段落、语句，想给自己增添一点信心和勇气。然而，却怎么也想不起来，那些绞尽脑汁写下来的章句全消失得无影无踪。他发觉，自己过去的半生的价值，和今后半生的价值，马上就要得到一个裁决。他有些腿软，几乎要掉过头走去了。

传达室的老头在打盹，口水流在衣襟上。一个女人低着头织毛线。没人理会他。

"大姐。"他犹豫了一下，还是叫了。

"大姐"皱着眉头抬起脸，不太耐烦的样子。

"大姐，这里住的可有一位作家？"

"什么'坐'家、'站'家，不知道！"她回答。

"就是从外面来的，写文章，写书的。"

"叫什么名儿？"

"不知道。"

"男的女的？"

"不知道。"

她低下头继续织毛线，不再搭理他。

他又恳切地叫了一声"大姐"，没有回应。无奈，只好罢了。他站在招待所门口，思忖了一会儿，掉过身往县委走去。他有个中学里的老同学，在县委宣传部打字。

很顺利地找到了那老同学，她也还认得他。而当他向她打听作家时，她却茫然了好一阵，然后才想起带他去找一位王科长打听。王科长皱皱眉头，抬起手，抖一抖手腕，把袖子抖下去，露出亮晶晶的坦克链表带，然后才去抚摸锃亮的分头：

"听说过这么一件事，不清楚，不清楚，听说过。"

"你去问问张科长嘛！"那老同学微微撒娇地扯扯他的袖管。

原来这位王科长只是个干事，"科长"不过叫叫听听而已。等找着了张科长，真相才大白。是有这么回事，曾经是要来个作家。可是后来不来了。也许是这里治水的事情不够典型吧，犯不着曲里拐弯地到此地来。于是，便不来了。

鲍仁文寂寞地走在大街上，心中不知是喜还是悲，倒像是放下了一块石头，觉得轻了，又觉得空了。他慢慢地走着，觉出了饿，口袋里有一卷夹了大葱的煎饼，他打算出了城就吃它。走过邮局，他站在报栏前看一会儿报纸。他注意到一张报纸的下角有一块目录，是省里一个文艺刊物的目录。何不向它投一稿试试呢？他忽然想到。不由激动起来，血液向上涌去，脸红了。他镇定了一会儿，默记下那刊物的地址。然后，走进邮局，在角落里坐下，翻开他的"作品"。

他把"作品"放在桌沿底下看，没有人瞅见。邮局里没有人，只有一个老头，在缝一只包裹。那老头像是个先生，文质彬彬的样子，戴了一副框架发黄的眼镜，笨手笨脚地拿着一管大针，一针一针缝合着包裹。包裹是寄往青海的——鲍仁文偷看了一眼。

鲍仁文挑了一篇小说，又挑了一篇散文，想想，再挑了一篇小说，卷在一起。

柜台里的人问他："是什么东西？"

"稿子。"他迟疑了一下，脸红了。

"什么？"那人不明白。

"稿子。"他说，脸又白了，好像在做一桩极见不得人的勾当似的。

那人把稿子往秤上一扔，过了秤，然后又拿起来往一个大筐里一扔。鲍仁文瞅在眼里，怪心疼的。就好像自己亲手养大的孩子要去远门游历去了。

从邮局出来，他心里却又一片恬静。太阳落了，黄黄地照着路边的土墙。有人进了馆子，传出划拳声。猪，哼着。广播里在播放一支快活的曲子。

他算着那稿子的路程，什么时候可以到省城了。他从这一刻起，就在等待了。他从此便有了理由等待，有了东西可希望了。

他觉着很幸福，不由跟着广播哼了一句，没合上调，哼得难听，赶紧住了嘴。

晚霞在他身后的天空上变幻着。他看不见晚霞，只觉着了那绚烂的光。

十三

大姑耳朵跟前，老有一只货郎鼓在响着：

叮咚，叮咚，叮咚，叮咚。

十四

太阳落到地边上，割猪菜的孩子都往家走了。小翠和文化来得晚，草箕子里还差点儿才满。

"文化子，你每日价，在学校，一早晨，一白天，忙的啥呀？"小翠子问道。

"上课呗。语文、算术、地理、历史、自然……学习就是了。"文化告诉她。

"学啥哩？我看你啥也不懂，桶掉井里也钩不起来，割猪菜割得多笨！"小翠子讥笑文化。只有在湖里，对着文化子，她才敢撒野。

"哼，我懂的，你不懂的，多着呢！"文化子不服气，他在学校里尽得两分，只有在小翠跟前，才有得显摆。

"你说说看！"小翠斜着眼瞅瞅他。

"你知道，人是打哪儿来的？"文化问。

小翠扑哧笑了："娘肚子里生出来的呗！我当你知道什么哩。在学校里就学了这个？躲滑罢了。"

文化微微一笑，不与她斗嘴，继续深入问道："娘是打哪儿来的？你会说娘是姥姥肚里生出来的。姥姥打哪儿来的？姥姥的姥姥打哪来的？"

小翠果然被问住了，扑闪着大眼睛，不吱声了。

"告诉你吧，人是猴子变的。"文化压低声音，极其神秘地说道。

小翠轻轻地惊呼了一声。

"你看，猴和人像吧？活像！"

"那，猴又是什么变的呢？"小翠怔怔地问。

"猴子，是鱼变的。"文化犹豫了一下，最终还是很肯定地说出来了。

"咋是鱼变的？"小翠困惑极了，鱼和人可是一点也不像。

"你知道吧，这地球上？"

"地球？啥球？"

文化打了个格楞，感到和小翠说话十分困难，由此领会到了进行启蒙教育的必要性："就是咱们住的这地。"文化用脚跺跺地，又伸出胳膊画了个圈。

小翠转头看看周围，大地笼罩在苍茫的暮色里。

"这地上，最早，最早，最早，最早，什么也没有，只有水，只有水。"

"哦！"小翠抬起眼睛，望着渐渐暗下去的天，出着神。

"只有水，只有水。"

"那可不就像闹水的时候。"小翠轻轻地说。

"你们那地方也闹水？"文化问。

"差不多年年闹。我小时候，刚满周岁那一年，闹的可凶。听俺娘说，没天没地了，只有水。"

"你能记得？"

"我记得……有一条长虫。"小翠怔怔地说。暮色越来越浓，她的眼睛在暮色里闪亮着，像两颗星星。

"走家吧。"文化有点害怕。

"割满了就走。"小翠子垂下眼睛割了一棵富富苗。

文化低下头，割了一棵七七芽："走家吧！"

"你割不满没事，我割不满可不管。"小翠忽然气了。

"瞧你说的，我娘就这么偏心吗？"文化有点难堪。

"你娘偏心，天底下没有比你娘更偏心的娘了。"

"你咋胡砍哩！"文化也有点气了。

"咋是胡砍？你娘为啥叫你念书，不叫你哥念书？"小翠回过头，一双黑黑的眼睛看定了他。

文化说不出话了，半天才结结巴巴地说："我哥人老实哩。"

"谁稀罕他老实。"小翠子提起草箕子，跨过两条芋头趟，又蹲下了。

"老实人靠得住。"文化又结结巴巴地说了一句。

小翠不理他，手脚麻利地割着猪菜。她眼尖，哪儿有猪菜都逃不过她的眼。她的手快，眼到了，手也到了。过了一会儿，小翠说话了。

"文化，你往后给我讲讲，你们上的学吧。"

"管。"文化说，又加了一句，"那还不管。"

小翠说："我不会亏待你，我唱曲儿给你听。"

"唱个'十二月'。"文化子立马说。他是从那些二流子嘴里听说有个"十二月"，也不知"十二月"究竟是什么，想得心里痒痒的。

小翠子稍停了会，唱了一句：

正月里来本是个新年，

她调门起得很高，声音细细的，尖尖的，颤颤的。文化觉着，小草抖索了一下。四下，毕静。

喜欢笑那哈万象更新。
牵挂个美少年。
知心人难见，
相思对谁言。
……

她哀哀怨怨地唱着，并不懂一字一句里的意思，听大人唱，她也唱，唱熟了，便觉出那一股凄戚很对她心思。

她凄凄戚戚地唱着，文化子凄凄戚戚地听着。

十五

捞渣会给鲍五爷送煎饼了。这倔老头才怪，谁送他饭食，他都不要，似乎一吃人家饭，他便真成绝户了。可是捞渣给送去，他便为难了。看看那张小脸，不收就觉着不过意。

捞渣会得拉呱了，见鲍五爷一个人孤得慌，晓得同他问长问短地解闷。

"吃过了吗？"他问鲍五爷。

"吃过了，你哪？"鲍五爷搭理他。

"吃过了。"

"吃的啥饭食？"鲍五爷问他。

"吃的面条子。"

"不孬。"

"你吃的啥？"他问鲍五爷。

"煎饼、稀饭、臭豆子。"鲍五爷一字一句地回答，毫不含糊。

"蛐蛐儿。"他拿给鲍五爷看。

"是蛐蛐儿。"五爷点头。

"是男的，是女的？"

五爷笑了："这鬼。蛐蛐儿咋说男女，要说公的，母的。"

"是公的，是母的？"

五爷自己默了一会儿神，感叹道："要论起来，说男女也没错，也是个性灵。"

"把它放了吧！"捞渣忽然抬头说。

"放就放吧。"五爷说。

一老一小看着那蛐蛐儿一蹦，蹦没影了。

捞渣和鲍仁远家二小子说"斗老将"。鲍五爷帮着捞渣将杨树叶子，将了满满一大鞋壳，一小鞋壳。鲍五爷捂一只鞋，捞渣捂一只鞋，一捂捂两天。捂出来的杨树叶梗子，黑得油亮，比麻还韧。鲍仁远家二小子的杨树叶梗子捂得嫩，拉不过捞渣。斗一个，断一个，斗一个，断一个。急眼了，越急越断。捞渣就把自己的换给了二小子。

然后，二小子便翻本了，斗一个，赢一个，斗一个，赢一个。捞渣输惨了，可他不急不躁，依然是喜眉喜眼的。鲍五爷在边上瞅了这半晌，等二小子走了，他问捞渣：

"捞渣哎，你咋把你的'老将'全换给二小子了？"

"我看他要哭了。"捞渣说。

"你输了不难受吗？"

"难受。"

"那你还换给他？"

"我看他要哭了。"捞渣又说。

鲍五爷不问了，看看捞渣，在他稀稀拉拉的黄头毛上胡噜了一下，叹了一口气。停了一会儿，自语似的说：

"你也该让他，论起来，你是他叔哩。"

十六

大姑老听得见一只货郎鼓响：

叮咚，叮咚，叮咚，叮咚。

十七

鲍仁文每天收工都要往庄东大路上走两步，见有没有送信的来。大前天迎到一回，有两封信，一封是鲍彦海家大小子打金华部队上来的；一封是鲍二爷家的，打关外来的，鲍二爷家里的是那年他闯关东从关外带来的。昨天又迎到一次送信的，却没有信，送信的只是打这里路过，往大刘庄去的。

今天他又往大路上走去，远远地听见有什么在响：叮咚，叮咚，像是一只货郎鼓，渐渐地才看见过来一个人，是个走路的，担着货郎挑，慢慢地近了。

他背后是太阳，红彤彤地停在大路的尽头，他走在大路上，货郎鼓叮咚叮咚响着。

"兄弟，你见没见有骑车子的往这边来？"鲍仁文大声问道。

"没有。"卖货的回答。走近过来了，剃得泛青的头皮，黑黝黝的脸膛子，宽肩大膀，嘴唇上的胡子却还没硬，软软地趴着。

"大哥，前面的庄子叫什么名？"他问道。

"小鲍庄。"鲍仁文回答他，慢慢转过身往回走。

"哦，这就是小鲍庄。"小伙子说，和鲍仁文齐着肩走，货郎鼓叮咚叮咚地响。

"怎么，你知道小鲍庄？"鲍仁文瞅瞅他。

"咋不知道？小鲍庄的名声可响哩。都知道这庄上人缘好，仁义。"小伙子说。

"哦。"鲍仁文不再问了。

小伙子东张西望着，早有几个小媳妇听见货郎鼓声音，探出头来了。

"大兄弟，你停一停，让我挑个顶针儿。"有人喊。

回头一看，见是个四十多岁的女人从台子上走下来。她黄白的皮肤，头发在脑后随随便便窝了个纂，耳朵边上散落下几绺头发。身上穿的褂子破得可以，好像就前后披了块布，闪闪忽忽，飘飘荡荡，结实的身躯时隐时现着。她走到货郎挑子跟前，低下头，在匣子里挑顶针儿，手腕圆圆的。垂下的眼睑上长着密密长长的睫毛，是个毛乎眼。

"收工啦？大文子。"她招呼鲍仁文。

"买针啊？二婶子。"他招呼鲍彦川家里的。

又来了几个媳妇儿，要买针头线脑的。鲍彦川家里的，挑个顶针儿挑个没完了。

"他二婶，你再挑也挑不出金的银的来。"鲍彦山家里的说她。

"我就是买根针，也要挑个可心的。"她回答，耐心地挑着。

"大兄弟，打哪儿来的？"鲍彦山家里的问他。

"打山那边来的。"

"家里有父母吗？"

"没了。"小伙子瓮声瓮气地说。

"有兄弟姐妹吗？"

"没。"

"呀，是个苦命的孩子。"鲍彦山家里的抬起头看他，看他宽鼻大眼，生得厚道，不由怜惜起来。

鲍彦川家里的正试着一个顶针儿，试戒指似的。这会儿回过头来问：

"你叫个啥名儿？"

"拾来。"他说。他发现这女人的声音好听，低低的，厚厚的，听起来就好像一股温吞吞的河水从心上淌过去。

她终于挑好了，把一个两分的分币递到货郎手里，温乎乎的，有点儿潮。

一群媳妇姊妹围着他，都抬头看他，看得他背上冒冷汗，不自在得很。

"咦唏！"娘儿们同情地叹息着。

拾来脑门上开始冒汗，虽说别扭，可心里却暖和和的。自打走出冯井，他第一次露出了笑脸儿。

那么些媳妇姊妹的手在他匣子里翻江倒海地翻腾，他一点不生气，蹲下来，拔出烟袋。烟荷包里却挖不出烟了。忽然，"啪"的一声响，一样软乎乎的东西掉在他手上，一个烟荷包。抬头一看，那买顶针儿的二婶正看着他，说了声："吸吧！"转身走了。一件破大褂子挂在身上，飘飘忽忽地上了台子，闪进一扇门里。

这天夜里，拾来宿在牛棚，和唱古的鲍秉义挤一床。晚上，牛棚里照例挤了一屋人，听他唱古：

> 写一个七字把腿跷，
> 关老爷手提偃月刀。
> 我问老爷哪儿去，
> 霸王桥上去逮曹操。
> 写一个八字两边排，
> 八仙随后过海来。
> 蓝采和撕掉阴阵板，
> 四海龙王又糟糕。
> ……

十八

鲍彦山家里的很纳闷：小翠可不是天天在眼皮底下转，怎么猛地一下，开始长身子了？那身板不再是竹竿子似的直溜到底，不知什么时候圆了，结实了，胸脯子满满的，小腿肚子鼓了起来，尖下巴颏子圆了。女大十八变，变俊了，水灵了。

多少人同她说："该给孩子圆房了。"

她同男人商量："该给孩子圆房了。"

建设子已经二十四，该圆房了。

小翠子觉出了不对劲。她娘待她和气多了，那天失手打了个碗，也没说她，只叫她扫干净碗碴子，别让捞渣扎了脚，便完事了。文化子却又远着她，不再与她说长道短的了。建设子白天黑夜地收拾里屋，往地上垫土，往墙上抹石灰。而庄上那些大嫂大婶们，都对着她挤鼻弄眼的，诡计得很。

小翠子把捞渣从屋里拽出来，带到井沿上，问他：

"捞渣，翠姐待你好不好？"

“比亲姐还好。”捞渣说。

“那你为啥骗翠姐？”

“我没骗。”

“你骗了。”小翠激将他。

“没骗，真没骗！”捞渣急了。

“好，你不骗我，那你告诉我，这几天，我娘和我大商量啥了？家里要办什么事了吗？”

“俺大哥要娶媳妇了。”捞渣说。

小翠子只觉得头脑子“轰”的一声，炸了似的。她定定神，夸奖捞渣：“说实话才是好孩子，你回家吧。”

“你上哪儿？翠姐。”捞渣问。

“我站一会儿。”她说，又改口道，“我上二婶家去借个鞋样子。”

捞渣走了，没走远，站在树影里瞅着小翠，他是个有心眼儿的孩子。

小翠一会儿回转身，慢慢地朝东头走去，越走越快，捞渣撵不上了。

她跑到庄东头大柳树前，一头栽倒在树底下，抱着树号啕大哭起来，一边哭一边嚷，嚷一句话：

“我才十六岁，我才十六岁！”

哭声几乎把全庄的人都招来了，捞渣早已跑去报了信，鲍彦山和他家里的一起跑来了，要把小翠拖回家去。小翠死抱着柳树干不松手，号着：

“我才十六岁，我才十六岁！”

旁边的人都忍不住滴下泪来，特别是刚过门的小媳妇们，更是触景生情，哭成泪人儿了。

鲍彦山家里的流着泪劝小翠：“咱娘俩一起过了这么些年，有什么话儿不好说，要你这么伤心？”

小翠往树身上撞着头，声泪俱下：“我才十六岁，我才十六岁！”

“娘也不瞒你了，你娘你大是想着要给你们圆房了，建设子过年就二十五了……”鲍彦山家里的哭得比小翠还凶，又伤心又忍不住觉得委屈，眼泪像小溪似的流了个满脸。

“我才十六岁，我才十六岁！”小翠号累了，抽抽搭搭地说着。

"建设子虽说生得笨，心眼是好的。丫头，你跟他过，亏不了你的。"

"我才十六岁……"

"你是老大媳妇，这个家就是你当了。丫头，你就不想想娘的心了吗？"

小翠只是摇头，一个字也说不出来，手却牢牢地抱住树干，拖也拖不开。直到鲍彦山当着众人面，宣布圆房再缓二年，她的手才从柳树干上松开了。

事情过去了。小翠子的下巴颏子又削了下去，而身子上圆起来的地方却不再平复下去。她眼睛里的神情越来越严肃，连个笑丝儿也没了。她娘对她又抠起来了，文化子却有点讨好她，见她扫地，就来夺她的扫帚。而她呢，却对文化子结下了仇，把扫帚"啪"地朝地上一扔，转身就走。

终于有一天，文化子在井沿上截住了她：

"小翠，你咋啦？我怎么你了？"

"你没怎么我。"

"那你怄啥？"

"怄你没怎么我。"小翠恶作剧地笑笑，担起扁担要走。

文化子按住扁担，不让她起："你把话说明白。"

"我的话再明白不过了。"

"我咋听不明白？"

"你没长耳朵，你没长人心。"

"你咋骂人！"

"就骂你，没心没肝没肺没肚肠！"她一猛劲，担起了水桶。

文化子没防备，跌了个四脚朝天，恼了。

小翠子却笑了起来，"咯咯咯咯"，清脆的笑声把树上的鸟儿都惊飞了。打那以来，她是第一次笑。

文化子就不好再恼了。

十九

早起，鲍秉德家里的忽然清清冷冷地说道：

"也苦了你了。"

鲍秉德心窝里一热，鼻子一酸，不由落下了泪来。

他家里的也落泪了："我拖了你半辈子了，也该到头了。"

鲍秉德一听这话不吉祥，赶紧喝住了她："什么到头不到头的！一日夫妻百日恩，咱们这一辈子好歹都守在一起了。"

她不言声，抹了一把泪，便起身去喂猪。猪食烧得稠稠的，搅得匀匀的。鲍秉德好久没见她这么利索过了。头发梳平了，光溜溜地在脑后窝了个纂，海昌蓝的褂子很可体。鲍秉德不由看呆了。他想起她做姑娘的时候：他提着两包果子去相亲，一上台子就看见一个小姊妹坐在门口纳鞋底。她看看他，他也看看她。她脸庞像一轮满月，额头上一排牙子齐崭崭地盖到眉毛上头，细细的眉，细细的眼，眼梢微微挑了挑。他看呆了，她忽然脸红了，站起身进了偏屋，只见一条大粗辫子在他脸面前扫了过去。他想起她做新娘子那天：大辫子窝成一个硕大的髻，小山似勾坠得脑袋往后仰，乌黑的头发里埋着一截红头绳，大红袄儿，脸儿像一朵桃花。她端坐在那里，任人怎么闹她只不言声，也不笑，也不恼。鲍秉德只盼着闹房的快走，快走……他想她刚有喜的那阵子：她想吃酸，他跑到山那边去找杏子。每天夜里，他都要趴在她肚子上听听动静，他听得清清冷冷，有一颗心跳，扑通扑通的。他记得他做了个梦：她生了，下了一个大蛋，再仔细瞅瞅，不是蛋，是个大地瓜。后来，生了个死孩子。他揍过她，关着门揍。她一声不哼，任他拳打脚踹，也不哭，也不叫。揍过了，也不和他怄气，照样的，他要咋，她就咋。他揍过了，也心疼，也后悔，可是急了，便什么都忘了，外人是一点儿也看不出来。渐渐地，她的圆脸变长脸了，红颜色褪去了。后来有一天，鲍秉德收工回家，见地没扫，锅没烧，一地的碎碗碴子。正要发火，却见他家里的坐在小凳上拔自己的头发玩儿，一边拔，一边朝他乐……

"上工去吧！"她叫醒了他。他这才听见上工的锣在敲：当当当，当，当。他抹了把眼睛，站起身走了。

在湖里平地，鲍二爷和他挨着趟。他告诉鲍二爷：

"她的病见好哩！今天早起清清冷冷地说话哩！"

"她咋说？"鲍二爷问。

鲍秉德一五一十地把那些话都说了。不料鲍二爷变了脸，锨把子拍了一下地：

"不对啊！秉德。"

"咋了？"鲍秉德头皮一麻，心里咯噔的一下。今儿早起，他心里隐隐的，也有点觉着不对劲，只是说不上来。

"我说老七，你还是回去守着她的好。"鲍二爷说。

"她今早清冷得很哩，比往常都要清冷。"他说，心里"怦怦"地乱跳。

"就是这清冷不对啊，她糊涂着倒不怕。"鲍二爷跺跺脚。

众人都围拢过来，纷纷劝鲍秉德回家去守着她。鲍秉德额头上沁出了冷汗，提起铁锨走了。

他快快地抄着大步往庄里跑。平整过的土地一大片，一大片，看不到边。远远的地方有一丛绿树，那就是小鲍庄。他快快地跑着，跑了半天也跑不近。四下里静静的，隐隐传来说笑声。太阳高了，烤得背上发烫。好像有鸟叫。风贴着地过来了，把裤腿灌满了。

他跑进了庄子，庄子里静静的，见不到人。像是有个小孩担着水穿过杨树林子走过来，再一细瞅，又没了。他跑得喘不过气来了，稍稍放慢了脚步，心想：不会有什么事了。这一庄子都静得睡着了似的，能有什么事？一只狗在喉咙里吼着跑过来，几只鸡悠闲地散着步，啄着土坷垃。太阳，明晃晃地照着。

他吐出一口气，有点笑话自己疑神疑鬼。这会儿，再跑回湖里去，也不值得了。他捎起铁锨，慢慢地上了台子。

有一只烟囱冒烟了，不是他家的。

他家的门闩着。他推了推，推不动。里面杠上了。他拍着门，叫："哎——"

他叫她"哎"，她也叫他"哎"。不能像别人那样，叫"孩他大"，"孩他娘"。没个孩子，连个叫头也没了。

她不应声。

他又叫："哎——"

还不应声。

他急了，砰砰地拍着门，脚上来踹了几下，铁锨头拍掉了。招来一群小孩和老娘儿们，一起打门，一起叫。门硬是叫顶开了。进了门，鲍秉德扑通一下坐倒在地上了，只看见一件海昌蓝褂子在眼前晃悠，地上一条踢翻的板凳。他家里的，悬在梁上。

众人七手八脚地把她放了下来，放平在地上。她居然还有气，没勒对地方。鲍秉德上前一把搂住她放声大哭起来，屋里顿时唏嘘一片。

捞渣早已往湖里去喊人了。不一会儿，呼啦啦来了一大下子人。鲍仁文拖开鲍秉德，上来就做人工呼吸，是那年在中学里上生理卫生课时学的。队长那边就招呼人，整好了凉床，把人抬起就走。

"钱！"鲍秉德绝望地叫道，"我兜里半个钱也没啊！"

"队里给你齐。"队长回头对他嚷。

"大伙儿给你齐。"众人对他嚷。他这才跟跟跄跄地跟着跑去了。

两天以后，鲍秉德用挂平车，把他家里的推回来了。他家里的坐在平车上，啃一颗青桃，三岁毛娃似的。像是什么事也不记得了，什么事也不曾有过似的。

二十

耕读老师来动员捞渣上学了。捞渣七岁了，该上学了。

可是文化子已经在公社上中学了。一家供不起两个学生。他大说：要就是捞渣上，要就是文化上。

要早二年，就好办了，文化子巴不得不上学呢！可如今不同了，文化子不知咋的开了窍，一下子学进去了。从班上最后一名蹿到第一名。小鲍庄只有三名考上公社中学的，他就占了一名。他读书上劲多了。家里没得粮票给他带去吃食堂，他就每天来回跑，二十里路哩，中午带一卷煎饼，泡着茶吃。苦死了。

捞渣也想读书。庄上在学校的孩子，脖子上都有一条红围脖，这就叫他羡慕。他虽然还不知晓这红围脖是啥意思，可他知道是叫人学好的。那天二小子的红围脖叫老师要回去了，因为他和人打仗，把人门牙敲掉了。可见，做了坏事是不能得的，反过来，就是做好事才能得红围脖了。

他大说，还是让捞渣读吧，文化子能写个信儿记个账就管了，回来做活也算是个大半劳力。文化子不干了，又哭又闹还不吃饭，捞渣便说："让我二哥念吧，我不念了。"

文化子这才收了眼泪，下湖去给捞渣逮了一只叫天子，小翠用秼秼秸编了个小笼子。捞渣玩了小半天，就把它给放了。"它自个儿在笼子里，太孤了。"他说。他大摸摸捞渣的头，叹着气："好孩子，过年大一定叫你念。"

捞渣不念书了，成天下湖割猪菜，和着一班小孩子。小孩子都围他，欢喜和他在一起。谁走得慢，捞渣一定等他。谁割少了，不敢回家，捞渣一定把自己的匀给他。谁们打架了，捞渣一定不让打起来。跟着捞渣，大人都放心。这孩子仁义呢，大家都说。

捞渣能割猪菜了，鲍五爷却连绳头都搓不动了，成天价只能坐在墙根底下晒太阳，一直晒到中午，懒懒起来走回家烧锅。捞渣就不让走了：

"来俺家吃吧！"

鲍五爷也不推了。吃长了，他大就逗捞渣："你老叫五爷来家吃，俺家粮食不够吃了，咋办？"

捞渣认认真真地回答："我少吃一张煎饼，少喝一碗稀饭。可管？"

他大这才笑出来，摸摸老儿子的脑袋。

这天，嫁到山那边的大闺女带着孩子回来了。捞渣就到鲍五爷那里去借一宿，和鲍五爷脚对脚地挤一床。鲍五爷偎着捞渣小猫似的身子，说：

"捞渣，五爷的被窝叫你焐热了。"

"五爷，我每天给你焐被窝。"捞渣说。

鲍五爷偎着捞渣暖暖和和的小身子，心窝里滚烫滚烫的，话也多了：

"捞渣，你来和五爷睡，你大答应吧？"

"我大最依我了。"捞渣说。

"你娘答应吧？"

"我娘也依我。"

"他们要说我这老头子啰唆哩。"

"不会哩。"

"我老不死，自己都活烦了。"

"好日子都在后头哩，"捞渣开导五爷，"二小子每天上学，他说老师说的，好日子都在后头哩！'四人帮'打倒了，立马有好日子哩！"

"捞渣，你想不想上学？"

"想。"捞渣说，然后又说，"不想。"

鲍五爷看出他是想的："你们学费要几块钱呢？"

"不老少，三块多哩。"

"五爷给你付了吧。"

"不能，五爷，你的钱是大伙儿的……"

这一句话提醒了鲍五爷："是啰，我吃的是百家饭，我是个老绝户！"

"五爷，你咋是绝户呢！咱都叫你爷爷哩。"捞渣说。

"鬼吔，你的嘴好乖哟！"鲍五爷说，过了一会儿又说，"捞渣，你有点像我那社会子哩。"

捞渣没应声，睡着了。

"眉眼像，脾性也像。"鲍五爷说。

捞渣睡得安静，连丝鼻息声都没有。窗洞叫堵上了，屋里黑得伸出手不见五指。

"和社会子一样，都仁义。从不和人吵嘴磨牙……"鲍五爷对着黑暗拉着呱儿。

墙根有一只虫吱吱地叫着。

二十一

牛棚里在唱古：

> 写一个九字挂金钩，
> 七狼八虎窜幽州。
> 就数十字写得全，
> 刘邦去也没回还。
> ……

二十二

拾来走了两日，又回来了。他把货郎鼓插在腰里，没让它响。他走到他头回停下来卖货的那台子下，对着台子上喊：

"二婶！"

喊了两声，二婶出来了，穿了一件半旧的褂子，不露肉了。两手黄澄澄的大秫秫面：

"大兄弟，咋又回来了！"

"我上回把二婶的烟荷包带走，忘还来了。"拾来从兜里掏出烟荷包，朝她举了举。

"这还值得送回来吗？给你了，不要了。"二婶说。她低低的，哑哑的，又带点甜味儿的声音叫人心里十分舒坦，像喝了一口热茶。

"哪能。"拾来说着走上台子来了，把那烟荷包朝二婶跟前递过去。

"不要了呢。"二婶说，举着两手黄澄澄的面，朝后退着。

"哪能。"拾来朝她走去。

她只能要了，可是两手的面，怎么好拿？她便侧过身子："替我搁兜里吧！"

拾来把手伸进她斜开的兜，兜里暖暖和和的。他的手停了一下才抽出来，手上带着她的体温。

"进来坐坐，喝碗茶吧！"她说。

"不了，走了。"他说，脚却不动窝。

"坐坐歇歇吧。"她说。

"走了。"他却不走。

"进来坐坐嘛！"她伸出肩膀头子抗了他一下，他顺势进了屋。

屋子不小，有三间。可是空荡荡的，没什么东西。地上爬着两个小孩，一个三岁模样，一个四岁模样。门前架了张鏊子。二婶接着和面，拾来坐在板凳上吸烟。

"这是老几？"拾来问。

"老三老四。"二婶回答。

"怪喜人的。"

"烦人呗。"

他们一句去、一句来地拉呱儿。不知咋的，他在这个二婶跟前，觉着很自在，很舒坦。

他觉着这二婶虽说是第二次见面，却好像老早就认得了似的。

"他大做活还没收工？"他问。

"他大做鬼去了，死了！"她回答。

"哦。"他愣了，过了一会儿，慢慢地说，"二婶也是个苦命人啊！"

"苦惯了。大兄弟，你能帮着烧把火吗？"

"能。"拾来忙不迭地站起来，挪到鏊子跟前去，点了火。

"大兄弟。"二婶叫道。

"嗯哪！"拾来答应道。

"你打山那边来，那边是分地了吗？"

"都吵吵呢，嗷嗷叫，怕是快了。"

"分了地，就够俺娘几个苦的了。"二婶叹气。

"大伙儿会帮忙的，这庄上的人情特好。"拾来安慰她。

"一分地，劳力就是粮，劳力就是钱，谁知道会是咋样哩。"

"都是一个庄一个姓，大家锅里有，不会少你几张碗的。"拾来说。

"你这个大兄弟嘴怪会说哩。"二婶笑了。

"我嘴最笨了，我说的是实情。"拾来红了脸。

"你说的是实情。"二婶瞅了他一眼，小声说，像是说给自己听的。

面和好了。二婶搬了张小板凳坐到鏊子前，伸手将面团在鏊子上轻轻一抹。嗞啦啦的一阵轻烟腾起。拾来忽然心里一咯噔，他咋在这轻烟里看见了大姑的脸。

一只竹劈子将那煎饼一挑，二婶的脸又清澄起来："别走了，在这儿吃吧。"

"不了。"拾来嗫嚅着，二婶没听见，将面团子在鏊子上一抹，抹得溜溜圆，再一挑。拾来看着二婶的手：手腕圆圆的，手指肚鼓鼓的，手背的皮有点起皱，却结结实实的。他见过最多的是媳妇姊妹的手，每日里有多少双媳妇姊妹的手在他眼皮子底下翻腾，挑来拣去。可他却从没觉得有哪双手像这双那样，看着心里就自在，就舒坦，就亲近，就……怎么说呢，心里就暖暖和和的。他像是在哪里见过这么双手，要不，咋这样眼熟呢！

"你也是个苦命的，"二婶抹着面团子，悠悠地说，"往后路过这里了，就进来喝碗茶，吃顿饭，歇歇脚，就算是个落脚的地方吧！"

拾来鼻子酸酸的，不说话。

"有洗的涮的，就搁下。一人在外苦，不容易。"

"二婶！"拾来抬起头喊了一声，眼睛里满满的都是泪。

二十三

这天夜里，大姑耳朵边没听见货郎鼓响。一夜睡得安恬。

二十四

地分到户了。不论文化子怎么哭怎么闹，他大都不让他念书了。文化子急得没法，找了鲍仁文来说情。鲍仁文对他大说：

"我叔，你眼光得放长远点。分地了，要多收粮食，就看个人本事了。让文化子上学，学点科学，种田才能种好哩，单凭死力总不行。"

鲍彦山只是吸烟，不搭话。

鲍仁文又翻报纸念给他听：某某地方一个高中生养长毛兔成了万元户；某某地方一个大学生种水稻，也挣了不老少……听得鲍彦山眼珠子都弹起来了，可话一回到文化身上，他便又泰然下来。似乎文化子与那些人是一无联系的。任凭鲍仁文深入浅出地解释，他亦是不动心。说：

"远水救不了近火啊，大文子！你不知晓。"

"还是多读书好哇！"鲍仁文不放弃努力。文化子在一边抽抽搭搭的，要放弃也放弃不得。

鲍彦山斜过眼瞅瞅鲍仁文，不吱声。其实，鲍仁文来做这个说客是最不合适的了。他自己本身就是一个极有力的反证，证明着读书无用，反要坏事。时时提醒着人们不要步他的后尘，万万别把自己的孩子们弄成这样：赔了工夫赔了钱，弄了一肚子酸文假醋，不中看、不中用，真正是个"文疯子"。

没有任何办法了。文化子晓得哭也是没用，便也不哭了，省些力气吧。倒是小翠背地里说他：

"就这样算了？"

"算了。"文化子垂头丧气地说。

"甩！"小翠子鄙夷地说了一个字。

文化子脸涨红了。在此地，无能、窝囊、饭桶、狗熊，用一个"甩"字就全包了。一个男人最坏的品质怕就是"甩"了，一个男人"甩"，那还怎么做人？还怎么叫人瞧得起？文化子动动嘴唇，没说什么，站起来要走。小翠子上前一把拽住他的袖子：

"你把我唱的曲儿还给我。"

"这怎么还！"文化子朝她翻翻眼。

"你唱还给我，唱个'十二月'！"小翠搡了他一下。

"我不会唱。"

"不会唱也得唱。"

文化子愣了一会儿，晓得是犟不过小翠的，他总也犟不过小翠，犟不过心里还乐滋滋的，真不知见了什么鬼！"那我唱个别的。"他请求。

"也管。"小翠通融了。

文化子苦着脸想了想，又说："唱个革命歌曲。"

"唱吧！"

文化子沉吟了一会儿，咳了几声，清清嗓子，开口了："一条大河波浪宽——"他唱了一句便停下来，偷眼瞅瞅小翠，看看她的反应，他怕她笑。

她没笑，看着他，微微张着嘴，倒有些吃惊似的。

"风吹稻花香两岸，我家就在岸上住——"文化子一边唱一边偷看她，她默着神，像在想什么。

"听惯了艄公的号——"文化子唱得鼓起了喉咙，只好认输，"实在是吊不上去了。"

小翠子像醒过来似的抬起眼睛看看他，轻轻地说："这个曲儿怪好听的。"

文化得意起来，雪了耻似的。

文化子不读书的消息一传开，那耕读老师便闻讯而来，动员捞渣上学。不得已，他向鲍彦山兜出了心底话：

"说实在的吧！我这个耕读老师做了这些年，至今也没转正。您让捞渣上学，也是给我脸面。这第一期的学费，我替捞渣缴了吧！"

鲍彦山看看老师，终于点头了。不过学费没让老师缴，他说："真让他念书了，我就得供他学费，万不能让你老师掏腰包。"

他是说话算话的，一口气缴了学费，还花了六毛七分钱，给捞渣买了个新书包。鲍五爷在拾来的货郎挑子上拣了支花杆铅笔，给放在书包里了。

捞渣上学了，做小学生了。第一学期，就得了个"三好学生"的奖状。

小翠把捞渣的奖状拿在手里，颠来倒去地看个不停，看完了便问文化子："你念这些年咋没带回过一张花纸来家？"

文化子不屑地看了一眼奖状："这不算什么。"

"啥才算什么？"小翠回他嘴。

他俩时常这么一句去一句来地拌嘴，鲍彦山家里的都看在眼里了，慢慢地看出了些个意思，夜里，在枕头上，和男人商量：

"小翠十七了，该给他们圆房了。"

可是就在这时候，小翠忽然不见了。割完最后一垄麦子，小翠说：

"你们先走家，我去沟里涮涮手巾。"然后就再没回来。

二十五

现今文艺刊物多起来了，天南海北，总有几十种。鲍仁文往四面八方都寄了稿，那一厚本"作品"已经拆开寄完了。寄出去一份，他就增加一份期待。他的生活里充满了期待，没有空隙去干别的了。他和他老娘那三亩四分地里，苗比别人少，草比别人多，都种不过二婶的地。真不知他是中了什么邪魔了。他娘甚至跑到二十里地外，三里堡的土地庙去烧了一炷香。那土地庙早已被毁了，她就把香插在庙前边的大树上。这个庙的菩萨灵，她认为。

他那在县委宣传部打字的老同学给他个消息，省里要开一个笔会。笔会，就是许多作家聚在一起，谈谈，玩玩，以文会友的意思。笔会先在省城开，然后就要到这鲍山去玩玩。这些年旅游风盛，稍有点来历的地方都叫拿出来作胜地了。鲍庄要说起也算有点来历的，据说，那上边还有个什么脚印儿，是那位鲍家的先人巡察治水情况时留下的。还有一个洞，洞里有石桌石椅，是那位先人坐镇指挥时用的。据说，那里也要设置旅游点了，当然，眼下只有一座小房子，里面有卖茶的。荒荒的，野野的，作家们就是要看这野味，亭台楼阁，画山绣水看惯了，要换换口味。

于是，这批作家便要来游一下鲍山。

于是，省里早早就通知了县里，要县里早早做好准备。县文联——现在县里都有文联了——计划着请这些作家们和本县的文学青年见见面，座谈座谈，讲讲话，指导指导，以繁荣基层文学创作。海报贴出去了，要听讲座要见面的，得买票。不到两天，票就全卖出去了。现今的文学青年也是非常多的。

那老同学也代鲍仁文买了一张票。鲍仁文早早地就在盼望这一天了。长这么大，读了这么多小说，这么地热爱文学，可他却从来没见过一个作家。这实在是太不公道了。

他早早地就在盼这一天了。眼看着这幸福的一天之前的那些不幸福的日子，一日一日熬了过去。那老同学却托人带话来说：讲座见面会取消了。作家们不来鲍山了。因为有的要到西双版纳开笔会，有的要到九寨沟开笔会，还有的要到西藏参观访问，剩下二三个虽没别处的笔会邀请，却也没了兴致，终于没能成行，早早地分散到各地去开笔会了。近来的笔会是非常多的。比起那西双版纳、九寨沟、西藏，这鲍山又野得很不够了。

于是，他又只能继续往各地刊物寄稿子，继续期待着，继续什么也期待不着。

每日里，他在自家那三亩四分地里做活儿，脑子里就像在开锅，种种事情涌上心头，种种滋味充斥在心里。想想年龄是偌大，著书是偌渺茫，没有业，也没有家，这么一日一日过去，实在令人惧怕得很。那一日复一日的单调平凡的生活后面，究竟掩隐着什么？前头的希望究竟什么时候才能到达？他又恨不能马上跨过五年八年，看看那前景是如何锦绣，或者如何黯淡，也好早早死了心。因此，他望着那毒辣辣的日头，就有些为难起来，究竟要它过去得快还是慢呢？

和他的地挨边儿的是鲍彦川家里的地。她每日里带着十一岁的大儿子在地里做活，不兴歇歇的。天不亮来了，天黑了还不归。吃饭也不回去，她八岁的闺女提着个篮子给送来，就在地里把张煎饼卷巴卷巴，吃了，喝几瓢凉水，然后再接着干。

"一个人管吗？二婶。"他每日都要招呼她一声。

"管。"她回答。她就是说不管，也不见得有人来帮她忙。这地一到手，人就像疯了似的，恨不能睡在地里，谁也顾不上谁了。这阵子，真是谁也顾不上谁了。

不过，每隔三五日，鲍仁文就看见有个膀大腰圆的外乡小伙子在二婶家地里做活。看看不像是雇工，二婶待他像自家兄弟，他待二婶也不外。他干活肯下力得很，一点不掺假。再说，这年头，又上哪儿去请雇工。就算有雇工，二婶也未必请得起。

那小伙子最多有二十岁，憨憨厚厚的。要来总是晌午后来，一干干到天黑。有一次，他直起腰左右看了看，正好看到鲍仁文，便龇着牙笑了一下，牙白得耀眼。鲍仁文认出了，就是那天挑货郎挑的弟们。

小伙子和二婶不外得很。有一次，见他给二婶翻眼皮，二婶眼里进了颗沙子；有一次，见二婶帮他挑手上的刺儿。二婶吸烟，小伙子帮她点火；小伙子吸烟，二婶帮他点火。他叫她"二婶"，她叫他"大兄弟"，孩子们叫他"叔"。瞅不透他们是什么关系，瞅着只觉得怪有趣儿的。

日子过得那么平淡，难挨，看看他俩，倒也解解闷。

二十六

这天，那小伙子正给二婶锄地，却呼啦啦地跑来了一伙子人，为首的正是鲍彦山。他抡起扁担，一家伙把那小伙子掀翻在地上了。接着，一伙人就拥上来，连打带踢，那小伙子抱着头在地上乱滚。

二婶担着一挑水走到地边，来不及搁下桶就朝这边奔过来了。桶翻了，水涓涓地流着。

二婶跑着跑着，绊倒了，爬起来再跑，一边叫道："要打打我，要打打我。"

她跑到跟前，就去拖鲍彦山，鲍彦山给了她一脚："连你一起打。"

她被踢得蹲了一下，又站直了，跑上几步，扑倒在鲍彦山脚边，抱住鲍彦山的膝盖："大哥，你饶了他小命一条吧！"

鲍彦山不由放下了扁担，瞅了一眼弟妹，叹了一口气，骂道："你这不要脸的娘儿们，还有脸给他说情！"说罢，就一使劲甩脱了她。

二婶翻转身，索性抱住了那小伙子，不管不顾地嚷："是我偷了他汉子，没他的事！是我偷了他汉子，没他的事！"

一阵更加激烈的拳脚交加。二婶和那小伙子紧紧抱成一团，再不作声了。任他们怎么踢，怎么打，怎么骂，只是不作声。

打累了，终于歇了手，在他身上踹了一脚，说道："下次再叫我瞅见你往这庄上跑，没你好果子吃。"

他们抱成一团，一动不动像死过去了似的。人走了，半晌过后，才动了起来。

小伙子哇的一声哭了："二婶，我干了缺德事，败了你家的门风。你揍我吧！"

"这不怪你，"二婶整了整衣衫。眼里没有一滴眼泪，干干的。

"我带累了你，二婶。"

"是我带累了你，拾来。"

"我这就走，再不敢来了。"

"你要走，就走吧。"二婶幽怨地看着他。

他爬起来，要走，却又蹲倒了，脑袋垂在了裤裆里。

"你咋不走？"二婶问他。

"我走了，这地你自己咋锄得完。"拾来说。

"我能锄。"

"那，我走了。"他回过头，犹犹豫豫地对二婶说。

"慢，你的货郎挑子叫他们砸散了，你拿什么去做买卖？"

"我能拾掇。"

两人不再说话，低着头。过了一会儿，二婶慢悠悠地说："我说，拾来。"

"我听着哩。"

"我说，你要不嫌我年岁大，不嫌我孩子多，不嫌我穷，你，你就不走了！"二婶说罢，猛地扭过脸去了。

拾来却抬起了脸，眼睛里流露出欣喜的光芒，他感激涕零地叫了声："二婶！"

"你别叫我二婶了。"

"管。"

"你叫我，孩他娘。"

"管。"

二婶慢慢地转过脸，望着拾来，泪糊糊地笑了。拾来也憨憨地笑了。两张鼻青眼肿的脸，就这么泪眼婆娑地相对着，傻笑着。

拾来留下了，却不敢叫本家兄弟们看见。可是这怎么瞒得过人！鲍彦川的本家兄弟到处寻着拾来。

拾来去找队长。现在分地了，没有队了，也就没队长了，队长叫作村长了。村长不如队长能管事。他说他管不了鲍家兄弟，他心里也是不想管，这事儿不能管。这是小鲍庄百把年来头一桩丑事，真正是动了众怒。

拾来是个五尺高的汉子，不是一只烟袋一只鞋，不能藏着掖着。早晚叫他们瞅见了，便跑不了一顿饱打。拾来叫他们打急了，撒腿就跑。二婶在后边大声地叫：

"往乡里跑，往乡里跑！"

一句话提醒了拾来，拾来抱住脑袋，掉转身子就往乡里跑。一气跑了七八里地。到了乡里，才算有了公断：照婚姻法第几第几条，寡妇再嫁是合法的，男方到女方入赘也是合法的。从此，拾来在小鲍庄有个合法的身份，不用躲着人了。

可是，倒插门的女婿难免叫人瞧不起，连三岁小孩都敢在头上动土。干干净净的鲍姓里，忽然夹进一个冯姓，并且据说这个冯姓也不那么地道、纯净，是硬续上的，来路十分不明。叫众人难以认可。一篓瓜里夹进了葫芦，叫人怎么看得顺眼。再加上拾来和二婶的年龄，总给人落下话把。好在，拾来从小是在这种好奇又鄙夷的目光中长大，这对他不新鲜了。而他漂落了这几年，终于有了个归宿。他一点儿没觉着二婶对他有什么不合适的，他想不出他怎么去和一个大闺女过日子，和着一个小姊妹过日子，那也叫过日子吗？二婶对他，是娘、媳妇、姊妹，全有了。拾来心满意足，胖了，像是又高了一截子，壮壮实实，地里的活全包了。

二十七

今天晚上和明天白天天气预报：

今天晚上，阴有雨，雨量小到中等，局部地区有大到暴雨。预计明天，仍有中到大雨。希望有关部门及时做好防汛工作……

县里成立了防汛指挥部。

乡里成立了防汛指挥部。

村里也成立了防汛指挥部。

二十八

雨下个不停，坐在门槛上，就能洗脚了。西边洼处有几处房子，已经塌了。

县长下来看了一回。

乡长下来看了两回。

村长满村跑，拉了一批人上山搭帐篷，帐篷是县里发下来的。

这天，天亮了一些，云薄了一些，雨下得消沉了一些，心都想着，这一回大概挨过去了。不料，正吃晌饭，却听鲍山西边轰隆隆地响，像打雷，又不像打雷。打雷是一阵一阵的轰隆，而这是不间断的，轰轰地连成一片，连成一团。"跑吧！"人们放下碗就跑，往山东面跑。今年春上，乡里集工修了一条石子路，跑得动了。不会像往年那样，一脚踏进稀泥，拔不起来了。啪啪啪的，跑得赢水了。

鲍秉德家里的，早不糊涂，晚不糊涂，就在水来了这一会儿，糊涂了，蓬着头乱跑。鲍秉德越撵她，她越跑，朝着水来的方向跑，撒开腿，跑得风快，怎么也撵不上。最后撵上了，又制不住她了。来了几个男人，抓住她，才把她捆住，架到鲍秉德背上。她在他背上挣着，咬他的肩膀，咬出了血。他咬紧牙关，不松手，一步一步往东山上跑。

鲍彦山一家子跑上了石子路，回头一点人头，少了个捞渣。

"捞渣！"鲍彦山家里的直起嗓门喊。

文化子想起来了："捞渣给鲍五爷送煎饼去，人或在他家了。"

"他大，你回去找找吧！"鲍彦山家里的说。

水已经浸到大腿根了。

鲍彦山往回走了两步，见人就问："见捞渣了吗！"

有人说："没见。"

有人说："见了，和鲍五爷走在一起呢！"

鲍彦山心里略略放下了一些，还是不停地问后来的人："见捞渣了吗？"

有人说："没见。"

有人说："见了，搀着鲍五爷走哩！"

水越涨越高，齐腰了。鲍彦山望着大水，心想："这会儿，要不跑出来，也没人了。"

后面的人跑上来："咋还不跑！"

"找捞渣哩！"

"他早过去了，拖着鲍五爷跑哩！"

鲍彦山终于下了决心，掉回头，顺着石子路往山上跑了。

鲍秉德家里的折腾得更厉害了，拼命往下挣，往水里挣。鲍秉德有点支不住了。

"你不活了吗？"他大叫道。

她居然把绳子挣断了，两只手抱住她男人的头，往后扳。

"狗娘养的！"鲍秉德绝望地号。他脚下在打滑了，他的重心在失去。他拼命要站稳。他知道，只要松一点劲儿，两个人就都完了。水已经到胸口了。

她终于放开了男人的头，鲍秉德稍稍可以喘口气。可还没来得及喘气，她忽然猛地朝后一翻，鲍秉德一个趔趄，不由松了手。疯女人连头都没露一下，没了。

一片水，哪有个人啊！

水撵着人，踩着石子路往山上跑。有了这一条石子路，跑得赢水了。跑到山上，回头往下一看，哪还有个庄子啊，成汪洋大海了。看得见谁家一只木盆在水上漂，像一只鞋壳似的。

村长点着人头，除了疯子，都齐了，独独少鲍五爷和捞渣。

"捞渣——"他喊。

"捞渣——"鲍彦山家里的跺着脚喊。

鲍彦山到处问："你不是说见他和鲍五爷了吗？"

"没见，我没说见啊！"回说。

鲍彦山急眼了，到处问："你不是说见了吗？说他牵着鲍五爷！"

都说没见，而鲍彦山也再想不起究竟是谁说见了的。也难怪，兵荒马乱的，瞅不真，听不真也是有的。

鲍彦山家里的跳着脚要下山去找，几个娘儿们拽住她不放："去不得，水火无情哪！"

"捞渣，我的儿啊！"鲍彦山家里的只得哭了，哭得娘儿们都陪着掉泪。

"别号了！"村长嚷她们，皱紧了眉头。自打分了地，他队长改做了村长，就难得有场合让他出头了，"还嫌水少？会水的男人，都跟我来。"

他带着十来个会水的男人，砍了几棵杂树，扎了几条筏子，提着下山去了。

筏子在水上漂着，漂进了小鲍庄。哪里还有个庄子啊！什么也没了，只有一片水了。一眼望过去，望不到边。水上漂着木板、鞋壳子。

"捞渣——"他们直起嗓子喊，声音飘开了，无遮无挡的，往四下里一下子散了，自己都听不见了。

"鲍五爷——"他们喊着，没有声，好比一根针落到了水里，连个水花也激不起来。

筏子在水上乱漂着，没了方向。这是哪儿和哪儿哩？心下一点数都没有。

筏子在水上打转，一只鸟贴着水面飞去了，鲍山矮了许多。

"那是啥！"有人叫。

"那可不是个人？"

前边白茫茫的地方，有一丛乱草，草上趴着个人影。

几条筏子一齐划过去。划到跟前，才看清，那是庄东最高的大柳树的树梢梢，上面趴着的是鲍五爷。鲍五爷手指着树下，喃喃地说："捞渣，捞渣！"

树下是水，水边是鲍山，鲍山阴沉着。

男人们脱去衣服，一个接一个跳下了水。一个猛子扎下去，再上来，空着手，吸一口气，再下去……足足有一个时辰。最后，拾来一个猛子下去了好久，上来，来不及说话，大口喘着气，又下去，又是好久，上来了，手里抱着个东西，游到近处才看见，是捞渣。筏子上的人七手八脚把拾来拽了上来，把捞渣放平，捞渣早已没气了，眼睛闭着，嘴角却翘着，像是还在笑。再回头一看，鲍五爷趴在筏子上早咽气了。

筏子上比来时多了一老一小，都是不会说话的。筏子慢慢地划出庄子，十来个水淋淋的男人抬着筏子刚一露头，人们就呼啦地围上了。

一老一小静静地躺在筏子上，脸上的表情都十分安详，睡着了似的。那老的眉眼舒展开了，打社会子死，庄上人没再见过他这么舒眉展眼的模样。那小的亦是非常恬静，比活着时脸上还多了点红晕。

鲍彦山家里的瞪着眼，一字不出。大家围着她，劝她哭，哭出来就好了。

村长向人讲述怎么先见到鲍五爷，而后又下水去找捞渣。

拾来结结巴巴地向大家讲述："我一摸，软软的。再一摸，摸到一只小手。我心里一麻，去拽，拽不动，两只手搂着树身，搂得紧……"

人们感叹着："捞渣要自己先上树，死不了的。"

"捞渣要自己先跑，跑得赢的。"

"那可不是？小孩儿腿快，我家二小子跑在我们头里哩！"

"捞渣是为了鲍五爷死的哩！"

"这孩子……"

打过孟良崮的鲍彦荣忽然颤颤地伸出大拇指："孩子是好样儿的！"

"我的儿啊——"鲍彦山家里的这才哭出了声，在场的无不落泪。

捞渣恬静地合着眼，睡在山头上，山下是一片汪洋。鲍秉德蹲在地上，对着白茫茫的一片水，呜呜地哭着。

天渐渐暗了，大人小孩都默着，守着一堆饼干、煎饼、面包，是县里撑着船送来的，连小孩都没动手去抓一块。

天暗了，水却亮了。

二十九

这次大水闹得凶，是一百年来没遇到过的大水。可是，全县最洼的小鲍庄只死了一个疯子、一个老人和一个孩子。这孩子本可以不死，是为了救那老人。

水下去了，要办丧事了。大伙儿商议着，不能像发送孩子那样发送捞渣。捞渣人虽小，行的是大仁义，好歹得用一副板子送他。万不能像一般死孩子那样，用条席子卷巴卷巴。

男人们去买板子了，女人们上街扯布。蓝涤卡，做一身学生制服，鱼白色的确良，缝个衬里褂子。还买了双白球鞋。捞渣打下地没穿过一件整褂子，都是拾他哥哥们穿破穿烂的。要好好地送他，才心安。

全庄的人都去送他了，连别的庄上，都有人跑来送他。都听说小鲍庄有个小孩为了个孤老头子，死了。都听说小鲍庄出了个仁义孩子。送葬的队伍，足有二百多人，二百多个大人，送一个孩子上路了。小鲍庄是个重仁重义的庄子，祖祖辈辈，不敬富，不畏势，就是敬重个仁义。鲍庄的大人，送一个孩子上路了。

小鲍庄只留下了孩子们，小孩是不许跟棺材走的，大人们都去送葬了。

女人们互相拉扯着，呜呜地哭，风把哭声带了很远很远。男人们沉着脸，村长领着头，全是彦字辈的抬棺，抬一个仁字辈的娃娃。

刚退水的地，沉默着，默不作声地舔着送葬人的脚，送葬队伍歪下了一长串脚印。

送葬的队伍一直走到大沟边。坑，挖好了，棺材，落下了，村长捧了头一捧土。九十岁的老人都来捧土了："好孩子哪！"他哭着，"为了个老绝户死了，死得不值啊！"他跺着脚哭。

风吹过大沟边的小树林子，树林子沙啦啦地响。一满沟的水，碧清碧清，把那送葬的队伍映在水上，微微地动。土，越捧越高，越捧越高，堆成了一座新坟。坟映在清凌凌的水面上，微微地动。

他大在坟上拍了两下，哑着嗓子说：

"孩子，大委屈你了，没让你吃过一碗好茶饭！"

刚止住的哭声又起来了，大沟的水哭皱了，荡起了微波，把那坟影子摇得晃晃的。

天阴阴的，要下雨似的，却没有下。鲍山肃穆地立着，环起了一个哀恸的世界。

这一天，小鲍庄没有揭锅，家家的烟囱都没有冒烟。人们不忍听他娘的哭声，远远地躲到牛棚里，默默地坐了一墙根，吸着烟袋。唱古的颤巍巍地拉起了坠子：

　　　　十字上面搁一撇念作千字，

　　　　千里那哈又送京娘。

　　　　有九字往里拐念力字，

　　　　力大无穷有燕张。

　　　　有人字一出头念入字，

　　　　任堂辉结拜杨天郎。

　　　　……

鲍二爷轻轻问老革命：

"鲍秉德家里的找到没有？"

老革命目不转睛地看着唱古的，轻轻说："没有。"

"这就怪了。"

"大沟都下去摸过了。"他盯着唱古的回答。

"这娘儿们……兴许……怪了……"鲍二爷摇头。

老革命一字不落地听着：

　　　　有五字添一个单人还念伍，

　　　　伍子胥打马又过长江。

　　　　有四字添一横念西字，

西凉年年反朝纲。

……

三十

鲍仁文把拾来和二婶的故事，写了一篇文学色彩很浓的广播稿，寄给了广播站。题目叫作《崇高的爱情》。他写拾来不嫌二婶年纪大，孩子多，二婶则不嫌拾来没根底，没地又没房。由于有了崇高的爱情，他们便结为伴侣。白日辛勤地劳动，夜里在灯下制定"致富计划"，等等等等。不出一星期，就广播了，引起了极大的轰动。有人从十几里外来小鲍庄，为了看一眼拾来和二婶。可是，这并没有改变拾来在小鲍庄的地位，人们还是叫他"倒插门"的。

和他家地连边的还有鲍仁远家。他光天化日之下，犁去二婶两犁地，拾来也不敢作声。因此二婶没有男人时没受过欺负，这会儿有了男人，倒任人欺负了。而没有男人的二婶不是个省油灯，到处敢和人争和人吵，和人理论理论，现如今有了男人倒不敢了，像有了什么短处似的。她总觉得自己这个男人不是明门正道的，自己心里先亏了三分理，便再也嚷不出去了。可不管怎么说，还是有个男人好啊，不论是明道还是暗道。有个男人，心里踏实多了，过日子有个帮手，到底不那么累人了。她从心底里是感激拾来的。可是她又隐隐地觉着，自己也是收容了拾来。所以，她使唤拾来起来，那话里总难免有一种不客气的味道：

"拾来，水缸见底了！"

拾来便去挑水。

"拾来，烧锅！"

拾来便烧锅。

"拾来，锅溢了。"

拾来便不烧。

"拾来，猪跑了。"

"我正吃饭哩！"拾来说。

"你不能吃着攥吗？"

于是拾来便卷巴一张煎饼跑去了，嘴里"啰、啰"地叫着。

拾来也习惯了，任她使唤。使唤不怕，就怕她嘟囔。有时候，拾来任务完成得不那么圆满，她就会嘟囔个没完。拾来虽说是个倒插门的，毕竟也是个男人，也有脾气，发作起来也是不得了的，于是就要闹。不过，他们闹起来和别人不一样。他们插着门闹，压着声儿闹，打死了也不叫唤。闹完了，打完了，开了门，又像没事人一样了。夜里，两口子还是恩恩爱爱，该干啥还干啥。

拾来隐隐有点不满足的是，这个家他做不了主。这个家是二婶的家，有什么事，人家从不找他，而是直接去找二婶。其实，就是来找他，他也会去问二婶的，可人们连这个过场都不记着要走一走。而二婶呢，也常常忘记和他商量。比如，小三子上学的事。其实，她要来问他，他也会让三子上学的，她的孩子就是他的孩子，他能亏待得了吗？可是二婶问都不来问他，好像他不是这家的男人似的。他心里自然有点不自在。心里不自在吧，又不好说出来，憋又憋不住，就在别的事上露出了脸色：

"稀饭咋这么稀，是涮锅水吗？"

"我多放了半瓢水，你凑合喝吧，老爷！"二婶说。

"干一天活，喝这个管吗？雇的短工也得管饱饭！"拾来放下锅，搁重了一点，"砰"的一声响。

"你走街串巷卖货的时候，能喝上这个就不错了哩。"二婶撇撇嘴说。

打人不打脸，揭人不揭短，这话说到了拾来的短处，也是痛处，他干脆把碗摔了。

二婶也会摔碗，摔得比他响，"乒乓"的，当然，没忘了先关门。

打一次，闹一次，当时不觉得什么。可一次一次多了，总归要留下一点什么。一点一点地积了起来，自然是个事儿。虽然不大吧，可搁在心里也是个疙瘩，怪不畅快的，不过，过日子嘛，不畅快原来就比畅快多，没什么大不了的，也能过下去。不如人家的有，可人家不如的也有。就是这么回事。

广播稿在乡里广播了不久，又在县广播站广播了。拾来和二婶觉得怪臊的，可毕竟有点得意。成了名人了，便也觉得不该闹。想不闹就能不闹了吗？

也不能。他们只能把门关得更严，声音压得更低。

　　鲍仁文听到县广播站广播了，便激动得了不得。要知道，被县广播站选中稿子，这在他的文学生涯中，是一个制高点。他自己都不晓得怎么来的一个印象，就是县广播站广播过的稿子都要在县文联办的一份名叫《文苑》的刊物上发表。他沉住气等着县文联给他寄到有他稿子的《文苑》。等了半个多月，也不见动静，又不好意思问上门去，只好作罢。他又想着再加工成一篇小说，给省里的刊物寄走了。接下来，就又是无穷无尽的等待。至于拾来和二婶在屋里打架，他就不负责了。

三十一

　　捞渣死后，文化子叫他娘数落得够呛。样样事情，他娘都要拿捞渣来对照他。而他自己也奇怪起来，怎么相对着自己每一处缺点，捞渣都有一处优点。而他的缺点又那么多，一动弹就露出了马脚。于是，便不时提醒起他娘对捞渣的怀念，数落之后便是哭，哭起来就没个完了。

　　"文化子，给娘捶捶背。"他娘叫道。

　　"我在喂猪哩。"他说。

　　他娘便哭了："捞渣要在，不用我说，他就给我捶了。捞渣在，我一进门，他就递洗脸水过来了，不要我动弹了。捞渣，你咋走得那么早哩……"

　　哭得人心里酸酸的，烦烦的。文化子憋得慌。他心里也难受，难受的不仅仅是弟弟死了。当然，弟弟死了，他也难受得像心里剜去一块肉似的。这个弟弟好，虽然比他小许多，却处处让他。要不为让他，也能早一年读书，多挣两张"三好学生"的奖状来家了。可是，难过归难过，死的死了，活着的还得过日子哩。因此，活着的人就不免要多想想活着的人，活着的事。

　　他想小翠子。自打小翠子走了，他才渐渐明白过来，小翠子是喜欢自己的，而自己也是喜欢小翠子的。并且，小翠子对他的希望，也一日一日地明了起来了。文化子变闷了，比他哥还闷。小翠子走，他哥也难过，难过的是媳妇没了。他哥二十六了，想媳妇呢。而他文化子难过的不是媳妇，她不是他的媳妇。哥哥还没媳妇，他不敢想媳妇。所以，他又盼着他哥快娶媳妇，但是，最好不是小翠子，一定别是小翠子，可千万别是小翠子。哦，小翠子，可千万别回来。可是他又耐不住地想小翠子回来。下湖去，他想着，小翠子跑过来，推了他一个脸朝天；井沿上，他想着，小翠子蹦出来，按住他的扁担："还我的'十二月'！"他想起他"还"她的那支歌儿，叫她一下子就唱会了，一丝音儿都不跑。"你该是上学念书的。"文化子叹了一口气。他发现小翠子对他的希望，其实也是她自己的希望。她真该去上学的。而如今，连他自己都没得学上了，还谈什么小翠子呢！

他想学校，想看书了。他常常跑到鲍仁文那里去，借书看，和他拉呱儿。他自己也觉得出奇，如今和谁都不大能拉得来，却和鲍仁文能拉。

"文哥，你不能老一个人这样过下去吧！"他说。

"我不能像众人那样过下去。"鲍仁文回答。答得莫名其妙，可文化子全懂。

"你不觉得苦？"

"苦倒不怕，只要有盼头。"

"你有盼头吗？"

"想就有，不想就没有。"鲍仁文极其微妙地笑了一下，可文化子全领悟了。

"怎么过不是过一辈子呀，是不是，文哥？"

"只要自己觉得有滋味。"

"各人有各人的过法，是不是，文哥？"

"别看别人怎么过，只管自己，就行。"

"也别管别人怎么看咱们过，只管自己过的，就行。"

他们俩像参禅似的，能拉一夜。每次从鲍仁文那破得不成样的屋子里出来，文化子便觉得心里敞亮了一点。

有一天夜里，他从鲍仁文家回来，走到家门口，忽然从黑影地里闪出一个人，站在了他的跟前，一双乌溜溜的眼睛看牢了他。是小翠！他险些儿叫出了声，小翠一把将他的嘴捂住，拖住他，跑到了家后。小翠的手滚烫滚烫，他拽住再不松开了。

两人跑下台子，钻进秫秫地，这才站定。小翠回过头，看着文化，文化也看着小翠。小翠的脸盘子瘦了一圈，眼睛更大了，黑洞洞的，深不见底。月光将秋秋叶的影子投在她脸上，影子摇晃着，她的脸一明一暗，像在梦里似的。

"你跑哪儿去了？"文化子想去摸摸她的脸，却不敢，倒被这个念头弄得哆嗦起来了。

小翠子不回答，只是看定了他。

文化子不由害怕起来了，推推她："你咋又回来了？"

"为你回来的。"小翠子说，眼泪直流了下来，很大很大的泪珠儿，打在秋秋叶儿上，"啪啪"地响。

这下轮到文化子不说话了。

"你不要我回来？"小翠怨艾地问。

"我正想着找你去。"

小翠子一把抱住了文化子的脖子，文化子这才敢抱住她。月亮悄悄地看着他们，看了一会儿，挪了一点，再看一会儿，再挪一点儿。下露水了。秋秋在拔节，"刷刷"地轻响着。一只秋虫在"吱吱"地唱。秋秋叶子摇晃着，把影子晃到小翠身上，又晃到文化子身上。露水凉凉的，甜甜的。

"翠，别走了。要走，我们一起走。"

"我回来，就是来讨你这句话的。你这么说，我就不怕了。"

"我也不怕，翠。"文化子喃喃地说。

"我就要你这句话，文化。"小翠喃喃地说。

"我想你想得好苦。"文化子哭了。

"我想你想得好苦。"小翠哭得更伤心了。

"我都想你来骂我，打我。"

"贱骨头！"小翠破涕而笑了。笑了一声，又哭了。

两人轻轻地笑着，又轻轻地哭着。月亮悄悄地看着他们，秋秋叶儿悄悄地拍打着他们。

三十二

鲍秉德结婚了。娶的是十里铺的一个麻脸大姊妹，虽是麻脸，人长得粗笨，可还是大闺女的好啊！是鲍彦山家里的给做的媒，一说便成了。立马定好了日子，说娶就娶过来了。虽然那疯子才死了不过三个月，但大伙儿都谅解：这男女两头都不能等了。三亩四分地躺在那里了，天天要人侍弄，家里没个做饭的不成。再说，鲍秉德已年过四十，等着抱儿子哩。

庄上有头有脸的，鲍秉德全请，还请了鲍仁文。可是鲍仁文却推托有事，没去。他坐在他那小破屋里，听到鲍秉德家里传过来的划拳喊令声，心中十分怅惘，像是失落了什么。他觉着，有些寂寥。一盏孤灯伴着个孤魂，自己不明白自己究竟在活的个什么。

那边像是更喧哗了，许是在闹房。又静了下来，大约新娘子在唱小曲儿了。静了一阵，又闹起来，大约是唱毕了。鲍仁文屏着气听那边的动静，没提防门开了，进来了一个文化子，把他结结实实地吓了一跳。

"看新娘子了？"鲍仁文问他。

"瞅了一眼。"文化子说。

"咋样？"

"一脸的坑。"文化子坐在床沿上，翻着书。

鲍仁文脑袋枕着胳膊，躺在床上，望着黑洞洞的梁。

"俺娘又在哭，想捞渣了。捞渣去年这个时候，和俺娘坐一条板凳掰大秫秫棒哩。"

"捞渣是个好样儿的，连鲍彦荣这个功臣都敬着他几分。"鲍仁文说。

"文哥，你不能把捞渣的事写个文章吗？"

"写捞渣？"鲍仁文坐了起来。

"捞渣不是为自己死的，是为鲍五爷死的，有写头哩！"

"可不是，可以写个报告文学。"鲍仁文自言自语道。

"俺这弟弟够苦的，才过了九个年，还没做人呢！就没了。"

"他人虽然小，做的是大德行。"

"俺娘一哭就叨叨，没给他吃过一顿好茶饭。今年能收得多，能吃饱肚了。他又不在了。"

鲍仁文下了地，脚在床下边摸着鞋。他完全被激动了起来，浑身充满了一种幸福的战栗。"灵感来了。"他说，"是灵感来了。"他肯定。赶紧地摸笔、摸纸，把文化子完全忘了，撇在一边。

他不理会文化子，文化子也不理会他，脱了鞋，上了床，枕着胳膊躺倒了，和鲍仁文换了地方。他望着黑洞洞的梁。

小翠子今天晚上不知会不会来了，庄上这么大的动静，人来人往走马灯似的，到三更也消停不了。小翠子在十里地以外的柳家子给人做短工，说一得闲就过来。让文化子每天晚上，月到中天了，就到家后台子上去望望。他们约好，咬着牙等，等建设子娶上了媳妇，小翠回来，和文化子成亲。她虽然和建设子一没结婚，二没登记，可全庄的人，所有的人都认定她是建设子的媳妇了。而文化子，则是她的小叔子。所以，她必须等建设子成了家才能露面。

鲍彦山家里的，为建设子的事愁得不能行。她明白，建设子说不上媳妇的重要原因，是家里没房子。那三间破泥屋，经这么一场百年不遇的水一泡，又趴下去了一截，屋顶天天往下掉土坷垃，说不定什么时候就全趴下了，把一家几口人全埋在了里面。她和男人筹划着，收了秋，把粮食除了留种，全卖了，盖房子。可是没粮食吃什么呢？这又是要发愁的事。两口子，每天夜里在枕头上烙饼，翻来翻去，翻到鸡叫天亮。

文化子望着屋梁，那屋梁上头像是有个黑不见底的大洞，望着望着，文化子觉着自己好像陷进了那大洞。

那边静下来了，有人打门前走过，说话的声音碰地响：

"麻脸倒不怕，能生养就行。"

"看她那粗腰大腚，能生一窝哩！"

"奶奶的，清冷。"

脚步沓沓地敲着泥地，远去了。

月到中天了。

三十三

二婶家大小子有十六了，长成个大个儿，黑黑的脸膛子，不笑。去年，还叫拾来"叔"，今年不叫了。拾来叫他，他也爱理不理的。二婶什么事都跟他商量，就更不和拾来商量了。拾来常常窝气，实在气不过了，他便把那散了架的货郎挑找出来拾掇拾掇，看见了货郎鼓，他拿在手里轻轻一摇：

叮咚，叮咚。

货郎鼓的声音生脆生脆。拾来愣愣着，像是想起了什么，最后又什么也没想起。他把货郎鼓往腰里一插，挑起货挑子走了。也没跟二婶打个招呼。二婶烧好了锅，等拾来吃饭，等等不来，等等不来。庄前庄后找了一遍，人说，没见拾来，倒见有个货郎，打大路上走过去，那模样确是有点像拾来。她赶紧跑回家找那散了架的挑子，一找没找到，她便明白了。

"我怕你不回来？贱样！"她撇撇嘴，自己盛碗稀饭，抓张煎饼吃了，把锅刷了睡了。一夜没睡踏实，一有个风吹草动，她就要竖起耳朵听听，是不是有人敲门。没人敲门。

第二天早起，她该干啥还干啥。第三天也这么过了。到了第四天，她有些沉不住气，一夜没合眼，围着被坐在床上，吸着烟愣一宿。天亮了，她换了件海昌蓝的半新褂子，决定去找拾来了。

"我娘，你去找啥？找个熊！"大小子粗鲁地对她说。

"我去找你大！你个没良心的杂种！"她乱骂着，大小子不敢作声了，她还骂，"要没他，你早死了，不饿死也得累死。他是你大。别看他大不了你多少岁，也是你大。你敢不叫他大，你看着……"二婶骂着，不由有点心酸。她想起拾来刨地的模样，光着脊梁骨，背上的汗珠子亮晶晶的，把裤腰都滚湿了。

拾来挑着货郎挑走在大路上，大路白生生的，翻过了前边的坝子，不见了。他忽然想起了一个月亮夜，这路白花花的，坝子上翻过来一只甲虫，慢慢地近了，近了，是一架平车，一个穿着蓝白花夹袄的女人拉平车，车上有个凉床架子，一个篮子，篮子里有布，有棉絮，有果子，还有一盒烟卷。他心乱跳着，眼窝里热乎乎的，像有什么东西流了出来，他抬起手摸了一把。庄子里静悄悄的，只有老人和孩子。他走到他家的草屋跟前，那草屋几乎全陷到地底下去了，地面上只剩个烂屋顶了。前前后后的倒有了好些青砖到顶的房子。

门上没锁，虚掩着，推门推不动，再使劲，门倒了。屋子里空空的，一地的碎麦穰穰子。阳光从窗洞里透进来，卷着几缕灰。屋里只有一眼灶，两个床：一个板床，一个凉床。他站着，头快碰上屋梁了。门口拥着几个小孩儿，愣着眼看他。

"这屋的人呢？"他问小孩儿。

"走了。"小孩儿回答。

"走哪儿了？"

小孩儿面面相觑，一个大点儿的说："上北边了。"

拾来站了一会儿，走了出来，把门装好，掩上，回过身来。

阳光扎着他眼疼，睁不开。太阳晃眼。

拾来挑着货郎挑走在大路上，走过一片一片的地，这是两个，那是三个，在做活。他想着二婶的那地。他想着那地被太阳晒得烫脚，烫到心里去的滋味儿；想着那地腥苦腥苦的气味儿；想着那地种什么收什么，一点儿骗不得，也一点儿不骗人的诚实劲儿；想着二婶刨地时，那破褂子飘飘忽忽的，时隐时现着一双柔软结实的妈妈。他懒懒地走在大路上，货郎鼓无精打采地响：

"叮——咚，叮——咚。"

进了庄子，有个媳妇儿来挑花线，有个姊妹来拣纽子……各色各样的手在匣子里翻腾着。他瞅着那些个手，心里闷闷的。好歹等她们挑够了，买了，或是不买了。他整理了一下挑子，上了肩，直起腰，刚迈步，又站住了。离他十来步的地方，站着个娘儿们，脸上又是土，又是汗，成花的了，手掐着腰，恨恨地瞅着他。

"二、二，"他又改口道，"孩、孩他娘。"

"孩他娘死了！被她男人甩了，上吊了，投河了，一头撞在鲍山上撞死了！"

"哪，哪能。"拾来赔着笑脸，心里却像喝了一碗滚烫的茶，舒坦极了。

"她男人找着黄花大姊妹了！找着穿高跟鞋儿，烫狮子头的洋妞了！找着住楼的小姐了！"

"哪，哪能！"拾来走近去，抬起手，碰了碰二婶的肩膀，被二婶一巴掌打掉了。

"她男人死了，她守寡了，她改嫁了，嫁山那边去了！"

"哪，哪能。"拾来把打回来的那只手放到脑袋上，挠着脑袋。

"生了一大嘟噜孩子，有男的，有女的，有长的，有短的，有方的，有圆的……"二婶自己也笑了，赶紧又掩住。

拾来朝前走了两步。

"你走哪去！"二婶嚷道。

"走家呀！"他回答。

"哪是你的家？你还记得家？"

拾来不敢动了，站在那里。

"你是死了吗？还不动弹，你想死在野地喂狗了？"

拾来这才敢走动，跟在她后边。他心里就像放下了一块石头，他问自己：究竟有啥事呢？什么事也没有，啥事也没有。他回答自己。他越走越轻快，不由走到了二婶头里。

太阳照着土地，风吹着大柳树，柳枝子飘拂来飘拂去，一只雀子唱着。货郎鼓"叮咚叮咚"地响。他走着走着一回头，见二婶在抹眼泪，他又傻了：

"你，这是干啥呢？"

"你这个没良心的！"二婶哽咽着骂。

"我去去就来家了。"

"我不找你，你来家？"

"不找也来家。"

"说瞎话。"

"要是瞎话天打五雷轰！"拾来赌咒发誓。他望着二婶泪糊糊的毛乎眼，鼻子也酸了。

两口子相跟着回了庄，天已到晌午了。二婶开了锁进了屋，一边吆喝拾来："烧锅！"

拾来还没坐到锅跟前，她又嚷：

"水缸见底了，还不挑水去，这么没眼色的。"

于是，拾来又站起来去挑水。

三十四

鲍秉德不明白自己咋会有这么多话的。天黑，他脑袋一挨上枕头，就开始对着新媳妇叨叨，叨叨个没完。他告诉她小鲍庄的来历：鲍家祖上做过官，莫看如今贫寒，却是有根底的。他告诉她自己家那些啰啰唆唆的事：自己过去的那女人，那女人怎么变疯了，又怎么想上吊没死成，后来发大水时，又怎么摔下去，淹死了，至今连根头发都没找着。

媳妇总是静静地听着。黑里见不着她脸上的麻子，什么也看不见，只觉着她的脸贴着他的脸，眼睛眨巴着，半天眨巴一下，半天眨巴一下。他知道，她醒着，在听他说呢！

鲍秉德原以为自己是不好说话的哩。他常常一连几天不说一个字，猛一开口，把自己都吓了一跳。如今这么说个没完，连自己都觉着烦人了。可不会是这几年的话全憋在肚里了。说也奇怪，人一说话就像是活过来似的。他像是活过来了。回想那几年，都不知道自己在活个什么劲。他就是觉得自己说得太多了，怕人烦。

她的脸贴着他的脸，半天一眨巴眼，半天一眨巴眼。她醒着，在听他说哩。

她肚里已经有了，不知为啥，他不用趴到她肚子上去听，也晓得一定是个活跳跳的孩子。他这么断定。他觉得这个娘儿们就是专给他生孩子过日子的，就是个不折不扣的娘儿们，家里的。搂着这样的娘儿们睡，睡得踏实，睡得实在。

可是，有时候，他坐在板凳上，脚泡在脚盆里，吸着烟袋，看着她忙活。看着看着，不由得会看到一个苗苗条条的背影，一条大辫子在背上跳着，长虫似的。他的心，就会像刀剜似的一疼。他觉得那疯子是有意跳下水，给这个媳妇儿让路的，也是给他让路的。唉，要是找着她的尸体，埋在地头，也好时常看看，捧捧土，拔拔草，心里的难受也好有个地方发落。可她不知躲哪儿去了，连根头毛也找不见了，连把土也不让他捧，草也不让他拔，连个地头也不占他的，连个难受也不给他。是放他过去，也是叫他放她过去。

鲍秉德心里酸酸地难受。可是天一黑，一搂着那娘儿们，话又来了。耳根子隐隐的好像家后秫秫地里有人唱小曲，声音细细的，风吹似的。再凝神一听，又没了。

三十五

鲍仁文熬了几宿，写成了捞渣的报告文学。这回，他发了狠，一连抄了四五六七份，发通知似的发给了好几下处：省里的、地区的、县文化馆的；刊物、报纸、青年报、少年报……

收过了秋，粮食进了屋，囤了起来。过年了，鲍秉德家里的肚子挺得老高，快生了。

庄前庄后连连响着鞭炮，起屋上梁哩！

这一天，大路上来了一辆吉普车，进庄就问鲍仁文家住在哪里，然后就一径找了过来。

鲍仁文正在地里做活，见一辆吉普车老远地来了。车停了，下来两个人，朝他走过来了，是朝他走过来的，踩着刚出头的麦苗。他站直了腰，用手搭起凉棚望着，心里"怦怦"地跳起来了。他看得出这两个人不是乡里人，其中一个甚至不是此地人。他们是来做什么的？太阳照着眼，眼睁不开。那两个人从太阳照眼的地方走来了。

那两个人一步一步走来了。

两个人一步一步走来了。

两人一步一步走到了跟前，问道：

"你是鲍仁文同志吗？"

"是的。"他说，声音有些打颤。

"这是地区《晓星报》的记者老胡同志。"那个像此地人的人指着那个不像此地人的人说，"我是县文化馆的，我姓王。"

老胡同志早已伸出手，握住了他的手。老胡同志戴了副眼镜，嫩相得很，不敢判断他的年龄。城里人的年龄不好说。他热情地摇摇鲍仁文的手，拉他在地头上坐下，好像是他家的地头似的。

他果真是为捞渣的报告文学而来的。他们收到稿子，先是看了一遍，压起来了。后来，过了年，临近三月份了。三月份是礼貌月。领导上要他们好好地抓一个典型，以配合"五讲四美"的宣传。于是他们又想起了这篇报告文学，重新找出来看了一下，传阅了一下，都觉得事迹是可以的。就是，怎么说呢？文章还要润色，并且要更加充实加强捞渣几年如一日照顾五保户这一情节。要知道，如今老人问题，简直是个世界性的社会问题。所以就派老胡同志来和鲍仁文同志合作，一起完成这篇报告文学。事情很紧急，今天，鲍仁文就要跟他们进城去。要力争在三月以前完成，让老胡同志带着稿子回报社发排，三月一日见报。

鲍仁文听他说着这一切，就好像坠入了五重云雾中。"我不是在做梦吧？"他问自己。"我可不是在做梦吧！"他又问自己。他觉着头晕，觉着身子软软的无力，连微笑也微笑不动了。他看着老胡同志那张嫩生生的脸，听不见他在说什么，就好像放电影出了故障，只有人影没有声音似的。老王同志递过烟卷，他糊里糊涂地接过来，居然让老胡同志点的火，连声谢谢也没说。

最后，老胡同志站起来，拍拍屁股上的土，说："就这样。"

鲍仁文也站起来，拍拍屁股上的土，说："好，就这样了。"

"我们现在就走吧！"

"好，走吧。"鲍仁文跟着说。恍恍惚惚的，不知要走到哪里去。走出麦地，上了吉普车，一股子臭汽油的味，叫他清冷起来：老胡同志是要上捞渣家去瞅瞅，和他父母拉拉。

鲍彦山家里的在烧锅，见来了两个陌生人，有些着慌，忙不迭地站起来。老王同志说：

"这是地区《晓星报》的记者，专来采访你家鲍仁平的事迹，要写文章报道哩！"

他娘还是惶惑。

"这是县上、地区上的干部，来问问你家捞渣的事，要写文章表扬哩！"鲍仁文解释说。

她便懂了，释然了："屋里坐，屋里坐！"

屋里漆漆黑，一个粮食囤子占了三分之一的地方。老胡似乎有些吃惊地左右看看，没有说话。有人到湖里把鲍彦山喊来了。

"这是鲍仁平的父亲。"鲍仁文介绍。

两人一齐上前，一人握住了一只手，使劲摇着。鲍彦山惶惑地看着他们，好容易把手解脱出来：

"坐，坐吧！"

各就各位坐下以后，老胡同志扶了扶眼镜，低沉地问道：

"鲍仁平是从几岁开始照料五保户鲍五爷的？"

"打小就跟鲍五爷亲呢。会说话就会邀鲍五爷吃饭；会走路，就会去给鲍五爷送煎饼。"

"他为什么会对鲍五爷这么好呢？"

"他俩有缘分。鲍五爷不理人，倔，就理捞渣，和捞渣亲。"

"鲍仁平生前记不记日记？"

"日记？"

"捞渣活着时每天写不写文章？"鲍仁文解释道，无形中他成了翻译。

"自打他上学，每天放过学，割过猪菜，吃过饭，就趴在桌上写作业。写个不停，冬天手冻麻了，还写；夏天，蚊子咬疯了，还写。叫他，捞渣，明天再写吧！他说：明天还有明天的作业哩！"

"他写的东西还在吗？"

"和他的书包一起烧了。"

"烧了？"老胡同志很吃惊。

"此地的风俗：少年鬼，他的东西不兴留家里，统统都烧，烧不了的就埋了，扔了。"鲍仁文解释。

"哦。"老胡同志轻轻地吸了一口气。

"这孩子命苦，没吃过一顿好茶饭。"他大唏嘘起来，眼泪啪啪地落在了地上。他咳了一声，吐了两口痰，用脚搓搓，搓去了。

老胡同志不再说话，过了半晌，轻轻地说："走吧。"

鲍仁文带他们到大柳树下去看看。老胡同志仰起头望望那树梢，想象着当时那鲍五爷是怎么趴在那树上的。又低头看看树干，想象着捞渣又是怎么抱住这树干死的。老胡摸摸那粗糙的树身，不说话。

鲍仁文又带他们到大沟边捞渣的坟上去看了看。坟上长了一些青青的草，在和风里微微摇摆着。一只雪白的小羊羔在啃那嫩草，一个小孩在大沟里洗脚，瞪大眼睛严肃地瞅着他们。

"小孩，过来。有话问你。"老王喊他。

他跑上来，牵起小羊羔，转头就跑了，一边跑一边回头看。

"乡里小孩没见过世面。"鲍仁文代他抱歉道。

老王摇摇头，笑了："我想问问他，鲍仁平的事。"

老胡一直没说话，站在捞渣的坟前。

坟上的草青青嫩嫩的，随着和风微微摇摆。

三十六

鲍秉德家里的生了，生得毫不费难。人到湖里喊鲍秉德，他忙不迭地往家跑。刚到门口，还没搁下锄子，里面就"嗷"的一声，下地了。是个大胖闺女。

不是小子，鲍秉德也不泄气。闺女小子，他都要，一样的金贵。梦里都做过几回了，有人喊他大。

不过两个月，他家里的又怀上了。乡里来动员计划生育，要他女人去流产，去结扎。他嘴里答应着，第二天就把他家里的送回了娘家。留得青山在，不怕没柴烧。

他一个人从她娘家十里堡走回来，想想要乐，想想要乐。没想到一个人都活到这份上了，眼瞅着没什么指望了。不料，山回路转，又行了。他走到了大沟边上，走过了捞渣的坟。风吹过坟头，青草沙沙地响。他腿一软，蹲下了，他想起了那疯女人。他望着小小的坟，坟下黑黝黝的大沟水，不由生出一个奇怪的念头：

"没准是捞渣把她给拽走了哩，他见我日子过不下去了，拉我一把哩。"

他又望望坟，坟上的草在月光下发亮。

"都说这孩子懂事。这么小，就这么仁义。"

他看看大沟，水，在月光下闪闪发亮。

"这孩子也真奇，仁义得出奇。和鲍五爷的缘分也出奇，这是个小怪孩。"

他抓起一把土，拍在坟头上：

"好孩子，你保佑你七爷生个你这样的好儿子吧！"

他把土拍结实了，又停了一会儿，走了。

庄里噼里啪啦的鞭炮响，起屋上梁哩。

大沟对面，树影地里。有两个人，在说话：

"你家收这么多粮食，还不盖屋？"

"我大说先还账哩！这么些年咱家欠队上的账不少，大说，做人要讲个信义，借了账不能不还。"

"那房子，什么时候盖呢？"

"收了麦，卖了粮食，就盖屋。"

"你家咋不去做生意？光死种粮食。也种点别的，上街卖去。"

"我大说了，最要紧的是粮食。有了粮食，什么也不怕了。再说——"

"再说什么？"

"我大说，咱是本分人，不是生意人。"

"做生意怎么啦？"

"那得会坑人，心要狠才管。"

"一街都是做生意的，一街都是狼了。"

"我不是这个意思。"

一颗石子扔进了大沟，荡起一个水花，水花一圈一圈地荡开了。

"生气了？"

"生什么气？我是怕为了盖房子，把你饿毁了。我知道你是个大肚汉。"

"满地里青的黄的，什么不能吃？灰灰菜，妈妈菜。"

"吃得你生浮肿病。我大是生浮肿病死的。"

"不能。我娘说是把粮食都卖了，总还要留一点儿。"

"这才对了。"

风吹过树林子，一大沟的水微微荡起波纹，闪闪地亮。

"你在想什么！翠。"

"我想，以后来，我带馍馍给你吃。"

三十七

鲍仁文跟着老胡，在县一招住了三天。说是合作，其实就是鲍仁文提供材料，老胡执笔。写完之后，再让鲍仁文看一遍，看有哪些地方失真，不符合事实的。鲍仁文指出后，老胡就改去。弄了两天，鲍仁文只动了嘴，却没有动笔，心里是很不过瘾的。

而这三天与老胡的接触，却使他打破了一些对记者的神秘感。他没料到记者也是和他一样的人，要吃饭，要睡觉，睡觉还打呼，打得如雷贯耳，害得他两宿没睡踏实。而且他晓得了老胡比他要小三四岁，插过队，然后自学成才，进了报社。他有时请鲍仁文喝酒，喝多了就发牢骚。抱怨自己没有文凭，如何地吃不开。房子挤，工资低，奖金制尚在争取之中，等等，等等。鲍仁文只是不明白，从事这么崇高的事业的人，怎么会有这么多俗事的困扰。而有了这许多繁杂俗事的打扰，还怎么能够对人类的灵魂开展工作！

当他从县城往家走的时候，心里充满了一种失落的感觉。不过，等他进了小鲍庄，面对着人们完全改变了的尊敬的目光时，那失落感又消失了，内心渐渐地充实起来。一周以后，《晓星报》上头条登出了文章《鲍山下的小英雄》。他的名字赫然地用铅字印在了题目下边，老胡后边。他对着那报纸，心跳得厉害，像要从嗓子眼里蹦出来了。镇定了一会儿，他开始看文章，心跳渐渐缓了下来，正常了。文章里没有一句是他写的。他慢慢地平静下来，又从头看了一遍。这一遍，他发现有几句话一定是出自于他最早的原稿。比如："死亡面前，他把生留给他人，把死留给了自己。"这句话在原稿上，他记得就有的。当他看到第五六遍的时候，他从字里行间看到了自己的劳动。他确确实实地认可了，这是老胡的文章，也是他鲍仁文的文章。他的文章终于用铅字印出来了，他的名字，终于用铅字印出来了。这铅字，便是一种认可，一种肯定。他的名字不再是无足轻重的。他的存在像是更加确定，更加切实了。如果说他原本对自己是否存在还有一些怀疑，一些犹豫，一些不敢肯定，那么这会儿，是完完全全放心了。

文化子把这文章念给他大他娘听，不料他大他娘脸上却淡淡的，好像在听一个别人家的故事似的。那些激动人心的话，对他大他娘作用不大似的。文章里的捞渣，离他们像是远了，生分了。只是当文章提到鲍彦山的名字时，鲍彦山抬起头问了一声：

"提我了？"

"提你了，你是捞渣的大嘛！"

"提我干啥，怪没趣儿的。"

"你是捞渣的大嘛！"

他便不再吱声。

文章里还提了许多人，比如组织救人的村长，捞起捞渣的拾来，他们都让文化子或别的读过书的孩子念了好几遍。

这文章激动了许多人的心，有人给鲍庄小学写信，有人给捞渣他大他娘写信，也有人给小鲍庄全体乡亲写信。清明那天鲍庄小学全体师生，来给捞渣扫墓。照此地规矩，在坟头上压了块土坷垃。然后献上一只花圈，用野花野草扎的。五颜六色的，在阳光下，灿烂得很。

过了两个月，收毕麦子。小鲍庄又来了一辆吉普车，下了三个人。一个是县文化馆的老王，一个是个小妞，穿着连衣裙，另一个是个男的，有四十来岁。他们一起步入了鲍彦山的家。这是从省里来的省报记者。省里决定，要大力宣传捞渣。

鲍彦山比上回镇定多了，握过手，请客人坐下。然后把捞渣牺牲的前后经过讲了一遍。不免要伤心，掉眼泪。

"鲍仁平生前最尊敬的是哪一位英雄人物？"那女的问道。

鲍彦山有点不大明白，可究竟不好意思叫人再三地解释，便点点头，想了一会儿说："捞渣对大人孩子都很尊敬的，见了老人总问好：'吃过了吗？'和小孩儿呢，从不打架磨牙。"

那女的便在笔记本上刷刷地记了一阵，又问："他这样做，是受了谁的影响呢？"

鲍彦山又想了一会儿："我和他娘打小就对他说：'见了人要说话，要招呼，比你年长的人，万不可不理会。比你小的呢，要让着，这才是好孩子。'咱这庄上哩，自古是讲究仁义，一家有事大家帮，方圆几十里都知道。这孩子，就是受了这个影响。"

那女的又在笔记本上唰唰地记了一阵，又抬头问道："他照顾鲍五爷，是不是学校安排的任务？"

"不是。他就是对鲍五爷好，他俩有缘分呢！说实在的，鲍五爷也对他好，两好才能合一好呢！"鲍彦山说。

那男的开口了："鲍仁平生前用过的书包，能让我们看看吗？"

"全烧了。"鲍彦山说，"此地的规矩，少年鬼的东西不留家，统统烧的烧，埋的埋。"

"他有没有照片呢？"他又问道。

"没有，他没照过照片。"

"哦。"那男的好像吸了一口气。

"这孩子命苦，没吃过一餐好茶饭。"鲍彦山眼圈又红了，指指屋里的粮食囤，"能吃饱了，他又不在了。"他哽咽起来，再也说不下去。

"我们再去找拾来同志谈谈。"他们站起身来，告辞了。

鲍彦山站在门口，目送他们走去，心里凄然地想：捞渣这孩子，活着虽不咋的，可死了，有这么些人来问他，也算是有了福分。心下不觉安慰了一些。

他倚着门站着，好像听见一阵货郎鼓的响："叮咚，叮咚，叮咚，叮咚！"展目望望，前边村道上，走着一个挑货郎挑的老头。

三十八

拾来正烧锅。见有省里的干部来找，二婶便推起拾来，自己烧了。拾来就吸着烟，和省里的干部说话。

"那天，是你下水去捞上了鲍仁平，是吗？"那男的问。

"大家都下水了，有的捞上来烂鞋壳子，有的捞上来烂棉花套子。最后，我才把捞渣捞上来。"拾来诚实地说。

"你是怎么摸到他的呢？"那男的问。

"我闭着眼一个猛子扎下去。"他正说着，二婶端来了几碗茶，一人一碗，也给拾来端了一碗，拾来赶紧去接。

二婶让开了，放在案板上："别烫着了。"

拾来感激地看了她一眼，接着说："我一个猛子扎下去，手碰到了大柳树，我扶着树干沿着树身摸下去，碰到了一只小手。我的气已经吐完了，浮上来吸了一口，再扎下去，就把他拖上来了。拖不动，他手抱着树，抱得死紧。"

"哦。"那男的吐了一口气，那女的不停地往本子上记。

"他是为鲍五爷死的。"拾来说。

那两人很感动地看看拾来，尤其是那小妞，眼睛里水汪汪，亮晶晶，像是要哭了。拾来被她看得脸上有点发热，低下了头。

"我们再到村长那儿去。是他组织救人的，是吗？"那男的问拾来。

"是他，一听说少了人，立马带我们下山了。"

"他家住在哪里？"

"他家就住在村东，高台子上，有一排……"

"孩他大，你陪二位同志跑一趟不完了。"二婶发话了。

拾来看看二婶，二婶也正看他。他便站起身陪他们去。

不久，省报上登了一大块文章，题目是《幼苗新风——记舍己为人小英雄鲍仁平》。文章写得很长，很详细，还配了一幅画。大家传着看下来，都说很像捞渣的。文章里提到了拾来，并且进行了一番描写，说他淳朴憨厚，身体强壮，几次下水，终于救上了鲍仁平，可是鲍仁平已经在他怀里永远地闭上了眼睛。还把拾来和二婶的事提了一下，说他不嫌二婶穷，把二婶的孩子当自己孩子待。这是作为英雄成长的背景来写的。甚至也提到老革命鲍彦荣，介绍了一番他的光荣历史。说，小英雄从小生长在这么一个地方，前辈们为人民不怕牺牲的精神，无疑对他起了潜移默化的影响作用。

这一段，鲍彦荣找人念了一遍，琢磨了好久，不由唤起了他早已沉睡的荣誉感。有那么一二天，他寻着鲍仁文，想和他拉拉。可是鲍仁文已经不得闲了，他正在抓紧写一个更长、更富有文学性的作品，他决定写一本小英雄的传记。

文章发表后不久，便有邻庄、邻乡，甚至邻县的小学生，排着队，抬着花圈，来到捞渣的墓上，过队日，凭吊小英雄，向小英雄宣誓。各色各样的花圈盖住了坟上的青青草，渐渐地，堆得高了，把小小的坟也盖住了。远远望过去，只看见一个花包子，像绿海上的一个花岛似的，被太阳照出了五光十色。

这时，省里出版社来了一个作家和一个编辑，为了编辑出版一本《小英雄的故事》。

鲍仁文终于这么贴近地看见了一位作家。

作家是个小矮个子，瘦瘦的，四十岁上下的年纪，抽烟抽得厉害。好像有着极严重的气管炎，坐在那里不说话，也听到他喉咙里咕噜咕噜地响。他看了鲍仁文写的草稿，决定和鲍仁文一起来搞这本《小英雄的故事》。在这"传记"的基础上搞，这"传记"确实收集了小英雄的大量生平材料。他们一起对小英雄的亲人进行了反复采访，然后，又去找拾来。

拾来不在，二婶在。鲍仁文就向作家介绍："这是拾来家里的。"

"拾来家里的，你上湖里去喊一下拾来吧！"鲍仁文对她说。

拾来家里的便去了。

鲍仁文对作家说："此地叫妻子都叫'家里的'。我这么叫给你听，是好让你知道此地的风俗习惯。"作家笑笑。

拾来回到家，先和作家们招呼，然后对家里的吆喝一声："烧茶！"

于是，家里的便去灶前蹲下，引火烧锅。

拾来便向作家们叙述他捞小英雄的过程："我一个猛子扎下去，没有。再一个猛子扎下去，也没有。后来，我想，鲍五爷趴在大柳树上，捞渣准保不能离大柳树远。就挨着树又扎下去，手摸着了树。这是庄东头的树，咱们小鲍庄最高的树。那回，水淹得只剩树梢了。你想，还能有别的了吗？"

作家点头，往本子上记。

"我扶着树干，沿着这树干摸下去，碰到了一只小手，冰凉……"他讲述着，渐渐被自己的叙述感动，声音也昂扬起来。这时，二婶端上茶来了。

如今，二婶要敬着拾来三分了，庄上人都要敬着拾来三分了。拾来自己都觉得不同于往日了，走路腰也直溜了一些，步子迈得很大，开始和大伙儿打拢了。

"拾来，今晌午，作家在你家吃晌饭了？"有人找拾来拉呱儿。

"没有。他们上乡里去吃了。"

"你咋不留作家吃呢？"

"留啦。他们才客气。城里人才客气。"拾来说。

"拾来，你咋不回老家瞅瞅？"

"太远了，不回了。"

"老家还有人吗？"

"就我一人哩。"拾来声音放低了，有些伤感。

过几天，有人给拾来捎了个话：庄口走过一个老货郎，见鲍庄的人就打听拾来，问他成亲过后好不好？有没有娃娃？鲍庄人对他还说得过去吗？那人一一回答了他。临了，那老货郎让他捎信给拾来，他大姑在北边过得不错，有吃有穿的。问他："不去看看拾来吗？"老头犹犹豫豫地说："不了。"

这天夜里，拾来做了一个梦，梦里有一只货郎鼓，老在耳边响："叮咚，叮咚，叮咚！"

三十九

这天，县上来了一部吉普车，车子停在鲍彦山家门口。车上走下县委书记，一把握住鲍彦山的手，告诉他："鲍仁平被省团委评为少年英雄了，光荣啊！"

鲍彦山愣愣着，枯树根似的手被县委书记温暖柔软的手包裹着。他不明白，少年英雄究竟意味着什么，只明白被县委书记这般器重是不可多得的。心中激动，一时上什么也说不出来。

县委书记挽着英雄父亲，走进英雄的家，沉默了，半天才说出一句话："苦了你们。"

"现在不苦了，粮食有了。"鲍彦山指指粮食囤子，"就是捞渣他，不在了。"

"粮食够吃吗？"县委书记摸摸粮食囤。

鲍彦山家里的忽然插了进来："咱们商议着把粮食卖了，盖房子哩。"

县委书记抬起头，环顾着黑洞洞的房屋，说："这房子不能住了。"

"没有房子，大孩子二十七了，还说不上媳妇儿。"她抹了一把眼泪。

县委书记望着黑洞洞的房子，说了一句："粮食万万不能卖。"然后紧紧地握了一下鲍彦山的手，走了。

第二天，村长来告诉鲍彦山，县里批给了他家木材、水泥、砖瓦，给他家盖房子呢。

又过了几天，村长告诉鲍彦山，乡里农机厂派给建设子一个名额，让他转吃商品粮了。

正是捞渣死了一周年，县里决定：迁坟。

县里的小学抬着花圈来了，乡里的小学抬着花圈来了，鲍庄的小学抬着花圈来了。

捞渣的棺材从大沟边起出来，迁到了小鲍庄的正中——场上。填了十几步台阶，砌了一个又高又大的墓，垒上砖，水泥抹上缝，竖起一块高高的石碑，碑上写着：

永垂不朽

现在，鲍庄最高的不再是庄东的大柳树，而是这块碑了。碑，矗立着，后面是青幽幽的鲍山。

队鼓敲起来了，队号吹得嘹亮，县委书记讲了话，献上了第一只花圈……

鲍彦山和他家里的痴愣愣地坐着，想哭又不敢哭。事先，不少人交代过他们："这场合，再哭就不大好了。"

捞渣的墓迁到小鲍庄正中来了，又大又高，像一座房子。砖砌的，水泥抹了缝，再不会长出杂草来了，也不会有羊羔子来啃草吃了。

四十

鲍彦山家的新屋上梁了，封顶了。开了大大的窗，粉白墙，洋灰地，敞敞亮亮的四大间屋。

建设子在农机厂上班了。上门提亲的不断，现在轮到他挑人家了。

建设子结婚的那天，小翠子回来了。她进门就在她大她娘脚边跪下，磕了一个响头。不等她大她娘返过神来，爬起来拿了扁担水桶就去挑水，一趟一趟，把两口大缸都挑满了，满得溢到缸沿上了，还挑。文化子叫她别挑了，她还往井沿上跑，文化子去撵她，撵到井沿上。她正把桶放了下去，文化子夺桶，桶落到了井里，两人便趴在井沿上钩桶。

"笨死了！"小翠说他。

"怎么怪我？"文化子很委屈。

"就怪你，就怪你！"小翠对他撒野。

"怪我什么呢？"文化子越发的委屈。

"怪你不是老大是老二。"

"是老大咋了？是老二又咋了？"

"要是老大，我生成是……用得着费这么大周折？"小翠眼圈红了。

文化子眼圈也红了。

两人眼泪都落了下来，啪啪地落在井里，井里横漂着一只桶。

村里开路，把原先的村路拓宽，压平，铺石子。来的人和车一日比一日多，没条路不方便。开路，要开掉拾来家一垅菜地，拾来和他家里的，爽爽快快地答应了，连赔偿也不愿收。拾来说："我要收了这钱，我的人，就没了。"

县里要在捞渣墓后盖纪念馆，收集遗物时犯了难。小英雄生前用过的穿过的，所有的东西都烧了。后来二小子发现，他家茅房泥墙上，有着捞渣写的字，写的是自己的名字——鲍仁平。

问他，确实是小英雄写的吧？他说：

"没错。那天，我和捞渣一起拉屎，各人写各人的名字玩哩！"

当然，边上还有二小子写的字：鲍兆和。

可那泥墙一碰就烂，起不了。只能放那儿了。

尾声

捞渣的墓，高高地坐落在小鲍庄的中央，台阶儿干干净净的。不用村长安排，自然有人去扫。他大、他娘、他哥、他嫂自然不必说了。还有鲍仁文、鲍秉德、拾来，也隔三隔五地去扫。只是要求村长买一把公用的扫帚，用自家扫地的扫帚扫坟头，总不大吉利。

太阳照在那碑上，白生生的，耀眼得很。

碑后面是一片新起的瓦房，青砖到顶，瓦房后面是鲍山，青幽幽的，蒙在雾里似的，像是很远，又像是很近。

还是尾声

鲍秉义拉着坠子，曲儿唱到了终了：

有二字添一竖念千字，
秦甘罗十二岁做了宰相。
有一字添一竖带一钩念丁字，
丁郎又刻苦孝敬他的娘。
一二三四五六七八九十，
十九八七六五四三二一，
珍珠倒卷帘那么一小段。

鲍彦荣听着，像是走了神，像是想起了什么。他想着自个儿的那些好样儿的年月：班长死了，他吼了一声："跟我来！"打得只剩两个半人了。那个只剩半拉胳膊半拉腿的战友，现如今也不知在了哪里。

床板上还抱着腿坐了一个人，一个老头，罗锅腰，一脸皱皮，是打很远的北边来的一个老货郎，在这里借宿。他坐在墙角里，听着古，两只眼却盯着坐在门槛上的拾来。

拾来觉出有人看他，朝墙角里瞅瞅，看见了一双老眼。他瞅了一眼，又瞅了一眼，心下奇怪，觉着有点熟。再瞅了一眼，就挪不开了。两双眼睛远远地对视着。

一把坠子吱吱嘎嘎地拉着。

1984 年 11 月 17 日　徐州
1984 年 12 月 30 日　北京

小城之恋

　　小小的时候，他们就在一起了。在一个剧团里跳舞，她跳"小战士"舞，他则跳"儿童团"舞。她脚尖上的功夫，是在学校宣传队里练出来的，家常的布底鞋，站坏了好几双，一旦穿上了足尖平坦的芭蕾鞋，犹如练脚力的解去了沙袋，身轻似燕，如履平地。他的腰腿功夫则是从小跟个会拳的师父学来的，旋子，筋斗，要什么有什么。下腰，可下到头顶与双脚并在一处；踢腿，脚尖可甩至后脑勺，是真功夫。这年，她只十二，他大几岁，也仅十六。过了两年，《红色娘子军》热过去了，开排《沂蒙颂》的时候，有省艺校舞蹈系的老师来此地，带着练了一日功，只这一日，就看出他们练坏了体形，一身上下没有肌肉，全是圆肉，没有弹性和力度。还特地将她拉到练功房中央，翻过来侧过去地让大家参观她尤其典型的腿、臀、胳膊。果然是腿粗，臀圆，膀大，腰圆，大大地出了差错。两个乳房更是高出正常人的一两倍，高高耸着，山峰似的，不像个十四岁的人。一队人在省艺校老师的指拨下，细细考察她的身体，心里有股不是滋味的滋味。她自然觉着了羞耻，为了克服这羞耻，便做出满不在乎的傲慢样子，更高地昂首挺胸撅腚，眼珠在下眼角里不看人似的看人。这时候的她，几乎要高过他半个脑袋。他的身体不知在什么地方出了问题，不再生长，十八岁的人，却依然是个孩子的形状，只能跳小孩儿舞。待他穿上小孩儿的装扮，却又活脱脱显出大人的一张脸，那脸面比他实际年龄还显大。若不是功夫出色，团里就怕早已作了别样的考虑。

　　两人虽都算不上主角儿，却都勤于练功。一早一晚的，练功房里常常只见他们两人。大冷的天气，脱得只剩一身单薄的练功服，不用靠近，便能互相嗅到又香又臭的汗味儿和人体味儿。他的味儿很重，她也不比他轻。似懂非懂的同屋的小女孩儿便说她有狐臊臭，都不愿与她床挨床住。她不在乎，还想："狐臊就狐臊，你们还没有呢！多有人没，少有人有的东西，才是真正稀罕呢！"想归想，心里总还微微地有些难过，有点自卑。岂不知，那与狐臭是风马牛不相及，只不过人体味儿稍重些就是了。间或，练到一半会立定下来，喘一口气，互相看看，吸吸鼻子，她便好奇了，说道："咦，你身上有西瓜味儿。"他便侧过头低下脸，抬起胳膊朝腋下嗅嗅，笑道："我是甜汗儿，夏日里蚊子最好吃我。"可不是，白生生的皮肤上，这里那里全是褐色的小疤，夏天里留下的，再褪不去了。随后，他则惊讶地说："你身上可是有股蒸馍味儿！"她也抬起胳膊嗅嗅腋下，回答道："我是酸汗儿，蚊子不吃。"果然是光洁得连个针尖大小的斑点都没有，黑黝黝地发亮。两人便喘喘地笑，笑过了，再练，各练各的，有时也互相帮着。她的胯紧，他便帮她开胯，让她仰面躺在地板上，蜷起两腿，再朝两边使劲分开，直到膝盖两侧各自触到地面。待到她爬起身来，红漆地板上便留下了一个人形的湿印子，两腿蜷着朝两边分开，活像只青蛙。那印子要过一时才能干了褪去。他练着吸腿转，总绕着那人形，转不开去，遇了鬼打墙似的，直到那人形隐在地板宽阔的条子里边，他则期待着再长高若干厘米，以为韧带的松紧是关键，便努力地拉韧带。背靠墙站好，请她帮助将绷直的腿朝头顶上推。她推得下力，脸蛋贴着他腿的弯处。他常靠的扶把尽头的那块墙壁，天长日久，石灰水刷白的墙上便有了一个黄黄的人形，独腿的，再褪不去了。她如站在那端的扶把上压腿，看着那独腿的人形，便觉有趣，沿着脚跟朝上瞅，直瞅到腿根。

这么着辛勤地练下去，他是越练越不长，她则越来越多圆肉，个子倒是很长，离那颀长却甚远。只是依着时间的规律，各人都又添了一岁。

这地方，是小小儿的一座城，环了三四条水，延出一条细细的汽车路，通向铁道线。最大的好处便是树了，槐、榆、柳、杨、椿、桃、李、杏、枣、柿，水灵灵地碧绿。轮船顺着水下来，早早地就看见一片郁郁葱葱的小洲，渐渐近了，便看见那树丛里的青砖红瓦，再近了，才听着一阵阵不卑不亢的歌声，是水客拉水的号子。此地人吃惯了河水，一吃机井水便肚疼腹泻，水客做的就是拉水送水的营生。平车上安着柏油桶，桶里盛着河水，随着不平的道路颠簸，溅出水花。河边的道儿，被车轮碾出深深浅浅的沟。无数条沟交错着。车轮从这条沟岔进那条沟，车轱辘在坎儿上硌一下，号子便打个顿，颤音似的，还有着节奏。一颤一颤地刚去远，又有后来的响起，萦绕不绝，与那绿莹莹的树丛常在。轮船却开走了，丢下几十个人，十几个挑子，踩着颤悠悠的跳板，沓沓地走上岸来，走上通向街心的土路。

城里的街，大多是石块拼成的路，人脚磨得光滑滑的，太阳晒得热烘烘的，透过布底鞋烫着脚心，一身都舒坦了。挑子在肩上颤悠，脚板敲得石路沓沓地响，到了街心，才下了挑子，原来是一挑鲜嫩鲜嫩的韭菜，头刀割下，还带着露珠。这一日，城里十户有九户吃的是韭菜馅的扁食，一街的韭菜香。那韭菜挑子闲了，搁进一扎炸果子，悠悠地去了。

上南边买草的马车嘚嘚地当街走过，车上张着被单作帆。老马低着头吭哧吭哧地走，身边跑着没有羁绊的马驹子，摇头摆尾地撒欢，四条细长腿跨得老高，一忽儿跑前，一忽儿落后，一忽儿又左右四下地乱走，撞了老妈妈的凉粉摊子，也没计较，谁都给它让道，任它闹去。

脱落了石灰，露出青砖的墙上，贴了大幅的海报，电影院演的电影，戏院演的戏。电影是一角的票，戏院则是三角。电影是人影儿动，身手很不平凡，戏院里虽是武艺低了几筹，却是真人形的。价钱很公道。到了夜里，都能满场，刚够满的场，正好的。

到了夜里，街上的挑子走净，店铺上了门板，黑黝黝的一条街，石子路在月光下闪着莹莹的光亮。门闭了，窗关了，过了一阵子，灯也灭了。孩子开始做梦，梦到大了时候的情景，老人却想心事，想那少年时候的光阴，不老不少的男女们则另有一番快乐，黑暗里运动着，播下了生命的种子。来年这个时候，小城里便又有了新生的居民，呱呱地哭着。

这会儿，是黑漆漆的静。

影院里，唯有一块屏幕光明着，活动着人影儿，人影儿演着悲欢离合的故事。戏院里，是一方戏台辉煌灿烂着，真人扮着假角儿。

他们总是不间断地练功，是想停也停不了。一旦停了下来，她会越发地圆胖肥硕，而他身上是连一分膘也不敢长的，横里多一分，竖里便更短了一分。他们只有这样苦苦地练下去了。

其实，也并不是很苦的，甚至还很有趣。她的身材已经到了穿什么都不合适的地步，并且，做什么事情都嫌笨拙，很不自在。只有当衣服一件一件脱去，只剩下一身练功服时，才略微地匀称起来。当她做着日常生活绝不需要举手投足的舞蹈动作时，良好的自我感觉便逐渐上升。她对照着前后左右的镜子，心想：以为她丑陋是绝不公平的，以为她粗笨也是绝不公平的。汗珠从她缎子般光滑的皮肤上滚落，珍珠似的。头发全汗湿了，一绺一绺地粘在长而粗壮的脖子上。她的发根生得很低，几乎延到脖子与背脊的交接之处，脖子上的短发湿透又干，全翻卷了起来，太阳照在上面，侧面极像一只绵羊。他也只有在穿着练功服时才显得修长一些，并且，能有那么些凡人不及的武艺，身体的短处又算得上什么。当他耍着难度极大的功夫时，心中的感情竟是壮阔的。他将上衣脱了，袒露出极白却粗糙的背脊。他的脸上与周身都起着茂盛的青春痘，犹如吸收了养料总要有出处，不是高，便是胖，他的养料与能源，全部茁壮了这群疙瘩，赤豆似的，饱满着，表示着他旺盛的青春的体力与精力。待到慢慢儿地平复下去，便留下一个个褐色的井似的凹坑，这凹坑尤其布满在背脊上，使那面部背脊极像一块粗糙坚硬的岩石。每一口褐色的井上都溢着一颗硕大的汗珠，通明着。

出汗犹如沐浴，汗水将身体深处的污垢冲洗出来，一身大汗过后，会有一种极其轻快舒适的感觉。

只有一间小小的水泥地的小屋作洗澡用，靠着茶炉子，茶炉子紧靠着一口机井，可将掺好了的冷暖相宜的水端进去，搁在一个水泥砌的小台子上，台子下面有一道阴沟，可供出水。此外，门后还有一排衣钩，专给挂衣服用，这便是全部了。男女用的都是这一间，倘若门关着，就须大声问道："有人吗？"里面则回答："有人。"如是女声，男的便止步折头等待，相反也是。否则，里面就拨了插销，闪在门背后，等人进去再关上门。天热的时候，这里是颇拥挤的，为此引起的争端也很经常。而到了冬天，就寥落了。由于是一间朝北的屋子，且没窗户，终日没有阳光，十分阴冷，又没有任何御寒的装置。没有油漆的板门开了半扇，裸出被水冲洗得发白的水泥地。如不是还有他俩每日轮流地进去冲洗，留下一摊摊水迹，便更凄凉了。他总是先让她洗，趁着一身热汗，还不至于觉得很冷，可也不敢久留，很快就会觉出逼人的寒气。等她的时候，为了保持身体的温度，他还继续练着，环绕练功房做着大跳，每跳到北边一排窗下，似乎就听到那洗澡房里泼水的声响。眼前不免要现出，水从她光滑、丰硕的背脊上泻下，分为两泓，顺着两根决不匀称的象腿似的腿，直流到底，洇进水泥地里的情景。有一日，因为她从头至尾没有挪动双脚，待他端了水进去的时候，竟看见地上一摊水迹当中，有着一双干干的脚印，是穿着海绵拖鞋的脚印。他凝视着脚印，渐渐从那双脚印上延出了双踝、小腿、膝盖、大腿，一直向上，一整个人形都伫立在眼前似的。不知不觉，一盆水凉了。

过了一天，他便买了一只苹果绿的塑料桶送给她，因他记起她曾经抱怨脸盆太小，即使端两盆也不够洗的。一桶水可就多了，他想。大约是水多了，洗得很痛快，从此，湿地上再没有留下干干的脚印儿，脚印儿被水淹了。

微烫的水，盛在桶里，桶不由得变了形状，提起在手中，变成扁圆形的了。阳光照透了苹果绿的桶壁，将水照成鲜嫩的颜色，冉冉地冒着淡绿的热气。水在她手下颤颤着，进了阴暗的小屋，隐在没有油漆、半朽了的板门后面。屋里极暗，没有窗，也没有灯，只从门下漏进扁扁的一条光线。那桶水却微明着，萤光似的，盈盈地绿着。水是烫手的，干燥挺硬的毛巾迅速地湿透了。她将饱满着热水的毛巾撩到肩上，水直流下胸前和背后，如千万枚针刺在了皮肤上。她"嘶嘶"着，接连地撩着毛巾，朝身上泼水。水，渐渐地浅了，也暗了。这时，她开始穿衣服了。推开门，阳光刺痛了眼，犹如热烈而粗暴的抚摸，她幸福极了。看见汗水淋漓的他依然在做着不间断的大跳，一块稀脏的护膝裹着漆黑的腿，不觉有点怜悯，便慷慨地将桶借他使用。第二天，她提着他还来的桶去接水，却发现那桶用过之后没有刷洗，桶底上有着一些浅灰色的残水，桶壁周围也布了一层浅灰色的颗粒。她正想张嘴骂人，却又止住了，怔怔着。她斜着桶转了一圈，看那浅灰色的水里有着一些微粒，不由揣摩着那是什么，可不会是他身体上的皮屑？她晓得皮肤不仅会沁出油汗，也会有颗粒状的皮屑。并不是灰，也不是土，只是皮肤的微粒。她想到这些，不觉又嫌恶起来，压上一股清水，泼了，再压上半桶，才下手擦洗桶壁，那塑料的桶壁在手掌下，总有些粗糙似的，有一些再也洗不去的东西，摩挲着手心。她捧起每一捧清水，都看得见其中有些微屑，鱼一般活跃地游着，无论房里是多么黑暗。这一天，洗过澡，她总有一种没洗净的感觉，背上有些刺痒，就经常耸动着肩背，做出一些不甚雅观的动作。同屋的女孩儿更有些嫌恶她，几乎要以为她是长了虱子之类的东西，尽管她是天天洗澡，而她们一个星期才到澡堂去洗一次。

澡堂是那样的澡堂，和男子的一样，也是在一个大池子里，下饺子似的下进去，烫着。到了下午，那水便稠了似的混沌起来。由于剧团在这城里有着特殊的身份，每个星期六的早晨，在那些乡里人进城之前，澡堂提前为剧团开放两个小时，让男女演员们进去洗澡。她们都自带着脸盆，将水从池子里舀上来冲洗，等她们一个个沐浴完毕，披着湿淋淋的头发，红润着脸蛋，西施浣纱似的将盛了脏衣服的脸盆斜端在腰间，走出澡堂，门口已经候满了脸上巴着眼屎索索抖着的乡里人，仰慕地看着她们，再也无从想象她们皇后般的幸福境遇。

冬日的下午，街上总走着一些被澡堂的热气蒸红了脸膛的乡里男人和女人。

蒸红了脸膛的男人和女人，捎着挑子或挎着篮子，或拉着平车，满足地、急匆匆地走在出城的道路上：一条通向轮船码头，一条则跨过分洪闸，直朝北而去。傍晚时分，太阳从分洪闸顶上，高高的泥塑的三面红旗后面，渐渐下去，将早已褪了色的红旗重新染红，那便是闸下最喧腾的时刻，平车辘辘地滚过，间着自行车寥落的铃响，女人自家纳的鞋底，踩在盖了薄灰的水泥地上，印上了整齐的抑或不很整齐的针脚儿，赶着日头，一路下去，下到泥路上，脚印儿淹没在飞扬的尘土里了。

那是干燥的季节，一连三个月没有下雨，大路上起了一寸厚的浮土，埋住了脚面，地里裂了口儿。塘里的水干了，井里的水浑了，坝下大河低了，裸出暗绿的苔藓。落日是火红火红的，落下闸顶之后，却隐在了极远处的一丛绿树后边，变魔术似的。凡是绿树丛处，便是一个村庄，看得到，走不到，犹如海市蜃楼，到了夜极深沉的静谧时刻，却传来了悠长的狗吠。城里的狗不叫，成千上万只猫则沸腾着。是这样的时候，夜夜都叫出尖锐的声音，似哭，似笑，似喘，似叹，激荡着一整座县城，扰得人不能安眠。有那单身的光棍儿，便来不及起床，提起扁担就抢，却是抢也抢不开的，犹如出生就长在了一起。再细瞅，却发现是两条静默的狗。猫儿早已跑散，继续撕肠裂肝地叫。第二日早起，揉着布了血丝的眼睛，首先是咒猫儿，然后骂狗儿，继而抬头看天，并没有下雨的意思，再咒天儿。最后，想起了前面中学校里外边来的一对男女，竟穿了条纹布与烂花的裤子，虽是在屋里睡觉，并不见人，可究竟是裤子，怎能用条纹与烂花布制作，无论如何也是不对的。

他们辛勤地度过了一个严冬，迎来了干燥的春季。她的身体已经丰硕到了无法再丰硕的地步，犹如早熟的果子，只是不匀称。而他那身体犹如他的意志那样坚定地凝固了，再不长一分。她长成了个大人似的，却依然是孩子脾性，说喜就喜，说悲就悲，喜过即悲，悲过即喜，转瞬万变，却自然得如同夏日的天，并不令人觉得无常和虚假。只是憨得可以。逗院里小孩儿玩笑，七逗八逗，逗出那样一句话："俺爸夜里咬俺妈嘴巴子。"别人听见，心里窃喜，脸上却做不听见，岔了开去。唯有她喜得前仰后合，不知如何是好，非但自己毫不掩饰，也破坏了别人的回避。纷纷红了脸，想要止住她，她则很懂地说："这孩子什么也不懂。"人们叫她逼得没法子，只得说道："真是个憨丫头。"她却又极不服气："其实我一点不憨，什么都了解的。"只有不理睬罢了。随着她日益长成个女人的形状，那脾性则越发地显出稚气与颠顶。

她依然如小时那样，请求他帮她开胯。这工作于他却越来越为艰难，可他无法推却。由于无法推却，这要求便更加折磨了。她躺在他的面前，双腿屈起在胸前，再慢慢向两侧分开，他再克制不了内心的骚乱了。他喘着粗气，因为极力抑制，几乎要窒息，汗从头上、脸上、肩上、背上、双腿内侧倾泻下来。在他孩子般的形体里，心灵似乎是一种补偿，加快着速度成长，完全是成熟男人的心了。当他为她开胯的时候，他心里生出一股凶恶的念头，他想要弄痛她，便下了狠劲。她不由尖叫了起来，那尖叫如同汽笛长啸，把他吓了一跳，手软了，松开她的膝头。她并拢了双膝，用胳膊抱在胸前，继续叫着，随后便骂，骂出一串男人才能骂的粗话，比如："我操你。"她完全不懂那真实的含义，只当是有力的袭击，很解气的，却不料反而启发了他的想象，使他越发焦躁，便也回骂了同样的粗话，这却有着确切的实用的含义。

她同样地不懂这含义，依然赖在地上不起，抱着双膝，还不是老实地抱着，时而伸直一条，只抱一个膝头，时而伸直另一条，只抱另一个膝头。当她伸屈腿的时候，饱满的腹部与胸部，便十分结实地波动一遍。见他回骂，她越发激怒，越发骂出一串不堪入耳且又逻辑不通的粗话，比如："我操你姐夫！"他更加激动起来，用加倍粗野却含义真切的话反击。她不再让他说话，一迭声地骂，声音又尖又高，企图压住他的骂声。他的骂声低沉而有力，具有一种缓慢的穿透力。当她自以为胜利停下来休息的时候，他的声音却雄浑地回荡着。这才发觉，他的咒骂一直没有停息，与她并行，犹如乐队里的大提琴似的，虽少有旋律，那音响却永远不灭。她来不及换气，接连大骂，试图压倒他，他毫不退让，沉着地伴随她的聒噪，直到她声嘶力竭，躺在地板上滚来滚去哭泣起来，他才住口，阴沉沉地注视着她。

她浑身已经滚得漆黑，两只漆黑的手无所顾忌地揉着眼睛，染黑了泪水，脸上流满了肮脏的眼泪。他忽有些心酸，便提了她的桶，盛满了冷暖相宜的水，叫她洗澡。她不听，依然哭着。由于有了安慰，哭得更加伤心，那伤心也更加真实。他只得近前去拉她。她的身体虽是沉重，况且又硬往下坠着，可他却是力大无穷，十分轻易地拽起她来，将她推进洗澡房。听到里面插销声响，继而传出夹了呜咽的泼水声，他的心忽而充满了柔情，温存起来。

水泼在身上，那泥汗剥皮似的褪了下去，她觉着了轻松。眼泪早已干了，只是仍不屈地抽泣，示威似的。而心里却奇怪地充斥了一股温暖，那温暖渐渐地注满了全身，如同被人很亲爱地抚摸。她几乎觉到了快乐，却仍不愿停止抽泣，那抽泣也像是一种安慰了。

从此，他们不再说话，成了仇人。

虽不说话，练功却还是练的，只是不说话了。他练他的，她练她的，自己练自己的，他不帮她开胯，她也不帮他扳腿，各自独立练着。两人都严肃着面孔，过分地认真着，像是进行着一场很重要很庄严的活动。练功房没了他们往日的说话声和笑声，那说笑声在空旷的练功房里，原本是会有些微回声似的反响。如今，只剩了脚掌落地的"嗵嗵"声，回声是"空空"的寂寥，更显得单调了。与这寂静的气氛相反，心里是热闹而紧张的。她心里仍在激烈地与他争吵，用一千一万个她了解与不了解的肮脏字眼骂他。骂过之后，却觉得自己是受了欺侮的，可怜而无助，便十二分地自爱起来。每一举手与每一投足，都是用着既委屈又自尊的态度做着，完全没意识到自己的作态，却只茫茫地感到练功有了新的目的似的，更富有意义了。那不仅是自娱，不仅是为了长进，似乎还格外地有了一份表演的意味。于是，她练功更比平日刻苦，对自己极为苛求，听任自己的身体由于失败狠狠地摔在地板上，痛得几乎要叫出声，她却忍着，挣扎爬起，再做第二次绝无成功希望的尝试。似乎是为了要使什么人大受感动，而实际上，自己却早已将自己感动得几乎要下泪。这同时，他更是折磨自己，将自己的身体一无必要地弯曲成不可思议的形状。他弯下腰，头达到了两脚之间，还不为止，便从两脚间伸出来，昂起来，平视着世界。那身体的路线令人困惑不已，哪是上，哪是下，一时有些迷乱。而他的眼睛经过了一个完整的三百六十度的历程，却更为镇静地看着这世界。历经了两次倒置之后，似乎变了一个状态。他以这样的姿势，可以静静地持续二十分钟。他好像是在恨着自己的身体，有意要惩罚它似的。那身体似乎是在他灵魂以外的，与他灵魂作着对，由他灵魂作着裁决。而他的惩罚由于太过，不免带了一点矫揉的成分。他们各自为了自己也不明了的心情，艰苦卓绝着。迎来了入春以来第一场雨。

雨是这样下起来的。

序幕是一个酷热的七月般的天气，来不及地扒下两件毛衣，却连衬衣都穿不住了。院子里开始出现飘逸的裙子，却还没有走出院门的勇气，只在剧团内部遗憾地招摇着。然后，天却陡然阴了，阴了整整一天，豆大的雨点掉了下来，时光倒流般地凉了。眨眼间，鲜艳的裙裾没了，晾了满院的衣服棉被收了，露出了湿淋淋的水泥地。一处高，一处低，低处汪着水，雨点下在水洼上，敲出一圈一圈水波。这时，已到了黄昏，雨里的黄昏，有些暖暖的凄凉，或者是凉凉的温暖。雨从练功房的屋顶上，顺着瓦楞，弯弯曲曲，磕磕绊绊地走下屋檐，转眼，屋檐上就挂了一张水帘。

家家屋檐上挂了一张水帘，人们半掩着门，倚着那半边门框，隔着水帘，拉着家常，内容不外乎是今春的旱和今春的雨。也说话也吃饭，饭盛在大瓷碗里，托在左手上，右手操着一双弯曲了的白木筷。木筷挑着大米的稀饭，由于放了碱，稀饭呈红褐色，分外地香甜，碗边有一些腌豆子和咸菜，散发出霉烂的气味，那气味闻久了，竟有些鲜美起来。雨，落在碎石地上，竟是那样地响亮，盖住了一切声响，须大着嗓门说话，才能交谈。谁家的门紧锁着，主人还没回来，门口的衣服没人收，让雨淋得透湿，是一条烂花布的裤子。那烂花由于湿了，便格外地鲜艳起来。

天又凉了，须穿毛衣，没有毛衣的乡里人，便穿棉袄，棉袄几乎一律是黑色的。雨后的街上，竟有些萧瑟起来。碎石的地面被雨水彻底地洗刷了，黑是黑，白是白，鲜明得好比墨笔描写过的。河里的水涨高了，淹过了布着青苔的河岸，清澄极了。闸下的水泥道也白了，水泥道下的泥路却黑了，那一丛这一丛的树荫则是葱绿葱绿，那是村庄。哪个村庄里，大雨时死了一个小孩，是下湖割猪菜，蹚大沟时滑了脚。故事传过几里地，被风吹散似的没了。城里人依然夸这雨好，下得及时，滋润了天气，人舒服。乡里人也夸，地里的小麦都绿了。

他们依然不说话，仇人似的。旁人都看出来了，觉得蹊跷。蹊跷了一阵便习惯了，不再见怪。等到习惯了一阵，却又有点奇怪，因为那敌对的时期终究有些漫长了，其中像有着什么不寻常的缘故，自然不能由他们任意地仇人下去。问她，她不说；问他，他也不说。再问她，由于他们郑重的态度，她不觉也觉着严重起来，态度生硬而又固执。这态度使他们更为重视，以为即将打开她的心扉，更努力地探问。不觉勾起了她的委屈，那委屈因他们的严肃态度而夸张扩大，她便哭了。这一哭，加强了人们的信心，加紧地盘根索底。她则摇头哭道："我不说，我没有可说的。"这确实是实话，可听起来意味却极其深长。再问下去，她便再没说话，只是一径地哭，且还哭得伤心。那伤心少半是因为委屈，多半则是由于惶惑和难堪，因她知道确实没有发生什么事情。什么事情都不曾发生，情形却弄得这样严重，她以为自己是有责任的，因此，还有一点害怕。有了她这个态度，大家至少也满意了一半，再去问他，便也有了理由。他被逼不过，只得骂人了。他咬紧牙关，恶狠狠地骂着，骂些什么，为什么要骂，自己却不明白，觉得荒唐，则又收不住口。大家一径朝他嚷着，勒令他住口，勒令他向她赔礼，究竟赔什么礼，心中都有了数似的。只有他俩不明白，而其实真正明白的也只有他俩。可他俩并不以为自己是明白的，他们只当自己是什么都不明白，大大受了委屈，受了捉弄。被大家拥着，由舞蹈队长捉住他们一人一只手，使劲往一起凑，凑拢了好握手言和。他们挣扎着，挣扎得很凶，多少人合力才按住了他们。她哭着，他骂着，因为挣扎不动，气得要命，恼得要命。手终于触到了手，他们还挣着躲闪，而那躲闪却有点做作起来。他们互相触到了手，心里忽然地都有些感动似的，挣扎明显地软弱了。两只手终于被队长强行握到了一起，手心贴着手心。他再没像现在这样感觉到她的肉体了，她也再没像现在这样感觉到他的肉体了。手的相握只是触电似的极短促的一瞬，在大家的哄笑中，两人骤然甩开手逃脱了。可这一瞬却如此漫长，漫长得足够他们体验和学习一生。似乎就在这闪电般急促的一触里，他意识到了这是个女人的手，她则意识到了这是个男人的手。他们逃脱开去，再次见面都觉着了害羞，不敢抬头对视，更不敢说话了。

因此，他们依然是不说话。不过，这时候的不说话，是得到大伙的认可了，便不再多作计较，由他们去了。练功是照常的练，练得依然艰苦。她拼命地摔打自己，肉体的疼痛给了她一种奇妙的快感，几乎为了这疼痛而陶醉。越是疼痛，越是怜惜自己，也越是不屈不挠。他则是尽力地扭曲自己的身体，将身体弯成什么也不像的形状，这才镇定下来，对自己的严酷使他骄傲。而当他们之中任何一人走开，单独留下任何一人的时候，那种自我折磨的决心和信心便会消散，浑身的兴奋与紧张一下子松弛了。他们这样于自己上着酷刑，原本是为了显示，可惜的是，他们的思想全集中在自己身上，分不出哪怕是十分之一、百分之一的注意去观赏对方忘我的表现。他们是白白地辛苦了。他们是为了自己才需要着对方。有了对方在，那艰苦与忍耐才会有快感，有意义。说到究竟，他们还是在向自己显示，向自己表现，要使自己信服和感动。

可是，年轻而浅薄的他们，自然不会意识到这些，他们只是单纯地乐意练功，练功的时候必须是两个人同在。由于莫名地需要对方在场，他们便建立了默契，如是单独一个人，决不会来练功，只要有一个人先到了场，另一个便不召即来，然后，也不会有任何一个人轻易地擅自离开。

三场雨下来，天是一日一日地热了，夏天到了。蝉是从天不明就开始长歌，一直到天黑。烈日晒透了练功房薄薄的瓦顶，热气包围了，从敞开的门窗里涌进。他们的汗水每日都把地板洗刷了一遍，地板渐渐褪了红漆，露出苍白的原色。汗水从每一个毛孔汹涌地流出，令人觉着快意，湿透的练功服紧紧地贴住了她的身体，每一条最细小的曲线都没放过。她几乎是赤身裸体，尽管没有半点暴露，可每一点暗示都是再明确不过的了。那暗示比显露更能激起人的思想和欲念。她的身体是极不匀称的，每一部分都如漫画家有意的夸张和变形一样，过分地凸出，或过分地凹进。看久了，再看那些匀称标准的身体，竟会觉着过于平淡和含糊了。而他浑身上下只有一条田径裤头，还有左腿上一只破烂不堪的护膝。嶙峋的骨头几乎要突破白而粗糙的皮肤，随着他的动作，骨头在皮肤上活动。肋骨是清晰可见，整整齐齐的两排，皮肤似乎已经消失，那肋骨是如钢铁一般坚硬，挡住了汗水。汗水是一梯一梯往下流淌或被滞住，汗水在他身上形成明明暗暗的影子。而她却丝绒一般地光亮细腻，汗在她身上是那样一并地直泻而下。两个水淋淋的人儿，直到此时才分出了注意力，看见了对方。在这之前，他们从没有看见过对方，只看见、欣赏，并且怜惜自己。如今他们忽然在喘息的机会里，看到了对方。两人几乎是赤裸裸地映进了对方的眼帘，又好似从对方身体湿漉漉的反照里看出了自己赤裸裸的映象。他们有些含羞，不觉回避了目光。喘息还没有停止，天是太热了，蝉则是太聒噪了。

正午的时分，只有蝉在叫，一街的门洞开着，里面却寂静无声。那午时的睡眠，连鼾声都没了，只有一丝不知不觉的口涎，晶亮地拖在枕畔，似还冒着热气。百货大楼阔大的店堂里是格外的空寂，苍蝇嗡嗡地飞，划着圆圈。营业员趴在柜台上沉睡，玻璃冰着脸颊，脸颊暖热湿漉了玻璃。偶有不合时宜的人，踟蹰在寂静的店堂，脚步搓着水磨石地，无声地滑行。码头没有船到，河水在烈日下刺眼地反光，一丝不挂的小孩沿着河岸走远，试探地伸脚下水，水是热得滚开了似的。停了几挂拉水的平车，翘起的车板下，睡着水客。

她想做一个"倒踢紫金冠"，终没有做成，重重地摔下来，地板像是迎了上去似的，重重地拍在她的身下。她接触到温热的地板，忽然地软弱了。她翻过身来，伸开胳膊，躺在地上，眼睛看着练功房三角形的屋顶，那一根粗大的木梁正对着她的身体，像要压下来似的。幽暗的屋顶像是深远广阔的庇护，心里空明而豁朗。顺着黑暗的椽子往下移动，不料却叫阳光刺痛了眼睛，那檐下的日光是分外的明亮，反叫人心情黯淡了，万念俱灰似的。她静静地躺在地板上，时间从她身边流过，又在她身边停滞，院里那棵极高极老的槐树，将树叶淡淡的影子投在窗户边上，她几乎看得见那只长鸣的蝉的影子，看得见它的翅膀在一张一合。这时候，在她的头顶，立了两根钢筋似峭拔的腿骨。腿骨是那样的凸出挺拔，肌肉迅速地收缩到背面，隐藏了起来。她将头朝后仰着，抬着眼睛望着那腿，腿上有一些粗壮而疏落的汗毛，漆黑的，从雪白的皮肤里生出。她默默地凝视着，觉得滑稽。那腿骨却向她倾斜下来，他蹲在了她的前面，看着她的眼睛，忽然问道：

"要我帮你起来？"

"不要！"

她想嚷，不料声音是喑哑的，嚷不起来。她猛一用劲，抬起上身，他早已将手挟住她的腋下，没等她坐好身子，已经将她推了站起。她站不稳，他的手却像钳子般挟住了她的腋窝，迫使她站稳了脚。他的两只手，握住了她的腋，滚烫滚烫，身体其他部分反倒阴凉了。这两处的热力远远超过了一切，她不觉着热了，汗只是歌唱般畅快地流淌。等她站稳，他的手便放开了她的腋下，垂了下去，垂在膝盖两侧。她腋窝里的汗，沾湿了他的手掌和虎口，而那腋窝里的暖热，整个儿地裹住了他的两只手。这会儿，他垂下的双手觉得是那么寂寥和冷清。他不由自主地伸张了几下，妄图抓住什么，却什么也没抓住。她站稳了，径直走向扶把，一下一下地踢腿。脚尖划着空洞的半圆形，阳光耀眼地挂在脚尖，在空中甩出去半个光圈。她过分凸出，凸出得已经变形了的臀部活动出丑陋的形状，他十分十分地想在上面踢上一脚。她觉出他的注视，心里则是十分的快意。他的目光滚热地抚摸着她粗壮的腿，那腿早已失了优美的线条，却是一派天真地丑陋着。她无休止地踢腿，韧带一张一弛，又轻松又快乐，不由要回过脸去瞅他。不料他早已走了开去，去进行自己的功课。她顿时泄了气，腿仍是一下一下地踢着，却失了方才的精神。他正劈腿，左右劈成一条直线，身子却慢慢地伏在地上，胳膊与腿平行地伸直，贴在地面，手却握住了跷起的脚尖。他感觉到她目光的袭击，击在他最虚弱最敏感的地方，他情不自禁地一哆嗦，收缩起四肢，蜷成了一团，她的目光早已收回。他心灰意懒地蜷在地上，蜷了一会儿，站起身体，重新抖擞起来。他走到她的身边，站住了，努力挣扎了一会儿，不由憋红了脸，喃喃地开口了：

"你究竟对我有什么意见？"

她没提防他会说话，更没提防说出这种认真的话来，不由也窘了，脚尖慢慢低落，脸也涨红了，回答说："没什么意见。"还好笑地笑了一声。

"我们不要这样了。"他说，又补充了一句，"还是应该互相帮助。"

"我无所谓。"她说，心里却怦怦地跳着，觉得事情有点不平常了。

就这样，从此，他们又说话了。可是，说话的境界似乎还没有不说话的美妙。一旦说话，那紧张便消除了，随之，那一种兴奋，那一种莫名其妙的等待事情发展的激动与好奇，那一种须以默契来交流的神秘的意识，也消失殆尽了。然而，彼此终究是轻松了，要承受那一种紧张毕竟是太吃力，也太危险了。究竟是什么样的危险，谁都不明白，然而那一种冒险的心情，却是谁也都有的。

他们重又正常地交往了，可却再恢复不了以往那一种明澈的心情，都怀了鬼胎似的，有点躲闪，也不再互相帮着练功了。他们只说话。话说得简短而生硬。他要通知她食堂已经开饭，晚了便买不到好菜，明明是好心的意思，出口却变成警告一般："开饭了啊！"她则恶声答道："谁不知道！"她用完了洗澡房让他来洗，口气却如最后通牒："我可是洗好了啊！"他答应得也很不耐烦："谁不知道你洗好了！"他们好像不会用别的口气说话了，至于先前，他们是怎样和颜悦色而又自然而然地说话，是谁也记不起来了。这样地恶言恶语，却并不吵闹起来。他们谁也不愿吵了，再不愿像个仇敌似的不说话。好不容易才打破了那尴尬的局面，他们是都懂得珍惜的。可是，那尴尬局面的转变，又使两人心里都有点遗憾似的。他们本以为事情会有什么不寻常的发展，都在颤颤地、怯怯地，等待着。而如今却一切正常了，不会有什么不寻常的事发生了，或者说，不寻常的事情发展了一点点就截止了，两人的期待都落了空似的，互相都有些奇怪的怨恨。因此他们生硬的口气不尽是做作，而是有一些真实的原因的。她常常会莫名其妙地给他白眼，她的眼白因为黝黑皮肤的衬托，格外地醒目，效果也特别地显著。他的脸色则是常常阴郁，布满了乌云似的，由于他苍白的皮色，这阴郁也格外地黑沉，有时竟叫她有些害怕，不敢太对他撒性了。

不过，他们毕竟是说话了，自从他们彼此开始说话的那天起，两人的练功却都有些松懈，这样地折磨自己失去了意义，他们将改换一种交流和交战的方式，却又找不到新的方式，双方都有些迷茫。在有一段日子里，两人却像是失了生活目标似的，有点无精打采。天又是特别地热。正午的太阳底下，有人在街上的石子路上，摊熟了一个鸡蛋。围了有上百个人参观，头上冒着油汗，惊讶得忘了热，只有小孩为了满头化了脓的疖子，死命地号。到了夜晚，太阳落了，吸饱了热气的地面喘不过气来，将那热气一团一团吐了出来，蒸着满街的凉床凉席子。外面和屋里其实是一样地热，热得连蚊子也没有了。一连几日地喘不过气来，后来，天阴了，飘来了雨云，下雨点子了，如能撤退的军队，凉床子凉席子唰地不见了，进屋了，大人孩子转眼间睡熟了，如同死过去似的。到了夜半，却又热醒，枕上身下是一摊汗水，浸着身子，撑开肿着的眼皮，只见窗外又是一轮明月，碧晴的天上，云影儿也没一丝。

城外的庄稼却长得特别喜人，黄豆绿油油的，出嫩荚子了。乡里老头热得狗似的伸出舌头喘，却还说："该热的时候使劲热，该冷的时候使劲冷，才是正经的天气。"瓜也长得好，小小的籽籽瓜，三分钱就可买一个，薄削的皮，鲜红的瓤，乌黑的籽，走街串巷地叫卖。一早就热得出油，喊了个卖瓜的进院，大伙儿凑了他的筐子吃，吃得肚胀，再让会计销账，直接往防暑降温费上销。卖瓜的消消停停，坐在伙房边的背阴的走道里，竟也有了几丝穿堂风，一得意，就开了讲，讲瓜田里的故事。有守瓜田却捉到男女奸情的，还有大姊妹收瓜贪吃尿了裤子的，种种丑闻恶事。有人去报告了团领导，险些扣发了他的瓜钱。他还是便宜，没受煎熬就卖出了一挑瓜，算完了一日的营生。挑着空挑子悠悠地出城。那一路，每隔二里地就有一口甜水井，又冰又凉，喝了好消暑。卖瓜的心想，凭啥，街上人就得受这个罪，热热的天，挤住在一堆儿，连个歇凉的树荫地也没有，不凭日头的高低，靠住钟点地做活儿。不过，那城里的姊妹真好，白生生的皮儿，嫩生生的肉儿。那是城里男人的福分。

街上的人可怜的是乡里人，毒辣辣的日头底下，连个躲处也没有，胳膊腿燎起了水泡，一层层地脱皮。衣服也褪了色，从不见身上有一点鲜亮的颜色，活个什么趣啊！就是那瓜好。不解的是县中学里那对夫妇，大热的天，却也紧闭着门，黑夜尚可想象，大白天的却又何必，难不成是青天白日的也耐不住了，这可是何等的燥热啊！白里黑里的，却又不见半个崽子下地，女人的肚子姑娘似的扁扁平平，姑娘似的细腰窄腚，姑娘似的细皮嫩肉。

出了三伏，立了秋，还有十八天的赛火呢！

出了赛火的十八天，剧团派人去南边靠大海的大地方的大剧团学节目。去的都是主演和主力，轮不着他们。他们依然是每日地练功，依然练得不得法。她长高长大了一轮，不长的他看起来就像是缩小了一轮。她觉得自己长得太高大了，身体简直成了累赘。洗澡时，望着自己那对丰硕得奇异的乳房，不由得诧异却又发愁，她不明白它们怎么长成了这样，不明白它们究竟还将怎么下去。她甚至以为是得了什么奇怪的毛病。想到此，头皮都发紧，害怕得想哭。她打量着自己硕大的每一个部分，连自己都有些惧怕。她想她是太大了，而她又无法使自己缩小。处在苗条秀气的女伴中间，她硕大得不禁自卑自贱起来。加上她没头没脑没有分寸的言辞，伶俐的女伴叫她作大憨子。幸而她不是个肯用脑子的人，这一点惧怕与自卑的心情，丝毫伤害不了她的健康。她精力旺盛，胃口很大。夜里，睡进被窝，两条胳膊搂抱着自己，心里对自己是十分的宠爱。然后，便像个婴儿一样香甜、没有一点儿心事地睡着了。睡梦中会咂嘴，咂出很受娇宠的声音。对他来说，累赘的是他心灵的成熟。他的心似乎是熟透了，充满了那么多无耻的欲念，那欲念卑鄙得叫他胆战心惊。他不知道这些欲念来自他身体的哪一部分，如果知道的话，他一定会毅然将那一部分毁灭。后来，有一个夜里，他在不该醒的时候醒来时，忽然明白了那罪恶的来源，他自以为那全是罪恶。可是这时候，他忽然发现要毁灭那个部位是如此的不可能。并且，那些欲念也因这个部位的宝贵而为他珍爱起来。他不明白这出于什么样的理由。

这时候，外出学习的人回来了，穿着样式别致的衣服，提了更新换代的旅行包，走下了轮船，踩上颤巍巍的跳板，一步一步走上了岸。他们两人也去接了，她总是挤不上前去，连一件行李也抢不到手，却也一样地激动，一样地热烈。或开路般地走在前边，或压阵似的走在后边，叽里呱啦地说些风马牛不相及的话，谁也不回答，谁也没听见。可是，如没了她和她的聒噪，这迎接的场面便要冷清许多了。沉默的他却走在了中心，由那位跳洪常青或方排长的主演搭了肩膀，一起走着。并不起眼的他，却是这位主演的好朋友，军师一般的地位。从码头回团的路上，那主演告诉他：

"有你的角色演了。"

那角色是双人舞《艰苦岁月》里的小红军，再找不出像他那样矮小而又武艺精湛的演员了。在别的很多剧团里，这角色都是由女演员演的。这角色就像为他而设计的，几乎不用研究讨论，就定了下来。这本就是属于他的角色。一切都顺利极了，只有一件困难，便是那舞蹈里有不少托举，更有很长的一段，老红军须背负着小红军行走，且还要走出健美的舞步，做出刚劲的动作。这时候，方显出他的不利。看上去瘦小的他，却有着令人吃惊的体重。"老红军"背不动他，一上肩便弯了腰，再不可能走出舞蹈的步伐。并且，他们双方都没经受过托举的训练，不会借助巧力而使身体轻便，他只会死死地攀伏在人背上，一心的惶惑与抱歉终是无用。当他又一次重重地从人背上跳下来的时候，那人再止不住怨言了：

"你是太重了。"

他红了脸，转而反击道："你是太熊了！"

那人面有愠色，眼看一场冲突就要起来，大主演便出场解围道："让我来试试。"于是负了他在背上走了一遭，走是走了下来，却是喘个不休。接着，旁边的人也纷纷上前尝试，将他在背上背来背去，走来走去，嘻嘻地笑着。他终于捺不住了，挣着跳下地，把身下的人推了一个趔趄，人们这才收敛了。

这天晚上，他没有吃饭，留在练功房里练弹跳。他知道那最初的纵跳是很关键的，一旦能轻松地上了肩，后边的路程便好走了。如果在上肩时就耗尽了力气，且又调整不好呼吸与步子，就麻烦了。除此以外，他希望自己能轻松一点。不过一会儿她也来练了，像是帮助消食，每顿饭后，她都要练功。这样她才有理由多吃。她是极爱吃的，吃得极多。今天，她新换了一套肉色的练功服，是这回出去学习的人买回来统一发下的。是那些大剧团里正规的练功服，领口开得极低，尤其是背后，几乎裸到了腰际。裤头是平脚的，绷得过紧，深深地勒进大腿根部。

他忽然很和蔼地向她请求，帮助他排练这托举的一段。由于他久已陌生的温和口吻，更由于她从下午起就憋在心里的那一段愚蠢的逞强心情，她欣然答应了。他先向她交代了动作，不料她站在一边早已将动作记熟，竟做得一丝不差。他便跑去问电工索来录音机和磁带，快转到那个地方，开始了音乐。他上了她的背，她竟不觉得吃力，由于激越的音乐的伴奏，还很快活。他在她背上动作，很感踏实，他没想到她的肩背是那样的宽厚而有力量。他们极顺利地走完了一遍，她只微微地有一些正常的喘息。没等他开口，她便跃跃地说道："再来一遍。"这回，他们是从头来起，她将老红军的动作全学了下来，做得倒并不难看，尚有激情，到了托举的时候，十分自然地上了肩。她的胳膊又结实又有力。由于她承受得轻松，使他也有了自信，动作大胆了，反倒灵巧了，减轻了她的负担。他们渐渐熟练起来，竟比他原有的搭档更为默契。五遍六遍下来，他们可以一无负担地、轻松自如地去做所有的动作。他们忘记了技巧上的困难，忘记了托举前须作的思想准备。那每一举手，每一投足，犹如他们的本性一样自然，音乐又是那样的激动人心，重复使它更亲切更悦耳。她忘了那角色是一个老红军，只以为就是她自己。他也忘了那角色是一个小红军，也以为就是他自己。每一个动作都是他们自己的动作，出自他们的心愿和本能。他们忘情地舞着，大镜子里闪过他们的身影，他们的身影迅速地从这一面镜子闪到那一面镜子，他们的身影包围了他们自己，他们竟觉得他们是很美的了。再没有比舞蹈里的自我感觉更为良好的了，况且，还有着音乐。

当他再一次伏到她背上的时候，嗅到了浓重的汗味儿。他的胸脯感觉到了她厚实的背脊，那背脊裸在低低的后领外面，暖烘烘，湿漉漉。他同样暖热而汗湿的胸脯，与她背脊滞涩的摩擦，发出声响，轻微地牵扯得疼痛。他的膝头觉出了她努力活动的腰，他的手觉出了她浑圆结实的肩头和粗壮的脖子，那脖颈由于气喘，一紧一松。沿着汗湿的头发，他的鼻子觉出了她脑后盘起的发辫的触碰，带着一股浓郁的油汗气息，上面有一枚冰凉的夹子，戳痛了他的脸颊。他全身的感觉都苏醒了过来，从舞蹈的技巧中解脱了出来，于是重新地紧张起来。与方才那抑制了全身心的紧张相反，这会儿，所有的感官和知觉全都紧张地调动起来，活跃起来，努力地工作着。舞蹈已成了机械性的动作，分不去他丝毫的注意了，他伏在一个火热的身体上面，一个火热的身体在他身下精力旺盛地活动着，哪怕是一丝细微的喘息都传达到他最细微的知觉里，将他的热望点燃，光和火一样喷发出来。

这光与热传达给了她，她什么也感觉不到，只觉得背上负了一个炭盆似的燎烤，燎烤得按捺不住。可一旦等他下去，燎烤消失，背上又一阵空虚，说不尽地期待，期待他重新伏上背来。一旦上来了，则连心肺都燃烧了起来，几乎想睡倒在地上打个滚，扑灭周身的火焰。可是音乐和舞蹈不允她躺倒。她像是被一个巨大而又无形的意志支配着，操纵着，一遍一遍动作着，将他负上身，又将他抛下地，她忽然轻松起来，不再气喘，呼吸均匀了，正和着动作的节拍。躯壳自己在动作，两具躯壳的动作是那样的契合。他每次跳上肩背都那样轻松自如而又稳当，不会有半点闪失，似乎这才是他应有的所在，而在地上的跳跃全成了焦灼的等待。当他伏上背时，她才觉心安，沉重的负荷却使她有一种压迫的快感。他们所有的动作都像是连接在了一起，如胶似漆，难舍难分，息息相通，丝丝入扣。他在她背上滚翻上下，她的背给了他亲爱的摩擦，缓解着他皮肤与心灵的饥渴。他一整个体重的滚揉翻腾，对她则犹如爱抚。她分明是被他弄痛了，压得几乎直不起腰，腿在打颤，可那舞蹈却一步没有中断。音乐是一遍又一遍，无尽地重复，一遍比一遍激越，叫人不得休息。夜已经深了，有人在对着练功房怒吼，骂他们吵了睡眠，还有人用力地开窗，又用力地关窗。这一切，他们都听不见了，音乐笼罩了整个世界，一个激越的不可自制的世界。

最后，终于有人扳动了电闸，灯一下子灭了，音乐戛然止住，一片漆黑。院里所有的灯都灭了，连月亮都没有，是个没有月亮的夜晚，伸手不见五指，如同堕入了深渊。他已伏在她的背上，动作与音乐一起止住，凝固了似的不动。足有半分钟，他从她背上落了下来，掉在了地板上。两人没顾上说一句话，惶惶地逃跑了。奇怪的是，在那样漆黑的夜晚中，竟没有碰撞，也没有跌跤，就那么一溜烟似的逃窜了。

后来，《艰苦岁月》中的小红军，还是由一名女演员取代了。他是如同铅块一样沉重，而且日益地沉重，日益地笨拙，谁也负不起他了，而他竟失去了先前那一点轻巧，在谁的背上也无法放松自如，这紧张与笨拙更加重了身体的分量。他再找不到那噩梦一样迷乱的夜晚，在她肩背上的感觉。他与谁都建立不了息息相关的默契了，除了她。可她见了他，却有点躲闪，他也同样，害怕见到她。他们甚至不敢在一起练功了。有她在，他便不去；有他在，她也不去。渐渐地，他们又有了新的默契，不在一处相遇的默契。可是他是那样刻骨地想念她，她虽不像他那样明确地想念，却是心躁。她变得十分易怒，不明来由地就与人吵架，吵到最后，即使是她占了上风也免不了一场惊心动魄的哭号。院子里是那么小小的一方，她放肆的哭闹声几乎注入了每一个角落。他远远地躲在屋里，听着那哭声，充满了心碎然而快乐的感觉。

大热过后的秋天，是格外的天高气爽，阳光是透明的，空气如水洗过一般，白杨树很高的树梢上，挑着一缕阳光，即使乡里人的面色也显得白皙了。这一个秋天，街上很流行铁灰的褂子，西服领，微微地掐腰。要有人穿着这样的褂子从街上走过，一街的人都会停住脚嫉羡地望。第一个穿这褂子的，是县中学那外方来的女人，她很招摇地从街上走过，提着菜篮，向沫河口来的"猫子"买螃蟹。此地将船民叫作"猫子"，起心底里可怜他们，没个安生的家，常年漂流在水上，没个根似的。螃蟹张牙舞爪地到了她篮里，吱吱地吐着气泡，扒着篮子的竹壁向外爬。她竟不怕，一只一只捉了回去。到了晌午，街上就传遍了，县中学那对男女，竟吃那样的东西。说这话时，"猫子"已经回了船上，一橹一橹地去远了。他想着这些人吵吵嚷嚷的真可笑，几辈子地待在一地，生了根似的，什么世面也见不着了。他望望蹲在船头奶孩子的女人，女人很安心地看着船下的绿水，一波一波地荡着，撩着衣襟，腾出一只食指，在孩子脸颊上划着。岸边是整齐的大柳树，柳丝儿低垂，一排几十里，"猫子"心里很宽畅。

这个秋天，她满十七岁，他则是二十一岁了，依然是互相地躲闪和逃避。那一个夜晚，时时缠绕在他们心上，想甩也甩不脱。他们想做出忘记或不在意的样子，为了可以坦荡地重新在一起相处。可是只需短短的一瞥，便再也佯装不下去，匆匆地缩回头去，还是不敢见面。然而，虽是不见面，彼此却被对方全部占据了。他的想象自由而大胆，那一夜的情景在心里已经温习了成千上万遍，温故而知新，这情景忽然间有了极多的含义，叫他自己都吃惊了。她是不懂想象的，她从来不懂得怎么使用头脑和思想，那一夜晚的感觉倒是常常在温习她的身体，使她身体生出了无穷的渴望。她不知道那渴望是何物，只觉得身体遭了冷遇，周围是一片沙漠般地寂寥，从里向外都空洞了。

莫名的渴念折磨了她，她无法排遣，只是加倍地吃，吃的时候似可解淡许多，于是就吃得极多，极饱，吃到肚胀为止，而练功却懒怠了。她的体重迅速地增加，各个部位都努力膨胀，她变得又丑又笨；而他却在消瘦，每一根骨头都暴露了出来，挑着皮肤，皮肤上每一个毛孔都生出疙瘩，伤痕累累。他简直像一只拔光了毛的雏鸡，食欲不振。为了唤起食欲，他总是买了最多最好的饭菜，摆开在练功房门外的水泥地上，自己则坐在门槛上，瞪着怨恨的眼睛望着饭菜，久久不动筷子。他也不常去练功了。

练功房显得很寂寥。

他们都很寂寥。

后来，演出了，在县城里唯一的戏院里。戏院像一个巨大的仓房，粗大的木梁架住三角的房顶，场灯缀在没有油漆的木梁上，一盏一盏一盏。同样没有油漆的木柱立在场内，正好挡住那后面两个座位的视线，每一场都必有这座位的观众的争吵，可是每一场都仍然将这座位照价售出，谁也不记得这座位的号码。水泥地上粘着痰迹和烟蒂，浮着一层永远扫不尽的洋灰与土。时常地停电，一旦停电，会场一片漆黑，乱过一阵，才有一盏汽油灯幽幽地点燃，照亮在丝绒已经磨平了的紫红色大幕跟前。然后又有了第二盏，第三盏，第四盏，沿着幕沿一溜儿排开，从底向上将人脸照亮，留下一些丑陋的阴影。

没有他俩的事，他俩在后台，她照管服装，他照管道具。没事的时候，就跑到幕侧看演出。幕侧有着一排排的硬景片，隔了几重几进，她站在这片的暗影里，他站在那片的暗影里，彼此只隔了两步的距离。可是台上的光明将幕侧遮得更为幽暗，他们谁也没有发觉谁，孤独地看着台上的节目。节目一个一个向下走，终于走到那个舞蹈《艰苦岁月》。熟悉得几乎陌生的音乐陡然响起，他们不由同时哆嗦了一下，这颤抖如同电流一般，在空中相遇，流通，他们忽然觉出彼此就在附近。心跳了，脚步却没有移开。他回头望了一下，正望见她的目光，她忽然向后退了一步，退进一个高大的景片的遮蔽里，那景片是一间营房。他随即也追了进去。景片后面一片漆黑，激越的音乐从幕前传来，充满了一整个剧场，笼罩了一切。他站了一会儿，伸手凭空地摸了一下，什么也没摸到，却感觉到她的躲闪。她笨拙的躲闪搅动了平稳的气流，他分明听见了声响，如潮如涌的声响。然后，他又向前去了半步，伸手抓住了她的手，她的手在向后缩，他却攥紧了，并且拧了一下。她似乎"哎哟"了一下，随即她的背便贴到了他的胸前。他使劲拧着她的胳膊，她只能将一整个上身倚靠在他的身上。他力大无穷，无人能挣脱得了。他的另一只手，便扳过她的头，将她的脸扳过来。他的嘴找到了她的嘴，几乎是凶狠地咬住了，她再不挣扎了。音乐已到了尾声，小号，定音鼓，全上了，汹涌澎湃，气震山河，一切卑微琐细的声响都被吞没了。

犹如冰河解冻，一江春水直泻而下。谁都不能明白的，他们忽然之间，容光焕发。她面色姣好得令人原谅了她硕大笨重的体态，眸子从未有过的黑亮，嘴唇从未有过的鲜润，气色从未有过的清朗，头发则是浓黑浓密。她微黑的皮肤细腻光滑，如丝绸一般。身体依然是不匀称，可每一个不匀称的部位，线条却都柔和起来，不同先前那样的刺目。并且，她的神情也有了明显的改变，似乎是自信了，脸上总满不在乎地带着沾沾自喜的笑容，虽然愚蠢得很，可那一种明朗灿烂，也不由叫人心动。他，则是平复了满脸满身的疙瘩，褐色的疤痕不知不觉地浅了颜色，毛孔似也停止分泌那种黄腻腻的油汗，脸色清爽得多了，便显出了本来就十分端正的五官。鼻梁是高而挺直，眉棱突起，眼睛陷下，很有些像阿尔巴尼亚人，阿尔巴尼亚电影是这些年唯一能看到的西方电影，那里面的人种，渐渐形成了一派审美的标准。他的眼睛有一种天然的思考的光芒，使他很肃穆，也很深沉，一点不轻薄，使他十五岁孩子形状的形体也有了男人的意味。他们的生命，似乎冲过了阻碍，又流畅了，显出那样一股欢欣鼓舞的活力。他们彼此不再惧怕，躲避只是在众人眼前。由于只在人前躲避，那躲避便有了一种神秘的趣味，似乎一整个人类都被他们嘲弄了似的。他们假作仇敌似的互不理睬地擦肩走过，目不斜视，心灵却诡秘地交换着眼色和微笑，心中是十分的得意和骄傲。在没有人的时候，他们便如胶如漆，再也分不开了。他们并不懂什么叫爱情，只知道互相是无法克制的需要。

每天晚上，夜幕降临时分，两人便不见了，撇下一大个黑沉沉的练功房。直到雾气白了黑夜，三星沉西的时候，两人才像幽灵似的先后出现在院里，蓬着头发，乱着衣襟，眼睛在黑暗里灼灼地闪亮，踩着湿漉漉的石板地，各自摸回了自己的宿舍。这一夜是出奇地幸福，经过激动的抚摸与摩擦的身体，是那么幸福地疲乏着，骄傲地懒惰着。那爱抚好像是从毛孔里渗透了，注进了血液，血是那样欢畅地高歌着在血管里流淌。幸福得几乎要叹息，真恨不能将这幸福告诉每一个人，让每一个人都来妒忌他们。可又必得将这幸福牢牢地圈在心里，不可泄漏一点一滴。因为这全是罪孽。尽管她什么都不懂，可却懂得这是犯罪。什么是应该的，她不知道，可什么是不应该的，她却很知道。而什么都懂的他，便更明白这是非同小可的犯罪了。可这罪孽是那样地有趣，那样地吸引人，不可抗拒。当两人身体一旦接触，合二为一的时候，什么犯罪，什么不应该，什么造孽，便什么都不存在了，只有欢乐，欢乐的激动，欢乐的痛苦，欢乐的惊惧。他们最初的感觉是恐惧，最先克服的也是恐惧。没有头脑的她最是容易消除恐惧的，而极有头脑的他，则更懂得如何克服恐惧。当恐惧消失了以后，他们竟还有些遗憾，有些哀悼它的逝去。无论是没有头脑的她，还是有头脑的他，都永远地记着在那恐惧的颤动里的亲爱，是何等地快意。那惊惧顽强地抵抗，欲望顽强地进攻，在这激烈的交战中，身体得到了如何强大而又微妙的快感。

两个身体是那样地相亲相爱，爱得无法爱了，灵魂便也来参战了。他们忽然地那样亲密无间，并且不再避讳任何人，那是任何人都没有思想准备的。他们又在一起练功了，重新互相帮助，互相体贴入微，连一句重话都是亲昵的。两个的饭菜票合在了一起，买来了饭菜，一起吃着。他的衣服全由她包洗了，而装台卸台时，她的那一份活也由他包干了，尽管她一点不比他软弱，可他不让她插手。她便只能闲着，吃着脆生生的红心绿皮萝卜。如有人责备她，她便不客气地回嘴，到了说不赢的时候，自有他来支援，两人结成了这样坚强的同盟，简直可以永远立于不败之地了。可是，当身体和灵魂结合在一起，那爱仍然不足以排遣的时候，便会采取一种截然相反的宣泄的形式，一种反目的形式。犹如他们好得那么招摇一样，他们也常常坏得惹人非议。那一段日子里，他们便成了真正的敌人，单独在一起的时候，身体以强烈的排斥为吸引，如同搏斗似的，互相抵抗，谁都不愿撤离，撕扯着，纠缠着，直至筋疲力尽，然后便是温情脉脉的亲爱，亲爱过后，又是搏斗。到了人前，他们便冷眼相对，反唇相讥，吐不出一句好话，以那种污秽的语言相骂。

人们吓唬着要去找团长惩治，也无济于事。就这么样，好好坏坏，坏坏好好，就像互相欠了宿债一般，不知什么时候才能清算了结。

这是一个多事之秋。

连天的雨，大河隐在雨丝和雾气里面，船像个魂似的，在茫茫水天中靠了码头，又离了码头。城外泥地全被踩烂了，被乡里人的赤脚带进街上，搅了一城的泥浆黑水。泥鳅都钻到街上来了，还发现了一条南方的蚂蟥，一城的人都慌了，明知道是城郊大队旱改水，养了几亩水稻田所带来的，却仍然赶不走大祸临头的预感。那蚂蟥活动得那样机敏，一旦咬住了腿，便再不松口，使劲地拍了下来，腿上便是一个深不见底的洞，过了半晌，血才潺潺地流了出来。

雨，渐渐地停了，地，渐渐地干了，天气却陡地冷了起来，入冬了。

这年的冬天，犹如夏天出奇的热一般，却是出奇的冷。没有风，太阳好得喜人，天晴和得像春日，却只刀割似的手疼，脚疼，脸也疼。鼻子耳朵都红了，萝卜似的。在街心，即使是太阳地里，也休想能站定半分钟，冷得够劲，却不动声色。就像要发生什么不寻常的事了，有一股不安的心情，游魂似的在街上飘移。

果然，过了阳历年，就死了当家的——总理。

事情有了答案，那不安便渐渐平息了。

后来，又死了大元帅朱老总；

后来，又地震；

后来，又死了领头的——毛主席；

后来，"四人帮"倒台了。

这一个秋天里，他们各自长了一岁，她十八，他二十二，却就像长了一百岁似的，上一个秋天里的事，回想起来，则好像是上一辈子。

他们爱得过于拼命，过于尽情，不知收敛与节制，消耗了过多的精力与爱情，竟有些疲倦了。为了抵制这疲倦，他们则更加拼命、狂热地爱。身体所受的磨练太多太大，便有些麻木，需要新鲜的刺激才能唤起感觉与活力。他们尽自己想象地变换着新的方式，互相却熟稔得渐渐失去了神秘感，便也减了兴趣。可他们是欲罢不能，彼此都不能缺少了。尽管每次归来，都是又疲倦，又厌烦，却又很不尽兴地失望，可是每次出发的时候，那期待仍然是热烈而迫切的。

他们一身大汗地回来，走上狭窄的木梯，梯子在脚下吱嘎着，搔着他们的脚心。他们觉得又疲乏，又肮脏，却没有兴致到那洗澡房去洗澡。茶炉子是早已熄了火，急急忙忙出去时，忘了打热水，水瓶空空的，又不敢倒别人的水瓶，怕别人就此识破了什么。院子里是一片寂静。他们疲乏地躺在床上，黏黏的皮肤极不舒服，连被窝都潮湿了。他们简直不明白，怎么这样地拼力也达不到最初的境界了，十分地苦恼，他们又忍不住地自惭形秽，很想脱胎换骨，重新做人，暗暗下着决心。可是到了下一天，互相见了面，不约而同地都做了那约定俗成的手势和眼神，暗暗约了会面的时间。在那约会前的几个小时里，心中的焦灼使得他们坐立不安，幸而他们已久经锻炼，竟可做得一点破绽也没有，不被察觉地度过了那焦灼的几个小时，溜出了院子。

身体那么狂热地扑向对方，在接触的那一瞬间，却冷漠了，一切感觉都早已不陌生，没有一点新鲜的好奇，惊慌与疼痛。如同过场似的走了一遍，心里只是沮丧。得不着一点快乐，倒弄了一身的污秽，他们再不能做个纯洁的人了。这时方才感到了悲哀与悔恨，可是，一切早已晚了。

剧团里，谈恋爱的人日益增多，几乎都成双成对，一起进，一起出。他们本也应该加入这二路纵队，并且可做领队的。可是却深觉惭愧，很不够格似的。眼看着别人，都比自己纯洁，都有着美丽的前途，而自己却早早地掉下了泥淖，再也洗不净了。因此，在这大谈恋爱的风气之中，他们却悄悄地藏匿了起来，形同陌路。别人只当他们又有了新的纠葛，早已不觉稀罕，只由他们闹去，谁都不知道他们心里的苦衷。这苦衷因是两个人的，本就是两份，便也谈不上什么分担与解忧，一起地扛在了身上。却又不能做点交流，互相安慰。互相都十分明白，可稍一点破都会无限地难堪与烦恼。没有一点解决的办法。因此，在这苦恼里，他们是极其地孤单了。他们孤独地各自担着自己的一份苦恼，只觉得世上所有的人都比自己快乐。他们是过于性急，不知忍耐，不知节省，早早地将快乐都享用尽了，现在只剩下惭愧和苦恼了。

由于这苦恼，由于这苦恼只能由他们分别各自承担，他们互相怀恨了。

这是认真的怀恨，很严重的怀恨。其中严肃的意味使他们不再当着人前纠缠不清，当着人前的纠缠叫他们以为是轻佻并造作的了。他们只在没人的时候纷争。他们吵得极凶，说出极其刻毒的话，去刺痛对方最容易受伤的部位。她对他哭喊着："我恨你，我要杀你！"他将两手的虎口对准了她的咽喉，压低声说："再嚷，就掐死你。"她恨他是真实的，他要掐死她也是真实的，于是互相都有些骇怕，软了手下来。他们真实地激动着，互相骂着，彼此气得打战，最后终于扭在一起厮打起来。他是力大无穷，她激烈的情绪使她就像打不倒似的。厮打到后来，那忿怒却渐渐平息，只是激动还在。他们不知是厮打还是亲热，或许又是厮打又是亲热，一时间，昏天黑地，什么都退去了，只有一股无名的狂躁。这时候，身体内侧升起了一股奇异的快乐，他们失去已久，呼唤已久，早已等待得绝望的快乐，出人意料地来了，在人一无准备的时候来了。他们终于搏斗到了筋疲力尽，瘫软下来，却是久已未有地满足。他们渐渐安静下来，互相看了一眼，眼光里已没了怨恨，只有亲昵的爱。两人这才挽着手，像放假回家的小学生一样，只是纯洁地挽着手一悠一悠地回去了。仅仅是两只手的接触也使他们觉着了亲爱。一直走到离剧团院子一百米的地方，他们才松了手，忽又觉着自卑得压抑。院子里传出的琴声与歌声，就好像从另一个世界上传来。他们又觉出了身上的肮脏，好像两条从泥淖中爬出来的野狗似的，互相都在对方面前丢尽了脸，彼此都记载了对方丑陋的历史，都希望对方能远走高飞，或者干脆离开这世界，带走彼此的耻辱，方能够重新干干净净地做人。那仇恨重又滋长出来，再也扑不灭了。

分洪闸下，总是有手扶拖拉机突突突地来来去去的大路上，总有人看见有男鬼女鬼在打架，女鬼披了头发，男鬼血口喷人，打得吱吱叫。这故事顺着大路走远了，添了枝加了叶，等它折回头走进街里时，完全是另一个陌生的面貌了。他们和别人一起，胆战心惊地听着这故事，在比较安宁的和平的夜晚。

他们想要摆脱对方了，先是他冷淡了她，然后她也冷淡了，这冷淡并不使双方难过，甚至有些轻松，好像是激战过后的休息。他仍回复了以往的生活节奏，每天仍然练功，练罢之后洗澡，吃饭，睡觉，睡得尚平静，心情开朗了，性情也平和了。可是经历过了这一段以后，两人都有些显老，超出了他们的实际年龄。她竟瘦了，皮肤松弛下来，大腿根上现出了水波般的花纹，他却胖了。在内心里，他们都有些苍老似的，团里那些少男少女的恋情，在他们眼里，好像是一场幼稚的游戏，早已看透了幕帷，识见了真谛。她有些失了廉耻，忘了自己还是未出阁的女儿家，照例有些不该听不该说的故事。她可全然地不在乎，觉着一切都十分自然，就连误入了男厕所也是十分地坦然。别人的嘲笑一点不被她理解，心里只是委屈和纳闷。而在他，男女之间的避讳，早已是撕得粉碎。任何女人在他眼里都是赤裸的，一眼便看到了最隐秘的部位。他无法对任何一个异性留有距离，而使心里充斥了神圣纯洁的感情，这使他痛苦万分，这世界，早早地向他揭示了秘密，这样一目了然地活着，再有什么能激起他的好奇与兴趣呢？他不由得万念俱灰，人生好像刚起步就到了尽头。这时候，他们才明白，无论他们怎么冷淡，不在一起，都已经是有罪的人了，依然是有罪的人了。他们终是个不洁净的人了，他们小小的年纪就不洁净了，要不洁净地度过多长的岁月才了结啊！因此，当他们分开的时候，灵魂却相依了。

可是，他们依然没有勇气再走到一起，彼此都有些害怕，害怕那样地下去，最终会是什么结果。可是在他们最最坚决的时候，心底深处，却是谁也不曾真正地相信，他们之间的关系，就这样告终了。他们只是在等待，等待到那终于等待不下去的一天，再说吧。他们依然和平日一样地生活，晚晚早早地各自回了宿舍，上了床，自以为十分安宁又十分幸福，其实不过是在度过暗自契约的限期。他们彼此都有个预感，事情不会就此结束，因为冥冥之中，他们实在是谁也不愿意就这样结束。不过，这时分的轻松与安宁，也不是虚拟的。他们实在是太激动，太疲劳，需好好地养息才能够恢复。

那样的罪恶，就好比是种子，一旦落了土，就不可能指望它从此灭亡。他们处在一个蒙昧的时期，没有一位先行者来启开他们的智慧。况且有一些事情，即使是圣人都无法启明的，只有自己在黑暗中摸、碰、爬、滚，从污泥浊水中找出一条出路。好比偷吃了禁果的亚当与夏娃，上帝都无法拯救了，只得将他们逐出伊甸园，世世代代地受苦。他们又是那样平凡卑微的孩子，怎能期望他们与自然的力量抗衡。他们只凭着自己小小的善恶的天性与聪明，忽明忽暗着。

这一个春天，平安度过了。

他们似乎已经到了境界似的安静下来，彼此之间既不好，也不坏，和平常的关系一样，偶尔在一处说一些没要紧的闲话，偶尔在一起做一些不收效的练功。甚至，关于他们的流言，也渐渐地平息了。即使实在闲了，谈起来也都当作已经过去了的旧事。连他们自己都认为，事情是过去了，如暴风雨般急骤的情欲已经过去了，再没危险了。精神便也慢慢地松弛下来，解除了警戒。甚至有点恢复到最初的时候，她没有顾忌地对他大喊大叫，他也宽容地忍让着，就像什么事情也没发生过一样。即使单独在一起时，也能平和地相处了。他们简直有点怀疑，他们曾经有过那样的关系吗？回想起来，每一次，每一个细节，都那么清晰可见，历历在目，可却总像梦中，事实上，他们双方都正处在一个养息的、初愈的阶段，疲劳与紧张刚刚消除了，可元气尚未恢复，身体仍然是虚弱的，微醉般懒洋洋的，软绵绵的，似睡似醒的。这确是一个心旷神怡的境界，可为时却极为短暂，甚至是转瞬即逝的。紧接着，一场更为汹涌澎湃的波动将会来临。他们将会发现，先前的一切仅只是暴风雨之前掠过天空的闪电，远方滚来的雷鸣，是一个序幕，一个序曲，一个引子，一个预言。由于他们弱小而胆怯，这些已经几乎将他们吓破了胆，他们几乎溃散，幸而他们年轻，身体又健康，头脑则简单，且有充分的好奇心，因此，他们居然能以不慢的速度恢复起来，等待接受生命狂潮般的正式的洗礼。

他们又开始每天练功了，似乎共同在回想以往的美好的生活。那身体违拗了本来原理的伸展与收缩；那剧痛与疲劳之后快乐轻松的喘息；将身体内部的污垢冲刷出来的淋漓的大汗，以及大汗过后的洗澡，滚热的水针扎般地从身上滑过，于是已被遗忘的练功的一切快乐都重新唤起了。她几乎觉得自己是身轻如燕的，一连可以做成百上千个吸腿转而不停歇，直至身体终于支持不住摔倒在地上，一整个练功房的三角形的屋顶还在一扬一抑地旋转。她竟以为她仍然在转，她将永远这样旋转下去。她感觉到身体的健康、有力，服从她的意志，得心应手地做着各种动作。各种动作由于一段时间的疏远，又由于实在是太熟稔了，再不可能忘怀，便格外地亲切、新鲜。练功房的镜子上折射出几十个她旋转的身影，她看见前后左右有几十个自己在旋转，犹如几十个自己在舞蹈，又如几十个自己在欣赏自己。她便深深地陶醉了。而他的身体则是前所未有地柔软坚韧，他垂手直立着，静静地凝视着眼前，然后，上身极慢极慢地朝后仰去，仰去，头朝下，世界在他镇静的凝视里倒置了。这才举起手，举至齐肩，头顶将要落地时，手正好抵住地面，缓缓地向前挪动，挪到脚跟，头再度昂起。颠倒的一切重新在他凝眸中调整过来。他便静静地看着，身体觉不出一点勉强的痛苦，十分地自然，似乎这才是最正常不过的站立了。她旋风似的闪进他平静的视野，又旋风似的闪出。随着她的旋涡似的转圈，顺着他身体弯曲的轨道，有什么在缓慢而顺畅地流泻。他们似乎都能体验到那一种暗河般的流动，几乎听见了它潺潺的水声。

这时候，剧团要出发，上南边演出了。

走的那天，街上家家都在煮粽子，一街的粽叶清香。天蒙蒙亮的时候，轮船磨磨蹭蹭地靠岸了，哗地拥出人来，沓沓踩着跳板上岸，扁担篮子碰撞着。人下过了，剧团才上船，一箱箱的道具、服装、灯光、软景、幕条，往上搬着。好容易搬完，连人也上齐了，船动了，太阳已经升起，被对岸大柳行婆婆娑娑地遮着，含羞似的。水客们的号子响起了，一声高，一声低，间着车轮的辘辘声，荡漾在金晃晃的水面上。雾气散了，那号子声陡然地明亮起来，十分高亢，却含着一股说不出来的荒凉，贴着水面向上腾起，越升越高。车轮在泥污的车辙里行走，从这条车辙滚到那条车辙，每一滚动，车身便颠簸一下，水忽悠一下，从桶口泼了出来，号子打了个颤。从此，那号子便永远有着不断的停顿与颤音，记录着道路的坎坷。

太阳是越升越高。

船，迎着水流慢慢地行走，太阳跟随着，在柳枝垂帘的廊里行走。水波粼粼地闪光，一泓清水，一泓浊水，从船底滚过。舱里是水洗过的潮湿，又似从未洗过的肮脏。烟蒂、浓痰、瓜子皮、鸡屎，涂了一地。人们挤挤地坐在朽了一半的连椅上，耳畔被隆隆的马达声堵住了，什么也灌不进了。他们坐在底舱，不知是有心，还是无意，竟坐在了一起。底舱是加倍地气闷和潮湿，一排气窗外面，是站在船栏边上的人脚，像是站在了舱内人的肩上，走来走去，时而密集，时而分开，天光便时而漏进，时而遮住，舱内却总是黑暗，点了一盏电灯，灯泡裹了一层灰垢，被一舱的烟雾缭绕了。是那种劣等的烟叶，塞在烟袋锅里，一口一口吸进，一蓬一蓬呼出，熏得呛鼻，时间长了，就微微地头晕。船微微地晃着，昏暗的灯泡轻轻地摇晃，一舱的烟雾也在慢慢地摇晃，人脚在人肩上走来走去，恍若梦中，都有些沉沉欲睡。连椅上人挤着人，肩膀与肩膀挤得太紧，只得佝偻了，两排连椅又离得太紧，膝盖夹着膝盖，再没有比从两行人中间走过更难的了。人们将额头抵着膝盖，辛苦地睡着。头在膝盖上滚来滚去，互相碰着。

　　他们紧紧地挤在一起，胳膊贴着胳膊，腿贴着腿。她枕着膝盖上的书包几乎要睡着了。他则透过气窗，从人腿的缝隙里望着白茫茫的水和天出神，也几乎是睡着了。机器的轰隆充满了整个头脑，整个世界都沉入在这轰鸣之中。劣等的烟味渐渐失却了那股辛辣苦涩，反倒甜了起来，是一种令人昏迷的腥甜。他们几乎睡着，只留有一线知觉还悠悠地醒着，游丝般地飘移。这醒着的一线知觉萦绕着他们彻底松弛、没有戒备的身体，漫不经心似的撩拨，好比暖洋洋的太阳下，凉沁沁的草地上，一只小虫慢慢地在熟睡的孩子的小手臂上爱抚似的爬行；好比婴儿的时候，从母亲乳房里细丝般喷出的奶汁轻轻扫射着娇嫩的咽喉；好比春日的雨，无声无息地浸润了干枯的土地；好比酷暑的夜晚，树叶里渗进的凉风，拂过汗津津的身体。他们睡得越是深沉，那知觉动得越是活泼和大胆，并且越来越深入，深入向他们身体内最最敏感与隐秘的处所。它终于走遍了他们的全身，将他们全身都触摸了，爱抚了。他们感到从未有过的舒适，几乎是醉了般地睡着，甚至响起了轻轻的鼾声。那知觉似乎是完成了任务，也疲倦了，便渐渐地老实了，休息了，也入睡了。这时，他们却像是被什么猛然推动了一下，陡地一惊，醒了。心在迅速地跳着，钟摆般地晃悠，浑身的血液热了起来，顺着血管飞快却沉着地奔腾。他们觉着身体里面，有什么东西醒了，活了，动了。是的，什么东西醒了，活了，动了。他们不敢动一动，不敢对视一眼，紧贴着的胳膊与腿都僵硬了似的，不能动弹了。彼此的半边身体，由于紧贴着，便忽地火热起来，一会儿又冰凉了。他们脸红了，都想挣脱，却都下不了决心，就只怔怔地坐着。前边的气窗，忽然豁亮了，没有一点点的遮挡，都是白茫茫的水，船就像在河库行走，他们就像在河库行走。他们被挤得动弹不得，捆住了似的。似有一根无形的绳索，将他们从头到脚捆住了，捆得那样结实，他们挣不脱一点点了。

太阳早已落了，落在船头很远的地方，烟叶也吸得疲倦了，烟雾却像凝固了似的，消散不去，罩在头顶，令人觉着了压迫。脖子有点发硬，顶了磨盘似的。肚子叽叽咕咕地叫，不知是他的叫，还是她的叫，几乎压过了机器的轰隆。他们饿了，刚才开饭的时候，他们都睡着了，同伴没招呼醒他们，只好由他们错过了。好在，船将抵码头了。

这一天，这里的孩子，都用五色线织成的小网袋，兜着一只青皮大鸭蛋，挂在胸前，网袋底下，缀着一束五彩的流苏，随着鸭蛋在胸前的晃悠，一摇一摆。火车直接从街心轰隆隆地驶过，路面都震动了。每个人的鼻孔都如烟囱般的漆黑。楼，是不计其数了，高高低低，如火柴盒样四角四方地立着，既傲慢，又呆笨。到了夜晚，四面亮出一方一方的窗口，街上是喧闹多了。路灯是玉兰花瓣形状的，隐在梧桐树叶里，隔一段亮出一盏，隔一段亮出一盏。汽车来去地穿行，自行车如潮般地在汽车两侧，为它们开道，叮叮铃铃响成一片。橱窗被日光灯照得雪亮，花红柳绿，五彩斑斓。旁边的墙上贴了层层叠叠的海报，借了橱窗的灯光照亮了：四面八方的剧团，南北东西的戏种，形形色色的节目，真是一片繁荣似锦。

他们的海报印小了，比人家的小了一半。是淡黄色的薄纸，很容易被风刮破了边。不敢覆在人家上面，只挨在边上，孙子似的。不过，头三场还是满座。此地的人多呢！此地有的是人，挤来挤去，泰然自若地在疾驶的车辆间穿行。汽车揿着喇叭，尖厉得刺耳，响彻了云天。冷不防，一声呼啸平地而起，喇叭声忽地没了，一列火车轰隆隆地驰过，然后，喇叭声响才又显现出来，却总有点鬼祟了。越过一方一方明亮着的楼房，朝前望去，深蓝的天空上，有着一炷黑烟，冉冉地升起，渐渐地漾开，十分优美地飘荡，扩展，盛开成一朵美丽的黑色的牡丹。慢慢地移目，便可看见，四周围的天空上，缀满了这样美丽的黑色的图案，先后变幻，织成一个神话般的包围圈。黑烟溶解在碧蓝的空气里，天色逐渐加深了颜色，于是，那灯光衬着漆黑的夜幕，便格外地明亮起来。

码头上，一日有七八条轮船靠岸，又离岸，汽笛声此起彼落，声长声短。这城市里，有近一半的人是流动的，车带来，船带走，或者船带来，车带走。

这城市，就格外地不安静了。

他们租的是一家小小的剧场，八百个座位，却赫赫然地叫作个"人民影剧院"。没有专门的宿舍，剧场介绍了附近的招待所，每人每天的宿费正够抵消演出的收入，只得婉言谢绝，自力解决了。女宿舍安在放映间里，那是窄窄的一条走廊，墙上仅有几方安置放映机的窗洞，正传送进剧场里的喧嚣和热腾腾的人气，出奇地闷热。一长条木板，如东北的大炕，人挨人挤着。第一夜，谁都没有睡安稳，浑身刺痒得难忍，使劲撑起眼皮，开开灯看，却发现，有绿豆大的臭虫在席缝间自由地爬行。男人则四处为家，等观众走尽，哪里都可睡得了。离开老婆的第一夜，结过婚的男人都有些不惯，空落落的不踏实，辗转反侧，只得以回忆和想象来自勉。声音在空寂的剧场里响亮地回荡，总是一些不雅的玩笑，一字不漏地送进放映间的窗洞。女人只当听不见，又忍不住要笑，硬憋着，互相不敢对视，眼睛稍一交流便会揭开帷幕。折腾了一夜。第二日早起，都红肿了眼泡，脸色不青不白，花了似的。

演出照常进行。

此地的观众不好将就，微微的一点差错，便会灵敏地起了反应，还会说出一些刻毒的话。演出便须分外地小心，十分认真。将疲劳硬压下去，抖擞着精神。精神振作得太过，闭幕散场还绰绰有余，况且又吃了夜宵，深夜十一二点却还一无睡意。天气又闷热，人们便三三两两在台前台后闲话讲古，还有的，干脆出了剧场到街上凉快。先是在门口马路走走，后来就越走越远，直走到了河岸上。夜晚的河岸十分安静，河水缓缓地流动，轻轻拍打着。几点隐隐的灯光，风很凉，裹着湿气扑来。先是大家一群一伙地走，然后便有成双成对地悄悄地分离出来，不见了。反正，河岸是那样地长，又那样地暗。这一天，他们竟也分离了出来。起先，他们是落了后，落在了人群的后面。他似乎没发现她也落后了，她似乎也没有发现他的落后。他们只是分开着，自顾自走着。那天，没有月亮，也没有星星，天很暗，他们全被黑暗裹起了，各自裹着一披黑夜的幕障独自走着。其实，彼此才只有十来步的距离。他走在河边的柳树林里，她则走在堤岸内侧的柳树林里。露水浸湿的土地在脚下柔软而坚韧，脚步落在上面，再没有一点声响。她张开两只手，轮番摸着两边的大柳树。左手扶住一棵，等右手扶住另一棵时，左手便松了，去够前边的。粗糙的树皮摩擦着她的手心，微微地擦痛了，却十分地快意。那是很慈祥的刺痛，好比姥姥的手挽着她的手。她调皮地，有意地将手掌在树身上搓着，搓痛了才放手。他则扯下了一根柳枝，缠在脖子上，凉阴阴的。他将柳枝缠成一个绞索的形状，小心地用力地扯紧了两头，沁凉的柳条勒进了脖子，越勒越深，那沁凉陷进了肉里，他几乎要窒息，却觉得很快乐。如不是柳枝断了，他还将更用力扯紧。他重新折了一枝，重新来那套玩意儿。不一会儿，折断和没折断的柳枝便披挂了一身，他像个树妖似的。前边的人群越走越远，只是说笑的声音清晰地传来，还有歌声，唱得很不入调。河水轻微地拍响了。这时候，天上忽然亮起了一颗星星，很小很远，却极亮。黑暗褪色了，他看见那边柳树林里活泼泼的人影。她也看见那边柳树林里，奇怪地披挂着的人影。他们彼此都不太确定，却彼此都心跳了。天上又亮了一颗星星，这一颗，要大一点，近一点，就要落下河里似的。黑暗又褪去了一些，露出白蒙蒙的雾气。蒙蒙的雾气里，他看见了她，她也看见了他。都没有回头，却都看见了。她依然用手轮换着摸着树向前走，土地是越来越柔软，每一次抬脚，似乎都受到温情脉脉的挽留。树是越来越慈祥，像是对她手心粗糙又纯洁的亲吻。他继续折着柳枝，用柳枝制作圈套，勒索自己的脖子。那凉爽的窒息越来越叫他愉快，他没有发觉，脖子上已经印下了血痕。他只是非常地轻松和快乐，忍不住自语般地说道：

"天很好啊！"

不料那边有了清脆的回响："是很好！"

于是他又说："星星都出来了。"

那边回答："是都出来了。"

他接着说："月亮也要出来了。"

那边又回答："是要出来了。"

话没落音，月亮出来了半轮，天地间一下子豁亮了，可那雾气更朦胧了。他渐渐地从柳树底下走出来，她也渐渐地从柳树底下走出来，走到中间的大路上，这是掺了沙石的土路，沙石在月光下闪着莹莹的光彩。

"这几天，天很热啊。"他对着已经肩并了肩的她说。

"热，我不怕。"她回答，手上湿湿的，黏黏的，好像沾了树的眼泪。她将手合在一起，使劲搓着，搓得太用力，发出"咕嗞咕嗞"的声音，他便用柳枝去打她的手：

"搓什么，别搓了！"

柳枝凉阴阴地打在火热的手上，一点不疼，她却躲开去，说：

"就搓！"

他便再用柳枝打她。她左躲右躲，他左打右打。她拔腿就跑，他就追。她撒开两条又粗又长的腿，像一只母鹿似的跑，心跳着，好像被一只狼追着，紧张极了，却又快乐极了，就咯咯地笑了。他哈下腰，如同一只野兔子那样，几乎是贴着地面射出去的，又激动又兴奋，微微战栗着，咬紧了牙关，不出一点声响。他们俩只相距一步之遥，他伸长手臂，差一点就可触到她了，可她不让他触到。前边的说笑声，歌声接近了，影影绰绰地看见了人群，她不由慢下了脚步，被他一把逮住。似乎是从河的下游，极远极远地，逆着水上来了水客们悠扬苍凉的号子，细细听去，却被风声盖住了。

半轮月亮又回去了，星星也黯淡了，雾气更浓了，五步以外就不见人影，只听前边的歌声攀上了堤坝，离了河岸，渐渐远去了，回荡了许久。河水是漆黑漆黑地流淌，几点忽明忽暗的灯光。

他们激动而又疲惫地手拉着手，走在回去的路上，渐渐进了市区，灯光依然明亮，火车轰隆隆地驶过，车站与码头沸腾的人声充斥了一整座城市，连夜都不安宁了。他们走在窄窄的街道上，水泥的坚硬的路面再不隐匿他们的脚步，发出分外清脆的叩响。无论他们怎么小心，怎么轻轻地迈步，那叩响总是清脆，悦耳。天空边缘微明，他们以为是破晓了，不由得心里着慌，如同犯了大忌，加快了脚步，分开了手。"太晚了！"他们一起想道。他们觉着四周的一切，全在黑黝黝地监视着他们。"以后再不敢了。"他们不约而同地一起想道，自觉是犯了大罪，奔进了剧场。

天边微明，是终夜不息的灯光，这城市的夜晚总是这样微明的。

剧场里一片漆黑，连场灯都关了。她在伸手不见五指的黑暗里摸索着，爬上了放映间，终于摸到了自己的铺位，双膝触地摸了进去。因为怕惊扰了别人，衣服也没敢脱，就这么和衣睡了。他则还在漆黑的台侧摸索，他找不到自己的铺盖卷了。最终放弃了努力，便想找一只箱子凑合睡了，每一只箱子上都睡了人，被他的摸索打扰，恶狠狠地骂。他只好住了手，摸到幕条，将拖曳到地的幕条垫了半个身子，脸贴着幕条睡了。幕条渗透了几十年的灰尘，灰尘扑了他一脸，他却觉着了安全的偎依。

　　明知道这一切发生得不是时候，也不是地方，他们却再也遏制不住了。养息过来了的他们是愈加的健康，身心都强壮极了。经验过了的他们是愈加的成熟，懂得如何保留旺盛的精力，让这精力倾注在最关键的当口。这肮脏罪恶的向往搅扰着他们，他们坐立不安，衣食无心。可是他们找不到一处清静的地方，到处都是人，每一个旮旯里都是人，人是成团成团地在着。他们只有在演出之后去河岸。可是，这时候他们却发现，连河岸都不是那么清静的，人来人往，还有手扶拖拉机，车兜上坐着又粗鲁又下流的乡里人，只要是单独走着的一对男女，都可招来他们无耻的笑骂。这些人的眼光是特别敏锐，兴趣又是特别强烈。如同探照灯似的从柳树林间扫过，是无法躲过的。并且，此后再没有那么深沉的黑夜了，月亮与星星总是照耀如同白昼，连一棵小草也看得清亮。没有黑暗的幕帷，即使是绝对的安全，也没兴致了，也要分出心警戒着，羞着，内疚着，自责着，再也集中不了注意力享用那种奇异的痛苦和快乐了。最初的那一个夜晚，如今回想起来就像一个神话似的不可能，不真实，像是命运神秘的安排。自从有一次，他们在最是如火如荼的时刻，被一辆驶过的手扶拖拉机大吼了一声，那沮丧，那羞辱，使得他们再不敢来河岸，甚至提一提河岸都会自卑和难堪。他们只得在小小的挤挤的剧场里硬挨着，其中的煎熬只有他们自己才明白了。他们觉着这一整个世界里都是痛苦，都是艰苦的忍耐。他们觉着这么无望地忍耐下去，人生，生命，简直是个累赘。他们简直是苟延着没有价值没有快乐的生命，生命于他们，究竟有何用呢？可是，年轻的他们又不甘心。他们便费尽心机寻找单独相处的机会。最后一个节目是一个较大型的舞蹈，几乎所有的女演员都上了，她虽不上，却须在中途帮助主演抢换一套衣服。换完这套衣服以后，还有七分钟的舞蹈，方可闭幕。照理说，演员们还须换了衣服卸了妆才回宿舍，可是后台实在太拥挤，有好些女演员，宁可回到宿舍来换衣服。不过，她们从台前绕到观众席后面上楼进放映间，至少也需要三分钟时间，加在一起，一共就有了十分钟。这十分钟于他们是太可宝贵了。前台，从放映机的窗洞里传进的每一句音乐，全被他们记熟了，每一句音乐，于他们就是一个标志，提醒他们应该做什么了。一切都须严密地安排好程序。狂热过去以后，那一股万念俱灰的心情，使他们几乎要将头在墙上撞击，撞个头破血流才痛快。可是等到下一天，那欲念炽热地燃烧，烧得他们再顾不得廉耻了。

"我们是在做什么呢！"

他们喘息还没平静，就匆匆地起身。他飞快地下楼，她则飞快地清理战场，不由得这样惶惑地想：

"我们是在做什么呢？"

这屈辱、这绝望竟使向来没有头脑的她，也开始这样询问自己了：

"我们是在做什么啊！"

却没有回答，他们自己回答不了自己，也没有任何人可以回答他们，他们只能自责自苦着。

然而，由于匆忙紧张而不能尽兴，却更令他们神往了。由于他们深觉着外人的干扰，便分外地感觉到孤独，禁不住紧紧地偎依在一起，相濡以沫，敌视地面对着一整个世界。他每天要买东西给她：花露水，冰糕，手绢，发夹，香粉。她整天地对着镜子扑粉。黑黝黝的脸蛋上敷着厚厚的白粉，犹如一只挂了白霜的柿饼。自己觉得很俊，却又没有心思为这俊俏高兴。她愁苦得什么都不在意了。由于这愁苦，她竟也知道温柔体贴了。她从集市上买了新鲜的肉蛋，借了别人的火油炉子，煮给他吃。煮得少油没盐的，火候也不对，他却也充满感激地吃完了。她坐在旁边，紧张地注视着他，等候他做出反应。他默默地吃，不说一句话。看着他一点一点吃完，她便也松弛下来，满足了。他们没有地方单独地谈话，可是灵魂却已经一千遍一万遍地立下了海誓山盟。他们又孤苦又焦灼，身心受着这样的煎熬，却非但不憔悴，反而越来越茁壮，越来越旺盛。他们几乎忍无可忍，却必须要忍受。心里如同有一把烈火在燃烧。却又没有地方逃脱，只能直挺挺、活生生地任凭烧灼，没有比这更苦的了。傍晚，从码头那面传来汽笛的长鸣，他们揣测是从那小城过来的轮船，便不可抑制地疯狂地想回去，想离开这个沸沸腾腾的地方。那小城，这时候想起来，是多么清静，安宁得可人。

好在，这一个台口已经演完，要换台口了。他们期待在下一个台口，能有一处清静的地方供他们消磨去那灼人的欲念。

　　这一次转移，乘坐的是火车，他们耐心地等待着卸台，装箱，将布景、灯光、道具、服装装上一节包下的车皮，然后在一无遮挡的车站上，顶着正午的烈日，等来了火车。挤上了火车，却没有座位，只能站在过道里，站也站不安稳，一会儿送饭的车来了，一会儿送水的车来了，都需他们迅速地让开。挤着坐客的腿了，则要遭到不耐烦地呵斥。可他们耐着性子，压着火气，由于对下一站充满了热望，甚至有些快活起来。他们面对面站着，背靠着两边的椅背，却都扭着脸，谁也不看谁，心里的愿望却是共同的，不用言语也能了解的。火车哐啷哐啷地开着，不紧不慢，每一个小站都要停车，可是他们有着足够的耐心，真心地以为，到了地方就好了。那河岸越来越远地抛在了身后，谁也不去想它，却谁也忘不了它，它与他们同在了，要挟似的永远追随他们。

　　这是一个酷热的暑季，挥汗成雨。他们疲惫不堪地下了车，终于到了地方。剧场有一千个座位，还有个小小的后院，四面三排平房，紧紧围了个机压水井，一天到晚水声不断，如同下雨一般。太阳却早已晒透了薄薄的瓦顶，屋里像个蒸笼样地闷热。男人们耐不了这闷热，夹了席子出来，睡在院子的石板地上，一院子的人。他们这才惊异起来，原先的期望究竟有何根据，究竟是期望什么样的好处？难道会有一人一间房不成？他们觉出了那期望的荒谬和虚无，不由得垂头丧气。而在这里，其实是远远不如先前，上上下下，究竟将人分离了。如今，这许多人到了一个平面上，无遮无蔽，无隐无藏，一切均在光天化日众目睽睽之下，并且连那极不安全的河岸也没有了。他们不禁怀念起那已经走过的城市，忽然发现了那里实在有着许许多多的机会，却没有好好珍惜和利用，错过了时机。在这里，是再没什么主意好打的了，再没什么指望的了。沮丧和失望叫他们对以后的台口也不敢有什么期待了，而眼下的日子又是那样难挨。他们灰心极了，绝望极了，他们变得极其地烦躁。刚到的晚上，她便与人吵了一架。起因是极小的事情，她正挂帐子，却被人碰撞了一下，刚理好的帐子又落下来乱了。乱七八糟的时候，有一点碰撞是再正常不过的了，她却大吵大闹起来，噙着一泡眼泪，嘶哑着嗓子，哽咽得说不成句。那女孩儿不是个肯饶人的，与她骂了起来。一旦拉下了脸，可是比她厉害了一百倍，什么样尖刻的话都说了，还说出一些再明确不过的暗示，连蠢笨的她都听明白了，却无法回嘴，只是一径地发抖、咆哮，像野兽似的。如不是人们使劲地拖住了她，她必定会扑上去将这伶俐的女孩儿撕碎。可这初次的较量却使她明白了，她不是这里所有人的对手，她的嘴是极笨的，说出话是极可笑而又没有力量。并且，自从那一次起，女伴们都明显地远离她，一边疏远，一边有心说给她听着："咱们惹不起还躲不起吗？"气得她干噎，却没有一点理由与她们去分辩，心里窝着一团无名的火焰，与那炽热的欲念汇合在一起，她总得有个出口才行哪！她只能向着他发作了，这是求援的发作，他立即接应了过来，两人干了起来。他心里是早已窝了一团火气，如不是他的头脑的抑制，他早已和一百个人打过一千次架了，可他毕竟比她明事理，懂得自制。可是，那燃烧对他比对她更要强烈和残酷，他早已经按捺不住了，他早已是被灼得走投无路了。如不是她先开了头，他立刻就也要发作了，同样是求援一般的发作。对于他，她是唯一可以提供发泄的出路，对于她，他也同样是唯一的出路了。他们互相都是唯一的，他们只有自己对着自己开火了。这一次干架，是剧团历史上罕见的，他是那样地把她踩在脚下，喘得几乎要死去，而她竟还爬得起来，反将他扑倒在地，随手抓起了一块石头，就朝他头上砸去。没有任何声响的，一注殷红的血流了出来，流到石板地上，周围的人吓呆了，拦腰抱住了也同样吓呆的她，将他抬起往医院去了。半路却让他挣了下来硬是走回来了。用手捂着伤口走了回来。血从捂着的手掌下淌，下滴在裸着的胸脯上。他却觉得心里松快了，也稍稍平静了。一天，他们难得地安静了下来，心里灼人的燃烧也缓和了一些。

可是，从此以后，他们便成了天下最大、最敌对、最不共戴天的仇人了。他们几乎不能单独相处了，偶一碰撞，便会酿成一场灾难性的纠纷。不需要几句口角的来去，立即扭成了一团，怎么拉扯都拉扯不开，好比两匹交尾的野狗似的。多少人想起了这个比喻，却没有一个人敢说出口，太刻薄了，并且，也都真心地有些害怕。于是，就想方设法地将他们隔离开来，不让在一处，以免摩擦。可是，他们却是谁也离不开谁了，要一日不见，他们便着魔似的互相寻找，一旦找到，不分青红皂白，上去就是一拳或一脚，然后，一场搏斗就始料不及地开始了。

这是一场真正的肉搏。她的臂交织着他的臂，她的腿交织着他的腿，她的颈交织着他的颈，然后就是紧张而持久的角力，先是她压倒他，后是他压倒她，再是她压倒他，然后还是他压倒她，永远没有胜负，永远没有结果，互相都要把对方弄疼，互相又都要对方将自己弄疼，不疼便不过瘾似的。真的疼了，便发出那撕心裂肺的叫喊，那叫喊是这样刺人耳膜，令人胆战心惊。而敏感的人却会发现，这叫喊之所以恐怖的原因则在于，它含有一股子奇异的快乐。而他们的身体，经过这么多搏斗的锻炼，日益坚强而麻木，需很大的力量才能觉出疼痛。互相都很知道彼此的需要，便都往对方最敏感最软弱的地方袭击。似乎，互相都要置对方于死地而后快。彼此又都是一副死而无悔的坦然神色。

他们越来越失去控制，已经没有理性，如同挑逗情欲似的，互相挑衅生事，身体和身体交织在一起，剧烈地摩擦着，犹如狂热的爱抚。他们都恨死了对方，没有任何道理的，想起对方，气都粗了。他们真恨啊！简直恨之入骨。因为找不出理由，就越恨越烈了。当他们撕扯着在地上滚来滚去的时候，常常忘记了他们的所在，忘记了四下里围观的人群。他们处在一种狂热的迷乱中，旁人的拉架如同打扰了他们的沉醉似的，激起他们的愤怒与反抗。而他们知道，他们所有的怨气和暴力都只可向对方一个人进行，于是便更加倍地折磨对方，这一点，又是他们极其清醒的地方。他们真是苦啊！苦得没法说，他们不明白，这么狂暴地肆意地推动他们，支使他们的究竟是来自什么地方的一股力量。他们不明白，这么残酷地烧灼他们，燎烤他们的，究竟是从哪里升起的火焰。他们不明白自己是怎么了？是怎么了？是怎么了？

他们身上的一股知觉，被这么漫不经心、没有同情地玩弄着，撩拨着。他们本是纯洁无瑕的孩子，可是究竟是什么东西，在冥冥之中，要将他们推下肮脏黑暗的深渊。他们如同堕入了一个陷阱、一个阴谋、一个圈套，他们无力自拔，他们又没有一点援救与帮助，没有人帮助他们。没有人能够帮助他们！

他们只有以自己痛苦的经验拯救自己，他们只能自助！

回去的希望是那么渺茫，还有十来个台口在等待，都是半年前就签好了合同，双方鲜红的大印盖在了白纸黑字上面，如同法律一样不可违抗。绝不可能为了照顾两个无人知的孩子的无人知的情欲而有所改变。他们只有等待，等待是没有尽头的，中间不允许一点点偷欢。每一个城市和每一处剧场情形都不尽相同，有大有小，有坏有好，可是有一点却是同样的，就是没有一方可供他们独处的清静之地，那柳枝垂帘的河畔越来越远，再也见不到了。那河畔不可泯灭地印进了他们的记忆，还有那从河的下游逆着水上来的汽笛声声，传达着那熟悉亲切的小城的消息。他们饥渴难熬，只有以互相折磨来消灭彼此过于旺盛的精力与体力。渐渐地，人们开始习惯他们的厮打，不再努力地阻止和离间他们了。而在没有外力拉扯的情形下，他们单对单的搏斗，似乎又少了一种快乐。免去了同外力的拼搏，那狂热的精力便得不到充分的发泄。各自的力量一旦集中于对方，则是足以置人死地的，这叫他们自己都害怕了，毕竟他们心里都还明白对方对自己的重要。如若没了对方，哦，那可怎么得了，因此，不知不觉地收敛了一些。天气是那样地热，外面的热与心里的热交织在一起，他们几乎要死去了，要能死去倒是福分了，他这么想。她虽则没有多大的智慧能想到生与死的问题，却也一样地不怕死。可是他们年轻的生命是那样强壮，百折不挠，又经受了锻炼，他们简直是不死的了。他脸上身上喷发出一批赤色的疙瘩，如同熟透的果子，即将绽开了。而她，这样的折磨不仅不使她消瘦，却反常地肥胖了起来。多出的肉十分累赘，她的体形改变了。以前虽说也不匀称，可毕竟是女孩儿家，总是有一股抹不去的清静秀丽，如今却蠢笨了，像个村妇一样，臀部沉重地垂在了腿上，走路像鸭子那样摇摆身子。并且日益地邋遢，毫不讲究衣着，穿得乱七八糟，却还扑粉。举止也无半点注意，将条皱巴巴的裙子向后一撩，就坐了下去，站起时，凳上便留下一摊汗迹，正是一个屁股的形状。有好心的女伴对她说了，她也不加在意，一会儿就忘了。

"她像个娘儿们了。"女孩儿们背后议论道。又有结过婚的人断定：

"她是个娘儿们了。"

天气实在太热，几十个人的大通铺里简直睡不得人，男人们早已露天睡了，女的也逐个逐个地移出了宿舍，移上了剧场顶上的平台。男女各半边，谁也惹不着谁，虽说下半夜的露水将身子打了个透湿，可谁也没勇气进那房间。房里是一片黑暗，蚊子如同一万把提琴拉着的空弦，嗡嗡嗡地响彻个天地。有一日，深夜里，他们事先谁也没有说好的，偷偷地溜下了顶楼，进了没有一人的房间。蚊子肆意地飞翔着，一排排地掠过脸上、手上、身上。他们静静地站立着，只听见对方急急的呼吸。站了一会儿，他抓住了她的胳膊将她揉进了一座不知谁的蚊帐里，蚊子也跟随进来了，轰炸般地在耳边鸣响。顿时，身上几十处地方火燎似的刺痒了，可是，顾不得许多了。他们一身的大汗，在肮脏腥臭的汗水里滚着，揭了席子的、粗糙木板拼成的床板，硌痛了他们的骨头，擦破了他们的皮肤，将几十几百根刺扎进了他们的身体，可，他们什么也觉不出了。忽然，蚊子的轰鸣刷地静了，闷热退去了，竟觉着了凉爽，那是转瞬即逝的一刹那，紧接下来便是屈辱的悔恨。她嘤嘤地哭了起来，泪汗纵横。他虽不哭，却是满心的懊恼，眼泪往心里流着。

天哪！这是不是要死了？是不是得了什么不治之症了？是不是要去看看大夫，问问人了？可是，多么羞耻啊！这是不能为第三个人知道的啊！因为有了这必须严守的秘密，他们便再也摆脱不了孤独与寂寞了。他们永远有着一份肮脏的隐秘，他们永远无法泰然自若地与人相处，他们永远孤独了！他用手握成拳，重重地不敢出声地捶击着床沿。蚊帐里飞进成千上万只蚊子，包围住他们，尽情地喝着他们的血。他们周身已经麻木，再不觉得疼或者痒。世界处在一片呻吟般的轰鸣中间，没有东西南北中了。

秋凉时分，他们回了县城。傍晚时就看见了那簇绿莹莹的树丛，太阳从那后边一点一点往下落，将那绿色的树丛映得金光四射。慢慢地暗了颜色，最终成为黑漆漆的一团一团，隐在越来越深的暮色里了。天黑了，船才靠了岸，走上剧团的大队人马，疲惫不堪地捎着行李，走过窄窄的跳板，上了岸。水客依旧在唱着，悠长而曲折，荡漾在黑沉沉的水天之间，传得极远。他们走在人群里，走过颤颤悠悠的跳板，那跳板在他们脚下颠簸得厉害，却决不将他们甩下河去，那颤悠于他们既是熟悉极了的，却又陡地陌生了。他们的即使黑夜也没有遮掩住憔悴的脸，微微昂起着，淡漠地看着这分离了三个月的小城，止不住有点心酸似的。一切都那样地亲切，却又有点隔阂了。他们走上河岸，停了一下，不远的地方，有一架水车努力攀登着陡峭的河岸，水客深埋着头，号子的歌唱在最低沉处有力地回旋，平车摇晃着，水从桶口泼了出来。前边通往街心的大路，被月光照耀着，走着稀疏的人和一架车，车是毛驴拉着的，蹄子清脆地叩着土路嗒嗒地响。他们走上了大路，大路直通街心，却也分出了几条岔路，去向看不见的远处，毛驴拉着小车，走上一条岔路，不见了，只有清脆的蹄声，传来了很久。

大路通往街心，街上的商店与人家，全已经闭了门，静悄悄的。他们一群人杂沓的脚步，惊扰了这宁静。有人推开半扇门张望着，伸出披了衣衫的半边身子。照相馆的橱窗暗了灯光，依然摆着那几幅上了颜色的照片，大多是剧团的女演员的剧照，眼圈画得又粗又浓，嘴是鲜红欲滴的两瓣。其中也有她的一幅，没有上彩，挤在角落里，是"喜儿"的装扮，半身，天真而做作地拧着脖子。他们走过窗，不由得向里张望了一下，那就像是很远很远的事情了，又好像是另一个他们都不熟识的人。他们极淡漠地看了一眼，走了过去。

脚踩在月光下的石子路上，碎石子光滑地反射着光亮，每一块石子的边缘都勾勒得清晰，看久了倒不像是一路碎石，而是一张线条纵横交错曲折迂回的网络。他们走在这张网络上，犹如走进一个梦境，一个十分清静的梦境。他们竟有些恍惚起来。可周围的一切又是那样地切实，路在脚下是坚硬得拍出了声响。月光如水，泻在身上是凉而暖的。路边粘着的柿子皮是滑的，不小心踩上了，就要跌倒。小饭铺紧闭的门前，封住的炉子是热的，闪着隐隐现现的火星。街边茅厕的气味是臭的，弥漫得那么广泛，已经不觉着臭了。

"我们终于回来了。"他们在心里想。

"我们到底回来了。"他们又想。

可是心里却出奇地平淡，还有些怅怅的。他们好像将什么丢失了，没有好好儿地全部带回来。他们好像是两个陌生人走进了这不陌生的小城。这三个月犹如三十年、三百年那样地漫长。小城却依然如故，只是多出了几万只野猫，十分地安静，悄无声息地窜来窜去，或趴在墙头静静地注意地看人。有一座新扒倒的院墙，新房起了一半，半截新房安静地坐在一地的砖瓦石木中间。

他们终于走进了剧团大院，剧团的大门敞开着，灯火通明，传达室亮着灯，茶水炉亮着灯，伙房亮着灯，有家属的人家也亮了灯，看门老头站在门口翘首等待。他们在热烈的欢迎里进了院子，各自去了宿舍，开了门，开了窗，灯一盏一盏亮了。练功房的灯也都大开着了。他们穿过练功房去伙房吃夜餐，走在褪色的红漆地板上，地板微微有些动摇，发出吱吱的声响。他们不由得都在镜子前停留了一下，镜子里的自己竟有点陌生。她小小的年纪，下眼睑却有点松弛，脸上的皮肤很粗糙，鼻沟里的汗毛孔也涨大了，走路的姿态那样蠢笨，老鹅似的。他竟瘦出了皱纹，疙瘩留下的疤痕很深很密地布满了全身，他急切地渴望彻头彻尾地洗一个澡。洗澡房门口排起了长队，有等不及的，便端了水去自己宿舍洗，水泼了一地。二楼的水透过疏漏朽烂的地板，滴到一楼，一楼如下雨似的大声地叫喊，却没有酿成纠纷，大家都很快活，终于回来了啊，如同流浪似的漂泊了一百天，终于回到了安定的窝里，都十分地快意。

他们也快乐，却平静得多。在外三个月，天天想回来，似乎回来就是另一番境界，另一番生活。如今真地回来了，却又不明白，究竟有什么新的情境和生活等待他们。当然，他们在一起的事情将容易多了。在此地，他们熟门熟路，知道哪一处是僻静的地方。这样僻静的地方，他们可以一口气举出十几个。在外面的日子里，他们苦思冥想的，可不就是清静的、可以独处的、可以肆无忌惮无所不为极尽下流的一方藏身之处？如今，这地方不愁了。可是，他们是多么苦恼啊！他们苦恼的心情，使这渴望许久的日子，也显得平淡了。可是，他们到的第二天晚上，就悄悄地出去了，不用开口明言，这里已经有了坚强的默契。此后，几乎是每一个夜晚，他们都出去，直至夜深才归。有时也并不等夜深，一旦完毕就分手了。那已经平常得如同日常起居饮食，没有特殊的意义，却不可或缺。他们只能这么样了，似乎除此以外，不可能有别样的日子了。似乎在一次极强大的推动之下，产生了永久的惯性，他们再也止不住了。可是，快乐是越来越少，就只那么短促的一瞬，有时连那一瞬都没了。而到了这时候，却又焦急起来，似乎失去了什么极重要的东西，非得将它找回来不可，他们便接连地尝试着，直到将自己折腾得精疲力竭为止。他们真不明白，人活着是为什么？难道就是为了这等下作的行事，又以痛苦的悔恨作为惩治。他们好像是失了脚，踩到了以红花绿草伪装的陷阱，无可阻止地往深渊里堕落；他们好像是滑入了奔腾的急流，又旋进了湍急的旋涡，身不由己。他们自以为是世界上最倒霉的人了，简直想一死了之，可又下不了决心，居然还有一点眷恋，眷恋的和痛苦的竟是一件东西，就是那一份肮脏的欢情了。好比命中的劫数还没有完，他们是逃也逃不脱的。

秋去冬来，这一个冬天却出奇地暖和，连雪都没有大下，薄薄的一层，刚及地面就融化了，晶莹的雪花即刻变成了漆黑的泥淖。然后，便接着一个多病的春天。几乎每个人都生了病，感冒，肚疼，咳嗽，气喘，乙型肝炎突然地流行进来。医院成了最最热闹的地方，门庭若市。更有一种人人难免的不大不小的怪病，就是肚泻。先是拉稀，然后是小泻，泻到最后，就微微地发烧，然后就好了，并没有大的后果，却是十天半月的无力虚弱，食欲不振。县医院的大夫为此病伤透了脑筋，翻遍了所有的医书都找不到答案，最后才发现是饮水的问题。此地没有自来水，机井的水是苦涩的，吃水全是那条河水，河上长年载舟走船，船烧的是柴油，废油漏在水里，冷眼便能看见一摊一摊的油污发亮，水结起了皮膜似的。加上今年冬暖，不仅许多细菌没有冻死，还平生出许多新鲜活跃的病菌，于是，那河水就脏得很了。水是人人都吃的，自然人人都得泻肚了，不泻才奇了。医院里自己配了个方子，制出草药，就在门口摆个案子，不用挂号，只说是肚泻，便发上一包。街上有工作的人交上一张记账单即可，如是没有工作，或乡里人，也只需付五分钱。乡里人得此病的倒是极少，没福喝街上的水呢！他们幸灾乐祸地说，乐得很。由于忠厚的秉性却也十分同情。这些日子，乡里人进城却进得勤了，赶着大车，车上置着黑色的人造革皮囊，专装粪水的。城里的茅厕满得飞快，半日不去，就淌了一地的黄水，慢慢地出了茅厕口，向街心漫去。猫狗也得了这病，却没人给它们吃药，泻得个满街满地，到处都可见到神情委顿、行动迟缓的猫狗，垂着尾巴慢慢地走。好端端个清静的城，一刹那变得臭气冲天，满目污秽。简直不知道是犯了什么大戒，老天在惩罚似的。

即使是这样的时刻，他们也间歇不了。为了寻找一块干净的、没有屎粪的地方，他们不辞劳苦地跑得很远，直跑到十里外的场上，藏身在草垛里，将乡里人金贵的牛草压得粉碎。有一夜，因为连日水泻，身体十分虚弱，竟昏昏沉沉地在麦垛里睡去了。这一夜，睡得是又浮沉又不安，两人都做了许多噩梦，似真似假，惊出一身一身的冷汗，露水浸透了盖在身上的隔年的麦穰子，渗进了衣衫又渗进了肌肤，冷得哆嗦，却醒不过来，只是紧紧地蜷成一团，时而滚在一起，时而又分开。不知过了多少时间，他们几乎是同时地睁开眼睛，天色已经微明。他们望着鱼肚白的天空，心里很不明白，只愣愣着。然后，又忽然一同想起，原来是一整个夜晚都过去了。便惊叫翻身而起，仓皇向城里赶去。早起的农民看见这一对衣衫不整、一头一身碎麦穰子的年轻男女，诧异地注视着，看着他们跑过。远处传来生产队里上早工的钟声，当，当，当，悠悠扬扬传来，在他们耳里听起来，是那样的不吉祥，可也来不及去想了。当他们气急败坏地赶到剧团时，人们已经起床了，有的在水池子边刷牙洗脸，有的倚在墙角蹲着吃早饭，还有的已经在练功房里练功了。吃饭的，洗脸的，有说有笑。练功房里放着练功用的钢琴伴奏录音，那是二拍子的舞曲，又清新又美好。这一切，都像是众人有意安排好，向他们展览自己的幸福，面对着这清洁而和平的幸福，他们羞愧地惊住了，他们以为自己是世上最最不幸的人了。这一天的晚上，她终于决定，死去算了。

　　她是个头脑简单的孩子，小小的年纪就来到剧团做学员，只读了三年书，连给邻县的父母写封整齐的家信也不成。她本是个快乐的孩子，不知人事不知愁，成天只知做了吃，吃了睡，什么事情都不晓得开动脑筋。因此，她比别人添加三五倍地练功，收效却甚微。如同她把生想得很简单一般，她把死也想得简单。她下这样的决心并不十分困难，并不需十分的勇气和十分的思考。她隐隐地以为，死就是睡觉，就是出远门，走远路，出发似的。当然，这出发与那出发不同，不同的地方仅是她不能将她的任何一件东西带走，她的任何一件东西，无论多么心爱，都必得留下。留下就留下，这也没什么，头脑简单的她想道。可是，当她认真地开始为死去做准备的时候，忽然发现要将她的东西好好地留下，也并不是一件省心的事情。如同每一次的准备出发一样，她首先整理的是衣服。她将一大个柳条箱的东西都倒在床铺上，一件一件抖开，抚平，再叠好，心里思量着留给谁更合适。她看到了一些刚进团时穿的旧衣服，又瘦又小，样式极土气。她将衣服在自己身上比量着，怎么也不能相信，这里面曾经套下过自己的身体，与自己如今的身体比起来，那简直是婴儿的衣服了。她想起了那时候，她才十二岁。十二岁的自己，回想起来像是极遥远的事,其实这中间也只有九年的日子。她摆弄着那些衣服,注意到上面的针脚,是妈妈用蝴蝶牌缝纫机轧的。她耳边似乎听见了那缝纫机嚓嚓嚓轻快的声音。那声音有时会变得粗糙,爸爸就拿着一盏绿色的油壶,给机器喂油,油壶细细的壶嘴鸡啄米似的在机器各个部位点着,点过之后,那声音就又轻快了,嚓嚓嚓,唱歌似的。可惜这些衣服实在太旧,太难看了,谁要呢?谁也不会愿意穿的,就凭着那大红大绿的花样,也没有人会喜欢。当然,乡里人除外。记得有一次,上水利工地去演出,那房东家的女孩,连裤子都没有,只好成天坐在被窝里。被窝是一床没里子也没面子的渔网似的棉花套子。于是,她便找了一张纸,把这些衣服包好,在纸包上写明:请领导转送给贫下中农的小孩,然后放在箱子的角落里。再接着整理,当时最时兴的军便服,肥腿裤,都还在,半旧不新的。腰身很细,她如今是再也套不上了。这些,可以送给妹妹穿。妹妹只比她小两岁,高中毕业已经工作了。在肉店里收钱开票。这些衣服虽不时兴了,可剧团里的穿扮总被人以为率领了服装的新潮流。妹妹当时可是眼红得要死。她也用纸包了,在包上写道:给亲爱的妹妹。不知为什么,要在"妹妹"两字前边加上"亲爱"两字,这不由叫她一阵鼻酸。妹妹于她决不能算是"亲爱"的。有一次,妹妹来看她,正巧与她错过,同屋的女伴就负起了招待妹妹的责任,用姐姐搁在窗台上的饭票盒,日日给她买最好的菜吃。等到五天后她从家里回来,饭票盒已经空了,她骂了妹妹一顿,妹妹当晚就走了。因为她工作得早,在家里有着特殊的地位,早已不把妹妹放在眼里了。她把纸包放进箱子,继续整理。她看见了那件她最心爱的铁锈红的外套,这是托人从省城捎来的,正合她当前的身量,领子是低低的西服领,尽管在外面大地方是早已过了时的,可在此地,就是很时髦的了。多少女孩儿羡慕这件衣服,讹她,要她让呢!怎么说她都没让,她不舍得。她不舍得将这件衣服送给任何人,就决定留给自己穿,再配上那条合身的黑色三合一裤子,丁字形皮鞋。这是她最摩登、最珍爱的一套,穿上之后,整个人变了样似的。她一件一件整理好东西,每一件东西都奇怪地勾起了回忆。她不曾想到自己竟有着这么多的回忆,有些得意,却又有些酸酸的难过。她忽然有点不想死了,并不是永远不想死,而是今天,有点不想死,明天吧!她一边锁着箱子,一边想着,还有好些粮票和钱没有处理呢，要给家里寄去。粮票有一百多斤。她三个月没去领粮票，后来去领了，会计就说，给你全国通用的吧。于是她就有了一百多斤全国粮票。她不懂得粮票是可以寄特种挂号信的，所以就很怕寄丢，放在身边，打算下次回家带去。可是等不及了，她叹了一口气，把箱子塞进床底，抚平床单。床单，褥子，被子也须交代一下，总得拆洗一下吧，总有几个月没洗了，她终于嗅到了那上面难闻的气味。她发现事情很多，便安心了，反正今天是死不了了。吃过晚饭，想到应该先去观察一下死的地方，看看环境，于是，洗了碗筷，让同屋的女伴捎回宿舍，就独自儿去了。

她选择的地点是河边。

她顺着微微倾斜的大路走着，看到码头了，看到那红瓦的票房了。大路通下河岸，陡峭了起来。她止不住脚步，一阵小跑，跑得太冲，险些儿跑进了水里，赶紧收住了脚，这时，陡地响起了水客高亢的号子。这一回，不知为什么，水客唱得出奇地高亢，叫人听了，灵魂都颤动了。她不由得停住了，水客的号子越来越激越，呼喊似的，扯直了嗓子，发出声嘶力竭的声音。她忽然想道，要是到了明天，正式要死的时候，这号子也是这样号着，可怎么死得安心。于是她便顺着河岸走去了，她要走到一个号子声音传不到的地方。

剧团的饭早，这会儿，太阳才刚刚落到底，河水金碧辉煌。她沿着金碧辉煌的河边走去，暮色渐浓，罩住了湍湍的河水，罩住了她的身影，号子的歌唱却还在苍茫的暮色中久远地回荡。她走不出去了，那号子跟着了她，她却固执地朝前走着。

这时分，他正在老地方焦急地徘徊。她从来不失约的，况且这本来无所谓"约会"，这本是两个人的本性所致。他不明白她出了什么事情，月亮升起的时候，他便往另一个也是常去的地方跑去，或许她会在了那里。那里也没有人影，风吹过草丛，寂寥地飕飕着，他又急急地跑到第三个地方……他是不会去死的。因为他比她头脑复杂，比她多一点智慧与理性，他明白死是怎么样一件可怕的事情。他是宁可赖活着，也不愿好死的。他一个人在飕飕的风里跑着，从一个地点跑到另一个地点，最后才想到了河岸，想到的是这里的河岸，脑海中出现的却是河的上游那一处柳枝垂帘的河岸。他不怀希望地向河岸跑去，跑到河岸时，她却已经走了。她怎么朝前跑都跑不出那忽而高亢忽而柔和的号子声，便赌气回去了。他们交臂而过。这是他们第一次交臂而过，第一次错过。他不知道这是错过，只当是再也找不着她，她从来在他的预料里面等待，迎合着他的走向；而这回却不了，他知道其中一定有着重要的缘由，却不明白究竟是什么缘由。一股预感笼罩了他，他不知是凶是吉，只是有点害怕，有点空虚，有点灰心的茫然。号子声已经沉寂，只有河水轻轻地拍击着河岸。

这时候，她早已睡熟了。很长时间以来，她没有这样安详而清洁地沉睡过了。没有梦的搅扰。睁开眼睛，天虽还很早，只蒙蒙亮，她却感到十分地清新和振作。周身很温暖，很干燥，很光滑，于是便觉出了被子和床单的腻滑。她想到这一天的事是很多的，再也躺不下去，翻身起床，就拆洗被子和床单。被里床单都是黑乎乎的。摸在手里，很厚，又很软，抹了油似的。透明的机井水哗哗地冲击着它们。她用双手揉着它们，让水浸透。手在冰凉的水里，说不出地清爽。然后，她便开始擦肥皂，擦了有半块肥皂，开水一烫，在搓板上很轻松地搓出了丰富的泡沫。泡沫温暖着她的手，她轻快地在搓板上一上一下推着，推出吭哧吭哧的声音。这样挺好的！她忽然觉着，心里竟有些快活起来。正洗着，他端着脸盆来了，阴沉着脸，小声问她昨晚怎么了。她回答说：肚疼，疼得打滚。他信了，却又不很信。又问，今天晚上来吗？她说来的。反正，她想，今天她要去死了，说什么谎话都可以不负责任了。他也不很信，偷眼看她，她的脸色很平静。这平静叫他有些不安，又不好再问下去，因为看门老头来捅茶炉了。她愉快地搓着被子，雪白的泡沫溅得四处都是，并且，飞出了一些泡泡。泡泡反射了初升的太阳，赤橙黄绿青蓝紫，美妙地飞扬开去了。她竟哼起了歌。她的嗓门极粗，却不哑，听多了，还有些圆润。她哼着歌儿搓被单，被单埋在一盆雪白的泡沫里。她将袖子挽得高高的，一双黝黑的结实的手臂插在泡沫里，觉着说不出地凉爽和温暖。她觉出自己双臂里饱满的力气。这一大堆床单，被她像搓洗手帕似的揉搓着，毫不觉吃力。待到搓完，清水一过，那床单与被里出人意料地洁白起来。她清过之后，绞干晾上，太阳已经升高，新鲜的阳光照在洁白的床单上，将她的身影投在上面。她看见了自己的身影，正伸直双臂拉平着被单。"这是我吗？"她心里说，好像有点陌生似的看着自己的身影，然后便拾起脸盆跑开去了。

她忽然想好好地洗一个澡。

她打了许多水，满满一洗脸盆，满满一洗脚盆，还有满满一塑料桶，一样一样搬进小小的洗澡房，然后关上门。屋里一片漆黑，只看见清水在发亮，一圈一圈地发亮，像是三口深井，包围了她。她将手埋进脸盆，热水湿透了头发，浸润着油腻污垢的头皮，头皮针扎般地痛痒起来，却说不出地舒服，止不住打了个哆嗦。她用毛巾拖了水泼在身上，泼到的地方，便如针刺般地发疼，好像长久的麻木之后苏醒一般。周身的皮肤，一片一片地苏醒了，张开了毛孔，吞吐着滚热的水汽，体内的污垢流了出来似的。她觉着轻松极了。她一遍一遍地往身上抹肥皂，一遍比一遍搓出越来越丰富洁白的泡沫。皮肤在一遍一遍的搓洗之下变得薄削、柔软、细腻。当她揩干身子，穿好衣服，推开了木门时，近午的阳光，一下子刺痛了她的眼睛，不由得眯缝起来。这时候，她又有点不想死了。她觉得身上很舒服，她不记得曾有过这样的舒服没有。于是，她决定再推迟一天。

被里被单被太阳晒得又松又脆，一股阳光的香味儿。她干干净净地睡在干爽清洁的被窝里，心想，这一天是留对了，然后就很安心地睡着了。在她睡得香甜的时候，他却在那几个老地方来回奔波着找她，心里充满了凶吉未卜的预感，十分地慌乱，却又欲火难耐。他咬着牙想道，一旦找着了她，必将她撕成碎块，捣成齑粉。他隐隐地意识到她是背叛他了，背叛他们的默契了。心中更加愤怒。这背叛有一种逃离的意味，似乎是将他一个人抛弃在这无底的苦难的深渊里，而自己却脱身了。她怎么能这样狠心，她怎么能抛下他孤零零的一人，在这深渊里无望地挣扎，连一点可以攀援的东西也没有。他狂躁地在齐膝的荒草里走来走去，踩着地上的枯枝，枯枝将他的脚踝戳破了，流出血来，他才略感平静了一些，垂头丧气地坐倒在地，两手捧着头。一只虫顺着他的脚往上爬，爬上他的大腿，他竟没觉着。那只虫干脆在他腿上嘤嘤地唱了起来。

这一天，她是一定要死了，她想。她是再挨不下去了，也没有理由挨下去了。因为要去死，她才能这样坦然地对着一脸激怒的他连连撒谎，她才能快快活活地和大家一处吃饭，一处说笑，甚至有了一种平等的感觉。因为她就要去死了，心里的一切重负便都卸了下来。她不曾想到，决定了去死，会使她这么快乐。她这个决心是下对了，她很欣慰地想。由于这轻松与快活，她却又舍不得去死，尽是一日一日地赖了下来，延长这享受。每天都洗澡，将自己收拾得干干净净。由于怕把自己弄脏，对那样的事情，则很自觉地抑制了渴望。可是，总有点羞愧，欺骗了谁似的。

这一天，她终于要去死了。晚上，她一个人走到了河岸，河岸静悄悄的，轮船已经开过，红瓦顶的票房关了门，人都走尽了。水客们都歇着，停止了歌唱。她沿着河岸走了一阵，停住了脚步。没有月亮，也没有星星，河水黑漆漆地波动，像一头巨兽在缓缓地沉重地喘息。她忽然害怕了，打了个寒噤。就在这一瞬间，月亮陡地跳出了云间，水客的号子拔地而起，无比地激昂。她浑身抑制不住地打着寒噤，心里害怕极了。她这才明白，死不是一件简单的事情，死是很不简单的，这一死就不能再活了，这一走就不能再来了，她哭了。一颗一颗很大的泪珠滚过她脸颊，水客的号子却婉转起来，抑抑扬扬，在黑黝黝的河水上方回荡。月亮照见了一切，河对岸的柳树都显出了婆婆娑娑的影子。难道一定要死了吗？

她问自己。难道非死不可了吗？

她哭着问自己。不死可不可以呢？就这样挺好的！她觉着十分绝望，就绝望地哭着。

不死不行吗？以后一定好好的，安安分分的，她哀求着自己。得不到一点回答，只得哀哀地哭着。

这时候，在另外的地方，他们时常会面的杂草地上，他一个人也在哀哀地哭。他总算彻底地明白了，她是欺骗了自己，她是撇下了自己，她怎么能撇下自己呢？他是那么软弱，那么可怜，他哭得在地上打滚，石头和枯枝戳痛了他，他也不觉得，哭得凄凄的。他不明白，以后的日子将怎么挨下去，人生像无尽的长夜，看不见一点黎明的曙光。她怎么这样无情无义呢？本来他们是应该在一起受苦的，他们必得在一起受苦，除了受苦，他们又还能做什么呢？

她在河岸哭着，坐在河水边上，双手抱着膝盖，头埋在膝间。水客的号子一声高一声低，像在呼唤迷路的孩子。月亮在云间一会隐，一会显，像在照亮迷失的归途。

他将头埋在深深的杂草里，用黑暗的杂草将自己深埋起来。他在伸手不见五指的黑暗里恸哭，哭他以后的孤独的苦难的日子。

她像贼似的溜进院子，溜进自己的房间，她满心以为她是不该再回来的，心里十分地羞愧。肚子却不识趣地饿了起来，还叫出很响亮的咕噜声。她只得去吃晚饭剩下的半块馍馍，难为情地嚼着。她为自己的生命觉着不好意思，好像这一条生命是偷来的似的。馍馍嚼出了甜味，肚子安静了，她才悄悄地上床，心想着明日天亮了，可怎么见人啊！可是明日天亮，人们对她同过去一样，丝毫没有两样，令她又诧异又感激，这一日便是格外地勤勉，帮同屋的打来了开水，还帮看门老头扫了院子，茶炉开了，也是她小跑着取来"开水"的牌子，挂在茶炉上。这一天平安无事地度过了，她开始心安的时候，却在伙房门口遇见了他。她惊得手里的稀饭都泼了出来。他在宿舍里整整躺了一天，她一天没看见他，一天也都没想起他。这会儿，她才恍悟过来，这才是最最没法交代的事情。他阴沉沉地看着她，问她怎么回事，她结结巴巴地说又肚疼，他就说："我叫你疼个痛快！"飞起一脚，踢在她的小腹上，她弯下腰，手里的碗摔在了地上。可她没吭声，她想她是活该挨打的，想好去死却没死。旁边的人呼啸着围上来，抓住他，又抓住她。不料她并没有还手的意思，连嘴都没回一句，只是赶紧地拾了自己的碗，跑了。他在大家的拉扯下没有目的地挣扎着，骂着一些谁也听不明白的脏话。

她跑上楼梯，跑进自己房间，一下子扑倒在床上，心里嚷着：我不干了，反正我不干了，我再不干那样的事了，要是能叫我再不干，让我做什么都愿意！小腹在微微疼痛，他这一脚可真是下了力了。小腹在轻轻地疼痛，那疼痛像一个活物在慢慢地蠕动，搔痒着她，撩拨着她。她忽然有一阵恐惧，她发现自己身体里那一股欲念又抬头了，那欲念随着她决定不死而复活了。这一个晚上，她非常地不安宁，她知道，他一定在那老地方等她。她险些儿跑了去，她心里骚动得厉害，身上如发疟疾似的，一阵冷，一阵热。她真是糟了，真是病入膏肓了。可不能去啊！可不能去啊！她大声地在心里警告自己。"最后一次，他太可怜了！"另一个意志又在说，她明明知道可怜他是假，可怜自己是真，早已识破了，可却消灭不了这个既软弱又坚强的意志。然而，她知道，这一去是再也收不了场了。这时候，她忽然变得非常明理，世界上的是非善恶，全都通晓了似的。她在她内心两种意志的战争中成长了。这一夜，她终于没去，可是心里冲动得厉害。所以说服了自己没有去，是由于自我安慰道：明晚再去吧。

明日的一整天，都是惊惧不安的，心里的欲念更加活跃，更加强烈，由于这多天没有满足而分外地饥渴。到了晚上，她实在实在忍不住了，奔到那地方，却不见他的人影。她又跑到第二个地方，依然不见人影，第三个地方，第四个地方，全都落空了。她连连地跺脚，怅惘地回顾着。他是前一天晚上已经对她彻底失望，不再来等待了。他们又一次失臂而过。这是第二次失臂而过。这一次的失臂便注定了他们必须分离的命运。她惶惶然地走回剧团，练功房里大开着灯，钢琴叮叮咚咚响着，有笑声，还有歌声。她忽然打了个寒战：幸而他不在那里，侥幸啊！她为刚才的行为后怕起来，心里充满了恐惧，又充满了庆幸。他不在，这犹如神明的保护。

河里的流水忽又洁净了，肚泻病渐渐止了，满街的粪臭一日一日消散，透出了槐花的清香。夏天到了，这一个夏天，热得非常适中，阳光清澄地直泻下来，草木长得极绿。城郊的菜地里，蔬菜长得格外地肥壮喜人。城里平添了一百架录音机，日日放着港台和大陆的歌星的歌唱，亦不知是流行歌曲推广了录音机，还是录音机推广了流行歌曲。新店铺开张之际，门口放着录音助威，毫不相干地咏叹着无常的爱情。出丧大殓、送殡的队伍里播着录音，唱的也是关于爱情。流行歌总也逃不了爱情的主题，就如流行的人生总也逃不脱爱情的主题。小城在爱情的讴歌里失去了宁静，变得喧闹了。轮船却还是每日两次靠岸，捎来一些奇怪的东西，比如录音机和邓丽君，还比如，那一种失踪已久的半边黑半边白的骨牌。同时，也带了一些奇怪的东西，比如，重阳时分，一筐两筐的二钳八脚的螃蟹，还比如，县中里那一对寡言的夫妇，据说是去了地球那一边，此地白，那里黑，此地黑，那里白的地场，与一些金发碧眼的人在了一起。甚至，"猫子"从这里飘过，也要留下一点东西，比如，女人罩在奶上的小兜兜，拳头大的裤衩，比如，可以折成三截又"哗"一下张开的洋伞。"猫子"都阔了，腕上戴着晶亮的手表。

他们的事情还没有完，他发誓不能这样轻易地放过了她。她也深觉得这样被他放过不算回事，反有些惴惴的。不争气的是她的身体。她的身体背离了她的灵魂，如痴如狂地渴望着与他的身体接触，摩擦，即使是虐待至死，也在所不惜。而她几乎要妥协，使她不得妥协的则是他阴沉险恶的目光。她晓得他是不会来满足她的，他似乎是晓得她在受着煎熬，晓得她将有求于他，于是便格外地傲慢。尽管他同样地也在受着熬煎，夜夜梦见与这个女人的厮混，可他决意要报复她，他决计不会叫她痛快。两个人的灵魂站了出来，站在肉体前边作着交锋。

这场事端是她先挑起来的，她几乎有点后悔，与这个男人厮混的情景也常常在梦中出现。她不明白，是这样好，还是那样好，身体的饥渴实在难耐，它是周期性地出现，每一次高潮的来临都折磨得她如同生了一场大病，每一次过去，则叫她松口气下来，蓄积起精力以等待下一次高潮的来临。她竟然渐渐消瘦了，这时候，她已经毫不在意消瘦给她带来的好处，她秀气了一些。她的注意却全在于如何克服身体的欲望。那样的时候，她是多么渴望着看见他，只要他有一点点暗示，她就会奋不顾身地走向他去。可是，他是连看也不看她一眼，他深知这渴念于他和于她是一样地强烈，他如今硬耐着性子是为了将她完全召回，再不要起一丝一毫离心离德的念头。他是太渴望这个女人了，他知道她健壮的身体所需要的是怎样强壮的抚爱。他料定她是会来伏倒在他的脚下，他的余光将她的消瘦与憔悴全看了进去，心中不由暗喜。由于要惩治她的决心那样强烈，他竟将身体的欲望压抑了。

如今，她是傍着他的报复在软弱地坚持，如不是他的惩罚，她的坚持就全崩溃了，她也将不复新生。可是，这样的坚持是太艰苦，也太危险了，她随时害怕着自己会忍耐不下去，奔到他面前，抱住他的腿，怎么踢也不松手。她又去了两次河岸，可是死是那么恐怖，生的愿望则那么强烈，水客的歌声萦绕在耳畔，她又走了回来。

他们这样僵持着，她想到他是真的恼了，他却想不到她怎么会是这样固执。他禁不住软弱了下来，这一软弱，火样的欲念便腾起了，那样地炽烈和汹涌，他是再怎么努力也压不下去了。他开始密切地注视着她的动向，寻找着机会，无论如何要抓住她了。这一个晚上，他看见她独自个儿出了院门，便远远地跟上了。

她走过石子路的街心，走上了通向河岸的大路，月光将大路照得白生生的，大路缓缓地倾斜。她走下了堤坝，到了河岸，又沿着河岸向远处走。他这才加紧了脚步，渐渐地接近了她。她并没有发觉，反将脚步放慢了，最后停了下来。这时，他扑了上去。她吃了一惊，然后便做着有力的挣扎。尽管这一扑是她渴望的，尽管她正是被这渴望折磨才独自来到河岸，尽管如今是她意志最最虚弱不堪一击的时候，可是，一旦接触到了他的身体，她却真正地恐怖起来，她知道这一来便前功尽弃了。她好像站在了悬崖的边上，看见脚下浮着白云，她知道白云下面是深不可测的山谷。她是真正地做着挣扎。可是他已经完全失了理性，他就像一头野兽，怀着决一死战的决心。她渐渐地用尽了力气，徒然地做着抵抗，由于她的身体已经寂寞了很长的时间，由于她的渴念已经绝望而不复存在，由于她的抗拒是真心而努力的，由于这一时刻是她的身心都一无准备的、意外的，一股巨大的快感充满了她的全身，她是从未得到过这样的快乐。这一次的快乐使她觉得以前那一切都算不了什么，而此后是死而无憾了。那快乐弥漫了她身体的每一个角落，再没得到过这样的满足了，这满足似乎带了一种永恒的意味，犹如一次成功的告别仪式。连他都觉着了异常，翻身躺在地上，与她并排躺着，望着一天的星星。这时候，水客的号子从烟气笼罩的河面上升了起来。似乎是一百个水客如一个人般地歌唱，浑厚有力却又单纯齐整。他们并排地躺着，一种从未经历过的感觉挟住了他们，他们都觉得事情有点奇怪，与往常很不一样，一种强大的预感笼罩了他们。

以后的日子，她一直觉着很奇怪。她开始想吃酸的，向来喜爱的荤腥却叫她作呕，她呕吐了几回，头晕了几回，然后便好了。即使在最最糟蹋的日子里依然运转正常的来潮如今却停止了，与这周转同步起伏的那一股不安静的欲望竟也平息了下来。她觉得身体的某一部分日益地沉重，同时却又感到无比地轻松，好像卸下了长久的负荷。她终于明白，她要做妈妈了。

她将布带子紧紧缠住腹部，以免露出破绽。她是连一点常识都没有，以为这样就可消灭。可是她却又极心爱那腹中的生命，好奇得不得了，到了夜晚，便在被窝里松开绑带，抚摸肚子，似乎触到了那生命柔软的躯体。如今，她是非常地平静，清凉如水，那一团火焰似乎被这小生命吸收了，扑灭了。而这时候，她却更加害怕他了。她怕他会扼杀这生命。她想他那种粗暴的蹂躏是会毁了这生命的。于是她便不敢一个人胡乱走了，哪里也不敢去，总是待在宿舍里，她一点没去想以后将怎么办，她甚至没有想到，这生命总有一天会喷薄而出，别人将怎么看待呢？她只是将它牢牢地守在肚子里，守在她无比宁静的心田里。

后来，腹部却越来越隆起。首先发现的是他，于是就牢牢盯着，想找机会问一问。这一天，午休的时候，她下楼上厕所，在院子里遇见了他。他蹲在练功房门口，守株待兔似的等着，他问她："你的肚子……"不等问完，她便匆匆答道："没你的事。"匆匆地折回头回宿舍了。她怕他会伤了这肚子，她不允许任何人伤这肚子。然后，便有了些议论，领导终于找她谈话了。她先是否认，否认不下去了便承认了，却是怎么也不说是和谁的，只说是自己的，自然荒谬得可笑。领导说出了他的名字，这全在大家的有目共睹之中，她却惊惧地连连摇头："不，不，不，不，是我的，是我一个人的。"说着便哭了起来，哭得很伤心，领导要她去动手术，她死也不愿意，竟跪在地上求饶。领导威胁着要开除她，她则说随你们的便，反倒不哭了。

这时候，他躲在办公室紧隔壁的灰尘弥漫的道具室里，趴在墙上，紧贴着耳朵，头上挂了半张残破的蜘蛛网。脱落了石灰的砖缝里传来他们的谈话。他知道他是闯祸了，他们闯祸了！这是什么样的祸啊！他沿着墙渐渐地滑了下来，滑坐到地上，蜷成了一团。他们的造孽会有一天遭到惩罚，这是他从来不曾怀疑的。可事实上，对这一天，他一无准备，也一无想象。现在，好了，惩罚来了。他们的欲念，竟有了果实，他们竟无意地播下了生命的种子。这生命是怎么回事？意味着什么，要把他们怎么样？他真是害怕极了。那不期而至的生命在他眼里，变成了巨大的危险的鸿沟，彻底地隔离了他和她。他以为他们是被这生命隔离了，而丝毫没有想到这本是最紧密的连接。她的哭声从墙缝里漏进，刺着他的心。他不由得热泪盈眶，充满了绝望的怜悯，为她，为他，为他们之间的一切，他知道，那一切终于告终了。

孩子是在一个秋天的黎明出生的。全团的人都去了医院，只剩下他自己，坐在黑漆漆、空荡荡的练功房中央，那一片坚硬的地板就好像干涸的沙漠。他双手抱着腿，头垂在膝间，万籁俱寂，连虫鸣都灭了，他竟变得迟钝，无法运用他的头脑，百思不得其解，不明白将要发生什么，不明白这是怎么了！那生命发生在她的身上，不能给他一点启迪，那生命里新鲜的血液无法与他的交流，他无法感受到生命的萌发与成熟，无法去感受生命交予的不可推卸的责任与爱。其实，那生命里的一半是他的，然而，他尚需要间隔着肉体去探索，生命给予的教育便浅显了。况且，他被他自己的痛苦攫住了，得不到一点援助，他动弹不了了。从这一刻起，他被她超越了。

她躺在血污里，痛苦得发不出声。孩子在血污中降生了，居然有两个，一个男，一个女。

听见孩子此起彼落的哭声，谁也不忍将她开除，只给她记了一个大过，然后安排她去看门。就在孩子出生的几天前，看门老头去烧茶炉，走到一半就倒在院子中央，等人发现，已经没气了。诊断是脑溢血。

她一个人带着两个孩子，住在传达室里。每日要收发报纸信件，烧茶炉，还要叫电话，一份微薄的工资却要养活三口人，很艰难。好心而多事的人劝她送掉一个孩子，她死不答应。因她听说，一对双是不能分离的，必须在一起养，尤其是一个男一个女，就更不能分离了，分离了就更活不了了。日子虽然艰难，可是她却十分地愉快，心里明净得如一潭清水，她从没有这样明净清澈的心境。多年来折磨她的那团烈焰终于熄灭，在那欲念的熊熊燃烧里，她居然生还了。她以为是这两个孩子的帮助，对他们是无比感激无比恩爱，全心全意地保护他们，不让他们受一点伤害，并且，总是奇怪地认为他们处在险象环生之中，最大的危险便是他了。她不让他看他们，她怕他会掐死他们，如同掐她一般，她极力否认他们与他的关联，岂不知，他对他们仅只有一点点好奇而已，甚至还有些害怕。而他们就好像要抓住他不放似的，竟越长越与他相似。那额，那鼻，那嘴，所有的人都看出了他们与他的相似，他是再逃不过这血缘的圈套了。他只能远远地、匆匆地瞥见一眼，她总是躲着他，看见他就仓皇地逃离。仅这一瞥也足够攫住这印象了，他又惊讶又害怕，孩子要以自己的灵魂去追捕他了，他唯有逃避。他无法承担这一个事实，那便是，他有孩子了。不，不，他没有，他毫无准备，他毫不能理解这里面的意义，因此，他注定得不到解救，注定还要继续那股烈焰对他的燃烧。由于她的脱身，必由他一个人单独承受，那燃烧便更加狂烈，他想尽一切办法去宣泄体内岩浆般的热量。

开始，他赌博。在牌桌上，再没比他更焦躁不安的了。红着眼，手指痉挛着，脚在桌下剧烈地颤抖，抖动了一整张牌桌格格地响。他赢进许多，又输出许多，将赢进的全输了，本也输了，手表也卖了，还欠了债。然后又想结婚。底下小镇上的人家为他说了个镇上的媳妇，三个月后，两人就成了亲。婚后的日子很不顺心，每次老婆来探亲，住不满日子就要回去。旁人问她急什么，她就掉泪，说受不了，究竟什么受不了，却说不出口，抹着眼泪就走了。他也不挽留，阴沉沉地笑笑。功是早已不练了，却喝酒，喝得烂醉。然后就得了肾炎，治好了以后，剧团也不好留他了，把他分去百货大楼守柜台。他嫌堂堂男人守柜台丢人现眼，一气之下，就回了家乡的镇上，老婆为他在镇粮管所谋了份开票收钱的事儿。走的那天，一伙人送他，走过传达室，她正一手抱一个孩子，站在门口，看街上孩子玩方宝，意外地没有躲避，而是看着了他。他也定定地看了她一眼，走了过去。

这时候，他们都是大大的人了，他二十八，她也二十四了。曾有热心的人要给她说个男人，她也并不反对，一个人究竟是太寂寞了。可是没有人愿意，她是这城里出了名的女人，烂了帮的破鞋，带了两个私孩子，连爸爸都不知道是哪个，提起过了还要朝地上唾三口，除去晦气和脏气。而事实上，经过情欲狂暴的洗涤，她比以往任何时候都更干净，更纯洁。可是没有人能明白这一点，连她自己也不明白，只是一味地自卑。没人愿意娶她，她也不怨恨，只是带了两个孩子，勤勤恳恳地过日子。

岁月如流水，缓缓地流过，流水如岁月，渐渐地度过。水客的歌声一日一日稀薄，城里建起了自来水塔，直接把水引了过来，没水客的生计了，于是那歌声便沉寂了，再没人听见，也没人记起。只是剧团出发的日子里，她一个人带着两个孩子守着空寂的院子，睡着的时候，她深沉平静的梦里，便隐隐地响起了那忽而高亢忽而低回的歌唱。孩子一日一日地长大，会叫"妈妈"了，把个"妈妈"叫得山响，喜欢在练功房越来越褪色的红漆地板上玩耍。那一片地板在他们的眼里，简直是辽阔的了，四周都是镜子，往中间一站，四面八方都是自己，他们便害怕地逃走，却又按捺不住好奇心，手牵手慢慢地走回来，定定地站住，观望着。她倚着门框等茶炉的水开，手里提着那块写了"开水"字样的木牌，望着她的孩子在地上滚爬，怅怅地微笑着。

"妈妈！"孩子叫道。

"哎。"她回答。这是能够将她从任何沉睡中唤醒的声音。

"妈妈！"孩子又叫。

"哎！"她答应。

"妈妈！"孩子耍赖地一迭声地叫，在空荡荡的练功房里激起了回声。犹如来自天穹的声音，令她感到一种博大的神圣的庄严，不禁肃穆起来。

叔叔的故事

　　我终于要来讲一个故事了。这是一个人家的故事，关于我的父兄。这是一个拼凑的故事，有许多空白的地方需要想象和推理，否则就难以通顺。我所掌握的讲故事的材料不多且还真伪难辨。一部分来自于传闻和他本人的叙述，两者都可能含有失真与虚构的成分；还有一部分是我亲眼目睹，但这部分材料既少又不贴近，还由于我与他相隔的年龄的界限，使我缺乏经验去正确理解并加以使用。于是，这便是一个充满主观色彩的故事，一反我以往客观写实的特长；这还是一个充满议论的故事，一反我向来注重细节的倾向。我选择了一个我不胜任的故事来讲，甚至不顾失败的命运，因为讲故事的欲望是那么强烈，而除了这个不胜任的故事，我没有其他故事好讲。或者说，假如不将这个故事讲完，我就没法讲其他的故事。而且，我还很惊异，在这个故事之前，我居然已经讲过那许多的故事，那许多的故事如放在以后来讲，将是另一番面目了。

　　有一天，在我们这些靠讲故事度日的人中间，开始传播他最近的警句。在我们这些以语言为生产材料的劳动者的生活里，警句的意义是极大的，好比商品生产中的资本，可产生剩余价值，又可投放市场和扩大再生产。所以，传播并接受某人的警句，是我们工作的重要组成部分。他的警句是：

　　"原先我以为自己是幸运者，如今却发现不是。"

　　恰巧在这一天里，因为一些极个人的事故，我心里也升起了一个近似的思想，即：

　　"我一直以为自己是快乐的孩子，却忽然明白其实不是。"

　　他的警句和我的思想接上了火，我的思想里有一种优美的忧伤，而我又要保护我个人的故事，不想将其公布于众，因为这是与情爱有些关系的。所以我就决定讲他的故事，而寄托自己的思想，这是一种自私的、近乎偷窃的行为，可是讲故事的愿望多么强烈！我们这些人的生活方式，就是将真实的变成虚拟的存在，而后驻足其间，将虚拟的再度变为另一种真实。现在，故事可以开始了。

他与我并无血缘关系，甚至连朋友都谈不上，所以称之为父兄，因为他是属于我父兄那一辈的人。像他这类人，年长的可做我们的父亲，年幼的可做我们的兄长，为了叙述的方便，我就称他为叔叔。他们那类人倒霉的时候，我只有三岁，而当我开始接受初级教育的时候，他们中间近半数的人已经摘去那顶倒霉的右派帽子，只留下一些阴影，尾巴似的拖在他们身后。等那阴影驱散，云开日出，他们那类人往往成为英雄的时候，我已经是个成熟的青年了。这便是我与叔叔在时间上的关系。他们那类人倒霉的真相，有的已大白于天下，有的至今还是个不幸的谜，有的很冤枉，有的很荒唐，也有的很活该。叔叔倒霉是因为一篇他在校刊上发表的文章。文章描写一头小驴子从过不惯集体生活、自私自利而变为热爱集体、大公无私，来反映从个体农民到公社社员的成长过程。叔叔所以采用这样的拟人化的用第一人称自述的手法，是因为他刚读过一本借来的《伊索寓言》。这文章被指责为污蔑农民是没有自觉性的驴子，并借驴子之口攻击合作化运动。我曾在三个不同的场合听到或读到叔叔复述这篇文章。其时，叔叔已成为一名讲故事的专家。第一次是在一个全国性作家大会的小组发言，叔叔以他自己的经验来批判极左路线是多么有害，他说他其实是热心地真诚地赞颂合作化运动，好心却变成驴肝肺，他说他愿意滚钉板来证明他的忠诚。他对由之而来的多年的劳改生活充满了赎罪与乞求新生的心情，犹如炼狱一般。他的苦难经历深深吸引了像我们这样的青年，正像我们以我们插队的经历去吸引下一批青年一样。当我们被上一代的经验哺育长大后再操起批判的武器，来做一次伟大的背叛，就像猫和虎的中国童话。叔叔很认真地叙述他这一篇致命的文章，做了许多注释，生怕我们不懂也怕我们看轻了它。这文章有一种刻骨的天真烂漫，令我们微笑不已。第二次听到这文章是在某个刊物举行的笔会上，一日傍晚，参加笔会的人们走在夕照下的海滩，叔叔以自嘲的口吻告诉我们这个几乎置他于死地的小文章，他嘲讽当年政治运动的荒诞不经，多少纯洁青年的命运被这荒唐历史演绎而摆布，一个偶然的行为却可成为决定生死的事故，这便是宿命吧！他三言两语地说完文章的内容。那文章显得既简练又富有含义，展露了一个青年的文学才华。这篇文章第三次出现是在叔叔发表于某杂志的文学小传里，这一回已是一篇真正的"伊索寓言"，对当时的世事，充满了具有先知意味的讽刺，作为处女作排列在叔叔的写作历程里，使叔叔的文学生涯一开始便充满了大祸临头的灾难意味。后来我还听别人第四次说起过叔叔的文章。那是一个老奸巨猾的家伙，在改革开放的时代里，他到处声称自己是一名"漏网"的右派，所以没有戴帽完全是由于侥幸和偶然。他说他其实是一个真正的右派，叔叔则是个假的，而且在叔叔的档案袋里，装满痛哭流涕卑躬屈膝追悔莫及的检查。他又顺便提到叔叔的文章，说那文笔糟得很呀！不如小学三年级的学生。之所以成了右派，完全是为了凑数。这真正是个错划的右派啊！他脸上布满了痛心的表情。这是叔叔顶顶走红的时候，几乎成为我们这些人的精神领袖。所有的人全都分成两大派：一派是崇拜他的人，一派是中伤他的人。所以，此人提供的情况立即被排除出考虑的范围。我只需从叔叔的三次叙述中挑选一次，作为我讲叔叔的故事的材料；或者是将三次结合起来，这符合我们一贯遵循的创造典型人物的原则。我想：我选择第一次叙述中的那一个真诚的纯朴的青年，作为叔叔的原型；我选择第二次叙述中的那一个他具有的宏观能力且带宿命意味的世界观，作为叔叔的思想；我再选择第三次叙述中的那一篇才华横溢的文章，作为情节发生的动机。这便奠定了叔叔是一个文学家的天才命运的基石。现在，叔叔是一个什么样的人，大致可以确定了。

　　叔叔就这样成为了一名年轻的右派。当时，他年轻得还没来得及谈恋爱，所以他和别的故事里的右派所不同的是，他没有女朋友，因此就没有人与他联手演出伤感的离别剧。他背了一个简单的铺盖卷，去了青海。去青海的这段路程，我们可从许多"右派"的回忆录里获得印象：大雪苍茫，车在暗夜里行驶，几临深渊和悬崖，宛如一只白色的虫蚁在千沟万壑里爬行。在叔叔身边，有一个老人，教授模样，慈爱地问他有多大年龄，又说叔叔和他第三个儿子一般大。当别的右派熟睡的时候，这老人给他讲了一个俄罗斯童话，关于喝鲜血而活三十年的鹰和吃死尸而活三百年的乌鸦的故事。当鹰尝了一口死尸的腐肉之后，腾空飞起，说道：我宁可喝鲜血活三十年，也不愿吃死尸而活三百年！老人的童话在这雪夜行驶的货车里产生出奇异的效果，青年右派虽然还不能理解童话的含义，可是却被这忧伤又激昂的气氛感动了。后来，那老人与他分在农场的两个大队里，他们就再也没有见过面。这一个夜晚就像是一个梦境，却留给青年一个童话。从此这个童话就存在于他的心间。他认为这童话是教导人们要有意义地活着，要健康的人生而摒弃腐朽的人生。他引申到他的错误，心想自己险些儿误入腐朽的人生，于是努力忏悔，恨不能脱胎换骨。可是后来在一个新的历史时期里，他开始怀疑道：什么是腐朽的人生？什么又是健康的人生呢？他想他那赎罪的半生经验是绝对算不上健康的，他想他半生的经验全是为了向人们证明他是个诚实的青年，这种证明消耗了他整个的青年时期，这有什么意义呢？再后来，他又想他的半生不是平淡度过，而是获得了宝贵的丰富的经验，这些经验于他日后成为一个大作家无疑是重要的财富，于是，叔叔心里充满了鹰的骄傲。

但是，当我认识叔叔之后，才知道他做右派时，去的并不是青海，而是遣返回乡，到了苏北地区的一个小镇的学校里。开头的几年是做校工，看门、打铃、扫院子、起茅厕、种学校后面的几亩菜地，还喂了一口肥猪。后来摘了帽子，便开始教书。在他成为一个传奇人物的时候，那些去青海的故事是极易产生并流传的。而所以会有那则出神入化的俄罗斯童话，大约是因为叔叔那一代人是在苏俄文学的影响下成长起来的，"三套马车"永远是他们审美的背景。假如要编一个叔叔的夜晚，大风雪是少不了的，驿道是少不了的，如再要讲一个童话，那就只能是鹰和乌鸦的童话了。

叔叔当年所在的小镇与我后来插队的农村地理上属于一个区域，行政上却跨了两个省份。我们的麦地连着他们的麦地，当他们的孩子入侵到我们湖里割猪草时，我们常常笑话他们有些字的发音，比如将"鞋子"说成"孩子"。当一个女孩丢了她的鞋子时，她便大叫着："我的孩子！我的孩子！"这样的趣事一个后晌便传遍了我们的村庄。我们和他们还因为争夺土地发生械斗。我是后来才知道叔叔所在的小镇就在我们邻近的地区，这就给我今天讲故事提供了揣测的依据。

　　我想，当叔叔来到那小镇不久，一场大饥荒便席卷了中国的大地。在我们村庄里，关于这场饥饿的故事流传了很多年，并且将一直流传下去。有一些人饿死了，又有一些人撑死了。这些撑死的人是在长期的饥饿之后忽然得到吃的，便暴食而死。这些吃的都是偷窃而来，或是仓库里留存的来年的种子，或是地里半熟的果实，假如被守仓库或看青的人逮住，便会挨打并游乡。撑死比饿死更加悲惨，他们大张着两眼，浑身抽搐，叫着："渴啊！渴啊！"但这时候可万万不能给他喝水。开始时并不知道，只当喝水就能救他，不想喝了水便死。后来就不给水喝了，可不喝水也还是死。那时候，我是城市里一个六岁的孩子。我记得我们城市流传着抢劫的可怕传说。于是我们便不在街上吃东西，而是带回家来吃。回家的道路总是路远迢迢和险象环生，我们紧紧拉着爸爸妈妈的大手，急急地回家。那时候，我是个幸福的孩子，无忧无虑，还没上小学。少先队员是我羡慕的榜样，我的命运的重闸扛在爸爸妈妈的肩上，要过很久，我的幸福才会打折扣。下乡的时候，我们跑前跑后，走东串西，要求老乡给我们忆苦思甜，他们不说则已，一说便是一九六〇年的大饥荒。这场饥荒割断了我们村庄的历史，为我们村庄留下了一群纪念碑似的坟头，每到清明时分，坟头上便顶了一块碗大的新土，就像我们城市里的一种点心，叫定胜糕。不过，叔叔毕竟是吃商品粮的居民，每月的定额基本保证供给。饿是人人必受的刑罚，但镇上没有人饿死，死的是那些逃荒路过的外乡人。在很长一段时期里镇上没有猫也没有狗，都被杀吃了。镇上和周围的树皮也被放学的孩子剥光了，野菜也挑完了。后来，据叔叔自己说，这一段日子倒并不难过，那时候的人都讲政策，对人也尊重，见一个右派，至多淡漠一些，倒也平安无事。至于饥饿，由于信念的支持和赎罪的心情，这一场折磨于他几乎成了安慰。他说，他像个自虐狂或者苦行僧一样，随着饥饿一阵阵袭来，便觉得自己逐渐地纯洁了。他是第一批摘帽的幸运的右派，当他第一天走上讲台，孩子们随了班长的口令全体起立，他觉得孩子们是在安慰他并且原谅他。这是我从叔叔的一篇小说中读到的，权且借来作为我故事的补充。

　　这时候，我该是上小学了，当老师走进教室，便随了班长的口令起立，桌椅板凳稀里哗啦一阵响。同学们私底下传说我们学校里有一名右派，但这是一个很高级的机密，谁也不知道右派是谁。我们起先怀疑是一位图画老师，因为他脸色阴沉，不苟言笑，看人的目光充满敌意，和社会主义很不合作的表情。后来我们又疑心是一名校工，因他对谁都点头哈腰，笑容可掬，似乎向人们请罪。再后来，我们认定是一位自然老师，她对同学凶恶无情，将粉笔头做子弹，射击同学的头颅。我们觉得黑暗处有一双罪人的眼睛，注视着我们，使我们紧张不安。右派是我们时代最大的敌人，反革命和地主已在我们出生前消灭干净，只留在我们的某一篇课文上以及一些反特电影里。最后，终于有人透露出来，右派是一位音乐老师。她雍容华贵，总是衣冠楚楚，弹了一手好钢琴，态度高傲，在学校里独往独来，没有一位同事与她做朋友。她和小学教育事业格格不入，她和社会格格不入，她为什么成了右派？后来我想，大约是她不服从大学分配。因为其时我恰好知道，我家楼上那一位深居简出的社会青年，由于不服从大学分配而成了右派。关于右派的经验就这样越积越多。这些右派都无痛心悔改的表现，至少表面上看起来我行我素。而我的故事需要有一个忏悔的过程，我不愿意我的故事太平庸。所以，我就直接从叔叔自己的小说里摘录了那样的情节——"当孩子们随了班长的口令全体起立，他觉得孩子们是在一齐安慰他并且原谅他。"

在我插队的地方，人们对老师是很尊重的，"养是父母教是先生"的古训流传至今。于是，先生便是和父母一样重要的人了。学生为老师干活是天经地义的事。老师那里还会成为一个文化的中心，晚上，凡是崇尚知识的青年都喜欢聚集在老师的屋里。后来，我们知识青年下了乡，我们那里便成了又一个中心，并且具有取代学校老师的趋势。我想：叔叔的学校当是一所公社中学，除了镇上的孩子外，还有四周农村的孩子来读书，他们一般是干部和家境较好的孩子。他们因为没有粮票，也没有足够的细粮到食堂去换饭票，往往都是带馍。他们都有一个布口袋，装着芋干面或秫秫面贴的馍馍。他们多数是早上来，晚上走，每天要步行几十里的路程。只有镇上的或者特别富有的孩子才住校，到了晚上，这部分住校的学生往往就到单身老师的宿舍里聚会。就是这些学生中的一个，后来成了叔叔的妻子。

一个偏僻小镇的女学生，爱上一个摘帽右派、一个来自城市的老师，就有许多可歌可泣的诗篇可作。其中含有一个朴素的自然人与一个文化的社会人的情爱关系；又有一个自由民与一个流放犯的情爱关系，就像旧俄时代十二月党人和他们的妻子的故事；还有一个根深蒂固的家庭与一个漂泊的外乡人的情爱关系。这三重关系搅和在一起，可写出深刻的人性与广阔的社会背景，既有特定的现实性又有永恒的人类性。这样的故事，叔叔已经写过了，而且不止一篇。这些篇章感动人心，脍炙人口，流传极广，使叔叔极负盛名，引起许多爱好文学或者不怎么爱好文学的青年的崇拜。

关于叔叔的婚姻，是人们最感兴趣的题目，于是便也是流言最多的一个题目了。有人说那女学生痴情到了万般无奈，深夜敲门，而叔叔由于右派的阴影，只得压抑人性，将其拒绝，内心却痛苦得不行。那女学生坚定不移，不顾家人的阻挠，心诚石开，终于做成了这桩好事。有人说事情恰好倒过来，是那老师天天要学生去屋里补课，大冷的天，学生握不住笔，他就替学生暖手。另有一个版本是说老师要教学生二胡，帮助学生纠正指法。最客观的一种说法是：那女孩并不是叔叔的学生，而是学生的姐姐。学生跟老师学二胡，学出了感情，便为姐姐作伐，成全一段姻缘。那学生姐弟二人跟寡母生活，日子过得很艰难，能有一个挣工资的男人进门，显出了那学生的谋略与远见。在那镇上，那年头，大约是一九六三年吧，右派是怎么回事，清楚的人不多，更何况是摘了帽的，就跟没事人一样。结了婚后，老师成了皇上，过着衣来伸手饭来张口的生活。这种传说貌似客观，却含有一股隐隐的恶意。它是企图抹杀叔叔这一经历中的所有色彩，使之平淡无光，与叔叔小说里的描写拉开了距离。后来，当叔叔离婚的事件闹得沸沸扬扬的时候，我曾有机会亲耳聆听叔叔本人的叙述。

外面传说叔叔离婚的最直接原因，是第三者插足，可是等到他离婚之后并没有结婚，这种诋毁便不击自败，烟消云散了。由于叔叔小说中对一位青年右派的爱情过于出色的描写，所有的人都认为这非他本人经历莫属。将小说中的主人公与作者合二为一，是当今读者最热衷的事情。于是所有的人都认定了那段浪漫的爱情故事，一定要叔叔担任男主角，并且不许卸装闭幕。叔叔或者继续演出这段乱世情史，满足观众的需要；或者就将以前的成功的戏剧一并粉碎，破坏观众的欣赏。叔叔先是选择前一种做法，因不堪重负，败下阵来，最后做了一个逃兵，招来人们的怨恨。一种受了欺骗的情绪在群众中可怕地蔓延，似乎货物出门便百事不管，挣了名声就卸了责任，有一种过河拆桥的不仁不义的味道。然而，失望的情绪转眼被好奇心理取代。离婚是最富吸引力的新闻。叔叔的知名度再一次增长，一夜之间，谱写了明星轶事。这时候，叔叔又参加了一个笔会。那时候，笔会是非常多的，开完了这个开那个，笔会已成为我们生活的一部分。大家见面，免不了要问起此事，尤其是一批女性，她们心里暗暗地期望能够进入叔叔新的浪漫剧中，即使是担任一个配角。这些女性的年龄层次从四十五岁到十八岁，囊括了整整两代人。叔叔说他的婚姻是特定历史条件的产物，带有时代的烙印，作为审美也许有欣赏的价值，现实中却有无数的困难。他说在他无家可归的日子里，妻子收留了他，以她的情爱哺育了他孱弱的身心。如今他健壮了，便要离家远行，这确有一股忘恩负义、背信弃义的味道，可是使生命力衰竭则是更大的不道德和不人道。我们就问他妻子对离婚的态度，我们习惯以叔叔小说中女主角的名字称呼叔叔的妻子。叔叔回答：她只说，人在危难时，就当拉一把，人有了高远的去处，则当松开手。他妻子的回答使我们叹服不已，人人脸上都有愧色。我们相信叔叔是经过了痛苦的思想斗争才跨出这一步的，我们也相信叔叔的婚姻至少在那时候是美好的。没有一件事情是永恒的，都是阶段性的，尤其是爱情。所以，我想，事情确是如叔叔小说中所描写的那样了。但是，离婚的理由却不是那样简单，这理由甚至超出了叔叔自己的理解。它之所以被我知道是因为一个心理的契机。这是一个心理的原因，在整个故事中起着承前启后的作用，而现在仅仅是开头。

在叔叔结婚的第二个春天，便有了一个儿子。这一段日子是叔叔平静美满的时光，其实却是灾难来临前令人陶醉的假象。叔叔在屋前种了喇叭花，屋后种了一小片油菜，油菜花开的季节，就飞来此地罕见的淡白的粉蝶。在这段日子里还发生过一个小小的事件，最后所以没有酿成大祸，全归于妻子对叔叔绝对的信赖和博大的胸怀，可是这却为以后的灾难埋下了伏笔。这个事件的材料，来源于一年之后的"文化大革命"中，叔叔铺天盖地的大字报以及揭发材料，还有叔叔档案袋中一小份思想认识，是被那位"漏网右派"捅出来的。他到处讲右派的坏话，分明是吃不到葡萄便说葡萄酸。但由于工作的关系，他却能接触第一手资料，所以有时候我也用得着他。这是叔叔绝口不提的事件，也从没在小说中写过。或许这仅仅是一个污蔑和谣言，属于"文化大革命"中许许多多莫须有事件之一。可是它对我的故事非常重要，如果没有它的话，我的故事便失去了发展的动机。因此，我必须使用这个也许是无中生有的材料，它是一件委琐的小事，于叔叔伟大壮烈的苦难有腐蚀的作用。可它却使痛苦与灾难变得真实和具体，而不仅仅是一种风格化的装饰。它像一枚钉子那样，将痛苦敲进人的身体，使之刻骨铭心。

　　我想，那是在一个夏天的夜晚，蛐蛐儿在墙角里歌唱。叔叔对妻子说：我要去学校一趟。然后就走了。他去学校是因为他的一件什么东西忘在了办公室里，这件东西一定是非常重要的，否则他就没必要晚上去拿，而可以等到明天早上。不过，他并没有和妻子说这些，他只说：我要去学校一趟。然后就走了。学校离家不远，隔了一条常年干涸的小河，再走过一条小路，路两边的人家，院子里种了向日葵。这正是向日葵结籽的季节。这是暑假的第一周或者是第二周，校园里静悄悄的，蛐蛐儿的歌唱更加洪大和响亮。当叔叔穿过白杨树影里的操场的时候，那气氛一定是非常静谧的，这气氛里有一种力量打动了叔叔的心，使他走进办公室之后没有立即去找他特地来取的东西，而是从墙上拿下一把二胡，开始拉一首忧伤的曲子。住在学校附近的人都听到了这琴声，他们说：听，先生又在拉琴了。先生拉了一段就不再拉。这时月亮也升起了，将小河里的流水照得一片一片晶亮。忽然间，这静谧被打破了，空气里起了一团骚动，人人都有些不安，觉着在这镇上的某一处，正发生着一件不寻常的事情。人们从屋里走到门外，望着月光如洗的地面，等待着即将发生或者已经发生的事情走过他们的门口。有性急的人已经离开家门，四下里跑了几步。这个小镇在它长久的静谧中培养了一种超然的警觉，它能辨别出每一丝不寻常的气息。这时候，从学校的方向，传来一声尖锐的狗吠。人们顿时紧张起来，血液涌上了头，不出所料，果然出事了。小镇上的居民对非常事件的预感从来不会有错。有人低低地呼唤一声，然后一齐朝狗吠的方向奔跑过去，杂沓的脚步声好像镇上突然聚集起一支军队。男人们在奔跑，女人抱着孩子站在门口，目送他们远行。这样的小镇是不可侵略的，这里万众一心，草木皆兵。脚步声朝着学校的方向跑过去，学校的门开了，月光如镜的操场上霎时间站满了人。在重重包围的中心，站了叔叔。叔叔的衣领已被撕碎，脸颊上留有巴掌的印痕。他的胳膊一左一右被两个男人揪住，那两个男人还在朝他脸上吐唾沫。叔叔的脸色苍白，眼神慌乱，他的膝头打着战，他想说话却说不出声。那一大一小两个男人押着他朝前走，人群让出一条道路，组成两道人墙，注视着他们通过。叔叔神志有些糊涂，他不知道这是要往哪里去。由于被那么多人注视而感到窘迫，他便微微红了脸，露出一丝羞怯的笑容，于是招来人们愤怒的辱骂：瞧这婊孙，还有脸笑，操他八辈子的祖宗啊！不知是哪个孩子带的头，孩子们开始朝他扔石块。石块如雨点一般朝他飞来，他不由得埋下了头。可是一阵屈辱袭来，他又奋力昂起了头，就有石块击中了他的额角，流下了鲜血。鲜血使他的脸看上去既可怕又可怜，人群沉默了一刻。人们认得押他的两个男人是他一个学生的父亲和哥哥，那学生是这小镇上一枝花的人物，照规矩已是待嫁的年纪，所以还来上学全因为娇宠任性，要找个有趣的玩处。这时，女学生已经不知去向，这晚上所发生的事情则一清二白，小镇居民的想象力是非凡的。老师被押到校门口，徒然地在原地转了一个圈，因为学生的父兄这时也有些糊涂，不知应当何去何从。就在他们困惑的时候，人群中突然钻出一个人，扑上前去，伸手便在那父亲脸上掴了两掌，骂道：你个婊孙养的老不死的！

出场的是老师的妻子。老师的妻子掴完学生的父亲的嘴巴，又一头撞在学生的哥哥的胸上。两人不由得松了手，她便将老师拉到身边，以极迅速的动作扯下老师的一片衣襟，裹住老师头上的伤口。转眼间，老师便成了一名"挂花"的英雄。老师的妻子双脚一跺地，连珠炮般地说道：你还当你养了个贞女，你原是养了个婊子，勾引男人是她的一手绝活，难道你们还不知道？她又很刻毒地说：你若不知道，为什么也不打听打听，这里的男人可都知道你闺女。她是送上门的货，她是烂了帮的鞋，她是骚狐子投的胎，她是窑子里下的种！老师妻子的咒骂可说是骇世惊俗，震天撼地。她不怕如此糟蹋一个没过门的闺女丧了阴德，世上最恶毒最肮脏的字眼从她嘴里源源而出，滔滔不绝。她的声音又脆又亮，每一句都有石板钉钉的效果。这样的咒骂进行了三天三夜，她堵到那学生门上去骂，在赶集的日子里站在人最多的街口去骂。她以她语言的强悍击败了对方，扭转了局势，拯救了叔叔，可是却也种下了祸根。

那天晚上究竟发生了什么？知道真相的人有这么一些：老师，学生，老师的妻子，学生的父亲和哥哥。可是出于各自的原因，谁都不说，都隐瞒了实情。而到了日后，这事情再一次爆发，则是由另一些人，出于另一种用心而一手挑起的了。人们虽然有无数种猜测，可是老师妻子的恶言恶语压制了他们的口舌，他们只敢在私下窃窃而语，绝不敢进行传播。老师妻子的恶语似乎能置人于死地，谁也不敢以身相试。人们想，这是一户外来的人家，无根无攀，于是也不怕得罪祖宗，也不怕来世里上刀山下火海，就什么事都干得出来了。这一场风暴在那时是抑制下去了，那个夜晚留在人们记忆中，神秘而不可测。老师和学生两个家庭共同地守护着这一个秘密，谁也不泄露一点。后来所揭露出的所谓的真相，其实都是当事人被逼不过做的假供，以及旁人欲加之罪何患无辞的杜撰。

然而不管怎么说，叔叔那一晚是大大地丢了丑，在很长的日子里，他抬不起头。他行动举止有一点委琐，言语总是嗫嚅着，不清楚也不果断。从此，他再不拉二胡了，在放学以后的时间里，再也不去学校。他下了班就直接回了家，抱着孩子。人们走过他家，有时候就看见他抱了孩子坐在门口的板凳上。他还变得有些怕老婆，唯唯诺诺的，被老婆使唤着，还被老婆的母亲使唤着。他每个月的工资，一分不剩地全交到这母女二人的手中，他甚至戒了烟，也不常喝酒。他身上总是穿着那几件旧的衣裳，很少添鞋袜。他还变得有些邋遢。有时候，他的妻子会当了别人的面数落他，说他马虎，凡事都不在意，不换衣服，其实新衣服就在柜子里，却不爱换，只爱看书。在那些日子里，看书成了叔叔唯一的嗜好。他的妻弟，也就是他过去的学生，在县里读高中，每个周末回来，都从图书馆给他借来书。读书的时候，叔叔的心境是平静和愉快的。当他在灯下静静读书的时候，他妻子的心境也是平静和愉快的，一针针咝咝啦啦地纳着鞋底，看着他魁伟的背影猫似的伏在桌上，感到彻心的安慰。她想她降住了一条龙，喜气洋洋的。她温柔地想：我要待你好，我要一辈子，一辈子，一辈子地待你好！这样的夜晚总是很缠绵，直到东方欲晓。这样的日子平静地过去了一年光景，与以后的灾难的日子相比，这称得上是幸福的生活了。

关于叔叔和妻子的关系，我已进入了主观臆想的歧路。这几乎和所有人的想象都不一样，和叔叔自己从小说及平时言谈中透露出的信息也很不一样。没有人能提供我可靠的材料，夫妻间的私事只有他们自己知道，且谁也不会做真实的表达。这一段材料的空缺只有靠我的想象去填补。我填补的方法大致是这样：在两个基本属实的已知的情节之间，设计一个最合理因而也是最简捷的过渡，好比在两点之间最近的连接是一条直线。困难在于要准确判断已知情节本质的内涵和走向，这是设计简洁合理过渡的重要前提和根据。但是，偏差是难免的，尤其当我使用的材料都是那么模棱两可，歧义丛生。那天晚上的事故一定有着深不可测或者显而易见的原委，要从一个小镇上简单又微妙的人事关系中去揣度个中原委并非不可能，可是事情已过去这么长久，人们的印象与认识又都充满谬误，外查内调的时代也已过去，我坐在我的书桌前讲故事，有一些来龙去脉便只得省略了。而我已经完成了开头的段落，讲到了这里，回头的道路是没有的，我只有沿了我的想象继往开来，将故事进行到底。

　　就这样，叔叔有一度成了妻子的大宝宝。在这个家庭中，除了上班挣工资这一桩事，没有别的需要负责。他的一切，除了思想而外，全由妻子负责管理。他每日下午回到家，就抱了大宝——大宝是他们儿子的名字——坐在门口。喇叭花开了一度又一度，他和大宝两个坐在黄昏的喇叭花下，两人都不说话，静悄悄的。他没什么要和儿子说的，儿子视他也如陌路人一般。等屋里两个女人弄好晚饭，天色便也黑了。晚饭以后，妻子就将窗前的书桌整理一下，对叔叔说：看书吧！叔叔就坐到书桌前看书了。日子就这样一天一天地过去，在几百上千个这样的日子里，会有那么一天，当叔叔的妻子对他说：看书吧！叔叔突然地勃然大怒。他抬起胳膊将桌子上的书扫到地上，又一脚将桌前的椅子踢翻，咬牙切齿道：看书，看书，看你妈的书！看他横眉瞪眼的样子，似乎面前的书桌不是书桌，而是牢笼了。开始，叔叔的妻子惊呆了，吓坏了，因为她没有想到叔叔还会有这么大的火气，且又发作得很突兀，便不知说什么好。可是她仅仅只怔了一会儿工夫，就镇定下来。她不由得怒从中来，她将大宝朝床上一推，站到叔叔跟前，说："你有什么话尽管直接说，用不着这样指着桑树骂槐树；这个家有什么亏待你的地方，你如不满意尽可以走；烧给你吃，做给你穿，我兄弟借书给你看，我妈这么大岁数给你带孩子，你有什么不满意的？你摆什么款儿？你拿上你的东西走好了，现在就走！"叔叔没有说话，像一头累苦了的牛似的呼哧呼哧喘着，两只手捏成了拳，关节捏得发白。叔叔是个敏感的人，他从这话里一定听出了两重意思：一重是他是这个家庭的受惠者，这个家庭收容了他；二是如他要离开这个家，他所能带走的仅是他自己的东西，也就是说，这个家里没有一点属他所有的东西。这一刻里，叔叔所受的震动是极大的，因他已经沉溺在这小家庭中很久，将鹰和乌鸦的童话埋在了心底，日常生活的温暖剥蚀了他的理想，使他越来越深地蜷缩进这避风的港湾。而在这一刻里，他发现了事实的真相，他发现他原来是一个一无所有的人，寄居在人家的屋檐下。他就站在那里无声地哭泣起来。像他这样一个身材魁伟的男人，一旦哭泣起来，可使人肝肠寸断，心如刀绞。他的流泪好比是流血一般，如不是真的心痛，是绝不会哭的。叔叔的妻子被他的眼泪弄得心痛万分，由于心痛又更加气恼，她说：你哭算什么本事，我也会哭的！说罢真的泪如泉涌。孩子缩在墙角却不哭也不闹，静静地烦闷地看着这个场面。他脸上时常有这种烦闷的表情。叔叔哭了一会儿，就弯腰把扫在地上的书本拾起来，一本一本地摆在桌上。然后，他就坐下来看书了。叔叔的妻子便也不再多话，退回到床沿坐下，做她的针线活儿。她做着做着，就抬起脸望一望叔叔的背影，心里想道：他在想什么呢？她第一次关心叔叔心里想的东西，微微有点不安。在那时候，她就已经敏感到叔叔的思想对她的生活的威胁。这一晚上其余的时间里，叔叔都沉默着，很晚很晚还不上床。她没有催促他睡觉，他也没在惯常的规定时间里睡觉。他的灯在这沉寂的小镇上亮了很久，在天亮之前格外黑暗的时间里，人们以为这是一颗启明星。这是在很多很多正常的日子里一个稍稍特殊的日子，可是这绝不妨碍叔叔和妻子这一段生活总体上算得幸福，就如叔叔小说中所描写的那一个青年右派的婚姻一样。

还应当设想一下叔叔和孩子大宝的关系，这于故事的发展和结束有着至关重要的意义。孩子出生时，叔叔正在教室里上课，人们来叫他。他告了假走在回家的路上，他对自己说，假如在路上遇到一个女孩，那就是生女儿；假如遇到的是个男孩，则生儿子。他不知为什么心里暗暗企盼遇到个女孩。

在这条短短的回家路途中，他的美梦已经做开了头，他想他的女儿应当有一双什么样的眼睛，一张什么样的嘴，应当扎什么样的小辫，应当穿什么样的鞋袜。后来，当西方各种各样的心理学传到中国，中国也开始建设自己的有东方特色的心理学科的时候，人们分析说，这类现象其实是一种隐秘情结的下意识反映。他所设想的女儿的形象其实正是他梦中的爱人。所以，后来，当他得知落地的婴儿是个男孩的时候，他不由得生出一种失恋的心情，深深地失望了。从此，他对这个男性婴儿总有一种生分甚至敌意的感觉，好像一个外人侵入了他家，并且将他的家人驱赶了出去。这样，他和儿子的那种长久的疏远的感情便在此得到了解释。这时候，正当他走在路上等待一个女孩出现，来到跟前的却是一只肮脏的老羊，长长短短的毛上沾了一些野草的草籽，散发出腥臭气味，把他的好梦打断了。孩子是在日落的时分降生的。后来，叔叔曾经回想并考察那孩子降生的时刻，不知是凶是吉：火红的、硕大的日头冉冉而下，一个男孩呱呱落地了。这情景有一种壮丽的令人心颤的含义，在后来的回想中，叔叔曾经饱含了热泪，可在当时，他只是想：是男孩还是女孩？人们欢天喜地地向他报告一个男孩的诞生的喜讯，他却在悼念他失去的那个女孩。那女孩在他回家的途中已孕育成熟，却夭折了。他甚至有些悲哀。望着那啼哭不止的男孩，他想：这婴儿和他有什么关系呢？由于他从开始就没有认同这个孩子，所以后来就一直视他为路人。当这孩子长到会说话的时候，他听这孩子的口音是与他妻子、岳母及妻弟一样的本地人口音，与他的口音绝不相同，他便更生出了排斥的心情。他本来给这孩子起了一个特殊的名字，可是妻子和妻子的母亲却另外起了小名，"大宝、大宝"地叫个不休，原来的名字倒忘了。他想：大宝是谁家的孩子？他不知道大宝是谁。

大宝最绚烂的时刻，随了他的降生而逝去，后面全是黯淡的路程，这大约就是他降生的那一幅日落景象的启示。这是叔叔后来多次回想与思考的结果，那是在他已经成为一名著名作家的日子里，他和大宝及大宝的母亲分开生活了。当他自以为已经安全，不必担心大宝对他的侵入，他与大宝的关系再不需负起亲情和责任的重担，在他们父子解约的日子里，他才以一个思想家和艺术家的兴趣和心情，去想大宝的诞生和道路。可是大宝却将发起第二次侵略，这第二次侵略将严重损害叔叔的人生。

如不是后来的变故，也许叔叔还会有一个女孩，这女孩也许会缓解他与大宝紧张的关系。可是因为后来的事情，这女孩始终没有来临。后来的事情便是人人皆知的"文化大革命"。"革命"使沉睡很多年的小镇苏醒过来。小镇上的每一天，都像是过节一般，免费观看喜剧和悲剧。剧中凡是倒霉的角色，大家就都推举与他们关系疏离的外乡人来担任。在这些戏剧中，最吸引人们的自然是那些带有猥亵意味的隐私性质的情节。叔叔是个极好的人选，在运动开始不久，他便被推上了舞台。在批判摘帽右派的幌子下，对两年前那件奇异的往事进行了追究。叔叔被隔离在学校茶炉旁边堆煤的小屋里，接受审查和批判，不许家人探望。学校和镇上的造反派一起组成调查组，重新审理这个案件。他们寻找当时住在学校附近的人们谈话，寻找叔叔的家人谈话，一定要他们回想两年前的那个夜晚，那个夜晚在人们的回想里显得越来越不寻常。他们还不远万里，跑去找那个事发一年后嫁到新疆建设兵团的女学生外调。无奈那女学生拒不见面，经再三请求见了面后又拒不回答问题。无奈她丈夫是兵团里正掌权的干部，就不便逼得过紧。女学生已做了母亲，身上又怀了一个，脸上布满了褐色的孕斑，憔悴不堪，见了家乡来的人便流泪不止，使他们不免也鼻酸起来。两年前的事故就像一个谜，令人百思不得其解。他们悻悻然又怅怅然地回到小镇，在各方面收罗来的零星材料的基础上，开动了想象力，竟完成了这样一个故事。

　　他们说：这其实是一个阴谋，策划者是叔叔和他的妻子。他们陷害那女学生是为达到将她赶出家乡的目的。因为叔叔原先就与这学生有一段瓜葛，凡是在校的老师同学其实早就有所察觉。这段瓜葛继续到他结婚以后，还若即若离，藕断丝连。叔叔的妻子看在眼里，记在心里。那一晚上，叔叔说他要去学校一趟，她其实是知道他别有用心，却只装作不知道，也不多问。等他走后有半晌工夫，她来到那学生家中，说找学生借个东西，明日一早就要用。学生的母亲说，让她兄弟去找她回家。叔叔的妻子就说：要找到她，累她上我家来一趟，我家有吃奶孩子，不等在这里了。说罢转身走了。女学生的兄弟原以为妹妹是在要好的姊妹家玩耍，可找了几家却都说没有见着，这一来就有些疑惑，因在平时他妹妹确有一些不好的传闻，家里人也关上门揍过她几回。这样，他就回到家中，把情形一说，她父亲便和他再一次出门找了。当他们几乎找遍了镇上的大沟小坎，终于找到学校里来的时候，就发现了最最不忍卒睹的一幕。不料叔叔的妻子先声夺人，使得形势大变。以此来看，叔叔是个大恶不赦的摧残女学生的流氓右派，而叔叔的妻子则是一个包庇者和帮凶，必须共同批判。那次批判会是小镇盛大的节日，学校的操场人山人海，水泄不通，有一些人是从邻近的乡镇赶来。人们在操场上等待了很长时间，开幕不断推迟，到了一点推两点，到了两点推三点，人们耐心而焦躁地等待着，这一刻终于来到了。那是叔叔和妻子在分别半年之后第一次见面。他们分别时是盛暑，现在已是严冬。他们两人从左右两侧被推上学校昔日的领操台。他们被人按低了脑袋，互相只看得见膝盖以下的部分，叔叔没穿袜子只穿了单鞋的双脚，长满了冻疮，又红又肿。当他们有时被揪了头发抬起脑袋回答问题时，却又避开去看对方。他们感到羞愧难当，他们不曾想到做人还会有这一课，他们想：做人有什么意思呢！有一刻，会场非常安静，能听见鸟在天空清脆的啁啾。

这是惊心动魄的一幕，当丑闻在光天化日之下被揭露的时候。冬天的阳光有些苍白，寒气渐渐袭人。高音喇叭在人们空旷的头顶上回荡，人们耐心地聆听着，长久地踮起脚尖或伸长脖子望那对男女。他俩成了人海中的两只漂浮的虫蚁，被捉在这一座土台上示众。这一幕场景来源于叔叔的传闻。有了解叔叔过去的人，眼见叔叔成了明星之后，出于感慨或是羡嫉，就将这一幕景象一传十、十传百地传开，在叔叔背后唧唧哝哝，窃窃私语。在传播的过程中难免走样，会有一些添油加醋，会增添一些有助于流传的刺激性成分，就像文艺作品的商品化倾向。而由于这一场面的丑陋、残酷与痛心，从未有人胆敢去问叔叔，当面向他核实。人们所认识的叔叔魁伟而尊严，拥有崇高的痛苦，无法与这委琐羞辱的伤害联系起来，在他跟前，有一丝联想都是不应该的。而我固执地选用了这一个以讹传讹的流言，为的是这提供给叔叔后来的离婚一个最有说服力且最深刻的理由，这理由就是，他要将这小镇从他历史上一笔勾销，而妻子是这历史的一个旁证，他必须消灭这旁证。这小镇将他一生的尊严都亵渎了。有了这小镇，他再也无法像人那样做人了。这一段做狗做猫做虫蚁的历史，将他整个人的历史都破坏殆尽，为他的一生敲了丧钟，他绝不允许它的存在。

所以，在那一刻里，当高压电流从空中湍湍而过，当鸟的啁啾清脆婉转，叔叔便丧失了神志。他茫然地只来得及想一下：这是在做什么哪！便成了一根没有意志没有思想的木头。他站在那里，听着人海低沉的呼啸，肩背上挨着老拳，他甚至还微笑了一下。紧接着，他觉得腿弯处遭到突兀而有力的一击，他扑通一声，趴在了地上。这时候，他却被唤醒了，听见有人声嘶力竭地喊他的名字，是他妻子在叫。他这才发现自己的额头在往下滴血，殷红的血在灰色的沙土上很快地积起了一摊。妻子以惊人的力量挣脱了两个男人长大的臂膀，爬到了他跟前。叔叔抬起眼睛看着妻子，他的眼睛这时候分外明亮，他又微笑了一下。他想：我们这会儿聚首啦！在孤苦的囚禁中，叔叔无数遍地憧憬过和妻子聚首的情景，他想起妻子对他的般般好处，想到过去的时光是多么美妙。然而，在这一刻里，他只想着赶紧和妻子分开。他觉着，这样的夫妻相会太令人难堪，无法忍受。他拧过脸不去看她，脸上却挂着那个无名的微笑。他很感激那两条大汉，他们一左一右立即从他眼前拉开了妻子，他这才轻松下来。妻子的哭骂声从很远的地方传来。这女人是比叔叔更能引起人残酷虐待的欲望的，她立即挨了揍。她是那样暴跳如雷，骂不绝口，拼力挣扎，人群中掀起波涛般的骚动，唏嘘一片。一幕戏剧到了最最激动人心的高潮处，太阳也就下山了。

　　妻子对叔叔的忠诚，在这一事件中，证明是不容怀疑的。本来造反派是要争取她的同盟，可她毫不考虑便大骂出口。将她押上历史舞台，实是出于不得已，造反派们这样想。她将叔叔视作自己的生命。在对叔叔的爱的面前，她的自尊心，她的羞耻感，全都迟钝了，只有这爱是灵敏的、活泼的、力量无穷的。这是她与叔叔不相同的地方，叔叔视光荣如自己的生命。

　　这场悲天撼地的戏剧结束在日暮时分，半个月以后，叔叔便被放回了家。在那最最激动人心的演出之后，所有的场景都变得平淡无奇。叔叔这一个角色算是告一段落。而整个小镇在那惊世骇俗的场面之后，也平静下来，过了一段无风无浪的日子。

　　经历了这些之后，叔叔和妻子的关系会获得什么变化呢？人们认为叔叔和妻子的感情增进了，他们成了一对真正相濡以沫的患难夫妻。所以，当叔叔日后要求离婚的时候，招来了白眼。叔叔成了背信弃义的典范，所有的人都在骂他忘本。故事如果这样发展，难免落入俗套，成了一个道德训诫的故事。这样的故事，我想应当留给别人去讲，我要讲的故事是关于叔叔的痛苦方面，或者快乐方面的经验。因我以为人性最崇高的境界是欢乐的境界，快乐比欢乐低一个级别。快乐还含有人感官方面的愉悦，但已经相当接近欢乐的最高境界了。欢乐是人的灵魂所能获得的最高愉悦，灵魂在最终获得愉悦的路途中，要经历些什么呢？历代的哲人相继歌颂欢乐，于是作为欢乐对立面的痛苦便也成为世世代代永远不衰的主题。痛苦由于是与欢乐对峙，因而也是一个崇高的境界。我却不知道像我们这些错过了古典主义和浪漫主义时期的后代子孙，是否有资格和可能接触痛苦与欢乐这样崇高的题材。人类的文明已创造出上万种互相践踏和自我践踏的刑罚；在伟大的历史记载中，个人的命运只是短暂的瞬间，草芥不如。我们的痛苦是那么卑微，那么毫无价值，简直称不上是痛苦，我们的快乐则只是苟且偷欢，过眼烟云，简直也算不上是快乐。我们是委琐而卑贱的人们，我们自相残杀，将白刃与红刃见于鸡毛蒜皮的琐屑摩擦之中，我们有无脸面写痛苦和快乐的故事？所以，也许我关于叔叔的故事，从根本立意上就是不存在的。我苦心经营一个不存在的故事，是为了什么？故事其实全都起源于那一天的一个突然的认识，一个人造成了我心如刀绞的经历，我想："我一直以为自己是快乐的孩子，却忽然明白其实不是。"从此，我常常在想"快乐"这一个力所难及的事情。然后，我就向叔叔借来一个故事。从现实出发，我只选用"快乐"这一个稍稍低级的题目，使我不致彻底失败。这是我第二次在叙述故事的起源，以后还将有第三次的叙述。

从我叙述的初衷出发，在经历了那一场患难后，叔叔觉得这婚姻和爱情不堪忍受。他觉得婚姻非但没有像通常所说的那样分担他身受的屈辱和不幸，反而加剧了这屈辱和不幸，并且使这屈辱具有了形式的外壳，永久地保存下来，没有遗忘的可能了。可是这只是叔叔灵魂上的看法，他的肉身上，却有许多有求于婚姻的地方，比如安全感，比如温饱，比如性欲。而且，为了使自己忽略灵魂的抵触，叔叔有意无意地夸大、强调、扩张他肉身的需要，使这需要成为第一位的，与生存联系起来。这是一个灵魂的休息的时期，叔叔变成了一个肉欲主义者，他变得贪得无厌。他学会了喝劣质的白酒，用报纸边缘卷粗劣的烟丝吸，到了夜里就力大无穷，花样百出，使得妻子彻夜无法安眠。他甚至学会了本地男人特有的传统本领，就是打老婆。开始，他是在自己屋子里打，关了门，不许老婆哭叫出声。后来，愈演愈烈，他们开始打到院子里来了。再后来，就打上了街。当人们看见叔叔手里握着一根拨火棍，满街撵着嗷嗷哭的女人，就好像撵着一头不肯回窝的母猪。这时候，人们便从心底里认同了叔叔，把叔叔看作是小镇上正式的居民。他们用他们那种亲昵而不无猥亵的语言议论和嘲笑叔叔，原先一个城市文化人在他们心目中那种又敬畏又排斥的地位，如今荡然无存。叔叔还学会了骂仗，这往往用于和他岳母之间。当他岳母刻毒地骂他"右派分子"或者"流氓分子"的时候，他便更为刻毒地骂岳母是"克夫命"和"绝子命"。有时候，他喝了酒，就骂骂咧咧的，说她们母女三代都是他养活着，几乎将他的血榨干了；他说他的婚姻简直就是一个陷阱，或者是一个圈套，他是永无翻身之日了；他还说他女人将他当作囚徒，为了她们的生计而使他失去自由。叔叔渐渐有些胡作非为，飞扬跋扈。他在家的时候，家里的气氛就分外紧张，大人孩子噤若寒蝉。也有他喝了酒反比较清醒的时候，这时候，他就捶打自己的脑袋和胸膛，骂自己不是人，没有本事和社会抗衡，与命运斗争，只能来欺侮女人，他是个窝囊废、孬种；他不再说这家庭榨他的血汗，反骂自己害了这家庭，使她们蒙受了羞耻和苦难。女人忍不住去劝他，他倒又变了脸，狰狞可怖，使得凶悍的女人见他都怕了三分。这是他在家里的表现，到了学校则又变了一个人似的。他随和，谦虚，很好说话；如有人当面说了令他难堪的话，他也装作听不见或听不懂；他还很会附和别人的意见，人们无论说什么，他总是"对，对，对"的。在后来的每一次运动的浪潮中，比如"清理阶级队伍"，比如"一打三反"，比如"揪出'五一六'"，他的问题总要被旧话重提，再来一番批斗，可是这已远远不能刺激小镇的居民了，甚至对叔叔也没有强烈的刺激作用了。他走过糟蹋他的大字报前时心里很平静，还有心情去欣赏上面的漫画。叔叔已变得麻木不仁，并且得过且过。

叔叔曾在小说中写过一个青年右派的自杀，他写他自杀的方法是利用煤气，最后煤气从门缝和窗缝弥漫出来，唤来了人们。这透露出一个信息，暗示这是一次想象的自杀事件。因为在内地小镇生活了许多年的叔叔，对煤气一无经验。即便是在他曾经生活过若干年的那座中型城市，使用煤气也是近十年之内的事情。煤气自杀是一种都市化工业化的自杀方式，带有蒸汽机时代的特征。我估计这是叔叔从旧俄时期的小说，比如陀思妥耶夫斯基的小说中得来的自杀经验，还有就是那些后来公布于众的发生于中国大城市的悲惨事件，有一个著名的诗人死于煤气，还有一个才华横溢的钢琴家死于煤气，这大约也给叔叔以启发。在叔叔那样的小镇上，人们用于自杀的方式往往是跳井或者喝"一〇五九"之类的农药，像恬然长逝于有毒的烟雾之中这样优美的叫后人痛心的死法是绝少的。从中我得出两点结论：一是叔叔确想过自杀这一回事；二是叔叔向往的自杀是一个美丽的自杀。接下来的问题是，叔叔是当时想过自杀，还是后来；假如是当时想过的，又是什么原因使他放弃了这个念头？我想，在那灾难的日子里，想到死是很自然的事，所以我们不应当排斥叔叔是想过自杀这一桩事的。但是从叔叔所描写的自杀形式上看，则又感觉到叔叔与自杀这一件事的距离。叔叔是站在一个审美的立场上来写这一个自杀事件，这又不是当事人的态度了。叔叔将那个青年右派的自杀写得那样潇洒，使他能够从中得到两种享受：一是殒命者自我表现的满足；一是旁观者欣赏的满足。这是真正面临自杀的人难以顾及到的效果。所以，我们现在至少可以断定，如小说中那个自杀事件，并不来自于叔叔的经验。那么，叔叔自己的关于自杀的经验是什么呢？没有关于叔叔自杀的传闻。因此，至少是叔叔没有明显的自杀行为。叔叔本人没有提供给我们这方面的任何材料。于是我想，叔叔在当时并没有强烈的自杀念头。这判断还根据这样一个事实，那就是叔叔当时的处境还没有到达绝境。叔叔没有将自己那颗敏感、娇嫩、高傲、易受伤害的灵魂逼到绝路上，他让它中途就开溜了，而人的肉体可说是百折不挠。抛开灵魂不说，叔叔肉体的待遇还可说是比较好的，至少温饱无忧，至少性欲得到满足，再进一步，叔叔苦闷的心情也最终在打老婆骂岳母的活动中得到了有效的发泄。这说明叔叔具有比较强的自我调节能力。叔叔有极自觉的生命意识，他在灵魂上将自己放逐了。他没有灵魂的羁绊，保存了肉身，以待日后东山再起，魂兮归来。叔叔在潜意识里，其实一直不相信灾难会是永恒；叔叔在潜意识里一直等待着苦尽甘来。祸福轮回、否极泰来的辩证思想根植于叔叔的世界观中。这就是支撑叔叔活下来的最重要条件。

当然，还有一种可能，那就是叔叔确曾发生过未遂的自杀事件，却被他深深地缄默掉了，因为这事件没有美感，因为这事件腐蚀了崇高的情感。叔叔的审美从本质上说，是一位古典浪漫主义者。

那么就让我们尊重事实，就是说，叔叔没有自杀，他想：只要活下去，总归有希望；他想：总有一天，我会来拯救灵魂；他还想：他妈的好死不如赖活着。鹰和乌鸦的童话他压根儿忘了，或许，鹰和乌鸦的童话压根儿不是发生在他初当右派的年代，而是在远远的以后，我们同样没有根据说鹰和乌鸦的童话是发生在以前。所有会摧毁叔叔活下去的信念和勇气的童话，叔叔都下意识地回避，所有会唤醒叔叔骄傲和脆弱的灵魂的故事，叔叔全都装作听不见。生的意志是很顽强的。他使自己麻木，迟钝，粗糙，像动物一样，对生存持极低的要求。所有敏感、骄傲、灵魂不肯妥协和圆通的人都自杀了。那个岁月里，自杀的人成千上万。我就是在那个成千上万个人自杀的日子里，离开我所生长的城市，来到和叔叔的麦地接壤的那个邻近的省份里插队的。在我身后的城市的街道上，沾染着自杀者的斑斑血迹。我有个亲戚住在十层的高楼上，他们的顶楼成了自杀者的悲恸之地。有许多人从很远的地方来到这里，为避免怀疑，就不乘坐电梯，徒步走上十层的高楼，气喘未定便纵身跳下。下面是熙熙攘攘的人群，这城市里最著名的百货公司就在这里。那么多人死在闹市的中心。我想，如不是自杀的决心已定，他们是无法跨出这最后一步的。在他们跳下的那个位置上，可以居高临下地看见这个城市浩如烟海的屋顶，人们在屋顶下做着各种活动，洗衣、做饭、浇花、放鸽子——当鸽子的哨音在云层里缭绕时，这些自杀者会想什么呢？他们是怎样克服自己的动摇？他们曾动摇了吗？他们将自己逼上了绝路，一点后路都不留给自己了吗？在许多人自杀的日子里，叔叔活了下来。

就这样，叔叔活到了"文化大革命"结束。有关流氓的问题平反了；有关右派的问题改正了。叔叔开始写作一些散文和小说，起先是在地区的报刊上登载，后来登了省里的文艺刊物上，再后来，发表在北京的刊物上了。这是一篇影响极大的小说，关于一个青年右派。一些刊物转载了这篇小说，另一些刊物评论了这篇小说。叔叔为这篇小说所写的创作谈，远远超过了这篇小说的字数。叔叔继这篇小说之后，又写作了许多小说。许多刊物的编辑，来到这偏僻的小镇上，来向叔叔约稿。这小镇上从来没有来过县级以上的干部，这小镇的邮政事业也因此繁荣起来，来自北京的信件源源不断飞来。叔叔也开始越来越频繁地上外面开会去了。第一次开会是在一九八〇年的年底，冬天的时候，叔叔去北京开会。他背了一个简单的挎包，乘长途车到县里搭火车，乘火车到省城去和省代表队集合。这是一个全国性的会议，是文坛的一次盛大的集会。这是叔叔第一次走到外面的世界去。他在这个小镇过了那么长久的幽禁一般的生活，他将第一次知道外面的世界是怎么样的。叔叔成了这次集会的明星一样的人物。许多同行、编辑和记者在休会的时间里慕名来到他的房间，和他聊天，一聊就聊到了天明。后来，休会的时间显得不够用了，他们就在开会的时间留在房间里聊。来客中有一些年轻的女性，是最为他吸引的。她们大都天真无邪，涉世很浅。他所描述的生活与经历，于她们像是天方夜谭。她们的头脑又都很好，领悟力极强，凡事一点即通，言语也都极其机智新颖，可起到激发叔叔灵感的作用。五天的会期转眼间便过去，叔叔随了省代表队回到省城，再回到县城，然后一个人走着回家。途中有一些凄凉的心情是很难免的。但对于潜心创作小说，这却是极适宜的心情。从此以后，叔叔的生活就变成了相得益彰的两部分：一是在小镇上的工作和写作，这是寂寞与安静的一部分；二是出门开会，开会总是热闹和喧哗，聚集起许多光荣与显赫，这既能补充思想、开阔眼界，也使得小镇上的生活有了补偿和安慰。同时，也正是因为那些寂寞的劳动，才换来了喧哗热闹来作回报。叔叔很快在这两种生活中找到了平衡的节奏，摆正了自己的位置。这一段时间，叔叔写得又多又好，几乎每一篇都能打响，引起社会的反响。叔叔的痛苦的经验，他虚度的青春，他无谓消耗掉的热情，现在全成了小说的题材。由于写小说这一门工作，他的人生竟一点没有浪费，每一点每一滴都有用处。小说究竟是什么啊？叔叔有时候想。有了它多么好啊！它为叔叔开辟了一个新的世界，在这个世界里，叔叔可以重新创造他的人生；在这个世界里，时间和空间都可听凭人的意志重塑，一切经验都可以修正，可将美丽的崇高的保存下来，而将丑陋的卑琐的统统消灭，可使毁灭了的得到新生。这个世界安慰着叔叔，它使叔叔获得一种可能，那就是做一个新的人。叔叔厌弃他的旧人，他的旧人像一座山压得他喘不过气；他的旧人还像乌云笼罩，使他见不到阳光。他要重写他的历史。小说使得叔叔的妄想成为可能的了，这大概也就是叔叔让那个青年右派自杀的真相。

众所周知，小说中那个青年右派在煤气呈淡绿色的烟雾中丧生之后，有一段关于灵魂的著名描写："灵魂扶摇直上，像鸟儿似的，望着大地，想：人世间多么龌龊啊！想罢之后，便唱着歌儿飞走了。这歌儿是青年右派一生中从未唱过也未听过的快乐的歌儿。"我想，叔叔在此将自己处决了。所以，叔叔的新生是从一个青年右派的死亡开始的。

我是和叔叔在同一历史时期内成长起来的另一代写小说的人。我和叔叔的区别在于：当叔叔遭到生活变故的时候，他的信仰、理想、世界观都已完成，而我们则是在完成信仰、理想、世界观之前就遭到了翻天覆地的突变。所以，叔叔是有信仰、有理想、有世界观的，而我们没有。因为叔叔有这一切，所以当这一切粉碎的同时，必定会再产生一系列新的品种，就像物质不灭的定律，就像去年的花草凋谢了，腐朽了，却做了来年花草繁荣的养料。而我们，本来没有，现在没有，将来也不会有。因为叔叔有他对世界的基本看法垫底，当他面临一种新的不同的看法的时候，他便也面临着接受还是拒绝这两种选择。他要为这选择找到理论与实际的依据，他还必须在他感情和理智的具有分歧的倾向下进行这选择，选择的对与否将在很长的时间里伤他的脑筋，动摇他的固有观念。这种选择往往是包含着抛弃这一桩苦事。他还难免会有患得患失的心理，唯恐选择的这一样东西其实对他并不合适，而旧有的已经失不再来了。是保守还是进取，将成为他苦苦思索的题目。而我们呢？接受什么只是听凭感觉，对自己的选择并不准备负什么责任，选择和放弃于我们都是即兴的表现。我们在一个文化荒芜的时代里长成，然后就来到一个八面来风的日子。二十世纪包括十九世纪末期的一百来年的思想，最最精粹的果实以及残羹剩饭，在同一个时刻里向我们奔涌而来。我们选择的高低往往听凭于我们的天赋和运气。可是，在表面上，我们却呈现出日新月异的气象，并且似乎总是走在时代最新潮流的前列。这使得叔叔那一类人会产生一种落伍的危机感，他们往往是以导师般的姿态来掩饰这种感觉，就像我们，总是用现代派的旗帜来掩盖我们底蕴的空虚。我们这两代人在当面互相夸赞之后，是互相的藐视，这妨碍了我们的交流和互助。他们在肯定我们的成绩时，有时候会说我们遇到了好时候，言外之意是他们没有及时地遇到好时候，而我们的成绩只是倚仗了好时候罢了。我们占了年龄上的便宜，有时候对他们态度宽大，说一些崇拜他们经验的好话，弦外之音则是除了经验而外他们并不比我们多出什么。我们心里其实是不承认他们精神领袖的地位，在我们看来，精神应是共和制的，没有什么领袖不领袖。他们的作品在我们看来，总是思想太多，似乎小说只是个盛器。他们总是被思想所累，样样无聊的事物都要被赋上思想，然后才有所作为。我们认为天地间一切既然发生了，就必有发生的理由与后果，所以，每一桩事都有意义，不必苦心经营地将它们归类。认为所有的事物都有含义是我们一种极端的看法，另外还有一种相反的极端看法，则是一切都无意义，意义在于视者自己，一切存在只是我们个人意识的载体或寄存处而已。这是两种好逸恶劳，不肯动脑筋，不愿劳动的对世界的看法。而叔叔他们则在这两者之间。他们首先承认事物客观的意义，再求于人的主观发现。他们自找麻烦，选择这种耗时又耗力的观念，还使得下一代对他们议论纷起，认为他们强加于人。他们背负着思想的苦役。我们主观地认为，他们的受苦有一部分是因为他们选择了错误的思想方式，活得不够洒脱。那时候，我们还没有意识到，人所受到的制约是多么不可违抗，若说是人选择了思想方式，不如说是思想方式选择了人。我们以为什么都可随心所欲，做游戏也可不遵守规则。小说这世界给予我们的是一个假象，我们以为现实也如小说一样，可以任意指点江山；我们以为现实和小说一样，也是一种高智力的游戏。小说给予我们和叔叔的迷惑是一样的，它骗取了我们的信任，以为自己生活在自己编造的故事里。这一个虚拟的世界蒙骗了我们两代人，还将蒙骗更多代的人们。

　　叔叔在"文革"以后的故事就是在此基础上发生的。我虽然是采用了顺叙的手法，其实质却是倒叙。我是在了解了故事结局之后，才开始选择故事的材料，组织故事，设计叔叔的心理动机。所以，我现在就可以断定叔叔"文革"后的故事的性质。在当时，我们一无了解，我们将它看作是另一桩故事。"文革"结束的时候，叔叔正好四十岁。四十岁的男人正在当年，成熟却依然青春勃发。叔叔留了络腮胡子，眼角和额头有刀刻似的皱纹，这使得二十多三十多的男性在他面前成了儿童。后来，络腮胡子风行不衰，不知道这除了重映三十年代美国西部片的影响外，是否还有叔叔的一部分功劳。叔叔说话有低沉的喉音，语调有几分温柔，会用俄语唱俄罗斯民歌，具有西伯利亚茫茫草原的风味，虽然谁也没有去过西伯利亚。叔叔的形象和声音有一种受难的表情，这是他的真正魅力所在，所有的白面小生在此魅力之光的照耀下都显得轻佻、浅薄，好像一块一口一个的甜点心。叔叔的身材高大伟岸，如一个体力劳动者的身体，可却有思想累累的头脑。叔叔后来从小镇调到了省里做职业作家，在他的家属没有调进省城时，他自己住一间小屋。许多女人从很远的地方乘了火车或者轮船来到这小屋，叔叔只得在门上贴了谢客和探访规定的条子，就是这样，也阻挡不了源源而来的人流。

现在的事情，越来越接近于叔叔的隐私了。可是因为这于叔叔的故事非常重要，难以回避。要把这一个故事说得清楚、完整、合乎逻辑，成了我这一阶段生活的唯一目标。我想没有一个别的故事，可以像叔叔的故事这样表达我目前的心情了，我在许多故事里选择了很久，叔叔的故事胜过了一切。

我想，和叔叔有亲密关系的女人有两个。一个是某刊物的编辑，比叔叔小一岁，人们有时候叫她大姐。她除了编辑小说之外，还写一些散文，文字相当优美。她消瘦，苍白，稍有一点病态，使她看上去楚楚动人。她生活在一个离婚率很高的城市里，不久前，也离了婚，过着单身女人的生活。她和叔叔的来往形式主要是书信，每年有两度或三度，叔叔去看望她。他下了火车，先在她家附近找一个招待所住下，然后打电话给她，两人说好一个地方，就在那里见面。每一回见面，都可给他们双方留下很长久的回忆，所以，除了书信而外，他们的交往还在回忆中进行。叔叔和大姐的关系，有一种冰清玉洁的味道，他们从一开始起，互相就建立了默契，决不亵渎他们之间美好的关系。他们甚至从没有过性的接触，但是在情感与思想上却相互介入得极其深刻。他们还从不互相点穿他们之间的关系，说话也从不涉及对方的家庭和婚姻，这是他们的禁区，稍一涉及便会有世俗与不洁的气息。有一回，叔叔喝了些酒，就有些多话，他对在座的我们说过这样的话，他说：他对女人有爱和喜欢两种，对爱的女人是不会有性的要求的；但对喜欢的女人，则有此要求。而后，他又补充一句道：女人是不配爱的。我想，大姐是世上极少数的他爱的女人。叔叔喜欢的女人则非常多，其中与叔叔保持了不寻常的亲密关系的是那个叫作小米的姑娘。她是作协机关的打字员，当作协开会的时候，就做些会务方面的工作。她仅十九岁，是那种活泼可爱、甜蜜娇憨型的女孩。她使叔叔想起了多年前诞生于他的想象且又夭折的女儿，就好像在向叔叔还愿似的，出现在叔叔的生活里。只要叔叔给她办公室打个电话，当天晚上她便来到叔叔的小屋里。这样的时候或是叔叔情绪好，或是情绪不好，或是东西写得不顺利，或是写得顺利却又写累了。叔叔要她来，往往是为了做那样的事。做过之后，叔叔却心疼得唏嘘不已，将她抱在怀里，哄她，唱歌给她听，讲故事给她听，唱着说着，思绪就飞远了，好像是在唱给说给很远处的另一个人听。在另一种时候，叔叔就会赶小米走路，无论小米是多么兴致勃勃。这或也是叔叔情绪好，或情绪不好，或东西写得不顺利，或写顺利却又写累了。但无论叔叔是怎样无情无义，当下一次叔叔要小米再来的时候，小米还会再来，并不摆一点架子。大姐从不向叔叔问及小米，虽然她无法不知道小米，叔叔和小米的事搞得很是沸沸扬扬。而小米时常问叔叔，为什么定期要到那个城市去，是不是那里有一个女人，小米发誓她绝不吃醋，要叔叔把这个女人说出来。叔叔微笑不语，然后就像狼一样将小米抓进怀里，不让她再多话。叔叔从来不给大姐买什么，却时常给小米买。小米常常在街上看见一件衣服或者一双鞋，是她喜欢的，就跑到叔叔这里来，说那里有一件衣服怎么怎么，有一双鞋又怎么怎么。叔叔问了价钱，把钱给了她，她便立即转身去买。买来后穿给叔叔看，叔叔有时说好，有时说不好。下次小米来报告衣服和鞋的情况，他依然给钱。大姐在叔叔心目中是很圣洁的，他对她摆脱不了一种仰视的心情，大姐对他的情感被他视作珍宝一般，使他的人格增添了价值。见不到大姐时他非常想她，一旦在她跟前，他却又十分紧张，有一种自惭形秽的感觉。他一举一动就都小心翼翼的，唯恐有哪一点闪失而让大姐失望，他不舍得使大姐对他的情感遭到损失。离开大姐时，他忍不住会松一口气。假如这一回同大姐的相处比较圆满，他表现得也比较出色，那么他就会心情愉快地度过这一段和大姐分离的日子；否则，他便垂头丧气，好像打输了仗的败兵一般。他在小米面前，则能够尽情地享受他的成就感。小米对他的依赖，无论是肉体上还是物质上，都令他心醉。小米对他招之即来、挥之即去的服从，使他认识到自己一个男人的价值。在小米身上，集中地体现了他的能力、魅力以及生命力；而在大姐身上体现的则是他的思想和智慧的力量。这也是使叔叔与她们保持了亲密关系的根本原因。如没有她们两个人的存在，叔叔的价值就没有了载体似的，无法实现了。从这个意义上说，"文革"以后的叔叔是大姐和小米共同创造的。大姐和小米共同创造的这一个叔叔要比小镇上那个叔叔成功多了。叔叔的离婚事件，就是发生在这个时候的。

叔叔的离婚事件，在当时几乎成为一件桃色新闻。原先人们私底下议论着的叔叔和大姐、小米的关系，忽然之间暴露在光天化日之下，所有的人都在街头巷尾讨论这事，并且猜测叔叔离了婚后是和大姐结婚，还是和小米结婚。叔叔原以为他和她们，尤其是和大姐的关系保护得很好，没料想原来人人皆知。当他辗转听见人们对他和大姐的议论时，几乎心痛如绞。他觉得他和她苦心保护的一件珍品，被粗暴地打碎了。他好像看见黑暗里大姐的一双幽怨的眼睛，注视着他，然后泯灭了。小米则抱有和叔叔结婚的期望，她问叔叔：你离婚是为了我吗？叔叔想说什么，却又觉得对她说什么她也未必懂，就苦笑着说：这不是一回事，小米；这是两回事，小米。他把小米搂在怀里，轻轻摇着，像摇一个心爱的婴儿。这时候，叔叔感到了孤独，他想：有谁能说清呢？他为了什么离婚？为了想通他为什么离婚这个问题，他不得不将他过去四十年的生活重又拾起想了一遍。这一个夜晚，他久久不能入眠，往事如同隔世。一幕一幕在他眼前演出的，好像是别人的故事。那个人是我吗？叔叔不断地问自己。其中有一些令人心悸的篇章，叔叔想回过头去不看，可是不成。这种回顾往事的活动，一夜间就耗尽了叔叔的心血，平添了白发。从此他再不做这样的回想，他要把往事全部埋葬，妻子便做了陪葬品。所以，他更加只有离婚这条路可走了。而他苦就苦在，他不能将这些对人说，即使是大姐，也不行。这不是他对大姐的理解力有所怀疑，而是因为他不能让大姐和过去四十年里的那个叔叔认识，他不能让任何人和那个叔叔认识，和那个叔叔认识的任何人他都要消灭，杀人灭口似的，连他自己也要消灭。消灭自己是多么困难。在他一个人的深夜里，吞噬着四十来年的自己，一点一点的，这是一个秘密的工作，谁也帮不了他。

妻子说，其实她早想到有这一天的，因她早看出他是虎落平川。可她就是要降伏他这头虎呢，要是只猫又有什么意思？说到这里，她骄傲地笑了一下。这一笑不由得使叔叔对妻子刮目相看，觉得十多年的相处都不如这一瞬间了解这个女人。妻子继续说：所以，我不拦他。然后她就说了叔叔后来告诉我们的那句话：人落难时，当拉人一把；人往好处走时，则当松开手。但是，她有个条件——叔叔便抢在前边说，他早准备给她和大宝一笔钱，虽然，这话听起来他有些卑鄙了，但这也是事到如今他为她们母子唯一可做的事了。妻子听了一笑，说她要提的倒恰恰不是钱的事情，钱的事情可以放在以后再说，但她要提的也是他可以做到的事，只要他愿意。叔叔问，那是什么事呢？妻子说，当年因为他的事，可以说是天翻地覆，说到这里，她停了一下，才又接着说：可不是天翻地覆？这些年总算安静下来，却再要离婚。人家早就等着看热闹，看不着急得眼红呢！这一下可不又要天翻地覆了？所以他要把她们母子调到省上去，离开这个是非之地，到那时，她立即和他离，如他不相信，现在就可以立下字据，签字画押。这样做也是为了大宝的前程，从此可做省城的居民，不必窝在这龟孙地方了。叔叔听了这话不由怔住了，妻子说得有理有节，不容他反驳，可这正是触及到了叔叔的难言之隐。他调到省城已有三年，其间调动家属的机会虽说不多，却也并非绝无仅有，他总是一拖再拖。这三年内，他甚至没让妻子儿子上过省城一次。这时候，他慢慢地镇定下来，想象着和旧日妻子生活在同一个城市里的情景，发现这要求是万万不可答应的，宁可不离婚。他态度很坚决地说：这怕是难了，因为离婚的事现已众所周知，上级自然不会再给家属户口，这样的户口每年是有一定的名额，只会少不会多。妻子轻轻一笑，说：就说现在不离了呢？你那支笔，能把死的写成活的，活的又写成死的，改一改口，谁能不信？叔叔不说话了。临走的时候，妻子又说道：这是为你儿子，离婚离得了女人，离得了儿子吗？这句话在当时，叔叔气愤填膺的时候，并没有完全听懂，只当是一句要挟的话。几年以后，他才又重新想起了女人的这句话，感慨万千。这时，叔叔拿了自己的东西，气恨恨地走了。这一次关于离婚的谈判没有成功。之后有三个月的僵持时间。在这三个月的僵持时间里，叔叔想过起诉的方法，可他一想到出庭的场面，就立即放弃了这个念头。他只有耐心地等待。可他没有心思写作，整天和小米在一起，事到如今，他也不顾及外界的舆论了。到了往年应去看望大姐的日子，他却犹豫了许久，决定不去，可临了还是买了张退票登上了火车。随了火车逐渐接近大姐的城市，他的决心逐渐动摇。下了车后，他又在大姐家附近他常住的那家招待所门前徘徊了许久。最后他没有定房间，决定当晚就回去，借了服务台的电话把大姐约在了一家个体户餐馆里。他们吃了一顿晚饭，然后就分了手。两人都没提及叔叔正在进行的离婚，只说了些无聊的闲话。当她对他说"保重"这两个字的时候，叔叔明白这是最后的晚餐了。他们之间的纯洁关系被舆论扼杀了。这些舆论使得他们神圣的情感变得无聊而低级，抹杀了其特殊的性质，如同这时文坛上愈演愈烈的所有男欢女爱的奇闻轶事一样。大姐是最容不得庸俗的，他和大姐的关系也是最最容不得庸俗的。僵持了三个月后，他又回家一次。这一回，妻子退了一步，说她的户口可以留在镇上，反正她这一辈子早被人说够了，再说也没什么可说了，可是他必须得将孩子的户口办到省上去，儿子可以只在名义上算成跟他生活，实际上一分生活费也不要他出，但是，他必须带儿子上省城。最后，她又说：你撇得掉女人，撇得掉儿子吗？这句话也是在后来使叔叔感慨万千的。

　　在叔叔的离婚事件僵持的时间里，叔叔几乎没有写什么文字。由于这段时间持续得较长，所以人们注意到了叔叔这段沉寂的时期。人们怀了兴奋的心情，等待着叔叔新的作品，心想这大约是一篇和婚姻有关的东西。但在停笔一年半之后，叔叔写的第一部作品是出访西欧某国的游记。游记写得有些乏味，其间没有奇遇，也没有新鲜的发现，只是泛泛地描写了一些旅游和参观项目，以及一些欢迎或欢送的仪式，还有一些当地的人物。叔叔向来深刻的思想在这里一无用武之地，文字也显得贫乏无力。其实游记这一类东西，就是将平日的所思所想，装进所见所闻，再以其时其地的心情打一个包装。而这与叔叔整个生涯毫不相关的景物，只在匆匆一瞥之间，能激发起叔叔多少心情呢？离婚这一桩事，耗去了叔叔的时间和情感，而出国访问，除了刺激一下叔叔的好奇心和虚荣心外，并没有向他提供多少经验，甚至还抵不上一次国内的深入的旅行。从叔叔的游记里，我感觉到这次远行并没有构成叔叔的人生经历，叔叔的所见所闻，都有些像拉洋片似的，在眼前历历走过，并没有激荡起叔叔多少感情。我想，这是因为：第一，叔叔不懂外语，无法和人直接交谈，通过翻译只能得到些外交辞令和导游手册语言；第二，叔叔长期生活在一个封闭的国家里的一个封闭的小镇，对西欧某国在思想和情感上都一无准备，产生不了共鸣；第三，叔叔是作为一个代表团的成员出访，行动无法根据自己的选择。这样，叔叔写这游记似乎仅仅是为了告诉人们，他最近去了一趟西欧某国，还有就是告诉人们，他写了这些游记。然而，这时期叔叔的重要经历——离婚，却没有留下记载。我的这些关于离婚的叙述，是根据事情的结局反推而至的。

　　叔叔在这段时间里，除了和他的代表团团员在一起，就只和小米在一起。小米劝他：让儿子来省城就来省城吧！叔叔就说：你不懂，小米；怎么和你说呢？小米。后来，叔叔和妻子达成的协议是：将儿子户口调到省城，但他仍然在原地读完最后一年高中，然后高考。有本事，他考进省城大学，如考不上大学，在找到工作之前，依然留在家里跟母亲生活。叔叔说，他无法照顾孩子。就这样，叔叔终于离婚了。叔叔离婚后没有和小米结婚，也没有和任何别人结婚，这才使得叔叔的离婚事件带有了心理学的神秘色彩。

　　叔叔最后一次从那个小镇回来，期待了长久的事情一旦解决了，他反而有些怅然。一件负了很久的重荷突然卸了下来，难免有一种丢失了什么的错觉。但叔叔总的心情是轻松的。他花了时间，将新分给他的三室一厅的房子装修了，在书房的墙上挂了他从各地带来的纪念品，比如甘南的牛角、内蒙的马刀、陕北的布老虎、贵州的蜡染壁毯，看起来就好像是一个民俗博物馆。这时节，比叔叔年轻的一代作家正兴起寻根的热潮，试图从民间的艺术里找到中国文学的表现形式，这大约是拉丁美洲文学大爆炸以及美国的南方文学带给我们的影响和启发。我们步行或者骑车来到最偏僻的农村，收集农民的谚语、民歌、传说，听年逾古稀的老人讲村庄的历史。我们追寻中国文化最原初的面貌；追寻几千年来为中国士大夫排斥了的文化自然状态；追寻几千年来为政治和权力使用而狭隘萎缩的中国文化的原始生命力。这追寻是出于新文学运动迅疾发展所带来的能源危机：思想、故事和语言在很短的时期内全被用尽了，于是我们不得不进行新的开发。这种严肃的文学运动很快被世俗化，使得民俗成为一种时尚。叔叔在这方面往往能做到先发制人。由于他的社会经验永远比我们丰富，有时候他参加我们的讨论，往往能占据中心的地位。他善听又善辩，总是使人折服，可是结束后，我们却发现，这讨论已被叔叔引导到另一个方向，距离初衷很远。因为本质上，叔叔与这场运动是隔膜的。中国几十年的政治生活充满在他个人的遭际和命运里，使叔叔对世界的看法总是持一种现实的政治态度。国家与政权概括了整个世界，是人类活动的大背景，人们的行为模式是社会生活的代表。文化的意识总使他感到抽象，艺术在他看来，也具有实际的政治的功用。寻根运动只在某一点上与他合拍，那就是他可为政治在文化中找到更深一层的解释。任何事情，叔叔都要求得到解释，解释不清的事情叔叔绝不承认，他认为世界是可知的，不可知的观点总被他排斥。叔叔把寻根作为对世界的一种新的解释方法，而我们则以寻根来追索世界的原来面目。这就是叔叔这代人，这就是叔叔。在我们成熟起来的日子里，叔叔与我们拉开了距离，产生了差异，叔叔的危机感就是从这时候开始的。

产生这危机感的背景基本由三件事情组成：一是叔叔作为中国作家代表团团员，出访西欧某国，这使叔叔的社会地位和荣誉感上升一级；二是叔叔终于完成离婚这件大事，与过去的生活一刀两断，从而可以一无羁绊地开始新生活；三是文坛上兴起寻根运动，这运动发端于比叔叔年轻一辈的人们。俗话说月满则亏，叔叔觉得自己如今就是在这个当口了。叔叔的危机感表现在当讨论寻根这个问题时，叔叔太过急于掌握主动，太急于发言，参与意识过强。在这段时期里，叔叔的写作又搁浅了，他在他极似民俗博物馆的书房里坐着，每天早起都想：我要写东西了，却始终写不出什么东西。他对世界的看法使他有些惭愧，好像落伍了似的。可是要改变这看法，却是一个巨大的工程。因为叔叔不是一个轻易改变自己的人，何况，于任何人，树立对世界的看法都是一项基本建设，有些人一生都没有进行建设。比如我们，或者说世界是世界存在的样子，或者说，世界是我们看见的样子，我们在这两面幌子下逃避劳动，狡猾地不肯说出一句具体的判断，为日后的撤退和转移留下了退路。叔叔却没有退路。除此以外，还有一个迹象表明了叔叔的危机感，那就是，叔叔来抢我们的女孩了！

这时候叙述叔叔的故事，有过去所没有的方便之处。因为叔叔已成为了众人瞩目的明星，他的生活一半趋于公开化，几乎难以保存隐私，几乎一举一动都可在日报或晚报上找到踪迹。材料不再像前阶段那样匮乏，需借助不负责任的流言。但困难则在于这个众目睽睽之下的叔叔是不是真实，真实的程度如何。所以我们必须分析那些现成的材料，作各种推测与猜度。

现在，叔叔来抢我们的女孩了。我们这些人中的相当一部分，在婚姻以外，还有着关系亲密的女孩。我们和这些女孩保持着情歌里所唱的哥哥和妹妹的关系，亲热的行为也是不可少的。但我们绝不使这种关系危及到我们的婚姻家庭。这种没有受到琐碎生活侵蚀的纯洁的关系可以激发我们的想象力，安慰我们因为社会职责而疲劳不堪的身心。在性的问题上，我们绝对强调自觉自愿，在彼此都有热切渴望的前提下才可进行，如有一方抱了吃亏思想，就难以达到这种快乐销魂的境界。我们总是好离好散，尽可能不弄得凄凄婉婉，黯然神伤。我们认识到一切过程都不可能成为永恒，就像生命那样。但是，在此过程中，我们却也注入了真情，绝不允许卑鄙的玩弄的倾向。这样的关系往往发生和建立在出版社组织的笔会上，因此这些关系往往跨越省市和地区。笔会是人生中难得一度的偷闲机会，在这样的时候，我们把所有的事情都搁置脑后，并从各人所处的社会关系中解脱出来，暂时地成立了一个小社会，重新组合人际关系。笔会的生活是一种戏剧化文学化的生活，它有模糊人虚实感觉的作用。它使虚拟的世界现实化，又使现实的世界虚拟化，它是我们在那些年里生活的象征。那些年里，笔会是特别地频繁。由于小说事业和出版事业的蓬勃发展，出版社们就频频举办笔会，以报偿小说家们的劳动。我们一旦写累了，便从信兜里翻出一张请柬，同家人说：我去开笔会了。笔会使我们的生活丰富多彩，歌舞升平。在那么一段时间里，我们竟完全忘了，这个世界上还有饥饿和霸权。而我想，叔叔应当是没有忘记的，他应当有提醒我们的责任。可是在这段日子里，人们实在高兴得太过，人们的欲望太多地得到了满足，被刺激了生长，于是就有些欲望无边。叔叔非但没有尽到兄长的提醒的职责，还来抢我们的女孩。

在我们中间有一个青年，他很爱一个女孩。这女孩长得不怎么样，但是气质迷人。这个青年爱她已爱入骨髓，却迟迟不敢举步，这非常违背他平时的穷追猛打的龙虎精神，对这女孩的爱情将他变成了另一个人。当他渐渐接近目标，胜利在望的时候，那女孩却投入了叔叔的怀抱。人们都知道叔叔还有小米，两人一个不娶一个不嫁地过了若干年，小米和叔叔的关系已经刻骨铭心。叔叔对这女孩采用了快速战的打法。有一次，身边没有人的时候，叔叔忽然从后面紧紧抱住了女孩的肩膀，将下巴抵在女孩的发上。后来，女孩回到青年身边时，说：叔叔突如其来的行为，使她以为叔叔爱她爱得很深，很强烈，不可遏制，这使她感动，并使她的虚荣心得到极大满足。要知道，女孩要别人爱她是要个没够的。青年说：我是多么爱你啊！女孩很伤感地看了他一眼，说：她以为被一个成年男人所爱，是一种独特的经历，她被独特性所吸引。有一次，叔叔家电梯停电，胆小如鼠的她竟走上十二层黑暗的楼梯去看叔叔，可是叔叔没在家。后来，女孩知道了叔叔有许多女孩，进攻的方式几乎如出一辙，总是乘其不备，从后面紧紧抱住女孩的肩膀，这女孩的经验就变得一般化了。她夸大了这从背后猝然拥抱的动作的含义，叔叔是没有责任的。这期间，叔叔已成为征服女孩的能手。他在女孩方面的故事越传越盛，战绩辉煌。在他面前，我们不禁充满了失败感。他以一个成年男人的经验和魅力击败了我们。他好像是一个现代的普罗米修斯，他崇高的苦难是他的宝贵的财富，供他作出不同凡响的小说，还供他俘虏女孩。个个女孩都爱慕受过苦难的男人，就像喜欢在传奇中扮演女主角。但时间渐进，这种掠夺的故事演出多了，却使我们感觉到，叔叔这样做的兴趣似乎并不在女孩们身上，倒是在我们这些青年身上，他似乎是在同我们作一种较量，这较量是什么呢？

有一天，我发现了这较量是什么了。这是一个偶然的发现。那是在一个夏季，我们应邀去一个靠海的城市开笔会，我们每天下海游泳。我不知道为什么在笔会开头的游泳的日子里我没有发现，却发现于笔会最后的一个下海的黄昏里。大约是黄昏的光线的作用，或是黄昏的气氛的影响，在我们下海的那时刻里，叔叔走在我的前边。在大海面前，我们变成了孩子，一齐向海水的深处走去。沙滩温柔地摩擦我们的脚心，海水一层一层覆盖了我们的脚背，有人忽然唱起了弄潮的歌，一呼百应。这一刻确有些激动人心，我们不由整齐了脚步，奋力跋涉在涌动的海水里，朝深处走去。就在这时候，我发现叔叔老了。我看见叔叔手臂上松弛的肌肉，看见叔叔臃肿的腹部，看见叔叔颈后开始堆叠起一些肥肉，叔叔的皮肤渐渐失去了光泽。在这一刻里，我为叔叔感到悲哀了。我忽然之间想通了一个问题，那就是叔叔在同我们较量什么。

叔叔终于获得了新生，可是他却发现时间不多了，他心里起了恐慌，觉得时间已不足以使他从头开始他的人生，时间已不足以容他再塑造一个自己，他只得加快步伐，一日等于二十年！我不知道他有没有被我们中的青年击败的经验，如有一次，就将激起他一百次的反攻。我还想，叔叔在性上有没有失败的经历。我回忆着所有的关于叔叔的传说，我猜想叔叔一定有过至少是一次失败的经验。因为有了这一次失败，他必须用一百次胜利去挽回，他必须加倍表现他攻无不克的旺盛战斗力。我还从概率的概念推测出叔叔至少有过一次失败的经验，因为百战百胜的情形是非常难得的。我想象这次失败的经验是发生在他和大姐或者小米之间，因为只有在与他有亲密关系的女人间发生这种事，才有可能为他严守秘密。

我想，叔叔最后一次去看大姐，并不是像我们原先以为的那样，当天晚上就走上了归途。其实叔叔是在大姐那里度过了一夜，这是他在大姐那里度过的第一夜和最后一夜。后来，叔叔回想这一夜，才明白，其实那是他生命的十字路口，几乎是决定命运的前夜。假如事情不是这样发生，而是那样发生的话，叔叔的生活也许就是另一番情景了。那天，他们在街口个体户小饭馆吃晚饭。开始，他们只是说一些平常的话。叔叔本来确实想好不对大姐提一个字关于离婚的事情，大姐也是这么准备的。可是，事情却不像他们想的那样简单，他们之间的关系也不像他们所设计的那样宁静致远。叔叔和大姐面对面坐着，围着一个火锅，火光映着大姐苍白的脸庞。小馆里没有别人，因为那是一个下雪的夜晚，人们都在自己家吃火锅，只有他们来到这小馆里吃火锅。叔叔忽然感到一阵揪心的疼痛，这种揪心的疼痛发源于"文革"中的日子。他觉得他有些不行了，那些日子里他的烦恼和委屈一下子涌上了心头，他想他那么压抑地孤独地过了这么些日子，现在还不能说吗？他如不说出来他就过不去这个夜晚了。可是要说却又不知从何说起，事情是那么复杂，那么混乱，那么琐碎又卑微，他忽然鼻子一酸，落下泪来。只这一落泪，大姐便什么都明白了似的。她一言不发，只见眼泪一颗一颗落在了面前的葡萄酒杯里。这样，他的眼泪就更汹涌了。叔叔知道，大姐是最能理解自己的人，因此，大姐便也成了他最看重的人。正因为大姐是他最看重的，他便也最不能在大姐面前和盘托出，他必得在他看重的大姐面前伪装。他晓得大姐是最纯洁的，他就不能将自己肮脏的那部分显露出来；他晓得大姐是最高尚的，他就不能将自己卑微的那部分显露出来；他晓得大姐是最骄傲的，他就不能将自己屈辱的那部分显露出来。他不得不在大姐面前左藏右躲，努力使自己美好一些，可以接近大姐，爱大姐，并被大姐爱。这样，他本想和大姐近的，结果反倒远了，结果，最能理解他的大姐反成了与他最最陌生的人。他心里其实苦得要命，却又说不出来。大姐心里想的是：叔叔把她当作了女神，岂不知她是活生生一个女人，她的一个又一个苦苦思念的长夜，叔叔是否知道呢？叔叔在她这里享受精神的亲爱，又在小米那里——大姐经常想小米这个人——在小米那里享受肌肤之亲，却不知对于女人，尤其是对于大姐那样的女人，这两者必须是一体的。而由于叔叔对她情感的圣洁，竟使叔叔这个最爱她的人，成了最不能爱她的人了。他们的这一个晚上，就好像都知道彼此心里在想什么似的，等火锅里的水干了，嗞嗞响着的时候，两人一同站起。大姐在前面走，叔叔跟在后面，两人一径来到了大姐的家里。大姐家的墙是洁白的，大姐家的床单是洁白的，大姐家里瓶中插的花是洁白的；叔叔觉得自己很龌龊，他站在洁白如雪洞的屋中，不知做什么好。后来，他们经过洗澡更衣等等手续，终于躺在了床上。叔叔的心像擂鼓似的，浑身颤抖。他变得非常笨拙和鲁莽，撕破了大姐洁白的内衣。他激动得厉害，并且充满了犯罪般的不安。可是，到了那关键的一刻，他却忽然心静如水。他徒然地做出冲动的样子，却一事无成。他听见大姐在他身底嘤嘤的哭泣声，简直无地自容。他一身冷汗接着一身热汗，很快就虚脱了。可是心里却还无比歉疚地想到：我把大姐的床单弄脏了。黎明前最黑暗的时候，叔叔走出了大姐的家，蹑着手脚走下伸手不见五指的楼梯，叔叔的骄傲和自尊荡然无存。他自卑得痛心，他想他连个男人都做不成啦！假如这天晚上，叔叔获得成功，他也许会娶大姐做妻子的。大姐是唯一能做叔叔妻子的人。可是这是个失败的夜晚，决定了叔叔和大姐各奔东西的命运。

　　从此，叔叔便到处尝试他做男人的功能，他获得了一次证明不够，获得了十次证明不够，一百次证明还不够，要多少次证明才可推翻和大姐的那一夜晚的经验呢？他一定要克服他这可怕的自卑，这自卑是他历史的遗迹，他负了这沉重的遗迹，如何走向新生呢？从这一点上，他妒忌相对来说历史遗迹要少一些的我们。而我们中间有些人又轻佻又狂妄，这无疑更加刺激了叔叔，他就来抢夺我们的女孩了。

　　然而，也许和大姐的最后的会面并没有发生这样不同凡响的事情，仅仅是如我们原先所叙述的那样，各自分手。事情是发生在叔叔和小米之间。在叔叔漫长的离婚过程中，小米是他唯一的寄托和安慰，他们几乎夜夜一起，通宵达旦。小米在和叔叔的接触中，从女孩成长为女人，她身体结实，精力旺盛，反应灵敏，魅力无穷，令叔叔神魂颠倒，不能自已。有时候，叔叔看着小米，会叹一口气，忧愁地说：小米，你越来越年轻，我却越来越老，怎么办呢？话是这般说，叔叔心里是不认为自己老的。叔叔力大无穷，敏捷过人，和小米旗鼓相当，不相上下。但终于有一夜，叔叔败下阵来了。小米说：没什么，那是因为次数太多的缘故。可是，这并不能安慰叔叔。小米说：没什么，这是经常会发生的事情，这也不能安慰叔叔。叔叔从此再不说自己越来越老这样的话了。有一段时间，他还出现了虐待小米的倾向。他恨小米，觉得是小米造成了他的失败。他想：他们以后不再是平手了，而是有了胜负的记录。他好像是有意要小米受伤似的，去和别的女孩要好，并且专找那些十分年轻的。叔叔很少有碰壁的时候，年轻的女孩都富有历险精神，并且以活得洒脱为理想。她们充分认识到生命很短促，青春更短促，应当过得轻松自由。和叔叔来上那么一段，可以增添青春的色彩。这是一个推翻一切准则的短暂的自由时代，我们没有法度，没有宗教，只有前辈们痛苦的经验警戒着我们，使我们格外地向往快乐。就这样，我们的女孩就和叔叔做成了快乐的伙伴。叔叔和我们的女孩在一起，有时候会有幻觉，他想：他其实是和她们一样的男孩，有着同样的快乐的理由。他们到舞厅去跳舞，到卡拉 OK 去唱歌，他们做着青春的游戏。逐渐地，叔叔离不开我们的女孩了，他需要这些年轻快活的灵魂的陪伴，就像禾苗需要雨露。其中不乏一些快活的技巧还不到家的女孩，她们渐渐地就动了真情。她们不明智地要从叔叔这里得到允诺，要做她们的前辈——叔叔的贤良的妻子。这给叔叔出了难题。他见不得她们伤心难过，心疼得厉害。因她们统统使他想起他那夭折在想象中的女儿，世上没有一个父亲忍心伤害自己的女儿。可她们的要求实在是他力所难及，婚姻这桩事太过庄严神圣，是一道人生的难题，和他们玩耍的快乐气氛很不相符。其中有一个女孩，亲家不成便成仇家，她眼里流泪心里流血地书写了几十份控诉信，寄往叔叔的单位以及他经常发表作品的杂志社出版社，信中说：叔叔把她快乐的机会全部毁灭了。和叔叔好过的女孩都有曾经沧海难为水的心情，将来很难再有幸福的婚姻。和叔叔短促的接触，使叔叔的魅力得以集中表现而光辉灿烂，如同月亮将星光遮暗。叔叔又魁伟又细腻，又粗犷又温柔，又深沉又幽默。于是叔叔便造就了许多独身的女人，怀了一个梦想的男人度着寂寞的时光。

经历了一个低潮，叔叔的创作再一次进入活跃时期，我们从一些过早撰写的名人年表和作家辞典中可以看到这个记载。叔叔写作的手法有了很大的变化，反映了我们这个时代多姿多彩的文化背景。几乎一百年的西方文化在十年内涌进我们的中国，通过饥不择食的选择和粗通文理的翻译。那些新型的名词和概念折磨着我们的翻译家们，他们绞尽脑汁，挖空心思造出新的汉语词汇。翻译这个行当成了英语盛行的当今世界一个普及性的事业。初通外语的人们捧着一大堆字典，做着打通两种文化的工程，结果谬误重重。批判现实主义还未成为人人面对的现实就已被冲击到历史的角落，被各种各样新型的主义替代。在这样的历史条件之下，叔叔的小说出现了崭新的面貌。叔叔的小说不再是过去的故事，而是现在的故事。他以黑色幽默的态度及时空交错的手法描写一个纷繁的大千世界，人人在渺小的舞台上演出各自的悲喜剧，人人都非常地严肃和认真，总起来看却可笑无比。叔叔对世界有了一种新的宏观看法，他似乎不再被他个人的遭际所缠绕，而是脱出身来，如一名国际人或宇宙人那样审视世界，一切都是那么无谓和无聊，有一种世纪末的绝望情绪。读者们拍手欢迎叔叔的重新出场，他的沉寂太长久，已使人们等得不耐烦。而叔叔的再次来到已成了一个新人，使人们无比惊喜。这时候，叔叔充分显示出他作为一个作家的才华，他挥洒自如，如天马行空。众生百态，全由他描写得淋漓尽致且游刃有余。他随心所欲，却点石成金。一旦开了头，叔叔便一发不可收拾，作品源源而出，涉及各种领域。叔叔好像一个世界霸主，将未开发的地区全抢先占为他的领上。

叔叔的世界观经历了一次转变和完成。这一次的转变和完成和以往有些两样，似乎是受命于叔叔的小说。当叔叔在他的书桌前坐下的时候，他的思想还没形成，随了他小说的逐步推进，他对世界的看法才逐步明晰和完整。在最后的时刻，叔叔非常欣喜地发现，他对世界的看法原来是这样崭新而高超。他想：这便是一个真正的作家的思想历程；世界观的形成不仅来自于个人生活的经验，还来自审美的进步和选择。艺术的审美活动已成为生活的方式啦！叔叔欣喜万分地想道。他不仅仅是一个由生活经验塑造的艺术家，而是由艺术创造构成生活经验的人。叔叔觉得他终于做成了一个新人，一个艺术家。过去的苦难全是为了这个艺术的目的在做准备，犹如一种素养的训练。从此，现实的生活不再是真实的，而是在为小说创造素材，艺术才是全部的真实的生活。叔叔沉浸在他的小说世界里，观望着现实世界，好像上帝俯视苍生。

这样，叔叔就非常成功地完成了两个世界的转换。就是说：原先小说是一个想象的世界，叔叔可以在小说的世界里满足他心情上的某种需要；如今现实则变成虚拟的世界，为小说的现实提供依据和准备。从此后，叔叔庇身于小说中的生活就变得非常安全，他不会再遇到什么实际的侵害，所有实际的侵害会被他当作养料一般，丰富他的小说世界。由于这安全的地位，他便对现实的世界生出超然物外的心情。什么样不合理的事情，都被他窥察到了合理的因素；什么样痛苦的事情都被他觑破了没有价值之处；残酷的事情被他视作历史前进的动力；美丽的事物则被他预言了凋零的命运以推断其腐朽的本质。样样事物都被他看到了反面，再由此推出发展的逻辑。叔叔变得越来越冷峻，不动声色，任何事物都被他看得很彻底，已经到了大彻大悟的境界。叔叔在精神上终于脱俗，他不再担心平凡的生活对他会有所侵害，所以他在行为上反比往常更具世俗化的倾向，也不再讳言他身上所隐藏的平常人的素质。他有时候会和我们一起谈女人的事情，口气中不无猥亵。他还相当露骨地表示他对金钱的兴趣，告诉我们他心底里的一些卑鄙的念头。有人说叔叔又坦诚又勇敢，有人则说叔叔是地地道道的无耻。无论是坦诚还是无耻，都是需要本钱的，叔叔已有足够的脱俗的本钱而去做一些俗事了。

大姐已成为叔叔的过去。大姐去美国了。她初恋的情人已是一个发迹的商人，几经坎坷后，又与她重叙旧情。人们说大姐是为了女儿的前途而出国的。大姐出国的消息传来的那一天，叔叔黯然神伤了一个晚上。我猜想，这是叔叔与大姐分手后传来的关于大姐的第一个消息，也是最后一个消息了。从此，大姐就将在叔叔生活中销声匿迹，叔叔难免会有些感慨。这时候，唯一可能理解叔叔的人也走了，人们理解叔叔的可能几乎没有了，理解叔叔从此后只可能等待一个契机，这个契机什么时候才能来临呢？就这样，叔叔生命中刻骨铭心的事物全部埋葬了，所有的知情者都退场了。小米也成为叔叔的过去，小米结婚了，在她结婚前，已有一段和叔叔疏离的时期。她不能忍受叔叔和那么多女孩有那样的关系。虽然她也知道大姐，可是她觉得她和大姐是可以共存的。大姐占有叔叔的那部分恰是她小米无法占有也自知无能力占有的，而她占有的那部分则是大姐无法占有或者不屑占有的。大姐不会侵略她，她也不会侵略大姐。小米心里暗暗对大姐怀了尊敬。可是其他那些女孩就与大姐不同了。当小米斥责叔叔的时候，叔叔说：那是不同的，小米；那是两样的，小米。他不怕小米听不懂，很深刻地说：他和小米相处的是他最独特最个人的部分，是一个谁也进入不了的部分，而与其他人，则是使用他最一般化、最社会化、最普遍化的部分。他的话，小米不能说完全不懂或不相信，可是她受不了叔叔和别的女孩做爱情景的想象，这种想象折磨着她。当小米终于一去不回的时候，叔叔感到了孤独。有一天，他被人发现在一个小馆里喝酒。那是个陌生的小馆，不是叔叔时常光顾的那些，又离叔叔的住处很远。叔叔为什么一个人到这里来？唯一的解释就是叔叔不愿意被人发现。人们还注意到，在这次独斟独饮之后，叔叔又有较长一个时期没有和女孩们往来。他过着清心寡欲的生活，有时和我们，有时是他自己，度过夜晚的时光。我们猜想所有的女孩全像是小米的附丽一样，一旦没了小米，她们便也无所依存了。小米对于叔叔已是唯一一桩习惯的事情。人总是需要和一些习惯的事情在一起，这可使人有安全和稳定的心情。现在，小米这一桩最后的习惯退出了叔叔的生活，叔叔的生活里再没有一桩习惯的东西了。叔叔有时候早上睁开眼睛，他需要想一想才明白，自己是睡在自己的家里。

　　小米离开之后的消沉的时期，很快就过去了。叔叔有意寻找一个能够替代小米的女孩。可是叔叔很快发现，寻找小米那样女孩的时期已经不复存在。他总是非常容易对一个女孩熟悉，继而厌倦，然后就去找下一个，再重复一次从熟悉到厌倦的过程。这种周期眼见得越来越短，于是，寻找小米那样的女孩便也越来越不可能了。叔叔回想当初与小米要好时的情景：那时候，自己尚有婚姻在身；名声也远不如现在，同小米的一切都须掩掩藏藏，心理的压力颇大。此外，自己一个乡巴佬，刚进省城，周游的范围较现在狭隘得多，选择的机会很少，倒反碰上了小米，两人立即如火如荼，并维持了这样长久。叔叔现在是一个自由身，选择的范围开拓得极大，与人交往便有些蜻蜓点水似的，难以深入，深入了会浪费时间，耽误了选择似的。叔叔有意纠正自己这种心态，回到与小米要好时的情景，可惜时光不能倒流。

大姐和小米的回忆是叔叔历史中那个古典浪漫主义时代的遗迹。与她们在一起的快乐时光，有时在回想中温暖与激动着叔叔的心。而她们各自的离去，以及离去前后的情景，使叔叔还保留有心痛的感觉。如今的叔叔已不再会激动与痛苦，悲恸只是一个文学的概念。这是叔叔成为一个彻底的纯粹的作家的标志。他在小说中体验和创造人生，他现实的人生舞台已不再上演悲喜剧了。这是一个短暂的自由的日子，给予人们许多随心所欲的妄想。待这日子过去，叔叔才可能明白，他做一名彻底的纯粹的作家原来是一个妄想，是一场漫长的白日梦。到了那时，他会想：我原来是想从现实中逃跑啊！这段日子里，企图从现实中逃跑的人其实很多，很多人不以为这是逃跑，而以为这是进攻。这一场胜利大逃亡确实有一种进攻的假象，迷惑了许多像我这样的人。摆弄文字的成功感使我们以为，做什么都可能成功，小说中的自由被我们扩张到整个人生。我们将这世界看成了由文字摆成的一盘棋，可由我们愉快地游戏。我们甚至将爱情和政治这两件严肃的人命攸关的大事来做游戏。由于人生成了一场游戏，我们便又感到虚空，不明白为什么而人生。但不明白只是有时候倏忽而过的思想。由于我们正当年轻，很有希望，生活中还有许多有待争取的具体目标，比如房子，比如职业的调整，比如经济方面的困难，比如和父母的代沟问题，非要争个谁是谁非，比如某一个女孩终于打入了我们修炼不深的情感。所以我们只是在虚无主义的深渊的边缘危险地行走，虚无主义以它的神秘莫测吸引着我们的美感。而头脑其实非常现实的我们，谁也不愿以身尝试。我们是彻底根除了浪漫主义的一代，实用主义是我们致命的救药，我们不会沉入的。我们中的极个别人才会在火车来临的时候躺在铁轨上，用生命去写最后一行诗，据说这还包含了一些债务的原因。也正是由于我们的安全有了保证，我们才发动或者投入这一场游戏事业。我们以人生宏观上是游戏、微观上是严酷斗争来解释我们行为上的矛盾之处，并且言行结合得很好。因为我们压根儿没有建设过信仰，在我们成长的时期就遇到了残酷的生存问题，实则是我们行动的目标，不需要任何理论的指导。我们是初步具备游戏素质的一代或者半代。这游戏对于叔叔则是危险的，因为叔叔是将游戏当作了他的信仰。叔叔是无法没有信仰的，没有信仰就失去了生命的意义。当他失去了一桩信仰时必须寻找另一桩信仰；当他接受一种行为原则时必须将它放在信仰的宝座上，然后再经历争夺宝座的战争。游戏态度本不足以成为信仰，它是人们逃脱责任的盾牌。叔叔这一个半路出家的、已过了最佳学习时期的游戏家，他便真正面临了虚无主义的黑暗深渊。叔叔游戏起来不是像我们这样有所保留，只将没有价值的东西，或者与己无关的利益作为代价。叔叔做不到这样内外有别，轻重有别。叔叔做游戏的态度太认真，也太积极了，这便是我们的看法。我们当时就预感到叔叔为他的游戏牺牲了太多的东西。游戏本来是和牺牲这类崇高的概念没有关系的，它只和快活有关系。

这样，叔叔早晨醒来的时候，他就想一想：这是在什么地方？地道的游戏家是从来不想这类问题的。然后，他又想：他今天应当做什么？这是两个时常会来困扰他的问题，使他陷入茫然，但时间不会太久，游戏的精神很快就来拯救他，替他解围。他就想：管他在什么地方；管他做什么事情！已经没有一件责任来规定叔叔的作息时间了，他的懈怠和紧张都不会影响什么人了。叔叔只在小说中才可建设一种生死攸关的人际关系，这类人际关系于叔叔只是文学的概念了。这时候，叔叔的小说被翻译成许多种文字，在许多国家重要或不重要的出版社出版。时常有国外的学术界、艺术界、出版社来邀请叔叔去做访问和演说。出国对于叔叔已是平常的事情。他穿着夹克衫和旅游鞋，背着背囊，从一个国家的机场飞到另一个国家的机场。他虽语言不通，可由于旅行的经验也行动自如。这样的时候，叔叔便成了一个国际人，他开始站在国际的立场上分析中国的问题，他甚至站在宇宙的立场上分析国际的问题。所有的这些国内国外的问题全在他的俯视底下，这给他的小说带来了人类的背景。这背景产生于他的旅行中的见识，而与人生经验无关。旅行构成不了叔叔的人生经验。在异国他只是一个观光客，一无生存的任务，便只有在人家生活的边缘走过。他在大学的教室，书店的厅堂和人家的客厅里讲着中国的问题，回答对中国有兴趣的人们各类问题，好像一个中国问题的专家。由于他对所去访问的国度没有生活的经验，于是也产生不了问题，当人们说：您也可以向我们提问时，他便傻了眼，支支吾吾的。出国的日子倒更像是在国内，充满了关于中国的内容。他对国外的了解来自于走马观花和道听途说，组成他思想的国际背景显得材料不足，叔叔便靠阅读和召集留学生对话来作补充。这些世界旅行其实是消耗了叔叔获得人生经验的时间，叔叔作为一个观光客的旅行其实造成了他人生里的空白。这些越来越频繁的空白分割了叔叔的人生，使他的人生断断续续，零零碎碎。它们使叔叔人生中有一部分时间做了旁观者，而叔叔对这段旁观者部分的时间却给予了莫大的重视和期望，将其余部分反倒忽略了。按我们的话，叔叔是以积极认真的态度，过一种虚无的生活。我们尽管对叔叔的出国旅行做此种批判，这却不妨碍我们积极地要求也来一次或几次出国旅行，因为旅行是人生一大乐事，尤其是公费国际旅行。

在这种国际旅行中，叔叔有否发生过情爱的故事，是我们经常议论的话题。在叔叔所写的观光文章中，有过几位使叔叔怀有亲切心情的女性。她们中有一位是台湾的作家，一位是香港的作家，另两位是从事汉学研究的德国人和英国人。这些女性全是能够操纵汉语的，从而也可使我们想象，如不是语言的问题，叔叔是可以获得更多的情爱的机会与可能。语言的问题使叔叔情爱的范围缩小了。叔叔以他热情的笔调描写这些女性，以及他和这些女性间的友爱关系，怎样地你来我往，情意绵绵。在这些公开的友爱之下，是否还会有一桩刻骨铭心的国际恋爱呢？我们曾问过叔叔。叔叔既没有说有，也没有说没有。他的态度模棱两可。然后他就向我们讲述以上那几位女性的故事，以此说明，他与她们的情谊其实已很深了。然而，这些交往总给人萍水相逢的漂浮之感。我想，假如我一定要讲述一个国际恋爱的故事，这便是故事的基础了。

　　现在，我要来讲一个想象的故事了，这是关于叔叔和一个外国人的情爱的波折。我将根据我已有的叔叔的材料，尽可能合理地想象这个故事，使其不致离题太远。关于叔叔的叙述到了这里，我非常需要这一个想象的故事，否则，叔叔的故事就不完整了，对于我们讲故事的人来说，无疑是个很大的遗憾和失职。我决定让那个德国女孩来充当这个角色，因为这个故事我用以强调的是民族的隔离感以及民族的孤独感，日耳曼民族将比美洲新大陆的移民更好地担任这个任务。我想象这女孩有一副很纯粹的日耳曼血统的形象：皮肤白净，金发碧眼，神情严肃。她是某大学研究院的学生，正攻读博士，论文是关于中国古代哲学家朱熹或者柳宗元的。她虽专业于中国古代哲学，对中国当代文学也颇有兴趣，翻译过一些文学作品。在叔叔旅行德国的日子里，正逢假期，她就为叔叔做陪同和翻译。她以德国人惯有的严谨认真的工作作风，博得了叔叔的好感。在那些座谈会和报告会上，叔叔机智幽默又锐利的言词也使得这个女孩十分兴奋，这和她从书本上得来的温良敦厚的中国人印象是一个生动活泼的补充。叔叔的言词也激发了女孩的灵感，使她甚至重新领会到她本国语言中的机智、幽默及锐利。她非常迅速地将叔叔的语言翻译成她的语言，这时的感觉就好像她也进入了一种美妙的创作状态。叔叔虽然不懂德语，可是那些热烈的反应却正是他所预期的，因此，他猜出女孩的翻译非常出色。这些报告会总是使他兴奋不已，每每结束了还会谈论很久。每一次报告会上，叔叔穿了黑色的西装，女孩则是一袭白裙，端坐在讲台，给人们美好的感受。他们配合默契，各自发挥都很自如充分，获得了极大的成功。工作之余，他们也会谈论一些个人的事情，叔叔告诉女孩在中国的"文化大革命"中，人们悲惨的遭际，以及今天的思考与反省。女孩听得非常认真，严肃的神情中没有一丝轻佻的惊诧和浅薄的怜悯，有的只是对一个民族身受的灾难的尊敬和理解。然后，她说，在她的祖国德国，也曾经有过这样残酷的历史，那就是希特勒的时期。虽然那是在她出生之前，可是她的父辈却都是亲身经历。她说她却从未听过父辈们讲叙二次大战中的遭际，这是他们的痛处，他们用四十年的时间去治疗它却也无法彻底痊愈。女孩的话使叔叔深受触动，他想：德国人的痛感比他们民族的痛感更为强烈，而许多中国人将自己的伤疤视作光荣，这是一种什么民族习性呢？他将这个意思说了出来，女孩则认为是她的民族勇敢不够。两人讨论了很久，你驳斥我，我驳斥你，然后渐渐达到一致。这时候，叔叔和女孩都有一种感动的心情，他们觉得他们接触到了一个深刻的问题，并且在这问题上达到互相的理解。当时，他们都还没有意识到，其实他们对彼此理解的要求都是不高的：他们操纵两种语言的人，能够通话就已惊喜万分了。他们都没有意识到：他们为了对方听懂，是在用孩子一般的简单幼稚的语言通话。他们尽可能将各种复杂的思想简化，简化到可以用儿童语言交流为止。可是，在当时，他们的感动也是真实的。他们无形中将这种理解上升到了很高的境界。他们觉得，他们不仅是个人对个人的对话，而是代表了两个多灾多难的民族的对话。这一次对话，无疑加深了他们之间的友谊。当他们离开了一个城市，去另一个城市进行旅行演说时，他们已成为好朋友了。他们各自背一个背囊，手里则提了西装的袋子，登上火车。叔叔心里不免会有一种登上国际舞台的心情，他想他的生活已是一种国际化的生活了，在这种生活中，他多么自如啊！他望着他的德国伴侣，尤其觉得骄傲。他觉得这一个德国女孩的友谊和理解就像一架桥梁，沟通了他和世界民族的关系。他已经融入了人类，而不再是一个经过长期隔离而离群索居的孤独的中国人。而叔叔也很明白这样的道理，就是人类性和民族性的对立统一关系，于是叔叔反比以往更坚持他作为一个中国人的某些特性，比如：喜欢喝茶，喜欢中国菜，喜欢中国诗词，弘扬老庄的哲学，他随身总带有一些中国民歌的录音带，汽车一上高速公路，他便插入一盘，顿时，中国的歌声响起在异国的土地上。

这一天，由于叔叔要看看托马斯·曼生活过的地方，他们从汉堡到了吕贝卡，又从吕贝卡去了海边小镇特拉沃明德。这是一个阴郁的黄昏，游人们都回家了。风呼啸着，海水显得非常苍凉。他们决定在特拉沃明德过夜，明天一早再驱车赶回汉堡。他们找了一家旅馆，要了两个单人房间。这是一个家庭旅馆，共有三层，底层是客厅，由于天气寒冷，壁炉里生着火，火光映着炉前波斯花样的地毯。他们懒得出去吃饭，就让房东做了些汤，吃了些面包和炸土豆条，然后就坐在炉前地毯上烤火。这里的黄昏特别长久，暮色总是那么明亮。客人们都去那游乐场玩耍了，房东也不在，客厅里只他们两个。窗外听得见风声和海浪的呼啸声，屋内却很温暖。叔叔忽然想到：我这是在哪里啊！他觉得像是一个梦境，又像是一幅图画。他们随便地扯了些闲话，两人都有些疲倦似的，谈话中的停顿很多。火光映着德国女孩细腻的脸颊，使她的表情柔和了许多。她穿了一件粉色的羊毛衫，只着一双白线袜，蜷腿坐在地毯上，背后靠了一个软垫。叔叔看了她一会儿，便想要去吻她。在叔叔产生接吻这个念头之前，他们也有过类似拥抱这样的行动，所以叔叔才会有接吻这样的念头。而其时，叔叔只是想接吻，还没有更进一步的想法，接吻仅仅是开端的仪式，大约连叔叔自己也不甚清楚的。再则，叔叔想接吻是出于感情难以抑制的冲动，还是一种行为的有意味的选择，这也是连叔叔自己也不便向自己承认的。但是，叔叔这时候确实有了一个接吻的念头，叔叔当时并不知道这个念头会给他带来什么样的后果。他心里怀着悬念，便有些迫不及待了。他本来是坐在女孩的对面，即壁炉的另一侧，这时候，他便将自己的位置挪了过去，到了女孩的身边。他坐定后，先将手围住女孩的肩膀，如同他有时候所做的那样。女孩没有动，只是注视着火光出神。叔叔看着她垂着一颗红珠子耳环的耳垂，好像是在酝酿胸中的激情似的，他还看着她卷曲的金发，凌乱地贴在脸颊上。然后，叔叔就用围着她肩膀的手抚过她的脸颊，让她和自己脸对着脸。女孩眼睛里闪过一丝惊惶与困惑的表情，但她立即以坚决的态度挣脱了叔叔的手，并且要站起来离去。其实，叔叔本可以拍拍她的肩膀，让她过去。这并没什么了不起的，不过是一场逢场作戏而已，其中并无多么重要的、了不得的内容。可是她的拒绝却使叔叔感到了难堪，几乎无地自容。这一刻里，叔叔甚至后悔了，他想，他是多么愚蠢和冒失啊！同时，一种背水一战的心情攫住了他，他想：他反正是丢人了，于是，便一不做二不休地抱住了女孩。叔叔的动作由于紧张笨拙而非常生硬，大大地过了火，这使女孩以为面临了极大的危险，她奋力要推开叔叔，却推不开。女孩恐惧万端，却又无比高傲，她大声嚷了起来。情急中，她嚷的是德语，叔叔一句也听不懂。到了此时，其实还是有退路的，叔叔可以戏谑地、调侃地、像一个长者对幼者似的，在女孩脸上亲一下，然后放开她，就完了，事情就有收场了。可是，叔叔心里却充满了绝望，他觉着他完蛋了。他好像一个亡命徒似的，什么都不顾了，忽然间，对这女孩充满了刻骨的仇恨。由于这女孩固执地不服从，叔叔竟劈头给了她一巴掌，紧接着，叔叔脸上也挨了狠狠的以牙还牙的一巴掌。女孩用德语说着些什么，他一句不懂。他看见这女孩忽然变成了一个陌生人，一个陌生的、高傲的、冷漠的外国人，他们之间丝毫不了解。叔叔不禁困惑地想：他们是怎样走到一处来的呢？女孩趁机抽出了身子，跳在一边，瞪着叔叔。叔叔看见了她的眼睛，她的眼睛里已没有恐惧的神情，却充满了厌恶和鄙夷的表情。叔叔突然破口大骂起来，他不知不觉中骂的全是他曾经生活过的那小镇里的粗话俚语，是那女孩从未学习过的，也是一句不懂。她狐疑地看着叔叔，觉得他也变成了一个陌生人，一个陌生的、粗鄙的、丑陋的中国人。叔叔使尽最刻毒的咒骂女人的话骂着，骂了个痛快淋漓。那女孩一扭头，跑上了楼梯，将卧室门摔得砰的一声响。叔叔还不饶不休地骂着，他好久没有这样骂人了，骂人的日子已经过去很远，恍如隔世。这时候，叔叔有一种时光倒流的感觉，他觉着自己好像又回到了很久的过去，重又变成那个小镇上的倒霉的自暴自弃的叔叔。他骂了好久才住口，站起身走过客厅，走到厨房，从冰箱里摸了一罐啤酒，再又回到客厅。他走起路来有些摇晃，酒醉了似的，脚底下被什么绊了一下，就跌倒了。他顺势躺在地上，脑后枕着垫子，两条腿伸开着，躺了个"大"字。他一口一口地喝着啤酒，一会儿就喝完了一罐，头便有些昏沉。然后，他非常野蛮地用脚指头揿开了电视，嘈杂的声音顿时充满在安静的房子里，他什么也看不懂，却还哈哈地笑着。他有些装疯似的，心里却很明白，他觉得自己无可救药了，一无希望了，希望不知在什么地方被戳破了，希望原来像个气球一戳就破，希望原来是个纸老虎，不堪一击！这是个无比黑暗的波罗的海的晚上，一个跨国界的波罗的海沿岸的情爱故事粉碎了，叔叔的梦幻破灭了。后来，叔叔躺在地毯上呼呼大睡过去，当他醒来时，天已黑了，客厅里没有开灯，电视已关了，角落的沙发上坐了一个白发苍苍却雍容华贵的老太太。她一动不动地坐着，叔叔想：她是在赌场里输了钱吗？然后又睡着了。他乏得很厉害，好像几百年没有睡过觉了似的。再一次醒来，他便嗅到了早餐室里飘来咖啡的香味。他这才起身上楼回到自己的房里，他的行李和刚到时的那样静静地立在房间中央，阳光照进窗户，他看见了海边沙滩上五颜六色的空着的帐篷。海边空无一人，旅游者还在路上呢！他头痛欲裂，想不起昨晚上发生过什么了。

这是一个可怕的夜晚，这个可怕的夜晚是用来启醒叔叔，告诉他：他其实是不幸的！可是这夜晚转瞬即逝了，没有成功。然而，这毕竟是一个序曲，或者说是引子。在距此不远的日子里，叔叔终究要明白他命运的真实面目了。叔叔明白他命运的真实面目的日子不远了，即将来临了。我已经将这个过程叙述得太久，有些失去耐心，这日子终于要来临啦！这最终的日子也是由一个孩子带来的，但这是一个中国孩子，一个男孩子，他的名字叫大宝。这时候，我才发现，我们几乎要把大宝遗忘了。在到此为止的叙述中，大宝总共才出现过寥寥几回：一是他的不被叔叔欢迎的出生；二是在叔叔的离婚事件中，他作为一项补偿条件为叔叔勉强接受。等到他第三次出现时，他已是一名青年了。

大宝没有考上大学，叔叔通过熟人给他找了份临时工的活儿干，说好干长了可以转正式工。铁矿离省城还有一小时的火车路，矿上有集体宿舍。叔叔这么安排是因为既对大宝尽了责任，大宝也不会妨碍他的生活。大宝是个沉默寡言的孩子，听凭父亲和母亲这样安排他的归宿问题，他不说一句反对的意见。他到了铁矿之后，从不和父亲联络。节假的日子，他也不往省城父亲处去，而是回小镇去看母亲。好像是有意避开父亲，他甚至不到省城搭火车，宁可乘长途车到另一个城市搭车。叔叔也好像有意避开大宝似的，过去有些时候还去铁矿走走，因为他是那边一本文艺杂志的顾问，如今却一次也不去了。渐渐地，他们父子就断了音信，他不知道大宝在那里做什么工作，工作得如何，有无转正的希望，内心也并不想知道，知道了又如何？知道一切都好，没什么；倘若不那么好，他又能做什么？因此倒不如不知道的好。他也不常和人提起儿子，当叔叔的离婚事件过去之后，人们多半记不起叔叔还有一个叫作大宝的儿子，以为叔叔是一个无牵无挂的单身汉。做一个无牵无挂的单身汉已成为时尚，我们中间的某些人，为此而不结婚，不成家，甚至也不工作，只写小说。他们不愿意在现实生活中肩负一点责任，责任使他们沉重，并且有失去自由的危险。而小说这一桩事，既可使他们在模拟中享受起伏跌宕的人生，又不必负责任，可避免伤筋动骨。但叔叔这一个无牵无挂的单身汉和他们是有着本质的区别。叔叔并不是像他们那样没有责任心，恰恰是相反，叔叔有着太重的责任心，他将责任这一桩事看得太重要，他将许多是他的或不是他的责任都揽到自己身上，以致彻底地被责任压倒、击垮。当他退下责任的舞台时，他感到怅然若失，于是，他便需要在一种模拟活动中承担责任，这模拟活动便是小说。因此，叔叔的无牵无挂之中有着一重失败的经验，而我们中的某些人却并没有。但是，叔叔和我们都没有充分意识到这区别，互相以为是做了同一战壕里的战友，找到了知音。所以，在内心里，叔叔是喜欢人们认为他是个无牵无挂的单身汉的。也因为这样，叔叔就愈加不提儿子大宝，也愈加不想儿子大宝了。大宝在叔叔的生活里又一次销声匿迹，保证了叔叔的自由。叔叔渐渐地，真的把大宝忘了，他似乎真的想不起自己有大宝这一个儿子了。他过着他的自由自在的生活，写着那些超脱于个人经验之上，俯瞰苍生的小说。有许多女孩以她们纯洁的爱情陪伴着叔叔，使叔叔不致彻底地孤单。他平均每年有一个季度的时间在国外度过，有此喧腾的生活做背景，写作的寂寞便也释解了许多。可是，就在这时候，在叔叔已经形成他崭新的生活方式的时候，在叔叔于他新型的生活方式中已找到节奏并适应的时候，在叔叔以为万事如意、高枕无忧的时候，却发生了一件事。

大宝得了肝炎，被矿山解除了临时工合同。他并没有告诉父亲，自己扛了铺盖回了母亲那里。叔叔是从大宝母亲的来信中得知这事的，他接信后就寄了一笔钱去，说给大宝养病，然后就再没有信来，叔叔以为这事就这样过去了，再没别的事了。他一点没有去想，大宝的病好了之后的事情，或者是大宝的病好不了之后的事情。大约是半年之后，大宝突然地出现在他的门前了。当叔叔看到这一个瘦弱的、脸色干枯、神情委顿的青年站在他门前时，竟没有很快认出他来。他想：这是哪里来的文学青年呢？文学青年是叔叔这些年里所接触的唯一类型的青年。这类青年总是以学生和读者以及崇拜者的面目出现在叔叔的生活里，使叔叔以为所有的青年都很爱戴他。他看见一个青年站在门前，刚想问他从哪里来，那青年却递上来一封信。他认出了他前妻的弟弟的字迹，也就是他昔日的学生的字迹，凡是叔叔前妻的信，都是由他代笔的。他这才认出了大宝，脑子里却恍恍的，好像做梦似的。但是，有一个感觉则从这时便平地而起，伴随着以后的日子，这是一种不吉祥的感觉，一种灾祸的预感，这预感告诉他：他的好日子已经过到头了。他接过了信，嘴里却反复地说："进来，进来，进来。"大宝经他反复邀请，才迟疑地举步。然后他又说："坐，坐，坐。"大宝也是经反复邀请，才将半个屁股搁在椅子上，然后慢慢地转动头看父亲的房间。这是他第一次来到父亲的家，父亲的家看上去有点古怪，有一半东西是他看不懂的，那都是父亲从国外带来的日用品或者摆设。比如像大棒槌似的日本木头娃娃；比如没有写钟点的挂钟。父亲床上用的被褥不知怎么是粉红的，枕头、床单都缀有半尺长的花边，看上去花团锦簇，好像新嫁娘的床。大宝对了那床看了很久。后来大宝对他父亲的仇恨，其实都是从这一刻里由这张床引起的。这一年，大宝已经二十一岁了，在矿上做工时，耳朵里常听进一些关于男女间情事的粗话。所以，这时候，他心里想：父亲在这样的床上做什么呢？这时候，叔叔已经读完了信，他反复将这信读了两遍，才明白信里的意思，这意思是：大宝的病已好了一大半，让他回到父亲处再养养，同时，也帮大宝再找个省力的工作，因得过这场病后，做工是做不动了。叔叔将信搁在桌上，他感到头很痛，这是比他平时起床时间提早了两个小时的时间。他用两个大拇指按摩着太阳穴，按摩了很长时间。等他放下胳膊时，看见了大宝迅速逃开的眼睛。这使他产生一丝不快的心情，他觉得大宝在窥伺他。他还看出了大宝有一种委琐的神情。他就像大宝刚出生的时候那样，又一次想到：这孩子与我有什么关系呢？然后，他对大宝说：你休息一会儿，我先洗个澡，我们去吃早饭。大宝听见洗澡间里响起了水声，这水声不知怎么会使他产生一些猥亵的联想，他想：为什么要早上洗澡呢？

关于叔叔和大宝见面的情节，是由我根据后来发生的事情，想象而成的。后来发生的事情提供了很大的想象的余地，足够很多人编很多故事。我的故事马上就要接近最重要，也是最高潮的段落，所有的准备都按我预先的布置做好了。这故事看起来不像是叔叔的故事，倒像是我策划的一个阴谋，这个阴谋就是叔叔的命运的真实面目。叔叔走出了很远，最终却还是堕入了他命运的真相的陷阱。为了逃避厄运的阴影，叔叔做了那么多的努力。所有的人，包括叔叔自己，都以为叔叔是个幸运的人。命运为了模糊叔叔的视觉听觉，造成误会，不惜给予了叔叔那么多年的幸运。这样做又好像是蓄意要在叔叔最不防备、最最大意、最最歌舞升平的时候，给予致命的一击。那么多的幸运，不过是苟且偷欢，不过是一段插曲。可这一段插曲是多么激动人心，令人鼓舞，使人陶醉。最近的哲学要我们相信瞬间的意义，告诉我们历史由瞬间组成，每一个瞬间都是真实的，我们只需尽情享受这片刻的快乐和含义。可是叔叔这一代人已将瞬间与瞬间连成因果的锁链，拆链子的工作是应由另一代人来完成的。叔叔已无法面对独立的瞬间，叔叔的不幸的瞬间有着巨大的覆盖力，它将所有快乐的瞬间覆盖。因为不幸的瞬间是命运，是宿命，是逻辑；而幸运的瞬间是沙上的城堡，是海市蜃楼，是逻辑里美丽的歧义。叔叔终于说：原先我以为自己是幸运者，如今却发现不是。发现不是的这一天我们马上就要接近了，但我们还需耐心，其间还有一些来源于想象和推理的细节。这是我们编故事的人最容易激动又最容易性急的时候了。而我一直以为自己是快乐的孩子，却忽然明白其实不是的，这一日情景陡地回到眼前，我重又经历了心如刀绞的日子。这痛楚使我体验到了叔叔的痛楚，叔叔的故事从我的故事上历历地走过，使我的个人情感的无聊的故事有了意义，这就是我们讲故事的人通常所要做的。

现在，我故事使用材料的选择范围越来越窄，许多种可能和机会都排除了。故事已经到了这样的地步，它自己已具备了发展的动力，不允许任何犹豫不定和模棱两可，它只有一种选择了，无论对与错，它已别无选择。

现在，大宝和叔叔坐在了一家新开的餐馆里喝广式早茶了。叔叔总是对大宝说"请"啊"请"的，使得大宝拘束不安，每样点心，只略动动筷子便停下了。叔叔想到他的肝病还没有全好，也就不硬劝了。吃到快结束的时候，叔叔问大宝对今后有什么打算，大宝低了一会儿头，才说：就按母亲信上说的办。叔叔又问，大宝自己的意思是想做个什么工作呢？大宝先不说，后来经不起叔叔再三问，才说：要能到父亲单位里谋个坐机关的事就好了。这回他虽然没提母亲的名义，叔叔却听出这明显是他母亲教导的口吻，就说：本机关是不好说了，这样的单位，连大学毕业生都难进来啊！不料大宝却紧接着说：大学毕业算得上什么？像父亲这样的身份，一旦开口人家万难回绝的。大宝的话使叔叔很吃惊，他没想到表面木讷委顿的儿子有这样敏捷的应对，说话又很世故。更使他意外的是，儿子虽说多年不照面，看来对他却还是相当注意的，叔叔心里像哽了一件东西，很不舒服。停了一会儿，才回答说：正是这样，自己就不能轻易开口而使别人为难了。这一回，大宝没再说什么，可是叔叔却从他脸上看出一丝不相信什么的表情。然后他就叫小姐过来结账，说：走吧。走出餐厅，他把钥匙交给儿子，说他要去单位开会，请大宝自己回家去休息吧！父子二人在街上分了手，各自朝各自的地方走去。这天上午，叔叔到单位的时候，人们刚刚来上班。见他来，纷纷问他是不是有什么事情。因为他平时是不来机关的，甚至有的领工资的日子，他也不来，而是在下一个领工资的日子里，一起领走。他的信件在传达室里专门放一个格子，直到放满，便用尼龙纸绳捆扎一下，请人骑车送到他家。所以，这时候叔叔突然到了机关，人们就很新鲜。叔叔坐在那里和大家聊了一会儿天，就说要走，他没有告诉别人关于他儿子的事情。他到传达室将自己的信件领走，然后就到了街上。他先在街上很自信地走了一会儿，接着就犹豫起来，他想不出他应当去什么地方。有一时，他恼怒地想到：儿子把他从自己家里赶出来了，他倒变得无家可归了。然后，他就往我们的一个朋友家中来了。应当说，这朋友见叔叔突然上门是很奇怪的。因为平时都是我们上叔叔家去，如要上我们这些人家里来，一定是事先邀请的。所以他第一句话就是：有什么事吗？叔叔被他问得有些难堪，但很快就镇定下来，微笑着说：没事就不能来吗？我们那位朋友这时刚从被窝里爬出来，邋邋遢遢的很狼狈。房间里没开窗，一股烟味和脚汗味，十分难闻。叔叔只得坐在满地烟蒂当中的一张破椅子上，等待他到洗手间梳洗。他一个人坐在这乱糟糟的房间里，心里感到非常委屈，他想：一觉醒来他成了一个无家可归的人了。等那朋友从洗手间出来，叔叔就说：咱们上谁谁家去吧。这也是我们中间的一个朋友。于是，叔叔就坐在那孩子的自行车后架上，去另一个朋友家。就这样，一共召集起有男男女女的五个人，时间已到中午了，叔叔就提议去吃火锅。我们这一行人是打家劫舍惯了的，听有人要请客，一个个都很踊跃。到了餐厅，叔叔对大家说：你们点菜，我去一下厕所。其实叔叔并没有去厕所，而是悄悄去打了个电话，告诉大宝他的会半天开不完，下午还要接着开，中午不回家吃饭；他呢，可以到楼下街口铺子里吃，也可以自己做着吃，冰箱里有鸡蛋、面包什么的。电话里只听大宝嗯了一声，就挂了。这顿午饭，我们直吃到下午三点，我们谈论的话题主要是艺术的形式的问题，我们的谈论一直横跨了从文艺复兴至今天的五六个世纪。当时，我们谁也没有注意到叔叔的表情有什么特异之处。他和平时一样地吃，一样地喝，一样地发表具有总结意义的观点，当我们欲罢不能的时候，也如往常那样，提出见好就收，大家便起身散席。就在出餐厅的路上，叔叔却又提议去谁家喝咖啡。过后，我们回想这天，才发现叔叔确是没有地方可去的样子，和平日里谁想留他谁也留不住的情况判若两人。这天，我们就到了我们中间某一个住房比较宽敞的朋友家中，冲了咖啡，还去买了烧鸡大肠什么的，一聊聊到了晚上十一点。这是非常痛快的一天，过后，谁也记不得事情是怎么发起的，我们只有经过慢慢地回忆、调查，才想起事情的起源。下午四点多钟的时候，叔叔倚在沙发上睡着了，打起了响亮的鼾。主人给他盖了一条毛毯，我们依然大声聊我们的，却并没有把叔叔吵醒。他这一觉直睡到了六点，天已黑了，因为这是一个昼短的冬日。叔叔躺在人家的破沙发上，睁开眼睛，看着窗外深蓝色的天空，有一会儿心里非常静谧。房间里烟雾腾腾，暖意融融，争吵声此起彼伏。叔叔静静地看着我们，觉得这一个时刻又和平又安宁。

夜里十一点钟，叔叔终于一个人走在回家的路上。他流浪的一天过去了，他终于要回家了。这时候，他想起了大宝，他想起大宝在他的家里等他呢！这一晚，他们怎么睡呢？难道他们父子就睡在一张床上？不行！叔叔断然否定了这个方案，他是无论如何不能和大宝睡一张床的。当然，他和谁也是无论如何不能睡一张床的，他在心里又补充了一句。这时候，他才开始认真考虑如何来安排大宝。一旦想起必须要为大宝在省城找工作，他便觉得一阵心烦，他决定还是去和铁矿商量，给大宝安排一个轻松的工作。他回到家里时，大宝还没有睡，给他开了门，然后便闪在了一边。他说：大宝，你睡客厅的沙发上吧。大宝没吭气，他就抱给大宝枕头被子。他又说：大宝，你去洗洗吧。大宝就说：你先洗。他没再推让，洗过之后径直上了床，进卧室门时，他考虑了一下，是否要锁门。他想他如不锁门会睡不好，可是又觉得要锁了门，就太见生分了，所以他就没锁。他躺进被窝之后，才发现自己这一天过得又疲乏又紧张，浑身骨头酸痛。他还觉得这夜晚的时间非常宝贵，他可以不与大宝相对，他可以一人独处了。他生怕很快就会天亮，感到夜晚的时间已经不多了。想到这里，他又是一阵紧张和烦恼。他听见大宝进了洗澡间，有放水的声音。大宝在洗澡间里待了很久才出来。第二天早晨，叔叔上厕所时，闻到厕所里有劣等香烟的气味。这一晚上，他们父子在一个屋顶下，相安无事地度过了。

第二天早上，叔叔把他昨天考虑的结果告诉了大宝，意思是还让他回铁矿上去，当然，这回要找一个轻快的事做。不料大宝很坚决地说，他不去矿上。叔叔不由一怔，停了一会儿，又说：铁矿是个大企业，国家级的，将来转正的可能性会比较大。可大宝还是说，他不去矿上。叔叔有点恼怒，就问为什么不去。大宝说：好马不吃回头草。叔叔不觉又好笑起来，说：这算是个什么理由！可是大宝很坚决。叔叔这才无比惊愕地发现，大宝是有自己的意志的，尽管这意志很荒唐，带了一股乡里人短见识的冥顽不化。这使叔叔明白无论怎么多说都是无效的。他有些气急败坏，一甩手就走出了家门，在街上闲逛着。其实，叔叔本来并不是一定要大宝回铁矿的，这也不是他想叫大宝回就能回得了的，这只是许多种尝试中的第一种尝试，叔叔本不必过于坚持。可是一经大宝这样固执地回绝，叔叔忽然就觉得大宝是非去铁矿不可了；叔叔觉得假如大宝不去铁矿，就再没有第二条出路了；大宝没有出路，他便只能在街上游荡，他也就没有出路了。一时间，铁矿成了叔叔和大宝两代人的出路，大宝不去铁矿，他们两代人的生活就都给毁了。他气恨恨地在街上走着，同时还思量着，要去哪里。他想着想着，就走到我们中间的另一个朋友家里。后来我们曾经设想，假如这天我们那朋友没有出门，而是在家，留住叔叔，再像前一天那样度过很快乐的一天，直到晚上，也许叔叔的火气平息了，思想也转变了，事情就会是另一个样子。可是，偏偏我们这位朋友一大早就出门了。他从来是傍晚才起来，才开始一天的生活的。可是这一天他偏偏一大早就出门了，为了一件极无聊的事，去买一件 T 恤衫。他不知怎么想起来要去买一件 T 恤衫，其实，这远远不是穿 T 恤衫的季节。叔叔碰了锁，只得又回到街上。碰锁使他非常沮丧，他想，他的生活全叫大宝搅乱了；他想，由于大宝的到来，他只能过这样狼狈的生活，这样颠沛流离的生活。他忽然就转过身，往回走去。他一进门就对大宝说，他还是要去矿上。大宝还是说不去。叔叔再没料到大宝是那样难打发，他心里充斥了一种失败感，并且击败他的对手是他根本没放在眼里的一个对手，这使他又平添了一层怒气。他对大宝说：他是不求人的，为了他大宝已经破了例，他大宝不应当再有过分的要求；他本来也并没有欠下他什么，是他自己没考上大学才招来这一连串的麻烦；他对他的责任尽到此也尽得足够了，他不应当再妨碍他了；而他现在已经很妨碍他了，他没法在家里写作了；单位里分他这套房子，不仅为了他的生活，也为了他的工作；可是，他现在无法工作了。叔叔忽然变得非常琐碎，非常啰唆，娘儿们似的。他喋喋不休地说着这些，一直说了很长时间。然后，大宝就站起身走了出去。这一天，是大宝在街上度过的。可是这并没有换来叔叔的平静，他反而更气恼了。他正吵得起劲时，对手却忽然跑了，这使他一肚子火气没了地方发泄。他手插在裤兜里，在三间房里走来走去，好像一头困兽，他想：大宝你走了，还能不来了吗？他想：大宝你有种一去不来了倒也好了！他还想：大宝你要不来了，我算服你了！这天他在家里没有写一个字，情绪非常糟糕。到了下午，他所喜爱的一个女孩来看他，可是，他的心情是那么糟糕，什么事也没干成。那女孩走了以后，叔叔想，他还能干成什么事呢？他这时发现大宝已经将他生活的基础颠覆了，他想：大宝一个青年如何会有这么大的破坏力呢？他想：大宝的事情一定要尽快解决，这是刻不容缓的。于是，他便等待大宝回来，好与他再进行一轮争执。可是大宝却迟迟不归。叔叔的等待便越来越焦躁了。他想：大宝你以缺席不到庭来与我抗争啊！夜里十二点以后，大宝才回来，叔叔已经睡了。大宝看见叔叔留给他的字条，上面写着：大宝你必须去铁矿，这是我唯一能为你做的；否则你就回你母亲那里去！大宝将字条团了，然后就也睡了。这一晚，他们父子在一个屋顶下，又相安无事地度过了。

第三天，叔叔和大宝都没吃早饭，他们直到中午才起床，叔叔正在心里紧张地筹划怎样再一次对大宝开口，不料大宝却先对他说话了，他向叔叔要几块零花钱。他的要求使叔叔明显感觉到挑战的意味，他冷冷地说：要钱做什么？买烟？当时大宝没再说话，叔叔也没有掏出一分钱给他。两人各在一间屋里，一直到天黑，两人在厨房里又碰到了。大宝还是说，要几块零花钱。叔叔发现大宝的执拗，叔叔的执拗也上来了，他说没有。两人草草弄了些饭吃，又各自到了一间屋里，此后就再没说话。第三天也过去了。

我们是在事情发生以后再去设想大宝的心情的。如同后来大宝自己说的那样：他原本是不愿意来父亲处的，他和父亲毫不亲近，父亲又是个"大名人"——这是大宝的原话；可是母亲却一定要大宝去省城，并且，为了怕大宝退回来，她采取了断大宝后路的办法，她不给大宝一块钱，只让大宝去向父亲要。她深知大宝是个懦弱的孩子，不这样的话也许他第二天就跑了回来。大宝便是在背水一战的处境下来到父亲这里的。在他举手敲父亲家门之前，他已在火车站停留了三个小时。火车是半夜到的，他想半夜里去敲父亲的门是很不合适的，于是他就坐着等待早晨的到来。等待天亮的时候，他心里茫茫然的，对此行的前景一无所料。他想不出父亲会怎么对待自己，他也想不出人怎么还会有个父亲，如果没有父亲的话，母亲就不会把他赶出来了。他想他所以被母亲这样赶出来就是因为有个父亲的缘故。而他又惯于服从母亲。他知道这世上唯有母亲一个人疼他。父亲呢？有和没有是一样的。所以他不能反对母亲，也所以，他没看见父亲的时候对父亲已有了成见。天亮之后，他慢慢地走在街上，拖延着要去见父亲的时间。他想这城市那么大，大得大而无当，和他有什么关系呢？他所以要到这大得骇人的城市来，全是为了找他的父亲。他一时上觉得自己孤苦得要命，就像一个无家可归的流浪儿，非要去找他父亲不行了。和父亲见面的一刻使他又难堪又紧张。这一天吃过早茶后，父亲让他自己回家，其实他已经忘了家是在哪里，而且地址又留在家里，没在身上。由于紧张，他甚至忘记了来时的道路。可是他没有向父亲开口，他只是凭着模糊的记忆瞎走。父亲住的那片单元房子，是有几十幢楼，面目划一地站成几排。他走错了许多回，用钥匙去开人家的门，冒着被人当作小偷抓走的危险。后来，他终于找到了父亲的家，走进房间，人几乎虚脱。他一个人在父亲的家里待了一天，没有吃没有喝。虽然父亲中午来过一个电话，让他出去吃或者在家自己做。出去吃他没有钱，在家吃他不会弄煤气，也不知锅碗瓢勺的位置，父亲的东西他都不敢随便碰。而且他也并不觉得饿，他只想吸烟。烟卷是大宝唯一的伙伴。他也记不起究竟是什么时候结交的这位伙伴，有了它，大宝就有了安慰，有了指靠，做什么心里都有了底似的。在家时，母亲不让吸，他就偷偷吸。后来到了矿上，没人管束了，而且矿上没一个人不吸烟的，他也就放开了吸，瘾就大了。再回到家里，瞒也瞒不住。

反正母亲面前他就不吸，等到了母亲背后他再吸。而母亲见了他手指上蜡黄的烟油印，也知道他戒不了，便睁眼闭眼由他去了。渐渐地，他没饭可以，没烟却不行了。这一天他就是凭了吸烟度过的。夜里，他在父亲的沙发上几乎一宿没睡，他想这才只一天，往后的日子怎么过呢？父亲究竟打算怎么安置他，怎么打发他。他又想到自己的病，心想年纪轻轻的有了这病，要养过来还好，养不过来呢？照这样在父亲家，熬也要熬死了，还养什么病呢？他越想越绝望，躺在窄窄的沙发上，翻身都不敢，怕把父亲的沙发压陷了，就这样到了天明。这已是两个夜晚没有好好睡了。第二天一早，父亲就说让他回铁矿的话，回铁矿违背了大宝做人的原则。他虽然二十年来卑微得像根路边的野草，可也是有原则的，这原则也是轻易不可违背的。当父亲出去一趟再又回来，再一次要他去铁矿时，他内心可说是有一些悲愤交加了。他想他母亲非要他来找这他不情愿来找的父亲；他父亲非要他去他不情愿去的铁矿，他简直没有路可走了。后来，他到了街上，在街上胡乱走了一遭，最后又来到了火车站。他非常想回母亲那里，却没有钱，他烟也断顿了。脑子昏昏沉沉的不好使，且又饥肠辘辘。他心里开始恨父亲了，他想他父亲一人住了三间屋，睡那样新嫁娘睡的床，用的使的都是那样高级，连名都叫不上来。他想他父亲过得这么好，他却只能坐在火车站里，大宝不禁流泪了。就这样，大宝在火车站里度过了他挨饿的第二天。到了第三天，大宝有些支持不住了，他的身心都已临了崩溃的边缘。他迫切需要烟卷，以保持镇定。生性怯懦的大宝便向父亲开口要钱了。在他心里，隐隐地还有一个更加怯懦的念头，那就是假如父亲给了他钱，他也许就妥协，同意回铁矿去。他在心里暗暗地用烟卷和原则做了交易。可是父亲一口拒绝了这桩买卖，连商量的余地也没有留下，大宝真正绝望了。这是大宝在父亲家里度过的第三天。

第四天上午，刚吃过早饭，就听见有人敲门。大宝本不打算去开门的，因为他晓得来人不会是找他，可是叔叔刚进了厕所，门又敲了一阵，大宝只得去开门了。却见门口站了一个女孩，很苗条的身材，脸白白的，眼黑黑的。大宝低下了头，不敢看她。她好奇地看看大宝，自己进来了，从大宝身边过去时，肩膀轻轻地擦了一下大宝胸脯的地方。那女孩自己就跑进了叔叔的卧室，对了大镜子左顾右盼地照着。大宝坐在对面的客厅里，从半开的门缝里觑着她。过了一会儿，叔叔从厕所出来了，进了卧室，把门关上了，大宝就什么也看不见了。叔叔的房门整整一上午都关着，里面偶尔传出说话声和笑声。大宝坐在房门外面的客厅里，坐了整整一个上午。我想：这一个叔叔所喜爱的女孩在这一个时候到来，对以后发生的事情是应当负一定的责任的。这在某种程度上刺激了大宝，使大宝的情绪狂躁起来。已经长大的、在矿里听了许多男女间的下流故事的大宝，对卧室里的情景一定产生了许多猜测。从这些猜测出发，大宝还会产生出许多疑问。他想：父亲却和一个与自己一般大小的女孩关上房门做那样的事；他想：那女孩是谁家的女孩呢？他接着还会想，他大宝至今还没沾过女孩的边呢！他们父子两代人的生活真是有天壤之别啊！到了中午时，父亲的房门终于开了，那女孩走出来了，走过客厅时，瞥了大宝一眼。大宝看出这眼神里有一层轻蔑他的意思，使他自惭形秽。此后一整个下午，他都是在这自惭形秽的情绪里度过的。父亲的一切都使他自惭形秽，他觉得自己像个叫花子似的，在这里坐了一天又一天，坐了一夜又一夜，依然没有钱买烟。大宝的情绪开始变得骚动不安起来，而叔叔却一无觉察。

叔叔决定采取冷战的办法使大宝屈服。他想如若他让了一次步，就会有第二次让步，他会步步妥协，而大宝则步步进逼。他已逐渐镇定下来，并且有了耐心，决定打一场持久战。他决定在这房子里如从前那样生活，有没有大宝都一个样。他照常读书，写作，接待女孩，只有这样，他才可以最后赢得这场旷日持久的战斗。每当他从自己房间出来，看见客厅里坐着大宝，就觉得这大宝不是大宝，而是他过去的女人用来要挟他的一个武器，一个象征物。他过去的女人，竟企图用他过去的生活遗迹来要挟他，他必不能让她得逞。所以他就更做得潇洒，进进出出，有时还吹着口哨。他一点没有发现，危险正在悄悄地逼近他，他已经危机四伏了，而他一点察觉也没有，兀自走来走去的。

叔叔有意冷落大宝的战术已被大宝体察到了。他激动不安地想：他为什么不来与我说话？他什么时候再来与我说话呢？他等待父亲来与他说话，等待使他骚乱不已，他手脚冰凉，微微哆嗦着。他好像一头落入陷阱的小兽，没有人来救他。有一两次叔叔进屋没有把门关严，他从门缝里看见叔叔倚在那张粉红色、荷叶边垂地的新嫁娘的床上，悠然自得地看一本书。狂躁的情绪逐渐地高涨起来，他觉得这父亲不再是父亲，而是他大宝的克星。他大宝的克星在奚落他呢！他大宝二十多年的一生就是受奚落的一生，至今还没有得到一点补偿。危险来临了。大宝对这危险是有预感的，可惜他的头脑还不能够破译这危险的预感。他手脚打着颤，脸上却露出了奇怪的笑容。

如果大宝的母亲在场，她便会发现这父子俩全都有在绝望的时刻露出微笑的特征。这不知来自于一种什么意义的遗传，在这样的时刻，他们父子竟有着惊人相似的面容。

这时候，没有人意识到危险的来临。他们甚至还在一起吃了一顿午饭和一顿晚饭。然后，天就黑了。叔叔打开了电视机，他们父子一人坐了一个角落地看电视。电视的节目演了一个又一个，大宝忽而又焦急地想：他什么时候与我说工作的事情呢？他觉得他挨不到明天了，因为今天与明天之间，还隔了一个迢迢的黑夜，他挨不过去了。可他又不能自己先说，大宝觉得自己是抢不了父亲先的，他只有等待。当电视最后的节目演完，屏幕上出现了"再见"的字样，叔叔懒洋洋地站起身，关了电视，往自己房间去了。大宝绝望地想道：他再不会与自己说工作的事情了，他想他的等待再不会有结果，而最后一个机会也过去了。最后刺激大宝对父亲的仇恨的，是父亲在洗脸间里的刷牙声。牙刷在丰富的泡沫中清脆地响着，响的时间非常之久。大宝站起身，走到厨房，拧亮电灯，四下里看着，许久他也没有明白他是在找什么。后来，当他的眼睛无意地落在了他要找的那东西的上面，他才明白。他将他要找的东西握在手里，掖在衣服底下，回到了他日夜栖身的客厅沙发上，然后关了灯。

大宝躺在黑暗中，等待叔叔睡着。他以为他已经等待了很长的时间，他以为黑夜已经在他的等待中过去了大半，黎明的时刻即将来临，他以为这正是人人进入梦乡的万籁俱寂的时刻了，他悄悄地站了起来，手里紧握着那东西，那东西已被他的身体暖成温热的了。他的心里忽然变得轻松了，甚至有几分愉快，长久的等待终于要实现了似的。他轻轻地走过走廊，来到了叔叔的卧室门口。他停了停，然后脱了鞋，这样可以使脚步轻得像猫一样。他推开了门，却被门内的光亮眩了眼睛。他没想到这时屋里还大亮着灯，他父亲正站在床边，整理着枕头，准备上床。当他回过头，略有些惊愕地张了嘴，看着大宝时，他口腔里牙膏的清凉的气息，散发在了空气里。大宝朝着叔叔举起了手里的东西，那是一把刀，不锈钢的刀面在电灯下闪着洁白的光芒。叔叔怒吼道：流氓！随着这一声怒吼，大宝的头脑似乎一下子清醒了，他刹那间明白了，他从小到大所吃的一切苦头，其实全都源于这个男人。他所以这样不幸福，他所以这样压抑，这样走投无路，全都源于这个男人。这个男人现在好了，可他却还在受苦，他多么苦闷啊！他没有工作、没有前途、没有买烟的钱，他失去了健康的身体，全都源于这个男人。他把刀向这个男人挥去，这个男人避开了，并用一只手握住了他的手腕。

叔叔握到了大宝的手腕，心里升起了一个念头：这个孩子竟要杀他了。叔叔看见了这个孩子因仇恨而血红血红的眼睛，他想：很多孩子爱戴他，以见他一面为荣幸，这个孩子却要杀他。叔叔看见了这孩子的瘦脸，抽搐扯斜了他的眼睛，两个巨大的鼻孔一张一翕着，嘴里吐出难嗅的腐臭的气息，他无比痛心地想到：这就是他的儿子，他的儿子多么丑陋啊！而这丑陋却是他熟悉的，刻骨铭心地熟悉的，他好像看见了这丑陋的面孔后面的自己的影子，看见了这张丑陋的面孔就好像看见了他自己。叔叔不忍卒睹地移开了目光，为了把全身的力量都聚集在手腕上，而咬紧了牙关。

大宝为了挣脱手腕而扭曲了身体，他的手腕在父亲的大手里蛇一般地扭动，那把切西瓜的大刀便甩过来甩过去，闪烁着光芒。他们僵持了很久，双方都消耗了体力和耐心。疲惫的感觉似乎更加激怒了大宝，他狂暴地挣扎着，叔叔一个不防备，竟被他挣开了手去，随后他便不顾一切地朝叔叔横劈一下，竖劈一下，有一下劈到了叔叔的手臂，流血了，血滴在地毯上，转眼变成酱油般的褐色斑点。滴血的时刻忽然使叔叔想起大宝出生的场面：一轮火红的落日冉冉而下，血色溶溶，男孩呱呱落地。血液冲上叔叔的头脑，叔叔怒火冲天。他有些奋不顾身，大抡着手臂朝大宝揍去，大宝头上脸上挨了重重的几下，鼻子流血了。叔叔凛然的气势压倒了大宝，大宝的狂暴由于发泄渐渐平息，他软了下来，刀掉在地上，然后他就咧着嘴哭了，鼻血流进了嘴里。叔叔像个英雄一般，撕下一只睡衣的袖子，包扎好手臂上的伤口，大宝的哭声使他厌恶又怜悯。伤了一条手臂的叔叔极有骑士风范，可是他刹那间想起：

他打败的是他的儿子。于是便颓唐了下来。将儿子打败的父亲还会有什么希望可言？叔叔问着自己。这难道就是他的儿子吗？他问自己。大宝蜷缩在地上，鼻涕、鼻血，还有眼泪，污浊了面前的地毯。叔叔忽然看见了昔日的自己，昔日的自己历历地从眼前走过，他想：他人生中所有的卑贱、下流、委琐、屈辱的场面，全集中于这个大宝身上了。这个大宝现在盯上了他，他逃不过去了，他躲得了初一躲不了十五！这一夜，叔叔猝然老了许多，添了许多白发。他在往事中度过了这一夜，往事不堪回首，回忆使他心力交瘁。叔叔不止一遍地想：他再也不会快乐了。他曾经有过狗一般的生涯，他还能如人那样骄傲地生活吗？他想这一段猪狗和虫蚁般的生涯是无法销毁了，这生涯变成了个活物，正缩在他的屋角，这就是大宝。黎明的时刻到来得无比缓慢，叔叔想自己是不是过于认真，应当有些游戏精神，可是，谁来陪我做游戏呢？

这一个夜晚，我们都在各自家中睡觉，睡眠很香甜，睡梦中斗转星移。我们各人都遇到了各人的问题，有的是编故事方面的，有的是情爱方面的，我们都受了些挫折。在白天里，我们受挫折；黑夜里，我们睡觉。我们甚至模糊挫折和顺利的界线，使之容易承受。我们将这两个截然相反的概念换过来换过去，为了使黑暗在睡眠中安然度过。我们这样做不是出于经验的教训，而只是懒惰。可是叔叔度不过这黑夜了，叔叔无论怎样跋涉都度不过这黑夜了。叔叔是这世界上最后一名认真的知识分子，救救孩子的任务落在叔叔的肩上。

叔叔一夜间变得白发苍苍，他想，他再不能快乐了；他想，快乐，是几代人，几十代人的事情，他是没有希望了。被践踏过的灵魂是无法快乐的，更何况，他的被践踏的命运延续到了孩子身上。那一个父与子厮杀的场面永远地停留在了叔叔的眼前，悲惨绝伦。孩子不让你快乐，你就能快乐了吗？叔叔对自己说：孩子不答应让你快乐，你就没有权利快乐！叔叔对自己说：孩子在哭泣呢！叔叔几十年的历史在孩子的哭泣声中历历地走过，他恨孩子！可是孩子活得比他更长久。

我们是在这个夜晚过去很久以后，才隐约地知道。对此叔叔缄口无言，可是俗话说世上没有不透风的墙，渐渐地，我们就知道了。我们大家一起来设想这个场面，你一言、我一语的，将它设想成哈姆雷特风格的雄伟的图画，我们说这是一场惊心动魄的悲剧。我们已经习惯了以审美态度来对待世界和人，世界和人都是为我们的审美而存在，提供我们讲故事的材料。生命于我们只是体验，于是，一切难题都迎刃而解，什么都难不倒我们。我们干什么都是为了尝尝味道，将人生当作了一席盛餐。我们的人生又颇似一场演习，练习弹的烟雾弥漫天地，我们冲锋陷阵，摇旗呐喊，却绝对安全。这种模拟战争使我们大大享受了牺牲和光荣的快感，丰富了我们的体验。然而，我们并不知道，我们的战斗力，我们的反应的敏锐性，我们的临场判断力，在这种模拟战争中悄悄地削弱。当危险真正来临时，我们一无所知。我们还根据我们的意愿想象这世界，我们的意愿往往是出于一种审美的要求。叔叔的那一个真刀真枪的夜晚久久不为我们理解，与我们隔离得很远。但是，叔叔的关于他发现了命运真相的新的警句在我们中间流传。有一天，在我的生活里，发生了一点事故，这事故改变了我对自己命运的看法，心情与叔叔不谋而合。这事故虽然不大，于我却超出了体验的范围，它构成了我个人经验的一部分，使我觉得我以往的生活的不真实。

为什么这事故能抵制了我一贯的游戏精神，而在心里激越真实的反映？那大约是因为这事故是真正与我个人发生关系的，而以往的事故只是与别人有关。我们是非常自私的一代，只有自我才在我们心中。我们的游戏精神其实是建立在个人主义基础上，无论是救孩子还是救大人，都不可能使我们激起责任心而认真对待。只有我们自己真正地遇到了事故，哪怕是极小的事故，才可触动我们，而这时候，我们又变得非常脆弱，不堪一击，我们缺少实践锻炼的承受力已经退化得很厉害。这世界上真正与我们发生关系的事故是多么少，别人爱我们，我们却不爱别人；别人恨我们，我们却不恨别人。而我恰巧地，侥幸而不幸地遇上了一件。在这时节，叔叔的故事吸引了我，我觉得我的个人事故为我解释叔叔的故事，提供了心理的根据；还因为叔叔的故事比我的事故意义更深刻、更远大，他使我的事故也有了崇高的历史的象征，这可以使我承受我的事故的时候，产生骄傲的心情，满足我演一出古典悲剧的虚荣心。我们讲故事的人，就是靠这个过活的。我们讲故事的人，总是摆脱不了那个虚拟世界的吸引，虚拟世界总是在向我们招手。我们总是追求深刻，对浅薄深恶痛绝，可是又没有勇气过深刻的生活，深刻的生活于我们太过严肃，太过沉重，我们承受不起。但是我们可以编深刻的故事，我们竞赛似的，比谁的故事更深刻。好比曾经沧海难为水似的，有了深刻的故事以后我们再难满足讲述浅薄的故事。就这样，我选择了叔叔的故事。

叔叔的故事的结尾是：叔叔再不会快乐了。

我讲完了叔叔的故事后，再不会讲快乐的故事了。

我爱比尔

　　缓慢起伏的丘陵的前方，出现一棵柏树。在视野里周游了许久，一会儿在左，一会儿在右。其余都是低矮的茶田，没有人影。天是辽阔的，有一些云彩。一辆大客车走在土路上，颠簸着。阿三看着窗栅栏后面的柏树，心想，其实一切都是从爱比尔开始的。

　　说起来，那是十年前了。阿三还在师范大学艺术系里读二年级。在这个活跃的年头，阿三和她的同学们频繁地出入展览会、音乐厅和剧场，汲取着新鲜的见识。她们赶上了好时候，什么都能亲闻目睹，甚至还可能试一试。阿三学的是美术专业，她同几个校外的画家，联合举办了一个画展。比尔就是在这画展上出现的。

　　画展的另两个画家，是阿三业余学画时期的老师，也是爱护她的大哥哥，都是要比阿三年长近十岁的，在"文化大革命"中度过他们的青春时代。在他们的画里，难免就要宣泄出愤懑的情绪，还有批判的意识。相比之下，阿三无思无虑的水彩画，便以一股唯美的气息吸引了人们。在圈内人的座谈会上，阿三声音颤抖地发言，说她画画只是因为快乐，也吸引了人们。这阵子，阿三很出了些风头。当然，随着画展结束，说过去也过去了。重要的是，比尔。

　　比尔是美国驻沪领事馆的一名文化官员。他们向来关注中国民间性质的文化活动，再加上比尔的年轻和积极，自然就出现在阿三这小小的画展上了。比尔穿着牛仔裤，条纹衬衣，栗色的头发，喜盈盈的眼睛，是那类电影上电视上经常出现的典型美国青年形象。他自我介绍道：我是毕和瑞。这是他的汉语老师替他起的中国名字，显然，他引以为荣。他对阿三说，她的画具有前卫性。这使阿三欣喜若狂。他用清晰、准确且稚气十足的汉语说：事实上，我们并不需要你来告诉什么，我们看见了我们需要的东西，就足够了。阿三回答道：而我也只要我需要的东西。比尔的眼睛就亮了起来，他伸出一个手指，有力地点着一个地方，说：这就是最有意思的，你只要你的，我们却都有了。

这几句对话沟通了他们，彼此都觉着很快活。

比尔问阿三，"阿三"这名字的来历。阿三说她在家排行第三，从小就叫她阿三，现在就拿这来作笔名。

比尔说他喜欢这个名字。阿三也问他"毕和瑞"这名字的意思。比尔认真地解释给她听，这是一个吉祥的名字，"和"是"万事和为贵"的"和"，"瑞"是"瑞雪兆丰年"的"瑞"。阿三见他出口成典，就笑，比尔也笑，再加上一句：我喜欢这个名字。阿三觉着这个年轻的外交官有点傻，你逗他，他却认认真真地回答你，你笑，他也笑。他随和得叫阿三都不相信，怎么都行似的。可阿三也能看出，他不怎么愿意叫他比尔。如要叫他毕和瑞，却又轮到阿三不愿意了，她觉得这是个名不副实的名字。于是她对比尔说：你要我叫你中国名字，你就也要叫我英文名字。比尔就问她的英文名字是什么，她临时胡诌了一个：苏珊。比尔说：这个不好，太多，我给你起一个，就叫 Number Three。阿三这时发现，比尔并不像他看上去那么老实。

就像爱他的中国名字一样，比尔爱中国：中国饭菜，中国文字，中国京剧，中国人的脸。他和许多中国人一样，有一辆自行车，骑着车，汇入街道上的车流之中。现在，他的身边有了阿三，骑的是女式跑车，背着一个背囊，像是要跟着他走天涯似的。其实呢，两人赛车般地疯骑着，最后是走进某个宾馆，去那咖啡座喝饮料。这种地方，是有着势利气的。有一回，比尔去洗手间，阿三一个人先去落座，一个小姐过来送饮料单，很不情愿的表情，说了句：要收兑换券。阿三不回答她，矜持地坐着。等比尔回来，在她对面坐下，小姐再过来时，便是躲着阿三眼睛的。阿三心里就有些好笑。还有些时候，遇到的是一个轻浮的小姐，和比尔打得火热，而把阿三晾在一边，阿三心里也好笑。再听到比尔歌颂中国，就在心里说：你的中国和我的中国可不一样。不过她并不把这层意思说出口，相反，她还鼓励比尔更爱中国。她向比尔介绍中国的民间艺术：上海地方戏，金山农民画，到城隍庙湖心亭喝茶，还去周庄看明清时代的民居。

　　周庄真是把比尔迷住了。那些小石桥在比尔的大身躯之下像个小世界。比尔在周庄的桥上走过去，引来一些人跟着。有一个老妇就扯扯阿三的衣袖，很内行地问：他是什么国的人？阿三说：美国。老妇撇着嘴不以为然地说：前几天来过三个英国人，带的照相机比他的大，是托在肩胛上的。这时，比尔和两个小孩攀谈上了。他们告诉比尔，有一户人家的灶间里，也开了一条河，船可直接走进房里。比尔就让他们带路去。两个小孩走在前边，就有别的孩子嘲笑他们，还向他们扔石子。他们险些儿就要打退堂鼓，还是比尔稳住了局势。他回过身邀请大家一起去，那些孩子则红了脸，退缩了。中午饭以后，比尔和阿三再出现在周庄著名的双桥上，人们就已经熟悉了他们，甚至还有人问道：有没有吃过饭？本是当天就要回去的，可是下午的宁静留住了他们。等到夕照来临，将那桥下的水染金，炊烟也染金，比尔就更走不脱了。他听见了唱晚的牧歌。

　　他们就决定明天早上回去。

　　周庄的旅馆大约也是明清时代的，板壁的结构，推开二楼的窗，看着楼下沿水的街市，清明上河图似的。他们俩隔着一面板壁，各从各自的房间窗户伸出头去，看风景，聊天。黄昏的光线是很细致的，连水波都勾出了细纹，丝丝缕缕的。比尔背诵起《桃花源记》，阿三没一句接得上的，也没一句听得进的。想的是些别的事情。后来，天黑到头了，月亮又没升起来，竟连一线光也没有了。两人在一间房内坐了一时，心情忽变得惨淡，甚至有些后悔留在这里。各人都搜寻着话题，想渲染一下气氛，终也没有结果，便分手就寝。关灯前，阿三听见板壁上响了三记，她也叩了三响，彼此就算道了晚安。同时，还生出一点相濡以沫的亲切心情。夜里，阿三醒来一次，发现房内特别明亮，抬头一看，月亮正在周庄的天空。静静地想着，比尔就在隔了一层板的地方，似乎能听见他的鼻息声；可是待她敛息屏气仔细听去，听到的却是哪里传来的电视机里的节目声。阿三这才晓得，其实还不很晚呢。早晨，阿三起来一个人出去转悠。转悠到一处，见薄雾中有一个身影伫立着，走近去，那人转脸朝她一笑，原来是比尔。两人都有些一日不见如隔三秋的心情。

周庄之行使阿三和比尔亲近了一步，建立起一点个人间的关系。在此之前，他们就好像两个文化使者似的，进行着友邦交流。他们再坐到酒吧喝酒，双方的心情都有些变化。有一回，比尔新要了一种酒，让阿三尝尝。他将酒杯递近去，阿三伸过脖子，噘起嘴凑到杯沿上。忽然一抬眼，遇上比尔的眼睛，两人停了有一秒钟，有一些重要的事情就在这一秒钟里发生了。

　　阿三长的是一双猫眼，通常眯缝了细细一条望着你，忽然间却睁开了，又大又圆。这使她看上去有一种东方的神秘。当它们从垂帘的刘海后面对着比尔的时候，比尔的心就一颤，一股温柔的冲动击中了他。他第一次拥抱阿三，感觉到这小小的柔软无骨的身躯，觉着这女孩太像是九条命的猫变的。他把这个意思说给阿三听，阿三就问：为什么是九条命的？比尔说：在我们西方，就这么认为，猫能够死九次。阿三说：可我死一次就够了。比尔听了，就去吻她。发现她的唇舌也是神秘的，似开又似合。比尔激动难捺，不知把她怎么好。怀里这个肉体的暧昧不明，具有极大的挑逗性，比尔始料未及。但他最终想到了中国女性的贞操观。汉语老师曾经给他们讲过一本中国古代的《烈女传》，给他留下崇高和恐怖的印象。于是，他努力使自己平静下来了。

　　阿三提起的心放下了，却惶惶的不安。她想，是不是她做错了什么，叫比尔没了兴趣，或者是她太不够主动，也叫比尔没了兴趣。这天余下来的时间里，两人都有些沉闷，各自若有所失。分手时，比尔摸了摸阿三的脑袋，这叫阿三觉出，比尔还是对她有感情的。这天阿三回到学校宿舍，在帐子里好好地审视了一番她的身体。审视的结果是，她的身体没有问题，在灯光的暗影里，显得纯洁无瑕。可矛盾也在这里，它显然是不具备经验的。是不是这个扫了比尔的兴？但是，它们勤于学习。她伸了伸腿，在心里对比尔说。

　　第二天，阿三就着手创作一幅新画，看上去就像是一面壁画的草图。画的是一个没有面目的女人，头发遮住了她的脸，直垂下来，变成了茂盛的兰草，而从她的阴部却昂首开放一朵粉红的大花。在一整幅阴郁的蟹绿蓝里，那粉红花显得格外娇艳。一周之后，新画完成，取名为《阿三的梦境》。在一个周末的大家都回家的下午，阿三把比尔叫到学校，在宿舍里向他展览了这画。比尔看了画后，向阿三提出一个问题。

　　他说：我理解这画是关于性，那么，你对性的观念是从哪里来的？因为我知道，中国人对性不是这样的态度，那么，就是西方，而我知道，你并没有去过西方，我大约是你认识的第一个西方人。阿三却回答说：这画并不是描写性。比尔一时转不过弯，只得钻进牛角尖说：你可能认为不是，可在你的潜意识里，却一定是的。阿三就笑了：你正好说反了，这画意识里是性，潜意识里却不是。比尔被她搅糊涂了，把最先的问题也忘了。这时，阿三将床头上的一件绸衣服罩上她身穿的白色连衣裙，说：让我来向你表演中国人的性。说罢，又从同学床头捞了一件睡裙再罩上绸衣服，接着，又套上了第三件。就这样，她套了这层层叠叠，长长短短的一身走向比尔，非得仰起脸才能对住他的眼睛，说：现在，你来向我表演西方人的性。比尔望了她一会儿，动手将她的衣服脱下来，直脱到白色连衣裙，不禁迟疑了一下。可阿三的姿态是等待的，表示还没完结。于是比尔就脱去了她的连衣裙。

最后，阿三说：明白吗？千条江河归大海，这就是我的回答。比尔这才想起自己的问题，可是已经解决了。艺术和理论的铺垫，弥补了阿三经验方面的缺陷。比尔觉着她既天真又老练，身体含着稚气，却那么柔韧，有一股曲折委婉的刺激，非常地缠绵。比尔不由自主了。

阿三的身子揉进了比尔的身子，脑子还是阿三自己的。有一刻她被惊惧抓住，觉着大祸临头。下一刻，欢喜却来了。总之，是不寻常。一阵暴风疾雨过去，她看见了身下的鲜血，很清醒的，她悄悄地扯过毛巾毯，将它遮住，不让比尔看见，而比尔也压根儿没想起这回事来。晚上一个人的时候，阿三觉出了疼痛，可却是让她感觉甜蜜的。她仔细地体味它，这是一个纪念。

后来，比尔就对阿三说，他开始明白东方人对性的感受能力了，那其实是比西方人更灵敏、更细致的。比如，他曾经看过一些中国的春宫，还有日本的浮世绘，做爱的场面，是穿着衣服，有些还很繁复累赘，然而却格外地性感。阿三说，这就是万绿丛中一点红，要比漫山遍野的红更加浓艳。他们又谈到各国的服饰，均以为日本女性的和服敞开的领子里那一角后颈，要比西方人的比基尼更撩拨人意。然后，他们就穿着衣服做爱，那种受拘束的忍无可忍使得欲望更加高涨。有时候，他们面对面地站着，比尔的手伸进阿三的衣服，那层层叠叠、窸窸窣窣的动静，真叫人心旌摇曳。里头的那个小身子不知在什么地方等着他，是箭在弦上的情势，比尔他何曾经历过啊！他想：

这是人吗？这是个精灵啊！

与实际的做爱相比，阿三的兴趣更在营造气氛方面。她是花样百出，一会儿一个节目。像阿三这种发育晚的女孩子，此时还谈不上有什么欲念，再加上心思不在这上头，全想着比尔怎么高兴。同金发碧眼的比尔在一起，阿三有一种戏剧感，任何不真实的事情在此都变得真实了。她因此而能够实现想象的世界，这全缘于比尔。所以，她就必须千方百计地留住比尔，不使他扫兴而离去。阿三晓得自己在做爱上肯定比不过比尔那些也是金发碧眼的对手，她以为比尔一定有着对手，并且想起她们，也毫无妒意。她就想着从别的方面战胜她们。比尔曾经对她说过：你是最特别的。阿三敏感到他没有说"最好的"。她自知有差异，却不知如何迎头赶上，只能另辟蹊径。

他们做爱的地方通常是周末时在阿三的学生宿舍，也曾经到宾馆租过房间，但在那种地方，阿三的艺术全无用武之地。房间太干净，太整齐，也没有可供创作的材料。当然，有浴室，可这又是一个新课题，阿三完全陷入被动。她不知所措地站在淋浴器下面，水淋淋的，由着比尔摆布，倒是有了一点欲念，但是很快被沮丧压倒了。比尔从来不带阿三去他的住处，阿三很识相地从来不问，虽然心里有些嘀咕。但是，在宿舍有在宿舍的好处，那是阿三的地盘，她更加自如，想象力很活跃。冬天到了，宿舍里没有暖气，他们在一床床沉重的棉被底下做爱、取暖，于比尔都是新鲜的经验。午后的阳光模模糊糊地照进来，心里有一些颓唐，还有些相依为命似的。

一个外国人，频繁出入学生宿舍，自然会引起校方的注意。先是班主任，后是教导处，最终是校保卫处，陆续找阿三谈话，要她严谨校风校纪，并向她了解比尔的情况。阿三闭口不言，也对比尔闭口不言。但她悄悄地着手在校外租借私房。从他们地处南郊的学校，再继续往南去，有一个华泾村，村民都是花农，以种菊花为业。近些年家家新造了楼房，自己住不完，就向市区一些无房户出租。阿三就是到华泾村去租房子的。当阿三打点停当，带比尔到新租的房子里，正是华泾村晒菊花的日子。家家门前都搭着晒花架，铺着白菊花。他们穿行过去，上了二楼，走进阿三的房间。温煦的阳光照在窗帘上，空气中洋溢着苦涩的花香，比尔真是有醉了的感觉。阿三把房间布置得很古怪，一个双人床垫放在正中间，一顶圆帐系在吊扇的挂钩，垂到地上，罩住床垫。他们就在那里面做爱。

　　然后，比尔让阿三坐在他的膝间，面对面的。裸着的阿三就像是一个未发育的小女孩，胳膊和腿纤细得一折就断似的。脖子也是细细的，皮肤薄得就像一张纸。可比尔知道，这个小纸人儿的芯子里，有着极大的热情，这就是叫比尔无从释手的地方。比尔摸着阿三的头发，稀薄，柔软，滑得像丝一样，喃喃地说：你是多么的不同啊！这就好像是用另一种材料制作出来的人体，那么轻而弱的材料，能量却一点不减，简直是奇迹。阿三看比尔，就想起小时候曾看过一个电影，阿尔巴尼亚的，名字叫作《第八个是铜像》。比尔就是"铜像"。阿尔巴尼亚电影是那个年代里唯一的西方电影，所以阿三印象深刻。她摸摸比尔，真是钢筋铁骨一般。可她也知道，这铜像的芯子里，是很柔软的温情，那是从他眼睛里看出来的。他们两人互相看着，都觉着不像人，离现实很远的，是一种想象样的东西。

　　有一次，比尔对阿三说：虽然你的样子是完全的中国女孩，可是你的精神，更接近于我们西方人。这是他为阿三的神秘找到的答案。阿三听了，笑笑，说：我不懂什么精神才是西方的。比尔倒有些说不出话来，想了想，说：中国人重视的是"道"，西方人则是将"人"放在首位。阿三就和他说《秋江》这出戏，小尼姑如何思凡，下山投奔民间。比尔听得很出神，然后赞叹道：这故事很像发生在西方。阿三就嗤之以鼻：好东西都在西方！比尔又给她搅糊涂了，不知事情从何说起的。但比尔还是感觉到，他与阿三之间，是有着一些误解的，只不过找不出症结来。阿三却是要比比尔清楚，这其实是一个困扰着她的矛盾，那就是，她不希望比尔将她看作一个中国女孩，可是她所以吸引比尔，就是因为她是一个中国女孩。由于这矛盾，就使她的行为会出现摇摆不定的情形。还有，就是使她竭力要寻找出中西方合流的那一点，以此来调和她的矛盾处境。

　　现在，她特别热衷于京剧的武打戏。她对比尔说：如果能将《三岔口》中人物动作的路线显现与固定下来，会是一幅什么样的画面呢？她把她所记录下来的《三岔口》的动作线条用国画颜料绘在一长幅白绢上，在比尔生日那天，送给他作为礼物。比尔很喜欢，当作围巾系在羽绒服的领子里。然后，两人就去吃自助餐，在一家新开的大酒店里。

正好是感恩节，人特别多，大都是美国人，比尔的几个同事也在，隔了桌子招着手。阿三今天化了很夸张的浓妆，牛仔服里面是长到膝盖的一件男式粗毛衣，底下是羊毛连裤袜，足蹬棉矮靴。头发束在头顶，打一个结，碎头发披挂下来。看上去，就像一个东方的武士，吸引了人们的目光。小姐走过来点蜡烛，很锐利地扫她一眼，这一眼几乎可以剥皮。这些地方的小姐都有着厉害的眼睛。阿三不免有些夸张地笑着，嘴里的英语也比平时用得多。同比尔一起去搛菜时，她一路同比尔聊天，停停搛搛，流连了许久。最后她挑了一小块蛋糕，插上蜡烛，让比尔吹灭，说：生日快乐！比尔头晕晕的，盯着阿三说：你真奇异。阿三注意到，比尔没有说"你真美"。

出酒店来，两人相拥着走在夜间的马路上。阿三钻在比尔的羽绒服里面，袋鼠女儿似的。嬉笑声在人车稀少的马路上传得很远，两人都有着欲仙的感觉。比尔故作惊讶地说：这是什么地方？曼哈顿，曼谷，吉隆坡，梵蒂冈？阿三听到这胡话，心里欢喜得不得了，真有些忘了在哪里似的，也跟着胡诌一些传奇性的地名。比尔忽地把阿三从怀里推出，后退两步，摆出一个击剑的姿势，说：我是佐罗！阿三立即做出反应，双手叉腰：我是卡门！两人就轮番做击剑和斗牛状，在马路上进进退退。路灯照着，将他们的影子投在地上，奇形怪状的。有人走过，就盯着他们，过去了，还回头看。他们可不在乎，只顾自己乐。闹了一阵，阿三重又钻进比尔的羽绒服里。这时，两人就都安静下来，静静地走着路，有时抬头看看天。深蓝的天被树枝权挡着，空气是甜润的。

比尔谈起了童年往事。他的父亲是一个资深外交官，出使过非洲、南美洲和亚洲，他的童年就是在这些地方度过。阿三问：你最喜欢哪里？比尔说：我都喜欢，因为它们都不相同，都是特别的。阿三不由想起他说自己特别的话来，心里酸酸的，就非逼着他回答，到底哪一处最喜欢。比尔就好像知道阿三的心思，将她搂紧了，说：你是最特别的。这时候，阿三提出了一个前所未有的问题：比尔，你喜欢我吗？比尔回答道：非常喜欢。由于他接得那么爽快，阿三反有些不满足，觉得准备良久的一件事情却这么简单地过去了。她想：下一回，她要问"爱"这个字。比尔对"爱"总该是郑重的吧！可是，她也犹豫，问"爱"合适不合适。他们之间的关系，与"爱"有没有关系呢？

阿三不知道比尔是怎么想的，也不知道自己是怎么想的。

　　阿三租了华泾村的房子，与比尔的约会倒比过去少了。一是路远，二是一个外国人出现在农人之中，多少有些顾虑。每一次去都要下大决心似的。有时甚至想把比尔装扮起来，潜送进去，好躲掉那些令人不安的目光。好不容易进了屋，他们便要逗留很久，有时是一个下午带一个晚上。阿三正给一个丝绸厂画手绘丝巾，每一条都不重样，画一条有十块钱。于是，四壁便挂满了所谓记录京剧武打的运动线路的丝巾。这些富有流动感的线条，萦绕了他们，他们就好像处在旋涡之中。也有丝巾尚未画上线条的时候，洁白地挂满一墙，而房前房后都是盛开的菊花，他们的床垫便好像一个盛大的葬礼上的一具灵柩。阿三躺在比尔的怀里，心里真想着：就是死也是快乐的。天黑下来，比尔的面目渐渐模糊，轮廓却益发鲜明，像一尊希腊神。阿三动情地吻着比尔，在他巨人般的身躯上，她的吻显得特别细碎和软弱，使她怀疑她能否得到比尔的爱。

　　比尔说：你是我的大拇指。阿三心里就一动，想：为什么不说是他的肋骨？紧接着又为自己动了这样的念头害起羞来，就以加倍的忘情来回报比尔的爱抚，要悔过似的。这样，她就更无法问出"爱不爱我"的话了。但她却可以将"喜欢"这个题目深入下去。她问比尔究竟喜欢她什么。比尔认真地想了一会儿，然后说：谦逊。阿三听了，脸上的笑容不觉停了停。比尔又说：谦逊是一种高尚的美德。阿三在心里说：那可不是我喜欢的美德，嘴上却道：谢谢，比尔。话里有讽意的，直心眼的比尔却没听出来。

　　比尔走了以后，阿三自己留在屋里，也不穿上衣服，就这样裸着，画那丝巾，一笔又一笔，为这个不常使用的房间挣着房租。想着比尔馈赠给她的美德：谦逊，不觉流下眼泪。她哽咽着，手抖着，将颜料撒在身上，这儿一点，那儿一点。她心里有气，却不知该向谁撒去。向比尔吗？比尔正是喜欢她的谦逊，怎么能向他撒气？那么就向自己吧！眼看着她就变成了一只花猫，一只伤心的花猫。

　　这段日子，阿三缺课很多。她的时间不够，要绘丝巾挣钱，要和比尔在一起，这两桩事都是耗费精力，她必须要有足够的睡眠。现在，她的白天几乎都是用来睡觉的。她独自蜷在那大床垫上，耳畔是邻人们说话的声音，脸上流连着光影，这么半睡半醒着，直到天渐渐暗下来，她也该起来了。她的下眼睑是青紫色的，鼻根上爬着青筋。倘若是要去见比尔，她就要用很长时间来化妆。她的妆越化越重，一张小脸上，满是红颜绿色。尤其是嘴唇，她越描越大，画成那种性感型的厚嘴唇，用的是正红色，鲜艳欲滴。阿三的眼睛本有点近视，房间里的灯光又不够亮，所以实际上的妆要比阿三自己所认为的更加浓烈。看上去，她就好像戴了一具假面。她的服饰也是夸张的，蜡染的宽肩大西服，罩在白色的紧身衣裤外面。或者盘纽斜襟高领的夹袄，下面是一条曳地的长裙，裙底是笨重的方跟皮鞋。

等校方找阿三谈话，提醒她还有一年方能毕业，须认真上课，第二天，阿三不和任何人商量，就打了退学报告。从此，学校里就再找不着她的人影。直到暑假前的一个晚上，她悄悄回到宿舍，带走了她的剩余东西。去的时候，同宿舍的一个女生在，乍一见她，都有些认不出，等认出了，便吃了一惊。看着她收拾完东西要走，才问她知道了没有。阿三说知道什么，她说学校已经将她作开除处理了。阿三笑笑说：随便，神色终有些黯然。那同学要送她，她也没拒绝。两人走在冷清的校园里，路灯照着两条人影，这同学本不是最亲近的，可这时彼此都有些伤感似的，默默地走了一程路。曾经朝夕相伴近三年的景物都隐在暗影里，呼之欲出的情景。然后，阿三就说：回去吧。走出一段，回过头去，那同学还站在原地，就又挥了挥手。

阿三没有告诉比尔被学校开除的事情，带着些自虐的快意。她的住在邻县的家人，更无从知道。她有一段时间，在华泾村蛰伏不出，画丝巾或者睡觉。连比尔都以为她离开了本市。这段时间大约有两个月之久，华泾村又架起了花棚，铺开了白菊花。花香溢满全村，花瓣的碎片飞扬在空中。阿三独坐屋内，世事离她都很远，比尔也离她很远。她画了一批素色的丝巾，几乎全是水墨画似的，只黑白两色，挂了四壁。房间像个禅房。她除了吃点面包，再就是喝点水，也像是坐禅。再次走出华泾村时，她苍白瘦削得像一个幽灵。又是穿的一身缟素，白纺绸的连衣裤，拦腰系一块白绸巾。化妆也是尽力化白的，眼影眼圈都用烟灰色。嘴唇是红的，指甲是染红的。穿的鞋是那种彩色嵌拼式的，鞋帮是白的，鞋尖却是一角红，也像染红的脚趾甲。就这么样，来到比尔面前。

比尔惊异阿三的变化。不知在什么地方，变得触目惊心似的。他抚摸着她的皮肤，不知是什么东西，灼着他的手心。他什么都不了解。这个与他肌肤相亲的小女人，其实是与他远离十万八千里的。但是他觉出一种危险，是藏在那东方的神秘背后的。然而，比尔的欲念还是燃烧起来了，有一些肉体以外的东西在吸引着他的性。这像是一种悲剧性的东西，好像有什么面临绝境，使得性的冲动带有着震撼的力量。这一回，是在阿三朋友的房间里。这朋友是个离婚的女人，很理解地将钥匙交给了阿三。周围是人家的东西，有不认识的女人的微笑的照片，还有不认识的女人的洗浴露化妆品的气息，形成一股陷阱似的意味。阿三瘦得要命，比尔从来没经验过这样瘦的女孩。胸部几乎是平坦的，露出搓衣板似的肋骨，臀也是平坦的。他的欲念并不是肉欲，而是一种精神特质的。阿三脱下的衣服雪白的一堆，唇膏被比尔吻得一塌糊涂，浑身上下都是，就像是渗血的伤口。那危险的气氛更强烈了。

很远的地方，楼群中间的空地，有吱嘎吱嘎的秋千声传来。

比尔渐渐平静下来，望着身边的阿三，这才渐渐有些认出她来，说：阿三，这么多天你在做什么？阿三说：在想一件事。比尔问：什么事？阿三说：就是，我爱比尔。说完，就转过脸去，背对着比尔。许多时间过去了，房间里有些暗，两人都没动，按着原先的姿势。终于，比尔说话了，他说：作为我们国家的一名外交官员，我们不允许和共产主义国家的女孩子恋爱。又是许多时间过去，秋千声也静了。比尔几乎要睡着，有一些梦幻从脑海过去，他好像回到了他在美国中部的家乡，有着无垠的玉米地，他在那里读完了中学。忽然一惊，他发现天已经黑了，阿三正窸窣着穿衣服。她的脸洗干净了，头发也重新梳过。他说：很抱歉，阿三。阿三回眸一笑：比尔，你为什么抱歉？于是，比尔便觉得自己文不对题，难道方才发生过什么吗？

什么都像是没有发生过似的，比尔和阿三的关系继续着。比尔给阿三介绍了两份家教，一份是教汉语，一份是教国画，教的是美国商社高级职员的孩子，报酬很不薄。因为要对得起，阿三就很认真，可是无奈孩子们不在乎，连家长都让阿三"轻松"些。尤其是那学国画的男孩子，一只长满雀斑的小手满把满抓地握了笔，蘸饱了墨，一笔下去，宣纸上洇开一大片，边上站着的父亲便很敬佩地说：很好！于是，阿三也乐得轻松。两家都是住繁华的淮海路后头的侨汇公寓，外头还是甚嚣尘上，进了门便是另一个世界。气息都是不同的，混合着奶酪、咖啡、植物油，还有国际香型的洗涤用品，羊毛地毯略带腥臭的味道。阿三有了这两份薪水，经济宽裕了许多。她便开始在市区寻找房子。

后来，她在一幢老式公寓里找到了房子。是一套中的一间，主人去美国探亲，不知什么时候回来，一半是招租，一半是找人看房子。另外大半套公寓里住了个保姆样子的女人，也是给东家看房子的，每天下午就招来一帮闲人打麻将，直至深夜。因各有各的犯忌之处，所以，与阿三彼此不相干，见面都不说话。华泾村的房子就退掉了。

现在，比尔来就方便多了。这地方是要比华泾村闹，比尔又常是白天来，楼下市声鼎沸，人车熙攘。窗帘是旧平绒的，好几处掉了绒，一抖便有无数毛屑飞扬起来。地板踩上去咯吱地响，还有一股蟑螂屎的气味。这使事情有一股陈旧的感觉，好像已经有成年累月的时间沉淀下来，心里头恍恍的。阿三就在这旧上做文章。她买来许多零头绸缎，做了大大小小十几个靠枕，都是复裥重褶的老样式，床上，沙发上，扶手椅上都是。她给自己买了一件男式的缎子晨衣，裹在身上。比尔手伸进晨衣，说：我怎么找不到你了。他们在柔滑的缎子里做爱，时间倒流一百年似的。她那学生的家长送给她一个咖啡壶，她就在房间里煮小磨咖啡，苦香味弥漫着。主人家有一架老式唱机，坏了多少年，扔在床下，阿三找出来央人修了修，勉强可以听，嗞嗞啦啦地放着老调子。美国人最经不起历史的诱惑，半世纪前的那点情调就足够迷倒他们了。

这是又一场新戏剧，两人重换了角色，说话的语气都变了。这回他们扮的是幽灵，专门在老房子里出没的，弄出些奇异的声响。他们看着对方的脸，看见的都不是真人，心里都在想：这一切多么不可思议！这就是他们彼此都离不了的地方：不可思议！换了谁都做不到，非得是他们两人，比尔和阿三。有时他们赤裸着相拥在窗前，揭了窗帘的一点角，看着马路对面的楼房，窗是黑洞洞的，里面不知有什么人和事，与他们有干连吗？这旧窗幔和旧墙纸围起来的世界，比华泾村的更有隔绝感，别看它是在闹市。从这里走出，再到灯火通明的酒店，两人都有些回不来的感觉。隔着桌子，比尔的手还是搭在阿三的手背上，眼睛对着眼睛。在这凝视中，都染了些那老公寓的暗陈，有了些深刻的东西。

要是换了中国的外交官，就会离开阿三了，可比尔的思路不是这样的。他只觉得他和阿三都是很需要，都很快乐，这是美国人在性上的平等观念。于是，阿三也避免使自己往别处想，她对自己说：我爱比尔，这就够了。她真以为自己是快乐的，看，她跳舞跳得多欢啊！大家都为她的旋转鼓掌，她也为人家鼓掌。每当比尔说出一句有趣的话，她就笑个不停。好好地走着，她一下子猴上比尔的背，让比尔背着她走。然后再倒过来，她来背比尔。她哪背得动他呀，只不过是让比尔趴在她背上，迈开着两腿自己走着。比尔一边走，一边唱他大学里啦啦队的歌谣。这时候，阿三多高兴呀！谁能比她和比尔玩得来？

可是，谁知道阿三一个人的时候呢？

这间阴沉的公寓房子里，什么都是破的。天花板那么高，阿三在底下，埋在一堆枕头里，快要没有了似的。阿三自己也忘了自己。这么一埋可以整整一昼夜不吃不喝，睡呢，也是模棱两可的。没有比尔，就没有阿三，阿三是为比尔存在并且快活的。这间房子，是因为比尔才活起来的，否则，就和坟墓没有两样。现在，连华泾村的菊花都是遥远的，那时候，对比尔的爱还比较温和，不像现在，变得尖锐起来。阿三有一个娃娃，穿着牛仔背带裤，金黄的头发蓬乱着，像一堆草，手插在口袋，耳朵上挂着"随身听"的耳机。阿三在它的背上写下"比尔"的名字。她将它当比尔，不是像中国传统中的巫术，为了咒他，而是为了爱他。

比尔的假期就要来临了，这一去就是几十天。比尔说：我会想念你的，阿三。阿三脱口而出：你们国家的外交官，可以想念共产主义国家的女孩子吗？话一出口，阿三便为她的狭隘后悔了。不料，比尔却笑了。他并没有听出阿三的讽意，他甚至没有联想起他曾经说过的话，他笑着说：我已经在想念了。阿三就更懊恼了，想这比尔心底那么纯净，没有一丝芥蒂。别看他比自己年长，其实却更是个孩子。这么大这么大个的孩子，是多么可爱啊！阿三将脸埋在他的怀里，想着自己与他这样的贴近，终于却还要离去，忽然就一阵伤感袭来，顿时泪流满面。比尔以为这是快乐的眼泪，这使他激动起来。这一回，阿三从头到脚都在呜咽，比尔在呜咽声里兴奋地喘息。他的脸叫阿三的泪水浸湿了，阿三的伤感也传染给了他，他也想哭，但他以为这是由于快乐。

比尔临回美国度假前还来参加领事馆的大型酒会，为欢迎大使从北京来上海。阿三也去凑热闹了。一进门，便看见比尔身穿黑色西装，排在接客的队伍里，笑容可掬的。他头发梳得很整齐，脸色显得十分清朗。当他握着阿三的手，说"欢迎光临"的时候，阿三觉着他们就像是初次见面。阿三今天也穿得别致，灯笼裙裤底下是一双木屐式的凉鞋，裸着的肩膀上裹着宽幅的绸巾，耳环是木头珠子穿成的，头发直垂腰间，用一串也是木头的珠子拢着。比尔忙中偷闲地走过来，说了声：你真美！这非但不使阿三感觉亲密，反觉着疏远，是外交的辞令。她看着英俊的比尔与人应酬着，举手投足简直叫人心醉，真是帅啊！阿三手里握着一杯白葡萄酒，站在布满吃食的长餐桌边，等待欢迎的仪式开始。人们三三两两站着，说着，也有像她这样单个的，谁也不注意谁。此时，阿三体验到一种失落的心情。

露台下草坪周围的灯亮了，天边的晚霞却还没褪尽。人越来越多，渐渐拥挤起来。其中有她认识的一些人，画界的朋友。看见阿三就惊奇地问：阿三，你没走？阿三反问：走到哪里去？朋友说：都传你去了美国。阿三笑笑没答话，朋友就告诉她，某某人去了美国，某某人也去了美国。正说着，人群里掀起一阵小小的浪潮，又有新人来到。是一个女人，穿一身黑套裙，身材瘦高，雍容华贵的样子，可却扬着手臂大声地说话，声音尖利刺耳，有着一股粗鄙气。她显然是这里的老熟人，许多人过来与她招呼。不一会儿，身边就簇拥起一群，众星捧月似的。朋友告诉阿三，这是著名的女作家，人们说，凡能进她家客厅的，都能拿到外国签证。女作家旁若无人地从阿三身边走过，飘过一阵浓郁的香水味，还有她尖利的笑声。人群拥着她过去，连那朋友也尾随而去了，阿三这才看见对面靠墙一排椅子上，坐着两个昔日的女影星，化着浓妆，衣服也很花哨，悄悄地端着盘子吃东西。还有一些人则端着盘子徜徉着吃，大都衣着随便，神情漠然，显见得是一些科技界人士，与什么都不相干的样子。阿三远远看见了比尔，在露台下的草坪中央，与几位留学生模样的美国女孩交谈着。

人渐渐聚集到草坪上。由于天黑了，露天里的灯变得明亮起来。女作家也在了那里，又形成一个中心。大厅里只剩下那几个学者，老影星，还有阿三。穿白制服的招待便随便起来，说笑着在打蜡地板上滑步，盘子端斜了，有油炸春卷滑落到地板上，重又拾回到盘子里。她又看见比尔了。有人过来与她说话，问她从哪里来，做什么的。阿三认出这也是领事馆的官员，但不是比尔。她开始是机械地回答问题，渐渐地就有了兴致，也反问他一些问题，那官员很礼貌地作答，然后建议去草坪喝香槟，香槟台就设在那里。等他将阿三置入人群之中，便告辞离去，阿三明白他是照应自己不受冷落。这就是外交官。比尔在人群中穿梭着，也是忙着这些。阿三的情绪被挑起来了，心里轻松了一些，便找人说话。她原本性情活泼，英文口语也好，不一会儿便成了活跃人物。甚至连那女作家都注意地看了她几眼。酒会行将结束，比尔走过她身边，笑眯眯地问：快活吗？阿三回答：很快活，比尔。最后，她向比尔道别走出领事馆，走在夜晚的林荫道上。时候其实还早，意犹未尽。阿三走着走着，忽然唱起歌来。

然后，比尔就走了。

阿三和比尔约好，每星期的某个时间在她朋友家等他的电话。那朋友家只是一个画室，空荡荡的，什么家具也没有，电话就搁在地上。阿三坐在地板上，双手抱着膝盖，望着那架电话机。许多时间过去了，电话没有动静。约定好的时间过去了半天，电话还是没有动静。阿三望那电话久了，觉着那机器怪形怪状的，不知是个什么东西。阿三忽然感到毫无意思，她不明白这电话会和比尔有什么关系，再说，就是比尔，又有什么意思呢？难道说真有一个比尔存在吗？她笑笑，站起身，这才发现双腿已经麻木得没知觉了。她拖着身子走了几步，渐渐好些，然后便走出房间，把房门钥匙压在踏脚棕垫底下了。

有时，对比尔的想念比较清晰，她就到曾经与比尔去过的地方，可是事情倒又茫然起来。比尔在哪里呢？什么都是老样子，就是没有比尔。她想不起比尔的面目。走在马路上的任何一个外国人，都是比尔，又都不是比尔。她环顾这老公寓的房间，四处都是陌生人的东西和痕迹，与她有什么关系，她所以在这里，不全是因为比尔？她丢了学籍，孤零零地在这里，不全是因为比尔？可是，比尔究竟是什么呢？她回答自己说：比尔是铜像。

这一天，有人来敲她的门，是两个陌生人，一个年轻些，一个年长些。阿三怀疑地问，是找她吗？他们肯定就是找她。他们态度和蔼却坚决，阿三只得让他们进来。坐定之后，他们便告诉阿三，他们来自国家的安全部门，是向她了解比尔的情况。阿三说，比尔是她的私人朋友，没有义务向他们作汇报。那年长的就说，比尔是美国政府官员，他们有权力了解他在中国活动的情况。阿三说不出话来了。年长的缓和了口气，说他们并无恶意，也无意干预她的私生活，只是希望她考虑到她身为中国公民的责任心，她与外交官比尔的关系确实引人注意，比尔那方面想来也会有所说明，他们自然也有权力过问。阿三依然无话，那两人便也无话，只等着阿三开口。沉默了许久，阿三说道：我和他之间没有什么，真的没有什么。眼泪哽住了她，她哑着声音，摇着头，感到痛彻心肺。她想她说得一点不错，一点不错，她和比尔之间，真的，没有什么。

不久，阿三就搬出了这间老公寓房子，新租了地方。在隔了江的浦东地方，一个新规划的区域里最早的一幢。整幢楼房，只搬进三五户人家，其余就空着。晚上，只那几个窗户亮着，除此都是黑的。楼道里更是寂静无声。从这里再到她任家教的闹市中心的侨汇公寓，真好比换了人间。可是，这并没什么，比尔没有了，其他的都无所谓。算起来，比尔应当来了，可是他找不到她了。再说，很可能他根本没有找她。她想象不出比尔一个人来到那幢老公寓里，按她的门铃，然后，由那隔壁的看房子女人从麻将桌前站起来，给他去开门。不，比尔从来不是这样凡俗的形象。阿三决定结束这段关系了，她想她不能影响比尔作为一个外交官的前程。这么一想，便有了些牺牲的快感。然而，紧接着的一个念头却是：我和比尔之间有什么呢？什么都没有，于是也就没有牺牲这一说了。

没有比尔的日子，一天一天地过去。手绘丝巾渐渐市场饱和，那丝绸厂就想转方向，阿三早已画腻了，正好罢手。这时，有画界的朋友来联合，举办一次画展。她已有多日没有正经画画，且有许多新观念，就积极投入进去。这样，阿三就有些重振旗鼓的意思。当她将画布绷在木框上，再用细钉子一只一只钉牢，她意外地发现，这一切做起来还是那么熟练，灵巧，得心应手。

劳动的愉悦从心头升起，比尔变得虚妄了，不值得一提的样子。画笔在画布上的涂抹，使她陷入具体细节的操劳与焦虑，别的全都退而求其次了。倘若不是为了房租和生活，那几份家教阿三也是要辞掉的。现在，她对付完课程后，便急匆匆地往浦东赶，想起有一幅画未完成在等待她，心头竟是有股暖意的。

阿三望着丘陵上的孤独的柏树，心里说：假如事情就停止在这里，不要往下走，也好啊！

她想起那阵子，朋友们又开始来到她的住处，吃着罐头、面包，喝着啤酒、可口可乐，商量办画展的事项，是多么自由的日子啊！可是现在，她看了看窗上的栅栏，不由叹了口气，后来闹得确实也不像话了。要说和比尔有什么关系呢？后来她再没见过比尔，也没有他的消息。她做家教的人家，虽然是比尔的朋友，但他们外国人从不过问别人的私事，你要不提，他们绝不会先提。直到两年后，她在那女作家的客厅里，听说比尔已经调任去韩国，再见比尔，更不可能了。阿三想到，当时听到这消息的漠然劲，她简直不知道，她究竟爱还是不爱比尔。

那年的圣诞节，阿三还是给比尔寄了一张卡，没有签名，也没有写下地址。不知比尔接到这没头没脑的圣诞卡，是怎么想的。这年的画展，最终也没有办成。发起人首先退出，为了要去法国。他在马路上结识了一个向他问路的法国老太，恰是个画廊老板，很赏识他的才华，将他办去了法国。其实，仅仅是走了一个人，还不要紧，要紧的是他这一走，人心都散了。其余的人似乎也看见好运在向他们招手。大马路上走来走去的外国老少，不知哪一个可做衣食父母。画展不了了之，阿三的房里堆了一堆新作品，大多是浓墨重彩的色块，隐匿着人形，街道和楼房，诡秘和阴森，具有着二十世纪艺术所共有的特征，那就是形象的抽象和思想的具体，看起来似曾相识。这些年里，阿三看得多了，听得多了，思想有些膨胀，但久不练习，技术退步了，因此，形象上的模糊更夸张了抽象感，而思想的针对性则更加鲜明，一切都显得极端和尖锐。其中有些力不从心，还有些言不由衷。有时候，阿三自己对着画坐上半天，会疑惑起来，心想：这是谁的画呢？

当这些画积起了一层薄灰的时候，来了一个人。是本地的美术评论家。

文章写得不怎么样，对画的评价也往往莫衷一是，可因为写得多，渐渐也形成了权威。现在，他正为一个香港画商做代理人，这使他在制造社会舆论的同时，又开辟了通往市场的道路。他来到浦东的阿三的住处，看了阿三的画，立即拍板购下了一幅，并且，与阿三展开了讨论。讨论是从为什么作画的问题开的头。阿三说因为快乐，这同几年前的说法一致，语气却要肯定，经过深思熟虑的。评论家说：奇怪的是，说是为了快乐，画面却透露出痛苦。阿三笑道：你难道连这都不懂，快乐和痛苦在本质上是一回事，都是濒临绝境的情感。评论家就问理由，阿三又笑了：还需要理由吗？事情发生了，就存在了，存在就是合理。评论家就又刨根问底：为什么是这样发生，而不是那样发生，这样发生和那样发生之间究竟有什么不同？阿三说也许有不同，也许没有不同。于是他们又谈到事物之间有没有具体的联系。评论家以为表面上没有，事实上却有。阿三的观点则相反，表面上有，事实上却没有。评论家便一下绕回去，说：既是这样孤立的形态，快乐和痛苦怎么会是一回事呢？这就把阿三问愣了。

他们的讨论东一句，西一句的，不大接茬的样子，却都兴致盎然，彼此感觉有启发。评论家回忆起阿三初露头角时的胆怯样子，想她真是成熟得快，都能在一起探讨理论问题了，她是从哪里得来的养料呢？阿三与评论家说着这些，思想逐渐清晰起来，原先对自己新作品的茫然减退了，觉得那正是自己想说的话，一切全都自然而然。

半月之后，阿三拿到了支票，支付的是美金。这似乎是一个证明，证明阿三的画汇入了世界的潮流，为国际画坛所接纳了。阿三不再是一个离群索居的地域性画家了。

从此，评论家便成了常客。务虚完毕，接下来就是赶着阿三作画，像一个督工似的。有一阵子，阿三看到颜料就心烦，想着偷一天懒吧，可是评论家又在敲门了。就是这种农人式的辛苦劳作，将阿三从漫无边际的思想漂流中拯救出来，也将她从懒散中拯救出来。生活变得紧张，而且有目标。现在，那几份家教也结束了，主人们任期已满，先后回国去了。阿三就专心画画，还有看画。她又奔忙于一些画展之间，以及朋友的画室之间，去看他们的新作品，听他们的新想法。阿三过去在班上并不被看作是出色的学生，而现在，评论家的谈话以及卖画的成果使她看见了她的才华。

这段日子里，阿三挥洒掉多少颜料呀！她画腻了那种补丁似的色块以及藏在色块里的实体，开始画那种逼真的小人儿，密密麻麻的，散布在反透视法的平面的十字路口，或者大楼上下，沙丁鱼罐头似的。这是颇费工夫的，是个细活，阿三绣花似的画着。起初的效果确实惊人，由于长久地在画里找不见清晰的人和事，一旦看见这栩栩如生的场景，真是叫人高兴。这些小人儿全都有模有样，有根有据，十分可爱。也能看出，阿三心里的安宁。一些汹涌澎湃的东西过去了，留下的是心细如发的情绪。在这画小人儿里，又有一些时间淅淅沥沥地过去。有时画久了，阿三一抬头，看那太阳已经西去，有轮渡的汽笛传来，不禁生出今夕是何年的感触。

后来，那香港画商就来了，让评论家介绍阿三认识。见面才知道，香港画商是个美国人，在香港有个企业。他并不懂画，可他经过多方调查，预测到若干年后，中国年轻一代的画作，将会获得很大的世界市场。于是，他便订下一个购买计划，专门收买那些未成名的画家的作品。他要的都是西画，并不是中国传统画。这也是来自预测，他认为中国画和那些中国民间技法作品目前的热门只是个暂时，这并不标志中国画家真正走上世界大市场。只有那些操纵着油画刀，在西方观念下成长起来的画家，才有可能承担这角色。阿三便是其中一个。

他在和平饭店请阿三、评论家，还有一个担任翻译的外语学院教师，一起吃了顿晚饭。这一天过得十分快乐，蜡烛点起了，老爵士乐奏起了，邻桌是一个西欧国家的旅行团，随着音乐唱起来了。阿三泪汪汪的，看出去的景色都散了光，她想：坐在眼前的，用筷子笨拙地夹东西吃的美国人，是比尔多好。这种夜晚特别像节日，并且不分国界。阿三就是喜欢这个。这美国人要比比尔年长得多，算得上是半个老头了，可他喝了点酒，也那么活跃，喜欢说笑话，说完之后就停下来左右看他们的反应，好像小孩子做了好事在等待大人的褒奖。看他的样子，一点没有投机商的精明，甚至还有些诗人的浪漫的天真。他虽然老了点，可是神气却不减，也像是莎士比亚戏剧中的人物。他们这样的人种啊，就好像专门为浪漫剧塑造的。这晚上唯一的不足就是评论家的紧张不安情绪。他见阿三英语说得好，可以与美国人直接对话，便担心起阿三会甩开他这个代理人，直接卖画给美国人，于是阿三和美国人的每一句对话，他都要求那教师替他翻出来，有一些玩笑话不那么好翻，教师有些迟疑，他便眼巴巴地瞪着教师的嘴，好像那里会吐出金豆子来。其实，阿三说的都是一些无关的事情。

次日，美国人便来到阿三的画室，后面自然跟着评论家和那位翻译。美国人看阿三的画的时候，神色一扫前日晚餐上的傻气，显出严格挑剔的表情。他不再与阿三多话，而是向评论家提出问题。阿三在一旁听着。美国人的问题虽然与绘画艺术无关，却带有商业方面的见识，他说：这些画看起来与西方画几乎无甚区别，假如将落款遮住，人们完全可能认为，是一个美国画家的作品，那么，在市场上，将以什么去引起注意呢？评论家说：一个中国的青年艺术家，在十多年里走完了西方启蒙时期至现代化时代的漫长道路，这本身就是一件值得引起注意的事情。美国人就加重了语气说：可是我指的是，把落款遮住，我们凭什么让人们注意这幅画，而不是那幅画，在我们西方，这样画法的非常多。说着，他将阿三新完成的那幅百货公司的人群的画拉到跟前，说：这完全可以认为，画的是纽约。评论家说：在我们这城市，现在有许多大酒店，你走进去，可以认为是在世界任何地方。美国人接过他的话说：对，可是你走出来，不，不需要走出来，你站在窗口，往外看去，你可以看到，这并不是世界任何地方，这只是中国。阿三不由暗暗叹服这个美国人，他绝不是看上去那么简单的。然后，他总结道：总之，西方人要看见中国人油画刀底下的，绝不是西方，而是中国。评论家丧气地说：那么国画，还有西南地区的蜡染制品，不是更彻底的中国？美国人宽容地笑笑：这个问题我们已经讨论过了。

美国人这次来，没有买下阿三一幅画，但他对阿三说，他认为她是有才能的，他还是会买她的画。过后，评论家向阿三抱怨，说美国人出尔反尔，他本来特别强调的就是中国青年画家的现代画派作品，现在又来向他要差别。阿三却说她懂美国人的意思，只是觉得为难，当她拿起油画刀时，她的思想方式就是另一种了，这是一种形式和内容合为一体的问题。评论家要她说得明白些，阿三解释道：你看，我用毛笔在宣纸上作画，我的思想就变得简约、含蓄，我是在减法上做文章，这个世界是中国式的，是建立在"略"上的；

可是，画布，颜料，它们使我看见的却是"增"上的世界，是做加法的，这个世界正好和中国世界相反，一切都是凸显，而后者却是隐匿。评论家不由得点头。阿三接着往下说：中国人的思想就像是金石里的阴刻，而西方人则是阳刻。评论家说：那么能不能用油画刀做阴刻呢？阿三没有回答。她觉得自己已经接近事情深处的核心，可是却触及不了，有什么东西将思想反弹回来了。

但这些并没有阻碍阿三继续画画。她决心从另一条途径入手。她搞来许多碑拓，仔细看那些文字的笔画，以及风蚀的残痕。她想：中国画里的水墨，其实黑不止是黑，而是万色之总。因此，她在用色上应当极尽绚烂浓烈之能事。中国意境不是雅吗？她就用俗丽来表达雅，中国意境不是有余地吗？她就用繁复庞杂去做余地。她相信两个极端之间一定有相通之处。接下来的一批画，便是在此思想下画成的。依然是色块与色线，以魏碑为形状基础，很细致的笔触，皴染似的，又像湘绣，织进百色千色。她刚画完一幅时，自己都有些惊奇，但她并不急着往外拿，直等到画成一批，才将它们环壁一周，请评论家光临指导。

现在，阿三渐渐有了些名气，外国领事馆举行活动，也常常会寄请柬给她。当然，她不再去美领事馆。她把美领事馆寄给她的印花请柬划一根火柴，慢慢地烧掉，眼前就好像出现穿了黑色西装微笑迎候的年轻外交官比尔。其实，这时比尔已去了韩国。

阿三在这些聚会里，身边也能聚起一群人了，有些与那女作家分庭抗礼的意思。而且，她不必像女作家那样声嘶力竭地表现，她年轻，打扮不俗，有卖画的好成绩，再加上一口好英语，自然就有了号召力。开始时，她能感觉到女作家敌意的眼光，还有加倍努力的夸张声势。心中不由暗喜，知道这是冲着自己来的，说明她占了些优势。再接着，女作家就来向她套近乎了。一见面就像熟人似的，上前夸奖阿三的裙子，还有手镯，并且把阿三介绍给她的熟人。阿三自然就很友好，向她请教些事。转眼间，两人就成了好朋友，肩挨肩地站着，然后再分头各自去应付自己的一伙。有几次两人交臂而过，就很会心地笑。晚会结束时，女作家便向阿三发出邀请，去她家玩。

女作家住在西区一幢花园洋房的底层。独用的花园并不大，收拾得很整齐，有几棵树，巴掌大的一块草坪。这天她举行的是化装舞会，每个来宾自己设计服装，然后再带一个菜。花园的树枝上点缀了一些小彩灯，放了两把沙滩椅。她自己装扮成黑天鹅的样子，穿了紧身裤，走来走去招呼客人。她的丈夫也很凑趣地戴了一个纸做的眼罩，腰上佩一把剑，算是佐罗，忙东忙西的。阿三把自己化装成一只猫，其实不过是在头上戴一只纸冠，妙的是她在屁股后头拖了一条尾巴，这使女作家很感激。因为除了几个外国人装成中国清朝人，还有一个德国小伙子穿了红卫兵的服饰，其余的客人要么不化装，要么就是不得要领，只是穿着讲究些而已，女客们大多是很拘礼地穿一条曳地长裙。说是化装舞会，其实只说对了一半。

阿三望着满满一房间的人，想起朋友曾经说过的话：凡是能进入她家客厅的，都能拿到外国签证。这说明了这客厅的高尚。此处有些什么人呢？有一个电影明星，有歌剧院的独唱手，角落里弹钢琴的是舞蹈学校里的钢琴伴奏，有文风犀利的杂文作家，专在晚报上开专栏的，有个孔子多少代的后人，在这城市里也算个稀罕了，还有些当年工商界人士的孙辈，再有一个市政府的年轻官员，是自己开着汽车来的。

陆续来到，先是喝饮料，然后吃晚餐，一边吃一边就有出节目的：唱歌，讲故事，说笑话，变戏法，还有出洋相，晚会就到了高潮。大家开始跳舞，还有到花园里去聊天的。聊着聊着，就见落地窗里，一队人肩搭肩地扭了出来，将聊天的人围起，绕着转圈。阿三排在最后一个，就有排头的那个去揪她的尾巴。树枝上的彩灯摇动起来，花园里的暗影变得恍惚不定，队伍终于有点乱，互相踩了脚，最后谁被椅子绊倒在地，才算结束，纷纷回到房间。

女作家忽然拍着手，招呼大家安静，说要宣布一个消息，录音机关上了，嬉闹停止了。女作家从人背后拉出一个女孩子说：劳拉下个星期要去美国。大家便热烈地鼓起掌来，有调皮的立即奔到钢琴前，在键盘上急骤地敲出"星条旗永不落"的旋律。这位英文名叫劳拉的女孩，此时成了中心人物，人们围着她问长问短。一些片言碎语传到阿三耳中，是在议论美领事馆的签证官员，一个男的好对付，另一个女的，是台湾人，不好对付，如何才能避开女的，排到男的上班的日子。阿三正竖起耳朵听着，忽然有人拉她的尾巴，回头一看，是女作家。

女作家递给阿三一碟蛋糕，悄声说：劳拉看上去年轻，实际已经三十多了，从云南插队回来后，至今没有男朋友，工作也不合意，这回去美国是读书签证，前景怎么也难预料。女作家脸上出了汗，洗去些脂粉，肤色显出青黄，看上去很疲惫。她狼吞虎咽地吃着蛋糕，嘴角都黏上了白色的奶油，又接着说：劳拉的父亲当年是圣约翰大学毕业，家里很有钱的，"文化大革命"被扫地出门，从此一蹶不振。然后她用手里的勺子指了指那化装成红卫兵的德国人，说：这种纳粹瘪三，算什么意思！被她骂作"纳粹瘪三"的小伙子不知道她在说什么，笑微微的，朝这边举了举酒杯。她俩便也一起朝他笑笑。阿三忽然有些喜欢这个女人。她吞下最后一口蛋糕，抹了抹嘴，带了股重振旗鼓的表情，离开阿三，再去酝酿下一个高潮。

就这样，阿三成了女作家的座上客。女作家再要召集晚会，就是和阿三一起筹备。阿三到底年轻，又是学艺术的，鬼点子就特别多。有一次，她设计一个游戏，让每个来宾不仅要带一个菜，还要带一句话，写在纸条上。这句话一定要有三个条件：什么人，什么地方或者时间，做什么。比如：阿三，吃过晚饭，画画；劳拉，在床上，哭泣；查理，在冰上，跑步。然后，就将句子分三个部分剪断，各自归拢一处。游戏开始，大家坐成一圈，先将"什么人"发下去，再将"什么地方或者时间"发下去，最后是"做什么"。这样，每个人手里就又有了一个完整的句子，不过却是重新组合过的，于是便出现奇异的效果。比如：阿三，在床上，跑步。事前，阿三又撺掇几个年轻会闹的，写一些特别促狭古怪的句子，结果就更是惊人。每一个句子都引起哄堂大笑，几乎将屋顶掀翻。有打趣在座的人，有讽刺大家都认识的人，有调侃当政的要人。终于轮到阿三打开手里的三张条子，拼在一起，要读却没有读出声来。大家都屏住笑等着，以为有一个特别大的意外将来临，这是游戏的策划者嘛。停了一会儿，阿三一个字一个字地读道：比尔，在某个诗情盎然的夜晚，向阿三求爱。这是这一整个谐趣的晚上的一幕正剧，大家都有些失望，礼节性地笑了几声。主持人便将字条收拢，洗牌似的洗过，开始了下一轮。

晚会结束已是下半夜，阿三没有回家，在女作家的沙发上蜷了几小时，天就亮了。她悄悄起来，女作家夫妇还在隔壁熟睡，她没有惊动他们，自己拿了块昨晚剩下的蛋糕，又倒了杯剩咖啡。一夜狂欢后，没来得及收拾，遍地狼藉。茶几上还摊着做游戏的纸条。她将它们拢起来，塞进提包，然后轻轻带上门，走了。

早晨的轮渡，只寥寥数人，汽笛在空廓的天水间回响。太阳还没有升起，江面罩着薄雾。阿三的思绪有些茫然，想不起为什么是这时候回家去。耳边有江水的拍击声，一下又一下。浦东渐渐就到了眼前。她走上码头。太阳出了地平线，忽然一切都焕发了光彩，她却感到了疲倦，眼睛是酸涩的，满是隔夜的睡意。

回到房间，她洗了澡，换了衣服，然后拉上窗帘，上了床。阳光照在窗帘上，又有些像夕照。她盘腿坐着，从包裹里掏出那些字条，将它们分别放作三堆，一个人做起了游戏。她依次抽出三张纸，拼成句子，看一遍推到一边，再排出下一句。周围安静极了，这幢楼房里仅有的一点响动也没有了，人们都上班的上班，上学的上学。阿三静静地排着纸条，她在等待那个句子的出现：比尔，在某个诗情盎然的夜晚，向阿三求爱。她知道不会是这一句了，可是别的一句将是什么呢：终于，"比尔"的名字出现了；然后是：在沙滩上；最后是两个字：游泳。比尔，在沙滩上，游泳。这是什么意思？阿三对自己说。她将纸条团起来扔在床下，打了个呵欠，瞌睡上来了，她都没来得及拉开被子，便睡熟了。

其时，画界正悄然而起一股新画风，就是宣传画风。将当年十分流行的宣传画，以精细写实的风格再现出来，再做一些微妙的改动。就像那一幅画，将达·芬奇的"蒙娜丽莎"添上两撇希特勒式的小胡子。这样的宣传画，通过评论家一类的中间人，流向海外的收藏家。这种画风所要求的写实功力，使得画家们临时抱佛脚地日夜练习着基本功。然后，宣传画又进一步变成新闻照片，以同样的手法做些改动，政治的讽意便更加突出了。阿三似乎是在一觉睡醒之后发现这新走向的。她想她是晚了一步，如何才能迎头赶上，摆脱落伍的处境？她从一个画室跑到另一个画室，这些画室里又充满了兴奋的情绪，前段时期的惶惑摇摆终告结束。人们或是在紧张地作画，或是高谈政治。许多小道新闻和政治笑话在这里流传，这些都成了他们创作的材料。其中最成功的一位是艺术院校的青年教师，他的画已被香港报刊刊登并做专题介绍。这个来自农村的孩子，有着惊人的想象力，将中国历史和现代化社会镶嵌成的场景，令人捧腹，比如秦兵马俑是足球看台上的观众，门将是孔子，罚点球的则是鲁梅尼格。他在他的乱糟糟的单身宿舍里日夜作画，废寝忘食。房间里充满了颜料味，脚汗味，还有方便面的调料味。他以农人样的苦吃苦做，创造和实践着新潮流，走向了世界。

阿三从这些画室一个圈子兜回来，脑子里乱了一阵子，慢慢地理出了头绪。其实所有的荒诞只来自于一个道理：时间空间的错乱，人和事的错乱。她翻出她的旧画，那些百货公司和十字路口的小人儿，决定就在这上面进行新的构思。她重新设计了调子，是亮丽而逼真的，就像美国柯达胶片的效果。这些小人儿不仅是芸芸众生，那些在醒目位置上的，都担任了重要角色，古今中外的政治人物，电影明星，著名人士，宗教首领，都是大家特别熟悉的形貌，经常在传媒中出现的那些，象征着历史和社会的趋向。此时此地，他们却在街头巷尾忙碌着凡人的生活琐事。这个画面除了那种刻薄的讥讽之外，却还流露出一些令人感动的气息，这是来自于那生活场景的细致和感性，是女性特有的对日常人生的温馨理解。但是，这正使评论家有所犹疑，认为批判的力度不够，充斥着庸俗的市井乐趣。他不能认同他内心的触动，因为许多成功的作品都是违反着内心原则来的。不过评论家还是决定试一试，谁知道，也许呢？这些美国人是那么不可思议。

许多古怪的画，源源地涌向这些代理人手里，连他们都有些吃不准了。他们的判断力受到挑战，有时便不得不求助于画家。他们将这个画家带去看那个画家的画，将那个画家带去看这个画家的画，听取他们的意见作为参考。同时，也有许多画家，最终抛开了中间人，自己与画商发生了联系。再有就是一些国外的职业的代理商开始进入画界，他们自然是内行多了。他们很快挤走了本地的这些半路出家的中间人，甚至不需要他们介绍画源。他们一到某个酒店住下，就会有画家上门。他们来到的消息，传得比风还快。那个驻香港的美国人果然预料得不错，甚至，比他预料的还要迅速，仅只两年时间，市场就大了起来。而两年后的今天，他却已经把注意力投向越南和柬埔寨。这时候中国大陆的画价，已经远不是当初，带着哄抬的架势，连最无资历的画家，开价也有些吓人，并且非美金不行。过去那些老主顾，如阿三他们，有时也会寄画作的照片给他，他以一个生意人的灵敏嗅觉，看出这些画作的商业气和潮流化，早先的为他视为宝贵价值的那股天真的茫然，不再有了。渐渐地，这个带有开拓者意味的画商便悄然退出了这个城市。

事情变得很热闹。更多的画家纳入卖画的行列，竞争日益激烈，紧张的气氛笼罩在画室上方。有一些画家率先关闭自己的画室，谢绝参观，为防止探索的成果被模仿。所有的创新一律带有容易模仿的特征抢第一的风气极盛。新探索面世的这一日，就是被埋没的一日，一大批同种面貌的画作涌现，淹没了独创性。这时候，大家都有些手忙脚乱的，迫不及待。宣传画风已经被真正的宣传画替代。这些不知从哪个角落里觅来的旧宣传画，被剪贴制作成另一幅作品，那画上的污迹和折痕都赋予了抽象的含义，深不可测。拼贴画就这样兴起了，画家们放下画笔，拿起剪子，埋头于制作。

一切都取决于灵感。灵机一动也许就能带来巨大的成功。其中没什么道理好讲。像先前评论家和阿三的那类理论探讨，再是文不对题，在此也不需要了。现在是像参禅似的。人心有些焦虑，好念头迟迟不到。那种农人式的勤勉劳动也不起作用了。那位青年教师已经辞职，背一架照相机，骑一辆自行车出去旅行，抛下了身后这个喧嚣的城市。

阿三住的那幢楼里，陆续有人进来装修，成天敲打个不停，还有冲击钻和电刨的怪响。阿三只得腰里别个随身听，用耳机把耳朵堵上。就这样还不行，依然吵得头昏。无奈，便避出去，反正在房间里也无甚可做，她已经有许久没有画画了。似乎，该画的都画过了，接下来，再做什么？她已经经历过几次这样丧失目标的阶段，每次都会获得契机，柳暗花明。阿三相信这次也会，所以心头不像前几回那么着慌。可是，契机什么时候来临呢？她无从着手去做努力争取，只有等待。

在阿三的这幢楼的前后左右，都开辟了工地，许多楼房将要平地而起，很快，就是一个大规模的住宅小区了。阿三走在工地旁的泥路上，看着自己的鞋尖，一些草和小花，被她踩进了柔软的泥里。她发现，春天又到了。迎春花疏朗的黄色在冷风凛冽的空气里摇曳着。空气里有一股含蓄的潮湿，也是春天的意思。阿三的心情有些好转，轻松起来。

她走到土路的尽头，并没有急着转身，而是走进那一片刚清理出来的空地。这里刚迁走一个乡镇小厂，地上有平地机的压痕，还有汽车轮胎的压痕。

这时候，阿三在地上看见了一幅奇异的图画，十几只线织手套被压进了泥地，呈现出纵横交错的线条，分布得那么均匀，手套上的辫子花有一股粗粝而文雅的气质。阿三停住脚步，眼光久久留连在那上面，心想：这才叫踏破铁鞋无觅处，得来全不费工夫。

阿三退出空地，然后转身向回走去。她明白她要做什么了。现在，又有一大堆事情等着她做，而且刻不容缓。

阿三的画室成了制作工场。她用颜料和油剂制成灰浆，厚厚地抹在画布上，不等它干便将线手套或者线袜随手抛上去，然后压实，再慢慢揭去，使其留下印痕。那分布与交叠的微妙之处，全在于她任意地一抛之间。这带有中国画泼墨的即兴的意味，也带有命运的哲学的意味，还像是一种游戏。有一些手套和袜子抛到了一堆，有一些却抛出了画外，这都是宿命。阿三给这些画起了一个名字，叫作《劳动》。她是反其道而行之的意思，明明是玩耍，却偏说是"劳动"。这批画一出阿三的画室，便在画家之间流传开了。同类型的作品一时间蜂拥而出。当然，印痕的样式各是各的，花色百出，有一些更加别出心裁。其中卖得最好价钱的一幅，是二乘二米大小，刻着砖石瓦砾的锐痕，题目叫作《原始社会》。要追究起来，阿三的画是这一切的源泉，可是大家都心急慌忙的，谁有耐心去追根溯源呢？

当然，也有阿三在别人的源头上发展的时候，比如那些剪贴画。阿三动的是月份牌的脑筋，收集来一些美女月份牌，再行加工。所以，这笔账就不能认真算了。

阿三的这些痕迹画，其实还开了个头，就是绘画向雕塑方面的转变。人们渐渐不甘心只在画布上刻些痕迹，而是要真实物体亲自登场了。一些破布烂衫出现在画面上，甚至更大的物体：水壶，铝锅，火钳，草帽……名堂越来越多。只是这样的作品给那些画商的收藏带来一定的困难。但与此同时，画商为某些画家在海外开办商业展出的好消息也传来了。出国办画展，是每个画家的美好心愿。

阿三开始寻找这样的机会。她把她作品的照片纷纷寄给各领事馆的文化部门，以及她所知道的画商。明知道这样并不会有什么结果，但聊胜于无。随后，她再各个出击。她跨过中间人，直接和画商联系，为他们安排住宿的酒店，陪他们看画、游玩、买东西。就这样，她认识了法国画商马丁。马丁的画廊在法国东部与德国交界的一个小城里，他对中国并不熟悉，阿三是他认识的第一个中国画家。

马丁所在的小城是一个僻静的地方，城里人口不过几万。画廊是在他祖父手里创建的。和那个时代的法国人一样，艺术是他生活的一部分，并不视为奢侈的。这个画廊有上下两层，一层是主人的收藏，二层则是流动性的展出。在过去的岁月里，马丁家并不指望它挣钱，只是将它作为他们家庭的一个建设，同时也很骄傲为这小城提供了艺术生活。到了马丁这一代，情形则有些不同。马丁是在美国西部读的大学，学的是传播。他是有些野心，也有些见识。当他回到他那宁静的带有避世意味的故乡小城，就产生了一种要使家乡与世界沟通的想法。他决定利用画廊这个地方。

就像欧洲人从教堂里上了西方艺术的第一课，马丁是在中国餐馆里启蒙了东方文化。那金碧辉煌的厅堂，富丽豪华的气派，俗艳到头又折回到雅的装饰，都暗合着马丁内里的浮华的心意。中国菜也是浓油重彩的，有一股香艳的格调。而与这一切形成对比，中国侍者的黄皮肤的脸却一律呆板，冷漠，面无表情。在垂着华丽流苏的宫灯照耀下，真有些像安格尔的画。在美国读书时，他认识了一个大陆来的中国留学生，就是通过他，再经过几道转折，他来到阿三面前。这时候，他是二十四岁，比阿三小三岁。

马丁是瘦长的个子，颈子和手腕从扣整齐的衣领衣袖中伸出长长的一截，就像是那种正在蹿个子的中学生，无法买到合身的衣服。他的白皮肤叫东方夏季的太阳晒得发红。为了降温，他便一个劲地喝可口可乐，然后就一边打着嗝，一边说着"对不起"。虽然他去过巴黎和纽约、洛杉矶，上海的拥挤和杂乱还是叫他吓了一跳。他一走出酒店就晕头转向，在联络到阿三之前的两天里，他都是在客房看电视度过。因此，阿三一旦出现，并且说着流利的英语，马丁立即有了种他乡遇故知的心情。然后他们便走出酒店，到各处逛着。一天下来，马丁便晒红了。

严格地说，马丁是个乡巴佬，没见过多少世面。他一步不离地跟着阿三，生怕走丢了。花钱方面也很吝啬，他们总是在那种小铺子里吃饭，并且总是在晚饭前回到酒店，然后就在大堂站住脚，握手，道别，把阿三打发回去了。

他对艺术也说不出有多懂，甚至谈不上是爱好艺术。尤其让阿三感到意外的是，他对西方现代艺术几乎无甚见解，他甚至显得有些闭塞。这倒使阿三在他面前有了自信。她陪他逛了三天，就带他去浦东。当轮渡渐渐离岸，马丁站在甲板上，望着往后退去的外滩的楼群，说：这有些像塞纳河，阿三方才想起马丁是来自法国的青年。

马丁看阿三画时，神情变得慎重和严肃了。在此之前，他还是腼腆、羞怯，对阿三怀着依赖。他坐在地上，阿三将一幅画安置在他前面，过一会儿，他用手指轻弹一下可口可乐的铁罐，表示可以过去了，阿三就再放上另一幅。他一直没有出声，也没有喝可乐和打嗝，凝神在画上。阿三不由有些不安，她克制着不去看马丁的淡蓝眼睛，那里有着一些决定命运的东西似的。她原先是没有把马丁放在眼里的，可是现在却有些不同。这个画廊老板的孙子，生活在法国，他的天性里就有着一些艺术的领悟力，虽然无法用言语表达。从米开朗琪罗开始的欧洲艺术史，是他们的另一条血脉，他们就像一个有道德的人明辨是非一样明辨艺术的真伪优劣。

上午九点钟的太阳已经炎热起来，电风扇忙碌地转着头，徒劳地驱散着热浪。有一块阳光正照在马丁一边脸颊上，汗流了下来，而他浑然不觉。

所有的画都看过了。马丁喝了一口可乐，又喝了一口，然后把那剩下的半罐统统喝完了。他抬头看着阿三，脸上又恢复了先前羞怯和依赖的表情。他说：你还有没有别的画了。只这一句便把阿三打击了。阿三生硬地说：没有。马丁低下了头，好像犯了错误却又无法改变。停了一会儿，他说：你很有才能，可是，画画不是这样的。阿三几乎要哭出来，又几乎要笑出来，心想他自己从来没画过一笔画，凭什么下这样的判断。她用讥讽的口气说：真的吗？画画应该是怎样的？马丁抬起眼睛，勇敢地直视着阿三，很诚实地说：我不知道。阿三又是一阵哭笑不得。可是在她心底深处，隐隐的，她知道马丁有一点对，正是这个，使她感到恐惧和打击。她也在地上坐下，坐在另一角。热气渐渐灌满了这房间，电风扇的风也是热的。马丁伸手到背囊里又掏出一罐可乐，刚要拉盖，被阿三制止了。她说：我给你拿冰冻的。然后起身去冰箱里拿来一人一罐。马丁从她手里接可乐时，朝她一笑，很老实卖乖的样子。阿三就不好意思生气了。

马丁说：我热得就像一条狗样。说着就伸出舌头学狗的样子喘气。阿三没好气地说：你是一条会咬人的狗。两人都笑了。有一股谅解的气息在他们之间升起，彼此好像接近了一些。这天的午饭，是吃阿三煮的方便面，面里打上两个鸡蛋，再加一把蒜苗。吃过饭都有些困顿，各在各的角落里打盹，有一句没一句地聊着闲天。最热的午后挨过去了，太阳西移，稍稍透气了一些。远处有电动打夯机的声音响起。最后，天边泛起了晚霞。先是一团，然后崩裂开来，铺了一大片，光线变得瑰丽多彩。马丁说：这像我家乡的天空。接着就说起那里的情景：蜿蜒上行的石子街，街边的小店，张着太阳伞，门前有卖冰淇淋的，上方悬一只小铃，摇一下铃，老板就出来做买卖。城里有一个方场，早晨有农人设摊卖菜和鲜花。节日的晚上，青年们就走出家门，在方场上跳舞，居民自己组织的乐队奏着乐，通宵达旦。这里的人几乎彼此认识，都是几辈子的老住户，有些人，从来就没有离开过。你知道，马丁说，法国和中国一样，是一个古老国家，就是这些永远不离开的人，使我们保持了家乡的观念。最后，他说到了他家的画廊，两人不由都静默了一下。

停了一会儿，马丁说：我们那里都是一些乡下人，我们喜欢一些本来的东西。本来的东西？阿三反问道，她觉出了这话的意思。马丁朝前方伸出手，抓了一把，说：就是我的手摸得着的，而不是别人告诉我的。阿三也伸出手，却摸在她侧面的墙上：假如摸着的是那隔着的东西，算不算呢？马丁说：那就要运用我们的心了，心比手更有力量。阿三又问：那么头脑呢？还需不需要想象呢？马丁说：我们必须想象本来的东西。阿三便困惑了，说：那么手摸得着的，和想象的，是不是一种本来的东西呢？马丁笑了，他的晒红的脸忽然焕发出纯洁的光彩：手摸得着的是我们人的本来，想象的是上帝的本来。

现在，阿三觉得和马丁又隔远了，中间隔了一个庞然大物，就是上帝。这使得他们有了根本的不同。一切在马丁是简单明了了的，在阿三却混淆不清。阿三不由得羡慕起马丁，可她知道她做不了那样，于是便觉着了悲哀。

这天晚上，他们一起乘轮渡到了浦西，然后在一条曲折的弄堂里找到一家面店。面店设在老式石库门房屋的客堂间里，天井里也摆了桌子，大门口亮着一盏铁罩灯。楼上和隔壁照常过着自己的日子，都已吃过晚饭，开着电视机，频道不同，声音就有些杂沓，又掺着电风扇的嗡嗡声。弄堂里有人摆了睡榻乘凉，聊天或者下棋。他们各人吃一碗雪菜肉丝面，要的啤酒是老板嘱邻居小孩临时到弄堂口买来的。他们碰了碰杯，忽然会心地笑了。这一天，虽然没有任何结果，可是，两人却都过得很满意。他们已经是朋友了。

在外滩分手的时候，阿三照往常伸手握别，马丁却说：不，我们应当按法国式的。说着，上前在阿三两颊上亲了亲。阿三看着他弓下瘦长的身子，钻进一辆夏利小车。然后，车开走了，融进不夜的灯火之中。阿三没有回浦东，而是转身跳上一辆公共汽车，向市区去了。

女作家的家里开着空调机，阿三一进去便感到沁骨的凉爽，心也安静了。女作家一个人在，穿着睡衣看电视，问阿三怎么多日不来，是不是有了奇遇？阿三不说话，只一杯杯地喝水，方才面条里大量的味精这时候显出效果来了。喝了半天水，阿三放下杯子，问了女作家一个关于宗教的问题：上帝在什么地方。女作家戏谑道：你问我？我还问你呢。阿三就有些不好意思，觉着自己造作了。这也就是女作家可爱的地方，她不虚假。女作家又紧逼着阿三问有没有奇遇。阿三很想和她谈些马丁的事，可是一张嘴，说的竟是比尔。她说：比尔，你知道吗？美领事馆的那个文化官员。女作家说：怎么不知道，他早已调任韩国了。阿三说：我和他有一段呢，你看我英语说得这样，从哪里来的？就从他那里来的。

女作家认真起来，注意地听着。阿三眼睛里闪着亢奋的光芒，她说着比尔和她的恋情，好像在说别人的故事。她隔一会儿就须重复一句：怎么说呢？她真的找不到合适的词汇，可以把这段传奇描述得更为真实，好叫人信服。一切都像是叙述一部戏剧，只有结尾那一句是肯定无疑，有现实感的，那就是，比尔说：我们国家的外交官不允许和共产主义国家的女孩子恋爱。这是千真万确，也因为它，女作家相信了阿三的故事。

阿三说完了比尔，心里突然涌上一股空虚感。她怀着恐惧想道：她现在什么都没有了，倘若没有新的事情发生。而且，难道她真的能够忘记比尔吗？她沮丧起来，在沙发上蜷起身子，一言不发了。她感到了这几天受热和奔波的疲乏，喉咙剧痛起来。她怕她要生病，就向女作家讨几片银翘解毒片。女作家递给她药时，她抬起可怜巴巴的眼睛，说：你看我能有一天出去吗？

女作家把药片重重地往她手心里一放，转身回到自己的座位上：出去，出去有什么好？停了一会儿，她缓和下口气，说：阿三，我送给你两句话，有意栽花花不发，无心插柳柳成荫。

第二天，阿三到马丁住的酒店去。马丁已经站在大堂里等她，看见她到，便很高兴地迎上前。阿三感觉到这一天过后，马丁对她产生的亲切心情，心里有些感动。马丁拉着阿三的手问，今天去什么地方。他觉得阿三有权利安排他的一切。原先，阿三是不打算让马丁和其他画家见面的，可是昨天过来之后，她的计划变了。她晓得马丁不是欣赏他们这些画家的人，他和以往的画商不同，所以也没必要垄断他了。并且，她想到马丁花了这么多法郎来到中国，应当看得再多一些，也不致显得自己太小气。于是她就向马丁宣布今天去看另外一些画家的画。然后，他们出发了。

马丁与比尔相比如何呢？阿三问自己。在这矗立着孤零零的柏树的丘陵地带，马丁和比尔一样显得朦胧，含糊不清。好像只是两个概念，而没有形象。阿三动了动身子，长久地坐车使她感到疲乏，风景又是那样单调。这时她注意到隔一条走廊的邻座上，那两个女劳教的脸上有奇怪的笑容。她不解地顺着她们低斜的目光看去，见其中一个正暗暗地做着一个下流的性交的手势。阿三感到了作呕，收回目光，扭过脸去。

穿过茫然，马丁的眼睛还是浮现起来了。同样是蓝色的眼睛，却也不尽相同。比尔是碧蓝的，是那类典型的蓝眼睛，像诗里写的那样；马丁却是极浅淡的蓝色，几近透明。两人都是高大健壮的，但比尔匀称，似乎身体的各部位都经过了严格的训练，而使其发育完美，比例合格；马丁则像是一棵直接从地里长出来的树，歪歪扭扭，却很有力量。比尔自然更为英俊漂亮，像个好莱坞的明星；马丁却更浑然天成，更为本质。似乎，比尔是个从试管里培养出来的胚胎长成的，马丁却是一千代一万代延续下来的生命果实。而正因为马丁是这么一种自然的生物，阿三便觉着更加隔膜了，连他的吸引也是隔膜的。比尔的世界是大的，喧腾的，开放的；马丁的则是宁静，偏僻，孤立，接近它的道路更为曲折。

他们的爱发生在最后的三天之内。这确是称得上爱的关系。这三天里，他们一天比一天亲密。尤其是马丁，因为知道他们一定是要分离，流露出的情感更为强烈。阿三却要比他乐观，因她抱着事在人为的希望。她留宿在马丁的房间，"请勿打扰"的牌子从傍晚直挂到次日中午。马丁人在旅途，知道这爱情的宿命，不会有任何结果。他对阿三难以释手，他连连地说"我爱你"，好像要以爱来拯救一切。阿三想到，她等比尔说出这句话，结果是在马丁这里听到，人事皆不同了。可她心里也是欢喜的。她是相信爱的，和比尔不成，是因为比尔对她不是爱，可是，"马丁爱我"。他们百般缱绻，然后累了，便一同睡去。有时马丁先睁开眼睛，看着阿三的中国人的脸在窗帘透进的薄光里，小而脆弱，纤巧的鼻翼看不出地翕动着，使那轮廓平淡的脸忽显得生气勃勃。他想起在他遥远的家乡，那一家中国餐馆里，有一幅象牙的仕女图。中国人的脸特别适合于浮雕，在那隐约的凹凸间，有一股单纯而奥妙的情调。他真是爱她，他忍不住要去吻她，把她吻醒，再缱绻个够。

尽管是有这留宿的三晚，阿三仍然感觉与马丁是一场精神上的恋爱，保持着特别纯洁的气息。他们像姐弟一般搂抱着睡觉，又像姐弟一般手牵手地逛街。马丁的那双大手啊，流露出多少虔诚。它是笨拙的，因知道自己笨拙，便小心翼翼。光凭这双手，阿三也知道："马丁爱我。"看见马丁过于瘦长的四肢，阿三忍不住就要去胳肢他，于是他便像落水的人一样胡乱划动着手脚，将近旁的东西都打落在地。阿三笑着说：我们中国人有一句老话，说男人怕胳肢，就怕老婆。马丁笑着说：我不怕老婆，我怕阿三。听到这话，阿三的心就沉了沉。趁阿三走神，马丁也去胳肢她，却没有收到预想的效果。马丁有点扫兴，可是接触阿三的身体使他温存。他把阿三抱在怀里，看着她的眼睛。这像浮雕似的细致的眼睛里，有一些模糊的神情是为他不能了解的，这触动了马丁，于是他又伤感起来。

他抱着阿三，阿三也抱着他，两人都十分动情，所为的理由却不同。马丁是抱着他的一瞬间，阿三却是抱着她的一生。马丁想，这个中国女孩给了他如此巨大的感动，虽然她画得一点也不对头。阿三想这个法国男孩能使她重新做人，尽管他摧毁了她对绘画的看法，她可以不再画画。一个是知道一切终于要结束，一个是不知道一切是不是能开始，心中的凄惶是同等的。马丁看阿三，觉着她离他越来越远，如同幻觉一样，捉也捉不住了。阿三看马丁，却将他越看越近，看进她的生活，没有他真的不行。马丁说：阿三，你是我的梦。阿三说：马丁，你是我的最真实。他们彼此都有些听不懂对方的话，沉浸在自己的思想里，被自己的心情苦恼着。

太阳一点一点下去，又一点一点起来。它在房间的固定的一点上慢慢地收住它的光，又在另一点上伸延着它的光。即使隔着窗户上的纱帘，它也能穿透进来。这真是催人落泪的。

离别的时刻就要来临了，马丁终于要收拾他的行李了。房间里东一摊西一摊的，他的东西，渐渐地收拢起来，渐渐地就好像没有住过马丁的样子。马丁的剃须刀、香水，马丁的旅游鞋，马丁的衬衫，全都装进了房门边的两个大包里。那两个大包却还是空空的，有许多空余。阿三忽然说：把我装进这里，带我一起走吧！马丁说：我要把你揣在我的口袋里带走。他把阿三的话当作了离别前恋恋不舍的情话，可阿三却一不做二不休，她抓住马丁的手，颤抖着声音说：马丁，带我走，我也要去你的家乡，因为我爱它，因为我爱你。她有些语无伦次，可是马丁听懂了。他的眼睛变得冷静了，却依然十分的诚实。他握住阿三的小手，送到眼前，仔细地看着那透明皮肤底下的蓝色脉络，然后说：阿三，我爱你。听了这话，阿三的身子向他近了一步，昂起头，焦灼地看着他的眼睛。他的眼睛淡得几近无色，那里有着什么呢？马丁接着说：可是，阿三，我从来没想过和一个中国女人在一起生活，我怕我不行。为什么？阿三脱口而出。她知道这问题无聊，不会有结果，可她却急于听到马丁的回答。马丁沉思了一下，说：因为，这对于我不可能。这就是马丁的魅力，他的回答，总是简朴到了极点，简朴到了真理的程度。

阿三垂下了手，马丁也松开了她的手。此时，两人都有一股说不出的失望，一个美好的记忆还没有形成就已经破碎了。彼此都猜错了心思，本来的相互理解，现在变成了不理解。都有些委屈，又不便诉说。于是就沉默着。最后的时间在沉默中度过。马丁的中国之行在这最后的时刻变得不堪回首，带着毁于一旦的痛切之感。于阿三来说，却几乎是痛及她的整个人生。她想：比尔不和她好，是因为不爱她，马丁爱她，却依然不和她好，她究竟在哪一点上出了毛病？

最后，就要走出门了，两人又紧紧拥抱在了一起。可是，都体会到这动作里的虚假。似乎，在这一刻里，两人都认识到自己的义务：要将这场恋爱画上一个句号，使之善始善终。两人都极力不流露自己的失望，热烈地亲吻着，心里却感到了疲惫。因此，一旦分手，就都感到如释重负。阿三甚至没有送马丁到机场，只在酒店门口看他坐进出租车，与他挥手告别。她几乎是急着要与他分离。但这只是当时，仅仅过了一分钟，阿三就后悔了。她差一点就要跑回酒店门口，再要一辆出租车，赶往机场。她对自己说：时间还来得及。然而，她努力克制住了。

一个人往回走的时候，和马丁在一起的情景便涌上心头，历历在目。这二十天里发生了多少事啊！天气依然那样炎热，看不见转凉的希望，可是马丁已经走了。阿三的眼泪流了下来。她想起了马丁温存的大手，是这样挽着她的小手，走在这人车熙攘的马路上。这时候，马丁从出租车的窗口望着烈日下赶路的人们，也在想着阿三。他知道这一生中再也不会遇见这姑娘了，不由心如刀绞。

马丁走后给阿三来过两封信，阿三一封也没有回。信封上的那个陌生的法国地名，于她是海角天涯。她知道那是欧洲的腹地，有着几百年不变的纯真的血统，它忠实地驻守在法国，是一道永恒的风景。她没什么要对马丁说的，说什么都无济于事。谈爱吗？算了吧，这是近乎奢侈的消遣，拿自己的感情做游戏。马丁的热情和忧伤，都煽不起阿三的心了。她甚至不懂他到底要什么。看他将他们的关系比作永恒中只能相遇一次的行星，是永远的瞬间，阿三便笑了，心里说：什么叫"永远的瞬间"？话是分开来说的，他——马丁，还有比尔，都是永远，而阿三就是瞬间。阿三把马丁的信都撕了。

可是，有一件事却激怒了阿三，使她平静不下来。那就是，阿三再不能画画了。马丁的全盘否定，在一个重要的节骨眼上，打中了她。她想：马丁，你不负责任！马丁把她苦心建造的房子拆毁了，他应当还她一座，可是没有，他就这样拍拍屁股走了，留下阿三自己，对着一堆废墟。比尔走的时候，阿三能画画，马丁走了，她却连画画也不能了。阿三虽然没有像爱比尔那样爱马丁——这是她经过比较得出的结论——但是马丁却比比尔更加破坏阿三的生活。

天气终于有了凉意。阿三挂在窗前的一只叫哥哥，渐渐声气微弱。阳光变得稀薄透明。房子前后的新楼也平地而起了。远处，有一座塔吊，在有雾的夜晚，那升降臂上的一盏灯，穿过雾障看着阿三，像一只夜的眼。这景色有一种纯洁的，但也是虚空的意味。午后时分，天空积攒着雨云，蜻蜓飞进房间，在突然变暗的黄昏样的光线里飞翔，翅翼闪着幽光。阿三想起马丁说的"本来"的概念。她静静地向昏昧的暗中伸出手去，似乎有蜻蜓飞行搅起的气流掠过手心。这就是"本来"吗？天已经暗到了这样的地步，如同黑夜一样，雨云铺满了整个天空，气压变得很低，呼吸都有些困难。雨马上就要下来了，甚至隐隐地听见有雷声，在厚厚的云层后面滚动。可是忽然间，雨云露出了边缘，阳光从那边缘里射了出来，天又亮了。这时候，才看见雨云原来是在飞速地奔跑，由于面积实在太大，要跑许久才可从头顶跑开。雷电终于没有来临，大雨也过到别的区域，蜻蜓飞走了。那接近于"本来"的幻觉也消逝了。

阿三躺在她的床上，看着窗口的景象。房间里堆着她的没卖出的画，几乎可代表这几年的美术史。没有人上门，人们都知道阿三和一个法国画商打得火热，眼看就要传开阿三去法国的流言。

现在，阿三已经被划进专门为外国人准备的那类女孩子，本国的男孩子放弃了打她们的主意。这就是阿三至今没有遇上一个中国求爱者的缘故。她生活在一个神秘的圈子里，外人不可企及。谁也无法知道她们日常起居的真实内容，那就是有时候在最豪华的酒店，吃着空运来的新鲜蚝肉，有时候在偏远的郊区房子，泡方便面吃，只是因为停电而点着蜡烛。她们的时装就挂在石灰水粉白的墙上，罩着一方纱巾。还有她们摩登的鞋子，东一双，西一双的。

无所事事，阿三很想去找女作家。可是她似乎很感惭愧，她的新故事结束得太快，不值得一提。她想起那晚在女作家的客厅里，她的表现是让人有所期待的。她就没有去找她。

这样懒散地度过两个月之后，阿三终于囊空如洗。她这才强打精神去寻找挣钱的途径。上海宾馆对面有一家旅游品商店，老板是她的朋友，曾经向她收购过水彩画和油画，以风景和静物为主。她当时因卖画正走红，自然嫌那收购价低了。但是，现在，她想来想去，只有去找他。她梳洗了一番，吃了最后一包方便面作早饭，就出门去搭轮渡。十月的高朗的天空，使阿三振作了精神。风是爽利的，将她一身的隔宿气扫尽。阿三气色看上去还不坏，心事已经沉淀下去，要有新开头的样子。她甚至已经在考虑将要创作的题材。她想她离开学校之后再也没有去写生过，出外写生的情景来到眼前，便有些兴奋。这样，她又看见了浦西的建筑。江边的绿化地带有老人在做操，还有孩子。经历了这样的骚动的时期，她几乎怀疑还有没有和平的生活。现在，这情景给了她肯定的回答。阿三愉快地想到，去过旅游品店之后，就到女作家那里去蹭一顿午饭，对，要敲她一次竹杠，逼她去红房子。

　　阿三乘上电车，街景都是令人愉快的。商店刚刚开门，第一批顾客拥进店堂。地面上洒过了水，湿漉漉的，转眼间便干了。阿三的心情这样开朗，以致到了旅游品店，发现这店早已几经转手，竟也没感到太多的沮丧。老板是个中年女人，并不认识阿三的朋友，阿三就又举出四面八方好几位熟人的名字，以期与女老板搭上关系。只有一个得到她模棱两可的回应，她所说的那名字与女老板知道的有一字之差，阿三承认也许是她记错了。这样一来，就好说话些。可是，此时阿三却发现店堂里已不再出售油画和水彩画，多是些瓷砖画，还有俗丽的玻璃画。她就问女老板为什么不再卖油画和水彩画，女老板说那些东西卖不出好价钱，画家要的价又很高，索性算了。阿三就说：我给你画怎么样？女老板很厉害地说：我又没看见过你的画，怎么好说呢？阿三说：我给你画一幅，但你要先给我些定金。女老板就笑了：我没看见过你的画，怎么好给你钱？阿三就说：某某人是我的朋友，也是你的朋友，连这点信任也没有吗？阿三开着玩笑，然后转身出了店门，心里说：你要我画我还未必卖呢。

　　阿三站在林荫道上，秋天的阳光从梧桐叶里洒落在她身上，她感到身心都是轻盈的。新洗的头发直垂到腰下，合起来不过一指头粗细，披开来却千丝万缕。头发的凉滑感觉传到了全身。她穿一条旧的齐膝剪去、露着毛边的牛仔裤，黑色高领线衫的袖口则是从颈下开始，两个肩膀完全裸露着，脚上是一双细跟羊皮镂空凉鞋。她的样子显得很新颖，过路人都要驻足回望。

　　现在，我要去什么地方呢？阿三想。这个思索一点没有使她茫然，她心里是清晰和坚定的。是的，她谈不上有一点茫然，只不过是没地方去。

她在树荫里站了一会儿，心里并不盘算什么。她感到身心那么舒畅，脸上浮起了微笑。身后旅游品店的女老板透过玻璃门看她，似乎也在等待着，看她将去什么地方。她将这女孩子划为某一类人中间。在这里开店的日日夜夜，她见多识广，人们大多逃不出她的判断。

阿三细长的发梢在微风中轻轻飘荡，她用一个小玻璃珠子坠住它们，使它们不致太过扬起。她的细带细跟镂空鞋有一只伸下了街沿，好像一个准备涉水的人在试着水的流速和凉热。她的身姿从后看来，像是一个舞蹈里的静止场面，忽然间她的身体跃然一动，她跨下了人行道，向马路对面的宾馆走去。女老板的脸上浮起了微笑，似乎是，果然不出她所料。

阿三走进大堂，左右环顾一下，然后在沙发上坐下。早上的酒店，正处在一种善后和准备的忙碌之中。清洁工忙着打扫。柜台忙着为一批即将离去的客人结账，行李箱笼放了一地。咖啡座都空着，商店刚开门，也空着。在玻璃门外的阳光映照下，酒店里的光线显得黯然失色，打不起精神。阿三坐在沙发上，一条腿架在另一条腿上，悠闲且有事的样子。她的眼睛淡漠而礼貌地扫着大堂里忙碌着的人和事，是有所期待却不着急。她的视线落在空无一人的咖啡座，她和比尔来过这里，是在晚上，那弹钢琴的音乐学院的男生心不在焉，从这支曲子跳到那一支。

这时有人走过来问，阿三旁边的座位有没有人。阿三收回目光，冷着脸什么也不说的，只是朝一边动了动身子，表示允许。那人便坐下了。这时候，一圈沙发都已坐满，人们脸对脸，却又都躲着眼睛，看上去就像有着仇似的。阿三对面是一对衣着朴素的老夫妇，他们很快被一个珠光宝气的香港女人接走了。香港女人说着吵架般的广东话。老夫妇的脸上带着疏远而害羞的表情，三个人朝电梯方向去了。他们的位子立即被新来的两个男人填上了。阿三左边的单人沙发上坐着一个中年人，派头倒不坏，却全叫那一身灰色西服穿坏了。说是西服，可跨肩和后肩，以及袖口，全是人民装的样子。膝上放一个人造革的公文包，两眼直视前方，一动不动。他对面，也就是阿三右侧的单人沙发上那一位则正相反，脖子上了轴似的，转动个不停，虽是坐着，却给人翘首以望的感觉。好几次，他眼睛里闪出兴奋的光，手已经挥动起来，差一点就要喊出声来，最后，才发现认错了人。

阿三看见，前边一圈沙发上并没有坐满，一些外国人宁可站着，也不愿挤在一起。甚至本来坐着的，一旦旁边有人落座，也立即站起走了开去。阿三愤怒地想到，中国人连汽车上一站路的座位也不愿放过，而要争个不休的恶习，并且发现这么团团坐成一圈，不是一家、胜似一家的滑稽景象，便想站起来也走开去。可是再一想为什么是她走，而不是别人走？就又坐了下去。这时再一抬头，发现左右都换了新人，连坐在她身边的那位也换了个与她年纪相仿的小姐。

　　大堂里开始热闹起来。人的进出频繁了，隔壁咖啡座有了客人，大声说话，带了些喧哗。自动电梯开启了，将一些人送去二楼的中餐厅。一阵热闹过去，大堂重新安静下来。不过与先前的安静不同，先前是还未开场，这会儿却已经各就各位。阿三身边的沙发不知什么时候都空下了，咖啡座又归于寂静，自动电梯兀自运作，没有一个人。柜台里也清闲下来，一个个背着手站着，清洁工在角角落落里揩拭着，有外国小孩溜冰似的滑过镜子般的地面，转眼间又没了人影。阿三依然保持着悠闲沉着的姿态，只有一件事叫她着恼，就是她的肚子竟然叫得那么响，又是在这样安静的中午，几乎怀疑身后不远处那拉门的男孩都能听见了。一个男人在阿三对面沙发上坐下，看着阿三，眼光里有一种大胆的挑衅的表情，阿三装作看不见，动都没动，那人没得到期待的回应，悻悻地站起身，走了。阿三敏感到，大堂里的清洁工和小姐，本来已经注意到她，但因为那男人的离去，重又对她纠正了看法。

　　停了一会儿，她站起身来，向商场走去。她以浏览的目光看了一遍丝绸和玉石，慢慢地踱着，活动着手脚。人们都在吃饭或者观光，这一刻是很空寂的。虽然饥肠辘辘，可是阿三的心情没有一点不好。她喜欢这个地方。虽然只隔着一层玻璃窗，却是两个世界。她觉得，这个建筑就好像是一个命运的玻璃罩子，凡是被罩进来的人，彼此间都隐藏着一种关系，只要时机一到，便会呈现出来。她走到自动电梯口，忽然回过头，对着后她一步而到的一个外国人微笑着说：你先请。外国人也客气道：你先请。阿三坚持：你先。外国人说了声"谢谢"，就走到她前面上了电梯。阿三站在外国人两格梯级之下，缓缓地上了二楼，看着那外国人进了中餐厅。她在二楼的商场徜徉着，看着那些明清式样的家具和瓷器。

她没有遇上一个人。

当她再回到大堂，她原先的座位已被几个日本人坐去，她也乐得换换位置，便来到另一圈沙发前，仍然挑了一具双人沙发坐下。这一回，她的神情更加轻松，带了股勃勃的生气。她一扫方才的冷漠和悠闲，脸上浮起亲切可爱的笑容，使人觉着她有着一些按捺不住的高兴事，她所以坐在这里，就是为了这高兴事。大堂里的大钟已指向一点，用过餐的人从自动电梯上下来。又到了一个外国旅游团，挤满了大堂，柜台里重新忙碌起来。外国人的混合着浓重体味的香水气，顿时充满了空间。阿三喜欢这样的气氛，乱是乱了点，可却有些波澜起伏的。她已经不再感到肚饥。她向旅游团里的一个老太说了声"哈啰"，她正摸索过来坐下歇歇脚，她也对阿三说了声"哈啰"，因为初到这个国家而受到欢迎心感愉快。阿三又问她是从哪里来，她回答说：美国。正要继续攀谈，却听导游在招呼集合，老太只得归队去。阿三很怜悯地看着她蹒跚的背影，说：祝你好运。

这时候，她听见耳边有一个男声用英语说：劳驾，小姐。起先她不以为是对她说，可是那声音又重复了一遍：劳驾，小姐。她这才回过头去，看见身后站着一位亚洲脸形的先生，系在长裤里的 T 恤衫上印着"纽约"的字样。他面色白净，头发剪得很整齐，脸上带着温文尔雅的微笑。你是在叫我吗？阿三用英语问。那先生点点头，阿三就说：我能帮你什么忙呢？他微笑着说：我能否知道，你是从哪里来的。阿三头一偏，说：你猜。日本，那人猜。阿三摇头。香港，那人又猜。阿三还是摇头。那么，美国，那人再一次猜道。阿三就说：保密。那位先生笑了，他绕到沙发前来在阿三旁边坐下，阿三嗅到他嘴里口香糖的薄荷气味，十分清爽。

阿三已经断定他是一个亚裔的外籍人，中国男孩很少有这样清明的脸色，干净整洁的发型，和文雅的笑容。并且，她注意到他长得十分端正清秀。阿三等着他提出邀请，邀请她去那边咖啡座坐坐。在她看来，这是起码的礼节，当一个男人主动搭识一个女人。他却好像忘了有咖啡这回事，而是和她一个劲地攀谈下去。他和她说上海这城市的美丽，外滩有些像纽约，人也很开放，很国际化。阿三则故意反着他来，说这城市又脏又挤，人也粗鲁，踩了你的脚还要骂你不长眼。他则很具历史态度地说：那是因为十年"文化大革命"

破坏了文明的缘故。阿三却反问："文化大革命"顾名思义不是应当对文明有益，建设新文明吗？那先生耐心地向她解释"文化大革命"的实质，阿三便想：这一位倒是听了不少中国的政治宣传。她知道有这么一类外国人，比中国人更理解中国。就装作有兴趣的样子听着。她有意对他亲切而稔熟，好使柜台那边的小姐认为，她终于等到了她要等的人，一个老朋友。

等他终于说完，阿三带着讥讽的口吻说：听起来，你就像个中国人。他谦虚地说：我就是个中国人，阿三等着他的下一句，"不过是出生在国外"，好再去讥讽他的中国心，可那下一句却是：我出生在上海。阿三倒是一怔，再看那人的微笑，便觉带着些诡诈的意思。她沉下了脸，正过身子，往后一靠，说：我也是中国人，出生在上海。他站起身，依然以温和礼貌的态度微笑着，说了声"再见"，便不见了。阿三想着：难为他有这样的仪表，却不会请小姐喝一杯咖啡。而她忽然一转念，想到他也许正期待阿三提出邀请，请他去喝咖啡呢！阿三实在觉得荒唐，并且愚蠢。两个人还一句去一句来地说了一大通英语，直到最后一句"再见"，也是用的英语，真好像两个外籍人似的。阿三这会儿才有些丧气，觉出了这大半天的不顺利。她恼火地站起身，将放长带子的小皮包一甩，走出了大门。她刚走了两步，却听身后有人叫：劳驾，小姐！这可是真正的美式英语，有些混沌的，她不由站住了脚步。

一个外国人疾步向她走来，是那类面色慈祥的老外国人，你既可以叫他一声"父亲"，又可以与他谈爱。这就是外国人的好处，他们那种希腊种的长相，就像是一层浪漫的底色，无论何种身份，都可兼谈爱情。阿三等着他走近前来，准备问他：我能帮你什么。结果却是，他对阿三说：我能帮你什么？阿三想都没想，脱口而出道：请我喝杯咖啡。说这话时，她带了股怒气，将方才遇上的倒霉事，全怪罪到这个老头身上，谁让他自己找上门来的呢！老外国人说：很好。然后又问阿三，去什么地方。阿三沉吟一会儿，想这酒店她是不愿再回去了，还是换一个好。于是就带他进了邻近的一家老宾馆，上了二楼，在咖啡座就座了。

这宾馆的规模要小得多，客人也少，咖啡座只他们两个。阿三要了一客蛋糕，眼睛一眨就下了肚，又要了一客。不动声色地，三客蛋糕下了肚。老外国人笑眯眯地望着她，说她吃这么多甜食，为什么一点都不胖，简直是魔术。阿三并不回答。她一直爱理不理，方才的气还没有出完。老人又称赞阿三长得美，尤其是她的头发，真是飘柔如丝啊！说着就伸手去抚摸她披在肩上的散发。阿三却将头一甩，头发滑向了另一边。老外国人摸了个空，却并不生气，笑得更慈祥了。这时，阿三才觉得气出得差不多了，心情开始恢复。她将餐巾纸铺开，摸出一支墨水笔，三笔两笔替老外国人画了幅速写。她几乎没有看他，在她眼睛里，所有的外国人都彼此相像，当然，除了比尔，还有马丁。她将画着速写的餐巾纸提起来，对着老外国人的脸。老外国人很孩子气地叫起好来，说，简直是魔术。阿三说：我有许多这样的魔术，你要不要，我们可以谈谈价钱。老外国人说：这样出色的魔术，应当由大都会博物馆来收藏。阿三听出老外国人的滑头，就顺着他话说：那就请你把这个转交给大都会博物馆。说着把餐巾纸叠起来，郑重地交到他手上。两人都笑了。

这时候，老外国人说：我叫乔伊斯，是美国人。阿三说：我叫苏珊，是中国人。因为这是不必说的，于是两人又笑。这样他们就算是认识了。乔伊斯接着告诉她，他住在美国的洛杉矶，开了一个加油站；儿女都大了，有的住在东，有的住在西，妻子去年死了，本来他们约好等将来老了，把加油站卖了，就来中国旅行，可是没想到，死神比将来先到一步，妻子走了，他这才明白，将来其实是永远到不了的，又是永远在昨天的，过了一年，他便卖了加油站，到了中国，可是，他的妻子却永远不会来中国了。阿三听出了神，她开始怜悯这个老乔伊斯，并且开始消除他们这种邂逅方式里的天生的敌意。乔伊斯将领口里一个鸡心坠子掏出来，揭开盖，让阿三看他妻子的照片。阿三将脸凑近去，并没有看照片，而是眼睛溜了过去，看见老头领口里的脖颈上面长着斑点，起着皱，真是一个老人了。阿三退回身子，表示了她的同情。老人接着说他的妻子，是个老派女人，一生都在勤恳地劳动，抚育儿女，协助丈夫，料理家务，她生前很想来中国，是因为中国熊猫的缘故，她是一个爱护动物的女人，天性博爱。

阿三听着他的唠叨，心里有些不耐，惴惴的，不知道下一步会是什么。然而，事情立刻结束了。老人忽然把话头打住，招手让小姐来埋单，然后笑盈盈地对阿三说，下午旅游团是去买东西，他对买东西向来没有兴趣，看见阿三之后就想，也许这位小姐会有兴趣听他谈谈，真是非常感激，上海真是个好地方，上海人那么友善，到处可以看见他们的笑脸，现在，他要赶回去和大家一起晚餐，然后去看杂技，那里有熊猫。阿三有些发蒙，不知该回答什么，乔伊斯又加了一句：可是苏珊你真能吃甜食啊！阿三甚至没明白"苏珊"指的是谁，就跟着他一同站起，走出了咖啡座。

这一天的最后一件事，是去找评论家，向他讨来彼此都已忘却的一笔拖欠的画款，从此便两清了。

这一次酒店大堂的经验，很难说是成功还是失败。重要的是，阿三自己必须搞清楚，她期待的是什么，难道仅仅是与外国人同饮咖啡？阿三当然回答：不是。可是，喝咖啡是一个良好的开端，接下来的，谁又能预料呢？也不排斥会是乔伊斯的那种。天晓得他是不是叫乔伊斯，就好比天晓得阿三叫不叫苏珊。不管怎么说，和乔伊斯的事情至少证明了事情的开头是可能的，只要事情开了头，总要往下走，总会有结果，这样一想，阿三就安心了。

下一日，阿三直睡到日上三竿，下午三点才过江到浦西。这一回，她坦然地走进咖啡座，要了一杯饮料，然后，怀着新鲜的兴致望着四周。此时此刻，正是酒店大堂活跃的时分。咖啡座里几乎满了一半，三三两两，有的高谈，有的低语。唯有阿三是独自一个，但她沉着而愉快的表情，使人以为立即有人去赴她的约。这是幽暗的一角，从这里望过去，明亮的大堂就像戏剧开幕前的喧哗的观众席，而这里是舞台。大幕还未拉开，灯光还未亮起，演出正在酝酿之中。阿三心里很宁静。有人从她身边走过，不是她期待的那类人，所以她无动于衷。周围的人与她无关，都在说着自己的事，喝着自己的饮料，可就是这些人，这些低语，杯子里的饮料，咖啡的香，还有那一点点光，组成了一种类似家的温馨气氛，排遣了阿三的孤独和寂寞。这样有多好啊！她忘记了她的画，也忘记了比尔和马丁。因为这里除了有温馨的气氛之外，还有着一种矜持的礼节性的表情，它将私人性质的记忆隔离了。

有外国人走过来，眼光扫过她，向她微笑。阿三及时作了反应，可是没有抓住。那人走了过去，在角落里坐下，不一会儿，又来了他的中国男朋友。阿三就想：那是个同性恋。

阿三高兴她对这里感到稔熟，不像那边的一个中年女人，带着拘谨和瑟缩的神情，又穿得那么不合适，一件真丝的连衣裙，疲软地裹在她厚实且又下塌的肩背上。她喝咖啡是用小匙一下一下舀着喝的，也犯了错误。有了她的衬托，阿三更感自信了。她才是真正适合于此的。又有人来了，看上去像个德国人，严肃，呆板，且又傲慢，阿三作着判断。他是单身一人，在隔了走廊的邻桌坐下了。小姐走过去，送上饮料单，他看都不看就说了声"咖啡"，然后从烟盒里取烟。一切都是那么自然。阿三站起来，向他走过去，问：对不起，先生，能给我一支烟吗？当然，他说，将烟盒递到她面前。阿三抽出一支，他用他的打火机点上，阿三又回到了自己的座位。两人隔了一条走廊吸着烟，谁也不再看谁。然后，他的咖啡送来了。小姐放下咖啡，从他们之间的走廊走过。似乎是，事情的一些成因在慢慢地积累着，这体现在他们两人看上去，都有些，僵。

当阿三抽完一支烟，在烟缸里揿灭烟头的时候，"德国人"又向她递过烟盒：再来一支？阿三谢绝了。两人相视而笑，神情放松下来。

先生从哪里来，德国吗？阿三问。美国，他回答。阿三就说：我错了。他问：为什么以为是德国？阿三戏谑他说：因为你看上去很严肃。美国人哈哈大笑起来。阿三心想：这就对了，一点小事就能逗乐他们美国人。美国人笑罢了说：你认识许多德国人？不，阿三慢慢地回答道，我有过一个美国朋友，他和你非常不同，所以，我以为你不是。美国人说：你的朋友到哪里去了？阿三将手指撮起来，然后一张开，嘴里"嘟"的一声，表示飞了。美国人就表示同情。阿三却说不，她微微扬起眉毛，表示出另外的见解，她说：中国人有句古话，筵席总有散的时候。美国人便不同意了，说：假如不是筵席，而是爱情。这回轮到阿三笑了，说：爱情？什么是爱情？

他们这样隔着一条走廊聊天，竟也聊到了爱情。两人都有些兴奋，都有许多话要说，可想了一会儿，却又都说不出什么来，就停住了。

停了一会儿，阿三问：先生到上海来观光吗？美国人回答说是工作，在某大学里教语言，趁今天星期日，到银行来兑钱，然后就到了这里，又问阿三是做什么的，阿三说是画家。问她在哪里学习，回说已经退学了。为什么，他问。不为什么，阿三回答。又说，知道吗？贵国的明星史泰龙，在他十三年的求学生涯中，被开除过十四次。美国人就笑了。

阿三很得意这样的对话，有着一些特别的意义，接近于创作的快感。这不是追求真实的，这和真实无关，倒相反是近似做梦的。这是和比尔在一起时初时获得的。当她能够熟练灵活地操纵英语，使对话越来越精彩的时候，这感觉越发加强了。这个异国的，与她隔着一层膜的，必须要留意它的发音和句法的语言，是供她制造梦境的材料，它使梦境有了实体。她真是饶舌啊，人家说一句，她要说三句。不久，便是她一个人说，美国人则含笑听着了。他显然没有她有那么多要说的。他看上去就是那种头脑简单的人，因为一个人在外工作，便更感寂寞，有人与他说话，自然很欢迎。

时间过去了，吧台那边亮了灯，演出将要开场的样子。灯光下调酒师的脸，也渲染了些戏剧的色彩。那边的形貌土气的女人早已与她的同伴走了，换上两个年轻小姐，一人对着一杯饮料，相对无言。阿三忽然提议道：一起吃晚饭，如何？美国人笑了，他正担心这女孩会一下子收住话头，起身告别，这一晚上又不知该怎么打发，他说：很好，并且说他知道这附近有一家小餐厅，麻辣豆腐非常好。于是两人各自结了账，起身走了，阿三感觉到那新到的两个小姐的眼光长久地停留在她的背上，吧台里的先生却低着头，摆弄他的家伙，什么都没有看见。

晚餐是各付各的账，按美国人的习惯。虽然阿三手头拮据，但她却因此有了平等感。吃饭的时候，美国人告诉她，他的妻子儿女还在国内，倘若他再续职，就会将他们接来。阿三对他的家事并不感兴趣，心想：我又不打算与你结婚，也正是阿三漠不关心的表情，加强了美国人的信心。一走出餐馆，他就拉住阿三的手，说：让我们再开始一场筵席吧！阿三想起方才关于筵席的话，险些笑出来，想这些美国人都是看上去傻，关键时刻比鬼都精。阿三没有挣出她的手，抬头望着他的脸说：什么筵席？他认真地回答：就是总要散的筵席。他似乎受不了阿三的逼视，转过眼睛加了一句：我真的很寂寞。停了一会儿，阿三说：我也很寂寞。

后来，他们就到了他任教的大学专家楼的房间里。

这是一间老套房，新近才修缮过。现代装潢材料使它看上去更陈旧了。那些塑料的墙纸，单薄木料的窗帘盒，床头的莲花式壁灯，尤其是洗澡间的新式洁具：低矮的淋浴用的澡缸，独脚的洗脸池，在这穹顶高大，门扇厚重，有着木百叶窗的房间里，看上去有一种奇怪的捉襟见肘的局促感。阿三望着天花板上那盏新式却廉价的吊灯，垂挂于昔日的装饰图案的圆心之中，嗅着房间里的气味，混合着男用科隆水，烤面包和奶油香的气味。这使她想起她任家庭教师的那座侨汇公寓里的气味。那已经是多么久远的事了。她想起了比尔。

美国人被阿三所吸引，她在性上的大胆出乎他意外。相比之下，他倒是保守和慎重的。有一时，他甚至以为阿三是操那种行业的女孩。可是又感到疑惑，阿三并没有谈钱，连那顿晚饭都是一半对一半。当阿三套着他又长又大的睡袍去洗澡间冲澡的时候，他一直在心里为难着，要不要给阿三钱。最后决定他不提，等她来提。可阿三并没有提，她走出洗澡间后，就专心地摆着湿漉漉的长发。她盘腿坐在床上，有一些清凉的水珠子溅到他的身上。她的身子在他的睡袍里显得特别小，因而特别迷人。美国人忽觉得不公道，生出了怜惜的心情，他抱歉地说他不能留她过夜，因为门卫会注意到这个，并且他们还是陌生人。阿三打断了他的话，说，她知道，理完头发就开始穿衣服。等她收拾停当，准备出门时，他叫住她，红着脸，说：对不起，我不知道，是否……一边将一张绿色的美钞递了过去。阿三笑了，她沉吟了一下，好像在考虑应当怎样回答，而美国人的脸越发红了。阿三抬起手，很爽快地接过那张纸币，转身又要走，美国人又一次把她叫住，问他能否再与她见面。他说他下个星期日也没有课，还会去他们今天见面的酒店。

阿三走出专家楼，走到马路上，已经十二点了，末班轮渡开走了，她去哪里呢？这并没有使她发愁，她精神很好地走在没有人的偏离市区的马路上。载重货车哐啷哐啷地从她身边过去，脚下的地面都震动起来。她漫无目标地走着，嘴里还哼着歌。她洗浴过的裸着的胳膊和腿有着光滑凉爽的感觉，半干的头发也很清爽。一辆末班车从她身后驶过，在几步远的站头停下，连车门都没关。阿三疾步上去，叫道：等一等。才要起步的车又哗地开了车门。阿三也不看是几路车，去哪里，便跨上了汽车，门在她身后砰地关上了。

现在，阿三的生活又上了轨道，那就是，星期天的下午，与美国人约会，吃一顿晚饭，当然是美国人付钱，然后去专家楼的套房，这有规律的约会，并不妨碍她有时还到某个酒店的大堂咖啡座去，如遇到邀请，只要不是令她十分讨厌的外国人，她便笑纳。不光是消磨时间，也为了寻求更好的机会，什么样的机会呢？阿三依然是茫然。可大堂里的经历毕竟开了头，逐步显出它的规律，阿三的目的便也将呈现出来。

有一点是清楚的，那就是她避免发生太过混乱的情形。在这些流水似的大堂相识里，她基本保持有一个相对稳定的关系。起初是美国人，后来他的妻子儿女要来，这种每周一约便结束了。其时她已经开始和一个日本商社的高级职员有了来往，但是真正的亲密关系是在美国人之后才发生的。这关系持续得并不长，因他本来就是阿三过渡时期的伴侣，阿三不喜欢日本人，觉得他们比中国人还要缺乏浪漫色彩，阿三与他相处的一段日子，是被她称为"抗日战争"的。她以她流利的英语制服了他来自经济强国的傲慢。此外，在性上面，阿三也克敌制胜，叫他乖乖地低下头来。最厉害的，决定性的一招，是在他已经离不开阿三的时候，阿三断然甩了他，投向一个加拿大人的怀抱。

然而，这种相对稳定的关系，也是别指望长久的。在这样的邂逅里面，谈不上有什么信任的。彼此连真姓名都不报，虽然阿三致力发展，可也无济于事。对方并没有兴趣深入了解，也不相信了解的东西的真实性。他们大都说的是无聊的闲话，稍一稔熟了，话就说得有些放肆。阿三的英语到了此时便不够抵挡了，弄得不好，还会落入圈套。她无法及时地领会这语言的双关和暗示的意思，还有些俚语，就更是云里雾里。她也意识到，凡热衷于在大堂搭识女孩的外国人，大都是不那么正经的。这倒和中国的情形一样，无聊的人才会到马路上去勾引女孩。而且，这些为了生意和供职在中国长期逗留的外国人，生活又是相当枯燥的，其中有一些，意趣也相当低下，这是有些出乎阿三的意料，她以为这些卑俗的念头是不该装在这样希腊神轮廓的头脑里。所以，开始的时候，她尽往好处去理解他们，直到真正地上当吃亏，才醒悟过来。这种失望的心情，是她对自己也不便承认的。

尽管阿三希望关系稳定，可事与愿违，她的相识还是像走马灯似的换着，要想找到美国人那样一周一约的伴侣相当不易。因此，阿三很快就念起美国人的好处。在最后分手的时候，这个中年人显然对她怀着留恋的心情。当然，阿三也明白，留恋归留恋，她要再往前走一步也不可能。美国人防线严密，有着他那种方式的世故。

酒店大堂就这样向阿三揭开了神秘的帷幕。在那灯光幽暗的咖啡座里，卿卿我我的异国男女，把话说出声来，都是些无聊的，没什么意思的废话和套话，阿三现在坐在那里，不用正眼，只须余光，便可看出他们在做什么，下一步还将做什么。

阿三能够辨别出那些女孩了。要说，她和她们都是在寻求机会，可却正是她们，最严重地伤害了阿三，使她深感受到打击。她从不以为她们与她是一样的人，可是拗不过人们的眼光，到底把她们划为一类。有一回，她坐在某大堂的一角，等她的新朋友。大堂的清洁工，一个三十来岁表情呆板的女人，埋头擦拭着窗台，茶几，沙发腿。擦拭到阿三身边时，忽然抬起头，露出笑容，对她说：两个小姑娘抢一个外国人，吵起来了。阿三朝着她示意的方向，见另一头沙发上，果然有两个女孩，夹着一个中东地区模样的男人，挤坐在两人座上。虽然没有声音，也看不见她们的脸，可那身影确有股剑拔弩张的意思。阿三回过头，清洁工已经离开，向别的地方擦拭去了，阿三想起她方才的表情和口气，又想她为什么要与她说这个，似乎认为她是能够懂得这一些的，心里顿时反感。再看那女人蠢笨的背影，便感到一阵厌恶。

是这些女孩污染了大堂的景象，也污染了大堂里邂逅的关系，并且，将污水泼到了阿三身上，有时候，她的朋友会带着他的同事或老乡来，他们会去搭识那些女孩，然后，各携一个聚拢在一起。阿三为了表示与她们的区别，就以主人的姿态为她们做翻译，请她们点饮料。可是她也能看出，她与这些女孩，所受到的热情与欢迎是一样的。她想与她的朋友表现得更为默契一些，比如从他烟盒里拿烟抽。结果那两个女孩也跟着去拿，他呢，很乐意地看着她们拿。这样的时候，阿三是感到深深的屈辱，她几乎很难保持住镇静。到了最后，她总是陡然地冷淡下来，与女孩们之间，竖起了敌意的隔阂。

不过，现在阿三不用去大堂，她也有着不间断的外国朋友了。在中国的外国人，其实是连成一张网的，一旦深入，就是牵丝攀藤，缕缕不断的了。但大堂里的结识，自有着它的吸引力，它是从一无所知开始的，有一些难以预料的东西，是可以支撑人的期望的。虽然大堂里的经历带给阿三挫败感，与这些外国人频繁建立又频繁破灭的亲密关系，磨蚀着她的信心，她甚至已经忘了期望什么。可是有一桩事情是清楚了，那就是她缺不了这些外国人，她知道他们有这样或那样的缺点，可她还是喜欢他们，他们使得一切改变了模样，他们使阿三也改变了模样。

现在，当阿三很难得地呆在自己那房子里，看见自己的画和简陋的家具积满了灰尘和蛛网，厨房里堆积着垃圾，方便面的塑料袋，飘得满地都是，这里有着一种特别合乎她心境的东西，却是使她害怕，她不想待在房子里，于是她不得不从这里逃出去。她一逃就逃到酒店的大堂：外国人，外国语，灯光，烛光，玻璃器皿，瓶里的玫瑰花，积起一道帷幕，遮住了她自己。似乎是，有些东西，比如外国人，越是看不明白，才越是给予人希望。这是合乎希望的那种朦胧不确定的特征。

为了减少回自己的房子，阿三更多地在外过夜。她跟随外国人走过走廊，地毯吞没了他们的脚步声，然后在门把手上挂着"请勿打扰"，就悄然关上了房门。她在客房的冰箱里拿饮料喝，冲凉，将浴巾拦过身躯系在胸前，盘腿在床上看闭路电视的国际新闻，一边回答着浴室里传来的问话。这一切都已熟悉得好像回了家。透过一层窗纱，看底下的街市，这边不亮那边亮，几处灯火集中的地方，映得那些暗处格外地黑了。阿三晓得她是在那亮处里面，是在那蜂窝似的亮格子里面。

这些标准客房几乎一无二致，每一间都是那么相像。这也给阿三错觉，以为它们是和家一样的稳定的宿处，现在她就栖息在这里。她将她那些真丝的小衣物洗干净，晾在澡缸上扯出的细绳上，将她随意携带的梳洗用具和化妆品一一安置在镜台上，安居乐业的样子。外国人和外国人也是那么相像，仅仅一夜两夜之间，阿三根本无法了解他们的区别。也因此，阿三对他们的爱情也是一无二致的，在他们身上，她产生着同样的遐想。

经过这么些，阿三知道自己是对外国人有吸引力的那类女孩，她特别能够与他们国度的女孩成对比。他们对她的赞赏和激情使她想到比尔，甚至有过一个外国人，也称她作"九条命的猫"，这是比尔曾经形容过她的。因此，渐渐地，对比尔的记忆便淹没在这些差不多的经验里了。马丁却是一个例外，始终没有人来重复他，尤其重复他关于"本来"的观念。所以，在所有这些经历中，马丁是鲜明地凸现着。有时候，阿三会想：倘若不是马丁，她现在会不会还继续画画和卖画？

自从马丁之后，阿三也再没使谁爱上过她了。这也是大堂邂逅的弊病，从一开始就注定不可能的。注意她的周围，那些比她更年轻，更摩登，也更开放的女孩们，似乎也都没有过爱情这回事。出于自尊，阿三也不去想爱情了，好像是你不爱我，我还更不爱你呢！爱情有什么？她想，我是再不能爱谁了，连马丁也不能，因为，因为我爱比尔。

由于没法有爱情，适得其反的，阿三对这些外国客人们，起了恨意，她常常生出一些恶作剧的念头，去报复他们一下。和他们吃饭，她点菜都拣最贵的点，点酒也是最贵的。进了客房，不等招呼，自己就去开冰箱吃东西。尤其遇到那些斤斤计较的守财奴。而另有一些特别好色的，她则将他们撩得欲火烧身，然后一个转身就不见了。这种游戏对她来说，已经得心应手，百发百中。现在，英语里的俚语，双关语，她也都掌握了一些，学会了不少俏皮话，专门对付那些下流话。她不免有些得意，有时候就收不住，玩得过火了。

事情就出在这里。

其实，要算起来，阿三已经有一段日子，没到酒店大堂来了。她结识了一个比利时人，是个单身，就住在她原先任家教的那幢侨汇房里。她看出这是老实人，属保守派的。时过境迁，阿三开始对保守派有好感，她知道，唯有和这一类人，大约还可能谈上爱。虽然同样是对爱不抱希望，虽然同样是大堂里的邂逅方式，可这一个确实不同。这是她在大堂里偶然结识的，所以说是偶然，那是因为，事实上，所有的大堂邂逅都是别有用心，机关算尽的。阿三是在他身后拾到遗忘的钱包，追上去送给他，然后认识的。

事情的毫无准备的开头，使阿三想到女作家赠送给她的话：有意栽花花不发，无心插柳柳成荫。

这天阿三的装束也帮了她的忙。她穿得朴素极了，白衬衣，花布裙，脚上是白帆布搭襻鞋，头发从中分开，编成两条长辫子，就像一个中学生。比利时人与她聊了几句，才发现她的英语这么流利，几乎没有口音。问她做什么的，她回答画画，这也博得了他的好感。阿三很珍视比利时人的好感，为使他保持对她的印象，她甚至回到了浦东的住处，每隔一天乘轮渡去与他约会，就像一个正经恋爱的女孩。她直到两个星期之后，才到他在侨汇房里的公寓去，这也像一个正经恋爱的女孩。

比利时人的公寓使她吃惊，她没想到一个单身汉的生活会是这样井然有序，在这里，她并没有受到挽留过夜的暗示，她便在电视开播晚间新闻的时候离开了他的公寓。下一次也还是这样。又是两个星期过去，比利时人终于拥抱了她。然后，应该发生的都发生了，这一切，带有循序渐进的意思，也更使阿三以为，这会是一场正式的恋爱。虽然不够浪漫，然而却似乎意味着一个有现实意义的结果。

在比利时人的公寓里，阿三看见的是居家的景象。厨房洁白的瓷砖墙上排列整齐的平底锅，洗澡间白漆柜里，经过松软剂洗涤的一整柜浴巾，洗衣房里的柳条篮盛着等着熨烫的衣服，冰箱上用水果型磁铁吸着的日常开支表。这时候，阿三非常清晰地看见了自己的期望。她的期望其实很简单，就是一个家，一个像比利时人这样的家。

阿三将比利时人的公寓看作了自己的家。她还自己掏出钱来为它添置了一些东西，一个花瓶，一套茶垫。她期望着再过两个星期之后，又会有新的情形发生。可是，新的情形却不是阿三期待的。比利时人国内的女朋友要来旅游，他请阿三再不要来了。阿三这才明白，这就是一个北欧人在中国的罗曼史，两个星期为一个台阶的。她没有表示丝毫的不满，相反，她流露出的全是早就知道的表情。他们很友好地在马路上分了手，阿三叫了一辆出租车，想也没想，就报出了一个酒店的名字。

阿三走进酒店，扑面而来的是蒸蒸日上的气息，钢琴弹奏着一支舒伯特的夜曲。灯火通明里包着一处暗，有着烛光融融，就是咖啡座。柜台里的小姐忙碌着住房或者退房，红帽子推着行李车轱辘辘地穿行。电梯一会儿上，一会儿下。阿三将那比利时人抛在了脑后，只有一个念头，那就是要好好地痛快一下。她心里跃跃然的，大堂里所有的情景都在向她招手，灯光映着她的眼睛，她自己都能看见眼里盈盈的光亮，她想：还是这里好啊！谁也不求谁，人人有份。迎面而来的人脸上都带着微笑，就像一家人一样。这才是大家庭呢！全世界的有产者无产者都联合起来。阿三脸上也露出了微笑，她在大堂有些熙攘的人群里穿行，耳边不时传来各种语言的谈话。这里，夜夜都举行着盛会，想来就可以来。

阿三走进咖啡座。全都满了，张张桌上都摇曳着一支蜡烛。人们头碰头地低语着什么，钢琴改奏了一支小步舞曲，就是那首耳熟的，有着许多符点，一扬一挫，有些造作的快乐和得意的小步舞曲，阿三对着入口处桌上的三个外国人说：我能坐在这里吗？她指了指空着的那个座。没有等他们回答，她便笑盈盈地坐下了，并且摸出她的摩尔烟给大家吸。小姐过来了，她点了一杯"白俄罗斯"，一种甜腻腻，像咖啡糖一样的鸡尾酒。然后，她说："晚上好，先生们。"先生们略有些诧异地看着她。她问他们从哪里来，其中一个回答，英格伦岛，她说她的名字叫苏珊，他们呢？他们也都报了名字：查理，艾克，琼斯。彼此就算认识了，他们全是漂亮的小伙子，有着褐色或金色的头发，眼睛的颜色是蓝或者灰，是那种标准的雅利安人种，都是可以上银幕做男主角的。只是他们都不爱说话，为什么？看来他们对我还不信任，阿三对自己说。于是笑得更可亲了。

你们是第一次来中国吧？阿三说，中国可是地大物博，而且，文明悠久，这些你们应当从地理书上学过，学过吗？艾克摇摇头，看起来他要比那两个更年轻一些，也嫩一些。她就先从他入手了，她说：武则天，听说过吗？就是和你们的伊丽莎白一样，也是女皇，江青，知道吗？看着艾克困惑的眼睛，阿三扑哧笑了，说：好，那么你说，你知道什么，小伙子眨了眨眼睛，说：黄山。啊，很好，阿三夸奖他。他笑了，像个大孩子似的。阿三很怜爱地看着他，说："你使我想起我的男朋友，他的名字叫比尔。"于是她就对他们说起比尔。他们三个都认真听着，并不插话。她说着，暗底下用裸着的膝盖抵了抵艾克的膝盖，艾克先是一缩，然后又停住了。比尔，他非常温柔，阿三最后结束道。

我能不能再来一杯酒。阿三的眼光从他们三个的脸上轮流扫过，请求道。那三个交换了一下眼光，就有一个举手叫小姐来，又点了一杯白俄罗斯，阿三举着酒杯送到艾克眼前，劝他尝一口，真的很好。艾克犹豫着。眼睛在阿三的脸和酒杯之间来回走着，终于喝了一口。很好！阿三说，也在他喝过的地方喝了一口。阿三感到身心都很轻盈，特别有说话的欲望。并且，她听见自己的声音是那么柔和清晰。她看着艾克的眼睛，那里的神情越来越坦率，开始兴奋起来。现在，轮到艾克说话了。他说他在他们国家，看过一部中国电影，名字叫作《黄山》，真叫他心向往之，阿三一边听着，一边在心里好笑着，笑这些外国人都是有些死心眼儿，说熊猫就一个劲儿地说熊猫，说黄山就一个劲儿地说黄山，一点不懂什么叫作闲聊。

艾克喝的是啤酒，啤酒也渐渐地上来劲了。他不顾那两个年长同伴的阻止的目光，渐渐对阿三纠缠起来。可因为他是那么腼腆，他的纠缠便是胆怯的，迟疑的，抱着些惭愧的，他红着脸，眼睛湿润着，老要让阿三喝他杯里的啤酒。阿三就在心里说：看，就连调情都是一根筋的，要说喝啤酒就非要喝啤酒。阿三不说喝，也不说不喝，与他周旋着，眼看着嘴唇含住啤酒杯沿了，可她头一扭，又不喝了，艾克再止不住满脸的笑意，好几次，阿三的头发抚在他脖子里，他的激动就增加一成。

这时候，那两个提出要回房间，不管艾克反对，就叫来小姐埋单。阿三喝足了，乐够了，正好也想走。此时，虽然带了几分醉意，但她仍然清醒地感觉到这个小伙子有些愣，而他的同伴却很刻板，这种不一致的情形会惹出麻烦的。她何必呢？她可不是像他们那种脑筋，一棵树上吊死的。果然，艾克不让她走了。她好歹哄他站起身，离开咖啡座，挽着他的胳膊，将他送往电梯。那两个年长的对阿三说道再见，就要从她手里接过艾克。可是艾克却搂住了她，怎么也不松手。小姐为他们扶着电梯门，等他们进去。可他们却拉扯成一团，无从分手，阿三对艾克百般温柔，劝他松手。那两个显然恼火了，有个性急的，竟把阿三从艾克怀里往外拽。这情景说实在很不像样。一些人从他们身后走进了电梯，电梯门关上，上去了。小姐静立在他们身后，等待他们了断后再开电梯门。而他们相持不下。

他们奇异的姿态引来了人们的目光，那些外国人，尤其是日本人，事不关己高高挂起地低头走过，装作看不见，喜欢看热闹的中国人则不然了，都往这边引头伸颈地张望。阿三心慌了，觉得大事不好，她带着求饶的目光对拉她的那个说：先上楼再说吧。想不到这话更加激怒了他，他一直对阿三没好感，她莫名其妙地参加进来，搅和了这个夜晚。阿三越向他解释，他越以为阿三是非进艾克的房间不可。他们都是第一次来中国，对这个开放的社会主义国家毫不了解。他们的心情一直很紧张，到了这时，受侵犯的恐惧就忽然成了事实。最终，他竟然叫起了"警察"。

此时，大堂里秩序依旧，钢琴在弹奏《魂断蓝桥》的插曲，《一路平安》。

柏树终于走出视野，车停了。车门打开，那个年轻的女警察先下了车。然后，劳教人员络绎而下。阿三下车时，感觉有人在背后推了一下，险些儿没站住脚，几乎是从踏脚上跳下去的。她回头一看，正是那个先前做下流手势的女劳教，她若无其事地迎着阿三的目光，阿三瞪了她一眼。全体下车后，按照出发前分好的组排成小队，由前来迎候的管教中队长带领去各自的队里。

行李卸下来了，各人提了各人的，走进这坐落于空旷农田中的大院。正午过后的阳光静静地照着，院子里除了她们这些新来的，没有别人。院墙上方是黛色的山影，由于天气晴朗，边缘分明，连萦绕不绝的白色雾气都清晰可见。阿三和另两个女孩属一个中队，包括那向她寻事的。阿三的头上扣了一顶草帽，压得很低，帽檐的暗影完全遮住了她的脸，走在前边的中队长是瘦高的个子，穿着警服，没戴帽子，一束没加修剪的马尾辫垂在背上，她一直没有回头，似乎确信她们是跟在背后，老老实实地走着。走到院子深处的一个巷口，她拐进去了，前边是一扇铁门，她摸出钥匙开门，里面是一个天井，天井的三面是房间。房门口坐着一个女孩，手里编织着一件毛线活儿，一见中队长便站了起来。中队长让阿三几个在几张空床上安顿下来，先吃午饭。因考虑到她们坐了几个小时的汽车，就照顾休息到两点，再去工场间劳动。说话间，那房门口的女孩已替她们打来了三暖瓶热水和三盒饭菜。

阿三看看表，已经一点多了，她把被褥铺开，在床沿坐下，没有去动铁盒里的饭。那两个已经与这一个老的熟识起来，问她为什么不去工场间，回答说是"民管"，就是负责管理劳教们生活的。她们开始吃饭，铁勺搅得饭盒当当响。吃着吃着，其中一个便哭起来，说她父母要知道她在吃着这个，不知要多么伤心。老的就劝她，说吃官司都是这样的，再说，她父母在上海，怎么会知道？寻阿三事的那个则冷笑说：你会吃官司吧，不会吃官司不要吃。听起来是蛮横无理的，阿三看着她，心想这是头一个难对付的，她和阿三不是在一个收容所里，到了车上才第一回见面，阿三不知道她为什么对自己有仇。

阿三在床上躺下，伸直身子，双手枕在脑后。她看着门外的太阳地，太阳地上有一个水斗，边上放着一双鞋刷，在太阳下暴晒着。虽说是十月份，可是这里的太阳依然是酷热的。几个苍蝇嗡嗡地盘旋着，空气里散发有一股饭馊气。床头的那三个压低了声音在说着什么，很机密的样子。然后，两点钟就到了。

阿三的新生活开始了，来农场之前，阿三从收容所写给女作家一封明信片，请她帮忙送些日用品和被褥来。女作家来了，借着她的关系和名声，允许在办公室里和阿三单独会面。一上来，她几乎没有认出剪短了头发的阿三，等认出了，便说不出话来了。停了一会儿，阿三不好意思地一笑，说：现在，从你客厅走出来的，不仅是去美国，还有去吃官司的。女作家讥讽道：谢谢你改写历史。又干坐了一会儿，女作家打开她带来的大背囊，将被褥枕头，脸盆毛巾一件件取出，摆了一桌子，最后，将那大背囊也给了她。告诉她，已经将她的房子退了，东西暂时放在她家，还有一些带不走的，她自作主张送了隔壁的邻居，那一堆旧画，她想来想去，后来让评论家一车拉走，但是她让他写了个收据。阿三这时插嘴说：给他干吗？一把火烧掉算了，女作家并不理会，将一个小信封塞在她手里。阿三一看，是五百块钱，就说：以后我会还你。女作家说了声不要你还，声音有点哑，几乎要落下泪来。阿三皱了皱眉头，就站起来要进去，女作家说：我好不容易来了这里，你倒好，才几分钟就要我走路。阿三说：你知道我为什么不要我家里人来吗？就是不想看他们哭，现在，你代他们来哭了。女作家咬着牙说：阿三，你的心真硬啊！说罢站起身就走了。

现在，阿三的新生活是在羊毛衫后领上钉商标。商标要用两种线钉上，朝外的一面是分股的羊毛线，朝里的一面是丝线，两面都不能起皱。许多人都干不来这活，大批的需要返工，阿三却立刻掌握了。

这批活儿是生产大队长硬从上海的乡镇企业手里争来的，以缴纳管理费为条件。交货的期限本来就卡得死，再加上交通不便，又需要一个提前量。因为活计难做，老是返工，拖了时间，如今只得加班。大队长几乎一个星期没有睡觉，喉咙哑了，眼睛充血，嘴上起了一圈泡。如今，农场需要自负盈亏，农田上的产值毕竟有限，还是要抓工业和手工业，干部们调动了所有的，也包括劳教人员在内的社会关系，争取来一些活儿，往往都是条件苛刻。由于这些活儿都是从各处求来的，每一种都需要现学现做，这些劳动力又是流动的，无法进行技术培训，都是生手，因此便大量消耗了时间和体力。眼下这批羊毛衫的加工单，一上手大队长便明白她是被吃药了。显然是那乡镇厂自己吃不下来，转嫁于他们的，还可以从中赚取管理费。每一道工序都是难关，都需大队长亲自攻克，再传授传教。现在来了一个心灵手巧的阿三，大队长真有些喜出望外。她几乎要把她供起来，让那些手脚笨拙的女孩为她送茶送水，绞湿毛巾擦脸，不让她离开缝纫机半步。

阿三在这机械的劳动中获得了快感。羊毛衫在手里听话而灵活地翻转着，转眼间便完成一件。在她手下折叠羊毛衫的人，都几乎是被她催逼着，不由也加快了手脚。工场间里所充斥的那股紧张的劳动气氛，倒是使这沉寂的丘陵上的大院活跃了起来，增添了生气。时间就在这样的埋头苦做中过去了，天渐渐黑到了底，开了电灯，饭车早已等在外头，就是停不下来去吃，却也不觉着饿。人，就像一件上了轴的机器，不停地运作下去。

阿三什么都想不起来了，她好像来到这里不是一天两天，而是十年二十年，一切都得心应手，异常顺利。

阿三甚至有些喜欢上了这劳动，这劳动使一切都变得简单了，它填满了时间，使之不再是难挨的。有时候，她猛一抬头，发现窗外已经漆黑一片，而窗里却明亮如昼，机器声盈耳，心里竟是有些温馨的感动。只是那张床铺是她几乎不敢躺上去的，一躺上去，便觉浑身再没一丝力气，深深地恐惧着下一日的到来。她甚至是不舍得睡着，好享受这宝贵的身心疏懒的时间，可是不容她多想，瞌睡已经上来，将她带入梦乡。就像是一眨眼的工夫，哨子又响了。天还黑着，半睡半醒地磕碰着梳洗完毕，就走去工场间，那里亮着灯，生产大队长已经干开了。每个人都怀疑着究竟是昨天还是明天，是早晨还是夜晚，就这么懵懵懂懂地又坐到了机器前边。当身体第一阵的软弱和不知所措过去之后，一切就又有了生气，又回到了昨日的节奏。不过体力却是新生的，像刚蓄满的水。接着，天就亮了。

现在，阿三成了技术指导，有哪一处没法解决的，阿三去了，便解决了。大队长看她的眼光里，几乎流露出讨好的神色。作为生产大队长，她最苦恼的是她不能够挑选她的劳动者，这阿三，真就是天上掉下来的。由于对阿三的偏爱，不自觉的，她便也比较袒护她。比如阿三新蓄起修尖的长指甲，她就装作看不见地过去了。可是这却被同屋的劳教告发到中队长那里，受到扣分的处罚。

阿三知道是谁告发她的。

这是十六铺一带十分有名的人物，绰号叫"阳春面"，意思是她的价格仅只是一碗阳春面。这使她在劳教中处于低下的地位。而像阿三这种她们所谓的，做外国人生意的，则是她们中间的最上层人物。随之排列的是港台来客，再是腰缠万贯的个体户。阳春面的对象，却主要是来自苏北的船工。这使她对阿三怀着特别嫉恨的心情。但恨归恨，却还不至于让她事事向阿三挑衅，理由还有一条。

就像阳春面的来龙去脉在人们中间相互流传一样，阿三的流言也在劳教中间传播。那就是当她为自己辩护时，对承办员所说的：我不收钱的。就这样，阿三也有了一个外号，叫"白做"。阳春面对此一方面是不相信，觉得她是说谎抵赖假正经，另一方面却愿意相信，这样她似乎就可以把阿三看低了。因此，当她向阿三寻衅的时候，也是带着些试探的意思，试什么呢？似乎是，连她自己也不能确定的，试一试，她能不能与阿三做朋友。这种心情既是复杂的，又是天真的，甚至带有几分淳朴。

阿三当然知道自己的绰号，但她不动声色地听凭它悄悄流传。她才不屑于和她们计较。其实，当她对承办员说出那句"我不收钱"的时候，心里立刻就后悔了。她怎么能期望这个刚从专科学校毕业的，唇上刚长出一层绒毛却一脸正气的年轻人，理解这一切，这是连她自己都难以理解的啊！事实上，说什么都是白说，什么都无法改变，该发生的都已经发生了。总算，还都过得去。好虽好不到哪里去，可也绝没坏到哪里去。

那远处的黛色的山峦，看多了，便觉出一股寂寞，茶林也是寂寞的，柏树是寂寞之首。

阿三原本是不搭理阳春面的，可她那些粗鲁委琐的小动作，也实在叫她腻烦了。她也没有大的冒犯，因阿三是生产大队长的红人，真惹翻了她不合算，所以她只能小打小闹地骚扰她，比如偷她热水瓶里的开水，搞乱她的床铺好叫她扣分，藏起她的东西让她四处寻找，还就是努力传播流言蜚语，阿三终于决定要有所反击。她也不愿意把事情弄大，毕竟还要继续相处下去，何苦结个仇人，叫这日子再难受一些。但这反击必须要有效果，给她以彻底的教育，从此觉悟过来，决不再犯。阿三窥伺了几天，终于等来了机会。

这天，出齐了一批货，新的订单要下一日才来，破天荒让大家睡个午觉，大家都睡着了，阿三处于睡午觉时常有的半睡半醒之中，忽感到眼皮上有一丝热掠过，睁开眼睛，一道亮光一闪，她便去捕捉光的来源。最终发现是一面小镜子的反光，正来自于阳春面睡的斜对面的上铺。阿三暗暗一笑，悄悄地下了床。屋里一片酣畅的鼻息声，使这阳光灿烂的午后，显得分外的寂静，阿三走过去，蹬着下铺，猛地将她被子揭开一角，原来她正躲在被窝里，对了小圆镜修眉毛。

她涨红了脸，随后讨好地递上钳子和镜子：你要修吗？阿三没有接，只看着她的脸，笑着说：你看怎么办？阳春面垂下了眼睛：你也去报告好了，阿三说：我不报告，队长扣你的分，我有什么高兴？大家都是吃官司，都想日子好捱点，何必作对？你说是不是？说罢，将被子朝她脸上重重一摔，下去了。阳春面就这么被子蒙了脸，一动不动地躺到吹哨子起床。然后，一夜相安无事。第二天也安然过去。第三天，阿三在摇横机，是做一种花色编织衫，能上机的没几个，其余的都打下手，缝衣片，排花线，搬运东西。阳春面主动给阿三倒来一杯开水，一喝是甜的，里面掺了蜂蜜。阿三说声"谢谢"，她竟像个孩子似的红了脸。晚上，阿三在枕头下看见一张字条，歪七扭八写了几个字，称她为阿姐：阿姐，我一定对你忠心。阿三又好笑又厌恶，将纸条扔了。

在这里，盛行着结伴关系，几乎都是成双成对，同起同坐。尽管朝夕相处却还互传书信。晚上熄灯之前，各自伏在枕头上写着的，除了家信，就是这种倾诉衷肠的字条了。是为生活上照应，也是为聊解寂寞。阿三对此很觉恶心，由于她的傲慢，又由于她因生产大队长器重的特殊地位，没有谁向她表示过这种愿望，而现在，阳春面找上她了，她几乎有些后悔那日的反击，这样的结果倒是始料未及。比较起来，她似乎更情愿受些小欺负，因此，她比先前还要躲着阳春面，唯恐招来她的殷勤。

可是阳春面却很执着。她有些认死理的，一旦决定了要与阿三好，便绝不改变了。倒真合了她纸条上的誓言：我一定对你忠心。阿三的热水瓶已经由她承包，阿三的衣服不是她抢去洗，就是抢着收，抢着叠，整整齐齐地放回到阿三的床上。晚上，她泡方便面，必定也要替阿三泡一袋。出操站队，她则不时地隔了几个人回过头，朝着阿三颇有含意地笑一笑。

起初，阿三采取视而不见、置之不理的态度，可到底经不住这样坚持不懈地对她好，就对阳春面说，只要不来捣蛋就行了，完全不必如此厚待，叫人受之有愧。不料她却正色说道：阿姐，你一定还在为以前的事生我的气，我其实已经向你认错，你为什么还不肯原谅我。阿三说：我并没有不原谅你，你我之间的事就算两清了。她则说：你这么说，就是不原谅我，说罢眼圈就红了，要哭的样子。阿三不胜其烦，赶紧说：好了，好了，算我没说过这些话。于是，一切如故，阳春面继续待她好，她继续置之不理。

这里的生活，只要不去多想，也还是容易习惯的。由于起居的有规律和受约束，阿三反倒气色好起来，长期以来的黑眼圈消失了，身体比以前健壮了，有时候，她被生产大队长召去讨论一个技术问题，得了允许走出中队的铁门，走在宽阔的大院里，竟还有着自由的感觉。她想：这有什么不好？这样也挺好。在这青山环抱中的四堵白墙里面，人几乎谈不上有什么欲望，便也轻松了。阿三又不像那些女孩，会为些鸡毛蒜皮的小事争个不休。她们明里和暗里比较着谁比谁长得好，谁比谁家里阔，谁比谁男朋友多，然后借着些由头抢占上风。阿三好笑她们无聊和愚顽，看不开事理，落了这样的地步还凡心不灭。岂不知其实她是比她们都要来得危险，因为她不像她们那样，一小点一小点地释放了欲望。她把欲望压抑着，积累着，说不定哪天会爆发出来，酿成事端。

工作不那么忙的时候，七点来钟就放了工，梳洗完毕，离熄灯还有一刻钟二十分钟，阿三就搬个小凳子坐在门前，望着碧蓝的夜空，心里是安宁的。好，现在可以去想些别的了，可是想些什么呢？她并不知道，于是什么都不想，只看那天空。这是城市里所没有的天空。没有一点遮掩和污染，全盛着一个空了。这才叫天空呢！使人想到无穷的概念。这种仰望的时间也无须多，正好就是熄灯前的一小会儿，让人将心里的杂念沉淀下去，却不至觉着空落落的没意思，就够了。人也乏了，呵欠一个接一个，起身回到屋里，上了床转眼间便睡熟了。

时间这么过去，春节就要来临，由于阿三劳动出色，大队批准她在春节期间接受家属探望。批条发到阿三手里，她并没有寄出而是悄悄撕了，谁都没有注意这个。直到春节来临，并没有人探望阿三，也不使人奇怪。因这些女孩们的家属，不少是大为恼怒，发誓永不见面的。发出去的接见批条没有回音，是常有的事。阳春面却来管闲事了。大年初一，大家坐在礼堂里等着场部电影院来放电影，阳春面硬挤在她身边，凑到她耳边说：阿姐，为什么不让家里人来接见？阿三偏偏头，躲开她嘴里的热气。这个女人，总是使她感到污浊，压抑不住嫌恶的心情。你不要多管闲事，好不好？阿三说。你家里人不肯认你了？阳春面依然热切而同情地凑着她的耳根，毫不顾忌阿三的脸色。阿三决定不理睬她，就再不回答，阳春面便不追问了。阿三以为完了，不料停了一会儿，她却无穷感慨地吐出两个字：作孽！

接下来的几天里，阳春面都对阿三无限体贴，几乎称得上是温柔。她替阿三打饭，阿三这边一吃完，那边茶已经泡好了。阿三要睡觉，被子就铺好了。阿三钻进被窝，闭上眼睛，避免去看她那张布满同情的伤感的面孔。感觉到她正将自己脱下的衣服一件件理好，放在椅子上。还轻着手脚，小心翼翼地替她掖了掖被角。这天晚上，因为过节，大家都去中队长办公室看电视，只有她们两个，一个躺，一个坐。阿三敛声屏息地躺在被窝里，没有一点睡意。她又生气又发愁，不知应当如何结束这种滑稽可笑的"单恋"。

春节过去，即便是在这样单调的满目空旷的环境里，依然可以感受到春意。远处的山影由黛色变为翠绿，好像近了一些似的，几乎可以分辨出那造成浓淡阴影的不同颜色的树木。四周围的茶林开始长叶了，有嫩绿的星星点点。风里面，是夹着草叶子的青生气。阳光，也变得瑰丽了，尤其是傍晚时，彩霞布满天空，有七八种颜色在交替变幻。这一切，合在一起，形成一股热闹的气氛，人心也变得活跃了。

就因着这种活跃，事情也多了。

最初是两个女孩因为错用了茶缸而斗起嘴来。这类事情以前也三天两头的不断，可是这次却不知怎么，其中一个忽然火起，将手里一盆菜汤兜头向另一个泼去，然后就扭打成一团。队长闻声过来，喝都喝不住，只能叫人们将她俩拉开。人拉开了，骂声却不断，互相揭着底，都是以往好成一团时交的心，如今都拿来做攻击的武器。最后是以双方都关禁闭而告结束。这事以为是过去了，其实是个开头。不过两天，又发生了一起，其中一个甚至试图自伤，用摔碎的茶杯的玻璃片在胳膊上割出血来。这一回是连手铐都用上了。这种暴烈的事件，就像传染病似的，迅速地在各个中队蔓延开来，并且越演越烈，都得了人来疯，每人都要发作这么一场。这一阵子可真是乱得不成样子，成天鸡飞狗跳。有时从工场间回到宿舍，才只几分钟，就听那边闹起来了。一场惊天动地过去，之后则是格外地平静，那哭过吵过的，就变成了个乖孩子，抽抽噎噎地上了床，能太平好一阵子。问题是东方不亮西方亮，这里太平了，那里呢，就该登场了。什么时候能有个完呢？

　　开春的日子，人们处于一种失控的状态，个个都是箭在弦上。同时又人人自危，生怕会遭到侵袭。那些队长们，比她们更紧张，时时不敢松懈，想尽了安抚的办法：放电影，改善伙食，个别谈心，增加接见。可这些就像是火上浇油，反使得人们更加肆意放纵。这是个可怕而危险的时期，天天不知道会发生什么。平时相处熟悉的人，忽然都变得陌生了，不认识了，大家都别扭着，谁也碰不得谁。队长召集那些所谓"自控能力强"的劳教开会，阿三也是其中之一，动员她们一起维持正常秩序，在各自的宿舍里产生稳定的影响。可是，事情还是一桩接一桩地发生，酿成越来越剧烈的后果。终于有一个采取了最惨烈的行为，并且成功了。那就是将一把剪刀吞进了肚子。救护车连夜将她送进总场的医院，汽车的引擎声在暗夜里分外地刺耳，久久萦绕于耳边，将这丘陵地带的夜晚突出得更加寂静，而且空旷。

　　这一夜，人们悸动不安的心，被巨大的恐惧压抑住了，个个都敛声屏息。关于这类事件的传说听得很多，亲眼所见却是头一遭。人们想，那女孩子立即就要死了。她的衣服，被子，碗筷，静静地放在原先的地方，已经染上了死亡的气息，看上去阴惨和感伤。人们睡在床上，却都没有合眼。月亮是在后半夜升起的，格外地明亮，院子里一地的白光。阿三起来上厕所，在院子里停了一会儿，她呼吸着带着潮气的清新空气，心里一阵清爽。这时候，她隐隐地体会到，在一场暴戾过去之后，那股宁静的心境。她甚至想，这么安宁的夜晚是以那女孩的生命换来的。

　　可是，当早晨来临，有消息说那女孩当晚在总场医院动了剖腹手术，生命已经没有危险，再过一周就可拆线出院。大家就又像没事人一样。昨晚的事变得平淡无奇，那恐惧的气氛烟消云散。然后，又有一种说法兴起了。那就是吞剪刀根本死不了人，农场曾经发生过吞缝衣针的，并且，那缝衣针至今还在肚里，那人不还好好的，劳教期满，回了上海，现正在青海路卖服装呢！好了，事情就这么过去了，波动的情绪没有一点改变，继续酿成事端。

现在，闹事已变成家常便饭，人们见多不怪。好像是非要引起大家注意似的，事情的激烈程度也不断升级。但所能唤起的反应已经不那么严肃，大家都有些看热闹似的，还跟着起哄，嬉笑，越来越成了闹剧，这类事对阿三的刺激，也逐渐为厌烦的心情所替代。这天，她们寝室里又在闹了，人们也不知是劝解还是激将，把两个当事人推推搡搡地轰来赶去。阿三推开门走出去，抱着胳膊站在院子里，等事情过去再回房间。不一会儿，阳春面也来了，颇有同感地说：真是烦死了。阿三照例不理她。过了一时，她忽凑到阿三耳边，神秘地问：你知道她们都是为什么吵吗？阿三不回答。她接着说：春天到了，油菜花开了，所以就要发病了。

阿三不由惊愕地看她一眼，这一眼几乎使她欢欣鼓舞，便加倍耸人听闻地说道：对于这种病，其实只有一帖药，那就是——说着，她做了一个手势。阿三曾经在来农场的汽车上看见过这个手势。阿三厌恶地掉转头，向寝室走去。阳春面先是一怔，随后便涨红了脸，她冲着阿三背后破口大骂道：你有什么了不起的！给外国人 × 有什么了不起的！她的骂声又尖又高，盖过了整个院子的动静。有一刹那，院子里悄无声息，连那正进行着的吵闹也戛然而止，就好像是，意识到有更好更新的剧目登台，就识趣地退了场似的。

阿三冲进房间，将房门重重一摔，那"砰"的一声，也是响彻全院的。这种含有期待的静默鼓舞了阳春面。她被压抑了很久的委屈涌上心头，她想她一片真心换来的就是这副冷面孔，她怎么咽得下这口气啊！她扑簌簌地掉了一串眼泪，然后指那扇被阿三摔上的门骂开了。

为了和阿三交朋友，她其实一直违着她的本性在做人。她极力讨阿三喜欢。因为阿三不骂脏话，所以她也不骂脏话；因为阿三对人爱理不理，她也对阿三以外的人爱理不理；甚至因为阿三拒绝家人探望，她也放弃了一次探望的机会。她暗中模仿阿三的举止行动，衣着习惯。虽然每个人只被允许每季带三套衣服，可她们依然能穿出自己的个性。然而，这一切努力全是白搭，阿三根本看不见，她的心高到天上去了。可这又有什么区别呢？不是还和大家一起喝青菜汤。阳春面心里的怨，只有自己知道，不想还好，想起来真是要捶胸顿足。

她压制了几个月没说的污言秽语，此时决了堤。她几乎不用思想，这些话自然就出了口，并且，是多么新奇，多么痛快，她又有了多少发明和创造。人们围在她身边，就像看她的表演。她越发得意，并且追求效果，语不惊人死不休的，引起阵阵哄笑。她的眼泪干在脸上，微笑也浮在脸上，她只遗憾一件事，那就是阿三为什么不出来迎战。因此，她又气恼起来，更加要刺激她。她的谩骂基本围绕着两个主题，一个是给中国人×和给外国人×的区别，一个是收钱和不收钱的区别。她的论说怪诞透顶，又不无几分道理。有时候，她自觉到是抓住了理，便情不自禁地反复说明，炫技似的。

她骂得真是脏呀！那个年轻的还未结婚的中队长，完全不能听，她捂着耳朵随她骂去。这些日子她也已经厌倦透顶，疲劳透顶，只要动嘴不动手，她就当听不见。

阳春面被自己的谩骂激动起来，情绪抖擞。她还有无穷无尽的话要说呢！并且都是妙不可言。她的眼睛放光，看着一个无形的遥远的地方。她完全没有发觉，在她面前的人群闪开了一条道，从那里走来了阿三，煞白着脸，走到她跟前，给了她一个巴掌。她的耳朵嗡了一声，就有一时什么也听不见。这时她才恍惚看见了面前的阿三，似乎将手打疼了，在裤子上搓着，搓了一会儿，又抬起来给了一下。这一下就把她的牙齿打出血了。她抹了一下嘴，看见了手上的血，这才明白过来。她说不出是气恼还是欢喜。阿三到底还击了。她不理她，不理她，可到底是理她了。她带着些撒娇的意思，咧开嘴哭了。

阿三却一发不可收拾了。她抡起胳膊，一下一下朝阳春面打去，她感觉到手上沾了阳春面的牙齿血，眼泪，还有口水，心里越发地厌恶，就越发地要打她。她感觉到有人来拉她的胳膊，抱她的腰，可她力大无穷，谁也别想阻止她打阳春面。这时，她也感到一股发泄的快感，她也憋了有多久了呀！她原先的镇定全都是故作姿态，自欺欺人。她体验到在这春天里，油菜花开的季节，人们为什么要大吵大闹的原因。这确是一桩大好事，解决了大问题。

她根本看不见阳春面的脸，这张脸已经没了人样，可阿三还没完呢！她的手感觉到阳春面的身体，那叫她恶心，并且要阳春面偿还代价，谁让她叫她作呕的？

人们都惊愕了。不曾想到阿三也会发作，就如同队长们所认为的，阿三是属于自控能力强的一类，在这样的地方，她还保持着体面，人们称她是有架子的。可大家也并不排斥她，因她是生产大队长的红人，却并不仗势欺人，如同有些人一样。于是都与她敬而远之着。而她的这一发作，顿时缩短了她们之间的距离。人们一拥而上，强把她拉住，拉又拉不住，反遭到她的不分青红皂白的攻击，只得放开手，哄笑着四下逃散。这哄笑严重地刺激了阿三，她忘记了她已经错过严肃的闹事阶段，正处在一个轻佻的带有逗乐性质的时期，别指望谁能认真地对待她的发作。现在，阿三的攻击失去了目标，她抓住谁就是谁。院子里一片嘈杂，大家嬉笑着奔跑，和她玩着捉迷藏。最后，阿三筋疲力尽，由于激动而抽搐起来，颓然躺倒在院子的水泥地上。正午的日头，铁锤般的，狠狠砸在她的胸口。

自此，阿三开始绝食。起初，中队长为防止她自伤，给她上了手铐，后来以为她的绝食是为抗议上铐，便卸下了。可她依然不吃不喝，躺在床上。人们都去工场间了，只剩下民管和她。民管开始还守着她，与她说着开解的话，可统统没有回应，便也觉着无趣，自己坐到了门口。太阳很温和地照耀着，地上爬着一个奇怪的小虫子。她说：你来看呀，这里有一个怪东西，我保证你从来没见过！没有回答，她只得叹口气，不再说话了，等到晚上收工回来，人们看见她床边放着一动未动的饭盒，便都轻着手脚，不弄出一些儿声响，好像屋里有着一个重病的人。隔壁寝室的人也都过来，伸头张望一下。还有的陪坐在阿三的床边，对着她叹气。她的床边堆起了各种吃食，凡是小卖部能买到的，这里都有。有刚接受家人探视的，就将家人带来的好吃好喝贡献出来。似乎，这些能够诱使阿三放弃绝食，重新开始吃饭似的。

只有阳春面，一个人远远地躲在角落，不敢走近阿三的床铺。她脸上还留着阿三打的青肿。她本来也想跟着阿三绝食，是表示我不怕你不吃，还是表示声援，连她自己也弄不清的。可到底理由不充分，撑不起那股劲，熬不过肚子饿，也熬不过同伴与队长的嘲骂，只得照常吃饭。队长过来几次，劝阿三进食，见阿三不理，火了。嘴上说：后果你自己负责，心里却打着鼓，预备着再过一天，就送去总场医院输液。

阿三睡着，并不觉得怎么饿，她陷入一种深刻的反省。她想，她怎么能够在这样的生活里，平静地忍耐这么久。她这半年多是怎样过来的啊！所有的一切：钉商标，摇横机，缝衣片，打包，装车，再卸车；出操，上课，用铁盒吃饭，把头发剪短，指甲也剪短；一季只能换三套衣服，劳教们的污言秽语，结伴的情书，争风吃醋；还有阳春面的献媚献殷勤……一切的一切，多么叫她厌恶，烦闷，还不如死了好呢！

想到死，她倒平静下来。她回顾自己近三十年的生活，许多人和事都历历在目。这些人和事在此时此地来临，竟使她激起了小小的兴奋。她想她也算是经历了跌宕起伏，领略了些声色，虽然没有把握在手的，可这正应了一句话：不求天长地久，只求曾经拥有。什么不是曾经拥有？生命都是曾经拥有。因是这样的计算得失，她对自己的人生就感到了满意，深觉着，死并不是可怕的，甚至都不是令她伤感，而是有些欣悦的。

她头脑特别清醒，思绪是轻快的，好像喝得微醺时的说话那样，带着些跳跃的动态，有几次她睡着了，思绪却还照旧，迈着小碎步前进，带出许多画面，也都是活泼有生气的。她放下一切的责任，感到轻松得无所不往。所有人的说话声都成了耳边风，对她没有丝毫意义，全是白费劲。她这样很好，真的非常好，现在，闭着眼睛，她都看得见那高院墙后头的，远远的山影，在春天的明媚阳光下，变成了翠绿，有一些光点，野蜂似的嗡嗡飞舞着。

第四天的早上，阿三被送到了总场医院。

为了防止她拔去输液管，她的手臂被固定在床上，不能动弹。她反正是不在乎，对她说什么也听不见。然而，随着葡萄糖液输进体内，她的思绪却变得迟缓了，并且笨重起来，与此同时，身体则蠢蠢欲动，一些感觉复活了。她觉出了饿。开饭时间，病房里的饭菜气味唤起着食欲，耳朵积极地捕捉着别人的谈话，并且力求理解。可是困倦袭来，她睡熟了，人们的谈话在她耳畔渐渐消散、远去，再也听不见了。

这一觉睡得可是真长。当她醒来的时候，费了很长时间，她才慢慢明白过来，了解了她的处境。

她发现房间里暗暗的，不是夜色，而是幽暗的日光。同屋的人都静静地躺在自己的床上。盈耳是一股绵密而柔和的沙沙声。后来，她看见病房的门开了，有一个人进来，靠门放下一把湿淋淋的伞，她才明白外面在下雨。这人朝她走来，是生产大队长。

大队长走到她床前，看了她一会儿，说：好了，你也作够了，面子也挣足了，还不行吗？停了一下，又说：生产任务这样紧，我还来看你，全大队都知道了，你的面子还不够吗？阿三躲开队长的眼睛。大队长说：你总要给我一点面子，也要给人民政府一点面子。后一句话说得很有意思，两个人不禁都微笑了一下，又都赶紧收住了，可是气氛到底是松弛下来。

大队长扑通在她床边的椅子上坐下，将两条腿伸直了，双手压在腿下，撑着肩膀，舒展了一下身体，说：我晓得你们个个心里都觉得委屈，到这种穷乡僻壤来吃苦，心里不知怎么在骂我们；可是两年、三年一到，你们不都又要回上海去了，又是灯红酒绿，而我们呢？我们还要在这里待下去，我们委屈不委屈呢？我晓得我不应当与你说这种话，你也不必要理解我们，只要我们理解你就行了；可是，是人，总要将心比心。说到此处，大队长忽然忧伤起来，眼睛看着前方，想开了心事。

阿三朝她看了一眼。看她年轻的脸颊上没有一丝皱纹，目光很清澈，只是肤色不好，青黄色的，是缺觉的颜色。阿三心里暗想，大队长其实不难看，只是这套警服穿坏了她。

大队长忽然出声地笑了，说：有一次，和一个劳教谈话，她告诉我们，在上海的什么宾馆做了什么生意，什么宾馆又做了什么生意，说到后来，她就说，队长，你们不要问我去过什么宾馆，就问我没去过什么宾馆，你说，叫我们怎么问？她回过头看阿三，两个人的眼睛相遇了，停了一会儿，又闪开去。大队长向周围扫了一眼，病人们躺在床上，都闭着眼睛，似乎都入睡了。病房里很静，窗外还响着绵密的雨声。大队长说：你知道是什么支持我们在这里生活？阿三摇摇头。那就是，在这里，我们比别人都好。大队长看阿三的眼光里，既有着示威，又有着恳求，好像是：我把底都交给你了，你还不给面子吗？

阿三的绝食在这天晚上结束，前后一共坚持了六天。第一次进食的时候，她略有些不好意思，觉着人们都在嘲笑她。可是没有人注意她。似乎事情的开头与结尾，都在人们意料之中，没有一点特别的地方。这就更叫她难为情了，她好像吃偷来的食物似的，喝完一盆稀饭，然后在床上躺下，希望别人把她忘记。她头一回神志清醒地打量这间病房，这里要比普通病房更为整洁和安静，因为没有人来探视，病人也守纪律，一共有八张床并排放着，略微偏一偏头，便可看见窗外的树丛。枝叶里掩着一盏路灯，白玉兰花瓣的灯罩，透露出一些城市的气息。晚饭在下午四点半就开过了，剩下来的夜晚就格外地长。这时候，病房里总是稍稍有一些活跃，人们轻声聊着天，声音清晰地传入阿三的耳中。

她们在议论离总场最远的男劳改大队，一个犯人逃跑了。前一日的夜里，场部出动了三辆警车搜捕，至今没有结果。阿三看看窗外逐渐暗下来的天，那路灯亮了，因为电力不足，发出着昏黄的光。她想她怎么没有听见警笛的声音呢？继而又想起从上海来时，路上所见的孤独的柏树，在起伏不平的丘陵上，始终在视线里周游。

又过了一天，大队长用送货的卡车，捎回了阿三。阿三坐在车斗里，颠簸着。高地上的小麦都黄了梢，洼地的水田里，秧苗已插上了。茶叶绿油油的，远近的山丘，也都变得青翠。不知从哪里冒出一些树丛，形成一些绿色的屏障。连那柏树，也都成了对似的，这里两棵，那里两棵。天空飘着几丝白云，转眼间便被蓝天溶解，渗进了天空。阿三心里涌动起一股生机，她眯缝起眼睛，抵挡着风里的尘土。田野的景色，推远了，推到地平线上，成为狭长的一条。

生活再次照常进行。工场间的活堆成了山，收工的时间越推越迟，连出操上课的时间都挤掉了。寝室里的那种癫痫似的发作还时有发生，不过频率显然稀疏下来，好像是，那股子劲已经过去。随着夏季的逼近，人们的骚动情绪也渐渐被慵懒和倦怠所代替。人们都变得沉默了。至于阿三呢，果然如生产大队长所说，挣足了面子。大家对她都有些新认识，怀着折服的心情。阳春面则不敢接近她了，远远地躲着，这倒使阿三很满意。要说，日子是比先前好过得多，可是，阿三的心情却再不是先前了。

现在，当一切不习惯都克服了，为了适应严酷现实的全身心紧张，终于松弛，她这才认识到这生活的不可忍受。她就好像睁开了眼睛，看清了现实。原先，在这里活动着的，只是阿三的皮囊，现在，阿三的魂回来了。阿三想：时间只过去了大半年，剩下的一年多该怎么过啊！阿三真是愁苦了，她夜里睡不着觉，各种念头涌上脑海，咬噬着她的耐心，她明知道不能想这些，可偏偏就要想这些。她的脸瘦削了，下巴尖成了锥子。她每顿只吃猫食样的一口，经常地头晕。而她却像自虐似的拼命做活，一双手好像不是手，是工具，应付着各种劳动。只要仔细地去看她的眼睛，就知道她在受着怎样的煎熬，她的眼光变得锐利，闪着炽烈的光芒。她比以前更少说话，一天到头，听不见她一点声音。她无形中散播着压抑感，她在哪里，哪里的空气就变得莫名其妙的沉闷。

可是，在这种机械的生活中，人都变得麻木，而且头脑简单，没有人看到阿三的变化。只有一个人看见了，那就是老鼠躲着猫似的躲着阿三的阳春面。那一大场事故发生之后，阳春面却感到与阿三更贴近了。这种交手似乎消除了她与阿三之间的隔阂，虽然表面上她再不能走近她了。现在，阿三的所思所想，阳春面都一清二楚。只有她知道，阿三撑不住了。她真心地为阿三发愁。她知道，照这样下去，阿三得垮。这日子不是阿三这样过法的。

阿三不知道，在她痛苦的时候，有一个人比她更痛苦。并且，在她一筹莫展的时候，却有一个计划在那个人心中慢慢地形成了。

这一天，已经收工了，阿三却因为有一些活计需返工，留在了工场间，阳春面自己要求替她打下手。大队长同意了，阿三懒得反对，装作没听见。等人都走空以后，她忽然走近阿三，说道：阿姐，你跑吧！由于出了这么个好主意她兴奋得几乎战栗起来。阿三惊愕地抬起头，看着她凑得很近的脸，这张脸在日光灯下显得极其苍白，鼻凹里有粗大可见的毛孔，额角上还有一个乌青块，是她打的。

阿姐，你跑吧！阳春面又说，她压低了声音在空阔的安静下来的工场间里，激起了回声。

我晓得你是和我们不一样的人，你在这种地方呆不下去，你跑吧！跑到南方去，那里都是外来人，不需要报户口，特别好混！

阿三镇静下来，她在心里掂量着阳春面的话，揣摩着这话的真伪虚实。

听那些二进宫、三进宫的人说，每年都有人跑，有一些再也没有回来过；出了大门，往后面山上去，先找个地方躲着，等天黑了，再翻下山去，那里有农民的房子，你给他们钱，在那里住一夜，第二天早上走到公路搭上卡车，就可以到火车站；真的，我都帮你打听清楚了，那些农民很贪钱的，多给些钱，他们都会送你去车站，不过，你不能说你是从这里去的，你不说，他们其实也知道，只是这样就没有责任了；你要跑，我会帮你应付，瞒过一夜就好办了。

阿三的眼睛慢慢地从阳春面脸上移开，埋下头重新工作，缝纫机声又嗒嗒地响起了，阳春面一脸失望，她喃喃道：你不相信算了，可是我说的都是真的。她离开阿三，远远地缩在角落里，双手抱着膝盖蜷在纸板箱上，眼睛望着窗外出神。她的脸色变得忧郁而且严肃，流露出受到巨大伤害的表情。

深夜，万籁俱寂，阿三轻轻地翻转身子，手伸到枕套里，撕开枕头上的一块补丁，在木棉芯子里摸索到一卷纸币，是女作家给她的五百块钱。她虽然没有想到过它们的用途，可却多了个心眼，没有交给大队长登记。现在，她将这卷钞票握在手心里，明白她要做什么了。她情不自禁地在黑暗中笑了一下。

阿三做好了逃跑的准备。她开始强迫自己多吃，试图使自己健壮。她将一瓶驱蚊油从早到晚带在身边，以备在山上躲着的时候，不致叫蚊子咬得太惨。她早已经走熟了从中队出大院的路线，那都是与生产大队长谈工作时来去的。她也了解到，星期日这一天，队长们都回总场，只留一个人值班。她甚至巧妙地藏匿下一张外出单，是有一次大队长找她去，走到大门口，门房正忙于接待总场来人，忘了收她单了。她兴奋而冷静地做着这些，脑子里无时不活动着这一个逃跑的计划，一千遍一万遍地在想象里进行演习。想到紧张的时候，她的脸上便浮起红晕，手指也微微颤抖起来。没有人发现这些。连阳春面都不再关注她，她变得消沉而安静了，现在很难听见她的聒噪，只看见她埋头苦干的身影。

阿三等待着时机。她知道，时机是最最重要的，什么是时机，不是依赖判断，而是来自于灵感，她静等着时机的来临。这应当是一种神之所至，她几乎凝神屏息地感受着它的来临。时间一天一天过去，天气渐渐变得炎热，白昼也变得漫长。夜晚，斗大的星在头顶，照得一片雪亮。月光也变得灼热。

人人都被困乏缠绕着，成天呵欠连天。而阿三的头脑一日比一日清醒，眼睛亮着，心却是按捺着，伺机而动的形势。

这一天，早晨起来天就阴着，午后飘起了毛毛雨。是星期天，上午，大队长还在工场间里和大家一同加班，下午，交代说提前收工，便走了，由值班中队长一个人带着。下午三点钟，是难挨的时候，人们打着瞌睡，头一点一点的，手上的活儿都掉到了地上，机器声也显得零零落落。满天的阴霾更叫人心绪沉闷。好容易又挨了一小时，中队长说收工了，于是大家纷纷起身，争先恐后地往外走，为了抢水池子洗衣服洗头发。阿三却说：中队长，我再做会儿，把这一打做完再走。中队长说好，交代她走时别忘了关灯锁门。这时候，阳春面突然抬起头，眼睛很亮地向她看了一眼，脸上露出一个压不住的笑容。她们的眼睛相遇了，有那么一刹那，彼此都没有躲闪，生发出心领神会的表情。阳春面便带着这笑容从她身边走过，她的手在阿三的缝纫机上有意识地扶了一扶，好像在等待一个回答。如不是十分十分地厌恶阳春面的身体，阿三几乎就要去触碰她的手了。可是，没有。阳春面从她身边走过，没有回头，可她焕发的笑脸却长久地在阿三眼前，挥之不去。

一切都是按照阳春面所说的进行，并且一切顺利。这天，天又黑得早，不过六点，天色已暗了下来。灰色的苍穹笼罩着雨濛濛的山丘，天地间便好像有了一层遮蔽。雨下得紧了，却不猛烈，只是严实而潮湿地裹紧了阿三的全身。那雨声充盈在整个空间，也是一层遮蔽。阿三几乎看不见雨丝，由于它的极其绵密，她只看见树叶和草尖有晶莹的水珠滴下来。

好了，阿三开始下山了。感谢丘陵，山路并不是陡峭的，甚至觉不出它的坡度，只有走出一段以后，再回过头去，才发现原来是在下山，或者上山。阿三在草丛里胡乱踩着，忽然发现她所下意识踩着的这条路，其实是原先就有着的，不过很不明显。难道是前一个逃跑的人留下的吗？那么，沿着它走就对了。可是当她刻意要追踪道路的时候，道路却不见了。

阿三抬起头，她的眼睫毛都在滴水，流进了她的眼睛。模糊中，她看见一片广袤的丘陵地带，矗立着柏树的隐约的身影。那身影忽然幻化出一个人形，是比尔？还是马丁？是比尔。想起比尔，阿三心里忽有些悲悯般的欢喜，想着：比尔，你知道我现在在哪里吗？她用比尔鼓舞着自己的信心，使自己相信，这一切都是不平凡的，决不会落入平凡的结局。

丘陵上没有一个人，只有阿三和那棵柏树。她茫然地走着，雨雾和夜色遮断了路途。她也不去考虑路途，只是机械而勤奋地迈着脚步。她打着寒噤，牙齿格格响，好像在发出笑声。她忘记了时间，以为起码是第二日的凌晨。当她眼前出现农舍的灯光，她竟有些意外，她以为那是永远不会出现的了。她停了停脚步，同时也定定神，发现那灯光其实离她很近，只一百米的光景。到了此时此刻，她才感到一阵恐惧，她惊慌地想：要是那农民去报告农场，该怎么办呢？她的腿忍不住有些发软，这一百米的距离走得很艰难。她心里想好，要是那农民流露出可疑的行迹，她立即拔腿。这么想定，心里才镇静下来。

走近灯光，她嗅到了饭菜的香气，还有烧柴灶的草木炭气。她恍悟到，这其实还是晚饭的时候。这人家的饭再迟，也不会过八点吧。她打量着这一座房子，是一座平房。正面一排三间砖瓦房，两侧各两间茅顶土坯屋，一边是灶屋，已经关灯熄火，一边是放杂物的，连着猪圈，没有院墙。正房的门紧闭着，就像没有人住，两边的窗洞里却透出些暗淡的灯光。阿三走近门前的时候，踩着一摊鸡屎，险些滑跤，她轻轻叫了一声，稳住了身子，然后就去敲门。门里传来女人的声音，问是哪一个。阿三说大嫂，开开门。女人还是问哪一个。阿三说，大嫂，开开门，是过路的。女人执拗得厉害，非问她哪一个不可。阿三再敲门，门里就嚷起来：再敲，再敲就喊人了，农场里住着警察呢！阿三这才想到，像这样靠近着劳改农场，单门独院的人家，是怀着多么强烈的恐惧。

阿三停了敲门，可她觉得疲乏透顶，再也迈不开步子了。她沿着灶屋慢慢走着，防止着脚下打滑，走到了屋后。那正房的背后，有一扇后窗，支着长长的雨檐，阿三便在雨檐下坐下，歇歇脚再作打算。

她蜷起身子，抱着双膝，埋下了头，这一切是怎么发生的，她忽然恍如梦中。她困倦得要死，睡意袭来，好几次她歪倒了身子，不由得惊醒过来，再又继续瞌睡。天地都浸润在细密的雨声和湿润里，是另一个世界。她渐渐学会了这么坐着睡觉，身体不再歪倒。她忘记了寒冷和下雨，瞌睡的甜暖罩住了她。她好像是睡在床上，阳春面的脸庞渐渐伏向她，她看见她额角上的青块，不由得一动，醒了。

这一回，她完全清醒了，听见有小虫子在叫，十分清脆。她有些诧异，觉得眼前的情景很异样。再一定睛，才发现雨已经停了，月亮从云层后面移出，将一切照得又白又亮。在她面前，是一个麦秸垛，叫雨淋透了，这时散发着淡黄色的光亮。她手撑着地，将身体坐舒服，不料手掌触到一个光滑圆润的东西。低头一看，是一个鸡蛋，一半埋在泥里。

她轻轻地刨开泥土，将鸡蛋挖出来，想这是天赐美餐，生吃了，又解饥又解渴。她珍爱地转着看这鸡蛋，见鸡蛋是小而透明的一个，肉色的薄壳看上去那么脆弱而娇嫩，壳上染着一抹血迹。

这是一个处女蛋，阿三想，忽然间，她手心里感觉到一阵温暖，是那个小母鸡的柔软的纯洁的羞涩的体温。天哪！它为什么要把这处女蛋藏起来，藏起来是为了不给谁看的？阿三的心被刺痛了，一些联想涌上心头。她将鸡蛋握在掌心，埋头哭了。

1995 年 10 月 17 日

"文革"轶事

一

赵志国是那种小弄堂里的精英，尤其在七十年代灰溜溜的上海街道上，他带有一种平地而起的味道。他好像突然出现似的，以他一米八三的身高，骑一辆三飞的自行车，疾驶而过。他的发型是那种经过了革命而显得含蓄的"飞机头"，隐约透露出上一个时代的摩登气息。他的脸形有点像美国好莱坞明星马龙·白兰度，也是含蓄化了的。当他走在工宣队的行列里，进驻到上海一所师范学院时，张思叶便对工人阶级的面貌增添了新的看法。其实，在那个年代，上海这城市，"青工"这字眼往往意味着一种现代的形象。他们年纪轻轻的，就有了薪水；他们头一年买自行车，第二年买手表；他们的衣着，是这城市里最时新的；他们的口头禅也在这城市里蔓延流行。这和我们从马列教科书上读到的无产阶级形象相去甚远。但是从另一些方面来说，"青工"又是个俗气的字眼，它是考不上大学、没有受教育的代名词；它还是胸无大志、目光短浅的代名词。这两种看法，很像是资产阶级民主革命时期，不同阶级对新生市民的不同观念。张思叶是属于后一种观念的阶级的。她以前做梦也不会想到，会去和一个青工有什么瓜葛，这也是时代做成的一桩好事。

张思叶能和赵志国做成这一桩好事，全是钻了这时代的空子。这时代是一个什么都不讲究，什么都不计较的时代。这城市也是一个什么都不讲究，什么都不计较的城市。资产阶级革命和无产阶级革命相继破除了许多清规戒律，为张思叶和赵志国铺平了道路。因此，此时此地，他俩的事情并没有引起什么轰动，要说有那么一点，也不过是为这乱哄哄的世道再添上一宗乱罢了。作为面临毕业分配何去何从的张思叶，和青工赵志国结婚，无疑地就在留上海的可能性上押了一块筹码。同时，工人阶级赵志国，还为资产阶级出身的张思叶，撑开了一顶保护伞。而赵志国呢，人们也并不以为他是吃了什么亏，或者说是丧失了立场。像张思叶这种家庭，在这城市的市民心目中，总有着"百足之虫，死而不僵"的想象。他们又大都有着通达的世界观，认为"六十年风水轮流转"，别看张思叶家现在倒霉，说不定日后会有崛起的一天。因此，人们还认为赵志国很有放长线钓大鱼的眼光。总之，人们觉得，赵志国和张思叶是平起平坐，谁也不吃亏，都占了对方便宜，也都让对方占了便宜，也算是珠联璧合吧。唯一的遗憾，是张思叶相貌平平，及不上赵志国的一半。看上去，倒像是反过来，赵志国是个资本家的大少爷，张思叶却是亭子间嫂嫂家的女儿。可话又说回来，漂亮顶什么用？赵志国再漂亮，他爹爹也是个领月薪的职员，人家张家，却是吃定息的，虽然这已是旧话了。

赵志国踏进张思叶家中，有点像贾宝玉踏进了大观园。他不曾想到，在这黯淡无光的时日里，还藏有着这样鲜艳活泼的一个世界。这带有一种后花园的景象，还有一种暖房的景象。这情景将方才走进弄堂走上楼梯的凄凉气氛一扫而空。这房子是这条大门紧锁悄无人声的弄堂里到底的一幢，夹竹桃在墙头盛开，青枇杷落满了地，使赵志国想起一行"门前冷落车马稀"的通俗的旧句。张思叶是带他从后门进去的，楼道里一片漆黑，门上都贴了封条，二楼房门也贴了封条，然后就到了三楼。赵志国永远忘不了走过楼梯拐弯处亭子间时的情景。张思叶停住脚步，对着敞开的门里说了声什么，便有许多双眼睛扑面而来，它们一律是缓缓的，盈盈的，舒回慢转的，都带了点惊愕的表情，这使他们全有了些孩子气。然后他便跟张思叶去了她在三层阁上的闺房。

没有人能像赵志国这样领会生活的精华了，无论这精华是如何深藏不露，他都能一针见血地将它发掘出来。他只一眼，便从张思叶家那些身穿蓝布罩衫，梳着齐耳短发的女人身上看出超凡出众的气质。这是一种养尊处优的气质，虽然经历了这些年的颠沛流离，却依然存在，只不过是如受惊的鸟雀，藏进了深处。他从她们的短发上看出"柏林情话"式的端倪，还从中式罩衫上看出复古的摩登。她们无论年长年幼，都含有一种贵妇的仪态，这仪态不是任何人都能领略的，它们往往是有一种朴拙的表面。她们长得各有差异，可是细部却一律经得起推敲。牙齿整齐，皮肤细腻，指甲润泽，表现出后天的精致调养。赵志国甚至对张思叶也有了新的看法。张思叶在那乱纷纷的校园里，实在是被埋没了。与那些追随潮流的同学相比，她显得格外落伍。即使是洞察秋毫的赵志国，也不免为时尚迷住了眼睛。有时候，对某种事物的认识是需要一个激发和唤起的。有的认识过程走的是从个别到一般的道路，有的则反过来，走一条从一般到个别的道路。这一回，赵志国走的就是后一条道路。张家的女人们以集体性的攻势启发了他的审美心智，使他对张思叶的认识揭开新的一页。这一天，赵志国在张思叶的闺房里，走出了超越边界的一步。

闺房不是随便可以去的地方，可是当此乱世，张家早已经纪律松懈，错了规矩。昔日的张老板在隔离审查；大儿子从写字间下到车间做三班倒的工人；二儿子已经划清界限去了内蒙古，家中只剩下女流之辈。她们足不出户，天天坐在这间充当厨房又充当客堂的亭子间里，把旧毛衣拆了再织新的，或者把旧衣服拆了再做新的。她们以这种拆东墙补西墙的方式，来为自己变换行头，并且消磨时间。她们一边做着女红，一边叽叽哝哝地说着闲话。她们的闲话有一个名字，那就是：怀旧。她们压低了声音，细说往日里的起居、出行、待客、赴宴，还有娘姨和裁缝。往事好像回到眼前，脸上都浮起迷惘的表情。这种迷惘的表情，使她们中间最年幼的那个，也变得苍老起来，成了个小女人。赵志国出现在亭子间门前的那个时候，是她们清闲而消沉的午后重要的一刻。她们不由得都感到一股无名的喜悦。她们嘴上没说什么，心里却有些活跃。两点半的阳光越过楼顶，蔓延到窗台上来，玻璃窗将阳光一摇一摇的。她们听见了麻雀的唧啾。

张思叶很平静地结束了她的少女时光，她躺在那里，阳光透过窗帘照着她的脸，麻雀的唧啾也传进了她的耳朵，她还听见弄堂口的小学校传来的眼保健操的音乐。她忽然想起她昨天还在用玻璃丝编织一条金鱼，这就像上辈子的事情了，现在金鱼就系在赵志国的钥匙圈上。赵志国嗅到了楼下夹竹桃的气息，这气息有一股叫人心灰意懒的味道。他从窗帘缝里看见了这条弄堂的楼顶，他想，怎么会是这样寂无声息？在这样的午后，有许多至关重要的大事情草率而平淡地决定了，这些午后似乎专门是为了日后的凭吊而存在着。

这些午后几乎面目划一，亘古不变，它们永远驻守在我们的回忆之中，制造出深入骨髓的孤独，散布着惆怅的空气。

二

后来，赵志国和张思叶也参加了亭子间里的聚会。张思叶来到亭子间不免带有屈尊的表情，还有恩赐的味道。她看出大家对赵志国有好感，赵志国给家中带来新鲜的空气。和赵志国的婚姻是她在这个受尽损失的时代里唯一的收获，在她这个尽是损失而一无所获的家庭中，她觉着自己是拥有了一笔财富。这种富足的心情使她变得宽容和随和。她也看出赵志国对亭子间里的聚会并不反感，甚至有些喜欢，所以去亭子间也是为了叫赵志国高兴。张思叶是那种将自己缺点看得过重的生性谦逊的姑娘，她因自己相貌平常而抱愧于赵志国。赵志国是那样英俊潇洒，真是叫她看也看不够，她觉得自己掠取了不义之财似的。所以，她对赵志国便格外地细心，看他的眉眼行事，把自己的欢喜全都寄托在赵志国的欢喜上面。当他们从三层阁走下亭子间的时候，受到了由衷的热情欢迎，这是性情孤僻、为家人所疏远的张思叶始料未及的。她体味到亲情的温暖，她往日里看不顺眼的嫂嫂、妹妹，还有侄女儿，这会儿都显得可爱起来，她想她以前为什么没发现呢？

他们初次与大家在一起，双方还都有些拘谨，彼此都有些不好意思，客人似的。他们互相不摸底，不知该如何对待，便又平添一层紧张的心情。赵志国平日里其实是个能言善辩的人，此时此地他却分外小心，生怕出言俚俗，叫张家的女人们看轻。他面对满屋子的大小女人，脸上保持镇静，心里却忐忑不安。他觉得自己就好像面对了一个阶级阵营似的，这真是一场阶级斗争啊！想到这里，他一贯的调侃的笑容便浮上了嘴角。他的笑容使大家情不自禁地松了一口气。就在这时，赵志国已经察觉到她们内心同样地局促不安。他的心放下了，自信又一点一点回来了。像赵志国这样的人，最怕的就是丧失自信，有了自信就什么都有了，没了自信，就什么都没有了。自信就像是他们的立命之本。而正因为此，他们的自信就格外地容易受损伤，好像是超负荷的结果。还因为此，他们有时候必须虚张声势，做出格外傲慢的样子，其实内心里虚空得很。这种做法，在某种情形下，卓见成效。比如对于张思叶就是这样，她几乎是对赵志国怀了感恩的心情，这又反过来稳定和充实了他的自信。弄到头来，他这种虚伪的自信就渐渐变成真的了。

赵志国用了一则车间里流传的笑话吸引了她们的心。这种笑话她们闻所未闻，她们有限的社会经验使她们辨别不出其中猥亵的成分。她们个个都惊讶得不得了，觉得这真是天上人间头一个精彩故事。她们对赵志国的口述能力也表示出由衷的欣赏，她们简直被他迷住了。赵志国也感到了惊讶，想她们对这粗鄙故事浑然不觉，欣然接受，如不是身经百战，便是真正的天真无邪了。他暗中对她们生出嘲弄的心思，又觉得不忍，玷污了她们似的。然而要征服她们的愿望是那么强烈，他刹不住车了，又讲了一个车间笑话。这一回，气氛是真正活跃起来，她们几乎放声大笑，赵志国却不动声色。第三回，他讲了一个好莱坞的电影：《魂断蓝桥》。亭子间里静了下来，暮色渐渐来临，这是午后将尽未尽的温馨的一刻，它令人想要缩起身子，自怜自爱一番。《魂断蓝桥》在七十年代初是一个未及陈旧的梦，好莱坞在这城市还是一个特征，代表了一段欲说还休的往事，赵志国赶上了这段往事的一个尾巴。这城市为美国电影风靡的时候，他仅只是一个男孩，对《魂断蓝桥》的真正领略其实是在大人的追念之中，还有那些灿烂明星的余光照耀。对那个时代他只有着朦胧的记忆，不等他这一个恋慕浮华的男孩长大成人，一切场景就都一去不返。在他心里，其实始终有一种温婉的伤感，这为他增添了几分贵族的情调，弥补了受教育不足的缺陷。《魂断蓝桥》这故事与这一个暮色将临的时分格外地相亲相近，和女人们的心境也相亲相近。它有点像从箱底抖出的一件只穿过一回的绣花嫁衣，带了脂粉的香味和樟脑的气息，温存而哀婉。

大嫂嫂胡迪菁被打动了心，她不由回想起她的少女时代。那时候，她是一个中学生，提着花布书包，穿着阴丹士林蓝旗袍。她们上课前就约好了，下课后去看电影。她们还买来赫本、费雯丽的照片，夹在书本里。她们正是那种做梦的年纪，好莱坞电影为她们提供了最好的摹本，还为她们提供了明星风范的摹本。她们一个个都出落得风姿绰约，仪态万方。她们从街上走过，那些洋行里供职的年轻人便都停住脚步行注目礼。她们嘴上不说，心里都做过明星梦，明星生涯在她们看来犹如天上人间。胡迪菁就是这样从一个小家碧玉成长为大家闺秀。这城市有许多小家碧玉这样地成为大家闺秀，好莱坞是不可或缺的课程。胡迪菁她有时回娘家，走在弯弯曲曲的弄堂，过街楼上的湿衣衫滴下冰凉的水珠。胡迪菁忽然会有一种梦醒时分的悲哀，她想：人生多么像一场梦啊！这天午后，当赵志国开始讲述车间笑话的时候，胡迪菁有一刹那好像故地重回，又走在了过街楼下的弯长里巷之间，满耳噪声。赵志国的笑话她都明白，心里暗暗惊讶，他看上去像一个大少爷，骨子里却原来是个下等人啊！她为张思叶委屈，又有点称心如意的快感。凭她的聪慧和敏感，她一进张家便觉察到了张思叶对她的鄙夷。她想，尊贵的张思叶最终也不过如此。她还想，女人有两次投胎，一次是出世，二次是出嫁。她第一次没投好，张思叶则第二次没投好。等到赵志国开始讲述《魂断蓝桥》的时候，胡迪菁又听出几个错处，错的虽然不多，可只差那么一点，就背离了好莱坞的精髓。她望了赵志国轮廓鲜明的俊美的脸，发现他有些像马龙·白兰度，随即又想起白兰度和费雯丽主演的《欲望号街车》，心中暗暗一笑。然而，渐渐地，缅怀的气氛笼罩了她，伤感升起，她不知不觉放弃了冷静的评价，沉浸到往事之中。

在新婚的日子里，赵志国和张思叶一个不上班，一个不上学，成天在家，亭子间是每日必到之处。有一次，胡迪菁给亭子间里的景象取了个名字，叫作"派对"。听到这个词，赵志国不由朝胡迪菁看了一眼，他们相视一笑，共同地回想起一些光影绰绰的往事。这些往事是不会再来了，胡迪菁她还亲有体验，赵志国赶上了尾巴，张思叶只瞄着一个背影，挨下去的张思蕊她们，连背影也没看着。这一天，胡迪菁还对张思蕊说，我们像你这个年纪的时候，是最最快活的了。中学生张思蕊正为毕业后的出路发愁，学校里传来的消息一天一个，今天说去垦荒，明天说去戍边，都是坏消息，没有好消息。她这话像是说给张思蕊听，又像是说给赵志国听，因为真正能听懂这话的人，其实只是赵志国。张思叶和张思蕊都是生于末世的孩子，其余那些孩子的出生，则连末世都谈不上，出生是在乱世了。她们的青春是饱经忧患的青春，还是黯淡无光的青春。上海的繁华和时代的进步与她们似乎已是隔世。张思蕊每天坐在家里心中其实很烦闷，外面的世界是人家的世界，于她无份。她每一回去学校都是惴惴不安，每一回都带回坏消息。她到亭子间里来，是为排遣，心里总是愁肠百结。亭子间里的女红和闲话日复一日，月复一月，亦将年复一年，这日子何时才了得？赵志国来到家中使张思蕊暂忘心事，他使亭子间的午后面目一新。赵志国还是在女中读书的张思蕊除去兄长而外所接触到的第一个男性，她甚至在心底深处有些嫉妒姐姐张思叶。张思蕊和所有女中的学生一样，有着对男性的好奇心。男老师往往会被她们匆匆拿来，当作暗中倾慕的对象，具有男子气的女同学也会被她们匆匆拿来作倾慕的对象。她们由于平日里缺少实践操练，便缺乏与男性相处的技巧和方式，她们一个个都显得有些过度腼腆或者过度奔放。张思蕊全凭了家里规矩大，才能做到不失大方，将轻薄收进肚子里。她看见赵志国，心里就有些按捺不住的兴奋，难免话多，问东问西的，行动也露出了琐碎。

赵志国到张家，最高兴的莫过于那两个侄女儿，她们一个十二，一个十一，都是那种秀丽无比的孩子。她们懂事不久就来到这罹祸的日子，先是惊恐受怕，后是沉闷压抑。她们对已逝的良辰美景一无所忆，她们只有着追求快乐的天性。她们最敏感于赵志国带来的轻松气氛，犹如久居黑暗中的人看见一线光亮，全身心地赴向。只是受了教养的约束，她们便不由自主地有点装腔作势，故作平淡。她们还将此当作操演她们大家闺秀风范的舞台，这些风范光听母亲说，却无实验的机会。就都有些竞相表现，好像变了一个人似的。可她们毕竟还是孩子，撑不多久便露出了马脚。她们朗声大笑，说一些蠢话，甚至爬上赵志国的肩背，攀住他的脖子。她们向来很缺乏父爱，她们的父亲以为没有儿子全是她们的错，是她们占了儿子的地盘。因此连她们的名字都嫌烦似的不肯好好起，就叫个大妹和小妹。而她们恰恰是那种需要亲爱，喜欢热闹的孩子。赵志国的来到真是解救了她们的困境，于她们身心成长都是一个帮助。从此以后，每天早晨都像是拉开一道帷幕，悬念重重地，将要演出一幕戏剧。

三

现在，亭子间的"派对"便开始了。赵志国发现，胡迪菁是个善解人意的女人。有时候她明知道他说错了，却不指出，只是在事过之后，漫不经心地重新说一遍，纠正了他的错误。别人不会留意，只有赵志国留意。他心里有点感激还有点恼怒。感激的是她没有当众出他洋相，恼怒的是居然被她窥出破绽。他心里就有点紧张，胡迪菁的在场使他感到压力，但也正是这压力让他兴奋，好像处在一种竞技的状态中。为了在心理上战胜胡迪菁，他甚至坚持自己的错误。当胡迪菁纠正地说了两遍之后，他又再说第三遍，来恢复那个错误。他们脸上都带着和气的微笑，心里却斗着法。在他说过第三遍的时候，胡迪菁决不再说第四遍，去坚持她的纠正。她本来也不是要让大家了解正确的说法，她只是要赵志国一个人明白他的说法错了。她的退让姿态则叫赵志国真的着恼了，这是一种失败的心情。其实他们各执一端的事情全是些鸡毛蒜皮芝麻绿豆大小的，比如吃西餐喝汤喝到最后，是要将汤盆向外倾还是向内倾；再比如衬衫袖口要比外面西装袖子长出半寸还是四分；还比如嘉宝是瑞典人，英格里·褒曼是丹麦人，还是嘉宝是丹麦人，褒曼是瑞典人，抑或嘉宝和褒曼都是瑞典人，或都是丹麦人。这些小事情在他们看来非同一般，是检验真伪的原则问题，这将决定他们谁是真货，而谁只是赝品。而使赵志国真正恼怒的是，这并不是一场平等的竞技，更像是一场考试，胡迪菁不是他的对手却是他的考官。于是他也百般地留神，想要挑出她的错，不料胡迪菁滴水不漏。其实她早已窥测赵志国的用心，言语上便分外留心，不知道的不说，知道不全的也不说，只拣那些最拿得稳的才说。但到底经不住赵志国时刻耳明心亮地盯着，还是被他捉住一两回错处，待他也以微妙的方式纠正过后，她并不坚持，至少表现了良好的风度，使得赵志国虽胜犹败。

谁也察觉不到他们两人的斗法，也察觉不到他们微妙的意见相左，还满心地认为他们相互很尊重，也很和睦。她们这些张家的后代，由于养尊处优，缺少世事的锻炼，个个的脑筋里都像缺根弦似的。她们只是尽情地领略这些不再寂寞的午后，享受着突然间从天而降无穷无尽的谈资。她们的生活陡然间变得丰富多彩，妙趣横生，她们高兴都高兴不过来呢！她们自此变得兴高采烈，女红也被丢在了一边。她们只是觉得，胡迪菁忽然间变得有趣起来，还变得脾气好起来。她们还觉得赵志国也更加随和，他简直像个孩子似的，那么饶舌，那么兴趣高涨。她们想这有多么好啊，人人高兴。她们甚至忘记了身处在一个没有快乐可言的时代，忘记了外面的世界有多么荒凉，忘记了她们的父兄正在受罪，也忘记了她们自己的不幸。这些日子的午后总是分外短促，不知不觉地，阳光已经越过楼顶，爬下窗台，到了阴沉的后弄，然后翻过一道墙，到墙那边一块满是马兰头的空地上，滞留一会儿，便下去了。有时候，赵志国必须要到学校去点个卯，亭子间的空气竟比从前更加怅惘，人人懒得说话，荒了多日的女红又拾起来，却错了针脚。她们心里都在想同样一件事，嘴上却都不说。只有小妹少不更事，掩饰的本事还不到家。她趴在朝着后弄的窗户，伸长脖子，可望上一个小时之久。大妹便去阻止说：你望什么？赵志国又望不来的。胡迪菁便不得不来干涉，她想小妹的行为已经有失检点，大妹且近似下作了。她沉了脸道，姑夫不叫倒叫赵志国，谁给你们作的规矩？大妹小妹则一起对了她做怪脸，表示不把母亲的话放在心上。张思蕊渐渐也没了耐心，撅起嘴，嫌两个侄女妨碍了她，于是就起了小小的争执。直到后弄里响起自行车嗤啦啦的钢圈声，大妹小妹按捺不住地奔到窗前，大叫一声赵志国，赵志国以清脆的铃声回答了她们。然后他开了后门的锁，三格并作两格地上了楼。这时节，赵志国感觉到一刹那的快乐，他甚至有一霎真正回家的感觉。他像一个放学回家的中学生一样大步跑上三楼，抬头看见胡迪菁笑微微地站在亭子间门前，对他说，思叶在房间等你呢！突然间，方才那快乐明净的心情离他而去了。

赵志国原本已经一只脚跨上楼梯，预备去三层阁上的房间，这会儿却打个转身，进了亭子间。大妹小妹就一起仰了头喊，大娘娘，赵志国回来了。她们喊了两声才听见张思叶应了一声："晓得了。"却也不见人下来。胡迪菁绞了把毛巾给赵志国擦脸，问他要不要泡茶，话没落音，张思蕊已端来了茶，又问长问短。这时，张思叶也慢慢地下了楼来，她本来沉着的脸，一旦看见赵志国，便不由得温和了。她问赵志国学校里有什么新动向，一路骑车累不累。赵志国一张嘴哪抵得住四五张嘴东西南北的发问，他不禁有种身入重围以一当十的感觉。正说话间，胡迪菁却变戏法似的端出一锅赤豆粥，一人盛上一碗。亭子间里顿时有了一股节日的气氛，节日已经是一样被遗忘很久的东西了。这一个午后，因为长久的等待而越发显得宝贵而短促，不够用似的。他们都有些急切，气喘吁吁的，等不及开场白，要直接切入主题，可慌忙之间，又抓不住要领。他们东拉一句，西扯一句，反而蹉跎了时间，夕照已到后弄里了。这一个午后有些令大家失望，似乎都尽了心力，却没有达到预期效果，几次要掀起高潮都没有掀起，倒出现几次冷场，不免沮丧。就这样送走一个午后，迎来又一个夜晚。

这里的夜晚令赵志国感到深深的寂寞。夹竹桃的香气简直浓雾弥漫。各家各户窗帘紧闭，不泻灯光，使这弄堂黑洞洞的，似乎没有人迹。这里的人到了夜晚都有点猫似的，轻柔灵活，收敛了声气。这里人还有一种鼹鼠似的表情，习惯在黑暗里活动。他们在不开灯的楼梯和走道上无声地活动，就像在白昼里活动，从不会互相碰撞或犯下过失。这个城市的夜生活是真的消遁了，这里的人本都是夜生活的主人，他们的退场意味着闭幕，下一幕什么时候开始呢？赵志国有时候一个人站在晒台上，楼顶上殖民时代残留的砖砌的壁炉烟囱排列在夜幕之下，像是一道城垣。但这寂寞也是高尚的寂寞，就像是残墙上的爬山虎一样的寂寞，是一种迟暮的美丽。然而这种夜色是多么逼人啊！赵志国有透不过气的感觉，为了克服这感觉，他吹起了口哨。他听见自己的口哨声从很远的地方传来，隔了很厚的幕障。他坚持着吹完一首曲子，乐句间隙之处，寂寞如潮水般无缝不入地挤进来，将他的曲子剪成碎片。赵志国走动起来，好像孤舟在黑暗里划行。有一只真正的猫从这家的屋顶跃到那家的屋顶，黑暗便柔软地蹾了一蹾。赵志国回到房间，怀了远道归来的心情。台灯下编织玻璃丝金盏花的张思叶散发着静淡的闺阁气息。她是那种永远出不了闺阁长不大的女人，活在梦中。就是这个残酷剥夺她的时代也不能叫她醒来，这只是另一场噩梦而已。赵志国有时还在这房子里走来走去，这房子布满遗迹，就好像一座繁荣时期留下的废墟。壁炉架上欧洲风景的瓷砖画，浴缸上生了锈的热水龙头，积起灰垢的热水汀，裸着的电话机插孔。这些遗迹流淌出典雅的气息，这气息对赵志国既是打击也是安慰。这些遗迹就好像是一个破落贵族的光荣的徽号，它们叫赵志国又悲又喜。赵志国走进张家这房子可说是他首次亲身体验这城市的繁荣景象，却已是这景象的凋零之秋。他无法排遣他的虚浮之感，似乎不在现实之中。夜晚过去，清晨到来，麻雀的唧啾使他有旧知重逢之感。夜幕揭去，光亮与声响同时复苏。楼梯上脚步沓沓，有一种繁忙的气象。

如今，赵志国来亭子间已是不请自到。亭子间的"派对"有使人鼓舞振作的作用，还有促进亲和的作用。它是这虚浮之景里唯一的一桩现实，有点像洪水中的方舟。他有时候还会早到，人们午睡未起，他一个人已经来到了亭子间。这是在夏季里沉闷的下午，蝉在窗下梧桐里不倦地唱，热气涌进，他坐在桌边，一杯一杯喝着冷开水。砧板上散发出木头与肉屑合成的潮腻的腥气，买菜的竹篮也有股潮腥气。这种下午最是叫人消沉，人们在这种下午会对人生起怀疑之心，他们变得有些动摇，信心不足，勇气也不足，而且很孤独。

四

这一日，是胡迪菁带头，讲起了《红楼梦》。《红楼梦》是这家女人的必读书，她们没事了手里就捧一册《红楼梦》，《红楼梦》里从主到仆都为她们熟透。她们还能运用想象，为主主仆仆设计着来龙去脉。他们每一个人都可为《红楼梦》再续下一百二十回，各有各的续法，都是出色独到的红学家。《红楼梦》是她们经久不衰的话题。正当众人抢着发言的当口，胡迪菁忽然"咦"了一声，她就像哥伦布发现新大陆地说，赵志国，你在这里就像大观园中的贾宝玉啊！大妹立即说，那么大娘娘就是薛宝钗。小妹唯恐不及地赶着说，小娘娘是林黛玉。这话初听没什么错，却不经细想。先是张思叶脸上暗了一暗，心想这比喻好不吉祥。张思蕊则绯红了脸，想拂袖而去，又舍不得走。这局面就有些尴尬。胡迪菁这才发觉说话造次，收回已不可能。赵志国尴尬之余不由想，料不到那么聪敏的大嫂嫂也会失风，就向胡迪菁看了一眼。胡迪菁低头不作声，也微红了脸，赵志国心里便有种很熨帖的感觉。他笑道，你们不是要我做贾宝玉，而是要我去做和尚吧！大家都笑了。胡迪菁见他救火似的来解围，不由心生感激，说道：就知道你舍不得张思叶。这话虽有些造作，还是使张思叶很高兴，她佯怒说，不和你们说了！转身上了楼，再也不下来。这天的"派对"，虽然由赵志国挽回了僵局，可总是留下了窘迫的阴影。胡迪菁心里懊丧，却迁怒于大妹小妹，找些莫须有的事情责备她们，她们自然不服，闹出口角，最后只得草草收场。唯有张思蕊，对一切充耳不闻，她坐在桌边，咬着手指头，心不知飞到哪里去了。

张思蕊开始写日记了。她写日记必须背着人。张家集几十年动荡不安总结出一条"缄言"的规矩。他们认为不仅祸从口出，白纸黑字更往往是灾祸的根源。他们家是连一般的书信也不写的，所有涂鸦之事都坚决杜绝。在这个管束不力的时期，张思蕊开始背叛家训了。她在夜深人静的时分，偷偷拿出纸笔，写下她难为人知的心事。她写着写着，忧伤便袭上心头，她觉得她这十七年里全都是失落，一点安慰也没有。她想她没有一个相亲相知的人，孤零零的一个。张思蕊的闺怨此时此地不免会带上时代的色彩，她愤怨地想，是"文化革命"害苦了她。她以优美的笔调描绘了革命前的日子，无忧无虑，无烦无恼，却一去不回。人生是多么无常啊！于是，她的闺怨又添了一层宿命的气息。眼泪就流了下来。流一点眼泪，使张思蕊舒畅了，她轻轻地吁一口气，合上日记本，然后上床睡觉。睡觉前她还要对了楼下夹竹桃的花影出一会儿神，她想难过却不知怎么快活起来，她便把被子蒙住了头。张思蕊也是个做梦的人。与她姐姐不同的是，光把现实当成梦对于她远不够，她还要为自己创造一些梦。她是要比姐姐张思叶更具有主动精神和行动能力。无奈她成日坐在家中，没有多少资料可供她作创造，她的能力和积极性白白地流淌了不少。每当午后，她其实是心中最愁烦最怨艾的一个。尤其是姐姐有了赵志国，她的愁烦怨艾连个伴都没了。她有时很不服气地想，假如赵志国先认识的不是张思叶，而是她张思蕊，事情还不定是什么样子的呢，这样一想，她就好像遭了抢似的，更是委屈满腹。侄女儿将她比作林黛玉的这句不知轻重的戏言，在她心上敲了一下，她不由得感慨倍生。

　　下一天到了亭子间，她情不自禁地去捕捉赵志国的眼神，想从中揣摩出什么暗藏的心意。在她的着意刻画下，赵志国比平日里更加可亲可近，他的举手投足有了含义，全没从她的视线中浪费掉。这个午后的每一分钟都显得貌似平常却意味深长，布满了悬念。在这个无聊备至的年头里，张家二小姐终于找到了事做，她再也不嫌夏日午后的漫长，蝉鸣也叫她心生喜欢。她变得好性子起来，对姐姐比过去话多，不再给侄女儿白眼看。对她的变化，别人都浑然不觉，却有两个人看在眼中，一是胡迪菁，二是赵志国。他们这两个外姓人是要比张家人更多经验和心眼，他们又都是聪明人里的聪明人，人尖里的人尖。他们从一个眼色里，便可了然一切深不见底的。

胡迪菁先是一惊，后是暗中发笑，看见性情乖张的小姑子陷在这样的泥潭里，难免有点解气。但紧接着她却担忧起来，心想，可别闹出什么事情来了！这年头，事情已经不少了，不能再多出半桩来。她想起三班倒地做工，回家累得半死的丈夫，又想起至今还关在牛棚吉凶未卜的公公，心里一阵黯淡。她不由要对大妹小妹咬牙，说什么林黛玉薛宝钗的话，招惹出是非。可再一想，这还不是由自己一句"贾宝玉"的话题开了头？于是只得回过头来恨自己。那赵志国呢，也是心中暗暗叫苦，埋怨胡迪菁想出贾宝玉的话头。住在张家做上门女婿，本当谦虚谨慎，怎能多生是非。张家女儿在他眼里都是木胎美人一个，他也没有兴趣制造什么事端。他先是采取回避的态度，一连几日去学校上班，傍晚才回。而他这样缺席，反更叫张思蕊浮想联翩。她也来了个闭门不出，并且茶饭不思。两个人不来，亭子间便冷清很多，大妹小妹也不来了，只剩下胡迪菁自己。这时候，张思叶倒自己下楼来了。她问胡迪菁，张思蕊这几天怎么又作怪，是嫌家里太平了还是怎么？说起来也是十七八岁的人，什么都没个着落，真是愁煞了人。胡迪菁很惊异地想，百事不管的大小姐居然也为天下人操心了，不觉有些感触。她说，张思蕊的脾气你不是不知道，一阵阴一阵晴的，不管她自己就会好的。像她这样的学生有几万几百万，人有路她有路，人没路她没路，俗话说，船到桥头自会直。张思叶听胡迪菁这么说，心稍稍放宽了，就看她手里的针线问裁剪的问题，胡迪菁便笑着小声问：难道要做毛头衣服了？张思叶在她手上拍了一下，赶紧起身走了。胡迪菁望着她的背影，在心里叹了口气。她想应当提醒赵志国，避而不见只会错上加错，可这话如何出得了口。虽说知道他心里是明白，可窗户纸却不好捅破，这是面子啊！

　　不等胡迪菁想好怎样向赵志国暗示，赵志国已修改了对策，又一次出现在亭子间里。这几日他过得也不好。他去学校里，学校里没事；到厂里，厂里也没他的事；又回自己老家，家里更叫他气闷，家中碱水拖白的地板好像在向他提醒着不堪提醒的东西。他骑车走在弄堂里，人们投来的目光，使他自觉得是一个陌生人。他从家里出来，驶在街道上，他就再没地方可去了。这期间他还去过一两个朋友家，一同去了趟外滩公园。他们在江边站站，听一会儿汽笛长鸣，还看一艘外轮慢慢地进港，都感到了无聊。这些朋友是些纯粹的玩伴，在这时代一律意气消沉。江边落日最是他们看不得的景色，犹如雪上加霜，叫他们的情绪一落再落。他们还须保存些实力，等待时代转变，再作奋发。于是他们一起掉头离开江边，作了鸟兽散。赵志国慢慢地蹬着车子，下午五点钟时分人们总是行色匆匆，神态疲惫。华灯初上，行人渐渐稀疏。这时候，他有些想念张思叶，心里有些温存。他怀了温存之情骑在回家的路上，天渐渐暗，路灯便渐渐显得明亮。上海的马路旧影幢幢，好像时光倒流。他的温情直到进了家门，上了楼梯，看到张思叶正好来个休止。他看到张思叶便想到张思蕊，不由得心中烦躁。他想他怎么成了一只陷阱里的动物，由着人家摆布。他心里愤愤的，为赌一口气，第二天他就决定了不出门。

赵志国回到亭子间，张思蕊誓不见他的决心便不攻自破。她下了楼来，为表示不妥协却冷着脸，视而不见。这倒叫赵志国觉得有趣起来，他带了顽童般的心情，有意逗她说话。说实在的，这几天在外流浪，也叫他憋得不行，张口就是一泻千里，妙语连珠。这几天出门在外，他又增添阅历，更进了话题，使人耳目一新。他使所有人除了张思蕊都笑口常开，精神大振，亭子间沉寂多日之后显得活跃异常。张思蕊却无动于衷，不闻不问，好像一个局外人。赵志国就发动大妹小妹去撩拨她，找她的事，不想她翻了脸骂道，你们这些不识相的东西！"不识相"这三个字却说到了赵志国的痛处。他在张家做女婿，识相不识相他最为留心留意。他明知张思蕊不是针对自己，可也难保不是指桑骂槐。他一时有点噎住，停了一会儿，就忘了方才的话茬。他又东拉西扯说些别的，自己也觉得无声无色，便站起走了。他一走，张思叶便跟着走了，大妹小妹也走了。胡迪菁不觉苦笑着想，这一来事情倒像是真的了。张思蕊脸上一阵红一阵白，胡迪菁又想，这才应了一句俗话，叫作"女大不中留"。

半个月之后，张思叶要走了。大学生们全要下乡锻炼，一年还是二年连工宣队赵志国也说不准，他只提早告诉张思叶去的是安徽的一个农场。为了要走，张思叶哭湿几条枕巾。她不单是为离家吃苦，还是舍不下赵志国。她想她刚有一点快乐就要失去，她怎么尽是失去，失去。赵志国与张思叶百般缠绵，同时不无轻松之感，他想到自己一个人在这间三层阁里活动，便止不住地喜上心头。张思叶走的那天，下着绵绵细雨，她哭肿了眼睛，走下楼梯。一家人送她到后门口，看着她走在雨濛濛的后弄里的背影，赵志国用自行车替她推着行李。两人也没打伞，身上沾满潮湿的雨绒，好像渐渐地化开在阴霾中似的。

五

这是一个什么事情都到了最后的年代。上海的街道上，当当行驶着最后几班电车，马路上的铁轨有一种告别往事的神情。有许多孩子在准备着离开这个城市，去往边地和农村。他们写着血书，打了红旗去到革命委员会请愿，"革命委员会"带有临时政府的面目。人们有时走在街道上，会忽然停住，不知从何处传来一阵气息，往昔的风扑面而来，又倏忽而去，人们又惊又喜，惆怅满心。因此，这还是一个送别往事的年代，人人心里都在割裂着什么。每个人都在过着自己最后的日子，收拾装点过往的旧事。这是欧式房屋上爬山虎长得格外茂密的年代，它们遮掩了一面墙又一面墙。爬山虎是那种纪念碑似的植物，它们将荒凉装饰得郁郁葱葱，热热闹闹。它们建筑了绿色的古堡。

张思叶走后的几天，阴雨绵绵，坐在亭子间里，人人无情无绪，却又不散开各自回房。这几天人们好像格外地害怕冷清。坐在一起，也不说话，自己管自己出神，偶尔交谈几句，也都一句对不上一句的。浓重的阴霾，使朝北的亭子间白天也开着灯，这就有时光停滞的感觉。他们想，这是什么时候了呢？这几日，甚至连张思蕊都安静下来，不再惹是生非。他们坐在一处，看上去倒是亲情融融。有时候，胡迪菁会缓缓地讲述一些上海的老话，比如当年富家小姐与男用人席卷私奔，结果生死两茫茫。然后，赵志国也讲了一则酱园里的杀夫案。这些都是带有阴晦之气的里巷轶闻，本不该在纯洁的闺阁流传。但是，在这样的含有相濡以沫气息的时刻，人们都不存戒心，也消除了偏见，就连胡迪菁和赵志国他们自己，也没发现触犯了忌讳。而这俚俗传闻在这样的气氛之下，不觉染上伤感的情绪，使其间的猥琐成分得到了有效的缓和。一些下午平安无事甚至温情脉脉地过去了。事情似乎又回到最初的时候，还更添一种相互理解的空气。这其实是容易使人放松警惕的空气，危险往往在这里滋生出来。

这些故事在张思蕊心里掀起了波澜，使她骚动不宁。她在每天深夜写日记的时候，写着写着就写不下去了。她烦躁得很，心想，做人真是没有意思啊！她开始去想人生的目的，继而发现想这目的更是件没意思的事，然后就把写好的日记撕成一条条的。这时她觉着自己就像是焚稿的黛玉，佣女儿多日前的戏言又响起在耳边。撕掉日记心里好像轻松了，她撩开窗帘想看看外面，不想却在窗玻璃上看见自己的脸庞，看上去她显得很神秘，这叫她满意。她穿着睡衣睡裤走出房间，走在过道上，觉着自己好像仙女，又像幽灵。这时，她看见亭子间虚掩的门里透出灯光，便走了下去。

赵志国坐在桌边，等一壶水开。他用一个铁夹子拔着下巴上的一根胡子，拔得很专心，下唇使劲往里包着牙齿，模样看上去有点古怪。张思蕊忽然涌起一股厌恶的心情，她想，这个赵志国就像是另一个赵志国了。可她还是推门进去，倒把赵志国吓了一跳，但立即镇定下来，脸也恢复了原状。他微笑道，这么晚还没睡？心里却盼着水快开了好趁早脱身。张思蕊不回答，却问道：大嫂嫂那故事你听懂没有？赵志国想她这是没话找话，嘴上敷衍着：有什么不好懂的？张思蕊又问：你倒说说看，这故事说的是什么？赵志国心里嫌烦，水又老响不开，只得再应酬下去：一个富家小姐和一个下等人好。话说到这里，心里不由一紧，才觉得张思蕊并非没话找话，而是大有道理。他想着该给她一句什么，好叫她收敛一点，可这时候水却"突"一声开了。他关掉煤气，拎上水还是走了，却好像看见张思蕊在他背后冷笑。

赵志国这一夜没有睡好。没有张思叶的房间是孤独但是安全的房间，有蔽身之感。赵志国躺在床上，一只手继续夹那根胡子，紧张的情绪渐渐缓和下来。他在心里冷笑着想：这个世界不革命真是不行的。想到革命他又不禁黯然神伤。他发现这世界怎么样都没有他赵志国的一个位置。他翻来覆去的，窗外的天空没有一点星光。他想起他有个同学家的后窗正对着一家西餐馆的露天餐厅，他们有时站在窗前，望着那里，晚风习习，餐具在烛光下闪烁的情景就像是一幅图画。在这城市的许多鳞次栉比灰垢蒙蒙的后窗，都可窥见富丽堂皇的景象。这些景象就好像处在地壳变化地带的城堡，在每一次革命的震荡之后，下沉，下沉，最后沉落地底，烟消云散。当它们在后窗里呈现的时候，就已经带上了感时伤怀的表情。赵志国就好像目睹了它们下沉以至灭亡的过程。像张思叶这样的过程中人，因要应付一系列的沉浮倒也无暇生出多少心情，赵志国却是感慨倍加，有恨有爱。所以，赵志国大约是伤悼这城市最痛心的人，他想他真是个末世之人，要做一个卑鄙的于连也做不成了。这一晚上，赵志国浮想联翩，百感交集，待他渐渐平静下来，张思蕊的神情就又浮到眼前，胡迪菁讲故事的神情也浮到眼前。他想着想着却出声地冷笑一下，然后翻过一个身睡着了。

下一天，赵志国来到亭子间就像没事人一样。张思蕊暗暗思忖，是他真的不明白自己的意思？可自己的话却说得再明白不过了。她不觉有点提防。赵志国却真的一点事也没有，亭子间的"派对"照常。窗外的雨也停了，露出迟到的太阳。这一天什么事也没有地过去了。后来的几天也什么事没有地过去了。亭子间里的话题开始呈现出循回往返的趋势，渐渐有些无聊。这一日，不知由谁起头，说起了交谊舞，这是个新题目，大家的情绪为之一振。胡迪菁和赵志国就像比赛接口令似的，一人一个地报出各种舞名：探戈、伦巴、勃鲁斯、华尔兹，直听得大妹小妹目瞪口呆，心旷神怡。单是这些舞曲的名字听起来就已是那样罗曼蒂克，又恍若隔世。赵志国忽然站起身，将桌子往墙边一推，说，大嫂嫂，我请你跳个舞。他屈膝做了个很绅士的姿态。胡迪菁有些吃惊，却立刻站了起来，将手搭在他的肩上。这时，大妹小妹便疯狂般大笑起来。赵志国嘴里哼着舞曲，脚下走着舞步。地方狭小，他们只能原地走步。他们的脚虽然没有大动作，可他们的肩、背、腰，整个身体却流露出微妙的动感和韵律。他们一上来就配合默契，看上去丝丝入扣。大妹小妹止住笑，脸上浮现起惊异和羡慕的表情。张思蕊渐渐不自在起来，她沉着脸说，不要得意忘形，叫人家看见大家倒霉。他们这才停下来，胡迪菁微红了脸，说她原以为全部忘光了，岂不知一动起来什么都回来了。"什么都回来了"这句话触动了赵志国，他看一眼胡迪菁，胡迪菁也正看他，两人就一齐微笑了一下。张思蕊忽然"扑哧"笑了，她说：大嫂嫂，听说你和大哥哥也是在舞场上好起来的，是不是？这话露骨得可以，胡迪菁低下头去找什么装作听不见。赵志国却站到她面前说：张思蕊，我也请你跳个舞。这回轮到张思蕊吃惊了，她有些手足无措又有些负气地说：我不会跳。赵志国说：我教你。张思蕊只得站起来，想学胡迪菁把手放上他的肩，却不知怎么放到了他的颈脖边，窘得脸通红。她又一次说：我不会跳。这一次的话里就都是诚心诚意了。赵志国指示她不要看脚下，而平视前方，并为她数着一，二，三，四，然后就夸奖她学得快。张思蕊咬着嘴唇，专注地跟随他的口令，额上沁出了汗珠。她跳着跳着忽然一抽手，说声"不跳了"，就坐了下来。大家不由一怔，有些慌，不知张思蕊又怎么不好了。只有赵志国很沉着，退回到位置上坐下，开始讲起另一桩事情。可除了大妹小妹，其他人都没有心思了。

六

胡迪菁隐隐觉得亭子间里的"派对"有点危险，该停止了，可内心却舍不得。她觉得，每日里的亭子间变得越来越重要，重要到这样一种程度，那就是：与她的人生都有联系了。胡迪菁的人生正好到了以怀疑态度和检讨精神为主的阶段。越是如胡迪菁这样目标明确、信念坚定、成就显著的人，怀疑和检讨的心情越是强烈。这是因为抵达目标之际也正是失去前途之时。就像一个不断攀登的人，到了顶峰之后，面前却是一片虚空。胡迪菁看不清这事情的本质，她只能看到表面的原因，所以她便时常哀叹乱世当头，使她的人生走了弯路。亭子间的聚会是一个安慰，也是一个发泄，并且已成为一个固定的日程，没有它每天下午干什么呢？午后的时间漫长而愁闷。自从来了个赵志国，这聚会的意义就远不止这些了。胡迪菁对自己说，事情和原先一样，没有任何改变。可她越对自己说，自己就越不相信。胡迪菁的世故与精明，加上她涉猎各类戏文和好莱坞情话，使她对人情世事具有极强的预知能力，事情还未发生就好像已在她眼前演过。有时候，这些画面还会出现在她的梦境里，真的一样，她不由惊出一身冷汗。睁开眼睛，发现是个梦，心里亦不知是悲是喜，在黑暗中睁着眼睛，就再也睡不着了。

自从亭子间开过舞会之后，张思蕊的态度又变了。她变得沉默，还有点温存。她常常一个人坐着出神，叫她几声也听不见，猛一听见，就露出大梦初醒的神情。她还背了人流过眼泪，被多嘴的小妹看见。人们都当是学校在动员她上山下乡，马路上一日过去几班敲锣打鼓光荣报名的队伍。只有胡迪菁心里明白，却又不好说。这一日，张思蕊去学校开动员会，下午一点去的，晚上七点还不回来，大家都着急，赵志国就说他去看看。这时候，也只有他去才会有结果了。赵志国走后，胡迪菁便心神不宁起来，这一回她变成了小妹，趴在窗口对着后弄。后弄里黑漆漆的，一盏路灯也没有。胡迪菁发现了夜晚的黑暗，星星发着模糊的微光，将那黑暗又搅浑了，又黏又稠的。后弄里有一股油气，是从各家厨房的后窗里渗出汇合而成的，这会儿就像水面上的油一样漂浮起来。胡迪菁的思想到了很远的地方，她想到她和女同学去找明星签名，还想到她们几个调皮的女生在舞厅门口等待男士的邀请，她洁白的婚服在眼前飘曳而过。她想她这三十多年就这么弹指一挥间过来了，什么都经过又什么都没经过似的，真是人生如梦。这时她听见了后弄口的脚步声，知道是张思蕊他们回来，便下楼去门口迎接。打开后门时，她却看见了满地的月光，她想，月亮是什么时候升起的？趁着月光，她看见张思蕊脸上似有着泪痕，又似乎并不怎么悲伤，还有些喜色。她不由疑从中来。

众人听见楼梯响，都走出房间，汇集在亭子间里，抢着问为什么这时候才回来，学校里怎么说，张思蕊又怎么回答。张思蕊和赵志国一起开口，又一起止住，互相看一眼，笑了，都让对方说，最后，还是赵志国说了。胡迪菁眼前不由浮现起张思蕊和赵志国走在月光下的情景，有些心不在焉。忽听众人都笑，定定神，听赵志国正说到工宣队让大家留下开会表态，不表态不能走，到吃晚饭时间，就一人发一个面包，因为面包新鲜，就有人再要吃一个，大家就笑。赵志国说，有的家长去了，也请到教室里去坐着，大妹就问：有没有面包吃？大家又笑。小妹也问：赵志国你有没有面包吃？胡迪菁就呵斥道：这是什么样的事情？瞎起哄！她这么一说，大家便都沉重起来，静下来听赵志国往下说。赵志国说他一去就打听张思蕊学校的工宣队是哪个系统的，不料却是他们的一个兄弟厂，他有个技校同学正分在那里。他便找到他家去，请他帮忙。那同学随他一同骑车到学校，找个理由把张思蕊调了出来。大家先是松一口气，接着便发愁了：这一次是过去了，可是下一次呢？看学校这样子，似乎不走是不行的。张思叶这一去不知什么时候回来，难道张思蕊也要一去不知什么时候回来吗？张思蕊自己倒想得开，经历这大半天的折腾，她并无沮丧之色，还安慰大家说，走到哪里算哪里吧。这时，赵志国说话了。他说，只要张思蕊自己拿定主意，学校工宣队那头他可以继续去通路子，好叫他们心中有数，手下留情，张思蕊呢，也做做样子，在学校里坐上一天两天，吃些批评也无妨，只要面子上过得去。大家都相信地听赵志国说，觉得他的话实在合情合理。只有胡迪菁一个人在肚里冷笑：赵志国，你在张思叶学校做工宣队，都没办法叫张思叶不走；现在不过是你同学的同事在张思蕊学校做工宣队，你就能打保票让张思蕊不走了？

以后的日子，赵志国和张思蕊就有事情做了。他们每日在一处商议策划，有时候这个去学校，有时候那个去学校。他们成了家中最忙碌又最责任重大的两个人，什么事情都要为他们的事情让路。有时候，他们来到亭子间，见有大妹或者小妹在，就会说：出去玩，我们有话要谈。大妹或者小妹就只好出去。即使有那么几天，动员的风声松弛了一些，不那么紧锣密鼓的了，可他们两人的神情依然那样地严肃郑重，大事临头。赵志国成了家里的主角，老大下班回来会问一声：赵志国回来了吗？姆妈甚至也会亲自过问赵志国厂礼拜那日的菜肴，有时候还会对媳妇叹息一声：这个家只有靠赵志国出力了。胡迪菁看着婆婆的背影，心里就涌起一阵委屈，她冷笑着想：又不是没有儿子，怎么就靠他了？由"儿子"两个字想到自己只生了大妹和小妹，没有尽到长房长媳的责任。愧疚之余不由生出一丝疑虑，她想这家儿子一个是自顾不暇，另一个则划清了界线，倘有一天鸠占鹊巢也是无话可说。她忽然心乱如麻，手里的事情再也做不下去了。

赵志国做主角的日子里，胡迪菁觉得自己成了娘姨。她还觉得丈夫对赵志国也有点讨好，话里话外都顺着他。她最见不得的是张思蕊在饭桌上，为赵志国盛饭舀汤，繁忙又尽责的样子。她在心底里却暗暗惊异赵志国的城府，竟丝毫没有忘形之处，依然谦虚谨慎，行为举止稳重得体，一切如常。她想赵志国你真是要"放长线钓大鱼"啊，怕就怕这池浅水里已没什么大鱼大虾了。这样想来，她又有点为赵志国悲哀，还有点为自己悲哀。她想，大家都是末路上人，还不和睦一些，太平一些。于是，心里就略略平静下来，还如以往那样对赵志国好。可是赵志国却无暇如从前那样对她了。亭子间的"派对"再没提起过，赵志国有时一天不见个人影，张思蕊也一天不见个人影。这时候，胡迪菁心里就空落落的。大妹小妹都是适应现状的孩子，没有赵志国就往别的事上找快活，也不再光顾亭子间。这样，每天午后，亭子间里就只剩下胡迪菁一个人。她眼前忽然浮现起赵志国与她跳舞的情景，他弯曲手臂扶住她的腰像是呵护着她，她的心便有一种快速下沉的感觉，好像需要有一只手去托一下似的。

七

这一日，赵志国从外面回来，脸色就有些不悦，他把张思蕊叫到亭子间里，两人没说上几句，就吵起来了。等人去劝，两人又都不说了，各向一隅生气。人们怎么问也问不出名堂，一个说：你问他；一个也说：你问她。胡迪菁就笑道：姐夫和小姨子可不兴吵嘴的。这话说得造次了，先是姆妈脸上有点不好看，再接着张思蕊忽然哭着上楼了。赵志国脸上讪讪的，停了一会儿，也回房去了。胡迪菁只在心里冷笑。晚上，睡不着，她坐在亭子间里剥毛豆，赵志国却推门进来。她有些意外，又有些惊喜，她说：烧水啊！赵志国说不烧，只是来坐坐。他坐在那里，神情有些黯淡，也不说话，胡迪菁问他什么，他就只回答什么。慢慢地，胡迪菁找不到什么话，干脆静了下来。两人这么静坐着，就有一种十分安谧的气氛滋生着，便也不想说什么了。胡迪菁一颗一颗剥着毛豆，赵志国靠在椅背上，时间像暗流一样流淌过去，不留痕迹。这样的时刻真是不可多得，它是所有时间中最最善解与宽谅的时刻之一，很多无言的默契都是在这一刻里达成的。这种默契是最深的那一种，它的深刻性使它与危险只有一步之遥，稍不注意便滑了过去。有一颗毛豆从胡迪菁手里溜走，她去追逐那颗毛豆，正与赵志国的手迎头赶上，两人就笑了。赵志国说：捉到一个贼，说罢将毛豆放在她手心里。胡迪菁就问：今天怎么了？和张思蕊吵架。他叹了一声，说：事情倒是小事情，也不知怎么就吵起来了，现在想想也有些后悔，很不成体统的。胡迪菁说：体统不体统倒无所谓。赵志国就说：何以见得无所谓，你不是都笑话了？胡迪菁倒一怔，心想她的话赵志国居然很放心上啊！两人没再说什么，又坐了一会儿，就各自回房了。

过后，晚上的时候，赵志国便常常到亭子间来坐一坐，胡迪菁则找一些费时费工平时不大会做的事做，比如擦钢精锅，拣米虫。他们也会谈到张思蕊的毕业分配，赵志国告诉她，目前形势很紧，但那同学还是肯帮忙的，问题是张思蕊自己不会做人。这样的时候，她应当夹起尾巴才对，可她还耍大小姐脾气。赵志国说，她大概以为我这工人阶级是一把万能钥匙，其实呢？说到这里，他煞住了口，不再往下说。胡迪菁自然全都明白，她想赵志国虽是个男人，却也有脆弱的时候啊！她停了停说：所以啊，你就不能把话说得太满，八分把握只能说成六分，办不成，在人意料之中；办成了，倒超出意料了。那天我就有点为你担心，你说得那么肯定，万一不成呢？胡迪菁本是一番知己体贴的意思，却把赵志国的好胜心激起来了，他说：当时我并没有言过其实，那同学与我不错，日后也会有求着我的地方，他这事帮帮我，我自然不会忘，人情就是在往来之中。胡迪菁见他不领情，便冷笑一声道：我这才知道张思蕊大小姐脾气改不掉的缘故，什么时候都有尽心效力的人嘛！赵志国一下子红了脸，胡迪菁不看他，继续往下说：我在张家年头比你多，有一句话倒可以告诉你，张思蕊命好，从来都是把客气当福气，你夸海口，她只照单全收，你怕是连个退路都没有了，到时候，还不知能不能讨上个好。胡迪菁不管赵志国的脸色怎么红一阵白一阵，只顾把要说的话说完，然后就上楼去，留下赵志国一个人在亭子间。

胡迪菁的话，赵志国全都明白，这是他不敢去想的话，这话触及他灵魂里一个最柔软最敏感的地方。胡迪菁这样一口气地说出来，就好像给赵志国兜头浇了一盆凉水，转眼间成了个落汤鸡。这话其实也是个窗户纸，不能捅破。不仅不能捅破，还要贴上花，再映上影影绰绰的灯影。他知道胡迪菁说出这话是存心气他，谁让他不领情呢？也只有胡迪菁能说出这番话，这番话如不是人生和聪明都到了炉火纯青是说不出来的。他不由想，这真是少有的聪明人，并且是真心关护自己，倘不是十分地体己也是不会说的。可这话却是赵志国最不要听的，它揭示了真相。这就是赵志国不如胡迪菁的地方，胡迪菁不怕看见真相，甚至还有一追到底的勇气，这使她能够认清形势，掌握主动。赵志国则缺乏勇敢，爱慕虚荣，不免自欺欺人，结果丧失了战机。赵志国一个人在亭子间坐着，渐渐感到了无趣。他想张思蕊自从吵过嘴就不爱理他了，这回胡迪菁也生气了，他变成孤家寡人一个。这时候他想起了张思叶，这可说是张思叶走后他头一回想张思叶。他想，张思叶现在干什么呢？张思叶的信两星期一封，信上倒不太说自己，只是牵挂赵志国，让他如何如何地保重。当时看了不觉得怎样，这会儿却想起了，心里头有一点酸楚。这点酸楚一挥手就过去了，转眼间无影无踪。坐了一会儿，他也回房去了。

八

张思蕊不理睬赵志国是假的，几天一过她又来向赵志国讨主意了，还要给赵志国织"阿尔巴尼亚"花样的毛衣。胡迪菁不理睬赵志国却是真的，她从心底里着恼赵志国。她已经将他看穿了，他却还在躲躲闪闪，掩掩藏藏，不和她说心里话，其实赵志国是连对自己也不说心里话的。张思蕊请她帮忙给赵志国的毛衣起头，她推说没空。张思蕊找了几次，她推了几次。最后张思蕊赌气自己起了。这种新式起头是很难弄的，可张思蕊表现出少有的令人感动的顽强，终于成功了。赵志国晚上到亭子间来，没话找话的，明显表示出赔不是的意思，也被她佯装不觉地推开了。赵志国一来，她便做出事情已经做完的样子，站起身走了。当她从面露窘色的赵志国身边走过，把他晾在后边，心里则有说不出的快意。这些日子是过得飞快的日子，每一天都不发生什么，又都发生了什么，心里不觉会有一种着急，急着过下去，看看究竟能发生什么。这种日子里，许多事情的原因就像空气里的灰尘，纷纷扬扬，飘摇不定，极慢极慢地沉落下来，积起薄薄一层，再一层一层加厚，完成了事端。百无聊赖没有事做的日子，就像无风的好日子，会加速灰尘落定的速度和积累的成果。胡迪菁带着好心绪度过这些日子，就像赵志国带着坏心绪度过这些日子。这时候，他们有种胡迪菁站在暗处，赵志国站在明处的感觉。胡迪菁将赵志国揭了一层皮，却不来关护他，使他终日惴惴不安的。胡迪菁一切尽收眼底，但不动声色，心里说：这个赵志国啊！

这一天，张思蕊的毛衣织到一半，很没把握地要让赵志国试穿一下。当赵志国套了半截毛衣站在那里让张思蕊检查的时候，胡迪菁走过去略略指点了几处，张思蕊便豁然开朗。赵志国趁机朝胡迪菁笑笑。这一笑，笑得很殷勤，像个知错就改的大男孩，胡迪菁便不由得缓下来，与他说了几句闲话，赵志国则很积极地应答。胡迪菁心里更是好笑，脸上也温和了许多。晚上赵志国从楼上下来，胡迪菁没走开，两人有时静默，有时闲话，时间就一点一点流淌过去。有很多时刻是像水一样的，清洁纯净，却不容有一点点触摸，一经触摸，便混浊污染了。要保持水的清洁几乎没有可能。然而再污浊的人世，再污浊的人生里，都会有几个这样纯洁的片刻，有时候仅在倏忽之间。赵志国和胡迪菁在亭子间里，他们什么都不想，什么都不说，会有一种极其静谧的空气升起，洋溢在每一个角落。世道是这样的，人生的境遇是那样的，它们好像你一层我一层地剥人，衣服剥完了，还要剥皮，抽筋，剔骨，最后，人都像是支离破碎，抖落不起，一抖落就要散一地。这种静谧的空气有着凝固与复合的作用，它从四面八方柔软、细密、无缝不入地托付着支撑着人，再一层层地将伤痕累累的人遮蔽起来。亭子间里的"派对"是那种虚假和粗糙的繁荣，这时候的静谧是细腻的，真实的，可却是裸着的，它说打破就可打破，它没有伪造和遮挡，极其脆弱。

他们有一天不知是谁起头，唱起了三十年前的老歌，《夜来香》《四季歌》《疯狂世界》《何日君再来》。他们像是赛歌似的，一人一首地哼唱。每一支歌的后面，都是一幅图画。是鲜艳的传奇的带有"夜巴黎"香水气息和康乃馨花束的图画。三十年前的上海的夜晚是多么生气勃勃又温文尔雅，就像舞池里的一个绅士和一个淑女，是正在热恋中的绅士和淑女。他们黑色的燕尾服后襟和白色的裙裾飘舞着，挥洒着艳情和梦想。这些老歌温暖着他们凄凉透了的心，这心里已没有什么憧憬，只有一点恍惚的记忆。他们其实都是那种隔了玻璃橱窗看人生的人，橱窗是这城市特有的风景，流光溢彩，抓住了他们的心。

他们正一人一曲地哼歌，门突然推开，走进了张思蕊。她看看赵志国，又看看胡迪菁，冷笑一声道：这样的热闹啊，我能听听吗？这两人便有些窘，停了哼歌，嘴里支吾着。张思蕊又说：我不能听吗？那我走。说走又不走，只站在门口。胡迪菁强笑着说：思蕊，你真会开玩笑。张思蕊突然就收起笑容，紧着脸说：谁开玩笑？我从来不开玩笑，开玩笑的是你们。胡迪菁不由也沉下脸，说：张思蕊，你说"你们""你们"的，多难听，这"你们"是指谁啊！张思蕊做出豁出去的样子，明白无误地说："你们"就是你和他！胡迪菁倒笑了，不无阴冷地说：那你说说，"他"又是谁？张思蕊好像喝水噎了一下，随即红了眼圈："他"就是他，赵志国！赵志国如坐针毡，走也不好，留也不好，笑也不好，恼也不好，只得含糊其辞道：别吵了，那么晚了，睡觉去吧！张思蕊转过头，定定地看着他。赵志国叫她看得心里发毛，脸上勉强还挂着笑。张思蕊看了他有半分钟，眼睛里突然地浮起一层泪光，然后退出门去上楼了。赵志国心惊胆战地回过头，望着胡迪菁，流露出求助的神情。他张嘴想说什么，胡迪菁却做了个严厉制止的表情，她声色俱厉地说了声：回去睡觉，自己先一步走了。

　　第二天，张思蕊宣布她决定报名去安徽，说着就要去学校。一家人拖住她，问她是不是吃错药了，前些日子那样逼着去都没去，这几天人家不逼了却要自己送上门去。张思蕊苍白着脸，先是不说话，然后就说，学校里除了小儿麻痹后遗症或者先天性心脏病，人人都走了，她怎么赖也赖不到底，一个人在家也没什么意思，她走了，姐姐张思叶兴许还能分回来，说到这里，便哭了。其他人也都有些怆然，想到一家人东一个西一个的，不知何年何月才能团圆。姆妈说：迪菁，你做大嫂嫂的劝她几句，我也是没有心力了，外面闹是没有办法，自己再闹就真是退都没处退了。说罢就回自己房间去了。胡迪菁心里明白张思蕊要走的缘故，也明白她是最不合适说话的人，可婆婆这一说，她便不好不开口了。她心里一团乱麻似的，嘴里也不知说了些什么。她看见，她一说话，张思蕊就干了眼泪，露出冷笑的样子。等她说完，张思蕊就说：大嫂嫂，你的心意我全领了，我晓得你没有多嫌我，只是我自觉得是一个多出来的人。说罢又哭了起来。她这话叫她大哥哥十分惊异，大睁着两眼，张口结舌的。大妹小妹则在一边偷笑，家里出点乱子正中她们下怀，日子实在是太平淡了。胡迪菁一肚子的窝囊气就出在了她们身上。她让她们回房间去，她们执意不从，她就给了大妹一个嘴巴，大妹哭了。做父亲的就来主持公道，问胡迪菁为什么这样大的火气，大妹并没有做错什么。趁这边烽烟突起，张思蕊便要夺门而去，到学校报名。小妹眼快手快，拉上门，将一窝人反锁在里面，胡迪菁又叫小妹开门。这局面真是乱得可以，一波未平，一波又起。赵志国一直没有说话，这时候实在看不下去了，走到张思蕊跟前说：你看家里闹成什么样子？为什么要存心和大家作对？张思蕊停止了抽泣，大家也都安静下来。赵志国又说：你走不走并不是你一个人的事，是全家的事，要走也要和大家商量。他的口气带着兄长的亲近和权威，他的表情还有一种无名的痛惜。张思蕊抬起眼睛，眼睛里又是盈盈泪水，她说，好的，我不走。她又说，赵志国，你要帮忙，我才能不走。赵志国只得点了点头。

张思蕊平静下来，她每日午后到亭子间里，在桌上铺开裁剪衣服，还向胡迪菁请教，就像什么事情也没发生过的一样。赵志国有时也下来坐坐，大妹小妹便也来了，亭子间里呈现出复兴的气象。这一回，大妹小妹成了主角，三个大人都有些沉默，而且心不在焉，听凭她们胡扯。她们说着种种学校里马路上的荒唐事，表演着宣传队里那些四不像的歌舞。她们发现这几天大人们的脾气都格外好，也很耐心，看着她们胡闹。她们还很是纠缠赵志国，将他的耳朵都揪红了。她们都是很能抓住机会的孩子，并且今朝有酒今朝醉。她们想，今天是这样，明天还不知是怎样了呢，还不赶紧地乐一乐。这是生在乱世的孩子的特征，她们一般都不去想明天的事，也不想昨天的事，她们只有今天。现实主义人生观就是这样产生的。她们把时代的气息带进了亭子间，驱散了怀旧的空气。她们带来的时代气息有着疯疯癫癫的味道，还有荒诞的味道。最严肃的也是最无聊的，最正经的也是最玩笑的，最庄重的也是最轻佻的，这便是她们所攫取的时代精神。令人惊奇的是，她们在这个凋谢的城市里却如鲜花一样盛开着。她们长得比她们的母亲和姑姑都要美丽娇艳。她们的美丽是有点粗鲁但却生机蓬勃的美丽，就像那种肥沃的泥土中长出的硕大结实的植物。她们由于管束不力，加上在外面厮混的，学来一些切口似的语言，做派也有些流俗，她们给这个家庭注入一股新鲜却粗野的空气。相形之下，大人们便都显得面色苍白，身体孱弱，表情游离。

这一日，大妹小妹正尽情发挥，张思蕊忽然站起身，走到赵志国面前，微笑着说：赵志国，我请你跳个舞。赵志国有些吃惊，便迟疑了一下。张思蕊羞怯但固执地微笑着，向他伸着手。赵志国站起来时有些手忙脚乱，张思蕊却坚定地将手搭在他的肩膀上，大妹和小妹在身后鼓起掌来。赵志国紧张之中竟忘了哼一首曲子，他们两人就这样没有乐曲地走着舞步，徐徐回旋。胡迪菁低着头做一件女红，她自始至终没有抬头，好像眼前什么也没有发生。大妹小妹被外面骤起的什么事情吸引出去，亭子间只剩下他们。赵志国茫然无觉地踩着舞步，张思蕊的眼睛越过他的肩膀去到很远的地方，胡迪菁低着头，机械地穿针引线。西去的阳光，停留在后弄墙外长满马兰头的空地上。

九

赵志国决定去安徽看望张思叶。这决定是在匆忙之中作出的，昨天还没说，今天就要走了。岳母听他要去，有点欢喜又有点凄凉，她想这就像是去探监，路远迢迢的。她让胡迪菁连夜做点肉酱和熏鱼，给张思叶带去。胡迪菁煎着熏鱼，赵志国坐在一边看一本火车时刻表。亭子间里油烟腾腾，油锅哗哗地爆，这有一股温暖和单纯的日常气氛，叫人心中安定踏实。它使人想要一点一滴细水长流地生活。它是那种最不可少的基本生活细节，这细节充实了我们寂寥的身心，是使我们在无论多么消沉的时日里都可安然度过的保证。它像最平凡的水那样，载起我们人生的渡船。胡迪菁一边煎鱼一边嘱咐赵志国路上小心，吃东西小心，与人交谈也须小心。她又笑道：张思叶看见你不知道多么高兴呢！赵志国笑而不答。胡迪菁又道：你看见张思叶也不知道多么高兴呢！赵志国还是笑而不答。胡迪菁就追问一句：是不是啊？赵志国这才说：大嫂嫂见大哥哥才高兴呢！胡迪菁说：我们老夫老妻的了。赵志国就说：大嫂嫂不必倚老卖老，你看上去和张思叶也差不了几岁。胡迪菁说，赵志国你的嘴很会说，是这样把张思叶骗到的吗？话出口便觉得不妥，脸唰的红了，幸好油烟遮着。赵志国也不说话，接着看时刻表。过了一会儿，胡迪菁说，你去睡吧，明天早上要赶火车。赵志国说，那怎么可以，你是帮我做事，我应当奉陪到底。这回轮到胡迪菁不说话了。锅里的油因为炸了太多的鱼块，变得混浊，并且爆得更激烈了。胡迪菁忽然想起很小的时候，过年在公用灶间做蛋饺的情景，一家一个小姑娘，一边做蛋饺一边叽叽喳喳，直到午夜。

第二天大家起来时，赵志国已经走了。这一天，大家都在计算赵志国到了哪里，还有多久可见到张思叶，又想象张思叶的样子，胖了还是瘦了。赵志国走的上午天还好好的，下午就阴了，傍晚时分，下起了雪珠。张思蕊听雪珠沙沙地打在窗户上，眼前出现一列火车走在冰天雪地的旷野里。她忽然生出一个奇怪的幻觉，乘在火车上行驶于冰天雪地之间的不是赵志国，而是她张思蕊。她张思蕊乘在火车上，将许多亲人留在身后，这些亲人哭泣着，眼看她越离越远，其中就有一个赵志国。她想决然离去是哀情的一笔，痛心的一笔，留下天长地久的绵绵爱恨。张思蕊为自己的想象感动得潮了眼睛。她想，上山下乡什么都不好，只有这一笔是好的，浪漫的，艳情的。送别的一幕是收获感情的一幕。天色渐暗，张思蕊看见窗户上的面影，她心里柔和地疼痛着。她想她这十七年来，什么也没有收获到，时间就这么白白地流逝。这十七岁是不会再来了，这真是无可挽回的失去。她顿时非常想走，她想，走的那一刻会发生些什么呢？这成了一个极富诱惑的悬想。这其实是她最后的争取，她一无所有，只有一个诀别的场面，供她去作牺牲。这里面还有一种自虐的心理，她好像要以迫害自己，来向人们报复。报复什么呢？她也说不清楚，但这正是她心中最为隐痛的东西。张思蕊独自坐在雪天的暮色中，雪珠已变成轻飘的落地就化的雪片，天地间充满了这种白色的冰凉的细屑，什么都撕碎了似的。

十

火车向前行驶，景色越来越荒凉，后来又下起雪，赵志国就有被抛弃在空廓天地之间的心情。火车每停靠一站，他就要想一想，是到了什么地方。他从车窗望出去，满目陌生，好像到了另一个世界。车厢摇摇晃晃，催人入睡，然后到了接轨处，又"当"地将人震醒。赵志国一会儿觉得走在人民大道，风迎面吹来，意气风发的样子；一会儿又到了外滩，风也是迎面吹来，还有轮船的汽笛，身后殖民地时期的巨大建筑，就像是一出外国戏剧的布景；他还来到锦江饭店前的林荫道，夏季的阳光从梧桐树叶里洒落在地；再后来，他走过一家熟食店，好像就是淮海路常熟路口的那一家，有熏烤的气息扑鼻而来。他忽然睁开眼睛，看见车厢里开了灯，窗户一片漆黑，同座的人正在吃一只烧鸡。他嘴里有一股寡淡的感觉，心里也有股寡淡的感觉。有一串灯穿过车窗的黑暗，不露痕迹地过去了。他心里忽然清朗起来，甚至明亮起来。他想起了张思叶，脑子里浮现出来的却是张思蕊。可无论张思叶还是张思蕊，都离他远去了，在世界另一端似的。火车，还有旅途，就好像是一个真空管。它将人从现实中提出来，密封起来。赵志国现在就在这个真空管里，可他好像不再是他，换了个人似的。它将原来的他，消化掉了似的。可是，什么才是他呢？赵志国的思想玄妙起来，一些很空阔、大而无当的念头在脑子里东飘西荡，这也是一种真空现象吧。他想，做人到底是为什么呢？人生有什么意义呢？昏然的睡意再一次袭来，赵志国又打起了瞌睡。这一回他没有回上海，而是去了一个陌生的城市；这城市的街道和上海的街道一模一样，可他知道这肯定不是上海；这城市也有黄浦江那样的江，跑着轮船，却是另一条江；他在街上走着，想买一点吃的，饭店和商店都关着门；他又渴又饿，还非常累，就想赶紧回上海去，可是火车站在哪里呢？赵志国这一次醒来，车正停在一个小站，有人敲着玻璃窗说什么，一句听不见，估计是问有没有空位。赵志国想沿途有多少小站啊！人们过着各自的生活，永远不会见面。火车开过去，将这些分散的小站联系成一条旅途。火车又开了，这世界简直无边无际。旅途将时间放大，时间也是无穷无尽。赵志国就好像在接受一种真空考验，这种考验的内容是将一切具体可感的东西抽去，只剩下时间和空间，使你与时空单独相处。这时候，人什么都没有了，只有抽象的思想。这是一个抽象思想的好机会。人生实在是太具体了，它那样忙碌纷繁，充满细节。所有的细节又都尖锐地起着冲突，围剿着我们。我们无法逃遁，苦恼得要命，苦恼又来谋杀我们。上海这城市的细节又是格外地繁多，它们是一日三顿之外再多加出的那一餐午点和夜宵；它们是衣服领口和袖口上增添的花边与褶皱；它们是公共汽车或者电影院里一触即发然后转瞬即逝的邂逅，就像爱情和婚姻的边角料或者碎屑；它们还是许许多多的客套话和闲话，充塞在言归正传的冗长序曲，幕间，还有尾声。它们是那种装饰性、点缀性、累赘性质的细节，它们具有繁殖的功能，它们的增长是什么力量也遏止不了的。它们就像汛期里突然增多的水，能载舟亦能覆舟。赵志国是凭细节支持人生的现实中人，他还是那种很会制造细节的人，细节将他淹没，使他陷于危险。赵志国这一趟出行，其实是他求生本能所匆匆选择的一条逃遁之路。他并不清楚他在逃什么，也不清楚他所去之处是否安全。这时候他有点像生活在原始山林里的一只警觉的兔子，听见风吹草动，慌不择路，拔腿就跑。他是灵敏度极高的那类人，有着过人的嗅觉，可辨别危险的气息。但他缺乏判断力，他永远发现不了危险的根源。他被太多太具体的细节迷住了视线，陷住了身体，他无法作一个全局性的俯瞰性的观望与了解，他就如古诗里所说：不识庐山真面目，只缘身在此山中。

现在，他走上旅途，苍茫之感从中生起，他好像自己将自己放逐了。

十一

张思叶就像变了一个人，她头发在脑后用橡皮筋扎了两把，棉袄外面罩了件男式学生装，套着袖套，脚上穿一双军用胶鞋，看上去像一个女中学生。她把赵志国安排住在男生宿舍，白天出工，晚上学习，八点以后才能在一起，九点却就熄灯了。农场是劳改农场，管理干部全是些没有文化或犯了错误从部队上下来的退役军人，资历老却不得意，怀了复杂的心情。他们将大学生当成了劳改犯，纪律极其严格。赵志国是农场唯一的闲人，一清早，人们都出工去了，便剩下他自己。他拿张板凳，坐在宿舍门前的太阳地里，冬日的太阳照着他，骨头里都感到了倦意。不能和张思叶在一起，并没叫他感到多么沮丧。不必长时间地与张思叶单独相处，反使他有微妙的轻松之感。虽然这事细想起来有点残酷，也有点悲惨。张思叶每天学习完和他到了一起，说不出几句话就掉眼泪，眼泪无声地落在膝间的地上，也没使赵志国有太大的触动。有时他觉得，张思叶不像张思叶，他也不像他，两个人似乎成了陌生人。坐在一起，并没有太多的话说，无非是告诉张思叶些上海家中的情形，可说着说着又觉不好细说，便止了话头。待要问张思叶这边的情形，张思叶只一句话，你不是都看到了？倒是和张思叶的同学在一起，还热闹快活。他们是什么都要问，什么都感兴趣，每日的天气，马路上的行人，"哈尔滨"的蛋糕，"稻香村"的鸭肫肝，一边询问一边回忆，温故而知新似的。赵志国好像给他们带来上海的活的景观，他们看见赵志国就很兴奋，也很亲切。他们说长道短的，说到后来，言语就不知道轻重，开始打趣赵志国和张思叶，并且愈见放肆。车间里混过的赵志国倒没什么，只是担心张思叶受不了，可偷眼望去，却见她不惊不跳，安之若素。赵志国便不由得感叹起来，他想唯这稳重大方才见得是真正的高贵和文雅，心里触动了一下，但很快就过去了。这类玩笑开多了，同学们自己就觉着了不妥，心里都说赵志国千里迢迢来看张思叶，却不得不住男生宿舍里，其中的辛酸是无法言说的，开这样的玩笑，倒像是在嘲笑他们。于是便自觉地住嘴，不再说了。

　　农场的生活，艰苦还在其次，最不可忍受的是枯燥和纪律。赵志国呆了两天便感到了窒息。早上他在睡梦里，耳边就传来出操的声音，口令一声一声，粗暴，冷淡，专横，像在吆喝什么。夜晚熄灯以后，真是叫作伸手不见五指。赵志国从来没有领略过这样彻头彻尾密不透风的黑暗，他经过的黑暗都是有灯影和纱窗帘作装饰的。白天睡多晚上就睡不着的赵志国，在这种浓度很高的黑暗里头翻来侧去，听着辛苦一天的学生们的鼾声。黑暗就像一条被子，压着他。他想，这才叫非人的生活呢！可张思叶却也一天一天过了下来，并且保留住身心深处的高贵和文雅。他带给张思叶的肉酱和熏鱼，一餐就叫大家分食了。赵志国现在忽有些懊恼，后悔没有悄悄留出一点给张思叶。他没有想到张思叶竟能经得起这些，言语间也没太多的流露，她在想什么呢？赵志国第一次有这样的疑问，那就是"张思叶在想什么"。张思叶生活在梦里，那梦其实是像核桃的壳一样的东西，如今这壳敲开了，仁儿蹦出来了，这仁儿是什么样的仁儿呢？

　　农场的干部还很有灵感，经常产生出奇制胜的念头。这是在赵志国临走前的一天夜里，不知是几点了，总之连赵志国都已进入梦乡，一声尖锐的紧急集合号响起。在万籁俱寂的深夜，听起来简直有点恐怖。赵志国几乎是从床上跳了起来，灯光刺着眼睛，他看见人们都无声迅速地穿衣起床，并且打起了背包。显然他们对这种夜间突然袭击已经相当习惯。几乎是在转眼之间，宿舍里的人鱼贯而出，一整个砖墙茅草顶的房子只剩下赵志国。电灯静静地亮着，所有床板都光着，被褥都打成背包给主人带走了。赵志国就好像睡在一个荒弃的兵营，军队早已开拔。他再也睡不着了，就坐起来，几十张双层床向他投下栅栏般的影子，风在门外吹着。他忽然有点害怕，心跳着，他也开始迅速无声地穿衣服，但不是被号声催促，而是被他自己催促着。他想，他要去找他们，他们去了哪里呢？他走出门外，一股风吹进他的脖颈，他不由得缩了一下。风是从脚底刮起的，有碎石、枯枝打着他的身子。他看见了月亮，在很高很高的天空，他想：月亮真是亮啊！他觉得人变小了，也很轻，稍不留意就会丢失的样子。他走出宿舍区，来到大路上。这时候他看见越过田垄的前面，有一块亮处，并且传来隐约的歌声。他向那里走去，他听见头顶上电流从高压电线嗞嗞通过的声音，田里不知什么庄稼的收割过的枯秆儿在无声地摇动。他很好奇地想，他们在干什么呢？这样一片荒郊野地，夜半时分，黑压压的一片人。他向前走去，手脚和脸颊都已麻木，风从四面八方卷裹着他，将他吹得摇摇晃晃。有一只小动物突然从他脚下钻出来，使他差点儿绊了一跤。这时候他看见田里站立着的枯秆下面，有很多小动物奔跑着。夜晚的景色竟是这样的！赵志国的夜晚是一个五光十色的玻璃器皿，只不过这只玻璃器皿如今暗淡了，毛糙了，有了裂纹和缺口。这里的夜晚是块石头，结实，坚硬，粗粝，落地有声，永远不会变形，永远这样。赵志国朝那亮着的方块走去，渐渐走近，他听见一阵耳熟的乐曲，并且看见了那亮块上活动的人形。

夜间紧急集合，人们背着背包跑步来到田里的晒场上，然后席地而坐观看黑白片现代芭蕾舞剧《白毛女》。风把幕布吹得像一面海上的帆，人物便在上面扭曲着腰身，一律显出很痛苦的样子。赵志国是从幕布后边走向前去的，他首先看见第一排的学生，他们把背包当板凳，坐在风中，脸色黧黑，神情严肃。赵志国不由受了震动，他停在那里，站了有一分钟的样子，然后慢慢地走去。学生们横竖成行，坐成一个方阵，屏幕上反射出的光影在他们脸上移动，他们看上去都有些相像，显得严峻，庄重，受苦受难。赵志国想：张思叶在哪里呢？这时就有个人过来，问他是谁，哪个连队的。他茫然地看他，不知该怎么回答，那人就有些恼怒，叫他过去，他便跟了过去。这时，又出来一个人，向先前那人解释，说他是一名探队的家属。那人就叫他找个地方坐下，不要干扰行动。赵志国在场边上坐下，就直接坐在了地上，并没觉出凉意。屏幕上的人物动作都过分地夸张，尤其在这样的夜晚，显得有些怪诞。乐曲声在旷野里没传多远便被吞没，风声却无时不在，灌满在天地之间。赵志国抬起头，看见满天的寒星，它们是细小的，却尖锐地发着光。在这一时刻，赵志国变成了一个没有过去的人，他所有的历史都退隐在这黑夜和旷野之处，他什么都想不起来了。他一个人离开方阵十来米，坐在冰凉的地上，心里空空荡荡。

不知多少时间过去，简直一整夜都已经过去，前面的方阵突然唰地升起，好像平地而出。屏幕暗了，乐曲停了，却听口令声响起。方阵开始变化形状，走成数人一排的队伍。赵志国赶紧站起来，脚已经麻了。他一拐一拐走着，队伍小跑着从他身边过去。他的脚恢复了知觉，却酸痛得支持不住，他扭歪着脸走到队伍的旁边。许多陌生的脸从他面前过去，还有些熟悉的脸也从他面前过去。他忽然想哭，心被什么打击着似的发痛。他想，这真是一个悲惨的夜晚，这一个夜晚真是惨得没法说。赵志国几次被后面的学生推下路，他的一只脚落到田里，被什么扎了一下。他一会儿走到路上，一会儿走到路下，耳边全是沓沓的脚步声，还有粗暴的口令声。他觉得他好像不是走在天地之间，而是走在地狱里，他们都是一群罪人，正在受罚的历程。这时候，他忽然看见队伍里的张思叶，她和所有人一样，背着四方四正的背包，和着口令迈动脚步，她的脚步声融入了大家的脚步声。月光下她的脸色很宁静。赵志国的喉头哽住了，口令声在无边无际的夜空一下子消散，脚步声也消散，赵志国的灵魂好像出窍了，在旷野中随风游荡。

　　第二天，张思叶请了一天假送赵志国去县城搭车。进城的路有四十里，走也走不完似的。途中，没有人的地方，张思叶将手伸进赵志国的臂弯，这样挽着走路使他们觉着又回到了上海的街道。他还嗅到她头发上的檀香皂气息，这也使他恍惚间回到上海。田野上这里一棵那里一棵立着孤零零的柏树，在空无一物的天幕之前。他们一路无话，眼睛看着脚底走路，尘土将他们的鞋染成黄色的。他们有几次在路边歇脚，找一块石头，或者就坐在赵志国的旅行袋上。赶集的乡下人从他们面前过去，拉着车或挑着担，脚步急促地走远，走远，然后陡地消失，好像陷到地底下去了。他们走走停停，停停走走，直到下午才进城。县城的长途车站充满肩挑手提神色紧张的乡下人，受着呵斥，拥来挤去地寻找要搭乘的车。所有的车都像是刚从前线回来，伤痕累累，风尘仆仆。临上车时，张思叶对赵志国说了一句，这里的事情回去不要对姆妈讲。赵志国有点鼻酸，他想起了上海，还有上海的亭子间，心里涌起一股无法言说的痛惜之感，他由衷地对张思叶说：张思叶，你真是太苦了。原以为张思叶会哭，不想她却低头笑了，好像一个孩子得到了一个大人的夸奖和激赏。她忽然抬起头，表情认真地说：赵志国，你真是太好了！这句话说得赵志国眼泪都要出来了，他支吾几句赶紧挤上车。张思叶对他本来就近似盲目崇拜，这一回他来探望，又在她的崇拜上添加了分量。车开出很远，赵志国还看见张思叶站在那里，她的脸庞模糊了，整个身体却依然流露着虔诚的感激。最后，一阵尘土涌起，将她的身影淹没了。

十二

亭子间的午后使赵志国有一种洞中一日，世上千年的感觉。他坐在那里，手中捧一杯茶，张思叶的农场就变成一个非现实的存在。可是，上海的亭子间也不像是现实。他竟不知道什么才是现实了。他时常有恍惚之感，和家里人说话，心却在很远的未名的地方。他还多出一种对什么都好像无所谓的态度，甚至衣着修饰都有些马虎，显出点邋遢。张思蕊和胡迪菁心中暗暗地不满。他去安徽的那些日子，她们生活的目的好像只剩下一个，就是等他回来。她们百无聊赖地度过一天又一天。她们之间还出现一种暂时的和谐，她们一起剪布裁衣，说东道西。寒流南下，天气爆冷，她们就说：安徽那边不知怎么样呢。她们有时候还说：也不晓得赵志国有没有找着张思叶。她们人没出家门，心却早已飞了出去。赵志国走了不到一个星期，她们的等待倒要比一个星期还要长。而她们怎么也没料到等回来的是一个无喜亦无悲的赵志国，好像是个人壳，里面七魂六魄都没了。她们心中的失望与不满，是以嘲笑的口气表示的。她们说，赵志国就好像丢了通灵宝石的贾宝玉，说罢，就笑。她们又说，安徽那地方真是去不得，一个赵志国去了一星期变成这样，张思叶回来不知要变成什么样了。她们有时候还当面逗赵志国开心，赵志国不知是真听不懂，还是假听不懂，并不太理会，平日里的如簧巧舌这会儿全没了。后来，她们认为赵志国是有意对她们冷淡，便感到了气愤。她们俩就像比赛似的，一个比一个傲慢，赵志国从鼻子前经过当作看不见，径直走过去，赵志国有时要问她们什么也爱理不理。而赵志国似乎也无所知觉，依然故我。过了那么几天，她们不由都泄了气，自己也觉出没意思，就又开始搭理赵志国，并且问长问短的。

上海的亭子间里的生活是一个大染缸，它是那种渗透肌肤的生活，它慢慢地，悄无声息地侵蚀着你。亭子间里的生活是具体的生活，吃饭，穿衣，睡觉,再有几个暧昧不明的小手势。它是可视可听可触可感日常化的生活,它们具有无限膨胀的特性,占据了所有的空间,不留一丝缝隙。它们带有一种霸权主义,垄断一整个人生,一点不好商量。赵志国在这亭子间里,就好像在走一条看不见的隧道,他的灵魂正在从无边的旷野往回赶,要赶到这个有四面墙有灯亮的房间里来,与他的身躯作汇合。上海的生活在对他作耐心的,温存的,一点一滴的召唤,将他抛空了的心再一点点地填满。这里的每一件事情都是那样富于情调,富于人生的涵义:一盘切成细丝的萝卜丝,再放上一撮葱的细末,浇上一勺热油,便有轻而热烈的声响嗞啦啦地升起。即便是一块最粗俗的红腐乳,都要撒上白糖,滴上麻油。油条是剪碎在细瓷碗里,有调稀的花生酱作佐料。它把人生的日常需求雕琢到精妙的极处,使它变成一个艺术。主妇们择菜是一个典型的情景,尤其是择那种名叫"草头"的蔬菜,那样细碎如羊齿的草叶,一株一株地摘去老叶,留下嫩叶,这带有修身养性的意味。上海的生活就是这样将人生、艺术、修养全都日常化,具体化,它笼罩了你,使你走不出去。赵志国在亭子间里茫然许久,一切都起心的熟悉,又起心的陌生。每一件小事都在他心里敲击一下,响起回声。像赵志国这样领略上海生活精髓的人,他对每一个召唤都本能地起着反应。当他有一天就像梦游者一样走上晒台,他穿过薄薄的夜幕,看见远处俄式建筑顶上的红星,他忽然间热泪盈眶。他想起那里原是哈同花园的旧址,"哈同"这名字带有上海这城市起源的味道,还带有上海传奇的味道。他想这城市衰败到了这样,却还那么情意绵绵,空气都令人销魂。他这会儿看见了这城市上方浮动着微明的市光,这是不夜之城最后的微弱的余光,是光的余烬飘散在空中。他就像一个大梦初醒的人,睡意还未过去,却头脑清明,样样觉得新鲜和亲切。他还需要一些时间,最好是有一个契机,最后地敲击他一下,以使他重新振作起来。这个契机很快就来临了,是张思蕊一手创造的。

张思蕊再次发难地,宣布她要去东北的吉林省插队。她这一回是真要走了,已经去学校正式报名,在她宣布的第二天,学校里敲锣打鼓上门贴了喜报。张思蕊等这一天其实已等了许久,她本想等赵志国一回来就行动起来,好像要送他一个礼物,这礼物的名字叫作"打击"。可赵志国回来时那样心不在焉,什么事都注意不到,她生怕糟蹋了这件好礼物,好礼物应当在好时候送上。她按捺下来等待着赵志国睡醒。这段日子她心里止不住地又失望又恼怒，还有一种前功尽弃的心情。她没少在赵志国面前冷嘲热讽，也给过他几个钉子碰，可后来她只得依赖时间。她耐心下来，还有点庆幸不必这样快地宣布决定。她知道这决定不是玩的，说走就真的要走。想到走她心里又激动又伤感，还有点恐惧。设想诀别的过程越长越好，诀别真的来临便转瞬即逝，不可逆转。这时候，张思蕊就好像用自己的人生作代价去设计一出戏剧。她的牺牲越是惨重，她越是如愿以偿。这几日，她表现得很克制，家里也很平静，时间像河水一样流淌过去。张思蕊沉下心，便看出赵志国魂兮归来。她看见他对生活又有了兴致，衣着整洁，自行车擦得锃亮，饭桌上也渐渐话多。他曾带大妹小妹去了一次城隍庙，大妹小妹是亭子间人际关系的润滑剂。她们去过回来说的亲闻历见，简直笑死人。赵志国谈笑风生，往日的意趣又回到眼前。这一天夜里，她听见他在晒台上吹口哨，吹一支旧歌。那口哨声在静夜里，有点快乐，有点忧伤，还有点跃跃然。她站在楼梯口，眼睛里噙着泪，心里说：这才是赵志国啊！这就是赵志国啊！她不知道她为什么那样难过，难过得就像刀绞一样。她这个十七岁的年月，怎么总也过不完，人已经过老了却还没有过完。这时候，她决定要走的念头里还带有一层亮相的意思，但这亮相不是在上场的时候，而是在下场的时候，其中不无悲凉之处。女校出来的学生都有些疯狂，在异性的问题上她们容易孤注一掷，因为她们机会不多。对赵志国，张思蕊时常有痛彻心扉的感觉，她真是日里想夜里也想，这且又是不能说不能讲的事情，只有两心相知，心有灵犀一点通。她的一喜一嗔，其实全是因为赵志国，可赵志国知道多少呢？她想着这些便黯然神伤，走回了自己的房间。

光荣喜报贴在了门上，这事便铁板钉钉，改变不了似的。大家只当是赵志国不在的几日里，学校又对张思蕊施加了压力，只能报名了。这个家庭因为屡受打击而有点麻木了，并没有为张思蕊的走引起太大的震动。哭一场是难免的，但立即从伤感的气氛中摆脱出来，积极为张思蕊操办行装，并且四处打听吉林究竟是个什么地方，赵志国自然又是主力军。张思蕊的走对赵志国确实是当头一棒，他猛醒到事情还没完，要完还早得很呢。他知道这不会出于学校的压力，学校那头他自信疏通得还可以，不至于在他离开仅仅一周内发生大变故。他只需想想上一次张思蕊闹着要走的前因后果，便可推出这次走的原委。他只是没想到她说走就真的走了。他不知道是这家女儿的任性，还是魄力，这两样他都佩服。他无话可说，只有埋头做事。于是他就分外卖力，自行车满街转，买东西，办手续，迁户口，最后托运行李。运行李这天，是张思蕊和赵志国一起去的，将行李卸在货站台一个临时搭的大棚里，两人就一同回去了。张思蕊坐在黄鱼车上，赵志国则在前边踏车。车骑上共和新路的旱桥，天似乎陡地升高了，空旷旷的，赵志国生出一点苍凉的心情。他奋力踩着车子，觉着了做人的艰难。骑了一会儿，张思蕊在身后忽然说：赵志国，我都要走了，你还不对我说几句话吗？赵志国强笑一下说：没有把你留住在上海，是我做得不够。张思蕊笑着问：你哪一点做得不够呢？赵志国停了一会回答：我没有把你们工宣队的工作做到家。张思蕊便冷笑一声：做到家怎么，不做到家又怎么？赵志国感到这个问题不好回答，就不说话。张思蕊却声音尖锐地叫起来：你说呀！赵志国恼怒地想，自己倒真成她的什么人了，就越加不理睬她。张思蕊跺着车板一定要他回答，一路的人都在看，张思蕊已经豁出去了。赵志国跳下车座，回过身子，说：你要我说什么？张思蕊倒不由得一怔，然后，双手蒙脸哭了。赵志国重又翻身上车，一脚一脚向家骑去。张思蕊的哭泣声传进他的耳朵，他不劝她也不回头，心里可怜她，也可怜自己，迎面过来的路人，也个个可怜。他骑了一阵，等身后的抽泣渐渐平息，才郑重其事地说：出门在外，样样事情要三思而行，好自为之，这就是你走，我要对你说的话。张思蕊听了这话，眼泪又下来了。

现在，张思蕊将自己的前程赔进去而换来的戏剧，还剩最后的压轴的一幕了，那就是车站的分别。车站总是演出人间哀情的好地方，有好莱坞的味道。张思蕊渴望做一回悲剧里的女主角，眼看着就要实现。这一日逐渐近来，张思蕊的紧张和激动掩盖了即将离家、去处茫茫的恐惧担忧。她无数次地在心里预演这一幕，男主角就是赵志国。越临近这日子，她越是焦躁不安，她无缘无故地发脾气，或者出奇地亢奋。她无数遍地问自己：赵志国会怎么样？赵志国会伤心落泪吗？她想，告别时人人都要握手，赵志国至少要与她握一握手。握手这事情严肃又庄重，却是真正的肌肤之亲。她这十七年里没有和任何人握过手，更何况一个异性，手贴手就像是心贴心。张思蕊想象这一个握手运用了她所有的哀情故事，她想，一个在车上，一个在车下，就好像咫尺天涯，手拉手转瞬却天各一方。张思蕊想象这分别心都想痛几回，她想有了这一个握手，她可说是青春无悔。走的前一天夜晚，她久久睡不着，她悄悄来到亭子间，拉亮了灯。烂熟于心的景物扑向眼前，她忽然感到往事如烟，惆怅满怀。亭子间里的午后历历经过，她好像又看到落日的光辉越过墙头到了那边空地，空地上长了马兰头。惜别之情这时候汹涌而起，使她忘记了明天将来临的握别时刻。她回想起这一个亭子间原先是堆放杂物的一间，从来不进去；后来作了灶间和客堂，一天来几回。他们在这里度过了多少时光，有快乐的也有不快乐的，有怨艾的也有不怨艾的。她在门口站着，手里拽着开关的拉线，就这样静默了一刻，又拉灭了灯，一切尽都消失。

第二天，从早上就开始忙乱，为张思蕊准备一顿送行的午餐，并且要提早开饭。张思蕊十二点就要去学校集合，开欢送大会，戴光荣花，然后坐车游街。火车是五点离站，但送行的家属则须早早出发，赶在交通管制之前到车站。游街一旦开始，交通便逐段逐片地停止。这些日子是交通时断时续的日子，街上经常走过歌声飞扬的彩车，一经过去，那寂静便是加倍的。饭烧好，菜烧好，大家围了桌子坐下，却谁也吃不下，象征性地填上几口，张思蕊就要走了。她背一个黄书包，脖子上系一顶草帽，就这样出了家门。家里人要送她去学校，她却不让，说还是准备准备去车站，然后一个人走进了后弄。全家人都站在门口目送她，她走几步还回过头微笑了一下说道：你们快去车站。她脚步轻松，心情愉快，好像不是去吉林插队，而是去赴约会。背上的草帽随了她的步履一荡一荡，好像一个跳"丰收舞"的小女孩。赵志国和胡迪菁看着她的背影在拐弯处倏忽消失，不觉生出愧疚般的心情。他们互相有点不敢对视，莫名地感到自惭形秽。他们立即行动起来，积极地安排筹措去车站送行。赵志国和老大骑自行车去，胡迪菁领着大妹小妹乘坐公共汽车。他们各自都在路上买了零食、点心和水果，怀了补偿什么的心情。火车站人山人海的，每个站台上都是人，喇叭里放着豪迈的歌曲，震耳欲聋。有一列火车就要开了，车上的人朝车下伸着手，车下的人朝车上伸着手，两边互相喊着，不停地拉手。虽然知道张思蕊是五点时分发车，可看到这情景却止不住地有点着急，好像张思蕊马上要走了似的。赵志国他们顾不上在说好的地方等着和胡迪菁母女碰头，在人群里挤来挤去问是哪个学校的，又是去哪里。人们的回答奇怪地千差万别，对此局面连社会经验丰富的赵志国都有些束手无策，不知该怎么办。后来找到一个车站的工人打听，那师傅说，五点钟的车还早着呢，在此之前站台还要发好几列其他车次才可轮到。他们这才略略放下心来，回头去找胡迪菁。胡迪菁她们三个正踮起脚伸长脖子四处张望，脸上的表情也是焦急难耐。待到看见他们，先是大松一口气，然后就开始埋怨。他们看看时间还不到两点，除了等待也别无他法。时间就这么一点一点过去。赵志国的眼睛盯住一个方向，长久不动。胡迪菁对自己说：他在想什么呢？她想，他还真是难过了不成？于是便不由冷笑了。心里原有的一股莫名的歉疚，这时候就像退潮一样退去。她想：这么多人都在走，难道唯独一个张思蕊不能走？她明知不是却故意地这样想：张思叶走他都不难过，张思蕊走他倒难过！由于负气，也由于无聊，她也开始和大妹小妹一起分食买给张思蕊的东西。时间已到了四点，却还听不见去吉林的车次广播进站。车站上的混乱是一阵阵的，平息一阵又掀起一阵。这时候，最为汹涌的一阵来临了，一眼望过去，好像万头攒动。他们派大妹小妹去打听，也没打听到什么。就只得亲自出去，问来的消息却叫他们出了一头冷汗，说是去吉林的车并不在这里发车。他们实在不知道除了从这里发车以外还能到什么地方发车，他们也弄不懂这里有这么多火车出发为什么偏偏没有一列去吉林的。后来有一个旅客提醒他们，也许吉林并不是所发车的终点，只是经过的一个中途站，比如去三棵树的，大约就是这个时间发车。他们听了恍然大悟，赶紧谢过那人去找开往三棵树的火车。去往三棵树的站台却出奇地安静，旅客们坐在车上，与车下寥寥几个送行的平静地说话。他们茫然地站在那里，只听一声哨响，火车动了。这时他们全乱了方寸，就像一群无头苍蝇，从这条站台走向那条站台，在铺天盖地的人群中漫无目的地挤来挤去，甚至还大声喊着张思蕊的名字。大妹小妹哭了。这场景有种特别悲惨的味道，首先震动了孩子的心。她们一边哭一边喊着“小娘娘”，她们忽然感受到生离死别的绝望。这半天所有的热闹和快乐全消散得无影无踪。她们手拉着手，唯恐被人群挤散，她们哭着喊着就像两个迷路的孩子，胡迪菁也流下了眼泪。

张思蕊坐在火车上，看着车下送行的人们哭着喊着。这是在上海北郊的

中篇小说

311

货车站，没有站台，人们站在碎石路基上，与车上的人相隔很远。没有高音喇叭播放歌曲，就显得有点寂寥，连哭喊的人都没了情绪。火车开动的一瞬也很平静，没有掀起山呼海啸的热潮。火车开过一排排灰色的水泥货仓，远处的市区已亮起星星点点灯光，然后就驶上郊外的田野。

十三

这段日子里，赵志国和胡迪菁不大说话，他们有点难堪似的，互相回避照面。张思蕊不在却比在还影响强大，处处有她的影子。这时节，赵志国已经回厂上班，每天早出晚归。大妹小妹也回学校去响应复课闹革命。姆妈总是不出房门，家里似乎只有胡迪菁一个人了。她走上走下，有一种飞鸟各奔林的感觉，还有不堪回首的感觉。她觉得不堪回首的东西似乎越来越多，做人就好像在积累起不堪回首。可是不回首又怎么样？将来没有，现在是琐琐细细，点点滴滴，只有过去是组织成章，有头有尾，成其为故事的。她想过日子好像不是为了过的，而专为了回头去看的。这使胡迪菁悲伤，人生变成一场漫长的凭吊似的。胡迪菁不是梦幻中人，她既不像张思叶生活在梦里，也不像张思蕊会去牺牲自己创造梦幻，她是要创造现实的人。做梦和回首只是她人生的佐餐之物，她的正餐是不折不扣的现实。当正餐吃不饱的时候，她也可以聊胜于无地吃些别的，可终究是蒙混不过去的。胡迪菁做梦不是为了逃避现实，而正是为了培养迎接现实的勇气，带有休养生息的味道。她将在现实中碰碎碰散的信心勇气一点一点聚拢来，凝固成形。胡迪菁还和赵志国不同。虽然都是现实中人，都有创造现实的理想，可赵志国的勇气和信心是易碎的，是像玻璃那样，硬度很高，可是很脆，经不起打击。而且还是钢化玻璃，要么不碎，碎就是粉碎，没有一块还可以重新裁齐了凑合用的。胡迪菁的勇气和信心却是像蒲草那样，貌似软弱，却极其柔韧，可屈可伸，百折不挠。在这些别人上班上学、胡迪菁一人在家的日子里，胡迪菁回忆着往事，沉浸在过往的岁月里。过往的岁月就像一味甘苦俱全的良药，修补着她身心的亏损。那些最不堪的情状，也为她一个个地攻克，而最终平息。

胡迪菁平静下来，她开始过一种很有规律有益于健康的生活。她每天清早去买菜，然后用饭盒买三分钱豆浆，回到家时，大人孩子差不多都走了，她热过豆浆慢慢地喝了。这时候太阳很清新地照进朝南的房间，她就干一些家务。中午，两个男人都不回家，就她和婆婆，两个孩子，将前一天的剩菜热了吃。下午三点钟，她开始择菜淘米，切的切，洗的洗，下班的人一进门，她就开了油锅，这边，饭锅也煮沸了。日常的劳动，也是可以修补身心的东西。它是那种煨药的细火，渐渐地药香满屋，沁入肺腑，疮痍渐平，元气渐复。她甚至又有了做女红的兴趣，从箱底翻出两条旧西装裤，调头翻身，给大妹小妹各改一条。听着剪刀清脆地剪响，胡迪菁心里几乎是快乐的了。这是一个平静的时期，没有好消息，也没有坏消息，生活凭借惯性向前滑行。有的晚上，胡迪菁在亭子间里做女红，人们也会聚拢来说一些闲话，然后再散去。连赵志国也恢复了常态，有说也有笑的。只是在张思蕊第一封信到的时候，他尴尬地沉默了一下。等大妹念给祖母听，他装作干别的，其实却竖起了耳朵。信里只说了一般的情况，多少人一个集体户，住什么样的房子，做什么样的劳动，还有吃的睡的一些琐事，最后问候了家中所有人，唯独没问赵志国。赵志国心里松了一口气，好像一件难以过关的事终于过去了。但当听大妹说，这封信从寄出至收到一共用了八天的时候，又陡地沉重起来。之后，只要岳母嘱他为张思蕊办事，比如买什么寄什么，他都很积极地去办，从不说一句推辞的话。

有一天晚上，胡迪菁洗了些东西，拿到晒台上去晾，见黑影地里站着赵志国，就问他怎么不睡，一个人在这里干什么。赵志国说屋里有点气闷，出来呼吸一点新鲜空气，两人就没再说话。胡迪菁一件一件地晾着东西，再用木夹子夹好。一切完毕，她正要走，却听赵志国说了句：这上海的夜晚也是漆黑一片了。胡迪菁倒好笑起来，问道：哪里的夜晚是一片明亮的？赵志国叹了口气说：你不明白我的意思。胡迪菁冷笑一声：我很明白你的意思。这回轮到赵志国问了：大嫂嫂你说我是什么意思？胡迪菁又一声冷笑：我说出来怕你不敢听。赵志国不由得心虚起来，就有点往回缩，嘴上还硬着：我有什么不敢听？胡迪菁就逼上一句：那我说了！赵志国不出声了，胡迪菁才不说，停了一会儿，则叹口气道：我说赵志国，这世间的事情有许多是阴差阳错，不是件件都可以追溯责任的，眼开眼闭地过去就算了，何必苦恼自己？这话说到赵志国心里去了，他感激地回过头来，看着黑暗中的胡迪菁，微微颤抖了声音：大嫂嫂，你真是理解我的。胡迪菁也不由受了感动，她想说些推辞的话，一想又不知该推辞些什么，就什么也没说。两人静静地站着，彼此忽然觉着很了解，也很信赖，心里有一种轻松和愉悦，这是一种从肩上卸下重负的心情，微微还有点鼻酸。

十四

赵志国再没想到，胡迪菁能看透他的心，并且为他开脱。他想起过去对胡迪菁曾有过的敌意，全是小肚鸡肠。亭子间就像一个缩小的世界，经历沧海桑田。赵志国已有了创伤，他比以往任何时候都需要理解。理解其实是一个巨大的安慰，它意味着同情和同感的建立，可使人免受自我谴责的煎熬。晒台上，胡迪菁的话几乎使赵志国感激涕零，他没有发现胡迪菁为他开脱的时候也为自己做了开脱。但那晚上理解与同情的气氛确是真实的，这也是我们人生中最宝贵的片刻之一。赵志国从此就与胡迪菁和睦起来，这是真正的和睦，它看上去很平淡，也很朴素，没有什么热闹场面，可它却流动着真实的情感。晚上，大家聚首在亭子间的灯下，谈些最琐细平常的话题，没有人企图作危言耸听，也没有人企图充当主角，没有刻意的努力，有时却能产生出真正的风趣，大家便会意地出自内心地笑了。这种气氛甚至有时候吸引姆妈下来，也来说点陈年老事。那是像封缸多年的老酒似的话题，有醇厚和安宁的气息。它和那些浮华往事不同，它不会叫人心绪骚动，感时伤怀，它含有旷达与认知的平和宽容。这种气氛真是好，就好像要有喜事来临。这些夜晚还带有相濡以沫的哀婉温情，就好像劫后余生的几个人，不由得抱成了一团。

赵志国每天傍晚，骑着自行车接近这弄堂的时候，心里有温暖的感情生起。这弄堂不再像他初来时那么荒芜和凄凉。他知道在这些紧闭的窗帘后面，有着一些小心翼翼如惊弓之鸟却不乏兴味的人生。有时他驶进后弄时故意弄出点铃声，铃声打破寂静。赵志国走近家门，还会有点感动，那扇紧闭的后门好像对他流露出等待的神情。他止不住三步并作两步地上楼，饭菜的香气扑鼻而来。大妹小妹正摆碗筷，见他进来就叫"赵志国回来了"。胡迪菁则说一句，洗手吃饭，这话使赵志国顿时成了个小男孩，在大人的呵护下。煤气灶前忙碌的胡迪菁有亲近之感，饭菜的热气罩着她，她看上去很柔和，经她摆弄过的一切都那么妥帖和舒服。赵志国想：这个家没有张思叶、张思蕊都行，却不能没有胡迪菁。他这么想，完全没有一点不好的念头，心底里很纯净。有时，他无所顾忌地在亭子间停留很晚，和胡迪菁说东道西。

有一次，他说起了他的童年时代。他说他和父亲去大舞台看海派京剧《七侠五义》，机关布景令他瞠目结舌，侠士们在舞台上空飞来飞去，像鸟儿一样。他激动难耐，到学校里说个不休。其时班上有个同学，是个机器厂老板的儿子，也是那天去看的《七侠五义》。两人就互问坐在几排几座，怎么没有碰面。那孩子说是坐在前三排正中，他却坐十八排靠边。那孩子就"哎哟"一声叫道，坐这样后边能看出什么！他先是不作声，然后才说，坐前边有坐前边的缺点，比如说那吊人的铁索看得一清二楚，人岂不就不像在飞了吗？那飞行侠还叫什么飞行侠呢？这话把那孩子说得一怔，可再一想，发现了这话里的破绽，就颇为得意地说：你既是知道有那吊人的铁索，不就是说在十八排也看得见吗？你的飞行侠不也是个冒牌货？这故事说完，赵志国和胡迪菁都笑了。胡迪菁便也说了一个小时候的故事，说的是和女同学冒雨在舞台后台口，等看越剧明星戚雅仙。等了半天也没见她出来，后来才知她是化了男装出来，这时候早到家吃夜宵了。这些杂事是他们从未提起过的，这是小家小户的往事，属于这城市石库门弄堂或沿街房屋里的往事，带有香烟牌子和月份牌上美人的气息，还有双妹牌生发油和花露水的味道。这也是往事一种，并且是更有人情味也更性感的往事，它有一种贴肤的感觉，它是剥了壳吹去了衣肉仁似的往事，是有烟火气有刷洗油腻的碱水痕迹有灭白蚁的六六粉气味的往事。沉浸在这样的往事里，赵志国和胡迪菁都有回家的心情，他们轻松、快乐，还隐隐作痛。他们笑着，对视着，渐渐地眼睛里都有了层泪光般蒙蒙发亮的东西。这本是他们互为防范的一道堤坝，如今堤坝推平了。从此，他们反倒变得无话可说，他们不需说太多的话，一切就都尽可了解似的。他们各自都有要忙的事情，甚至见面也少了。有时候，赵志国打个传呼电话说要加班，就不回来吃晚饭了。饭桌上少一个人，也并没什么。而在他连续加班几日以后再准时到家，大人孩子却都加倍地高兴，互相告诉：赵志国回来了。胡迪菁也说：赵志国回来了。他坐在饭桌前，心里暖融融的。

十五

有时候，和睦的日常空气也会欺骗我们自己，它掩饰了一些真相。它让我们觉得，一切都很正常，一切都很对头。它是很有滋养的润湿的空气，在培育秧苗的同时，有毒的野草也蔓生漫长起来。

后来有一日，赵志国生病了，病毒性感冒，每日高烧，早上退一点，中午又起来了。大家都嘱他不要起床，饭就送到他房间吃。中午，胡迪菁先和婆婆、大妹小妹吃了饭，然后再另外给他烧了粥，剥了皮蛋，再切些榨菜，放一个托盘送上去。赵志国一觉还没醒，轻轻打着鼾。胡迪菁想叫醒他却有点不忍，要退出去却又站住了。她看着他侧着的轮廓，"马龙·白兰度"这名字又涌上心头。她轻轻退出房间，回到亭子间，将托盘放下，然后坐在旁边。她看着那碗粥渐渐结起透明的膜，还看出皮蛋里冰霜般的松花。她听见有人叫她"大嫂嫂"，一抬头，赵志国站在门口，头发有点蓬乱，有几绺垂在额上，棉袄只纽了三个扣子，领口敞着。他说，大嫂嫂，你们吃过饭了吗？胡迪菁赶紧让他回房间，她这就把粥热一热。赵志国没回去，在桌边坐下来，看她热粥。胡迪菁把粥倒回锅里，点了火，粥却焦了底，赶紧把火关小，已有了一股焦煳味。粥热毕，她就坐在一边看赵志国吃饭。赵志国有点絮叨地说，今天觉得好些了，头不那么痛，鼻不那么塞，还想吃东西，想必就要好了。他吃完粥，胡迪菁让他回房间睡觉，他还不去，说想坐坐，就坐在那里看胡迪菁用滚水烫了花生，一个个地去衣。这天的阳光特别充足，它好像能够穿透障碍物，使朝北的房间都充满明朗的光线。这是初春里典型的午后，暖洋洋的，阳光像水银一样在空气中流淌，也是感冒流行的季节。他们各自在心里搜寻话题，一时搜寻不到就有些着急，越急越搜寻不到，好不容易搜到一句，却又是同时张嘴，等他们相互谦让过后，又忘了方才要说的是什么。空气有点凝结，有一股紧张不安的情绪在搅拌，将空气搅得黏稠起来。

过了一会儿，胡迪菁说：不晓得张思叶什么时候回来。赵志国没说话。胡迪菁就又说：你们夫妻虽说做了一年，在一起却是一个月也没有呢！她满心想表示同情，可话里却透露出一种试探的味道，连她自己都有些不自然。这回，赵志国说话了，他说：世道如此，夫妻之道又如何呢？这话听起来有点深刻，还有点怀抱，实际上只是含糊其辞、蒙混过关的说法。胡迪菁当然听出来了，笑而不语。赵志国问她笑什么，她不说，赵志国再问，她就说是笑他装假，其实是急得像热锅上蚂蚁一般。这话说罢，胡迪菁就有点红脸，自觉轻薄了。赵志国却万分认真地辩解道：没有这样的事，他甚至坦白说他去安徽农场，都是与张思叶各住男女宿舍。他这话也说得露骨了，胡迪菁愠怒道：我管你们这些事！停了一会儿，她说：张思叶却不知道是在怎么样想你呢。赵志国听了就好像来不及要撇清什么似的，说：这我就不知道了。胡迪菁却还逼紧地说：你怎么会不知道？难道倒是我知道？赵志国还是说不知道，这回却有点嬉皮笑脸的。胡迪菁正色道：说来也是造孽，张家这样的女儿，放在过去，就像是星星追月亮一般，如今却掉过头来追星星了。这话说得赵志国有点不自在，可因为有了前段时间的互相理解作底，却也没梗住，而是连肉带刺一口吞进了。胡迪菁忽然兴奋起来，她将泡了花生米的碗一推，双手托腮地往前倾了倾：你倒说说看，当时是你追张思叶，还是张思叶追你的？赵志国感到了这个问题的棘手，不敢轻易作答，就说要回房睡觉去了。胡迪菁却不让走，说看你的样子已经退尽烧了，不必再多睡的。赵志国一摸额头，果然烧已退了，这会儿他倒把生病的事忘得干干净净了。胡迪菁说，你这样不肯回答就说明是你追求张家大小姐的。赵志国立即否认，很冤枉的样子。胡迪菁就赶了一句：那么是张思叶追求你大公子的？赵志国也还是否认，口气却软弱了许多，像是承认的意思。胡迪菁叹口气说：你们男人都那么滑头，女人何苦要痴心呢！赵志国一下子逮住她的话柄，发起了反攻：大嫂嫂的痴心，大哥哥可是对得起的啊！胡迪菁先是笑，然后眼睛暗了暗，依旧拿过花生碗来去衣，赵志国便趁机回自己房间去了。

赵志国回到房间，有点心跳，他觉得方才与胡迪菁的一问一答，不像是出于自己的本意，可确是出自他亲口，心里有些懊丧似的，还暗暗觉着有点对不起张思叶。可是却又不知是什么在鼓荡着他的心，使他很兴奋。方才那场舌战般的对话其实全是表面文章，底下是另一番对话，是什么样的对话呢？赵志国不敢想又要想。他手臂枕在脑后，两眼看着倾斜的天花板，心里有很多情绪流淌过去。他并不特别地抓住什么，任凭它们过去。他好像在做一个醒着的梦，他但愿这是一个醒着的梦，这样既可攫取些快乐，又不必负责任。可他知道天下没有这样两全其美的事情。他不像张思叶、张思蕊这样满足于做梦，也没有胡迪菁那样创造现实的勇气和魄力。他夹在中间，两头不着，是尴尬中的尴尬。不过他也有一种顺水推舟的本能，使他可以在人家栽的树下乘乘凉，可也正因为此，最终他往往一无所获。房间渐渐暗下去的时候，他眼前忽然出现了张思蕊，心中好像受到一击。一阵颤抖穿身而过，好像高烧又上来了。他闭上眼睛，面前却倒明亮起来。

以后的几天，赵志国天天等待着发生什么，却什么也不发生。他忍不住窥察胡迪菁的脸色，也很平静，不像有什么心事。赵志国几乎要以为那天下午的对话是发烧发过头的幻觉，明明又知道不是。他不知是庆幸还是遗憾，悻悻的又恹恹的，无精打采，干什么都提不起劲。人们以为他是感冒尚未痊愈，只有胡迪菁心里明白。她有点得意还有点气不过，她想，赵志国你弄错了，天下女人不都是张思叶和张思蕊。她还有意地不给他机会，吃过饭就早早地上楼，再也不出来。这时，赵志国的病假也到了头，只得去上班。赵志国人去上班，心还在家里。早上出来，他想漫长的一天又开始了。傍晚回家，胡迪菁的平静脸色就像当头一盆凉水。每天晚上他都有劳而无获的心情，辗转反侧，很是折磨，眼见得人都有些憔悴，人们还都以为是病的缘故。胡迪菁看在眼里，难免心软，不由得想：我是个女人，你要我怎么样呢？这么一想，便有点伤感。她的伤感也被赵志国捕捉到了，心里有一种欣悦。他想，那些终究不是白白的了。那些是什么，又怎么会是白白的，是连他自己都追究不清。胡迪菁就好像不让赵志国好过似的，一见他有欣悦之色，立即又平静了脸色，什么也没有的样子。这一擒一纵真是把赵志国搞得够呛。就是这够呛叫他舍不下似的，还是殷殷切切每天去看胡迪菁的脸色。胡迪菁又有点好笑，心想既是如此这般为什么就不能开口说一句话？再想这句话当是句什么样的话呢？又当怎样说呢？心里就有些可怜他，也可怜自己。这种心情倒把他们拉近了。

这一天，胡迪菁收拾了碗筷，就在桌上铺开裁剪摊子，又烧熨斗，摆出大干一番的架势。赵志国有点明白她的意思，稍晚些便下楼来了。胡迪菁朝他笑笑，问了他些闲话，气氛很静谧。赵志国甚至想：就这样其实也很好。这是退而求其次的想法，可是进又有怎样的前景呢？所以，这也是不得已的想法。赵志国看胡迪菁用尺和滑石在熨平的布料上果断地画下线条，笑道：大嫂嫂比我们厂绘图工画的线条还好呢！胡迪菁笑笑。他又问了些关于剪裁的幼稚的问题，好像成了个多嘴的小孩。胡迪菁有的回答他，有的不回答他，表示他的问题没有价值。两人这么东拉西扯的，不知不觉时间就在过去。胡迪菁看看钟说时间不早了，便收摊准备上楼。赵志国有些失落可也不知道自己究竟要什么，迟疑一下只得起身。走到门口，胡迪菁却叫住了他，他猛一阵心跳简直不敢回头。胡迪菁停一下，然后缓缓说道：赵志国，你要保重身体。他木木地说一句：我知道。胡迪菁接着说：人在世上只有自己保重自己，人人都是泥菩萨过河，自身难保，也有时是心有余而力不足。赵志国心里一阵难过，好像被什么打中了。胡迪菁的声音在静夜里听起来就像从极远处传来：世道是这样，能平安就好，人心不可太苛求。她这话像是什么都说了，又像什么都没说。赵志国等待多日的什么好像等到了又好像没等到。他心里亦悲亦喜，亦明亦暗。他一直没有回头，背朝着胡迪菁。他在门口站了有足足一分钟，终于走了出去。

十六

这年刚入夏就来了一场台风，把楼下院子一棵枇杷树，一棵夹竹桃，还有一棵梧桐刮得枝叶乱摇，歪歪倒倒。刚开始刮风，姆妈就在窗口往下看，看了有两日，忽然很欣慰地出了房门，对众人说：梧桐已经刮倒，连根都出来一半了。大家说：倒就倒，反正这树不是我们家的，连这院子也不再是我们家的了。姆妈却说：倒了好，自从里弄来我家院里种下这棵梧桐，我们家就祸事连连，如今倒了，霉运也该过去了。就好像真应了姆妈的话似的，第二天，爹爹就回了家来，大家真是又惊又喜，怀着柳暗花明的心情，却又不敢相信。爹爹回家后隔天就去上班，家里人惴惴地等了一天，傍晚时见他慢慢地走进弄堂，才松下一口气。爹爹回来说去了那里，也没让做什么事，看了一天报纸。第二天再去，还是看报纸，然后回家。这么一天一天过了下去，大家的心才慢慢放定。爹爹吃过晚饭，有时候站在阳台看楼下的夹竹桃。夕阳久久不下去，白昼很长，傍晚的天色很晴朗。这情景有一种雨过天晴的气象，又像度过漫长的冬季，温暖的春季来临了。有一次赵志国又去外滩，听见汽笛的长鸣，悠扬地在蓝天下回荡。他搭乘一班轮渡去浦东，再从浦东到浦西。他嗅着腥臭潮湿的江水的气息，看着船下滔滔不尽的江水，心里很清明。海关大钟有着永恒的表情，它就好像是这城市的象征。赵志国忽然热泪盈眶，他以为这城市已经成废墟了，却原来还安然无恙。他以为自己也已成废墟上的碎砖破瓦了，却原来好好的也还在。

爹爹回来，给家里带来整肃的空气，一些无形中消失的规矩又在无形中回来了。吃饭时，大人孩子不再话多，碗筷碰撞的声响也收敛了。饭后各回各的房间，亭子间的各种聚会不宣自散。大妹小妹老实了许多，有了长幼之分，说话不敢放肆，见了赵志国不再叫赵志国，而叫"姑夫"了。家里又有了秩序和约束，这情景有一种复兴的味道，还有整顿的味道。它使这个七零八落的家，在内部凝聚起来。有时走过亭子间，想起那些热闹的日子，简直恍若隔世，并且还有点胆战心惊。赵志国不由庆幸地想：总算安然过去了。他这时很高兴岁月的不留痕迹。但果真是不留痕迹吗？张思蕊不是走了吗？可再一想，张思蕊的走，根本上是为上山下乡潮流所推，时代是谁也无法抗拒的。这样，有了时代作挡，赵志国便可泰然了。有了纪律的家庭虽然沉闷一些，却可消除非分之想，使人走在既定的轨道上，省去许多麻烦，避开危险。非分之想是消耗精力和情感的东西，非分之想还是破坏性极大的东西，它往往有着得不偿失的后果。这个家骚动不宁的空气在爹爹回来之后一扫而尽，烟消云散，张思蕊是一个牺牲品。

赵志国也不敢回想胡迪菁那个晚上的话，他有一种羞怯和懊恼的心情，好像露了丑又被胡迪菁抓住了似的。可在深处他还有一层感激，这层感激的意思又是他不能细想的。他从此就将胡迪菁看作是一个最近又最远的人。在这个家里，他其实是孤独的，有举目无亲之感，胡迪菁可减轻一些孤独之感。在他与胡迪菁之间的不无猥亵之处的关系里，倒并不全是坏的东西，在那百无聊赖无事生非的调情底下，毕竟蕴含了末世人生凄苦无奈生就出的互相愿望。在这么一个混乱无章的时代，情感便也是混乱无章的，欲望也是混乱无章的。如今，赵志国与胡迪菁的关系倒因为纪律的重新约束，摒除了不洁的成分，只留下一些较为纯也较为真的东西。赵志国渐渐平息了懊恼的情绪，心里剩下的就全是对胡迪菁的感戴了。他有时候回家来，第一个看到的人就是胡迪菁，心里会有一种愉快。夕阳照进亭子间朝北的窗户，胡迪菁系着围裙在煤气灶边忙碌，头发上染了一点阳光，是和平的景象。

不久，张思叶从农场回来了。这一日，姆妈几乎要烧香磕头了。她想：家道真是要转运了。张思叶回来是在晚上，事先来了电报，赵志国就去车站接她。到家后，她先去看了爹爹姆妈，再去看了哥嫂侄女儿，然后就洗头洗澡，回了三层阁的房间。中间，赵志国出来拿什么东西，在楼梯上与胡迪菁打了个照面，两人都本能地向后一让，躲闪了目光。他再回到房间，便觉得房间有些两样。这晚上，赵志国和张思叶躺在一张床上，赵志国心里忽然有一种放空了的感觉，一阵悲怆升起，他发现事情并不是他以为的那样简单，这几乎有点切肤之痛了。可是又能怎么样呢？他又能怎么样呢？

十七

生活又一天一天往下过。日常生活有着极强的消化能力，它消化坏事情，也消化好事情。它将坏事情和好事情都吞噬了，一如既往地向下流淌。而赵志国没有想到的是，张思叶的回来，竟会给他的生活带来大转变。这种转变不是在形式上，而是在他心里。他下班走在路上，起先还是欢喜满怀，可一想到张思叶在，脚下便迟疑了。张思叶在房间里，他就觉得这房间不是他的，他只是一个陪客。饭桌上有了张思叶，他也成了陪客。那三层阁的房间还有牢笼的感觉，有了张思叶，他就不能随意进出了似的。张思叶其实是温顺的，随和的，样样都听他的。可就是这温顺，随和，样样听他，织成一座藩篱，绵软地囚住了他。和张思叶在一起的晚上，总是很漫长，他们早早就熄灯睡了。有时候他想在晚上去朋友家玩玩，可是一想每天傍晚张思叶在晒台上等待张望他回家，又于心不忍。在这样的日子里，他最大的快乐似乎就是在楼梯或过道，与胡迪菁的不期而遇。这时候，光线是暗的，互相看不清面容，温馨和忧伤弥漫开来。这就像是一种人生的际遇，照耀了枯乏的日常岁月。

现在，在房间里做梦的不再是张思叶，而换了赵志国。赵志国有一天注意到，张思叶整理东西时，翻到一只编织一半的玻璃丝金鱼，她漠然看了一眼，随手丢进了废纸篓，这个动作有告别往昔闺阁生活的意味。赵志国本来躺在床上，两眼望天，这时心里不由一动，忽感到一阵内疚。他不能不想到，生活对张思叶是不够公平的。但这念头只是一闪，很快过去，剩下的还是赵志国自己的苦闷。张思叶看着他，心里会想：赵志国的心飞到哪里去了呢？她想不出来。张思叶是个对人对事不那么严格的人，尤其在这样一个连她的立足之地都难保持的时代里，她又能计较些什么呢？无论怎么说，赵志国在她身边，就在这张床上，她心里就踏实、满足、别无他求。和赵志国在一起，她还有转瞬即逝之感。她对命运没什么信心，给她一天她就只有一天。因此她别无他念，全部身心都在眼下的这一天里。她就好像进行数学里的约分似的，将她的感情、欲望、要求、快乐都简约到最小倍数。你可以说她做梦，也可以说她很清醒。

　　张思叶预感中的事情很快就来临了，分配方案最终下来，他们这一届学生绝大部分去外地。这就像一个嘲弄，也像惩罚。他们这个学校，历来都是本市招生、本市分配，投考这一所学校有一半以上学生是为了避免离开上海，他们都是最爱上海的人。那天张思叶去学校开会，很晚还不回来。赵志国让大家先吃饭，自己出去接她。走到转弯处的街心花园，却见沉沉暮色里坐着低头垂泪的张思叶。初听这消息，赵志国感到的不是难过，而是烦恼。他想到这一走不比上一走，一个是暂时，一个是永远。他再又想到自己怎么办，难道分两地吗？分两地这念头一生出他便平静下来，好像问题有了答案。他劝张思叶回家，别在这里一个人伤心，大家等她等久了都会不安。张思叶摇头说，让她干一干眼泪再回去，否则姆妈也会难过的，说着眼泪又掉了下来。赵志国就不好再劝她，只得在她身边坐下。这时候，月亮出来了，将树丛投下许多阴影。张思叶忽然往赵志国身上一靠，柔声说：我不是离不开家，我是离不开你。她满是泪痕的脸庞流露出少女初恋似的表情。赵志国沉默着，然后轻轻推开她说：回家吧。张思叶却不依：再坐一会儿嘛！赵志国说：等会儿大妹小妹要是出来，看见了又要取笑了。张思叶这才站起来，可一返身抱住了赵志国的颈脖。这时候，她好像豁出去似的，不管不顾。她像个小女孩似的吊住赵志国的颈脖，还凑上嘴唇。赵志国觉得这有点愚蠢，也有点尴尬，他想把张思叶的手从脖子上解开，却怎么也解不开。张思叶忽然变得非常执拗，又非常缠绵，和她一贯的作风大相径庭。她把脸埋在赵志国的颈窝里，久久不抬起头。不知过了多长时间，她抬起脸很满足地微笑着，说了声谢谢，然后松开了手。这一声"谢谢"却叫赵志国惭愧起来，还有点感到凄楚，对张思叶不公平的感觉又一次升上了心。

爹爹听说张思叶学校的分配去向，很果决地说了句：不走。他说：我一个儿子和我划清界限，一个女儿去了吉林，留一个女儿在身边，可说是功过罚全都抵消。他又看了赵志国一眼说：男人养不起你，我做爹爹的养你。赵志国就有些尴尬地叫了一声爹爹，爹爹打断他，继续说道：别看爹爹现在是赤手空拳，手脚还叫缚住，可是底气还在，后劲是有的，你们的耐心要长久一些。这话里有悲凉也有愤慨，还有一股虽然遭受挫折却钢火不灭的威势，宛如又是当年。他这话句句有因，落在儿女婿媳的心上相当有分量，于是，鸦雀噤声。他这一席话其实是他多日郁闷的发泄，他坐在房间里常常想，是不是他前世作过什么孽。抄家、审查、批斗，他倒可以处之坦然，他想世事沉浮都是当然。他一生经历的可说是刀山火海，土匪绑架，日本人打耳光，股票滑坡，押宝押了个空心汤团。他不怕破财，也不怕害命，他就是喜欢大起大落的人生，声色俱厉。真正打击他的是他的儿女。他想，老大总算读完书，讨了老婆，却只生女不生男，想想还有二儿子吧，二儿子却与他一刀两断，他倒觉得这有点像自己，可惜世道不行，魄力用错了地方，他如一辈子不回来见老头子也算他有种；同样是走，女儿张思蕊的走却伤了他心，他觉得女儿不是走，而是嘲笑他做爹爹的没有能力，留不住她；再一个嘲笑他没能力的就是张思叶了。她嫁这个赵志国，是爹爹他最窝心的事情，简直是卖身投靠。这赵志国的漂亮潇洒又使他像个吃软饭的，是最会给女人苦头吃的那类男人。他冷冷看了这几日，心想，到头来，还不是都要靠在爹爹我的身上？他对自己说他想走下坡路也走不得了，说这话心里又是凄楚又是骄傲。他望着窗外一方漆黑的天，心里嘈嘈杂杂的全是往事。

从岳父房里回来，赵志国心里憋气，脸上却不好表露，就笑着说：张思叶，这一来，我想叫你走也不敢叫你走了。张思叶心里虽然也不太痛快，但总还是更顾忌赵志国的心情，便开玩笑地说：我不成了吃白饭的了。赵志国听出她和稀泥，不由冷笑道：你这碗白饭也是你爹爹给的，不是我给的，我想给也给不起。张思叶没想他能说出这一串话来，先是不作声，然后慢慢说：看起来，谁的饭也吃不得，还是吃自己的好。赵志国却跳将起来：张思叶，你这话是什么意思？难道是指我吃你们家饭吗？你们别以为我赵志国住你们的三层阁，就算吃你们家饭，这三层阁夏天热，冬天冷，长年不见太阳，就像是个监牢，我就算是吃你们饭，吃的也是牢饭。张思叶吃惊地看着他，她头一回看见他这种失态的样子。她听出赵志国的话虽是气话，却自有一种辛酸之处，连声音都哽住似的，眼圈也红了。她等他全部说完颓然倒在床上，然后走到他身边，用手轻轻抚摸着他的头发，缓缓地说：赵志国，我没想到你在我们家过得这样不快乐，我很难过，可我没有办法。赵志国不动，她又继续说：赵志国，我总是想对你好，可是我不知道该怎么对你好，我不知道你要什么，你要什么呢？她低头看着趴在床上的赵志国，一阵怜惜涌上心头，就将他的头抱在了怀里。

十八

这样的发作是不能开头的，一旦开头，便没个完了。它说是发泄，其实还是火上浇油，使人心情更加恶劣，还使人夸张这种恶劣的心情。赵志国如今就好像受到了天大的委屈，种种不如意都涌上心头。有些不如意是真的，有些不如意是他假想出来的。这些不如意还有一个歪曲的表象，那就是，一切全都是张思叶造成的。他好像忍耐到了极限似的，再也强作不出笑脸。他在外面还好好的，在家里也好好的，一进三层阁脸就沉下了。他心里边好像有许多不耐烦，这时候一下子喷发出来，张思叶简直不敢和他说话。看见张思叶小心翼翼的样子，他心里也会难过，可是不耐烦的情绪是这样强烈，他一点都克制不了。有时候他也会觉得这并非他的本意，那么，什么才是他的本意呢？他心里真是苦闷得要命，苦闷的由头却一点不明白。张思叶也苦闷得要命，本就觉得欠了赵志国的债，这会儿又加上了利息，还也还不清了。赵志国对一家老小都是和颜悦色，还有那么一点曲意奉承，唯独见了张思叶，气就不打一处来。张思叶既感激他顾全大局，给她面子，又奇怪赵志国纵然不像她对他那么爱，可也不至于恨她像恨仇人。后来，她想出一个办法，就是尽可能少和赵志国单独相处。她就拉大嫂嫂侄女儿到亭子间聊天，又让大妹小妹去叫赵志国。

这一回，张思叶成了亭子间的热心的主持者。她很担心冷场，想出一个又一个话题。她寄希望于胡迪菁，她看出胡迪菁与赵志国有着共同的兴趣，她引导他们去回顾往昔的上海。她还寄希望于大妹小妹的热闹，让她们讲些今日的奇闻。并不是那么伶俐的张思叶可谓动足了脑筋，她变得八面来风，笑口常开。胡迪菁不由暗暗思忖：张思叶是怎么了，换个人似的。她也看出张思叶力不从心，有心要帮她一把，却不知该在哪里出力，在哪里出力都不妥似的。赵志国自然是知道张思叶用心的，心里想可怜她，结果却更恨她。于是这两人都闷着，虽不离去，也不开口。大妹小妹很高兴，她们以为快乐的时光又返回来了。祖父回来后，把她们的自由减去几分，现在就像要还给她们似的。可三个大人都揣了心事，两个孩子又能如何。她们发现她们的热闹没有响应，便也扫兴了。面对这样的局面，张思叶有时候会一阵疲劳袭来，就像心脏出现早搏或者停搏的情形，她虚弱得连笑一笑也觉困难了。她勉力说道：你们玩，我上面有点事，就自己上了楼。她躺到床上，拉开被子蒙了头，无声无息地哭了。大妹小妹见大娘娘走，就也走了，最后只剩下赵志国和胡迪菁。他们闷闷坐着，四下里静得要命，他们几乎能听见空气流动的声音，像河水那样潺潺的。赵志国忽然越过桌子，握住了胡迪菁的手，手里的针扎破了他的指头，出了血，他却不觉得。胡迪菁这一惊非同小可，她往外抽手却抽不动，还把赵志国从桌子那边拉到了这边。她站起来要走，赵志国却不让走。他的脸扭歪了，变成个丑八怪。胡迪菁压低声说：赵志国，你要死！又说：赵志国，我要叫人了！听到这话，赵志国好像清醒了一点，说：你叫好了，叫来人，你我一个也跑不了！胡迪菁一听就火：你是在要挟我吗？赵志国又软下来，赖皮似的说：我怎么敢？胡迪菁说：那你走开！赵志国涎着脸不走开。僵持了一会儿，赵志国突然爆出一句：可怜可怜我。胡迪菁不由得也说了一句：可怜可怜我。又僵持了一会儿，赵志国终于松开手，悻悻走出亭子间，上楼去了。

胡迪菁站在忽明忽暗的电灯下，好像做了一个噩梦。手里的针掉了，她弯下身子找针，找了半天，才又看见针连了线，吊在正缝着的衣服上。她的脸先是红着，然后又白了。方才的一幕，甚至比方才更清楚地又从眼前走过一遍，赵志国的话也从耳边过了一遍。她慢慢地坐下，拿起针线，一针一针地缝起来。她在心里说：赵志国，你要死，人家可是要活呢！她将时间倒回去，将这一年来的每日每夜都细细地检查一遍。检查过去的岁月有种不好受的感觉，她就好像在用一把尖锐的刀子，把那些岁月从心上剥离开来，再切成碎块，然后左翻右看。剥离的疼痛却被恐惧抵消了。她渐渐平静下来，头脑格外清明。她发现一切都像是发生在昨天，无一遗忘。一年来的大小琐事全被她细细密密篦头发似的篦了一遍，没有篦出一个虱子，还都篦通梳齐。她不觉舒出一口气，将手里的针线收拾起来，当她站起身时，忽然一阵战栗从脚底升起。她嗅到一股赵志国身上的气味，这是不抽烟不喝酒讲卫生的健康男人的那种有点清甜的气味。她几乎跌坐下去，可气味一下子过去，无影无踪。胡迪菁觉出心里的空洞，这是一个巨大的无底的空洞，什么也没有了。

十九

这一天下午，爹爹单位里来了两个人。他们将姆妈叫到二楼，当面启开二楼房间的封条，并且清点了房内的家具，让姆妈在一张清单上盖了手印，就走了。

姆妈站在暗沉沉、灰蒙蒙的房间里，半天醒不过来。她恍惚间想起日本人投降之后，重庆来的接收大员将他家工厂定为敌产，封了家门之后又甄别平反的情景。她这一生就总是在翻手为云覆手为雨的政治底下生存，飘摇无定。她说不上来有多么高兴，她只是觉得，什么事情都是有限度的，不可好得太过，好得太过就要坏了。这其实是辩证唯物论的思想，她不是从书上读来的，而是从阅历上读来的。她有些惶惶不安地拉开了窗幔，这是"文革"之前的紫色平绒缀有黄色流苏的窗幔。窗幔上的灰纷纷落下，在直射进来的阳光里好像一场小雨。她几乎睁不开眼睛，她看见楼下院子里的夹竹桃和枇杷树伸手就可以触到似的，心里这才有点高兴。

以后的几日，家里充斥了一股等待的情绪。这情绪有点不安，还有点焦急，有了掩饰，人们脸上就都作出什么也没有发生的样子。吃饭的时候，人们说着各种事情，就是不说楼下开封的房间，回到自己的房间也不说。大家都耐住性子，等待爹爹作一个决定。而爹爹就好像在磨炼大家的性子，又好像吊大家胃口，迟迟不宣布他的决定。这等待的情绪渐渐积累起来，一天一天的，就变成一股紧张的气氛。人们还是很有韧劲地坚持着和悦、平静、无所事事的笑容。回到房里，各干各的，一字不提。人们还格外地性情平和，一切高兴和不高兴都偃旗息鼓，准备迎接爹爹的决定。爹爹是在一星期之后，一个很平常的时间里开口的。他对胡迪菁说：大妹小妹都大了，和你们挤一个房间不好了，让她们住到三层阁，思叶他们让出来，到我和姆妈的房间，我们到二楼去。他寥寥几句将人们期盼已久的事情安排停当，就回了自己的房间，再由姆妈来传达一些补充条例。姆妈说，原先他们房间里的家具不动了，留给思叶他们，也算是给思叶的陪嫁。三层阁的家具，思叶也不要动，给了大妹小妹。思蕊回来则住二楼的亭子间。

　　这个安排是有人欢喜有人愁的安排。在老大夫妇心里，本有个盘算，就是爹爹他们的房间给他们，这样，他们便可独占三楼两个朝南大间。思叶呢，本该住出去的，可赵志国没房子，让他们继续住三层阁，也是有理有情。爹爹要开恩，给他们一个二楼的大间，那就皆大欢喜。他们却不知道，爹爹留住二楼大间，说是和姆妈一起住，一间卧室，一间起居，其实有一间是为老二留的，只是不肯说出嘴。爹爹还有一层不肯说的意思，则是他所以厚待思叶夫妇，是为了赵志国厚待张思叶。他早看出赵志国对张思叶无所谓，张思叶却少不得赵志国。这是他每每想起就要叹息的。

　　老大当下就不高兴了，拂袖而去。胡迪菁维持了一下也没维持住，跟着上去了。姆妈只作看不见，让赵志国明天就调休搬房间，她想早点安顿下来，早点气平。时间拖长，这口气也生得越长。赵志国嘴里答应着，心里也受了感动。他毕竟不是没良心的人，对爹爹的好意是能够心领神会的。他想，自己虽说只是个女婿，张家却没有当他外人。他甚至还厚道地想到：自己连一点点快乐都不给张思叶，张思叶却是这样全心全意。但自尊心又不让他立即待张思叶好，生怕会被她看轻。因此他面上还是冷冷的，爱理不理。张思叶并不在乎，她是看得出赵志国心思的微妙的。她先动手收拾东西，登高爬下也不叫他帮忙，忙了半天忽听赵志国在身后说一句：你瞎忙什么，明天我反正要调休。张思叶心里不由乐开了花，嘴上却只说：把零碎收拾好，明天全力以赴帮爹爹姆妈搬。赵志国就说吵了他睡觉，张思叶这才依从地歇了手。她关了大灯，开一盏台灯，看着赵志国闭着眼睛的脸，心里说：赵志国，你真是个大孩子，想装也装不像。

第二天早上，老大赶在爹爹出门之前提出，他们想和思叶夫妇换个房间。爹爹说，都是朝南大间，换来换去有什么意思。老大便说：思叶他们的房间有阳台，他好养些花草。爹爹其实看出他的心思不在换房，却是一个发难，只作不觉，说：人还养不活，养什么花草？就走出了门去。老大就对赵志国说：你们先不要忙着搬，关于这房间怎么安排还没有定。说罢也出了门去。赵志国也不便说话，上午帮岳母从三楼搬到二楼，下午依然去上班。搬房间的事就这样搁了下来。过了一日的晚上，姆妈来敲他们房门，说有事商量。看老人家一脸为难，就知道为房子的事情不好开口，赵志国先就主动说：姆妈你有什么事尽管说，我们做小辈的都会体谅。他这话说得张思叶几乎感激涕零，她想赵志国表面上冷冰冰，心里其实全有数的。姆妈这才说道：爹爹把大间给你们，老大心里是不高兴的，他现在提出换房间，明摆着是要作作难，但依了他也好叫他消气，我想你们反正是不在乎一个阳台的。赵志国立即说：就依大哥哥好了，家具也由他们挑，剩下的再给我们。赵志国虽然心中不平，可究竟不想让老人们太为难。再说他也知道做人良心要平的道理。他还考虑到大家住在一起，将来还要相处下去，他虽然让了房，却占了理，也是为以后铺平道路。姆妈听了他的话，心里就放定了，赶紧就去老大房里，邀功讨赏似的去报告。不料老大听了反而更不高兴，好像赵志国同意换房没有称他的心反而违他的意了。他阴了半天脸才说：实话告诉你吧，姆妈，我本来不是为了一个阳台，我是觉得不公平。赵志国他家没房子，我们收留了他，在极困难的情况下还划出一间三层阁给他们住，可算是仁至义尽。爹爹要养女儿在家，我没有意见，将来我也要养个女儿在家。要说爹爹还有儿子好靠，我去靠谁？所以这朝南大间我想来想去，还是给大妹小妹才摆得平。这一番话说得有理有节，叫人不好反驳。姆妈看看埋头在一边织毛线的胡迪菁，心里想：这话很像是她说的，就酝酿着也讲几句给她听。停了一会儿，姆妈说：老大你的话倒句句是道理，不过我们这家里爹爹还在，还轮不到和你讲道理，难道你要爹爹来和你吵嘴，吵出个是非黑白？事情就这样定了，明天你来搬房子，明天不搬后天思叶他们就住过去了。说罢就走了。

这话说得老大瞠目结舌，无以应对。胡迪菁心里恨恨地想：你赵志国可是很会做人，叫换房间就换房间，还不是得了便宜卖乖吗？想到赵志国她不由在心里冷笑，又暗恨自己丈夫没本事，句句话都要自己教，再下去，这家就不姓张，要姓赵了。正想到这里，只听老大问了一句：明天搬还是不搬？胡迪菁赌气说：我怎么知道。停了一会儿，老大很嫌烦地说：不搬算了，要那个阳台干吗？又不是吃饱饭没事情做。胡迪菁看看他那样子，心里又气又叹。她忽然笑了一声。老大说，你笑什么？胡迪菁说她没笑。老大则咬定她笑了，打闹一阵，就有些把房子的事忘了。最后，胡迪菁承认说是她笑了，她是笑姆妈把赵志国当儿子似的。老大便又有些烦恼，说：这好笑在哪里？胡迪菁就说她以为好笑，好笑极了。老大说了她一句神经病。她说：到底也不知道谁是神经病。还是笑。老大不耐烦道：你有什么话就直接说，不要九曲十八绕的，不说罢了。不料胡迪菁竟顺水推舟，真的不说了。老大却又央求她，心里生出好奇，觉得她真像有什么秘密。胡迪菁这才不笑了，缓缓道：这话还只能九曲十八绕地说，你会听就听了，不会听就当我什么也没说。老大心里急得像火烧，只逼着她快说。胡迪菁停了一会儿，开口先问他个问题：张思蕊为什么要走？老大就说：学校动员，政府号召。胡迪菁叹了口气道：你还就是不见棺材不掉泪的那种人啊！她站起来，拉开五斗橱最下一格抽屉，在填抽屉的报纸底下抽出几张撕碎的纸。她说，张思蕊走后，姆妈要她将思蕊的小床拆掉，便看见床垫底下有几页碎纸，她随便拿起一看，哪晓得写的是这些，幸好她手脚快，否则就让姆妈发现了。

二十

张思叶觉得，一夜之间天塌下来了。她可以容忍赵志国一切，甚至可以容忍他的不爱她，可是她不能容忍他爱别人。这别人还不是那别人，却是她的妹妹张思蕊。现在的赵志国，浑身纵然有一百张嘴也说不清了。一个少女如此热恋于他，倘若没有受到诱惑是令人难以置信的。事情到了这样，赵志国也不想为自己辩解，辩解是辩解不通的。最使他意外的并非事情这样发展，而是推动事情这样发展的竟是胡迪菁。整整一天一夜，赵志国和张思叶将自己关在房里，闭门不出。他们背对背躺在床上，不说一个字。他们所以将自己关在一个房间里，是因为没有另一个房间好去。也没有人敲他们的门，叫他们。他们躺在一张床上，却彼此不关心，好像房间里只有各自的自己。有时候，他们有一个睡着了，另一个醒着；又有时候，他们两个都睡着了。睡眠真是个好东西，它帮助人们度过最最煎熬的时间，它是受打击时候的最好呵护，它将我们与残酷的现实柔情似水地隔离开来。而且它们总是在我们最痛苦，最不敢相信又不能不相信的时刻不期而至，大约是受了心灵暗中的召唤，是自我保护本能进化的结果。现在，赵志国和张思叶就在时睡时醒中度着他们受打击的最初阶段。他们的睡眠将时间隔成一段一段的，时间变成了空间的形状，一块明，一块暗，这么样地进行。他们在睡眠里有时候还特别快乐，就好像在欢度佳节。他们无缘无故地喜悦满怀，他们简直要从睡梦里笑醒，心扑通扑通地跳。这时候的梦大都是快乐的好梦，不快乐的梦几乎一个没有。他们脸上都带有欢喜的表情。

　　当赵志国一个最长的觉醒来之后，张思叶不在了。这时候房间里是暗的，他想这是一个黄昏。可是房间里却一点一点亮了，于是他又想：这是一个黎明。他渐渐才发现张思叶不在房间。他的意识回来得很慢，就好像人类从混沌走向清醒的整个过程，有一种拨开迷雾的景象。他起初发现张思叶不在，还觉得很平常，好像一开始张思叶就没在这个房间里，或者是后来去了学校开会。他像一个不惯动脑筋的人那样吃力地开动起脑筋，他慢慢回忆起一些事情。这些事情发生在一个遥远的年代，逐步向他走近。倏忽间，所有的可怕的难堪的情景都回来了。他陡地从床上坐起，出了一身冷汗，他想：不行，我要去找张思叶。他匆匆穿好衣服，系鞋带时，他感觉到手指的绵软无力，并且很隔膜，就像是别人的手。当他走到门前，手握住门把时，他犹豫了，他想，他还能走出这个房间吗？此时此刻，他是彻底地清醒了，一阵痛苦袭上心来。他咬咬牙，转动门把，拉开了门。楼梯上暗暗的，所有的房间都关着，人们都还没起来。赵志国走下楼时，觉着自己就好像偷偷潜入人家里的一个窃贼，满心害怕。他轻轻开了后门，听见司必灵锁在身后轻快地碰上。晨曦给街道罩上了面纱，他好像触摸不到这个城市似的。他想，张思叶去了哪里呢？他跨上自行车，觉得自己简直身轻如燕。他沿了马路缓缓向前骑，有清洁工在扫地，扫帚在路面发出沙沙的声响，还有提着菜篮的人在行走。一切都和昨天一样，可是一切都和昨天不一样了。赵志国又想：张思叶去了哪里呢？

赵志国又来到了外滩，是阳光最辉煌的时刻。江水发亮，轮船静泊在岸边。他从高大的建筑底下驶过，然后来到江边。他走在江边的人群里，耳边只有风的鼓荡，还有三个字：张思叶。

张思叶在轮渡上，从浦西到浦东，再从浦东到浦西。她搭上清晨第一班轮渡，开始了她的旅行。太阳越过她的头顶渐渐向西，她有几次看见它在浦西的岸上滞留，然后接近楼房，从楼的间隙里，跻身而过。它的余光在楼缝里滞留了一会，好像一个背影，最后消失殆尽。暮色是从江底升起，冉冉地升上天空。江上的暮色和街道上的暮色也不同。它含着水分，使它变得沉甸甸的有了重量。它在空气中洇染开来，使空气也变得沉甸甸。然后灯亮了。浦西的灯是一条一条，一块一块；浦东的灯是像星星一样，一点一点。浦西的黑影有分明的轮廓；浦东的黑影是混沌一团。她在江心时，浦东和浦西和她一般远，风强劲地吹着她，将她的衣服鼓成一面帆，将她的心也鼓成一面帆。江心很黑暗，江水深不可测。轮渡上的乘客一会儿多，一会儿少，有时候蜂拥而入，有时候寥寥无几。他们有的高谈阔论，有的沉默不语。锚当当地响，缆绳也响。张思叶最终踏上跳板，上了岸，她觉得好像夜半出游到了另一个城市。她看看天空，天空有暗色的浮云。

她走回自己的家，人们已经睡觉，楼梯上静无声息。她听见自己的脚步声，好像听着人家的脚步声。她走上三楼，推开三层阁的门，日光灯使她目眩了一下。床边站起了赵志国，他们发现彼此都变得陌生，而且面色苍白，形容憔悴。他们俩僵持了一会儿，有一会儿都要说话结果都没说，最后，是张思叶开了口。她的声音很平静，却像是另一个人在说话。她说：赵志国，学校里要我去杭州那里的小三线，离杭州二十里路。赵志国就问：杭州也有小三线吗？她说是的，已经建设得很好。赵志国说：好不好很难说，不可轻信人言。他们说着这些，就好像什么也没发生过。张思叶说：不管那里怎么样，说起来总是靠近杭州，爹爹姆妈也会觉得安慰。赵志国也说：小三线不管怎么样总也是上海的企业，和上海到底藕断丝连。他们说得甚至有些兴奋，还有些热烈，眼睛却都看着别处。张思叶说，每到寒暑两假，就有专车去往上海，其实在不在上海也无所谓，她现在对上海真的无所谓。赵志国说，他也对上海无所谓，他和她一起去。张思叶便停顿了，回头看着赵志国。赵志国并不看她，眼睛看着地上。张思叶的嘴唇抖动起来，眼泪落了下来，赵志国的眼泪也落了下来，他们俩一起哭了。他们哭得很伤心，他们彼此都受了欺负，这欺负是深到骨头里去，痛到心肺里去。他们都遭到背叛，赵志国背叛张思叶，胡迪菁背叛赵志国，可他们又像是共同地被什么背叛了，这种背叛是不分你我的。他们不知道是被谁害了，好像掉进一个陷阱，伤痕累累。他们用手蒙住脸，眼泪从指缝里往外流。他们想，这是怎么了，事情怎么这样地糟糕，这样地糟糕。他们心里真是痛得要命，他们一辈子都别想活好了，他们一辈子都没有幸福可言，也没有自尊可言了。他们实在是伤得太重了，为了一间房子，他们竟伤成这样，这房子他们不要了，现在房子还有什么意义，还有什么快乐？这事情究竟是怎么开的头，怎么走到这一步。他们虽不是太好的人，可也决不是最坏的人，为什么要受这种惩罚。他们心痛成这样，什么时候才能好？他们哭了很久，眼睛都哭累了，心也哭累了，他们已经哭不动了，心都在流血了。他们共同地想起很久以前那个午后，他们在这里头一次睡在这张床上，这一个午后现在想起，真是心如刀割。许许多多漫不经意建设起的东西，"啪"一声推倒竟是那么挖心挖肺。赵志国还想起在农场的那个紧急集合的晚上，他走在队伍旁边，忽然看见了队伍里的张思叶。他哭了又哭，张思叶不哭了，他还在哭。他从里到外都是创口，真是千疮百孔。

赵志国和张思叶决定去杭州附近那个小三线地方。他们后来了解到那里离杭州是二百里，而不是二十里。可也无所谓了。这是他们唯一的选择，他们还能怎样？他们只有"走"这条路。这个家不能待了，上海也不能待了，所有的东西都在提醒他们的创痛。他们都已平静下来，接受了打击。张思叶想，这本就是一个受损失的时代，假如得到什么，结果就是加倍地失去。赵志国想，他是一个走背运的人，他总是赶不上繁荣似锦的好日子，先是挤进一个尾声，然后，在黯淡时光的最尽头，辉煌的序幕将要拉开，他却已谢幕，不属于那出好日子的戏中人了。他作出和张思叶一同走的决定，除了落荒而逃，也有一些情之所至。他想他还是不爱张思叶，但他以为张思叶是他人生的同道人。在这样一个末世般的时代，他已无所多求。

1993 年 4 月 25 日一稿　北京

1993 年 5 月 3 日二稿　北京

隐居的时代

曾经有一个时期，我们随时随地可能遇见意想不到的人，这真的很有趣。这使得我们的经历，变得非同寻常起来，变得富有传奇色彩。在我们插队的淮北乡村，有着几百年，上千年的历史，这样漫长的历史其实却只是由一些固定的人物演义下来的。这就好比毛泽东同志描写的愚公移山："我死了以后有我的儿子，儿子死了，又有孙子，子子孙孙是没有穷尽的。"就这样，一直繁衍到了今天。这样的以家族为组织单位的乡村，就是一座坚实的堡垒。当你听到村里的狗忽然之间一同狂吠起来，不用问，一定是村道上走过一个外乡人。外乡人头也不抬地，匆匆走出村子，走远了，狗才渐渐安静下来。可是，就是在这样的铜墙铁壁的堡垒中，会有奇遇发生。事情就是这样不可思议。

在这沉闷的乡村里，竟然隐藏着那样的人和事，他们在某种程度上，与乡村的环境融合在一起，并不显得有什么特异，看上去是同样的自然，好像他们早就加入了乡村的历史。乡村的生活就有着这样强大的洇染力，它可将任何强烈的色彩洇染。很多尖锐的情节，在这里都变得温和了。它看似十分单调，其实却潜藏着许多可能性，它的洇染力就来自这些可能性。这些可能性足以使一切突兀的事情变得平淡和日常。就这样，我在我插队的大刘庄，遇见了黄医师。

那已经是我来到大刘庄数天以后。我住在公社的一名副书记家中，他的妻子是这个大队的妇女主任。家中有五个孩子，最大的年龄与我相仿，最小的尚在吃奶。除了我，还有一名县城插队知青，也住在他家。主任家住三间两进青砖茅顶大屋，这在我们村庄，算得上首富。后三间是主任夫妇的房间，他们带着最小的吃奶的孩子睡那里。前三间，东边一间锅屋，西边一间住孩子，以及我们两个知青，中间迎门的是堂屋。这天，晚饭的时候，县城的知青收工就回家了，几个小些的孩子早早吃过去玩了，只有主任，主任的大女儿，还有我，坐在堂屋里的案板前吃饭。是收麦的前夕，天已经很长了，太阳虽然下去多时，天光还很明亮。此时的光线非常接近早晨，太阳都是在地平线以下，光是均匀地平铺着，景物倒比强光下的更为清晰。黄医师就在此时，从村道走上了我们的台子。

主任家的房子，坐落在我们庄最主要的村道边上，高高的台子上。白日里，各家的门都是敞开着，迎门坐在案板前，村道上的情景便尽收眼底。主任首先向着村道招呼：黄医师，吃过了吗？接着，主任的大女儿，县中学的毕业生，应声起身，让出一个板凳，转身又去盛一碗稀饭。这时，才见黄医师到了门口。他大约有五十岁，也许没有，在我们那个年龄里，总是容易把人看老的。他脸色较黄，似乎有些浮肿。他穿着洗旧的蓝卡其人民装，脸上带着谦和的笑容。他走进门来，在板凳上坐下，回答着主任有没有吃过的问题。尽管一再说吃过了，吃过了，可主任母女执意要他喝一碗稀饭。也没有太推辞，就端起了碗。他的脸相有些木，甚至还有些俗，可是态度却十分温和文雅，这就使他显得不一样起来。他说话动作都比较迟缓，这迟缓不仅是出于慢性子，似乎还出于，一种忧郁的性格。他问我多大年龄，住上海哪个区，来这里习惯不习惯。由于我正处在极度的不适应和想家之中，时刻心事重重，所以我也能看出他心事重重。我看出他不快乐，不轻松，百无聊赖，而且非常寂寞。虽然，他在这里出现一点没有令我惊奇，可我还是一眼看出他是来自外边的世界。

主任问他晚上做的什么饭，他笑着说烧一点米饭。他的笑容里有着自嘲和无奈，就是这自嘲和无奈，说明了他的骄傲。他的态度表明，"烧一点米饭"不是他该干的事情，多少有一些无聊和滑稽。他只稍稍坐了一会儿，喝完那碗稀饭，然后拿着主任塞给他的一大块麦面饼，告辞了。这时节，只有主任家还有麦面饼。他说有了这块麦面饼，明天早上就能不烧锅了。他慢慢地走下台子，天色略有些暗，却还不十分暗，他的背影依然很清晰。他有些背驼，不知是生来如此，还是境遇所至。他的步态与庄里人截然不同，是较为笔直的步子，双膝并得较拢，脚跟比脚掌先落地半步。这种步态，要遇到下雨天，可够他受得了。庄里人走路都有些岔开腿，箩筐似的，其实并不箩筐，脚跟与脚掌是同时落地的，这样，立足就稳。在泥泞的地里，可像撑船似的左一划右一划，乡里人叫作"岔泥"，从泥里趟过去的意思。黄医师的步子，却是"岔"不开泥的。他背着手，手里掂着那块宝贵的麦面饼，而一点不知这饼的宝贵。饼是发面的，碱性不大不小，正够香的，围着锅贴一圈，锅一圆汽，灶里就停了火，等锅略凉些，才揭锅。这饼就是在这略一等里，陡地发起来，像胖娃娃的脸。然后一只手摁着饼，另一只手就拿锅铲铲饼，一铲便离锅。饼面上还留着摁饼的手指头的箩纹或者簸箕纹。

黄医师是蚌埠下放的医师，同他一起下放我们庄的，还有张医师，于医师。我们庄的农民都称他们为"医师"，而不是"医生"或者"大夫"。"医师"这种称谓显得十分专业化、十分严格，表明了我们庄对他们的郑重其事的态度。这支蚌埠医疗队住在我们庄东头，大队部的院子里，四间正屋分为两部分，住张医师一家和于医师一家。他们都是合家下放。而黄医师则是单身一人，住东边一间侧屋。西边的两间侧屋就是医院的诊室、药房。可黄医师通常是不去那里的，他在自己的小屋里看病，这带有些私家诊所的意思。

黄医师是名医，专治五官科。他所在的蚌埠的那个医院，过去因他而得名。现在，他到了我们庄，我们庄也因此而得名了。许多病人从老远的地方，坐车坐船再加步行，走过一个庄子打听一个庄子：大刘庄在哪？他们就这么终于来到大刘庄，走进黄医师的小屋，向他求诊。黄医师的小屋很小，只一间，顺山墙放一张床，就差不多满了。他的床，架得很高，是一张宽大的床，床上铺了特别洁白的床单。他就在床沿上侧身坐着，一只手撑着床，另一只手放在架起来的膝上。病人呢，坐在床前的椅子上，述说着病状。这样子一点不正规，倒是很家常。黄医师听得也并不专注，提问很随意，有时候还会岔开话去，和小屋里别的客人说些不相干的事。这情景说是看病，不如说是诉苦。诉说的人是不经意的，听的人也不怎么在意。来的人大都是口讷的农民，三言两语便无话可说，吃苦对他们又是常事，于是就止了下来。黄医师并不急着打发他们，似乎有他们陪伴也好。他也不是善言者，加上心情抑郁，就常常是彼此都默着。在这静默里，他们互相像是很了解的，双方都不感有什么压力，就这么可坐半天。凡是想到来这求医的农民，都是病症严重的，而几经车马周折，来到偏僻的乡间找黄医师的，也都是病症严重的。所以，几乎无一例外的，需要手术。而我们庄没有手术室，医疗队也没有麻醉师，手术护士，手术是不可能做的。最后，黄医师总是说：要到蚌埠做手术。农民往往对手术望而生畏，一听要到蚌埠手术，就更知其不可为了。他们大都是天命论者，心里早已服了病，而到底是看过了黄医师，虽然还是被病苦着，却都心满意足，再不作他想。那些从合肥、淮北、芜湖，甚至就是蚌埠找来的城里人，则是决心下定，对手术也抱科学的态度。这时候，黄医师就会和他们约定到蚌埠的时间。这往往是黄医师回家探亲的日子。

黄医师回蚌埠探亲很频繁，并且每回都要超假，他是一个恋家的人。我们庄无论干部还是社员，从来没有指责过黄医师的不遵守纪律。农村本来就是散漫的，缺乏纪律的观念，何况人们都同情黄医师的境遇。一个人在此地，不会挑水，不会烧锅，也不会洗衣。人们看见黄医师在塘里将一件衬衣越洗越胀，塘水则越来越浑。他不会将衣服铺在水面上，而是让衣服一径沉下去，搅起塘泥。这是女人的本事，黄医师不会这个，理所当然。他又是干大事情的，去塘里洗衣，实在凄惶得很。人们说，让他在蚌埠多住几日吧！人们又传说，黄医师的妻子没有工作，专在家里伺候男人和孩子。孩子有四个，都是儿子，黄医师特别想要个女儿，可是没有。曾经有人开玩笑提议，让黄医师认我做干女儿。黄医师只是笑，并不应声。他显然无意于接受任何干亲。他是一个把家团得很紧的人，性格也比较封闭，这就已经比其他人要感寂寞得多。同他一起下放在大刘庄的同事，又都各是一个家庭，更显得他孤家寡人。你看着他，就知道他的日子有多难熬。傍晚的时候，就是在前面说过的那种均匀清澈的天光里，黄医师就在村道上散步，有从湖里割猪草回来的孩子，就对大人说：看见黄医师了。

大队开会，通常总是要等天黑到底了，才能正式开场。大队会计凑着油灯的一豆光亮，读着文件或者报纸。农人们在黑影地里打盹，抽烟。劣等烟叶燃烧出呛人的气体，那种很难消化的粗粮在体内发酵而成的气体，也足够呛人的。但很奇怪的，这一切都不顶难闻。因是草木的本质，再是发酵腐烂也是清洁的干燥的气味，有着一种单纯的性质。时间其实并不太晚，可乡间的没有照明的夜晚总是特别的黑，又特别的静。鸡和狗都安歇了，就觉得夜已经很深了。在这满房间的黑影里，有一具影子高高地矗立着，那就是黄医师。他搬来他房间里的那把椅子，虽然只是把普通的椅子，可周围的农民大都是蹲在地上，或是坐在小马扎上，连蹲在板凳上的几个，也比黄医师要矮上一截。因此，这把椅子就显得格外突出，很不协调。黄医师高高地坐在椅上，双手袖在袖子里，这倒和农民的习惯相合，可坐姿却不是农民的。他架着腿，袖着的手搁在膝上，很安详。这时候他显得比较惬意，也比较放松。听着会计用乡音一字一句地读官样文章，四周鼻息声起伏，有一种昏沉的安宁。谁会知道在这座黑暗的乡村里，有一个黄医师呢？

　　与黄医师一起下放我们庄的，医疗队里另两名医师，张医师和于医师，她们的形象、气质，以及精神面貌都要比黄医师现代。也就是说，她们比较具有"6.26"精神。她们经常身背药箱出诊。她们背着那种上面画着红十字的白漆药箱，走过村道，来到老乡家中，坐在当门的马扎上，嘘寒问暖。尤其是张医师，因为长着一张明朗的脸庞，大大的眼睛，高高的鼻梁。庄里顶有学问的王大爷说过，张医师的相好，好在大气。她体格匀称、结实，穿衣服很利索。她喜欢把裤腿卷起，赤脚穿一双球鞋，露出白皙饱满的小腿肚。她背着药箱，就有点像舞台上的人物，药箱则是道具。那时候，她大约是三十五六岁的年纪，各方面都显示出是个幸运的福气的女人。她的丈夫老梁原是蚌埠政府机关的干部，如今在公社知青办任职。一个女儿，两个儿子，都在县城上小学和中学。他们虽然离开了城市，来到这个偏远、贫瘠、组织散漫的乡村，可却依然保持着原先的严格规律的生活秩序，以及相对保障的社会地位。他们家庭和睦，老梁是个尽责和体贴的丈夫，对孩子要求颇严，与干部群众关系都很融洽。孩子们呢，都挺乖，学习努力，品德优良，少叫人操心。总之，这是一个理性的家庭，处处可给人作楷模。它很为张医师挣脸面的，人们对张医师的好感，有一多半是对她的家庭。在庄里人眼里，张医师的家特别像个家。我们庄，对美好的家庭是怀有尊敬和崇尚的。姊妹和媳妇们都挺羡慕张医师的，她们传颂着，天好的时候，在院子里搭一个凳子，张医师洗头，老梁提一壶热水，替她冲头发上的肥皂沫。这情景很亲热，甚至带了些私密的性质，可在这对夫妻做来，却一点不肉麻，连我们这个保守的村庄都能接受，并且大加赞扬。

　　于医师的家庭就大不同了。这是一个倒霉的家庭，正应了俗话："屋漏偏逢连天雨，船破又遇顶头风"。于医师一家下放我们庄，性质与张医师、黄医师都不同。他们下放带有罪贬非成分。于医师的丈夫是一个右派，在文化大革命中他被开除了公职，下到生产队里劳动改造，和农民一样凭工分吃饭。他的工分评不高，工分值本来就低，到分红时，总是透支，只得用于医师的工资去买口粮。他家有四个孩子，都在上学，又都能吃，所以，于医师家的经济就要比医疗队的其他同事差几个等级。老大是个女孩，名叫卡佳。这个异国色彩的名字，据说是当时一部苏联电影里的女主人公的名字，她是一名社会主义劳动勋章的获得者。由此可以推想，她的父母是在什么样的时代精神感召下，成长起来的一代知识分子。卡佳是个缺心眼的孩子，一点不懂事，不能体会父母的处境，也不能体会自己的处境，总是乱说话，给大人生事。几个弟弟也都调皮捣蛋，不懂得相让，姐弟间纷争不断，都是要于医师来调停的。于医师的丈夫，则表情阴沉。衣服是灰的，脸色是灰的，神气也是灰的。他一点不肯打起精神，表现出改造的积极性，以改善自己和家庭的境况，反是一任消极颓唐到底，显得特别的落拓，很露骨地表示着他的顽固与抵抗。是他，使我认识到有一类人所以成为右派，是由性格决定的。他们并不是对某一种现实不满，而是对一切存在不满，他们对人生抱着暗淡的心情。同时他们又缺乏忍耐和自谦，往往是自我中心者，就必须将这心情发泄出来。他们表现得与一切意见激烈相左，什么都不会合他们意。倘若不是成为右派，他们的处境也好不到哪里去。于医师的丈夫，就属于右派中的这类人。农民们很难对他抱有好感，觉得他懒惰、傲慢、不体恤妻儿。他时常借病不出工，让于医师为他去请假。即使出工，他也不大肯出力。歇息的时候，一个人背对着大伙儿坐着吸烟。队里有个年轻人，读过高中，会吹笛子，人很聪明，但因是单门独姓，所以地位很低，属于那种有志向且不得意的农村知识青年。有时候他会主动搭理于医师的丈夫，可能是出于"同是天涯沦落人"的心理，还有对城市知识分子的向往心理。他挤坐在右派的身边，向他要烟吸。这个套近乎的举动却遭到右派的极度厌恶，他给是给了，回到家里则大发牢骚。卡佳的一张嘴又是张漏嘴，到处说：某某人最讨厌，老向我爸爸要烟。农民是没有政治头脑的，他们对人的评价是出于处世做人的原因，其中也不排除有一点审美的因素。他们怎么也不能喜欢一个破衣烂衫，成天挂着脸，对劳动和生活都没有热情的人。他们看见他就觉得扫兴。队里的干部在所有这些理由之外，又加上了阶级阵线的理由，自然更不待见他。在例行的四类分子训话中，常常要把他单独拎出来训斥。老实说，他在我们庄还没遭到太坏的对待，有一大半是看在于医师的面上。人们对于医师是同情的。

　　人们看着这个鸡飞狗跳的家，说，于医师就好像是这个家的箍，要没有她，这个家就散了。事情就是这样，在这个家里，人人都缺乏自律，只有于医师撑持着，保护着生活正常进行。其实，于医师完全可以不下放，而让她的丈夫自己一个人去农村，可是她却带着孩子们一起来了。这行动颇有些像俄国十二月党人的妻子，跟随丈夫流放西伯利亚。虽然事实上，一点不像涅克拉索夫的长诗那样浪漫，所有的艰苦都是卑琐的、烦心的，叫人沮丧，损害着人的尊严。

　　于医师戴眼镜，头发齐齐地梳向耳后，显得比较苍老。红十字的药箱背在她身上，更具有应用的意义，不那么戏剧化。她和农人说话，也更为家常。她显然是个贤妻良母，可惜命不好。她对人很和气，但并没有屈就的意思。她表现得很开朗，可也不是强颜欢笑。她看起来是平静的，从容的。要知道她是隐忍着那么多不顺遂的。庄里那些婶子大娘的，都特别和她拉得来，背底里就说，于医师不容易。有一次，上面又下达什么指令，对于医师的右派丈夫进行批斗。批斗是在场上牛房里进行的，从庄东头来开会的人说，于医师家早早就闭了门，熄了灯，屋里一点声息也没有。这时方能体会到于医师的苦，这一家的苦。平时，这苦都被过日子的杂碎掩盖了。

　　这两个家庭，以及黄医师，虽然来自同一个城市蚌埠，住在一个高台子上，但却保持着微妙的距离。他们相互间很客气，但决不多话，完全没有人们想象的相濡以沫之感。相反，隐隐的，似乎还都怀着戒备之心。他们彼此间远远不如各自和农民的关系轻松和亲密，但亲密和亲密的性质则有所不同。张医师和老梁对农民是最热情的，农民们对他们也最尊敬，而且器重。他们对谁家的造访，会被视作一种光荣，引起人们的羡慕。在农民们的眼睛里，他们是有身份的人，却没有架子。当他们从村道上走过，农民们从自家敞开的堂屋门里，走到台子边，招呼道：张医师，来吃！老梁，来吃！他们则招着手应道：吃过了，吃吧！他们招手的姿势是城里人，而且是城里的干部特有的，高高地扬起，有幅度地挥动着。农民是做不来这动作的，他们只是用手里的筷子向前点了点，作为回答。老梁每天早上骑一架自行车，往公社去上班，沿途也是这样向农民们招手，农民们就拄着锄把目送他远去。他们家三个孩子在县城住读，每周回家一次。三姐弟手牵手走进庄里，目不斜视，快快挪动脚步，就这样走进庄东头高台上的家中，再也不露面了。有一次，他们回家正逢下雨，我们庄是出名的黏土地，一下雨，地就烂得要命，能把脚粘去一层皮。我有事去大队部，看见他家的一个男孩，在门槛上刮胶鞋底的泥，脸上露出嫌恶的表情。这段路可叫他们走惨了。

于医师家的孩子则截然不同，由于生计，也由于家教，他们缺乏管束显然不是一日两日的了，他们几乎终日和我们庄的孩子搅在一起。一起下湖割猪草，一起在生产队干些小碎活，挣几个工分，也一起打架、捣蛋。一群泥猴似的孩子，背着比人高的草箕子，从湖里回庄，其中就有于医师的孩子。卡佳呢，是家里的大小姐，脾气大，和小姊妹相处时也不知道有所约束，毫不掩饰对乡间人和事的鄙夷。姊妹们听了自然不愿意，当面没什么，背底里却没少说她。只是知道她是没心眼的，没坏肠子，所以倒也不挤兑她，还是同她一处玩。就像方才说的，于医师和农民的关系，其实是真正融洽的，他们会和于医师说些家务事，过日子的难处，养儿育女的难处，等等。他们有时候大声地喝唬于医师的孩子，有时候则把于医师的孩子扯过来，往手里塞块馍馍头。

庄人们对黄医师的心情是最动人的，他们既把他当作一个有大本事的人，很敬重他，同时却又十分心疼他。谈起他的口气，总是流露出怜惜。他孤身一人住在我们庄，生活能力又特别差，这都使他变成一个无依无靠的大孩子。这个大孩子虽然过得很狼狈，却很乖。同样是抑郁的性格，黄医师的抑郁却和于医师丈夫的抑郁不同。于医师丈夫的抑郁是阴沉的、紧张的，甚至带着一种暴戾。队干部在训话时，常常会被他的眼光激怒，变得失去控制。这时，就会用锄把子，在他腿上不轻不重地敲一下：看什么看，剜你的眼！黄医师的抑郁却是甜美的。当他凝视着见了底的水缸，或者掉到井底的水桶，他的眼光柔弱得叫人心都一颤。他一个人在村道上趔趄，夕阳染在他的肩膀上，有一些亮色，他的身影显得又凄凉又美丽。他既不是张医师那样向庄人们招手，学着庄人们的口气说：吃过了吗？吃了。他也不是于医师那样，坐在农人家的马扎上，拉着庄稼呱。他也从来不背药箱。可就是他的这种落落寡合，格格不入，使农民喜欢上了他。他们并不是把他当庄稼人，却也不是当他外人，敬而远之。他们承认他是另一种人，一个异数，然后便接受了他。

当我从青春的荒凉的命运里走出来，放下了个人的恩怨，能够冷静地回想我所插队的那个乡村，以及那里的农民们，我发现农民们其实天生有着艺术的气质。他们有才能欣赏那种和他们不一样的人，他们对他们所生活在其中的环境和人群，是有批判力的，他们也有才能从纷纭的现象中分辨出什么是真正的独特。他们对张医师和于医师有着足够的尊重，对后者，还有足够的同情。但都不是喜欢。张医师的热情爽朗里，是有着政治社会赋予的特权，她是另一种异数，这种异数与人性无关，是在人性以外的，她激不起农民的自然性的反应。于医师却是与农民有共鸣的，她是农民们最易了解的那类人，同情就是由此而来。但由于太相似了，她也同张医师一样，无法走进农民们的审美领域。而黄医师既是在共同的人性之中，又是独立之外，自成一体。有了黄医师在，我们庄就此有了一种甜美的格调。他们对黄医师，是称得上爱的。

在那种物质贫乏的日子里，人们的精神需求便生长起来，对美的感觉神经，格外发达，形成了一种自然的欲望。他们喜欢听好听的声音，看好看的景象，感受优美的情趣。下雪的日子里，人们就特别的兴奋。雪是大自然赐给贫瘠的我们庄的厚礼，这个黄泥巴垒成的乡村，此时变得粉妆玉琢。看上去，真是洁白得晃眼。孩子们，相约着到湖里看庄稼的窝棚去套麻雀。每逢下雪，麻雀们便都栖宿到无人的窝棚避寒。孩子们带着大人的打渔的网，穿着毛窝窝，一种麦穰编结的，里面填上干草的大头鞋，特别暖和。他们岔开了脚，在雪里趟着，地上就留下一串毛窝窝的印。麦子都在雪底下冬眠，大沟边的树，也罩了雪，晶莹剔透地立了一行。那远处的窝棚变成了个雪宫，本来是烂趴下的，现在被雪又砌住了，立了起来。孩子们奋力拔着毛窝窝，比赛谁走得快，雪粉扬了起来，像一阵白烟。孩子们的笑声听起来比平时旷远，而且隔着，蒙了一层透明的膜。又绵又厚的雪是吃音的。于是，就好像在做梦似的，有些恍然。他们终于到了窝棚跟前，雪已经封了门。他们将网抖开，张在破柴门上，然后吆喝着顶开了门。他们一下子闭上了眼睛，急等着震耳欲聋的、哗啦啦的麻雀扑翅声，可是没有。他们惊诧地睁开眼，没看见有麻雀，却见网里裹着一个老头，挣扎着，愤怒得说不出话来。孩子们咋呼一声，抛下网就跑，毛窝窝在雪地上划出了犁沟。谁能想到，这老不死的看青的，这时候还赖在窝棚里。近晌午的时候，老头回庄了，提着渔网挨门挨户问是谁家的。

这是冬季雪天里的快乐，到了春天，就是等待南归的燕子飞来梁下，旧年的窝在等着它们。谁家的燕子来了，大人小孩都出门去报信。谁家没燕子来，可不好，会被人戳脊梁骨，说是坏心眼的人。燕子是善鸟儿，就和善心人亲。夏天，瓜地里的瓜熟了，夜半偷瓜是一大乐事。裤褂叫露水潲得透湿，冰凉地贴在身上。下露水也是一桩奇事，看不见，也听不见，可转眼间，天地都水淋淋的。到了早晨，太阳出来，收露水了，原先平铺着的，这时收拢起来，收成一滴水珠子，顶在草尖上。然后，唰的一下，全干了。秋天这个收获的季节，是最具有装饰感的。大秫秫，串起来了；红辣子，串起来了；大白蒜，也串起来了；深褐色，富于骨节感的豆秸，在屋前垛起来了；青秫秸秆，也在屋前搭成了篱笆。即便是像我们庄这样没有色彩的村子，此时也变得嫣然起来。

现在，又有了黄医师，他给我们庄增添了一种新颖的格调，这是由知识、学问、文雅的性情、孩童的纯净心底，还有人生的忧愁合成的。它其实暗合着我们庄的心意。像我们庄这样一个古老的乡村，它是带有些返朴归真的意思，许多见识是压在很底的底处，深藏不露。它和黄医师，彼此都是不自知的，但却达成了协调。这种协调很深刻，不是表面上的融洽、亲热、往来和交道，它表面上甚至是有些不合适的，有些滑稽，就像黄医师，走着那种城里人的步子，手里却拿着那块香喷喷的麦面饼。这情景真是天真极了，就是在这天真里，产生了协调。这有些像音乐里的调性关系，最远的往往是最近的，最近的同时又是最远的。

所以，我们庄这支蚌埠医疗队的队长是张医师，灵魂实际上是黄医师。

有了黄医师，这支医疗队于我们庄才具有了一种，一种精神上的关系。它不仅仅是"6·26"送医下乡的意义，而是有了近于美学上的意义。它不仅仅是实用性的、功能性的，它的价值是潜在的、隐性的，甚至是虚无的，那就是，它微妙地影响了一个乡村的气质。

在我插队的两年半时间里，我们庄从来没有发生过戏剧性的"6·26"事件。在农村贫困的、温饱难以维系的生活里，其实是含有着健康的性质，这是以简朴为基础的。吃的是五谷杂粮，烧的是草木秸秆，庄稼人的肠胃是很清洁的，他们的呼吸也是清洁的。夏季的溽热中滋生的病菌毒害，在冬季的寒冷中死亡了，秋季收净的土地在春季又长出新的庄稼。春夏秋冬有序地交替，恪守各自的职责，自给自足着。这是合理的生存环境。就在这无可指责的生态中，人们也生出了前边所说的天命观。我们庄有一句话，叫作"人吃五谷杂粮，哪能不生病"。所以，他们对任何病痛，都抱着忍耐与服从的态度，他们不会为此大惊小怪，他们也很少有求医问诊的习惯。在许多种病痛中，他们感到最受折磨最无奈何的，恐怕就是牙疼。也有一句话，叫作"牙疼不是病，疼起来不要命"。于是，止痛片就成了神药，治疗疟疾的奎宁片也是神药。疟疾是又一种使他们不知所措的病痛，似乎每个人都躲不掉，能够药到病除无疑是奇迹。医疗队其实清闲得很，他们在我们庄真有些窝工。而到了真正应该找医生的时候，农民们又往往忽视了，结果酿成大祸。有个媳妇割猪草时，镰刀砍破了小腿，自己用火柴盒上有红磷的纸皮盖了伤口止血。这种止血的方法应当是产生于工业社会的近代，不知缘于何种道理，有无科学依据。奇怪的是，它确实能止住血，百试不爽。就这样，血止住了，伤口也封口了，甚至都没有化脓感染。可是到了第七天上，却突然发烧抽搐，医生到场已经来不及挽回。其实这就是破伤风，只要当时注射一剂破伤风防预针，就没事了。可是庄稼人谁会为了手脚拉开一道口子去找医生呢？我们庄称这是七日疯，指的是受伤到七日头上发作致死。可见死于这病的并不少见，他们依然没有想到这完全是可以避免的，事实上它果然又没能够避免。庄里人传说，那媳妇出事之前，夜里上茅房，见家门口坐着个黄狼子。黄狼子就是黄鼠狼，被视为不祥物，预示着灾祸。出殡这天，天下着雨，一地泥泞。媳妇很年轻，大孩子刚会走，小的还吃奶，是她男人扶着孩子的手摔的黄盆，父子两人在泥里一步一滑，滚了一身泥。男人哭得极惨，头上系着白麻，打一杆幡，几乎是爬着的，将一口薄皮棺材送上了路。

生活照原样进行着，倒是一些无关的小事，似乎包含了某种意义。那是我到我们庄经历的第一个麦收之后，我们庄来了一个游方郎中。乡村里的游方郎中，其实并不是像武侠小说中的那样，随风漂流。他们走村串乡还是凭借着一定的社会关系。他们所到的村庄，都有着或亲或疏的亲友，绝不是像书中的游侠那样从天而降。比如，这一个郎中，来我们庄就是投奔他的一个远亲。这个远亲从来没见过他的面，连他的名字也叫不上来，只是很笼统地随孩子称他表舅，但依然打酒割肉地接待了他，并且承担起宣传的义务。这天晚上，他家里就聚了不少庄里人，看他施展医术。他是一个扎针的郎中，这时节正是一个扎针的时代。我下乡时，专带了一副金针。其时，与贫下中农结合的途径有一，就是为老乡们扎针。那时候，现代医学的迷信已经破得差不多了，几乎人人可以无师自通做一名赤脚医生，一本《赤脚医生手册》可包治百病。与此同时，又诞生了金针的神话，它无所不至。不是有一部电影就叫《无影灯下颂银针》吗？我这副金针，当时的价格是一元五角，是最昂贵的一套针。它从缝衣针长短，直到筷子长短。亮闪闪的，针头上则是金黄的铜色，依次排列在一个考究的塑料封套里，还配有一本人体穴位简图。这晚，我就带着这副从未拆过封的金针，去到那一位来了远亲的老乡家里，准备向他的远亲学习扎针。

去的时候，屋子里已经坐满了人，凉床上躺了个老头，裸着上半身趴着，背上立了几根针。那郎中坐在床沿，面前案板上点着油灯，灯下摊开一个布包，包袱皮上是几根黑擦擦的针。我的针一放上桌，人们的眼睛不由一亮，连昏暗的油灯都发出光来。这些针闪着真正的银光，而且那么纤长、细挺、均匀、光滑。他的针呢？黑、脏、粗、锈，还不直，连底下的包袱皮都是油腻腻的很腌臜。一个大爷看着我的针，忽然"嘿"地笑了一声，说：小王还藏着这宝贝哪！它可真像是宝贝。在这土坯屋里，熠熠生辉。那郎中用脏兮兮的手拆开了封套，捻出一根针，又用他的黑棉球煞有介事地擦了擦，然后果断地插入身后那老头的腰上。这时，我向他提出一系列的扎针的问题。他没有正面回答我一句，而是东一锤子、西一榔头地，不知说些什么。那老头趴在凉床上，差不多睡着了，对金针没什么反应似的。屋里人也都把他给忘了，很热烈地说着些无关的事情。显然，人们聚到这里来，并不完全出于对游方郎中的兴趣，除了老头，谁也没打算要他来治病，只是凑个热闹，找个由头坐到一起聊天。平常的日子，谁也不会允许点灯点到这时候的。这就是乡村的夜生活。其实从一开始，人们就没有对游方郎中加以注意，还赶不上对我的金针的注意。他们随他在老头身上糊弄着，那老头则已经老得千锤百炼似的。游方郎中显然是受了大大的冷落，这冷落是出于一种见识，但因为有涵养，也就不计较，不点破了。应当公允地说一句，游方郎中里确实有着奇人，可不是所有的游方郎中，甚至不是大多数。绝大部分的，是借了神人的名，混口饭吃。又有不少的一部分，还招摇撞骗。游方郎中的神人，就是在这些垫底的大多数之上的一个两个，他们的英名笼罩了全体人员。这郎中分明感觉到了人们的冷漠，他们从周游的经历中得来的经验，告诉他们这个村庄不可久留。他们毕竟是手艺人，凭手艺吃饭，再是亲戚也不兴白吃白住，这也是他们的职业道德，或者说行规。此时，他对身后的老头也失了兴趣，他的注意力全在了我的金针上，他爱不释手。于是，就在众目睽睽之下，他十分坦然地从我的针里，抽出最长的几根，包括老头腰上的那根，放进了他的布包里。这种偷窃的行径是如此大胆地在眼前进行，几乎使人以为是正常的事情。就这样，一眨眼功夫，我的闪亮的宝贝就进了他的腰包三分之一。第二天一早，他就离开了我们庄，从此再没有回来过。

我们庄就是这样一个有教养的村庄，它虽然是天命论的，但却并不愚昧。它对事物有着自己的看法，颇有分辨力。不要以为它是麻木的，它只是不露，而到了某一个时机里，它会以一种空前的强烈程度爆发出来。

蚌埠医疗队里还有一个成员，叫马医师。他也属于我们庄的医疗队，但是被留在公社医院里帮忙。据说有时也到我们庄来看病，我却好像从没见过他。后来听人描绘，说他是黑黑的、矮矮的、瘦巴巴的，我就好像是见过他的。他有心脏病，有一天，正和病人问诊，突然滚到桌肚里，死了。他的葬礼就在公社所在地举行，农人们从四邻八乡赶来，许多是年过七旬的老人。他们老远地打着幡旗，哭号着走过泛青的麦地，向马医师走来，老人们哭倒在地。公社里从来没有聚集过如此众多的农民，人们说至少也有几千人，号哭声掩盖了领导的悼词。送葬的队伍排成长龙阵。我很难相信，我的古板的、世故的、老道的、深藏不露的乡人们，会有如此激情的表达，可事情确实如此。马医师绝不是医疗队里最优秀的一个，也不是与农人们接触最多的一个，他的家人们也留在了蚌埠，这使他不得不往来于城乡之间。但马医师是一个代表，代表着一种与乡间传统的知识、性格、生活方式全然不一样的存在，而这存在的深处，再深处，且与乡间的古老的道德相符，所以受到乡人们真心实意的欢迎。

在这一个时期里，青年们普遍热衷于以文学来表达思想和心情，这大约是有着两个原因的。一是因为这时的青年大都是苦闷的，前途茫然，这茫然倒不是如"五四"的那样，徘徊式的，无从选择与决定，而是没有选择，一切都难由己决定，束手无措的；二是因为文学是个人的自由的方式，无所作为的青年们能够做的，恐怕就是私底下，用一枝笔在一张纸上书写什么，由于是纯粹私人性质的写作，因此却是政权难以干预到的。所以，那时候才是真正的文学的时代，几乎每个人都和文学沾上一点边。书写是一个极其普通的行为。青年们互相传阅着一些名著，同时传抄着一些著名的诗句和篇章。当时，最为流行的是旧俄时期的小说：屠格涅夫的《罗亭》《父与子》；托尔斯泰的《安娜·卡列尼娜》《复活》；高尔基的人生三部曲；陀斯妥耶夫斯基《罪与罚》《被侮辱与被损害的》；涅克拉索夫的《俄罗斯女人》；普希金的《假如生活欺骗了你》，等等。我们从中吸取的是一种悲哀的情调，这种悲哀的情调于我们是很好的抚慰。四周围都是昂扬奋发的歌声，告诉我们幸运地处在一个伟大的时代，而心情却是暗淡的、低沉的。我们明显与现实脱了节，于是，我们只能到虚构的生活，这些旧俄文学里，寻找安身立命之所。在那里，生活反倒变得真实了。我们读着这些来处不明的，被翻得破烂不堪的书，沉浸在那虚拟的故事里，再将那故事拆成砖瓦，拿来建筑我们自己的故事。一个写作的时代就此开始了。

在我们这个县城中，热爱文学的插队知青不知有多多少少，像播种一样分散在各个生产队里，彼此缺乏联系，要等待一个契机来临，才可将这些文友集合起来。这需要时间，还需要某种转变，才能形成这个契机。其实，机会并不是没有，有时候，会有很好的时机来临，却因为某种缘故，终未达成默契。因为，这种阅读和写作都是私人性质的，带有"地下"的色彩，还带有隐私的色彩，所以必须在默契之下才可走到一起来。而这默契需要什么条件呢？它需要一定的心理准备，由一定的心理准备积累起来的信任与了解。它还需要灵感。这时候，信任会一触即发，就好像触及了某一个灵敏的穴位，一下子通了。

在我插队之后不久，我便参加了县委主办的学哲学学习班。这个学习班总共十来个人，由各公社选拔上来，可说是知青里的精英。除了我，他们都是下乡一年以上的知青，在接受再教育方面，已经做出了突出的业绩。并且，一无二致的，还显示出了思想和文字上的水准。这样，才可能被选拔来参加这个富有学术意味的学习班。而我，所以能来这里，是因为县里有一位受父母委托照顾我的副县长，我称为"伯伯"的。他一是知道我喜欢读书，二是想让我在这麦收时节，好吃好住地偷几日懒。我们十几个人从早到晚在一起讨论毛泽东的《实践论》和《矛盾论》。我们结合各自在农村的生活，颠来倒去地证明毛泽东关于"实践"和"矛盾"的观点，为这些观点提供了许多生动活泼的实例，其中不乏一些相当私人性的经验。可是我们最终也没有超出范围。就是说，我们始终围绕着《实践论》和《矛盾论》，围绕着毛泽东的理论。奇怪的是，即便是在宿舍里聊天，我们聊得也还是这些内容，我们一点不觉得有什么不自然，为这样的氛围深受感动。那几天过得真不赖，我们五个女生住一间清洁凉爽的房间，床上挂着白色的蚊帐。一日三餐都是净米白面，有鱼有肉，另外还有补助。我们吃饱了就坐在一处谈《实践论》和《矛盾论》，一点没有想到可以夹带些私货，说些别的。来的这些人至少一半以上是高中生，文章的文采也不错，可通篇都是从"两论"里延伸出来的观点。我们朝夕共处七天，却彼此隔膜，谁也不了解谁，谁对谁也没有深刻的印象，直到有一个人的出现，事情才显示出一点不同寻常。倒不是说，事情就此有了什么变化，事实上什么变化也没有发生。但是，此人的出场，至少说明了，这次学习班里，确实潜伏着契机的成因。

学习行将结束，是最后一天，还是最后第二天的时候，带领学习的老师突然间安排了一次发言，这次发言明显地带有辅导与讲课的意义，发言者就是学习班的一名成员。所以到这时候才特别地让他发言，是因为老师从大家交上去的总结文章里，发现了他的不同凡响。这是个上海男知青，平时并不引人注目，事实上，有许多时候，他不和大家在一起，而是单独行动。大家甚至叫不出他的名字。这次额外安排的发言，使大家觉得有些不可思议。在人们疑惑的等待中，他开讲了。几乎就在他说出第一句话的时候，大家都改变了表情。这真是语惊四座啊！他的态度很沉着、很平静，并没有炫耀和唬人，可他的用语、措辞、解释和证明的方式，全是不同的。无论是当时还是现在，我都无法复述他的话，我甚至是不理解他的思想的。可他那种光芒四射的言辞，留给我的印象至今还很鲜明。他说的实在是很漂亮，在他的照耀底下，我们终于显出了平庸。他依然是在证明毛泽东的思想，可他的华丽的证明形态却赋予了这思想一种个人化的面目。他的话不长，很简洁地结束了。没有人可以和他讨论，对话。大家都沉默着。这颇像是一次身手不凡的表演，表演结束，观众沉浸在惊愕与震动之中，久久回不过神来，甚至连鼓掌都忘了。

他那样具有修辞性地解释《实践论》和《矛盾论》，这仿佛是一种暗示，暗示了我们的学习本可以有另一种方式——一种文学的方式。可是事情已经无法从头来起，我们的学习班到了末期。此人最后还出现过一次，就是学习班临解散前组织看电影。他来看电影，穿了一双夹趾拖鞋，手里持一把大蒲扇。这样子有些名士风度，并且电影还没有放映，他就走了，似乎对看电影并没有兴趣，只不过来点个卯。他一走，剩下的我们也都有些没劲。他的走，表示了一种轻蔑，对看电影这项活动的不以为然。于是，大家也觉得无聊起来。他显然是学习班里的一个异数，他独往独来，独自地思想。而他的独特，又与我们心底暗存的一种渴望呼应着，可惜契机只向我们露了一点点苗头，然后，倏忽而去。

时过两年，我又与他见了面。这时我们已在县城农机厂形成了一个圈子。在我们省首批知青招工中，县农机厂进了一些上海知青，其中有我姐姐。从此，我就经常进城，进城就到农机厂落脚。而那几个农机厂的上海知青，也都各自有尚在生产队插队的同学，也是隔三岔五地来叨扰。我们两三个人挤一个铺，实在挤不下，就到县城里别的单位找上海知青搭铺。吃饭呢，就用脸盆打一大下子，大家围着盆吃。此时，上山下乡运动已进入第三四个年头，大家都有些疲沓。招工呢，则将众人的心打散了。绷起的一股劲都泄下了，人也就放松了、坦然了，没什么顾忌，开始任性，倒流露出了真实的性情。于是，我们很自然地，开始交谈文学，还有哲学。这样的交谈是以阅读为前提的，它又反过来刺激了阅读。说起来，令人难以相信，与阅读的热情成反比的，是阅读资料的匮乏。我们将每一本幸运到手的书读得烂熟，我们能到手什么就读什么，这使我们的阅读涉及面很广。其中，文学是基础，阅读的兴趣往往是从文学出发，由文学推动的。因为文学是阅读中最浅显的，最具普及性的。哲学则是高一级的，它将我们从文学的兴趣中提升了。我们不管懂还是不懂，真有兴趣还是不那么有兴趣，都大谈特谈哲学。那些高深莫测的概念在我们的三寸舌上，翻来翻去。需要说明的是，我们此时说的哲学已不再是《实践论》和《矛盾论》，而是黑格尔，费尔巴哈。我们说，黑格尔的体系，费尔巴哈的体系。重要的是"黑格尔"和"费尔巴哈"这两个名词，体系部分是含糊的、混乱的、莫名所以的。但是不要紧，这阻止不了我们一夜一夜地谈下去。就是在这当口，我们中间的一个，带来了那个哲学奇才。

他的模样有很大的改变，其实也是我当时根本没注意他的样子，他的思想震慑住了我。倒是他还记得我。再说一句，此时，我在县城里也小有名气，并且就是在文学方面。甚至地区报纸"拂晓报"都曾起意要我。这名气从何而来，似乎很难说清，并没有具体的事实，比如说，写作有某篇文章，我也很不善言辞。这多半是因为我的作家母亲的名声，小半则是因为我在县城知青圈子里露面的频繁。这有点类似现在以媒介露面的频率疏密，来决定是否为名人，以及哪一级别的名人。不管怎么说，我在知青中小有名气。所以他就对我说：我们见过面，是在两年前的学哲学学习班上。记忆突然闪亮了，我记起了他，我脱口而出：你就是那个人啊！他肯定地说：我就是。于是，两年前埋下的契机的种子，这时候开花了。

在那时期里，对文学的了解不仅限于文学爱好者，有一些其实并不专门对文学有兴趣的青年，也具备了相当于现在一个大学文科学生的，对文学的知识。这好像是一个思想的前提，凡有头脑的、勤于思考的人，都必须要有文学的武装。假如没有文学，所有的思想就失去了组织的形式，成了一盘散沙。好像思想没了语言，没了依附于存在的实体，最后不得不流失了。而那时期里，青年大多是勤于思考的。当你无法去自由地做什么的时候，你就只能自由地去想。这时候，思想即是虚无的，又是实际的，因为它成为我们生活的一部分内容。那时候，谁不在使劲地想啊，想的。这是我们的娱乐。它使得我们枯燥乏味的生活，变得有趣味了，可以容忍了。就这样，一个意识形态最狭隘和严格的时代，却恰恰是青年们思想最活跃的时代。我们整天想着一些最无用的事情：人类的命运，国家的前途，人生的意义究竟在哪里？个人的存在是否合理？等等。就是这些不会有任何结果的思考，充实了我们空洞的生活，使我们的生活至少有了一种痛苦的意义。文学使得我们的思想变得可以叙述，它为它们找到了命名。所以，那时期里，凡是苦闷的青年，就是文学青年，文学青年则是苦闷的青年。文学修饰了我们的荒凉的青春。就这样，许多思想的交流我们都是从文学的交流开始。

在乡村和乡村之间，流传着一些破烂的书本，它们传着传着就不见了踪迹，不知道去了什么地方。但又会有新的书本加入流传的行列。有多少重要的思想，或者说辉煌的思想，隐藏在我们这最不起眼的小土坯房里，在油灯熏黑了的土墙之间徘徊，游荡。有时候，我们三五个人约好了，去一个偏远的生产队，向那里的知青借书，胳膊下则夹着用来交换的书。我们夹着书走过土路，那情景竟没有引起农人们丝毫的注意。在他们的传统的眼光里，夹着一本书就跟扛着一杆锄，同样的天经地义，自然而然。要知道，那不是普通的农人，那是有着上千年的耕读历史的农人。我们大大咧咧地将书夹在腋下，有一些碎页便飘落下来，有时候，一本书就是这样，越传越薄，直至没有。往往不巧的是，我们从早上走到中午，终于走到那个偏远的、没有交通工具的生产队，找到那名知青，说明了我们的来意，可是他却说，书已经借走，借去了另一个更远的生产队。没有通讯工具，所有的消息都是隔夜消息。我们只能凭着两条腿，跟踪追击。还有时候，我们走那样远的路，忍着饥渴，是为了见一见某个人，和此人谈谈。因为听说他读过许多书，很有见解。在那么长距离的跋涉之后，结果总有些令人失望。或者那人外出不在，或者人倒在，可却言语平淡，水平不怎么样。我们将许多时间消耗在这种不果的奔波上，收获甚微。可，这就是我们的文学活动。在文学的资源相当匮乏的情景之下，我们的精神却分外积极地活跃着。

就因此，当第一批招工上去的知青在县城里落下脚后，他们的所在之处，很快就成了我们碰头、交流、互通消息的地点。一些书本也汇集到此。于是，也就渐渐产生出一些知名人士。我姐姐所在的农机厂，是这个坐落在淮河沿岸的县份里，工业化程度最高的单位。在这时期内，分配来几名工科大学生。大学生的白净的、斯文的、架着秀琅架眼镜的面孔，出现在既荒凉又破烂的工厂里，这情景是有些伤感的。大学生们自然是不得意的，不顺遂的，苦闷的，抑郁的。环境是粗鲁的，还是落后的，阔大的车间里，寥落地安着三两部车床，车着一些简单粗陋的农机铁件，一个四级工便尽可以胜任。大学生们大部分时间是在自己的宿舍里度过。他们还不像知青，因为一无所有，甘于一味消沉和颓唐。多长的几岁年纪和多受的几年教育也加深了他们的修养，他们是稍加自律的。他们在自己的宿舍里看书睡觉，在自制的煤油炉上烹调家乡口味的菜肴，然后在灯下小酌。他们彼此间难免有些门户之见，多少揣着防守之心，交往相当谨慎。是这帮招工上来的知青，将他们从各自的小天地里解放了出来。知青们给农机厂带来了活跃的气氛。他们是没什么顾忌的，也没什么成见。他们从大城市上海来，带来了大城市的风气。他们又都是知识青年，受过不同程度的教育。他们同样还都很苦闷，对境遇不满。他们很快就与大学生交上了朋友，并且，各自都还带着一大串知青同学的关系，使得农机厂一下子涌塞了成群的知青。

农机厂是我插队后阶段的根据地，我一周或者二周就要进城一次，到农机厂的姐姐处落脚。任何时候，农机厂的宿舍里都有着进城落脚的知青。白天，姐姐他们去上班，我们便在宿舍里聊天。聊到他们下班，再一起上街、下馆子、看电影，或者散步。县城里有一处分洪闸，是这个县城最为壮观的景物。它是解放初期，治淮工程的产物，一座巨大的水泥建筑，顶上刻着三面红旗，闸下过大河，万舸争流。此处是淮、仲、潼、沱，五条河的交汇之处，所以叫作五河。当淮河泛滥时，这道闸能起着分流截洪的关键作用。有一年，为了保蚌埠，分洪闸的闸门，拉到了最高位，致使五河全面受淹。这是那个时代的时代精神。站在此处，我们方能体会到这个偏僻县城与外面世界的联系，还有和时代的联系。而其他时候，我们却有着世外桃源的感觉。

我们在县城仅有的两条街上徜徉，不时遇到另一伙知青，也徜徉街心。天渐渐黑了，就那几盏街灯孤魂似的。路两边的房屋都暗了灯，店铺打烊了，民舍都闭了门。只有我们这些知青，高声大气地走过去，唱着旧时的歌曲，朗读着名章名句。这座孤寂的小城，却也并不因此变得喧闹起来。

这真是一个孤寂的小城。很多年过去以后，它都没有改变它的孤寂的面目。我们大多离它而去，但也有一些少数，留下了，参加了它的孤寂的命运。农机厂有个大学生，上海人，毕业于南京工学院，六八届生。就是说，到一九六六年文化大革命开始，他已经读到了三年级。这在文化革命中毕业的大学生中间，可算是高学资的了。他显然是个勤奋的学生，热爱自己的机械专业。即便在这个颇为初级的农机厂，他也积极地参与工艺改革，创造发明。他是一个稳重的人，性情宽厚，有兄长风度。人们便在他的姓之前，冠以"大"字，称他"大虞"。大虞他长着一副欧化的脸形，狭脸、高鼻、深目、薄唇，头发微卷，戴一副深色边框的眼镜。照理说，他这样的长相应当深得女性的青睐，遗憾的是他身量矮小，这使他在个人问题上屡遭挫败。而他又极爱容貌美丽的女孩，总是将目光流连在县城里那几个出挑的女孩身上，不免更贻误了时机。我以为他并不是如人们常说的那样，自视太高，不自量力，而是天生喜爱美好的东西。他喜爱的女孩不仅形象妩媚，性情也都纯真，甚是美好。实是很有审美的眼光。他对他所爱的女孩终是持尊重的态度，甚至是崇拜的态度。我想，大约这也是他所以挫败的原因之一，这使他表现得无所作为。女孩子往往喜欢男性积极进取，甚至粗暴些也无妨，这可以证明她对他的吸引力。而大虞却温文尔雅，欣赏多于行动。但恋爱上的挫败并没有使大虞有所失态，他依然宽仁待人，心情平和。他是一个理性的人，可惜这种优质缺乏个性的光彩，它显得平淡无奇。理性的魅力是埋藏很深的魅力，而美丽的姑娘大都头脑简单。这种资质不容易觉察，但它却能给人以感染。我想，这就是大虞特别有人缘的道理吧。人们有了困难，总是向他求助。即便是那些被他喜欢并且追求的女孩，拒绝了他之后也不因此与他拉开距离，以避嫌疑。她们依然能坦然地与他相处，心理上并无负担。就是这样，他从来不给人施加压力，他总是温和、谦让，而没有人会因此轻视他，不把他当回事。哪怕他在恋爱上有了这些败迹，也依然不影响他在人们心中的分量。这是一种健全的人格，可惜在这一个封闭的县城里，机会有限，难有知遇。

大虞最后是和县城里另一家工厂的女大学生结婚的。也是上海人，学工出身，六八届毕业。这也是大虞理性的表现，即便不能找到审美理想中的对象，那么就尊重实际，找合乎现实条件的伴侣。大虞的妻子是瘦小的，貌不惊人，身体孱弱，她一直在暗中喜欢大虞。他们在农机厂里大虞的单身宿舍结了婚，然后大虞妻子就怀了孕。在一个大雪封门的晚上，大虞妻子提前临盆了。大虞踩着半尺高的雪去找医生，医院关着门。他又找到医生的家，医生家也关着门。于是，大虞只得回到宿舍，自己给妻子接生。孩子生下了，是个女孩，像一只猫，不会哭，一息伤存。大虞将孩子裹在棉袄里，抱在怀里，在屋里来回踱了一宿，想把孩子暖过来，哄过来。可是，天亮时分，孩子还是死了，死在这个雪封的寂静的时刻。这就是大虞的遭遇。其时，农机厂的知青们一个一个地都走得差不多了，关于知青后来有着许多补偿性的政策。另有一些像大虞这样分配来的大学生，也都自找门路，走得差不多了。农机厂里只剩下大虞一个上海人，不知道他为什么不走，结果把孩子生在了这个荒凉的地方。知青们走了之后，这里可真是冷清啊！

我们在的时候，可说是黄金时代。大虞是我们的兄长，他将他的房间提供给我们的男生住，为我们打饭打菜，请我们看电影。当我们之间有了龃龉的时候，充当斡旋调解。而当我们闹起小心眼，对他心生芥蒂的时候，他则作浑然不觉，等待我们脾气过去，回复常态，再一如既往。那阵子，我们这些下乡知青，在农机厂涌来涌去，旁若无人地高谈阔论，吃饭时则挤在最前面，一买一大堆，以致后来的人都没了菜。人们都对我们侧目而视，背底里闲话也很多。可我们不管这些，老实说，我们压根儿没把这破厂放在眼里，也没把这破县城放在眼里。我们我行我素。在农机厂的知青里，有一个来自上海复旦附中。这是一个市级重点中学，地处上海东北角，学生都是住读。因是高等学府附属，深受学术风气熏陶，学生们与普通中学气质很不一样，学养很厚的样子。这个复旦附中生是个比较母性的女生，很会照应人，集体户的男生得她照顾已成习惯，就很依恋地往农机厂跑着。有的还正式在她这里养病，吃住得十分安心。这些青年都热衷于政治和哲学，到了农村便积极进行社会调查，然后起草"中国农村现状之分析"，我对"黑格尔"和"费尔巴哈"的认识，就是得自他们的传播。他们的话听来半懂不懂，但这些艰涩的名词和概念，却非常有魅力。在它的字面后头隐藏的，是一种与它本意完全不同的东西，这种东西其实更接近文学，这是一个审美范畴内的东西。它的性质到了我们中间，发生了奇妙的变化。这些概念完全不再是哲学的了，它成了一个艺术的符号。它们与我们日常使用的词汇、语言、句式，那么不同，和现实相去甚远。这些从外来的概念生硬翻译而成的名词，在我们这里，散发出唯美的光辉。它的不同寻常的字和字的组织，由此生发的字形、音节，在我们的实用性语系之外，建立了另一套系统。它交流的是一些不名所以，模棱两可的思想。这思想，或许称不上是思想，它只是一种茫无所措、游离失所的思索的片断。它们很像是一种思考的不成形的胚胎，在寻找自己的躯壳。又像是相反，是一些躯壳，在寻找思考的实质。这是一种虚无的游戏，我们使用着空洞的美文，你一言，我一语，竟然能衔接得如此严密、紧凑，并且连篇累牍。这一切都带有极强的虚构的意味，也就是文学的意味。说这是一个文学的时期，还是指我们的生活方式，这包含有我们的行为都带有着虚拟的情节的含义。那不是一个实用的年头，真实的世界非常狭小，我们只能享用虚构的生活。

前面说过，阅读已经满足不了我们，写作的时代就此开始。最有力的证明就是那首流传甚广的南京知青写作的"知青之歌"。其实，这首歌只是那时期的写作的千分之一、万分之一，许多写作都自生自灭，随着时间自行消失了。这些写作所以没有昭示于众，一方面是因为社会的原因，因这些写作表现的是个人的情感，显然违背社会总体原则；另一方面也出于个人的自谦的心情，我们深以为是大胆造次，非常害羞，只拿此当作游戏，自己写，自己看。所以，这时的写作倒是纯粹的私人化写作，没有一点功用的目的。我们的写作深受我们的阅读影响，具体地说，就是受旧俄文学的影响。只要举一个作品为例，便可看出这点。那是我们中间的一个写作的作品，渐渐地传开了。有时候，我们写了东西，也在私底下传看、讨论、学习。这是一篇小说，写的是一名知青，在一个偏僻的小城里，在粮站认识了一个压面条的老人。由于她常常去那里买机压面，便与老人熟识起来。老人有着不同于常人的文雅的气质，谈吐间流露出他颇有来历。他单独一人住一间小土坯屋，在倾斜的河岸。他的屋里有着许多书籍，古今中外，以苏俄的小说为多。知青和老人渐渐成了忘年交，时常上门借书。就这样，她慢慢地知道了老人的身世。原来他是一个右派，被放逐到偏僻的小城。他的妻子早已离他而去，剩他孤身一人，患着晚期的结核病。有一次，知青回家过年，再来小城时，粮站里压面条的却换了个年轻人。她又寻到老人的小屋，见小屋锁着门，门前河岸上，却多了一座坟墓。这样的故事遍布旧俄时期的小说情节之中，情景气氛也是西伯利亚式的，但却与我们所处的现实契合得很自然。人物以及人物的邂逅关系贴近着我们的生活，是我们生活中随处可见。说真的，这篇小说很能反映我们那个时代，那个隐居的时代。我们可在根深蒂固的社会关系中，突然发现一种新的、外来的因素。这种因素很不起眼地嵌在这些偏僻的历史的墙缝里，慢慢地长了进去，成为它的一部分。可是它却给原先纯粹的历史和社会掺进了沙子，改变了它的稳定的性质，有一些根子一样的东西就动摇了。其实，从某种程度上说，我们自己就是那种沙子，那个时代的隐居者。

我们穿行在县城的石子路上，县城的表情似要比乡间冷漠。它不太关心我们，视我们于无睹，我们和它两不相干。乡间却是柔软的，它要温情得多，时常感动着我们的心。可是在乡间的柔软底下，其实是有一股韧劲，它的柔软是因为它的质地特别纯，颗粒细腻，彼此间挤压很紧。它们是更为绵密的结构。而县城则是有杂质的，它的成分比较粗糙，组织比较松散，事实上，它远不如乡间来得坚实。在它的漠不关心的底处，是兼容并收的空子。对于外来的因素，柔软的乡间是有足够的消化力，将其演变为可以吸收的成分，当然在这演变的过程，它自身的性质也在潜移默化。而县城则要粗略一些，它的胃口比较大，它容纳那些不完全对脾性的东西，不消化也不要紧。这就是它杂的缘故。因为它杂，它就没有乡间那种一贯如一的风范。那种一贯如一的风范是内外和谐、首尾相应、气韵通顺的景象，它有着完整的自给自足的循环系统。而县城别看它外表生硬，实质是要软弱些的，但也还行，虽有些疏松破碎，但足以支撑到底。隐居者们便嵌进了这些历史长壁的裂痕里面，他们孱弱的生存结成了裂痕里的藤蔓植物。

在我们的文学生涯里，还出现过一些昙花一现的人物。他们是我们生涯里的过客。我已经想不起来那位复旦大学六六届生，究竟是在县城里的哪个单位，他为什么是突然出现，又突然消失的。他肯定就是在这个县城的某个地方，是那四十人一批的上海大学生之一。他们在同一天里从蚌埠乘船来，登上码头，然后分散在县城的各个单位。可是他又明明只露面过这么一次，从此无影无踪。他的音容笑貌，宛如眼前。他是那类旧式的上海人，中山装像西装一样整齐服帖地穿在身上，袖口里露出雪白的衬衫袖子，毛料的裤缝笔直，微尖的皮鞋擦得锃亮。他也是戴秀琅架眼镜，但和大虞不同。他的眼镜更像是一种装饰，镜架也是老派的精致。他身左身右伴着我们这些邋遢的知青，走在县城的石子路上，怎么看也不像。人多少是要受环境影响的，来到这里的上海人，即便是像大虞那样严格自守的，也不免要有些妥协和迁就。比如，大虞就经常穿一双高抵膝下的胶皮防水靴，是有些戏剧化，但也是内地式的戏剧，与上海的风气相去甚远。而这一位，却决不。他的步态、身姿、说话、微笑，一丝不苟，没有一点走样。我不记得他是否说过普通话，想来这是不得不说的，要不，他怎么生活呢？而他的上海话则使我印象深刻，那是最最标准的上海话。如我们这一辈的上海人，有许多字词，都不会发音了。这时候的上海话，已吸收了相当多的北京语的字词，尤其是务虚方面的。当要表达思想、感情、观点、概念，我们不得不以北京话来代替。而他不，他坚持用纯粹的上海话来进行，并且贯彻到底。而且，他将上海话说得那么温文尔雅，这也是不容易做到的。开埠不到一百年的上海是个粗鲁的地方，上海话难免是有些俚俗气，还有些江湖气。可他，改变了这种语言的面目。这种上海人，大都集中在上海的西区，世家出身，西学教育，再加欧风陶冶。但也可能只是普通职员家庭出身，是耳濡目染、精心学习的结果。这就是海派，是十里洋场的上海的正传。现在，他来到了这个县城，来到我们中间。

他所以找到我们农机厂来，是事出有因。农机厂的这伙人，在县城里相当出名。在我们的周围，渐渐围拢了一些别的单位的知青和大学生，就像我们的外围。其中有窑厂的、手管局的、中学的、小学的，还有文工团的。他找我们，就为了与县城文工团的上海知青接上头，因为他要介绍一个上海待业青年来投考文工团。他就是这样来到了我们农机厂。不知是为了与我们笼络关系，还是真对我们有好感，那几天，他与我们混得很熟。他先是听我们谈，接着就加入了讨论。他一旦发言，我们便全噤了声。我们显然不是同他一个量级的，在他面前，我们都成了小学生，只有听的份，没有说的份。过后回想，其实他是很技巧的。他巧妙地把谈话引开，引入另一个领域，这个领域正是他的强项，而我们都是弱智。这是个什么领域呢？就是杂闻博见。他谈三十年代的好莱坞电影，五十年代的苏联戏剧，还有上海的文坛旧事。他不温不火、不紧不慢地说着这些，在我们听来都像是海外传奇。我们是连提问的准备都没有的，他说什么，我们就听什么。而他却渐渐地惜字如金，越说越少，在博得我们的崇拜之后，他就不再说什么了。其时，他的沉默都是有含义的，都值得我们好好学习和思考。他坐在农机厂宿舍的床沿，用我们的搪瓷盆吃着农机厂的饭菜。可他从容镇静，仪态一点不打折扣，上海的风范也不打折扣。这真是一个奇迹，可一切都显得非常自然。

他也带来了那个从上海来考文工团的待业青年，到我们这里做客。事前，他已经与我们谈了这女生的身世。这女生是因身体原因而划入"待分配"一档的。"待分配"就是免去下乡、留在上海、暂缓分配的意思，是上海的毕业生求之不得的。可这女生却生在一个不幸的家庭。她母亲早逝，同继母一起生活，继母自然是嫌弃她的，所以她就希望能早有工作，自食其力。她自小就有艺术天赋，尤其表现在戏剧方面，无奈出身是资产阶级，几次报考文艺团体都落榜。这一回，她降低标准，决定到县一级的文工团试试运气。她报考的是导演这一行。听起来就像是个灰姑娘的故事，我们都很向往和她会面。可她的形象却与我们的想象大相径庭。她老练，大方，还有些傲慢。她长得也很一般，两边耳畔各长有一个绿豆大的肉疙瘩，看上去就不怎么面善。可是，崇拜遮住了我们的眼睛，我们将她尊为上宾，卑微地不敢向她提问，也是她说什么，我们听什么。那天上午她已经去过文工团的考场，她说她做了一个"小品"。我们甚至不敢问一问"小品"是什么。看得出她对我们没什么兴趣，主要与她的朋友——那位上海人谈话。他们互相都很懂得地，说着戏剧上的典故术语，我们完全插不进嘴去。下午她就搭长途车离开了县城，考文工团的事情并无下文，而那上海人从此也不再露面。印象中，他的退场也是彬彬有礼的，微笑着，微弯腰，点着头，退下了。

想起来，那四十个上海大学生登上码头，似乎平静得有些奇怪。这四十个年轻男女，携带着样式摩登的行李，那可不比我们知青，都是凭上山下乡证明购买的式样单一简陋的箱笼。他们是要色彩丰富多的，带着各自的家庭出身、生活环境的背景。并且，他们已经是有了职业的人，拿着一份不菲的薪俸。是那时代的有产者。他们下了码头，走过坡岸，集中在县委招待所里，他们闹嚷嚷地说着上海话，讥讽着这个县城里的所有一切。他们照着上海人的习惯，在县城的街道上漫步，竟也没有更多地惊动这个封闭已久的县城。他们一二日以后就纷纷离开了招待所，去了各自的工作单位。这样就更难见其踪迹了。你想象不到，这个结构简单、人口不多、建筑单调乏味的县城，竟有着这样多而隐秘的空间，四十名大学生一下子销声匿迹，生活照常进行。可是，改变还是发生了，它是在最不相干的地方发生。什么地方？就是物价。

鱼和虾的价格上升了，最令人注目的是螃蟹。县城人从来不吃螃蟹，而上海人视为珍物。于是从一斤五分，逐步一角、二角，最终五角。上海大学生雄壮的购买力和古怪的食欲，重新调整了县城的物价和经济。火油的销售也大大提高。上海人精巧的火油炉抵得上整个单位食堂的工作量，他们可在上面做出正宗的法国菜：铁排鸡、葡国鸡、红烩大虾、奶油蛤蜊。这些奇异的香味飘荡在县城的犄角旮旯里，混进了几百年不变的柴米烟火气中。

要是你见过河边拉水的车，你就会伤感，是那样古老的营生。生了水锈的铁皮桶盛满了淮河水，在平车上晃荡。拉车人弯下了腰，车轱辘碾过河滩的碎石子，上了堤坝。水从桶口悠了出来，在车下延出长长的水迹。远远望过去，这里，那里，都是拉水的车。县城的地下水矿物质太高，俗话说就是水硬，洗衣服下不下灰，烧饭米不烂，吃在嘴里，发咸发涩。因此，日常生计就靠了淮河水。县城没有自来水，有句儿歌是：五河五条河，吃水要人驮。本地话，"河"是念成"活"，这样就押了韵。这种营生啊！是这县城的活化石，给这县城的历史打上了印记。那码头上叮叮当当的下锚和起锚的声音，敲着历史的铜墙铁壁，激起悠然的回声。码头上走来走去的水手，穿着齐膝的胶皮防水靴，大虞穿的，就是这种。码头下的石柱子，长着绿森森的苔藓，还有寄生的贝类。这县城有着它自己的气味，就是酒糟的气味。这也是活化石。大路是不必说了，各条巷道里，都铺着金黄色的酒糟，空气里充满了酸甜的、热烘烘的发酵味。这气味也有年头了，否则怎么能发出这样浓厚的、强烈的酵气，酸得眼泪都要流出来了。你还没摸着头脑，就一下子被这老八股的糟味罩住了。这样，你就算进了城，进了这个荒凉的繁荣县城，开始了你的隐居的时代。

五河县中有许多怪人，这些怪人的集中，使得这个县城中学有了才情。因要容纳这许多特异的性格与经历，它不得不开放了思想，于是就变得自由了。不要以为在那个政治生活一体化的时代是谈不上自由的，即便谈自由，也是可笑的、将就的。其实，那种大一统的社会，往往是疏漏的，在一些小小的局部与细部，大有缝隙所在，那里面，有着相当程度的自由。当世界上只通行着一种意志的时候，空间其实是辽阔的，这里那里，会遍生出种种意愿。当然，它们是暗藏的，暗藏在那个大意志的主宰的背阴处。它们不是书写历史的，它们书写的只是些随风而逝的私人生活。可它们真的很活跃，不怕人不信，事情就是这样。五河县中就是证明。

五河县中的校舍是很大的，几乎比得上上海的一所大专。因都是阔大的平房，每一排房屋之间的间距也都宽阔，看上去平展展的，甚是开阔。前边是教学区，后边是教师住宅院，中间是学生宿舍。县中一半以上是乡间镇上的学生，他们大多住校。镇上的学生用粮票及钱领饭票，乡里的，则从家里带细粮来交到灶上，换取饭票。在我们乡间，供一个孩子读县中，须将全家全年的细粮集中起来，还要欠些。所以学生们大都有个干粮袋，装着豆面、秫面、芋干面的馍，充实口粮。尽管是这样艰难，乡间也还是积极供孩子上学，能上县中是一件荣耀的大事。这是有着上千年耕读传统的乡间，在路上，遇姊妹尊称"大姐"，男孩子的尊称是"学生"。也因此，这里尊师成风，真的是"一日为师，终身为父"。五河县中的怪僻性格，也是在此纵容下，才得以发展的。这有些魏晋风的，时代也有些像，却是尊师重教的民情，熏出来的名士风气。现在想来也有些吃惊，这些生活在偏僻庄落里的孩子，何以能面对了这些怪脾性，不惊不怪，从容处之。其实，骨子里都是有教化的，性情深厚，一点不轻浮，特别有肚量。在校舍间，规规矩矩走着的都是学生，那疯疯癫癫、歪歪斜斜的，却是先生。在礼仪和做人上，学生是老师的老师。

五河县中的老师，来路很杂。倘若到人事科去看档案，就会发现每一个的历史都很复杂，来到这里，或多或少都带着一些罪贬的性质。而他们之间，却有着默契，从不互问来历。他们都是独往独来的，自己在自己的屋里，头上各有一片天，各有各的社交圈子，互相也不参与。时间长了，难免会露一些端倪，也不要紧，谁也不干谁的事，依然我行我素。所以，五河县中表面看上去散得很，见面如同路人，但内里其实团得很紧，有着牢不可破的一致性，有些滴水不漏的。它和农机厂的自由不同。农机厂的自由是无产阶级式的，是"无产阶级失去的只有锁链"的意思，带着点破坏性，风格比较粗鲁。这里却是有着些家底，带着些享乐主义，难免是沾点颓废的边，但还是被人生抓得很牢，不愿放弃。这两种都含有些尖锐的东西，前种宣泄得比较厉害，因此便所剩无多，反而调和了。后种表现得很温和，比较节制，结果是在继续培养和生长。这也是因为后种的尖锐要更加深刻，源远流长。也许是这两种之间掩藏着我们所不觉察的前后继承的关系吧，我们农机厂的圈子渐渐倾向，转移至五河县中，知青的桥梁作用也为上海来的大学生所代替。

我们这两个地方开始走动起来，并且热情渐高。首先吸引我们的是一名复旦大学新闻系的六七届毕业生，这学校和这专业都令我们瞠目结舌。在我们这些乱世少年心目中，那是不复回返的光荣与梦想。时代已经荒芜到头了，再不能有什么耀眼的辉煌。他在我们眼里，是前朝遗民，带着盛世的余辉。而且，而且他不止是一名新闻系的学生，他还是一名反动学生。他所以分配到这个贫瘠的县城，就是因为他的反动学生的身份。这就更加不同寻常了。在这种偏僻的所在，许多概念都会变得模糊和隔离。"反动"这两个字就是这样，它非但不使我们提高警惕，反使我们我们激动起来。这个概念所包含的内容，抽去了具体的性质，剩下的只是一些审美性的含义。比如"受难"，比如"受罚"，还比如"叛逆"、"叛道"。好了，这足够刺激我们的好奇和虚荣了。我们缠住了他，一有机会就到他的房间，守着他，眼巴巴地望着他，等待他吐出骇世惊人之语。可是，一切竟很平淡，他说的尽是一些你我他都知道的内容。而且，他一点不比我们更激进，也不比我们更有热情。他甚至有些市侩的习气：吝啬，斤斤计较，小肚鸡肠。他是较为敦实的矮个子，梳偏分头，脸部的轮廓不是不鲜明，而是有些多肉，就变得浑圆了。他说话有时会带出几句切口，明眼人就可看出他是生活在上海这城市，大墙背后的狭弄里的小市民堆里。他还有些不良的生活习性，比如他一身上下笔挺，皮鞋锃亮，可是与人合住的宿舍却可以不扫地、不铺床、不洗碗。这不是落拓，而是邋遢和懒惰。尽管我们承认，这些都不要紧，都是他的个性和特质，可是这些特质说实在是有点叫人倒胃口。然而这时候，我们还没有真正地认识他，我们其实并不十分知道，我们遇到的，究竟是谁。

后来，我们回上海探亲，与人谈起了他，那人几乎是惊呼了起来，说道：原来他在你们那里！就好像是我们将他藏匿了起来。那人是文化革命的先驱，红卫兵的一员，所有的革命的起落跌宕都在他胸中一本账。那人告诉我们，当年在文化广场召开过他的专场批斗大会，斗大的字写了一条街的围墙，写着，打倒反动学生某某某。某某某就是他的名字。这名字可是振聋发聩的。那人怀恋地谈起他的政治主张和理论原则，以及他所组织的盛大的行动。革命真的是狂欢节，而他是狂欢节的首领，坐在众人拥戴的宝座上。那人遥想过当年，便急于倾听他目前的情况，还有，他在日常生活中是一个什么样的人。我们很惭愧我们一点也说不上来什么。他的表现极一般，没有什么是值得加以描绘和渲染的。这完全可能是我们缺乏洞察力的缘故，我们没有觉察，在我们身边发生着什么样的历史性的人和事。不过，还有的是时间，我们还可以继续和他在一起，这是历史赐予的良机。那人失望过后，又继续告诉我们一些有关他的道听途说。他出身于一个工人世家，可尽管如此，也没有减轻对他的处罚。他在狱中度过了一段时间，然后就销声匿迹，却原来是到了我们那里。那人又一次这样说道。甚至，就连他的家人都没能幸免受他株连。他的弟弟，一所著名的重点中学的高中生，说来也奇怪，这个三代工人的家庭里，尽出高材生，孩子们大都学业出众。他的弟弟本已经参军入伍，连军装都穿上了，编进了新兵连，却因他哥哥事发，脱下了军装，去了西南少数民族地区插队落户。

就这样，我们带着新的认识和崇敬再回到他身边。可是情形依旧，没有变化，没有新的升华发生。由于日渐稔熟，他益发显得平常，以至庸俗。他和他的同屋常生龃龉，都是一些不足挂齿的小事，通常是发生于女人间的。比如，将吃剩的鸡骨鱼刺扫到同屋的床下，用了同屋打来的开水，湿衣服挂在了对方的箱子上，蚊香燃着了人家的床单，等等。这些事倘若在关系好的时候，至多只能算是恶作剧，大可忽略不计。可当关系有了裂缝，彼此生出成见了，性质便不同了，就变得比较严重了。平心而论，他虽是历史的风云人物，可在日常生活中，实在乏善可陈。他有一种上海人称作"精刮"的做派，就是出不敷入。只占便宜，不肯吃亏。其实呢，亏都不是大亏，便宜也就是小便宜，算大账是划不来的，但小账上确实有盈利。眼光是短浅的。这就叫"精刮"，大大有损于他的形象。所谓"风云人物"毕竟只是个抽象的概念，具体的是日复一日。直到有一天，学校奉上级旨意，将有政治问题的人集中起来，脱产办班，学习改造，历史的严峻性才又回来了一些。人们重又恢复了对他的热忱，从中体验到激昂的感情，连他的同屋也放下芥蒂，对他说，你全力以赴去对付学习班，你的营养问题由我负责。从此，杀鸡宰羊，日烹夜调。然而，学习班并不如想象的那样严酷。学校显见得是走过场的，念念文件，训训话，每个人谈谈思想，仅此而已。气氛相当宽松。回到宿舍，又有美味给养，大饱口福。这样过了几天，形势就淡了下来，提供营养的那一位积极性也感受挫，便懈怠了，他倒反有些不满。那一位想，又不是我该你的，情形竟比先前更紧张了一些。好在，学习班也到头了，各回各的班里继续上课，一切恢复原状，总算没有酿成新的事端。

他的同屋也是那一日登上县城码头的，四十个中的一个，是师范学院体育系七零届毕业生。学历，专业，经历的传奇性，都比不上他，但这一个却具有着个性的色彩。他是上海街头真正称得上时髦的人物，是骨子里头的时髦。他的发型是板刷式的，平平地推过去。他总是赤脚穿一双夹趾拖鞋，这一个装束和那个"哲学奇才"相同，但效果有所区别。"哲学奇才"是名士派的，这一个则是嬉皮风的。他的裤腿一高一低地挽着，脖子上挂着一把吉他，是西班牙式弹奏法，然后，很讽刺地弹奏《东方红》，将其时的国歌弹得很是颓废。他出身于一个私产者家庭，一九四九年以后家道中落，从原先的花园洋房迁入嘈杂长弄里的一幢弄堂房子。每天放学回家，他从后门走进潮湿阴暗的底层客堂，后阴沟涨溢的污水气味一直漫进房间。母亲在二楼卧室开着无线电，唱的是京剧。成年后，他一听到京剧，就感受到一股没落的气息。他是在新政权的阴影中生长起来的一类人，心底是压抑的，对社会也是游离在外的，抱着漠然的态度。他虽然没有成为"反动学生"，其实是比那一位更具阶级异己的性质。那一位是处在政治社会的中心，成为对立面仅只是历史的误会。这一个则是真正的边缘人，他所以没有沉沦到底，那是出于享乐的天性。他爱玩，游泳，唱歌，船模，排球，等等。他对生活还是有兴趣的，在这个沉闷的县城里，他都因地制宜地找到了快乐，那就是钓鱼。他扛着鱼竿去钓鱼的样子，真的是很迷人。他对生活的认识是感性和具体的，注重细节，这使得他对政权的不满，不会概括归纳为抽象的理论，从而招至危险。这种不满，在他竟是表现得很有人情，那就是，他对所有的失意的人施以强烈的同情和关怀，尽管有一些失意并不完全出于政治的原因。他就是出于这个原因，才容忍了他那位同屋的恶习，而终于相安无事。

在五河县中，受他庇护的，还有一个老教师。老教师曾经是黄埔军校的教官，现在学校教数学。他至今保持着黄埔军校严格规范的操行传统，衣着特别整齐，从不见他敞领捋袖的。在最炎热的夏天，他走进课堂也是穿着中山装外套，领下的衣扣，扣得严严的。他操着一口标准的普通话，绝对一丝不苟，有一个字说差了，也要纠正重来。他早年丧偶，自后没有再娶。天好时，他将被褥箱笼搬出门外，支一张凉床晒霉气。在他的箱子里，有一个绣花绷，显然是他亡妻的遗物。体育系七零届学生看了，很受感动，便暗下决心，要负起保护他的责任。他年老体衰，但身住一室。五河县中校舍很大，宿舍间距较远，又是在县城边缘，靠近农田。体育系生想搬过去，与他同住。可老黄埔生独处惯了，并不欢迎有人进驻。体育系生很能理解，以为这是一种高尚的习性，不像他那位复旦的同屋，全是低级习性，不尊重自己，也不尊重他人。可是他又不放心老黄埔生一人独住一室，考虑良久，就交给他一个叫操的哨子，嘱他若遇到紧急情况，就吹这哨子，他将闻声赶到。老黄埔生也受了感动，他对这上海小伙子生出些喜欢，可长期的单身生活，已经使他很难与人深交。倒不是有什么防范心，而是不习惯。但体育系生则以为已经足够了解他，并且也取得了他的了解，不是有句话叫"君子之交淡如水"吗？有一些晚上，他提着酒，端着新烧的菜，到老黄埔生屋里，二人开宴畅饮。喝到深处，老黄埔生红了脸，眼睛里也有了水光，有些倾心相告的意思，结果还是什么也不说。不过，对这样的晚宴，他终究表示出了兴趣。这样，他们这一老一少，就成了莫逆之交。虽然，彼此相知甚少。即便是喝酒喝出了眼泪的这一刹那，心和心还是隔得很远的。

老黄埔生像影子一样生活在这县城中学里，他严己律行，留给人们的依然是单薄的印象。他倒是颇有些相似，前面说过的，我们中间的一个，所写作的"小说"，那个压面条的老人。只是后半截与知青深交的情节不像，那是来自我们年轻和温馨的想象。我们良善地期望去打开一扇扇紧闭的心扉，好安慰寂寞的心。我们并不知道，真正的孤独是不留一线缝隙的，他们将孤独坚持到底，永远居住在黑暗的影地里，这就叫隐居。在这个偏僻的县城里，居住着多少影子，我们知道的只是万分之一。它们隐入隐居地的夜晚之间，当太阳出来，天地大明，就已改换了声色。那小说里所写的，最后留下的坟墓，更是天真的文艺气、教条的浪漫主义。事实上，什么坟墓也没有，隐居是不留纪念碑的。

年轻的体育系生后来有了恋人。时间进入了一个阶段，县城里的外地青年突然开始了恋爱。就是这么些人头，际遇都是有限的。倘有一对发生变故，就可能推翻全局，打散所有的组合。这样的调整甚是波动，要大大地乱上一阵才可达到新的平衡。这些外来者的恋爱使县城的空气活跃起来，城外的田野小径上，留下了年轻而开放的恋人们的身影。这情景是带有戏剧性的，人们像看电影似的看着，怀着嘲讽和羡慕。在所有的恋爱画面中，体育系生和他的女友，无疑是出众的一幅。他的女友就是农机厂那一拨里的，压面条老人的小说就是出自她手。他们各自都拥有着追求者，但当他们真正结对的时候，各自的追求者便都识时务地退出了，不再作徒劳努力。他俩走在城郊的田地里，照县城人的话，就是，像电影里演的一样。就此，也可看出，人们对他们的恋爱抱着的审美的态度。这是一种敬而远之的态度，欣赏的，也是爱护的。没有人想要去破坏它。至多是，有调皮的好奇的孩子，要去撩拨一下。这有些类似现在的追星，就是说，看看电影上的人物，真相究竟如何。有一回，学校英语老师生病，教务处让体育系生去代课。这堂课是教的名词，体育系生教得很生动，不仅讲了大纲上的那些，还增添了许多别的内容，涉及到古今中外的名人、名胜。告诉道，这在英语里怎么说，这在英语里又怎么说，课堂气氛也相当活泼。忽然，有一学生举手提问：某某某，英语应当怎么说？这某某某，就是农机厂的，他的女友。这问题提得相当俏皮，而且大胆，具有挑衅性。体育系生愣了有那么几秒钟，然后大步上前，揪住那学生的衣领，怒斥道：你这个流氓学生，滚出去！说着，就把他拎了出来，推到门外。这一幕发生得那么突兀，还那么出格，可是没关系，课继续上下去，并没有受什么影响。事后也没有什么影响，没有人来告他体罚学生。这地方就是这样尊师重道。

在他的班级里，有一个特殊的学生。这个学生要比其他孩子年长几岁，已接近青年，加上他身材高大，体格成熟，看起来又要比实际年龄年长。他是一名中央高级干部的孩子，在上层派系斗争中，被贬罚，全家下放到此乡间。两个姐姐按知青下放政策在农村劳动，他则到县城中学继续求学。其实他已过了读中学的年龄，这年大约是十八足岁吧。他也不时常来校学习，而是四处游荡，并没有什么目的的，走到哪算哪。有一回，在轮船上遇我和姐姐去蚌埠办事，他便也随我们去到蚌埠，在我们蚌埠的朋友家住下。这实在相当冒昧，好在他有着许多中央上层的内幕新闻，又很会聊，吸引了人家的兴趣，也就接纳了他。他很有些没落的世家子弟的习气，吃人家的，喝人家的，心里还是瞧不起人家的。虽然是一无所有，却也什么都不在他眼里，对什么都没有敬畏之心，想干什么就干什么。他就是凭着这样的赖皮式的信心，四处游荡。当他认识了体育系生在农机厂的那位女友后，就开始接二连三地上门，坐在人家的宿舍里，吃饭时也不走。他说小是个大男孩，说大也可算是个青年了，个子又大，在宿舍里一占就占去一大块，十分惹眼，不免会引起非议。终于，在一堂体育课上，体育系生在全场列队前面，将他训斥了一通。体育系生斥道：你搞搞清楚，你是多大的一点人，轮得上你吗？等等。他再是高干的孩子，再是纨绔，终究还是个十八岁的少年，处在男孩和男人之间的年龄，特别渴望长成一个真正的男人，因此不免会因自己的不成熟而自卑。体育系生的话无疑是指到了他的痛处，他红了脸，梗着脖子，却说不出一句话。体育系生还不放过他，又将他搡了一把，警告道：再看见你去农机厂，决不饶你！从此，他便从农机厂绝迹，进而从县城绝迹，也不再上学了。

这样的师生对峙的场面，在五河县中也没引起什么轰动。这里发生的一切都是合理的，没什么可大惊小怪。很多怪人怪事在这里上演，这只是其中的一幕。这里不仅师承了严肃端正的儒风，也师承了放荡不羁的老庄，有着这些准备，什么样的乖戾都可容忍了。但这乖戾，是必以知识作前提的。那个时代确实扼杀知识，许多文化的传统被灭绝掉了，成了文化的荒漠时期。

可是，在我们县城这样的地理的夹缝里，倒正好相反，被排斥逐杀的文化和知识，退居到了这里，比平时更加聚集起来，变得突出和鲜明。要说，正是这种夹缝样的地方，才是藏精蓄锐的地方。它们有着一种固定不变的东西，是这种固定不变，保护了我们人类积攒了很长时间的优良的素质和训练，使其不至流失，得已传继。你要是走过淮河，乘着轮渡，轮渡扯着呜呜咽咽的汽笛，缓慢地行驶着，那缓缓退去的两岸，和两岸间的笛声，就有些像这种固定不变。拉水车在河滩上，淋淋沥沥的车辙，也有些像。

在五河县中后排的家属院里，还住着一个右派。他是上海外国语学院英语系学生，在上学期间戴上了右派帽子，被下放到安徽劳动。在农场里结识了安徽省医学院的女大学生，女大学生义无反顾地跟定了他，毕业分配放弃了留省城合肥的机会，跟着结束劳动的右派，来到了这个县城。右派在学校里教英语，右派妻子在县医院当大夫。这位妻子出身于诗书礼仪之家，从小生长在合肥。自从跟上了右派，便学会了一身市井泼妇的本领。当人家欺负右派时，她便挺身而出，可堵着门骂半天，骂得人不敢出门。其实人家欺负右派，倒不止因为他是右派的缘故，他本是一个软弱的人，命运又不济，不免就畏畏缩缩的，凡事都退让在先，别人自然就要进了。现在知道他老婆厉害，就不敢再冒犯，两头算扯平了。但这也并没使她就此恢复闺秀和知识分子的清高做派，生活依然是艰难的。她接受的不仅是一个右派，还是一个处在贫困线上的家庭。右派是上海人中，"江北人"的那一类，生活在棚户区中，干着这城市里最苦最累最下贱的营生。他们大约是三代人才供出一个大学生，不想折戟在右派这回事情上。但他并不能够因此推卸掉作为长子长孙的养家的重任，他每月的工资，要供应祖父祖母生活、弟妹读书，还有多病的母亲的药钱。于是，右派的妻子不得不锱铢必较，为一分钱，和菜贩肉摊争得不可开交。她的一儿一女也像乡里孩子一样，上学时带着一个搂草的竹耙，一路走一路耙，将路上的碎枝草秸，搂回家烧锅。有人笑话孩子，她就又冲到人家里去骂，骂得人不敢吱声。可是这一切都没有使她丧失乐观的天性，她依然笑口常开，快快乐乐地打发着艰难的时日。她很有幽默感，即便是叙述自家的窘境，也是带着快乐的风趣的口吻。贫困也没有妨碍她赤诚待人，她依然很好客，总是拿出最好的待客。贫困其实是比政治上的落难更压榨人，使人丧失自尊。而她将外表磨得粗糙了，就像是有了保护层，她始终保持着人格的独立完善，不受侵蚀。只有贫困生活养成的极端节俭的习性，伴随了她，直到境遇彻底改善以后。这就不免要出很多洋相，她自嘲地说给人听，一边说一边笑，直笑出了眼泪。

改革开放之后，右派摘了帽子，得到改正。他的一九四九年跑去台湾的老兵叔父，也联络到了他们，然后，这一年的夏季，就到沪探亲。这年的夏天，上海特别炎热，好像掉进了火炉。他们一家特意赶来上海看望从未见面的叔父，叔父请他们在他住宿的宾馆里吃饭，接着他们就要回请。宾馆这一顿并没有给右派妻子留下什么好印象，只觉得繁琐的杯盘碗碟带来不必要的麻烦，她说，正吃得好好的，忽然却要换碟子。殷勤的服务也使她不安，小姐蜡烛似的戳在身后看着，吃饭怎么吃得下去？不菲的价格更令她触目心惊，深感造孽。于是，她决心回请的这一顿，在自己家中进行。她从前三天就开始置办酒席，买了三只鸡，一条猪腿，一木盆鱼。那时，家中也还没有冰箱，东西有一大半变质了。到了那一日，天气热得可怕，叔父与他的同伴，乘着出租车，百折千回地在陋巷深处，找到了他们家，然后走进火烤似的水泥屋顶的平房，坐在条凳上，面前一大片热气腾腾的鸡鸭鱼肉，几乎摆到桌沿上来，倒是一点不掺水的，实实在在。可炎热败坏了人的胃口，又已经是年过七旬的老人，流汗流得几乎虚脱，最终也没能动了三五筷，便打道回府，匆匆结束了这餐宴席。

后来，他们全家离开了五河县城，溯流而上，到了长江边上的芜湖城，在那里一所大专院校供职，此后杳无音讯。以上说的那些人后来大都离开了这个偏僻的县城，去到各大城市，可是他们依然带着隐居的影地，走哪，带哪。他们的历史明暗相间，隔成一段一段的，他们全都默默无闻。

在我后来居住过的苏北城市徐州，根据传闻，我们在夜晚穿街走巷，来到一座大杂院的背后。那里有一扇朝北的窗户，糊着旧报纸。由于大杂院坐落在台基上，那扇窗就离地面很远。大青石的墙壁陡立着，墙面很光滑，没有可攀附的，好让我们爬上去，接近那窗口。我们只能伏在窗下，耳朵贴在墙缝，等待着。人们说，夜深的时候，窗户里会有留声机的声音，放的是贝多芬的第五交响曲。我们去了几次，也没有听见过一回。我们就贴着那堵高墙，守至夜半。窗户里非常寂静，耳边只有风声。那时候，我们谁也没有听过贝多芬的音乐，也不知何为"第五交响曲"，可我们就那样虔诚地等待着。我们完全相信，在这条莫名的巷子里，有可能潜伏着莱茵河畔的那位巨人。

1998 年 6 月 2 日　一稿
1998 年 6 月 22 日　二稿

短篇小说

招工

　　刘海明和吕秀春是一对知识青年夫妻。刘海明是县城街上的知识青年，临下乡前，有亲戚给他提亲，说的是邻县街上的知识青年，和刘海明同是高中六六届生，人长得俊俏，性格又贤惠。两人见了面，彼此都很满意。两家的大人，尤其满意，并且觉得，两个孩子搭伙过日子，也更叫人放心。既然是插队落户，成了亲才是真正的落户。县城的生活和农村的，区别其实不大，每一户人家都有亲戚在乡里，乡里呢，也有一些亲戚在县城。他们认为，在哪里都有会过日子和不会过日子的人，会过日子的人在哪里都能过得好！所以，就并不顾虑在农村安家这件事，相反，还对在农村的生活有着种种认真的设想和准备。刘海明在下乡前就结了婚，对象名叫吕秀春。

　　每个知识青年都有一笔安家费，加上零点三立方的木料，他们俩合起来就挺可观，各人家中再帮助一点，于是，就盖起了两间小屋，还是半砖的。地点在家后，坝子底下。虽然有些孤，可不远处就是小学校，有上课下课的铃声，还有早晨升国旗的国歌、小学生的读书声，就不显得多么冷清了。

　　生产队呢，虽然是不怎么欢迎知识青年的，因为占了他们的粮草地亩，但见这对青年是认真来过日子的，也还是欢喜的。因为这里包含着一种，对他们世世代代的乡里日子的尊重和肯定。他们很慷慨地批给这对新人宅基地、自留地，将安家费交付他们自己支配。而不是像对其他那些知识青年一样，将旧屋折成安家费和木料给他们，自留地则以提供瓜菜的方式抵掉了。其他那些青年，也抱着无所谓的态度，并不像刘海明那样，每一件事情都要和队里计算明白，对自己的利益非常保护。逢到这种时候，队里一方面觉得他不好对付，另一方面也觉得，这是个真正扎下根来谋生计的人。他们一半佩服一半讽刺地说，要是在旧社会，刘海明准能成个地主。

刘海明如不是十分的清秀，就要显得厉害了。他皮肤很白皙，眉眼有些像姑娘，身条儿细长而匀称，衣着相当整洁，态度斯文。但他的样子，却更像一个标致的农民，而不太像城里的学生，这是因为他有一种退缩，同时又警觉的表情，这表情来自狭隘的、关闭的心理状态。他心思很细，打算很多，又都是埋在肚里，平时和人说话交道，也是颇随和大方的，但一有了事，他的心思就全显了出来。

他的对象吕秀春却是另一种类型。她果然是如那介绍人说的，俊俏又贤惠。她是那种天生的黑皮肤，要是在城里，就会被人称作"黑里俏"。她的眼睛本是大而圆的，很深的双眼皮，笑起来却变弯了。但一点不媚人，而是特别的心善的那种。她的脸型略有些见方，但轮廓是柔和的，看上去就很大气。气色又总是很好，黑亮亮的。头发黑漆漆地剪到耳下多一点的地方，挑个偏路，发多的一边夹一个花塑料卡子，是有些乡气，却是好看的乡气。她又说着那个邻县的口音，在自我为中心的本乡人心目里，外乡总是偏远的，所以更觉得她是乡气的。那种口音是将"哎"的音发成"哎"和"啊"之间的那个音，口型张得很大，舌根却向上顶着，"嗳""嗳"的，人们就叫它"癞子腔"，也叫"侉腔"，乡俗里是有些成见的。就有小孩子学她说话，她并不生气，只是有些腼腆，笑着，轻声骂一句。她就是这样一个温柔的媳妇，队里人称呼她，也像称呼庄上那些外嫁来的媳妇一样，姓前边冠以"小"字，叫她小吕。

这两个人，一个是精明，一个是老实，在乡里人的吃苦上又加上了街上人的高要求，所以日子过得就很有样子。方才说过，乡里的生活与街上的，差别本来不大，挑水，烧锅，这些为一般知识青年视作畏途的劳动，在他们则得心应手。还有喂猪喂鸡，也是有经验的。他们的猪圈还特别干净，灶台也特别干净。屋里铺了水泥，扫得像镜面一样。屋前的一块地，虽是泥地，也扫得镜面似的。案板、矮凳、条案，都是新打的，没上漆，散发出木头的清香。有一些家什是从街上的家中带了的，不是乡里人家中可见得到的，但也不是奢侈，而是极其的实用。比如一口带纱门的小橱，放着碗勺、筷子、碱面、火柴，和剩菜。还有铝锅，也是乡里没有的，带着街上生活的气息。总之，他们这个家，你要走进去，真是觉得称心称手。小吕呢，又特别地和人亲，见人来就让人坐，忙着烧茶。刘海明是爷们，自然矜持些，脸上带着笑容，也是欢迎来人的意思。能看出，他们俩都很为这个家感到满意，期待别人的夸奖和羡慕。

不久，他们就有了小孩，一个男孩。脸模子、眉眼、皮肤，都像极小吕，但很微妙的，脸面这一块，却像刘海明，面薄。而更奇妙的，这两项合起来，反倒谁也不像了。他既不是小吕那样老实温柔，也不是刘海明的玲珑剔透，而是有些深不可测，很神秘，谁也看不出他将成为一个什么样的人。有了孩子，小吕变得更温柔，而且甜蜜，看着婴儿在她怀里，脸颊一鼓一鼓地咂奶，她脸颊上的笑靥也一隐一显，渐渐地就入了神。现在，她基本不下地了，婴儿成天在她怀里，队里也格外对她宽容。因是知识青年，也因为小吕的人性实在绵善，拉不下那个脸说她。婴儿就养得很娇，一刻离不开妈。在后来的煎熬的日子里，母子俩都因此受了大苦。

这是第一年和第二年，生活平静安乐地过去，甚至称得上是幸福。无论是婚姻，还是插队的日子，都是新鲜的，开头不久的，还有些未深谙的乐趣。队里的知识青年，都有点把他们家当作自己的家，没事时来坐坐，聊聊天。他们的插队生活，是飘零的孤苦的生活，他们的样子也很落拓，衣服是脏和破的，头发是多日不剪的，脸色是黯然、凄惶的，对待人和事是放浪和玩世的。他们没有责任心，没有拘束，说话口无遮拦，喝酒也无遮拦。他们看上去，就是这种没有着落的样子。然而，也是事无定局。他们的将来未来的生活，究竟是什么样的，还是个未知数。刘海明的，却已经在了眼前。

事情的变化，就是从这里开始的。知识青年聚集在一起，大都是述说苦闷。这些苦闷无疑是出自对当下生活的不满，而刘海明他们，就是过着这样的生活。他们的苦闷有时候就像一面镜子，照出刘海明生活的无望。刘海明也知道，他们虽然到他的家里来坐、来玩、来吃，享受着一时的安乐，但要他们用苦闷来换这安乐，他们也是不干的。刘海明听着他们发牢骚、骂娘，不时也应和几句，心里其实是比他们更苦闷的。他们的处境是简单的，而自己则相当复杂，奋斗也更曲折了。

当这下乡之后第一次招工的消息传来，所有的插队两年以上的知识青年就都待不住了。他们往公社、县城，甚至地区跑着，探听着消息。或者是知青点和知青点之间互相跑着，交流着消息。有时只是盲目地奔走，重复着仅有的一点消息。这虽然只是一次招工，但它给知识青年们指示了一个前景，他们想，他们终还是有出路的。在人们这样四处跑着的时候，刘海明很镇定地出工、收工，照常生活。乡人们说，刘海明不用跑，跑了也白跑。人们都知道，招工条例有一则，结婚成家的知识青年不在招工范围内。刘海明听了这话，嘴上不说什么，心里是不能不有感触的。他虽然结婚生子，但他到底也是一个知识青年，有着城里生活的出身和阅历，为什么他就应该就此决定命运，做一个农民？

然而，他是一个心计比较深的人，结婚生子的经验也使他增添了世故。由于是有家庭的人，他就要比一般知识青年更深入农民的生活，因此也更了解农民的需要。事后很久，人们才会想到，在这一段时间里，他和生产队、大队的干部是形成了一个心照不宣的协议。而这一切，也决不会如人们所以为的那样，从头到尾都是在小吕不知情的情况下做成。其实，很难想象，夫妻之间能够完全背着对方做些什么，尤其是这样一对称得上恩爱的年轻的夫妻。所以，事实上，很可能，这计划是得到小吕的首肯，只是后来苦得熬不住了，小吕便把事情一股脑儿推到刘海明身上。这样想来，刘海明实在也是很苦的。

刘海明的心思，不久便初露端倪，那是在张主任奶奶的丧事上。

张主任是公社的主任，家在大刘庄上，他女人又是大队的妇女主任。张主任是个很能干的主任，并且很记乡情，总是不忘为本庄谋些利益。当然，其中不乏呈能和显摆的心理。因他还是个气盛的人，特别爱听奉承话，爱别人拥戴他。但他决不是白受的，他一定记在心里，一旦有了机会，便加倍地报答。所以，他又是讲义气的。像他这样的人，朋友就很多，社会关系相当广泛。他奶奶办丧事，送花圈送丧帐的人络绎不绝，通往大刘庄的土路上，成天都是自行车的铃铛声，车轱辘碾过土坷垃，哐啷啷地响。花圈堆在他家那三间两进的院门前，白花花的一片。丧帐是挂在丧棚里面，层层叠叠，三道幕，四道幕似的。张主任家所在的生产队，歇下工来帮着办事，还正是麦收的时节。大队的知识青年，有个打头的，叫钱涛，蚌埠人，高中生。年长些，又是那类领袖型的，虽然队里的知识青年都是散在各生产队，但他有意无意地，还是担任起召集人的角色。代表大家去和队里交涉一些什么，或者将知识青年聚集起来搞点什么活动。这时候，他就来串联知识青年了。

其时，知识青年都像飞倦的鸟儿，歇下枝来。他们无一不是碰了壁的。招工的消息听听有一大片，待去证实，却还是那么一点。他们在外边奔波，其实都是在忙事情末梢上的过节，什么单位在招工啊，有多少名额啊，公社招工由谁负责啊，县里又由谁负责啊，等等。而事情却是要从根子上起来的，这根子就是，首先要由生产队、大队推荐。没有这一条，什么都是无用。这时候，一个个都怏怏的，事情还没着手一点点，已经丧失了信心。一日近一日的招工，反变得渺茫起来。就在这时候，钱涛又把大家召拢了。分在六七个生产队里的知识青年，总共有十个，加上刘海明和小吕，就有十二个。钱涛并没有将刘海明和小吕排除在知识青年之外，而是把他们一同招呼了。这就是钱涛有威信的道理，他周到，既通政策，也通人情。

钱涛召集大家商量什么呢？商量的是大家一同向张主任家的丧事表示点意思。他建议十一个人合送一个花圈，为什么是十一个人，那是因为刘海明和小吕算一人份，他俩是一家嘛！大家都很赞成，同时也很感激钱涛，倘若不是他及时的提议，他们将多么失礼，这会给张主任留下一个什么印象？而现在，情形就完全不同了。他们竟都振作了一下，忽然意识到，应当行动起来了。这件事情虽然谈不上对招工有什么直接的益处，因是大家共同参加，而他们在招工中是处在竞争的关系。但是这个切实的行动却把他们从消沉中拯救出来，并且感受到同舟共济的情感。他们又忙碌起来，派几个人去县城购买花圈，再算账，派份子，写挽联，拟悼词，最后一同抬了花圈，献到张主任奶奶的灵堂前。

他们这一群人有些浩浩荡荡的，神色且十分庄严，进到了灵堂。灵堂里点了两盏油灯，被这许多人呼啦啦一挡，顿时暗了一暗，火头也摇曳起来。他们在钱涛带领下，给老太太鞠了三鞠躬，弯下腰来，黑压压的一片。鞠完躬，就念悼词。张主任正在灵堂后边的屋里陪人喝酒，这时走出来，亲自点了一盏玻璃罩灯，从头至尾参加了这场小型的追悼仪式。知识青年的悼念使张主任很受感动，第二天，他的大女儿，一名回乡知识青年，便到钱涛的住处，代表张主任，邀请全体知识青年前去赴丧宴。张主任就是这样一个豪侠的人。

张主任的大女儿受命前去邀请,按礼节客套了一番,却是以她自己对事物的态度。她受过中等教育,人相当聪明,也很清高,对知识青年们的造访,她心下并不以为然,还觉得很有些造作,那悼词也写得不伦不类,当时就觉得好笑,现在说的是感谢话,却是反讽的口气。说,你们何必呢?我老太太又不认得你们,一辈子锅台下转,她的死怎么能重如泰山?诸如此类的话,还又特别提到刘海明,说本来意思一下就行了,他却送双份,前天送了一段帐子,昨天又凑你们的份子送花圈。

钱涛听了这话,并不说什么。然后就到了这天,到张主任家赴宴。张主任在里屋陪公社的几个书记坐席,没出面,只是嘱大女儿向大家劝酒上菜。酒席笼罩在融洽,甚至于有些缠绵的气氛之中。大队里的知识青年因为分散各队,平时关系都比较疏离,此时,这一件集体活动将他们联接起来,又都是受了挫折的当口。于是,心里就生出了些夸张了的友情。他们挤挤挨挨地围了一张案板坐着,互相谦让,照应着吃菜吃酒。几杯酒下了肚,心情更加软和,他们彼此间几乎是温柔的了。就在这温情脉脉的时分,钱涛从口袋里摸出一小卷毛票,放到刘海明面前的桌上,说:你已经送了帐子,花圈就不要凑份子了。刘海明的脸唰的红了,人们都停了筷子,看着他,眼睛里的光陡地冷静下来。温情脉脉的面纱落了下来,他们看见了现实。现实是,他们被人甩了,并且是在这样举足轻重的时刻。

刘海明张了几张嘴,脸上的红又退了。他将那卷毛票从面前推开,说:花圈是花圈,帐子是帐子,我和小吕在这里安家,做了大队的社员,受照应很多,要比大家多一层关系。他说得很坦然,钱涛反倒说不出话了。人们也都疑惑起来,犹豫着要不要接受刘海明的解释。刘海明已经镇定下来,继续喝酒吃菜。几个年龄小头脑又简单的便以为没事情了,也跟着动起了筷子。他们都有些惋惜地,想要挽回方才的气氛,于是就劝钱涛喝酒。钱涛推开酒盅,却点了一支烟,闷下头吸着烟。这样,刘海明也只得放下了筷子,他也不想存心气钱涛。两人沉闷了一会,刘海明说:兄弟你别怪我,在这里,我最大,是个有家庭的人了,处世为人都要比你们上点心,不曾想得罪了兄弟你。钱涛就说:这叫什么?就叫人有千虑,必有一失。刘海明就笑了:我还怕有一失吗?我都失了几失了,还能再失什么?钱涛也一笑:还能失去锁链呀!

不是说，无产阶级失去的只有锁链？这话一说，大家都笑了，觉得这话特别幽默。气氛又变得好起来，一股蒙在鼓里的，混混沌沌的快乐，弥漫了开来。

他们两人话里有话地交谈了一番，好像彼此都表明了心迹，也下了决心。他们松了口气，端起酒杯，一饮而尽。

现在，招工的事情具体化了，就是一桩，生产队推荐。生产队把自己队里的知识青年都推荐了上去。谁也不想和知识青年过不去。再说，这一回不推荐，下一回也要推荐，终是要推荐走的。留下他们干什么？又不会生出粮草田亩来，要生，也只能生儿子，生吃口。大刘庄原本就人多地少了。这一来，就将难办的事推给了大队，因大队只有四个推荐名额，这是按照百分之四十的招工比例。大刘大队的知识青年有十名，当然不算刘海明和小吕，他们是已婚的青年，不在招工之例。这四张推荐表给谁呢？谁都是这么巴巴地望着大队书记的脸，没事就到他家堂屋里坐着。开始互相间还有些避讳，到后来避也避不开了，就一并在他家屋里坐了一片，有些火并的意思。书记他不能热了谁，也不能冷了谁，干脆谁也不搭理，闷头喝稀饭。心里是有些难过的，好像，手心手背都是肉似的。事情进到了白热化的阶段，谁也顾不了谁了，反正是八仙过海，各凭各的本事。当然，谁也就不会注意到刘海明了。他好像是在上次送帐子的事情上接受了很大的教训，他就有些故意地远着知识青年，也远着大队里的干部。所以，人们几乎看不见他似的。小吕呢，好像也看不见了，可能是抱了孩子回了县城的老婆婆家了。倘若要留点心，就会发现，家后他们那两间小屋常常上了锁，冷清得很。

过后，人们凭怎么回想，也想不出刘海明是怎样把这桩事做成的。事情有多少个关隘啊！又有多少双眼睛在盯着，而他竟在人不知、鬼不晓之中，一步一步做成了。像那些知识青年，闹出了多少动静。这就是刘海明的能耐了，他沉得住气。再仔细想想，当时还是有一些迹象的。就说小吕抱了孩子回婆家这一条吧，就不那么简单。其实这时他们两口子已经在为退还大队安家物质做准备了。同时，小吕日后推说不知情也有了不在场证明。还有，百分之四十，这推荐比例也是一个可乘之机。十个人的百分之四十是四个，那么十二个人呢？经过四舍五入，就可能是五个了。倘若将刘海明和小吕也算进大刘大队的知识青年，不就是十二个人吗？所以，大刘大队很可能从一开始起就有五张推荐表，而不是四张。那么，第五张到哪里去了呢？谁也不知道有第五张推荐表，所有的纷争、较劲，都是围绕着四张推荐表展开。再一个问题，这第五张推荐表是受了谁的启发去争取来的？大队书记是不会想到百分比的机巧，他是一个典型的农民，有着务实的头脑，他凭着勤劳肯干，还有大姓旺族的背景，当上了干部。他有世故，甚至不乏狡黠，百分比的机巧却需要一个受过教育的文化人的心智。但是，假如有人向他提醒，多走一个知识青年可多让出一个人的口粮、烧草、自留地、宅基地，倘若这个知识青年又不是一般的单身的青年，却是拖家带口，那么，让出的就不止是一个人，而是几个人，甚至更多人的口粮、烧草、自留地、宅基地……况且，多推荐一个知识青年，还会证明大队教育知识青年的工作做得好。他虽然只是个农民，可毕竟是个老党员，多年的支部书记，政绩他是重视的。他虽然在仕途上没什么野心，可他知道工作做得好，就和上面好交道。麦种啊，化肥啊，拖拉机啊，返销粮啊，上缴公粮估产啊，都是要交道的。所以，他就会很乐意接受这样的建议，然后他可以向上面报十二个知识青年的数字，他只需要做个小小的手脚，连手脚都算不上，只是个隐瞒，隐瞒知识青年的婚姻状况。他还可以夸奖一番他的知识青年，说他们如何受到乡人们的好评。作为对建议人的感谢，他会将这个多得的名额赠送给他，因为此人不仅提出了建议，还最符合上述的最大限度节约的原则。这个人是谁？不用说也知道，就是刘海明。

所以，这一次招工中，大刘大队走的是五个知识青年，而不是预期中的四个。五个知识青年，三个蚌埠的，回了蚌埠，钱涛也在其中。另两个县城的，一个到了手管局，再一个，也就是刘海明，去了淮北煤矿。他走了一段日子以后，人们才知道他去了淮北。其实这也是小吕给闹出来的。是小吕熬不下去了，才给闹了出来。别人不知道也还可能，知识青年竟然也不知情，就奇怪了。他们一个个都有着四通八达的关系，他们知道的不会比实际情况少，只会多，多出来的那部分就是谣言。而在刘海明的问题上，他们竟然变得如此闭塞。这也叫人想到，刘海明和知识青年，尤其和钱涛之间也形成了一个默契。在大刘庄的知识青年中，能与刘海明交手的，只有钱涛，他们很可能订下了互不侵犯条约，这条约也是建立在那个百分比的基础上的。刘海明保证决不占用众知识青年的名额，他自己解决名额的来源。这至少是没有对钱涛不利，并且也消除了刘海明对钱涛的威胁。倘若，刘海明硬要挤进四个名额中来，钱涛就多一个对手，这个对手的分量他是知道的。送帐子的事情，对于钱涛也是一个教训。所以，他当然也是愿意大刘大队多一个名额。要保证这个名额进来，最好的办法就是缄口不提。不提是不提，看法还是有的，并且积蓄起来，等日后事成定局，再慢慢地泄露出来。因此，当小吕来大队闹起来的时候，人们对刘海明就已经怀了成见，他成了一个阴险的人。

刘海明走了以后，他的两间小屋归了大队，自留地则归了生产队。屋子里面的家什、锅碗，还是小吕的，暂存于两个女知识青年的住处，也算是借给她们使用。小吕一直没有露面。年底分粮时，是她小叔子，也就是刘海明的弟弟，带了钱将她那份口粮提走的，同时还拉走了她的一部分东西。有人进县城买返销粮，遇见过小吕，说她还是住老婆婆家，就在县粮站附近。遇见的人回来说，小吕瘦了些，却白了，孩子呢，也大了，还是抱在小吕手上。小吕一手抱孩子，一手挎个大篮子，里头装满了衣服，要去分洪闸下洗衣服。那人说，看人家街上人，多少衣裳！人们以为日子就这样过下去了，可不料，小吕又回大刘庄来了。

小吕再回到大刘庄，形容可就大变了。她是像遇见她的人说的，瘦了，白了。但她这样天生的油黑皮肤，一旦白起来，却不是什么好事。她的脸上就像长了白癜似的，深一块，浅一块，皮色又很枯。两个大眼睛显得更大了，眼梢挂了下来，里面全都是委屈和怨恨，失神地看着人。那张嘴本来略宽一些，笑起来才是好看的，但这时候是笑不出来了，就显得格外的苦相和命薄。孩子呢，确是长高了有半头，那双极像他母亲的大眼，此时也像他母亲一样，眼梢挂了下来。嘴也是，要哭又忍住的样子。而人们一看见他，就又想起了他的父亲。他的薄面里头也生出了他父亲的退缩和窥伺的表情。他们母子空着手来到大刘庄，身上穿的都是原先的衣裳，洗得更旧了。走到大队书记家，就向他要人，要刘海明。

像小吕这样生性温柔的人，吵起来也不过是哀哀地哭。将孩子搂在怀里，垂着头，头发遮住了脸。头发还是乌油油的，还没熬焦了，只不过别着的花卡子换了铁的，就少了些俊俏。大队书记家里的陪着她落了一阵眼泪，留了饭，然后，大队书记便带她来到寄放她东西的两个女知识青年的住处。在屋子另一头安了一张凉床，母子二人便算是住下了。

小吕虽然也是个插队青年，但因为是有个家，过的是正经日子，又是刘海明当家，事无巨细，都是他操心。所以，她其实是有些娇的。像知识青年这样带着"混"的日子，她是过不来的。当晚，睡在知识青年那间又放床又烧锅的屋里，守着那堆从她和刘海明原先的家里搬出来的东西，灯是个墨水瓶，点一根芯，扣在墙上，满地的黑影。她搂着孩子，又是哭了一夜。早起也没烧锅，因为没粮食，粮食已叫她小叔子领走了。那两个女学生也是不烧锅的，冷水洗了脸，再咬块冷馍，就下地了。小吕想烧点热水给自己和孩子洗洗脸，洗洗手，又不敢动人家的烧草，她的草也叫小叔子领走了。她坐在床沿发了会儿呆，就又抱着孩子上大队书记家了。

这样，在大队书记家吃了两天，书记家里的就要小吕领她进城，到刘海明家里拿东西。小吕却死活不去，又是哀哀地哭，又气又怕的样子。没法子，书记家里的就自己去了。换了一身干净衣服，让小吕所在生产队的队长也跟着，拉了一架平车，好放东西。到了她老婆婆家，才晓得事情的棘手。小吕在这里住不下去，说到底就是为粮食烧草的事。刘海明家兄弟姐妹很多，除刘海明，还有一个下放的，一个待业的，几个上学的，都是吃口。虽然有粮本，可不还要拿钱去换？刘海明在学徒期，一个月加上下矿补贴，有三十来块钱，听起来不少，可是下矿的人会吃，吃剩下来，不过几块钱。这几块钱，老婆婆算计着买粮买煤，小吕算计给孩子添衣服，买零嘴，不是她男人挣的钱吗？她的粮草不是都已经给她小叔子拉来了吗？矛盾就这样起来了。老婆婆先是有话，然后小叔子、小姑子一起挤兑。小吕母子俩凄凄惶惶跑来大刘庄的前天夜里，是个雷雨天，母子俩睡一张铁架床，冷不防手触到床架，被电了一下，电得浑身发麻。乘着闪电，看见床架上连了一根电线，胶皮剥了的裸线。小吕吓得抱起孩子滚到墙脚，蹲了一夜。等天亮雨停，就往大刘庄跑。大队书记家里的原先觉得是小吕被老婆婆气糊涂了，才把不经意的事情当作有心害她，可到了刘海明家，见了她那婆婆，她却也要和小吕一样看法了。

书记家里的没曾想到街上人也有这么泼的。还不像乡里人，只会一味地泼，她泼，还会讲道理。一条，二条，三条，讲得书记家里的一句也答不上来。她也没想到，街上人的家竟也这么贫寒，院子里铺了张凉席，席上晒的也是酱豆子、酱萝卜条，黄盆里醒着一盆面，也是杂面。鸡和猪似乎更苦寒些，没处找食，地上尽是砂石瓦砾，地方又逼仄。最后，她只拿到些小吕母子的衣服。拿回去，经小吕检点，说都是些旧的、差的，新的、好的，全让扣下了。好像是对老婆婆最后的希望灭绝了，小吕倒不哭了，她很硬挺地说，要上淮北找刘海明，或者回来，或者离婚。于是，她便又一次离开了大刘庄。

此时，人们还不及去想事情的前因后果，只是可怜小吕，痛恨刘海明。刘海明，这个不仁不义的人，为了自己的前程，抛下妻子儿子。这样柔弱的小吕，她怎么才能摸到淮北矿上，找到她男人呢？有时，庄上的姊妹们到那两个女知识青年屋里玩，看看小吕只睡过三夜的那张空床，还有那一堆过日子的家什，便觉得小吕是回不来了。就算她回来了，这日子又如何过下去呢？她们就一起骂刘海明，把个好好的家拆散了，这日子有什么过不下去的呢？难道这样妻离子散的倒更好？那两个知识青年则要骂得更远些，是从根子上谴责起，她们说：知识青年结什么婚呀！结了婚就算完了。总之，无论是知识青年，还是姊妹，都认为小吕和刘海明的生活是没有希望了。

又过了段日子，收秫秫的时候，小吕回来了。这一回，孩子是牵在手上，走回来的。另一只手提了个旅行袋，装了东西。大人和孩子都胖了，红润了，小吕的脸上，也有了笑影。她在透支账上摁了手印，分得几十斤大秫秫，到年底再一并算清。然后，借了簸箕搓玉米粒儿。孩子在一边玩耍，她不时喊一声，孩子便应一声。推面的时候也是，她顶了花手巾赶小驴，孩子在磨房外玩，磨盘的霍霍和驴蹄的嘚嘚里，她喊一声，孩子应一声。她去了趟淮北，好像得到了什么主意，回过劲儿来了。她沉下心，决定重新过日子。她把那些堆在屋角的家什，拉到门前太阳地里，用碱水刷了、洗了，再一件件安置在她那半间屋里。灶呢，就和那两个女学生合用。那两个知识青年，一个是从上海来，叫小汪，一个也是从街上来，叫小聂。小汪是个马虎人，凡事都不太计较，小聂的性子则有些像小吕，也是温和绵善。所以，三个人虽然分三锅吃，却还合得来。那两个再顾不上自己，到底没有拖累，有时还能帮这一个一把。只是无论小汪还是小聂，两人很奇怪地，都不太喜欢那孩子。那孩子的一双眼里，好像盛满了愁苦，有些吓人的，一点不像人家孩子那样天真无忧。所以她们有意无意都有些躲避他似的，看见他蹲在那里，并不去抚弄他，而是装看不见，绕了过去。日子就这样过着，还可以，但不是家庭式的生活，而是临时的、过渡的性质，不知道归宿在哪里。

晚上，她们三个聊起天来，大都是声讨刘海明。小聂倒还好，小汪就过激了，出着决绝的主意，小吕就笑，脸上露出柔和的笑靥。要是有经验的人，就能看出，小吕和刘海明还是恩爱夫妻，是打算过到头的。可小聂和小汪是没出阁的闺女，又是学生，道理都是书上的道理，不懂人情里面的微妙，只是一劲儿地替小吕生气，觉得小吕太老实，不抓紧对刘海明报复。小吕就向她们解释，说她去淮北找过刘海明，把刘海明整得直哭。

那天，她乘车乘船地来到淮北矿上，四处打听刘海明的宿舍，就有一个工友带她去找。到了宿舍楼底下，那工友大声喊刘海明的名字，刘海明从窗户里伸出头，一见是她，脸一下子白了。他把她带进宿舍，又去食堂打饭，米饭、馒头、鱼、肉、菜，摆了一桌，让她吃。她不吃，刘海明埋下头就哭了，哭了一顿饭，她便不好再说什么。然后，刘海明把她们母子安顿住下，其实工友们也能猜到他们的关系，可谁也不说破，坏他的事有什么意思呢？到了晚上，就都出去，有上白班或者下夜班的，也都另外找地方睡，给他们空窝儿。住了半个月，领导也知道刘海明是有老婆孩子的，不符合招工条例，可既然已经来了，怎么办？再回去吗？井下的活儿比田里的还苦一百倍，就是多一份商品粮，青年们真的很难了。于是，又住了半个月，加起来有一个月，就回来了。小吕说的时候，脸上的表情渐渐沉醉起来，将小汪和小聂也感染了，便安静了下来。

可是，生活还是惨淡的。那孩子一直是娇养着，又受了惊吓，一刻离不开小吕。可小吕要做活挣工分，要不拿什么换口粮。全指望刘海明的工资吗？刘海明的工资也不能全花完，要攒起来，将来的日子还长呢！小吕现在静下心来，开始筹划将来的日子，倒是可喜的。她是个老实人，不会偷懒耍滑，但生性太绵软，干什么都不泼辣，挣工分就不多。她咬着牙，撒开手，把孩子留在庄上，和乡里的孩子一起玩，脱出身下地做活。那孩子却有些犯孤，不合群，玩着玩着就只剩他自己了。又总是抱在妈妈怀里的，一旦下了地，对周遭环境生得很。有一回，一下子掉进粪坑，没了顶。幸好有人路过，看见粪坑里，一双小手在动，赶紧提上来，口鼻耳朵眼里都糊满了。当晚，孩子就发了高烧，惊厥了几次。还好大队有医疗队，打了针，才好些。小吕抱着孩子，哀哀地哭。哭着哭着，孩子从她怀里挣出手，吱哇叫一声。那场面，看到的人都感到凄楚。

过了年，大队买了挤面机，机房就设在她们住的屋里，让小汪和小聂搬走另找地方住，小吕却留了下来，看挤面机，记账，收钱。两间屋中间砌了道墙，里面放机器，外面住小吕。这样，她可以不下地，一边看孩子，一边就把工分挣了。小汪和小聂走的时候，对小吕都有些不高兴，冷冷的，觉得是被她占了窝。姊妹们劝解她们，说，小吕拖着个孩子，而你们终是要走的。小汪就很凶地说：走，往哪里走！她们说话都不避着小吕，小吕听了也没什么，她现在是个受尽人们可怜的人，不能有什么脾气了。

小聂和小汪好在是过惯这样东搬西挪的生活，这时她们一个住到一户老乡家里，另一个住一个下放居民家的堂屋。那个下放居民盖了这两小间屋，就走了，不知到哪里谋生去了。里间屋锁了，外间屋让队里使用，记工，开会，放东西，知识青年就住在这里。有时候，她们会去大队机房挤面。机房里白蒙蒙的，几乎看不见人，小吕在白蒙蒙里活动着，头上身上都是粉面。外屋的床上、家什上，也都罩了一层面粉。在机器的轰隆声里，她还是一声一声地唤那孩子的名字，那孩子便是一声声的应。因为机器声盖耳，母子俩都要将声拔得很高，好像是为了强调她的呼唤，小吕连名带姓地喊孩子的大名。这大名起得很庄严，叫刘之鹤。孩子就像被粉面染了似的，睫毛眉毛都变淡了。他们母子，就在粉面里生活着。

1999 年 3 月 26 日　上海

酒徒

每一次喝酒，都是他赢。一上来，他并不怎么的，有些软弱地坐着，等别人向他敬酒，就礼貌地喝一点。菜却吃得比较多，这也不像会喝的人。所以人们便注意不到他了。其实，有心的人，或者是事后回过头来想，会发现这中间他并没间断喝酒。他缓缓地喝着，吃着菜，好像不是在酒席上，而是在家里，独斟独饮，挺享受的。但从酒场上的策略角度看，这时候的喝，有些像是铺底，或者热身。等他吃喝到一个程度，这个程度怎么说呢？就是说，他呢，脸色润泽了，眼睛里有了光，显得很满足。不是酒足饭饱的满足，而是恰如其分的，正好。看上去，他似乎变得胖了一些，腰也直了。而酒桌上则是到了酣畅的阶段。人们互相敬着酒，酒杯碰来碰去，一会儿一杯，一会儿一杯。不像刚开初时，人人都很警觉的，小心翼翼，谨慎地接受敬酒，再谨慎地想好说辞，去向别人敬酒。那是闸还没拉开，迫于水的压力，必得一点一点地打开闸门。等打到约莫二分之一，抑或是三分之二的光景，水流便推开闸门，一泻千里。酒喝到酣畅，就类似这个情形。

这时候，酒桌上的节奏是流畅的，类似行板的节奏。人人都很快乐，警惕性已经放下了，感情变得十分亲和。酒也变得滑润了。最初的辛辣的刺激已被微甜的回味盖过。它们尖锐地击中舌头中间的那一点，转眼便充盈到整个口腔，化成暖意融融。身体变得轻盈起来，思想也变得轻盈，而且绵绵不断。口齿则格外伶俐，妙语连珠。就在这时分，他来了。他开始敬酒。他敬酒的样子也是软弱的，甚至有些腼腆。总之，他就是这样叫人放松警惕。他都没有站起来，还是坐着，开始了敬酒。他的敬酒看上去只是礼节性的，完成一个仪式而已。只有在他一仰脖喝干杯中的酒时，那一仰脖的动作是带了些锐度。他迅速地、利落地一仰脖，杯底就干了。并且滴酒不洒。对，他喝酒从来不洒杯，不像有些人，酒洒了一路，滴滴答答，可一径洒到对面的菜盘子里。他斟酒也很利落，一条线下去，酒及杯沿下一分，再一条线收住。也是滴酒不洒。他吃菜也是这样，面前没有一点汤渍酱渍，鱼刺肉骨，在盘子里顺在一边，干干净净。他的手比较瘦，看上去略有些干燥，显露出骨骼。其实却很柔软，而且暖和。他的手形是较长的那种，但并不是艺术型的，而是有着劳作的痕迹，比如茧子。但依然很柔软。在那种枯干、粗糙的表面之下，有着一种敏感的气质，也不是艺术的，还是和劳作有关。他的手，是一种特别能够控制动作的手。准确，简练，镇定，从不失手。

现在，他一圈酒敬了下来，人们还是没有注意他。事实上，酒桌上闹成一团，谁也注意不到谁。在一片喧哗之中，只有他是安静的。但他的眼睛比方才活跃了，脸上有了微笑，有一种微醺的表情。他又敬了一圈。他一仰脖后，将杯底朝前一推，让对方看他干了的酒杯，果然滴酒不剩。这个动作渐渐显示出一点挑战的意思，开始影响对方了。他似乎是有点存心的，脸上的微笑更明朗了，好像是说，要的就是这个。他脸更红了，但不是那种猪肝色的，满头满面的红，而是根据不同的区域，深浅有致，就像一个气色特别好的人。他的手也红了，这使它们看上去丰润了一些。他还是不大说话，只是用酒杯往对方跟前送着，这就有了些逼迫的意思了。可是，酒喝到这会儿，多一杯少一杯已经无所谓了，你不叫他喝，他还要喝呢！这种快感，是有着惯性了，有些刹不住车的意思。可是人们却发现自己处在了被动的位置，而这一个后来者，竟掌握了主动。这不行。

酒场上，就是这样。不在于谁喝谁不喝，而在于谁叫谁喝。喝，其实都要喝的，谁也不甘心少喝一点。虽然，事情弄到后来，就像是谁也不愿意喝的样子。这很像是一个意志的角斗场，也像个谋略的角斗场。但意志和谋略都是从属的部分，真正的实力，还是酒量。所以，说到底，还是酒量的较量。意志和谋略都是为这场较量服务的。因为，如何保存实力，如何伺机出击，如何化被动为主动，占据有利位置，在某种程度上，起着决定胜负的作用。

这样，人们开始要反击了。威胁来自一方，所以，人们便携起手来，共同出击。这看起来有些不公平，可也是酒场上的纵横捭阖，撂倒一个算一个。

这时候，人们集中力量，向他开火。这形势多少是有些严峻，可他却抖擞起来。他眼睛里的光，亮闪闪的，眉眼里都是笑。他出了些汗，额发掠了上去，露出端正的前额。他眉棱略高，这使他眼窝有些陷。鼻梁较直，略长的人中之下，是薄削的嘴唇。腮骨窄而少肉，但健全的咬嚼功能使它显得有力。下颏很有形，见棱见角。他的轮廓有些拉丁人的味道，却又不是，而是江浙一带人，乡野的精明的相貌。年轻的时候可能是相当英俊，可现在是老了。但也可能是正相反，年轻时因肌肤丰满，倒是有些呆气和乡气，如今老了，见筋见骨，型就出来了。现在，他的眉棱跳跃了几下，劲头上来了。看来，他是为这个时刻蓄意很久了。是为了忍住笑容，还是笑容本身所致，他的嘴形略有些不平，左边稍高，右边稍低，这使他看上去很有涵养。他扬了扬眉毛，接受了人们的敬酒。他仰脖干了一杯，便把酒杯递向下一个，请那下一个给他斟酒。可酒瓶子在下一个手里打着颤，老也对不准酒杯。他皱了皱眉毛——这并没有妨碍他保持笑容——他皱了皱眉毛，从那人手里接过酒瓶，自己来斟酒。他是那种有洁癖的人，特别不喜欢邋遢。之后，虽然是接受别人的敬酒，可酒瓶却一直掌握在他手里了。而他决不因此营私舞弊，比如给别人多倒点，给自己少倒点。或者来个移花接木，给别人倒的是酒，给自己倒的是白开水。这种不上品的小把戏，他是决不染指。倘若遇到这样的对手，他则哈哈一笑，依然一仰脖，喝干杯中的酒，然后将酒杯轻轻一撂，两只手互相往下抹了抹衣袖，就像要把卷起的衣袖放下似的。这就像是一个散席的信号，之后，便散了。酒喝到这个份上，他的影响力就出来了，成为酒桌上的主宰。关于这个酒杯轻轻一撂的情形，后面还将提到，是事情的关键部分。好了，他掌握了酒瓶，可是不偏不倚，对每个酒杯都是，一条线下去，酒及杯沿下一分，再一条线收住。只是加快了节奏，动作也有些跳跃，像舞蹈似的。但这决不影响他的准确度，依然滴酒不洒。他站了起来。他的身量也是江浙人的类型，不高大，却精干，有劲道。他替人斟完酒后，就将酒瓶向前有力地一指，带着不可抗拒的意思。对方只得乖乖地喝下去，只是酒洒得满桌都是，有种溃散的感觉。

酒到了这时，就有些像白水了，喝到嘴里没了感觉，而他却依然能喝出滋味。每一口下去，脸上都流露出惬意来。他微微地咧了咧嘴角，做出一种怕苦的表情，其实是舒服。他真的是很舒服的，身体舒展开来了，各个关节都松弛而且润滑，这从他略有弹性的动作上可看出。酒精在他体内起着美妙的作用，它使他焕发，昂扬。他眼睛里的笑意几乎就要溢出来了，光也要溢出来了，盈盈的。他脸上本来是少肉的，有些严峻，现在却有了笑靥。他的头发也变黑了，变厚了，发出光泽。他变得年轻了。人们集中火力地进攻他，他就像京剧里打出手的能手，以一当十。他哈哈地笑着，笑声不高，却很痛快。他变得有些调皮，假装不肯喝了，要逃跑了，可人们一着急，他立即转回来，继续喝下去。他还假装不行了，要晕了，转瞬间又站直身子，睁开了眼。把人的心弄得痒痒的。他变得这样，活泼泼的，和刚开场时判若两人。其实，所有人都与开场判若两人，但别人都变糟了，脚步歪斜，口鼻也歪斜，语不成句，歌不成调。而他却变好了，变得有魅力了。酒这样奇怪的东西，它总是剥离人的常态，而且将人降到常态以下，唯对他情有独钟，使他升到常态之上，为他增添了异样的光彩。

　　酒已经喝成了河。就算喝不出酒的滋味，却也停不下来了。这有些像赌博，越赌越难罢手，越赌越结束不了。赢了不行，输了更不行，这就和输赢没有关系了。这就叫瘾。人到了这里，就身不由己了。那些人其实都成了泥，瘫下来了，却还在喝着，这就叫灌了，和味觉无关。心里也知道该收了，可就是收不了。人们早已经无法与他对阵，自己和自己乱喝着，胡乱碰着杯。他呢，也放过了人们，却还是站在那里，手里也还握着酒瓶。他自己给自己斟了酒，喝下；再斟一杯，也喝下；然后是第三杯。三杯过后，他哈哈一笑，将酒杯轻轻一撂，两只手互相抹了抹衣袖，走了。即便是处在极度混乱中的酒场，此时也不由地静了一静。然后就有人扯着嗓子怪叫了一声，意思是，抓住他，别让他跑！可都知道此是徒然，他去意已坚，谁也左右不了他。停了一时，便也都散了。

　　回过头去，想酒场上的情形，自然是他酒量最好，喝得也最从容，但真正使他克敌制胜的一着，则是最后，他在最高潮处，最欲罢还休之时，将酒杯轻轻一撂的一举。能够在最难了断的时候，了断。这是他最终制服人们的。在酒场，这种放纵的场合，他却依然不失控制。这叫人佩服，也令人生畏，好像，他性格里有着一种，一种类似于秘密的东西。是什么呢？

应该说，他是嗜酒的。每顿都要喝上两杯。遇到酒场，他也都欣然前往，并且，总是由他掀起高潮。喝酒，使他改变了面貌。常日里，他不免有些显得灰暗。倒不是精神不振，而是，缺乏那么点光彩，不够焕发。他是一个寡言的人，到了酒场也依然不多话，像那种通常的喝了酒的胡言乱语，在他身上从没有发生过。可喝了酒，他的那种活泼，甚至是比语言更有表现力和感染力的。他的身体也不怎么样，各器官都呈现出衰退的迹象，他看上去比他的实际年龄要更苍老一些。可酒却使他年轻，富有活力。这些现象，甚至多少有些暗示，他已经有着轻微的酒精中毒。但是，没有酒，他也行。有一个阶段，邻近的省份发生了假酒案，并且，经调查，假酒已向周围地区蔓延。这个时期，他滴酒不沾。即便去了酒场，看着别人畅饮，他也决不为所动，开一开禁。他虽然没了喝酒时的那种风采，可也决没有因为不喝酒而变得萎靡和颓然。他依然正常地生活，上班和下班，骑着他那辆"老坦克"的自行车，为了保证身体有一定的运动，他一直骑自行车上下班，直到现在，他退休以后再返聘工作。他是六十多岁的年纪，在市级文化单位做一名资料员。这个城市的路很窄，而且弯曲，他既没有因为喝酒跌过跤，也没有因为不喝酒跌过跤。

还有一次，他出差到一个北方城市，那里可能是因为气候寒冷，嗜酒成风。这还不去说它，方才说过，他也是嗜酒的。然而，那里的嗜酒却在粗俗的民风之下，演变成了一种恶劣的酒场风气。酒场不是酒场，而是是非场。敬酒辞是一句"不喝就是看不起人"，便逼得人无处是逃。不知是酒的质量比较粗劣，还是人的体质有问题，那里的人虽然嗜酒，却并没有多大的酒量，几杯一下肚，便醉态百出。大约是有真醉的，也有借了酒盖脸撒蛮的，旧恨新仇全在这一时抖搂出来。也不管场合对不对、人家是了解不了解你那些来龙去脉，只是纠缠个不休。到后来就真动了气，都有大打出手的。像他这样外地来出差的，冷不防被推进这些陌生的人和事，颇感尴尬。虽然事后那一个个都像没事人一样，要是装的就太有城府，要不是装，那也醉得太不成话，醉的形态也太过戏剧性。总之，是江浙人说的"恶性恶状"。因此，他尝过一次味道后便坚辞不喝，无论怎样"不喝就是看不起"，他也不喝。其他人还都找些不喝的理由，什么酒精过敏，什么服药忌酒，以招架对方的逼迫。而他不说任何理由，只是一个不喝，人家终也没有办法。背地里，他对一同出差的同事说，酒不是这么个喝法。意思是那不是喝酒的正道。那么，偶尔的，一同出差的同事自己一处吃饭，要些酒来，他也不喝，说舌头不干净，不能喝。那个城市的酒风恶浊，饮食也相当恶浊。冷菜热菜，炒菜汤菜，都没有正色正形，总是混沌沌的一团。本色是看不见的，说是酱色也不是。味道呢，更是莫辩一是。只有两样东西搞得清楚，因是不惜大量投放的，一是味精，二是芡粉。并且所有的饭店、食堂，都是风格一致。他说的舌头不干净，不是指中医里舌苔不好的意思，而是味觉意义上的。好像是，这些晦暗不明的食物玷污了他的味觉。

就这样，这次出差过程，除了第一天，不明就里地上了一回当，之后他再没有沾酒。后来，终于离开了那城市，到了下午，长途汽车驶入一个加油站加油。转弯的时候，他望着窗外的眼睛忽然一亮。车一停稳，他立即下车，往加油站外走去。拐弯处的公路边上，搭了一个凉棚，棚下是个粥铺。他坐到铺前的小板凳上，身后是尘土飞扬的北方的公路。也不用任何菜过粥，就这么大口大口地咽下两大碗米粥。当他站起身，回到汽车上的时候，脸上就有了一种清爽的表情，好像把这多天来的恶浊洗净了。回来以后，他又喝酒了。

他还不喜欢行令的喝法。如今，流行于酒桌的也不是什么雅令，都是些引车卖浆之流的俗令。什么猜拳，什么老虎杠子鸡，都是免不了要大喊大叫，气急败坏的令法。他认为不是喝酒的正道。在他，酒，就是酒。立题是酒，立意也是酒，要加入别的，就偏题了。他觉得行令多少是有些喧宾夺主。所以，他就是不行令的。别人行令，他也不反对，只是不参加。等人们行得差不多了——这些简单的酒令大都是单调的，往返那么几次就没了耐心，到了这时，他再登场。也有遇到那种一根筋的，行令要行到底的，他也决不干涉，并不扫人的兴，而是陪在一边，独斟独饮到底。所以他就算不喜欢行令，但也不以为这是酒场上的不正当，只不过有些小儿科。他坚持原则，可却并不偏狭，甚至很能迁就，在喝酒的品性上，他是个合群的人。他喜欢同人们一起喝酒，有些喝酒的新玩意，他也能欣然接受。比如眼下兴出的一种"潜水艇"游戏，将一满盅白酒连杯带酒投到啤酒杯里，一气喝下，特别容易醉，可说是拼酒的攻坚战，白热化的。酒桌上的拼酒，是有着一种激发的作用。酒精在这激发下，会加速循环，有力地打入体内各条血管，血液便欢快地勃动起来，将人推升上去。只有酒，才能如此深入人的感官，从感官直达精神领域。真是身心两全啊！

　　他对酒的爱好也不偏狭，什么酒他都能接受，喝出它的好处。他不挑眼，也不盲目崇拜，保持实事求是。连那种最低廉的二锅头，他也能品出意思。他说二锅头是酒的正味。而像茅台、五粮液这样的名酒呢，他也觉得好，可也不是好到怎么样，太清爽，他说。这个太清爽是什么意思？好像是"水至清无鱼"的意思，又好像不是。像威士忌、白兰地的洋酒，他也能接受，但是"不下菜"，是空口喝的，不是正餐，类似点心的那种。啤酒呢？就有些像酒场上酒令那样的东西，稍稍有些跑题了，不过，他也喝，是陪喝。由于阅历的限制，他对酒的见识不那么广博，喝的就是通常的几种。也够了，他喜欢的，也正是那通常的几种。他这样进行比喻，山珍海味固然宝贵，可吃不厌的还就是一日三餐。而普通的大曲，比如双沟啦、洋河啦，就是一日三餐。剑南春呢？是一日三餐的红烧肉，大荤。四川的郎酒？南北货吧。他说着，自己也笑了。说到酒，他的话就略多了一些，于是趁着他想说话，人们就提出那个问题：黄酒是什么呢？料酒。他回答，然后哈哈一笑，起身走开，结束了聊天。

　　关于酒的问答，总是这样结束的。已经记不清同样的问答进行过多少遍了，但很奇怪的，人们一点不腻味。他对酒的看法，谈不上精辟，可是很有趣，是一个有生活常识的人的见解。不过，他对黄酒的看法有些刻薄了，有失公允。看来他对黄酒真的有成见。像他这样对酒广采博纳的人，却绝对不沾黄酒。人们提出的最后那个问题，其实是有着针对性的。在他们的江南地方，人的习性与黄酒普遍相合。酒这样的东西，其实也是水土，有合与不合。黄酒它的水土习性似比白酒更加尖锐和突出，倒不是他所说的四川郎酒那种南北货的性质，而是类别概念更大，带有系统的含义，而不止是色彩方面的。它和地理、历史、生活习俗，甚至宗教信仰都有关系。北方人喝黄酒特别容易醉，醉得伤身，而在江南，黄酒却是妇孺皆宜，滋养性质的。女人做产，老年风湿，小儿受寒，都喝它。它的酒性是完全另一路的，在舌头上有一股滚滚而来的气势，不是那种一根针、一条线的。如按着他的划分，黄酒也该划入一日三餐，是三餐里粮食的那种。可是，他却不喝。这使他稍稍显得有点怪癖，与他的大家风范不符。是一个小小的缺憾，但终究无伤大雅，他还是最出色的。但是，有一次，他遇到了一个无聊之辈，竟然将黄酒当杀手锏。

如他这样的出类拔萃者，难免是会招来嫉恨的。幸而他酒品极佳，从不干狗屁倒灶的事，颇得人心。但人和人到底不一样，总有一个两个不服气的，就要伺机进逼，灭他的威风。也是一种对权威的反抗心理，你越行，就越要你不行。这一天，是年底，科室小金库里节余了一些钱，想花在大家身上，又不敢发现金，就决定在一起聚一聚。下了班后，大家来到一家新开张的酒楼。门口张灯结彩的，挂着大红宫灯，将门前空地映得红彤彤的。老天适时地又下起了小雪，雪虽不大，却很干，颗颗粒粒的，在地上积了薄薄的一层。这在南方是少见的，有一种旧式年画的意境，使人感觉到旧去新来的吉瑞气像。他们一伙人，正够一桌酒的人数，嘻嘻哈哈地踏上店前铺了红地毯的台阶，进了酒楼，由小姐引领着上了二楼的包间。新装修的房间，护墙板、地板、门窗，漆得亮亮的，还没叫油烟气熏染。桌布也是新的。圆桌中央是一个巨大的暖锅，竟然烧着木炭。为了驱散炭烟，房间里装了两个排风扇，悄无声息地运作着。大家都说地方选得好，夸奖那个提建议的人，说要好好地敬他几杯。他谦虚地说，还是让他来敬他们吧！酒席就是在这和谐的气氛中拉开了帷幕。

科长很慷慨地让大家点好酒，辣手点，他这么说。于是，大家便很放肆地要点茅台、五粮液，还有 XO，拿破仑什么的。这么起了一阵哄，他发言了，说还是剑南春吧，今天我们要细水长流地喝。因为受到感染，他比平时要多话一些。他的意见一经提出，立刻便被采纳。这一个细节，也是引起后来事故的因素。事情就这么决定了，可是忽然间，有人提出，再要一瓶"古越龙山"黄酒。这也没什么，科长方才说了，尽管要自己喜欢的，要什么，上什么。所以人们并没怎么在意，也没有人想起他不喝黄酒这一节。然后，酒就上来了。在一簇剑南春之中，那一瓶古越龙山就显了出来，这人又很张扬地要小姐替他买一袋话梅。话梅来了，又差小姐去找冰糖。这是从台湾传来的喝黄酒的方式，在这里引为时新。这人是新分来的大学生，本地人，在北京念了几年大学，分回了原籍，二十二三岁的年纪，还没结婚。这样的孩子，往往是狂妄而浮躁的，什么都不放在眼里。他们从来轻视别人的感受，而自己的呢，却比一切都重要。就是这么不公平。要等到碰了几回钉子，亲历几回世间冷暖，才可知道轻重。当着些年长的同事，他这样张着声势要这要那，已经不太妥当了。而他的夸张又似乎有些存心，存心要人们注意到这瓶黄酒。

就这样，这瓶黄酒孑孓特立于酒桌之上，终究有些触目。有人说了一句：有不喝黄酒的。那学生没作回答，也可能没听见。其他人也没说什么，暂时就这么过去了。人们开始互相斟酒，剑南春的香气冉冉升起，带着些锐度，却又不失含蓄。不是如通常所说那种沁入，而是穿透性的，有点单刀直入的意思，但不是侵袭的状态。由于暖锅，还由于人们的呼吸，室内空气渐渐湿润，窗户上布满了哈气。于是，酒香变得温和润泽，莹莹的。古越龙山呢，也斟到了学生的杯里，泡着冰糖和话梅。大家情绪都很好，他和学生开了句玩笑，说他是中国鸡尾酒。这句相当善意的玩笑，也成了后来事故的因素之一。这学生也不知从中听出了什么歧义，感到受了讥诮，伤了尊严。像他这样一个盲目自大的人，往往心胸狭隘，并且缺乏幽默感。但这也过去了。因是科室岁末聚餐，免不了要有些陈式。科长讲了话，总结了即将过去的这一年度的成绩和不足，对下一年进行了展望，再向在座的各位表示了美好的祝愿，然后全体干杯。接着，又有副职发言，话就说得俏皮了一些，开着玩笑，大家再干杯。第三位发言的是个惯爱说话的人，说得又多又啰唆，结果是被大家喝住的，干了第三杯。而饶舌的这位，因为辛苦了大家的耳朵，干了双杯。场上的气氛渐渐起来，几个性急的，已经开始拼酒了。

剑南春确实是个好东西，它有性子，但不急，不冲，一点不疯，不颠倒。脉搏均匀地跳跃着，加快了节奏。但因为轻快，并不加重心脏的负担。得，得，得的，打着点。场面看上去有些乱，其实有着章法，进退有序，一点伤不了和气。一杯杯的，也是打着点。酒香浓郁，菜香也浓郁。前者是飘扬的，后者则是沉底的。小姐上菜进来，报告说雪下大了，街面和房屋都白了。因此，这一暖锅的炭火就更加喜气洋洋。他细酌慢饮，和几个老人员聊些旧事，从沸腾的暖锅里捡鱼圆蛋饺，还有黄芽菜吃。他脸色润泽起来，流露出舒泰的表情。和以往一样，人们这时候都注意不到他。也不是不注意，而是明摆着不该他上场。这就像京剧里的大轴，最后一个才是。只有那个新来的学生，老要挑他，把那一杯泡了话梅的古越龙山向他一举一举的。他倒并不见怪，每一回都端杯子，还很宽厚地说一句：你就喝黄的，我喝白的。表示象征性的接受，所以并不干杯，只喝一小口，按着自己的节奏饮着。他不卑不亢的态度，不知是纵容了学生，还是激怒了学生，他敬酒敬得越过频繁，这简直带有些骚扰的意思。他不得不停箸应付。他脸上没露什么，别人倒嫌烦了，就有人夺了学生的黄酒杯，换上白酒，要同他干几杯，意欲阻止他继续打扰老前辈喝酒。学生的行为不止是扰乱了他，还是扰乱了整个酒场的秩序。人们一拥而上地，开始围攻学生，带着点教训的意思。这情形是学生始料未及，可却又一次地刺激了他。他看见了自己的弱势。

应该说，这小子是有些量的，又年轻力壮，不怕死，很拼得起。他换了白酒，一杯杯地车轮大战。有年长的、仁厚的同事，便提醒了一句：小心喝混了。要知道，黄酒和白酒混喝，是有危险的。这两样酒性太不合，特别容易起冲突。可这样的提醒只会激将他，他一点不退让的，以一当十。这一阵子，这小子是有些把他的那段忘了，情绪好了起来，激昂地叫着阵。别人也忘了是为什么和这小子叫起阵来的，被他的酒量和气势激动起来了。刹那间，他变成了，或者说还原成了一个此地土生土长的、村气十足的孩子，野野的，虎腾腾地，怪叫着。大家差不多就要喜欢上他了，将他接纳到酒圈子来。他长的是典型的本地人的小身量，浑身的筋骨则像装了弹簧，一蹦老高。还是个蒸笼头，头顶冒着汗气，再加暖锅的蒸汽，近视眼镜上就结了白雾。他一下子甩了眼镜，这一举是相当豪迈的，奋不顾身的样子。他再脱了件毛衣，只穿了贴身的棉毛衫。这件棉毛衫显然是穿反了，领上露着一个商标。这使他更像一个孩子，在巷子里野得不回家的孩子。

就在这时候，他站了起来。很难说不是受了这孩子的感染，他的独斟独饮比往常似乎结束得早了一些，参加进来的也早了一些。并且，一参加进来就站了起来，这也有些违反常规。他通常是先坐着，然后，渐渐地，情不能禁，最后站了起来。其实，事情从一开头起，就有些偏离常规，有一点新的因素在起着作用。他站起来，脸上提早地显出兴奋的神情，他表现得略有些性急。

酒场的章法略有些乱了，有一种措手不及的慌忙。好像没有做足铺垫，就要进入高潮。人们陡地转向他来，丢下了那孩子，另起一个开头。情绪中断了。人们忙不迭地接受他的敬酒，都还返不过神来。好在他久经沙场，能够控制局面。仅仅在开头时乱了一会，很快就稳住了阵脚。这提前进行的篇章渐渐流畅了，蓄敛起情绪来。有一些不和谐也慢慢调整了，方才的那一点焦虑与急躁几乎消失殆尽。还是因为剑南春的好，就像他说的，细水长流的酒性，能抵挡得住突发的变故，沉静。

现在，他成了中心，人们撂下了那孩子。孩子头上的汗气渐渐止了，却还只穿了件反了的棉毛衫，手上端着杯没来得及喝下的酒杯。一时都不明白究竟发生了什么，突然就晾了下来。等他那边敬了一圈，最后敬到这里时，方才悟过来，原来是被他抢了风头。但事发突然，又毕竟是个孩子，没经过多少场面的，不知该如何应对，直接的反应，便是接受了敬酒，乖乖地将杯中酒干了。他赞赏和鼓励地笑了笑。这一笑又刺激了他，可他并没发火，反倒平静下来。他放下酒杯，转身将脱下的毛衣重新穿上，又慢慢地将近视眼镜镜片上的水汽擦干，戴上了。这时候，他又变回了一个学生，在北京受过的四年教育又回来了。他将原先黄酒杯里的话梅和残酒倒在碟子里，加了一颗新话梅，斟上小姐重新温来的古越龙山，缓缓地品着。此时，酒桌上的形势又发展到新的章节，人们在对他进行围剿。这也是省略了一些细节，提前进入的。这一切都有些类似一支失常的乐队，在开始的乐句中赶了半拍，结果越来越赶，拖也拖不住了。

人们集中火力向他发起进攻，他从容应战。他容光焕发，都有些不像了。头发由于受了潮，平伏着，脸上的红晕又使脸形显得宽和平了，就有了种平庸气似的。还有他的笑容，也显得有些廉价。只是手势是一贯如一的，稳稳地握住酒瓶，一条线下去，一条线收住，滴酒不洒。但这熟练与精确之中，却透露出一丝得意，于是就变得轻佻了。总之，他今天不够含蓄，整个酒场都不够含蓄。因此，就稍稍有那么一点，降格。

那孩子沉吟了一下，就是方才说的，北京四年的高等教育又回来了，他变得冷静、沉着、处心积虑。他停了停，然后端起酒杯，参加了进攻的集团军。他看了一眼孩子手里的黄酒杯，依然慷慨地说：你就喝黄的，我喝白的。孩子却笑了笑，放下黄酒杯，端起那个空白酒杯，说：我也喝白的。端到他面前，让他斟酒。等他一条线下来，刚及未及沿下一分的光景，却将酒杯收了回来。于是，一条线就没收住，有几滴洒在了杯外。虽然这算不上什么失手，可在他，却是前所未有的。他脸上的笑容有些不自然了。孩子则浑然不觉，豪迈地干了杯，很夸张地将酒杯底翻给他看。他也干了杯，这就过去了。

接下去他稍稍有些沉默。倒不是说话少了，他本来就是少话的，而是指他的情绪。他略略地减了些兴致，但还不致有所表现。然而，酒场上的节奏却微妙地起了变化，进攻的力度有些松弛。几乎是无人觉察的，可是瞒不过他。他放下酒杯，要求缓期执行，引大家注意新上的鲍鱼，削成薄片排在生菜上，端了上桌。于是，大家暂时熄火，开始对付鲍鱼。这种间息是很好，它将一些尖锐的东西错开了，因此缓和了、削弱了，使局势又能健康地发展。当然，这是指自然的状态。就是说，倘若这一切是在无辜中发生，还可以调整，事态本身都包含着平衡原则。怕就怕有人蓄意，这使得事情离开了自然的轨道。

鲍鱼在筷子头上略一收缩，便迅速挑出汤面，十分鲜嫩。而涮过鲍鱼的汤就像提了神一样，突然地味美起来。人们吆喝着小姐来添汤，唯恐干了锅底。另有一种热烈起来，带有洗涮过去的意思，一切都露出重新开头的迹象。到底姜是老的辣，知道如何变不利为有利。现在，他也振作起来，有些跃然，意欲开始又一轮的进攻和反进攻。人们呢，经了这一轮吃菜喝汤，舌头和口腔又恢复了敏感，剑南春的香味再度呼唤了它们，就好像刚卅局的一样。有一股新鲜的兴致起来了。有人起来向他敬酒，却被那学生抢了先，说：我要敬你三杯。并且要替他斟酒。他犹豫了一下，让他斟了。这小子真还行，眼睛管用，手也管用，也已经是一条线下去，再一条线收住，滴酒不洒。旁人就起哄，说他带出个徒弟。他笑说不敢当。这话本来没什么，这时候却带了一点酸意。前一局的形势还在起着作用。那孩子不吭声，一连斟了三杯，自己也干了三杯。他刚要放杯，孩子却要再干三杯，这就有些纠缠，但他还是端了杯。这简直是"秀才遇见兵，有理说不清"，这孩子有些坏规矩的，但这都是酒场的前辈，大人不记小人过，还是应付着。他端起了酒杯，那孩子斟过来的却是黄酒，说：我陪你三杯白的，你再陪我三杯黄的。他一惊，杯子一躲，酒洒了手。他脸色陡变，一松手，酒杯落了下来。他说：你干什么，脏了我的手。他嫌恶地甩着手，在餐巾上擦着，然后坐了下来。

这场酒，便到此结束了。人们都想着回家，科长叫来了小姐买单。即便他一败如此，可依然掌握全局，那就是，人们不约而同地，再不想喝了。人们走出酒楼，雪已经下白了街道和房屋，门口灯笼也罩了白雪，在雪下面融融地点着。可却人意阑珊。人们默默地踏着雪，各自回了家。

好了，酒场的事就是这样，它有时会伤及人的尊严。这一场事后，人们不再和他谈酒经了，因为，人们发现，黄酒对他，显得过于严重了，这多少有些没意思。好像这不止是个喝不喝的事，而是，而是怎么说呢？带有禁忌的性质。应该说，他所介入的酒圈子，是个有品格的酒圈子，他们彼此都很尊重，允许各自保留自己的忌讳，从不越轨触犯。那小子是个酒场上的流寇，流亡无产者，他怀着"无产阶级失去的只是锁链"的无赖心理，等待他的，或者是被封杀，或者就是混迹于一些不入流的酒场，自甘堕落。然而，有没有必要像他那样认真呢？

人们再同他喝酒，就有些小心翼翼的，好像有心要避免些什么，躲着些障碍物，绕道而行。事情变得不那么自然了。他有足够的经验和敏感的天性，觉察到这种因他而起的紧张，以及对他的照顾。他也变得不那么自然了。虽然没出过什么毛病，可终究有些磕磕愣愣的，彼此都感到压力。这样，他便识趣地退了出来。开始时，人们还一而再、再而三地邀请，他则坚辞不受。久而久之，人们就不再勉强了。至此，他可说从酒圈子里彻底隐退，人们不再看见他的沉着、潇洒、收放自如的身影。因没了他最后那一撂酒杯，有力的收场，酒场就变得拖沓、冗长、画蛇添足，不那么完美。纪律也有些松弛。然后，不知不觉中，酒桌渐渐地换了代，更年轻的一代酒徒登场了，就像那孩子一样的作风。他们比较开放和自由，没有一定之规。并且，如今又大兴洋酒，洋酒是民主的欧风，以个体为主，抱不成团。无形中，酒圈子也瓦解了，那种热闹的、激烈的拼酒场面，便跟着偃了声息。

他也老了，彻底退休，不再上班。他每顿都要喝二两，有了客，也必留人喝二两，但都处在浅尝辄止的状态，那种拼酒的大将之风，也偃了声息。他变成了一个酒场的隐士，又像是赋闲。而他那一条线下去，再一条线收住的斟酒手势，却在各个酒场上蔓延开了，是由那孩子传播的。这种精确的滴酒不洒的斟酒法，成为一种衡量标准，衡量入酒道的深浅。但他那轻轻一撂却是想学也学不会的，这不在于一个手势，而是一种能力。喝到酣畅处，谁也收不住，再上了惯性，便身不由己了。酒是什么？酒就是叫人卸了武装，轻装上阵。什么约束都没了，只剩你自己，放和收都只凭你自己。可说放容易，说收就难了。放只要由着自己，收呢，却是要反着，逆着来的。不要小看这一收，喝酒的功夫其实就在这一收上，有些炉火纯青的意思。在他之后还没有出现过更漂亮的收势呢。不过，人们也渐渐地将他忘了，因为他谢了场，也因为喝酒改了风气，散多聚少了。

又过了两年，他虚岁七十。生日那天，在家中开了一桌宴席，请几个老酒友，他很节制地备了两瓶茅台。现在，他倒常喝茅台。像茅台这样的阳春白雪，是要经过长时间的冶炼和熏陶，才可真正领略到精微之处。否则，便是暴殄天物。他自觉得已经到了喝茅台的时候。他今天备的就是茅台，不多，只两瓶，多了，也是暴殄天物。菜也是极精致。可说是顿精品宴。就像他对茅台的评价，吃得很干净。到底是上了岁数，这干净正好对胃口。略留下些不足，以待后日。是七分的尺寸。到晚上九点半，便散席了，也是七分的尺寸。人们告辞着起身，说着留步留步，他还是送到了巷子口。

他家住一条旧巷子里，小小的独院，只两间瓦顶砖墙的平房，厨房是另盖的一间披屋，院里种了些常见的花草。这样的旧屋旧巷，这城市里已不多了，所余下的这些，也已经千疮百孔、破烂不堪，只等着拆迁。但是，在这早春的温暖的夜晚，它们却变得好看起来。墙上的裂缝，破砖烂瓦，在月光下有着水墨画的效果。巷子的地砖，本来，坑坑洼洼的，这时却呈现出一副冰裂纹的图案。有几家院墙上爬着些藤蔓植物，这时抽出点芽，看上去就茸茸的，包着些枝枝节节。空气是暖和而清新的，他嗅了嗅，竟嗅出了一股酒的曲香。他背着手，慢慢地走回去，方才喝的那点酒，正好叫他心情轻松、开阔，微感兴奋。他走回自家的独院，这其实是从别家的院子边上，拉出一个角来，圈起来的。所以门就有些偏，院子也有些歪。不过不要紧，在这江南城市里，方位感相当模糊，没有正南正北的概念。有些随心所欲的。他走到自家院门前，听见隔壁院子里的动动静静，停了一停，脸上露出了微笑，想这就是过日子。然后去推自己的院门，那扇旧门发出吱嘎的声响。本是剌耳的，但在夜露的浸润里，也变得悦耳了。这个夜晚有着一股甜美的气质，唤起着人们对生活的向往。他回到院子里，看看那几株寻常的花草，其中有一棵迎春花，疏朗的枝条上已生出小小的花蕾。他用脚往花根下踢了些土块，又看看院里的水缸，缸里养了两尾鱼，一动不动地停着，过些时，只听"扑哧"一声，调了头。他正看鱼，忽听院门响了两声。他以为误听了隔壁的声响，没动。不料，又是两声。这么晚了，会有谁来？他想着，一边挪动脚步去开门。门口站着个人，因背着月光，看不清，只有一个轮廓，小小的，手里还提着东西。他正猜，来人的脸动了动，受了些光，有什么在脸上闪了一下，是眼镜。他认出这孩子来了。两人都停了一下，然后一起说起话来。他们拔高了声音，又提高了语速，有些嘈杂地寒暄着，因为生怕冷场，就格外地多话。他不是将客人迎进屋，而是拽进了屋，这才发现他手里提着的，是一束四瓶剑南春。

他一时语塞，竟鼻酸了一下，一些往事回到眼前，不知是喜是悲。那孩子也停了说话。两人都安静下来，忽有一种如释重负之感。那不堪回首的既已经揭开了，就由它去吧，不必再掩饰什么了。他问道：吃饭了吗？那孩子说：吃过了。喝过吗？他又问。没喝，孩子老实回答。他不再说什么，扭头叫了声：老太婆，上菜！

现在，这一老一小面对面坐了下来。方才吃剩的菜，冷的，拼了盆，热的，再回锅。酒是新的，就是刚提来的剑南春。那孩子也长大了，做了丈夫和父亲。人胖了些，脸上有了操劳的痕迹。他们静静地喝着，也不说敬不敬的酒辞令，只相对略一举杯，再干下。斟酒的活儿就交给了那孩子，那孩子已经练得不差分毫。而他，倒是有些手抖。他揲了一筷菜，停在半当中，让孩子看他的手抖，告诉说：喝酒喝的。半天，就只说了这一句。再接着静静地喝。只两人喝，没那股一哄而上的热闹劲，而是一点一点积揽起来，细流入海的意思。两人都有些酒意了，小的毕竟道浅，开始多话，也论起了酒经。那是有些五四式的，将酒和人生联系起来。还是有些夸张，但也有限了，到底是受过生活教诲的，晓得书上的东西的虚实。他只是微笑，这些浮夸的东西让他看到了青春，心里也是高兴的。到他这个岁数，拿起的都拿起，放下的也就放下了。应当说，他还是有一点吃惊。他吃惊现在的孩子，小小年纪就见识过那么多的酒。这么多的酒，排起来，比这孩子活过的日子还长呢！

他们才有多少日子？当然认识是不够的，这么多的见识反而使他的认识有些乱、杂，莫衷一是，前后矛盾。"人生"这个借喻，又难免过于抽象，于是，便在底下偷换概念。但他还是很欣慰地看到，这孩子论酒经虽然有些嫩，可到底不跑题，不豁边。谈酒就是谈酒。他又联想到多年前冲犯他的那个夜晚，也是以酒对酒，不是借题发挥。就像更多年前他去过的那个北方城市，真正是"醉翁之意不在酒"，都是杂念。所以，这孩子的路子还是正的。他赞许地下了结论。

　　等到老太婆将剩菜收拾收拾，拼成一个暖锅端上来的时候，那一晚上的情景就又一次出现在眼前。暖锅的热气蒙了人的脸，彼此都隔了一层膜，有些模糊不清。他生出了倾诉的愿望。他说：小什么——他从来不知道他姓什么，叫什么，自打那回酒场过后，就更不需要知道了，他就只能这么叫他：小什么。小什么，你知道我为什么不喝黄酒吗？他说。即便喝到此情此景，这问题依然叫小什么有些酒醒。这个碰不得的东西，没想他这样轻易地出口。因为那是料酒，小什么很乖觉地回答。他摇了摇筷子：那是玩话。那就不知道了，小什么老实地说。他只是笑。机灵的小什么看出他有倾诉的愿望，还有，这问题一径提出就有些叫人放不下，于是便大了胆追问一句：那是为什么呢？他卖关子似的一径笑着，就是不说。小什么却欲罢不能了，非问他，还很耍赖地夺他的酒杯，不说不给喝。他本来不喝也行，这时却非喝不可，就要捍卫他的酒杯。一老一小争着那一满杯，拉过来，扯过去，杯中酒一滴不洒。两人都有些忘了年纪，嬉皮笑脸的。最后，他只得让步：好，好，好，我说。小什么就把酒杯松了。他握着酒杯，并不喝，却说：不告诉你。有些赖皮的。这真有点"老小""老小"了。老了，就像孩子了。小什么自然不愿意了，嗷嗷叫着。他赶紧说：告诉你告诉你。为什么？小什么逼紧了问。那是料酒。他狡黠地说。两人这么缠来缠去，至少有一个小时过去。问题还没有答案，还是在老地方兜圈子。他老太婆已经管自己睡了，邻家的院子也都灭了灯。四下里静静的，却有一股花香沁了进来。说香也不是香，只是一股气味，清爽的、新鲜的，有点水气，又有点土气。其实，也不是什么花，只是夜的气息，那些白昼里被人的潮热声气压着的，万物的气息。瓦、砖、墙角的土、土里栽的树，树的干、根、枝、叶，花的茎、瓣、蕊，草的齿和须，还有水缸里的水，缸壁上的青苔，水里积起着些的微生物，白天还都是干枯的，现在经露水浸润，气息就漫开了。

两人静了一时，酒潺潺地在他们体内循环。他又说：其实黄酒是土味，不是酿的，倒是夯出来的。经他这么一说，小什么也有同感了，想那黄酒的颜色是有些浑淘淘的。他纠正道：那不是浑，而是稠，土味是厚味。他接着说，南方的土不比北方的土，北方的土里有一半是沙，这里的土是纯土，水淘得干干净净。土是物之正本。所以，黄酒的味道你别看它出了格，其实是味之本；白酒是经演化和提炼，是味之精髓。他下了结论。在这夜深人静的时刻，酒催促着人的思维。小什么感觉到有一种重要的、认真的东西在接近过来，不觉有些敛声并息，等待他再往下说。可他却不说了。他的脸色看上去很郑重，而且，很奇怪的，有一种忧伤。小什么不敢触动他。就在这静默的等待时刻，他们之间忽然升起了一股相知相识的空气。知的什么，识的又是什么，都是不明了的，可就是相知和相识。

他果然又开口了。这回他说的是他的一个酒友，这个酒友后来喝死了。小什么轻轻地叹了一声。他却说，喝死了倒也算了，人总有一死。这也是的，小什么赞同。他活得还不如死了好，他说。他的话虽然还是短句，但是呈现出连贯和流畅的趋势。小什么不敢打断他，耐心地等待。你知道，他喝到后来，连料酒都喝！他向着小什么笑着说，眼睛里闪了一下，不知是泪光还是酒光。他们家的酒都叫他老婆锁起来了，瘾一上来，真是生不如死。所以，小什么，你记住，你喝死可以，喝上瘾不可以。小什么点点头，继续等待着，等待着他说下去。有时候，我们一同去谁家玩，走近门口，他突然加快了脚步，直奔进人家灶间，喝人家的料酒，他总是出洋相。这一回，他真的掉下泪来。看来，"料酒"这回事，直指他的痛处。你不知道，他喝起酒来，他女儿扇他嘴巴，他都放不下杯。小什么体会到了一种痛彻，不知是在何处，直指肺腑。后来，他就死了。他说。

小什么又开了一瓶剑南春。由于喝得沉着，依然可闻到酒香冉冉地在瓶口升起，然后，积累起来，充满了整间小屋。这种老房子，别看它到处是破绽，可它特别能含得住气味。因是土木的质地，有着融合的性能。他又向着小什么笑了，有些难为情地承认：我也喝过料酒，不过不是别人家的，是我老太婆的。他摇了摇头：喝酒喝到了料酒，就下作了。然后，我就想戒了。戒酒吗？小什么疑惑地问。是戒瘾。怎么戒？怎么戒？就是喝呀！喝到头，喝到底，喝到死，死就死了，死不了就死不了了。他说他选择来喝死的酒是黄酒。为什么是黄酒？道理很简单，料酒就是黄酒的下脚，一条路上的，他就上这条船吧。这一天，他背了老太婆，还有孩子，自己在屋里，还做了几个菜，就开喝了。他又回到了那天的情景，脸上有一种憧憬的神色。

说实在，黄酒是真好，温柔。他用了个新派的词汇：温柔。它是一层一层垫底，垫得很细结，针针线线的。他形容酒的词汇真够小什么学一辈子。还好配菜，他继续说，用它的下脚作料酒，真是几千年的文明。他突然说了句浮夸的词，有点不像他，却又就是他的幽默。开始的时候，我差点儿都忘了到底要干什么了。他笑了起来，有些孩子气的。喝着喝着，他想起来了，因为，因为他老也没有醉的意思。这么多酒下去了，却没有醉的意思。就像先前说过的，江南一带人，特别受用黄酒，与这水土之酒性合得很，真是醉不了的。黄酒的劲是后劲，江南一带人，就是后劲足，都是后发制人。这才叫两强相逢呢！他一点不醉，只觉得越来越舒泰。黄酒是糯性酒，人家说酒水，酒水，黄酒却是羹，对肠胃知冷知热的。他回顾道。可这时候，他有些急了，那时还年轻，不像现在沉得住气。他急了，就猛喝，大口大口的。菜也吃完了，只得空口喝。终于，渐渐的，酒不像酒了，而像，像"黄汤"，他用了一个常用词。就是"黄汤"。喝下去已经不管用了，他想他怎么喝不死呢？或者半死也行，就像街上酒馆门口常有的那些醉鬼一样，打着难闻的酒嗝，奇怪的是，那样香的酒一经过肠胃的转化，再回上来，就其臭不可闻了。还有呕吐出来的秽物，也是臭不可闻。他想他至少要喝到这种程度，叫自己嫌恶，就能断瘾了。他是一个有洁癖的酒徒，不能容忍下作。

可是他没有感觉。但他却看到了一线希望，没感觉比有感觉好，这至少标志着一种程度，没感觉了。而这并不会使他罢手，反倒是因为要寻求感觉，他必得更大量地喝。需有多于原先数倍数十倍的酒，方能榨取一点酒意。所需的酒量还在不断地增加，酒意则正成反比，不断地微弱下去，直至完全榨干。他沉溺在一种艰难的搜索之中，搜索对酒的感觉。这搜索越来越变得盲目和茫然，于是他沉溺得也越是深。事情已经谈不上有什么享受了，他进入了惯性。他竟还有足够的清醒意识到：他进入了惯性。这可不好办了，他知道惯性的力量。其实有多少酒徒是因为享受不能罢手？都是惯性，欲罢不能。他到底身不由己了。他到底喝到这一步了。他被酒推着走了。他迫不及待地开着酒瓶，倒进杯子，灌进嘴里。其实，他说，我已经是有点酒精中毒了，你看。他又伸出手，让小什么看他的手抖。自己作不了自己的主了，他说。不知是说手抖，还是喝酒。那时候，他年轻，筋骨好，真难喝倒啊！他醉是醉了，就是倒不下来。他还很镇定，斟酒还能斟成一条线来，一条线去。他喝着喝着，竟又喝出了感觉，他的味觉又回来了。可是，他喝出的却是，料酒的味道。酒还是原来的酒，可味道却变成料酒的了。他很天真地检查了一遍酒瓶，都是一个牌子的，从一家店买来。他不甘心地喝了又喝，恼火地发现确是料酒的味道。他撒气地再喝，渐渐发现这股料酒的味道不是从酒里来的，而是从他的口腔中发出。酒从他胃肠道走了一遍，化成了泔脚的气味。他有些嫌恶，但还能抵挡。这股味越来越浓，直至他呕吐。这是人间秽物之秽物。

他从小什么手里接过酒瓶，斟了一杯，干了。再斟一杯，干了。又斟了第三杯，干下。然后将酒杯轻轻一搁，两手相互抹了抹袖子，完了。

1998 年 12 月 18 日　上海

天仙配

夏家窑的村长发了大愁。他日想夜想，这事可如何收场呢？

事情要从打井说起。打井又要从夏家窑的那股泉眼说起。那股泉眼是夏家窑的生命之泉，它从山那边淌过来，淌到这山折折里的夏家窑。夏家窑，就好像一只飞得特别高的老鸹，下在山折折里的一个蛋，挤在石头缝里，再也找不着了。可夏家窑却世世代代地生存下来。夏家窑古时是烧炭窑的，那时候，山是青山，树林非常茂密，泉水就从树林里穿行而过。坡坡坎坎里，都是窑眼，烧着木炭。所以，夏家窑就被窑烟蒙了一层白雾，夏家窑又像是天上掉在山折折里的一朵云。从这庄名也可看出窑家是夏姓人，但这只是开始，后来又来了一户孙姓，是沿着挑炭出山的山路找过来的。夏姓人慷慨地收留了孙姓人。反正有着满山的树木，泉眼很旺，日夜不停，从春到秋，从冬到夏。淙淙的水声，是夏家窑的天乐。又是很多代过去，夏姓和孙姓繁衍后代，人丁兴旺，坡坎里的窑眼挤挤挨挨，把山都挖麻了。不知不觉的，树林稀了，土也薄了，接着，泉眼细了。争窑的事端就此开了头。先是来文的，到衙门打官司。其时，夏姓和孙姓都是富户，买得通官，请得起讼师。可官司是个无底洞，扔给架金山也咽下去了。官司打了十几年，夏姓人和孙姓人的钱养肥了几任知县知府，状子就是批不下来。于是，就来武的了。两姓都是旺族，有的是人，前赴后继地打了几年，最后是，孙姓人把夏姓人赶下了山。这也就是，夏家窑里没有一个姓夏人的缘故。再是多少代过去，树木都烧光了，窑呢，一口一口地熄了火，凡是有土的地方，都驴拉屎似的种上了庄稼。夏家窑，如今连个旧窑址都找不着了。泉眼只剩手指头粗，很稀薄地贴着山石，一点一点洇过去。甚至，有那么几次，很危险地断了流。打井的事情，就这么来了。

　　打井是村长的提议，村委会讨论通过，大家集资，到县农科所请了技术员，买了设备，每户按人口田地摊派义务工。然后，钻机声就在夏家窑寂静的天空中隆隆地响起了。此时，山已经是秃山，山折折里尽是石头基，土坯墙，茅草顶的房屋，挤仄得前檐接后檐，人就在檐下侧着身子走。钻机日夜不停，歇人不歇机，拉了电灯，照得铮明，小孩子在灯下蹿来蹿去，可真是热闹啊！像过年似的。村长就背着手，走来走去，吩咐这，指示那，哪想得到会出什么事呢？样样看来都是喜庆的迹象，技术员说不出二天就可出水，没一个人说过晦气的话，做过有凶兆的梦。天天都是晴天，大好的日头。可是清石头的时候，却把孙惠家的独苗，孙喜喜，埋在井下了。村长恨不得在井底下的是他自己。

　　孙喜喜今年十八岁，去年高中毕业，没考上大学，准备复习一年，今年再考。他长得清眉朗目，宽肩长身，又爱穿西服，就像电影上的人。初中时，就有女同学给他写信，表达爱意，还有上门来提亲的，但都被他拒绝了。他一心要考大学。他认为，只有考上大学，才能走出夏家窑。走出夏家窑，是夏家窑这一辈的青年普遍的想法。他们认为上级政府对夏家窑的种种扶贫政策，其实都是白搭。什么送电、拨款、传授养长毛兔的技术，等等，都不是根本的办法。根本的办法只有一个，就是迁徙，丢下这块不毛之地。当他们听说二十年前，政府曾经动员夏家窑，迁到山下平地去，还给了迁移费。可夏家窑就是不走，有人呢，走了，走上个把月，花完了迁移费，又回来了。这一段历史可把他们气炸了。他们甚至还有人动心思，去乡里讨回这个政策。可是乡里回答说，这可不好办了，现在都分地了，二十年来，平地上的人口更稠密了，你们往哪儿插呢？谁能匀出地给外来户呢？这样，走出夏家窑，就只有靠个人奋斗了。像孙喜喜这样有知识、有头脑的青年，走出夏家窑的决心就更比别的青年要坚定、执著。可是，现在，他非但没走出夏家窑，还埋在了夏家窑的山肚里了。

　　孙喜喜他爹妈只他一个孩子，还是个老来子，四十岁上得的，传宗接代的指望都在他身上。兴许是那遥远年代，孙夏二姓争窑的胜负结局，给后人留下的生存原则，夏家窑特别重子嗣。若不是人多，怎么能打败夏家，占山为王？人嘴能吃穷山，可是没人呢，连穷山都没了。人，是立足之本啊。夏家窑不怕穷，只要有儿子，就是个富户。院子里，爬着带小鸡鸡的，披屋里，草盖着寿材，那么，就前有古人，后有来者，做人的着落就有了，其余都好说了。为了这，夏家窑每年都要欠下大笔的超生罚款，说实在，它的穷，有一半是罚穷的。村长，要不是为超生，部队上带回来的党籍，怎么能丢了。所以，这里的青年，定亲都早，怕人家女儿不肯来这穷地，就下大彩礼，夏家窑的彩礼大是著名的。这一来，又把它那一半，穷掉了。孙喜喜他爹妈，早为孙喜喜积攒下厚厚的彩礼，人民币都掖在炕席底下，就等着定亲那一天。无奈孙喜喜就是不要，硬是要上大学。就这么一个儿子，什么事都指着他，又什么事都由着他，挺不好办的。不过，孙喜喜就这件事上不听大人的，其他地方，都是个好孩子，性格特别绵善，也孝顺。这不，打井派义务工，他爹孙惠一个人就够了，可他偏不，要顶他爹去。孙惠觉得儿子是顶他去死的，心都碎了。

孩子就这么走了，孙惠用年前备下的板子发送了儿子。这板子原先是备给自己打寿材的，备料时怎么想得到睡的会是自己的儿子？孙惠又觉得自己是送儿子去死的，年前就送上路了。真是过不去啊！发送完儿子，老两口拾掇拾掇，就喝了农药。幸好半路被人看见，夺下瓶子，再连夜送到乡卫生院，救下了。人是回来了，可那心却回不来了，只剩一口气罢了。村长看着并排躺在炕上的一对孤老儿，心想，怎么才能救老人的心呢？村长想了三天三夜，终于想起了这么一件事。

这事就更远了，要远到打胡宗南的时节，几十年的事情了。村长是五十年代生人，这事也是听老人们说的。说的是，胡宗南进攻陕甘宁的时候，夏家窑跑来一个受伤的小女兵。不知是哪个部的，叫胡宗南的队伍打散了。小女兵伤在肚子上，沿着一条古时挑炭的旧道，硬是爬到了夏家窑，钻进了孙来家的草堆里。那时，孙来他奶奶还是刚进门的新媳妇，早起抱草烧锅，见那草堆都让血染红了，接着就看见草里窝着个小女兵，小脸苍白，眼闭着。小女兵在孙来家的草堆里，窝了七天七夜，乡亲们都去看她。开始还想搬她进屋，可一动她，肚子上的洞就流血，再不敢挪她了。也不敢喂她吃喝，她一吃喝，肚子上的洞就流脓。她已经说不出话了，问她什么也未必听见。她只是睡着，偶尔睁开眼睛，很安静地看看天，夏家窑被山挤成狭缝的天空。她的眼睛特别黑，特别大，眼毛又长又密。看一会儿天，又合上了。她只剩一口气了，可这一口气就是不散。乡亲们都落泪了，想她实在是舍不得走啊！那么年轻，还没有活过人呢。大家一起相帮着在孙来家草堆上搭了个棚，好替她遮挡夜里的露水。草堆上摞几床被，围住她。小女兵显得更小了，就像个婴儿似的。就这么，第七天傍晚，小女兵终于咽下最后一口气。咽气前，她开口了，叫了声"妈"，声音很脆生，就像没受伤的好人似的，可是紧接着就闭了眼。这时候，脸上竟有了丝血色，红润润的。人们听她叫妈，就想她妈在什么地方正牵挂着她呢，哪想得到她是来了夏家窑呢？这一声"妈"，就当是叫夏家窑吧！大家凑了副杂木薄板子，几十年前的夏家窑，虽然不烧窑了，树还是有几棵的。大家凑了副板子，发送了她，将她埋在进村口高岗子坟地里。人小，棺材小，坟也小，像个小土墩子似的。到了清明，自会有人在坟头给她压块土。

这时候，村长就想起了小女兵。在人们的传说中，这是个俊俏的乖女子，有一双大而黑的眼睛，尖下巴颏。村长想，给孙喜喜结个阴亲吧，老人心里好歹有个念想。他又想，孙喜喜一心想考大学，就为了走出夏家窑，走到什么不知名的地方，现在走不成了。可小女兵是从外边不知名的地方来的，兴许是个大码头，当兵嘛，也多半是有文化的人。说给孙喜喜，会称他心的。还有，这两个孩子都走得叫人心疼，前一个遭了老罪，后一个呢，是眨巴眼间没了天日，神都返不过来呢。又都是花骨朵样的年纪，还没活过人呢！村长在想象中看见了小女兵望着夏家窑的天的大眼睛，一点不诉苦，一点不抱怨。这两个苦孩子会互相心疼的。村长的眼眶湿了，心里十分酸楚。停了一时，村长摇摇头，对自己说，你还当真了呢！他虽然丢了党籍，可毕竟是受过教育的，是唯物主义者。此时却想，还是唯心主义好，唯心主义慰人心，让人走到哪一步，心里都存个念想。唯物主义是断人念想的，彻底的唯物主义就是彻底地断人念想。

夏家窑替孙惠家办了这门阴亲。将小女兵的坟起了，与孙喜喜合了坟，立了夫妻碑。因不知小女兵姓甚名谁，就新起了一个，叫凤凤。是个娇名字，想她这么苦、这么孤，现在有人疼了。纸扎了洞房，贴着白色的喜字，内有床柜被褥、电视机、电冰箱、电话机，院子里除了骡马猪羊，还停了辆汽车，和着纸钱，一起烧了。请来一班吹鼓手，吹了大半天。又办了几桌酒水，凡有头有脸的都上了席，包括那名打井来的技术员。酒席上，村长红着眼对孙惠两口子说：往后，你们过你们的日子，孩子过孩子的日子，两下里都要好好的。从此，孙惠家果然安宁了。倒不敢说不伤心，伤心还是伤心，不时也要哭上两把，可到底是把日子过下来了。一日一日，春去冬来，不知不觉三年过去了。新坟变成了旧坟。然而，不曾想到的事来了。

这一日，近晌午的时候，夏家窑开来了一辆吉普车，开到村口就不得已停了下来，走下三个人。头一个是熟人，王副乡长，来过夏家窑几回。一回是来宣布对村长的处分，二回是来发救济款，三回是通电那晚，还在村长家住了一宿。后两个就眼生了，但一看就是城里的干部模样。一老一少，都穿着黑皮夹克，脸白白的，戴眼镜。王副乡长对看热闹的小孩一挥手，告你们村长去，客来了。于是，一串孩子顺着山坎，一溜烟地跑了。等这里磕磕绊绊，脚高脚低地走近村长家院子，村长家的鸡已经杀了，正等着锅里水滚好拔毛。派去供销社买烟的小孩也回来了，村长则站在院子前迎客。王副乡长向村长介绍那两位，一位是县民政局的老杨，二位是县文化局的小韩，边说边进了屋。初春的日子，还冻得很，屋里生着烟囱炉，炉上坐了茶水，主客围炉坐下。先是一番问暖嘘寒，再是一番秋收春种，然后静场一时，那个民政局的老杨掐了烟，咳一声，说话了。

老杨开口第一句，便问村长，今年多大年纪。村长说，比王副乡长虚长一岁，五四年生人，属马。又转而问道，王副乡长可不是属羊吗？老杨又问，家中老人在不在了。村长道，母亲是七岁那年没的，父亲呢，年前也走了。老杨再问，这庄里目前还在的，年纪最长的老人是谁家的。村长就笑了，说老杨您有什么事，尽可问我，只要是夏家窑的，不敢说上下五千年，一百年却是敢讲的。老杨被村长这么一说，脸上便有不悦之色。王副乡长在一边圆场道，这里的老人没大见过外人的，话又说不清，不如先问村长，问不到了再去把老人找来问。这样，老杨才说到了正题：一九四七年春上，夏家窑有没有来过我们的伤兵。村长心里咯噔了一下，嘴里却说，可不，您问的这事我正知道，打小就听老人们讲古，说是胡宗南进犯的时候，跑来过一个伤兵，沿着古时挑炭的旧道爬过来的。老杨和小韩对看一眼，又问，是男还是女？村长心里又咯噔一下，想他们怎么想起来问这个？嘴里就有些含糊，女的吗，女伤兵可不多。老杨说，还是去找个老人吧。村长一听，只得把话说实了，是女的，所以我才记下了呢！老杨这又坐定了，再问，多大年纪。村长说，当兵的年纪总归大不了。这一回，老杨很坚决地站了起来，小韩也站了起来，他们要村长带去找老人家打听。这时候，村长家里的以为他们要走，便上前留饭，说面条都擀好了，鸡也炖烂了，说话就齐，怎么也要吃了饭走。村长就不让走了，王副乡长也帮着说话，说吃过饭再去找老人也不迟。这样，那两个只得坐下来，暂把话题搁一边，说些闲篇。喝着酒，吃着辣子鸡，老杨的脸渐渐红了，眼睛带了些水光，柔和下来，说话也不那么硬了。村长一边劝酒，一边暗地思忖他们的来意。听他们的问话，句句都是指着那小女兵，不像是胡乱问的。是小女兵她家里人找来了？又为何这多年没音信，这会儿却特特地来问？要是她家里的人，就不知是个什么身份，在什么地方，想把她怎么着？倘若知道有孙喜喜这门阴亲，又会是个什么态度呢？村长不敢想，心里很不安。有几次走神，问他话只支吾着，等醒过神来，就想，这样不行，他要争取主动，摸清来人的底，再想对策。这样一径地躲，躲得了初一，躲得了十五吗？

这样，村长就将搁在一边的话题再又挑了起来。他从孙来他奶奶在草窝里发现小女兵开头，直讲到第七天傍晚，小女兵终于开口叫了声"妈"，合上了眼。最后，他大有深意地结束道，小女兵这一声"妈"叫的是夏家窑啊，所以，这多年来，夏家窑一直把小女兵当成自己的孩子。饭桌上一阵寂静，都有些动情。半晌，老杨才说，看来，就是她了。停了一会，村长小心地问，就是谁了？老杨看了他一眼，说：烈士李书玉。接着，便将事情的原委一五一十地道来。

李书玉，江苏人氏，一九三零年生人，金陵女中学生，在学校时就接近革命，宣誓加入了中国共产党，与男友一同赴延安，不久，延安战略撤守，在过黄河时遇敌军追击，受伤掉队，从此没有下落。据最后看见她的同志说，她受伤就在这一带。她的男友，一九四九年后便从部队转到了地方，曾在南北数省任领导，现已离休。虽然早已成家生子，但几十年都怀念着他的初恋女友李书玉。尤其是近年来，他开始写作回忆录，往事涌上心头，就生出寻找她下落的念头。早在半年前，就由省民政局发函来问过。这位小韩，是负责撰写这一地区的党史的，凡是当年发生过激烈战事的地点他都去寻访过了，却没有收获。回了上去，这不，前几日又下来一函，让再寻访寻访，说是受了伤掉队的，总走不远，一定是在这一带。于是，这一回，无论是有过战事还是没有过战事的地点，都挨个儿走上一回，这才来夏家窑了。是这一乡最远最背的地点，来时是从县上开一辆桑塔纳，到了乡里，因是要去夏家窑，便让派出所出一辆吉普，换了车，一路颠上来，有几处石头滚了坡，还都下车去搬石头、推车，这才到了夏家窑。原是没抱什么指望的，不想倒有了结果，真是踏破铁鞋无觅处，得来全不费功夫啊！老杨一是高兴，二是喝酒，话就滔滔不绝起来。

村长听着这些，心里茫然着，怎么也不能把小女兵和"李书玉"这个名字联系起来。草窝里的小女兵，这个苦妞啊！虽说是几十年过去了，夏家窑少有人见过她，可却是活生生的。再加上孙喜喜的阴亲，就更是眼一闭就到了跟前。不过，这回不是窝在草堆里了，而是偎在孙喜喜的怀里。可是，"李书玉"是谁呢？"李书玉"和这些有什么关系呢？这名字听起来，确实就像老杨说的，一个女烈士，可以上书上报，是个大人物。夏家窑原来还隐姓埋名着个大人物啊！村长就像在做梦似的。他就是趁着这股迷糊劲，应了老杨要去瞻仰烈士墓的要求，将面碗一推，站起身，走出了门。

酒喝的有些上头，脚下微微发飘，身子就很轻快，心里也很轻快。晌午后的太阳明晃晃的，略有些懒，庄子里很静，猪在圈里哼哼，鸡安静地啄食，偶尔的"咕"一声。村长带着那三个在夏家窑的沟缝里走着，还走过了孙惠家院子。院子里没人，晒着一席粮食，门框上挂着一串红辣椒，挺醒目的，日子过得像是返过一点神了。村长心里依旧茫然着，从孙惠家院子前走了过去。渐渐地到了村口那片高岗上，是夏家窑几十辈子的坟头啊！看见坟头，村长脑子清醒了一些，他想，他们这是来做什么呢？脚下却机械地绕着坟头，向孙喜喜那里走去。现在，没有退路了。

这四个人站在了孙喜喜的坟前，是个双坟头，石碑上刻着两个人的名字：

孙喜喜，凤凤。村长抬头看看天，天蓝蓝的，远处，山坡上是人家庄里的苹果树，褐色的树枝，矮矮地巴着地。清明没到，已有人赶早来上过坟，有几座坟头上的土坨是新铲的。还有一座新坟，扬着白幡。他向四周望了一遭，转回头看见了那三人疑惑不解的眼睛，他惭愧地笑了一下，低下头去。

村长从此就开始了发愁的日子。开始，没什么动静。就像什么事都没发生过似的。那吉普车一开走，转眼没了影，什么老杨小韩的，也都没了影。再过几天，庄上就有传言起来了。传言说，小女兵的家人寻了过来，要把小女兵接回祖籍去。又说小女兵的家人都很发迹，也有权势，有说在北京的，有说在上海的，还有说在香港台湾的。话传到孙惠两口子耳里，老人就来找村长了，问有没有这回事。村长心想，能瞒一日就瞒一日吧，说不定事情就到此为止了，不是没动静吗？那老杨小韩兴许在别处找到了真的李书玉，小女兵就还是小女兵了。这么想，便说：没这回事。老人却又问：要真有这事可怎么办？村长想都没想，脱口就道，有又如何？咱们给烈士找婆家也没错，孙喜喜是个正派孩子，当年学生下放，不还有找庄里农民成亲扎下的？老人这才舒了口气，回去了。村长再回头想想自己方才的话，心里好像也有了底。一天一天平静无事地过去，村长就更有底了，心想，没事了，没事了。正这么想的时候，乡邮员却捎来了王副乡长的话，让他明日去一趟乡里，有话同他说。

村长颠颠地骑着自行车，往乡里去，心里七上八下的，不知是什么事情在等着他。沿路常有各庄子派出的义务工在修路，大多是星期天放假回家的学生。脸在学堂里捂得白白的，穿着牛仔裤，或者西服，怕脏了衣裳鞋袜，干活不免就乍手乍脚的，还不时停下来讲国事，说笑话。听见自行车响，就回头看，脸上还带着笑，露出一口白牙。村长心里一惊，他看见了孙喜喜。太阳热辣辣地晒在背上，浑身上下出了点汗。有几段路是要下车推着走，又有几段是要扛着车走。山下平地里的麦子都有一乍高了，山里就有了些单薄的绿意。村长想着，王副乡长招他去，会是好事还是坏事呢？上回开除他党籍就是招他去乡里说话的。但有几回发放救济款也是招他去乡里说话的。不过他任怎么想，对这一次说话，心里还是有几分知晓的。离乡里近一步，心里的明白劲就强似一分似的。

星期天，乡里的办公室都锁着门。村长沿着砖砌的甬道，穿过办公室，走到后院。后院有两排平房，传来剁馅的锵锵声，还有电视机里的歌曲声。王副乡长就住那里。王副乡长正蹲在地上拾掇自行车，一架车给拆的东一摊，西一摊，一盆水里泡着破破烂烂的一根车胎。村长正要想在王副乡长跟前蹲下，王副乡长却站了起来，乍着两只大黑手，说，我看你怎么交待，把人家女烈士婆了阴亲。话这么挑开了，村长倒心安了，他耍着油嘴说，我的党籍已经开除了，你就开除我的人籍吧！王副乡长不和他油，盯着他问，你说怎么办？村长又笑，王副乡长就说，人家信都来了，下个月要来看坟呢，你拿什么给人家看？村长笑不下去了，抬眼看着王副乡长。看得王副乡长有些心软，他说，回去把坟刨开了，另立一块碑。村长一急，说，坟不能刨。王副乡长说，不刨怎么办？村长说，要刨坟，老人又喝农药。王副乡长一听这话就蹲了下去，接着在水盆里洗猪肠似的捏叽那根破车胎。他也是乡里人出身，如何不知道刨坟的事大。村长也蹲了下去，将手插进水盆，帮忙的样子，然后就说了那天和孙惠说的同样的话。王副乡长"嘿"了一声，道，这阴亲配得也不合适，岁数就不对。村长也"嘿"了一声，你连这个都不懂吗？人在阴府是不增寿的，否则，为什么要叫阳寿呢。王副乡长说，你同我说这话行，你同人家说行吗？村长腆着脸，那你去说。王副乡长把水盆一拖，背对着他不说话。村长空着两只湿手，脸上十分尴尬。半晌，他慢慢地站起身，说，走了。也没搭理，王副乡长生气了。

　　往后的几天里，村长有几回走到孙惠家院子前了，又折回来。老人家门框上的那串红辣椒，辣着他的眼。这好像是一点过日子的心劲，不是那么旺的，稍不留意就会扑灭了它。还有几回，他走到了那口井边上，往里瞧瞧，黑洞洞的深处，有个人影，远远地望着他，一言不发。村长想，真是多一事不如少一事啊！庄里的谣言传过一阵又平息了，这时倒是格外的安静。只有村长才感觉到不妙。清明到了，村长给老人坟上添土时，看见孙惠家的也在坟地，烧了一沓纸，又烧了一些纸扎的小孩衣裤鞋帽。他装作没看见，不料孙惠家的叫住了他。村长，她说，一边擦着泪眼，这俩孩子也该添人口了吧。村长嘴里敷衍着，那是，那是。脚下快快地挪步，想离她远些。她却也挪快了步子，紧随着他，口里念着，添个闺女，再添个小子。那是啊，村长说。他们一前一后走进庄，终于分了道，各走各的，村长这才放慢了步子。他将手袖在袖筒里，腋下夹着铁锹，慢慢地往家走，心里定下个主意。

清明过去半个月的光景，果真如王副乡长说的，来人了。一个是老头，另一个是老太，都花白着头发，腰板倒挺得很直，是大干部的模样，由县上的干部陪着。王副乡长，还有老杨、小韩，也来了，却到不了跟前，只尾随着。早有人去报告村长，村长一路小跑地迎去，脚下打着绊，几次要摔倒没摔倒。迎到跟前，就往兜里摸烟，竟摸不着兜。这时，他才发现他的手在哆嗦。他的嘴也在哆嗦，话都说不成句了。那两个老人却很和蔼，还同他握了手。引去村委会的路上，村长心里颤颤的，但却是另一番心情了。他看见了老人花白的头发，还有脸上的褶子，尤其是那老汉，虽然是干部的装束，可那眼皮下的囊肉，和庄稼老汉差不多。他们的和蔼触动了村长，清明那日定下的主意，在这一时竟动摇了。他想，他们也不容易。走到村委会，门早已打开了，地扫净了，水烧开了，人一到就沏上了茶。坐下，聊了几句闲天，人口啊、提留啊、年收入啊、就学率啊，等等，便言归正传，那老太发言了。

老太操着一口清脆的普通话，听声音就像个年轻妇女，广播电台里的那种。她开门头一句就是，感谢老区的人民，保护了我们的烈士。然后又接着说，李书玉同志是老樊青年时代的朋友，一起参加革命，几十年来，我们没有一天忘记过她。村长的心渐渐静了下来，他忽然明白，这对老人不是小女兵的父母，而是她的同辈人。他这才想起来，这老头原来是小女兵的未婚夫。就是说，小女兵要是活着，就该也像这个老太一样的年纪，一样的装扮，一样的清脆的普通话，称他们为"老区的人民"。村长心里的感动平息了，甚至有些不舒服。他再接着方才的思路想，那么，这老太算什么呢？她不是占了人家李书玉的窝吗？当然，李书玉死了，老樊总归是要娶的，可人家既然旧情还在，她在这里来什么劲呢？照理说，她都不该跟着来的。村长心里的不舒服变成了反感，于是，方才动摇的决心，此时又定了。

老太说完，大家都静着，等村长说话。村长咳了一声，慢慢抬起眼睛，说道，真是对不起首长和领导，事情兴许有些误会了。所有人的眼珠子都瞪起来了，先瞪村长，又转过去瞪王副乡长、老杨和小韩。那三个通红了脸，不约而同要张嘴说话，却被樊老头的一个坚决的手势制止了，示意人们继续听村长说。村长说，昨天夜晚，听说首长要来，就特地把夏家窑七十岁上的老人会齐来问情况，老人们有的说记不清了，有的倒还记得，说孙来家草窝里的小女兵其实不是兵，是不晓得哪个地界上的砍柴的女子，失了脚，掉了崖，挂在树枝上，才留住一条命，然后顺着古时的挑炭的旧道，爬到了夏家窑来了；因为正是胡宗南进兵的当口，人们就把这两件事联起来传了；还有，那小女子头几天还能说话，见大爷叫大爷，见大娘叫大娘，好像是山西那边的口音，这就对不上了；因为是烈士的事，政府的事，不能有半点差错的，要不，咱们也对不起烈士李书玉啊！老头的脸板着，十分僵硬，他一动不动地坐着。村长发现，至此，老头还只字未语。老太显然不是省油的灯，当即向陪同前来的副县长发难了，你们的工作是怎么做的，老樊知道找到了李书玉同志的下落，激动得几夜没睡，血压都高了。副县长的脸一阵红一阵白，只能对老杨和小韩责问，老杨小韩再向王副乡长责问，最后是王副乡长望着村长，虽然一言不发，可那眼睛是把村长十八代祖宗都骂到了。村长不接他的茬，把眼睛挪开，看外头。外头地上站着乡亲，静静地看着这一幕。村长将人头看了一遍，没看到孙惠和他家的。

老太又说，老樊也知道你们搞了迷信，结什么阴亲，但老樊并不计较，农民嘛，是需要长期教育的，老樊只是想把李书玉同志的遗骨，送进烈士陵园安葬，也了了几十年的心愿，对后代也是教育，真不知道你们基层的工作是怎么做的，这不是不负责任嘛！村长心里静得很，老太说什么他并没听进去，只是看着她的嘴，想怎么会有那么多的词这样不间断地从这嘴里吐出来，就像炒锅蹦豆子似的。忽然间，那老头又做了个坚决的手势，老太戛然而止。老头站起身，说道，看看那女子的地方吧。他声不高，言语也不多，可村长却震了一下，他不由跟着站起身来。他又在老头那双垂着囊肉的小眼里，看见了一些熟悉的东西。就是这些熟悉的东西，透着一种你知我知、天知地知的了解，厉害着呢！村长又有些不安了。他乖乖地引着人们走出村委会，门前的人群默默地让出一条道来，看他们走过去。

村长带着他们沿了沟坎走，阳光从屋檐上漏下来，一条条的，照着半张脸，都沉默着。离他们一段距离，是夏家窑的乡亲们。屋檐后边是光光的山崖，崖顶是雪亮的太阳，空荡荡的，什么都没有，崖的那边是另一个世界，是什么样的世界呢？人们来到了孙来家院子，孙来和他媳妇还有他爹妈，站在院子里，比划给来人看当年那一堆草垛的地点，又比划给来人看，当年的院子是如何，现今改掉了哪些。南墙朝外推了几步，山墙也撑了出去，所以地形就有些两样了。一边说，一边往四处撵鸡，不让它们到中间那块地面来，鸡就喳喳着。人们围了院中间的空地一圈，想象是当年窝小女兵的草堆的地方。老头沉着脸，听孙来他爹说话，说那小女兵在草堆里度过的七天七夜。孙来也是听他娘说的，他是小女兵来到后的第二年生人。村长蹲在人圈外头，不再说话。孙来爹的声音好像是从很远处传来，漏出好些破绽，他口口声声称她为"小女兵"。老头并没有置之疑问，村长也不去纠正。他知道没什么能哄住这老头的，他钝钝的，却看得清底细。这老头身上有一种东西，确实打中了他，这也是钝钝的，是钝钝的悲哀。

然后，队伍就由老头带领了。他领头出了孙来家院子，村长不由地随在身后，向村口坟地走去。老头将手背在身后，抬起头四下里打量，看门里的院子、圈里的猪、场地上晒的粮食。有小孩子挤了他的腿，他还摸摸小孩子的头。老头的脸色松开了些，不像方才绷得那么紧了。那种钝钝的东西，似乎变得柔软了，可以流动的了。近午的阳光照着他花白的头顶，村长想，多少日月过去了啊！从这老头的头顶上过去，也从夏家窑过去，可是小女兵，还是小女兵。他们来到了高岗上的坟地，站在孙喜喜和凤凤的合坟前头。清明添的土还湿润着，坟头的土坷垃也是新的，土坷垃下压着一张粉红纸，炫目得很。老头对着坟站了一会，转过身，看一眼身后围着的乡亲，低下头从兜里摸出一个小钱夹，夹子里摸出张相片，递给人群中一个老汉，说道，您老看看，是这个女子吗？

老汉拿了相片看了半晌，没吭声，传给了另一个比他还老的老老汉。老老汉看了一会，也没吭声，再传给一个老婆。老婆又传给老汉。相片在人群里传了一遭，最后传到了村长手里。这是一张比手指盖略大一点的旧相片，泛黄了，却还是清晰的。照的是半身正面，学生头，齐额的刘海，旧式便褂的竖领，嘴抿着，不笑，眼是黑漆漆的。从未谋面的小女兵一下子跳到了眼前，村长觉得已经认识了她几十年似的。几十年，他在娘肚子里从无到有，再从光腚猴长成这么个半老汉，可小女兵却一直是这副面容。就和相片上一样，不笑，不吭声，眼睛黑漆漆的。这个受了伤的小雀儿啊！村长眼睛湿了。他将相片还到老头手里，见几个老婆老汉都在擦泪。停了停，村长使劲将喉咙里梗着的一块东西咽下去，哑着声说，这多年来，夏家窑把她当自家闺女看。老头也哑着声说，她信仰共产主义，是无神论者。老头说过后，就看着地面，一动不动了。这时，村长知道，他到底是输给了这老头，他到底是罩不过这老头的。

　　这天晚上，村长迈过了孙惠家的门槛。他晓得，今晚他要迈不过这个门槛，老人家一宿不得安泰。他要一直迈不过这个门槛，老人家就一直不得安泰。老两口子见他来，立刻明白了，掉起了眼泪。孙惠家的一把一把地擦泪，眼睛擦得通红，都烂了，那是叫眼泪腌的。哭了一会，孙惠家的便起身要去烧茶，被村长拦下了。村长说，这几天，早想来同你老说，可是一直没得闲工夫，说实话，也怕你老哭，就挨着；可不说呢？又老堵在心里，是块病。孙惠就说，村长，大家都知道你也不好办。村长拦住他的话，等等，你老先听我说；有半个月了，还是清明前，我就做了个梦，现在想来，是喜喜那媳妇托给我的；她对我说什么呢？她说，她和喜喜小日子过得不错，和和美美的，可是不期然的，玉皇大帝点了她去投胎；你老知道，她上一世没活够人呢，吃苦比享乐多，尤其是最后那七天七夜，真是煎熬啊，她想活人呢！我就说，那就去呗，你先去，二年把喜喜拉扯去，再做夫妻。她就说，大叔啊，你不知道，夏家窑太背了，挤在山折折里，路又不好走，还没有水，玉皇大帝的船撑不进来接我呢！她说，大叔，你能不能送我出去呢？梦做到此就断了，开始我倒并没有上心，不就是个梦吗？可是过了一段，这不，来了个首长，专为了认这女子，要把她带到省城的烈士陵园。我心里就不由一惊，这不是应了那日的梦了？是玉皇大帝托人来引路了不成？

　　第二日，村长就专派人到乡里，给王副乡长捎了信。信上说，一切都妥帖了，三天后可来人领遗骨，事情由他来操办，请领导和首长放心。

　　这一天，吉普车先后三辆连成一队，开来了夏家窑。近村口时，就看见高岗上许多人忙碌着，有白烟腾起，被风吹开，夹着些焦黑的纸屑。有指令从最后一辆车传到了第一辆，吉普车停了，停在距村口二百米的地方。没有人下车，就这么等着。高岗上坟地里的人们没注意到吉普车，兀自干着。他们由村长带领，在孙喜喜和他媳妇的坟头四角烧了四堆纸，一边烧，一边念叨，大爷大娘，大叔大婶，我走了，感谢这三年的处处照应，和睦相处，我走了，撇下喜喜和孩子，还请多多相帮。念罢，便开始起坟。铁锨试探着插进土里，辨别着方向，然后才下力一掘。再烧纸，这回是烧给喜喜的，说着劝慰宽心的话，还有大丈夫要自立自强的话。烟裹着烧不尽的焦纸，飞扬着，就像一群黑蝴蝶。经这几番折腾，几十年前的薄板子早已散了，村长将遗骨拾在一口坛子里，又在喜喜的棺木跟前抓了几把土。等他直起身，便看见了村口路上的吉普车。他将坛子捧在手里，想这坛子只装了这些遗骨和土，怎么就突然变沉了。他小声地说了句，凤凤，这就送你出山呢。他下了岗子，走上路。最后一辆吉普车里走下一个人，是那樊老头，手里拿一块红布，等他走过去，便用红布蒙在了坛子上，然后接过了坛子。车上的人纷纷下来了，没有那老太，村长心里感到少许的安慰。而就在这老头接过坛子的那一刻，村长觉得小女兵突然间变老了，也变得像樊老头那样的年纪，头发花白，垂着大眼囊。几十年的日月一下子走了过来，闪忽之间，没有了。

老头上了车，随行的人，王副乡长、老杨、小韩，都纷纷上了车。然后，车就开走了。村长站在路上，望着车沿了山路，慢慢远去。在他身后，人们继续干着活儿，将孙喜喜的坟重新垒圆，垒高，四周添了新土，又烧了一圈纸。石碑上，凤凤的名字油了红漆，表示人在阳间，留着个寿穴。

1997 年 9 月 11 日　上海

黑弄堂

黑弄堂的森然，一半是阳光背向造成，一半来自于人们的渲染。凡在大弄堂里长大的人，从小都听过大人们的恐吓：吵？把你扔到黑弄堂里去！于是立刻噤声。等这一代人做了父母，再以此来吓唬他们的孩子。如此传了两代人，算得上是黑弄堂的渊源了。

黑弄堂是在大弄堂的底部，由一道夹弄所通往。这道夹弄其实是一条明渠，从两幢楼房的山墙间穿过。在市政建设的管道改造中，不知道什么时候，它不再作为明渠使用，只留下一道干涸的浅沟。由于两边山墙挟持，它终年没有光照，阴沉沉的，这就是黑弄堂的序幕。

那么，黑弄堂里有什么呢？这就要涉及流言了。人们传说那里曾经是一块坟地，后来虽然起了楼房，压了水泥，可时不时的，还会有流萤似的鬼火；又一种传说是刑场，日本人枪毙爱国志士就在这里进行；再接着就进入到现代史了，说那里有小孩被"剥猪猡"，就是剥了衣服，塞进弄内的垃圾箱，还有一个上吊的女人，因为被窃走全家的粮票和布票。听起来，这些不祥与可怖是随了社会进程累加起来，越演越烈，这也意味它还将继续发生事故，就是说，它的阴惨性质尚在活动期内，随时可能爆发。

因此，它刺激着孩子们的好奇心。常常可以看见，一群亢奋的孩子拥在夹弄口，互相怂恿进入夹弄，过到那头的黑弄堂里。在下午三、四时光景里，那头的黑弄堂并不显得黑暗，相反，有明亮的光线横流过去，可是，相隔着一道水泥色的夹弄，更有些不可测了。有鲁勇的孩子经不起众人的激将，蹈入夹弄——方才说过，夹弄实际是一条废弃的明渠，所以地面是凹下去的，需叉开双脚，踩着两边的沟沿，跨着走过去。头几步还没什么，多走几步就有小虫子轰起，扑上脸来，然后，蛛网也罩了眼睛，一股子森凉从脚底升上来。那孩子返转身，向来路狂奔，已顾不上脚下，无数次从沟沿滑落，在沟底自己绊了自己的脚。终于跑回到夹弄口，眼看重见天日，众人却组成一道人墙，封住他的出路。其时，他的眼睛放出灼亮的光芒，是由惊惧造成的。当天晚上，这孩子就发高烧，送去急诊，每一个孩子都受到了警告。这危险的游戏停止了一段时间，而后，教训被淡忘了，夹弄口就又聚拢了孩子们。

弄堂里的孩子，生活在人为的世界里，危险和快乐也都是人为制造的。不让他们玩这个，又能玩什么？不过，到底是没人再敢走进夹弄深处，众人也不敢认真胁迫谁了，所以，那经验的惨痛还是留存下来，加入了黑弄堂的历史。小孩子们避免单独走近它，当然，聚集着起哄就是另一回事了。而且，奇怪的是，也没有看见过夹弄那头有人从黑弄堂过来，那一端总是悄然着。弄堂实际上是这城市的沟壑，人是盲目的生物，顺着崖壁的走势，自己也不知道最终走向哪里。

小孩子们通常是在放学后的下午来到这里，这是管束最松弛的时间，学校放掉了，大人还没回家。他们卸下书包，跑出家门，悠闲地站着。在年幼的学龄前儿童眼睛里，已经是可敬仰的走上社会的人了，于是，慢慢向他们靠拢过去。有时候，他们这一伙里还会出现个把中学生，那么，连他们的脸上，就都会挂上近乎谄媚的巴结表情。那中学生才真正是走上社会的人呢！他穿着皮鞋，衬衫束在西裤的腰里，裤口翻出一道克覆——"克覆"这个词大约来自于英语"COVER"，说明是这城市服装历史的正传。他双手插在裤袋里，偶尔拔出来，在耳鬓顺一顺，鬓角剃得发青，没什么可顺的，所以很快地手又垂下来，插进裤袋。可是，就这一下子，风度出来了。他无须说话，只略微牵动嘴角，态度也出来了，足够主宰整个局面。这就是小孩子的阶级社会，根据年龄划分的。此时，那些小学生由于竞相表现与讨好，个个都很饶舌，聒噪得很。至于学龄前的幼童，则一声不出，简直是虫蚁似的人生，根本进不了人们的眼睑。

然而，黑弄堂的游戏使各阶层的人都兴奋起来。人们合伙将一个人往夹弄里推拥，那人奋力挣扎突围，抓住最贴近的那个，拥到夹弄口。人们也不管换了谁，只是一劲地挤压，那人就好比替死鬼，要找到下一个替死鬼方才脱得了身。这一切哗动是由小学生发起，中学生不屑参与，只哈哈大笑，但无疑是推波助澜，使得人们更加疯狂。连那些幼童都被激励起来，高声尖叫，围着人群乱跑，在他们的腿脚间打绊。那端的黑弄堂更显出寂静。有一些光线掠过去，夹弄里的蛛网亮一下，又灭了。人群壅塞在夹弄口，背脊在粗糙的弄壁上撞来撞去，脚下已经是明渠的沟底。好比箭在弦上，濒临深渊，所有的人都在急吼急叫，开了锅似的。在这挤作一团的人堆外围，往往是比较孱弱的孩子，他们的体力和激情稍逊于前沿的那伙，在这酷烈惊险的游戏中，他们充当不了主角，于是就在了边缘。忽然间，他们中的一个感觉后腰受了一击，力量虽不大，可因为没防备，也险些一个趔趄。吃惊中回头，见是一个小女孩子，脸通红着，又一次向他撞来。他反应还是慢了一拍，又被她撞了一次。她高兴得跳起脚来，脸更红了，额发都汗湿了，贴在脑门上。此刻，世道已在极乱的当头，没有道理可言。他往边上挪了挪位置，避免与她纠缠，不料想她以为是怕她，跟过来，再次扑将上去。很显然，他被抓来充当了她的玩伴。

这一回，他让开了她，她不罢休，又向他过来。如此，一个让，一个逼，最终，他离开人群，回家了。小孩没有跟他过去，到底舍弃不下这里的热闹，她停下脚步，遗憾地看着他的背影，越来越远，最后转进一条横弄。院墙的角覆盖了夹竹桃的花朵，这孩子从花朵下走过去，不见了。

夹竹桃盛开的季节，白昼渐长，小孩子们在弄堂里滞留的时间延宕了。大人们被天光蒙蔽，也会有一时的疏忽。到了傍晚，较为大型的聚集解散，却还会有一些散兵游勇，零落在弄堂里，玩兴未尽，流连忘返，抱着些微的希望，等待再有一个高潮掀起，无奈大势已去，曲终人散。方才说的那男孩，从小受家中管束，长大后又协助管束兄弟，及时回进门里，在父母下班之前，帮祖母端饭端菜，整顿饭桌。正当他在厨房与客堂间往来穿梭，见厨房面向后弄的门，隙开着一条缝，缝里有一只眼睛，大而且圆，就是那推他的小孩，不知道她怎么找到这里来了。他手里端了一摞碗，用臂肘将门推上，那只眼睛被关在了门外的暮色里。

后来，他就常常看见这小孩了。她原就是尾随他们的那一群幼童中的一个，不知怎么，总是落单的一个。即便是学龄前的儿童，也是一个小社会，三五结党，交颈搂头地私语和进出。她呢，一个人背着手倚在墙上，或有时屈起一条腿，抵着身后的墙，看她的同龄人玩，带着一种不屑的表情。一旦转向他们这样的大孩子，她的脸色立刻变成热切的。然而，这一回，该是她受到不屑的眼神了。试想想，谁能理会她呢？他们那一伙，清一色的男生，与他们同龄的女生，已经在学做淑女，藏在深闺不见人了。像小孩这样，是连性别都还没有的呢。

她独自一个人倚墙站着，是有些落寞的。他不免看她一眼，这一眼竟被她捉住了，她警觉得像一条猎狗。她朝他走过来，他装看不见，换了地方，绕着人圈外围。他总是在人圈的外围。这是由性格决定，他不是那种做头儿的孩子，做头儿的孩子需要有开创性和领袖欲。他也不是那类追随其后的角色，这类角色需要的是忠诚，甚至一些愚忠。总起来说就是，他即不属帅才，也不属相才，他是一个观看者。有一点像艺术家，一方面是缺乏实际行动的能力，另一方面却能够领略行动中的乐趣，于是就在虚无中享用。所以，弄堂里的游戏，包括滋事寻衅，他都在场。免不了有时候被看走眼，将他起诉给他父母，那就要受责打。他家父母是弄堂里教训孩子的楷模，从不袒护。这样的美德的另一面就是，小孩子受冤屈，但他也不申辩，那时代的孩子基本都是在冤情与责打中长大的。

这样，他沿着人群外围移了几步，那小孩跟过来，他再移几步，小孩再跟过来，就好像推磨似的，绕人群走了一周。今天的游戏不是去黑弄堂，而是一出"官兵捉强盗"。先由两名最具发言权人士，以猜拳的方式，决出谁是"官兵"，谁是"强盗"，继而挑选各自的人马。最先挑走的总是那些行动敏捷力量强悍的，接下来就要通些人情款曲，交好的为选，他就是在这一类里，通常经第三、四轮选择便有了归宿。很快，人群分成两拨，形成对峙的局面。一声号令之下，"强盗"们四散，"官兵"则围追堵截、穷追不舍，一旦触及"强盗"身体，"强盗"立马毙命。单是这样，倒是简单了，然而，弄堂游戏其实很得世事微妙，规则中又留有一个回旋，那就是倘若"强盗"在触到"官兵"手之前站住脚，可算作缴械投降，从此做了囚徒。留得青山，自有柴烧，但等"强盗"同伙拍鞍赶到——用手拍到囚犯身体，就可出狱，重新出山。整条弄堂哗然，脚步沓沓地响，身体和身体、巴掌和巴掌，撞击的啪啪地响，劫狱者的呼喊，被囚者的内应，官兵的令与喝。幼童们一律踮了脚尖靠墙直立，狠不能贴到墙上去。"官兵"和"强盗"从脸面前呼啸来、呼啸往，尘土蒙了一头一身，免不了还要吃些冷拳。如此险境中，并没有人逃离，个个苍白着脸，眼睛里是崇拜和羡妒的光。很快地，他就做了囚徒，千钧一发之际，"官兵"的手离他只有一毫的远，他收住了脚。同党们几回接近他，都被"官兵"逐走，甚至牺牲了一个——被拿个正着。忽然间，壁脚里走出一个人来，径直过去拍他一下，原来是那小孩。他想让开，无奈受规则限制，不能挪动。小孩又上来拍他一下，还说了一声：跑！她以为她能救他，又如何和她说得清楚，只是不明白这小孩为什么专盯着他。小孩第三次来拍打他，终于着恼了，而他的恼怒亦不过是抬腿走人，回家去了。他擅自撤出，是对全体的不敬，无论"官兵"还是"强盗"，都情绪激愤。就有人追到他家门口，敲打后门。那门关得死死的，敲到最后，门开了，出来的却是他祖母。向祖母要人，祖母说那人正在做功课，做不好功课，母亲回家要骂。于是只能颓然走回，重整队伍，再起一局。

那小孩踯躅在他家门口，此时门是虚掩着，推开一条缝，只看见一条走廊通往前面房间，房间的门敞着，没有人。其实，他看见她了。他在房间的一角，坐在方桌前，桌上摆开他的课本。视线正好穿过走廊，到达后门，后弄里满是明晃晃的夕照，里面有一个小身影。

接下去的两天，放学回家，他都没有出门。任凭弄堂里如何沸腾，他只在家中坐着，作业写完了，就在草稿纸上画图：军舰、坦克、大炮，以及古人的刀剑。他又看见了那小身影，停在后门口，试探着向里走，已经走到走廊上了。他蹩过去，藏到房门背后，悄悄将门掩上了。可是这一天，吃晚饭的时候，这小孩竟然出现在了他家房间门口，谁也没注意她怎么进来的。春暖时节，房门大多敞开着，她就站在门口看他们吃饭。他的母亲问是谁家的孩子，她不回答；母亲又问她找谁，她也不回答。于是就不再理会，一家人兀自吃饭。他深埋着头，几乎将头藏进碗里，心里暗知，小孩要找的人是谁。过了一时，一个穿斜襟蓝布衣、梳髻的女人找过来，将小孩带走了。祖母认得这女人，是前一条横弄里人家雇佣的人，东家双职工，在机关做干部，忙得没时间管小孩，所以小孩才这般缺教养。

在家闷了几日，究竟不是长法，于是又出了门，弄堂里却奇怪地清寂着。显然，他闭门的几日里，弄堂里发生了新变故，好比是种田的误了节令。大孩子们不知去了哪里，弄堂便成了小孩子们的天下。可他们实在是小，小到还不怎么会玩，也没有像样的玩意儿，手里的那些破东西，都是哥哥姐姐丢弃的。断了的皮筋，百结千结的样子；碎了的弹子，简直就是玻璃渣；扑克牌不晓得缺了多少张数——他们就在这些弃物上练习着游戏的技艺，耐心等待成熟的日子，这就是弄堂里的传承。他们这些可怜虫，平时都是在大孩子的驱赶下，左避右让地，夹缝里求生存。如今，面对一条堂皇的弄堂，世界突然扩出无限的大，他们简直不大能相信，依然缩着手脚，溜着墙根。在这瑟缩中，却有一种庄严，好像，他们即将要接替这个世界，于是，敛声屏息。

他正茫然，小孩中跑出一个人，直奔向他，就是她。那热切的样子，就好像他们是老熟人。他本能地往后退了一下，她却已到了跟前，说：我知道他们在哪里！这话说得很知己，他不由站住了。她又说：我带你去找他们。说着就转身走在了前面，走了几步，回头看看，他果然走在身后，这才放心，表情也变得凝重起来。墙根下的小孩此时都停下手里的玩意儿，看着这一前一后的两个人，这情形实在有些像"狐假虎威"的寓言。小孩走出横弄，径直向弄底走去，走到夹弄跟前，小孩忽然朝里伸出脚，旋即又收回，转身向他说：骗骗你的！他感觉受了愚弄，而且是受小孩的愚弄，脸一变色，返身要回去。小孩赶紧追过来拦住说：他们就在那里！这时候，他听见人声喧哗，就在弄底最后一排横弄的弄口。那里的铁栅栏上开有一扇铁门，临了侧边的马路，人称小弄堂口。现在，人们都聚在小弄堂口里。他快步走过去，将小孩甩在身后。

原来，他们这一伙，正在进行一场抵抗运动，抵抗邻弄的小孩子入侵，已经持续两天时间。每到下午放学，双方便在铁门内外对峙起来。弄内的一伙，将铁门关上，拴上销，外面的人则摇门呐喊，铁栅栏哗啷啷地响。这时候，却有弄内的居民要从小弄堂口进出，极不耐烦地推着铁门，只得拔出销放行。邻弄的孩子乘机潮水般涌过来，这里的人眼明手快，合力一堵。这铁门是窄窄的半扇，自然有利于守，而不利于攻。邻弄的孩子几次发起进攻，顶住铁门，不让合上，但也只到此为止，再无战果。弄内的人正激奋中，不料有同伙气急败坏跑来，失了声地报告，对方已经分出人马，向大弄堂口转移，企图正面强攻。果然，铁门外的人明显稀少了，呐喊呼啸也大有佯装之意，真是兵不厌诈呀！这边连忙也分出一队，往主弄赶去。他撒腿跑在其间，因为几日没到弄内玩耍，此时感到格外的解放自由。跑出横弄，直向大弄堂去，远远传来敌人的啸声，紧接着，就有人影闪进弄口，转眼见呈排山倒海，扑将过来。

从数量上说，弄外显然要比弄内人多，因不止是邻弄的孩子，还有街面上的。他们这条弄堂，是这个街区规模最宏大的一条，楼体整齐，前后共有十数排横弄，被宽阔的直弄正中分开。横弄和横弄两侧之间，以镂花铸铁栅栏连接，防护谨严，有着一股威摄的气势，于是激起着人们进犯的欲望。弄内的人多少有些孤军奋战的意思了，再大的弄堂，单是一条，全体出动，又有多少人头？弄外的世界却是向全社会开放。却也正是因为这种封闭性质，就使得组织较为严密，有益于贯彻策略。他们中间有个灵魂性人物，就是那个中学生，在家中排行第二，人们都喊二阿哥。他并不动手，只出智慧，在大弄堂口望风的人，就是他的安排。临到声东击西这一计，有他在场，方能够阵脚不乱，及时应对。当人们往大弄堂口迎战之际，他小跑着伴随一侧，好像运动场上的教练，军心就稳住了。

他们向弄口跑去，二阿哥一路指挥，拉开阵线，两边包抄，分别控制大弄口的大铁门，迅速合上，形成防御工事，同时，中间的一路则以肉身抵挡。这时，二阿哥看见队伍中的他，不禁呵斥道：紧要关头，你还带着小阿妹！他低头一看，身后竟跟着小孩，跟跄中企图拉他的衣襟。他让开她的手，疾步上前，冲到头阵，第一个与对方短兵相接，两人扑抱在一起，双方身后都有无数双手，横七竖八交织一起。两扇大铁门徐徐地推进，先将他们挤在中间，后又将肉搏军一并推出去，最终再将自己人扯回来，分成壁垒内外、敌我两部。看弄堂的老伯在人堆外面跳脚，两边都遭到谩骂，但到底有立场与职责的区分，还是奋力挤进人群，"哗"地拉开大门，对了弄外的起义军，怒道：小贼，谁人敢进来，试试看！话虽不多，却是搏命的气势，令人不由却步，于是，守军们大获全胜。回营途中，二阿哥专走到他跟前，问他：怎么带了个小阿妹？这一回是带了戏谑，人们都笑，在他脚跟寻找"小阿妹"，"小阿妹"早已不见，不晓得挤到哪个角落。他想分辨那并不是他的"小阿妹"，与他一无干系，可是，他这一张嘴，怎么抵得过二阿哥的嘴？这是个强权的世界，也是个清浊不分的世界，于是，便缄口了。这一天，还有更不幸的事情等待他，那就是母亲的责打。在下午的撕搏中，他新上身的米黄卡其夹克衫，揉搓成一团糟，肩和袖的连接处绽开了线。他回到家，还没来得及央求祖母收拾，母亲已经进门了。方才说过，这家管教孩子是全弄堂的楷模，小孩子走出门来都衣衫整洁，行为端正。母亲气的不止是糟蹋了新衣服，更是从衣服的惨状推断出操守上的失态。这一场训子的代价是，生生打折一柄木衣架。

第二天，祖母上菜场买菜的路上，向左邻右舍报告了前晚的事，一半是心疼孙子吃苦，另一半是为家教而自得。于是，弄堂里都知道这孩子吃了通衣服架子，就有家长觉得前日责罚不够严厉，再补上一顿的。他却再也出不了门了，身上带着新鲜的受罚的痕迹，不在于肉体，在于尊严。十来岁的男孩，几可算作少年，自觉还要更年长一些，已不适于打骂。可谁让他生在这样规矩大的人家，还有个饶舌的祖母。好在这一日是星期天，他可不出门，弄堂里的玩伴因晓得他的吃教训，也不敢上门叫他。到了下午，父母带他们兄弟到舅舅家玩，他不去，留下来与祖母在家。祖母在缝纫机上做衣服，他翻出旧有的连环画一本本从头看起，子孙俩倒十分安静。祖母嘱他去厨房煤气灶上坐一壶水，他应声站起，去了厨房。此时已是三时许，阳光到了后弄，盛了煌煌的一弄，从门缝里溢进厨房。星期天的下午，总是清寂的，小孩被大人管束着，弄堂成了清平世界。他不禁向虚掩的厨房门外看了一眼，不料看见了小孩，她蹲在他家后门对面的墙根，大约已守候多时，这一刻嗖地站起，跑过来。她脸上的表情依然是热切的，不知事实如此，还是他有隐衷，从这表情里还看出一股痛惜。他突然发怒了，想到，倘不是她带领，他便不会卷进搏杀，亦不会有事后一连串的羞辱。他猛地将后门一把推上，随了门响，就听见一声凄厉的哭叫，晓得碰疼了小孩。可他没有一点害怕，一股子痛快劲从脚底升上头顶，从昨晚起直到现在的郁闷就此消散，他终于向这个世界的不公讨还了欠债。

不晓得是不是因为受了撞，小孩从此不再跟他，有几回与他眼睛和眼睛碰上，很识相地速速让开。但是，二阿哥的戏谑却刚开头，有一次，他专门招小孩过来——二阿哥招谁，谁敢不过来？小孩站在二阿哥跟前，仰极了头才能看他，人群外面的小小孩都安静着。二阿哥让她叫自己"爷叔"，小孩说：你不是爷叔，是二阿哥。大家都笑了，觉着这小孩果然有趣。平素小孩子一直渴望得到大孩子的青睐，此刻，却如同羊入狼群，让人捏一把汗。小孩子们退在墙根，一声不出。二阿哥说：你叫我二阿哥，那么叫他呢？二阿哥指着他。小孩看看他，眼睛暗了一下，不回答。二阿哥说：你应该叫他阿哥，叫！大家笑得更厉害了，他也笑着，脸上却是僵的。二阿哥又说了声：叫啊！小孩摇摇头，不作声。二阿哥多少有些没面子，就有人帮着胁迫小孩，令她叫一声"阿哥"。小孩却很固执，紧闭着嘴不叫。二阿哥就打圆场：算了算了，让她去！自己给自己解了围。小孩钻出人圈，跑了回去。

　　这一天，他们这些小孩子都聚在通往黑弄堂的夹弄口，越过夹弄向那一端张望着，兴奋地跳着脚。他们受黑弄堂的吸引其实是向大孩子学样，也说明黑弄堂的传统的继承性。这就像一个成长的仪式，小孩子必定要经过它才能长成大孩子。其时，大孩子们对黑弄堂已经有些不屑，他们漠然从夹弄口经过，而他却忽然产生一个问题，为什么进攻弄堂不从这条夹弄里突破？它完全敞开着，一无障碍。他的目光在夹弄里停留一瞬，收回来的途中，经过那小孩，他看见小孩瑟缩的表情，她是怕定他了。他加快脚步，跟上人群，向前去了。

　　弄堂里的活动是呈周期性的，一段高潮过去之后，会有一段安静的时刻。在此阶段，弄堂里显得分外冷清。偶尔有孩子出门，在弄内走个来回，即便遇到某个昔日的玩伴，那玩伴的态度却是冷淡的，只得悻悻而归。这些形影相吊的独行者，更加增添了弄堂的寂寞。很难究其原因，可能是那些领袖性的人物生病或去亲戚家了，于是群龙无首；亦可能是学校课程进入关键阶段；再有，家长加强了管束。事实上，更可能什么原因也没有，只是一种类似潮汐的运动，潮起和潮落。弄堂也是有生态的，小孩子又是一种原始性很强的动物，在他们身上，往往会体现出自然的规律。在这样沉寂的时分，小孩子们分散在各个隐匿的空间，各自酝酿下一轮高潮的成因。这种酝酿是在不自觉中进行，完全是盲目的。可是，你说他们盲目吧，却又显现出一定的目的性，那就是当他们重新出山，竟然会趋于同一个方向。好像事先商量过一样，开始玩同一场游戏，说同一个口头禅，做同样的隐喻性的手势。这也是生态的关系，在同一种环境里，生长出同一种形态。这种分头酝酿的时刻，有些接近冬眠，幼虫在安眠中蜕化，青苗在安眠中分泌激素，各人在各人的窝里挣着、并着、努着劲，下一个大金蛋。这时候，那些走在弄堂里寻找玩伴和游戏的人，即便正日头底下，也像是梦游，眼光迷离，最主要是，孤独。别人都在壳子里，只他自己，游荡在空旷的弄堂。弄堂里的院墙，楼体的壁，还有水泥地，干净得发白，变成一条白弄堂。

这一日，他被祖母遣去买东西，此时，所有的孩子都变成乖孩子。他走出后门，拐出横弄，走到下一条横弄口，正走出了小孩，和她的母亲。小孩的手搀在母亲的手里，腰背挺得很直，目不斜视地走着，显得很骄傲。他大约高出小孩半个头，她的脑袋就在他眼睛下方，她梳着一种俗称"马桶盖"的发式，黑亮亮的头发与荷叶边的领口之间，露出一截细细的颈脖。他忽然感到手痒，极想在这颈脖上抽一掌。走到大弄堂口，他与她们分道扬镳。他过到马路对面的食品店，买来祖母指定的东西，然后穿回马路，走进弄堂。就在这时，他又看见小孩了，走在前面一米远的地方。这一回是她单独一人，母亲不见了。她手里握了一个碧绿的莲蓬，可是，并没有引起兴趣，任其垂下来，垂在格子背带裙的裙褶上。她低着头，佝偻着背，慢慢走着。显然，她被她母亲用一只莲蓬打发回来了，母亲一开始就没打算带她同行。他看出来，小孩在哭，不是像他撞疼她的大声的急哭，而是饮泣。接近她家的横弄时，他加快了步子，走到她的旁边，与她并行。可是她并没有看见他，她对周遭一切都看不见，全身心地沉入巨大的哀伤之中。他知道，小孩其实有着自己的世界，别人无法进入。

再看见小孩，已经是在弄堂生活的复兴时期了。所有的长中幼的孩子就像在一声号令下走出家门，如同久别的亲人，互相寻找、问询、招呼，聚成不同的群落。小孩也在其中，她比先前合群了，有了同伴，三五人头并头，脚抵脚，玩着一种残酷的游戏，就是水淹蚂蚁洞。他们用搪瓷杯接来自来水，小心注入墙角的蚂蚁洞，然后等待蚂蚁逃出洞口。水从洞口溢出来，将他们的鞋淹了，他们还不肯歇手，继续一杯接一杯地灌。小孩往返于自来水龙头和墙洞之间，激动地涨红了脸，当他走过，挡了她的路，她竟然发出一声吼叫：做啥！她完全不像受过伤的样子，小孩子真是没有记性的动物，可是他却从她身上看出一种戚色。这就是年龄的差别了，在他，已到了有理性的日子。正因为此，他收住脚步，让了她。

　　小孩已经放过了他，可是二阿哥却不放过。二阿哥心里对他是喜欢的，喜欢他带些寂然的安静。在这样青春期的年龄里，许多认识和感情都拥簇在一起，来不及一一安置，难免放错了位置。所以，二阿哥的喜欢是用残忍的方式表现出来的，他戏谑他。戏谑的内容就是关于这小孩。从这也反映出青春期的另一个特征，就是对男女生关系的兴趣。虽然小孩还算不上是个女生，可真正的女生不都在深闺中？绣着十字花，照着歌片唱电影插曲，或者叽叽咕咕说私房话，那些私房话连二阿哥的成熟度都不够听的。也因此，倘若是一个真正的女生，二阿哥就要生怯了，他只有在这帮小男孩子里面称王，小孩子也窥不破他的虚弱。现在，二阿哥就专司拿小孩和那男孩开心。来"官兵捉强盗"，即不让"官兵"要他，也不让"强盗"要他，理由是，他带着个"小阿妹"，很没劲。于是，他就被排除出了游戏，站了一会儿，兀自转身回家去。可是，二阿哥也不允许他回家的，嘱人喊他出来观战。他不敢不出来，他有些怵二阿哥呢！所有的孩子都怵二阿哥！弄堂就是一个大欺小的社会，有一句歌谣唱得好："大欺小，现世宝"，以道德批判的方式指出了事实。二阿哥指定他站的地方，不让他妨碍游戏，也不让他妨碍自己做裁判。于是，他成了一个永远不得解救的囚徒。他一个人贴边站着，脸上带着佯装的笑容，眼睁睁看着"官兵"和"强盗"厮杀过往。无论"官兵"还是"强盗"，都格外的兴奋，他的不幸使他们的幸福感成倍增长，他们夸张地笑和叫，渲染紧张激烈的气氛，好衬托出他的寂寞凄凉。二阿哥满意地欣赏着眼前的一切，这是他设计导演的戏剧场面，而他们，都是傀儡。

　　忽然间，他被碰了一下，转头看，是小孩，背着双手，倚墙站在他身边。他向旁边挪了挪，与她保持距离，表示两不相干。二阿哥却看见了，大声叫道：不许动！如火如荼的游戏刹那间停止下来，"官兵"和"强盗"全向这里聚拢来。二阿哥指着他：站回去！他转身要走，二阿哥不让，将他推到原来的位置上，与小孩站在一起。他挣扎着离开，不料小孩小跑着追过来，傍在他身边，背着双手倚在墙上，仰头看了二阿哥，带着明显的挑衅。他再挪开，她再跟来，眼睛一直望着二阿哥。人们已经笑得不行了，团团地围住他和小孩。二阿哥伸长手臂，撑在墙上，阻挡了他的去路，他无处可逃。他不恨二阿哥，他恨小孩，恨小孩的道义。这道义没有给他带来公正，反而是无尽的羞辱，他又没有要求过她的道义，完全是被强加的。为什么？她要赖上自己，他又没有欠她什么！最终，他突破了包围圈，冲回家门。

接下去的几天，他没有出门，二阿哥呢，也没让人去叫他，是有意地冷落他。那天，他没有给二阿哥面子，他冒犯了二阿哥，这不是他本心所愿，怪都怪那小孩，他心里恨恨的。门外传来同伴们的笑声，间或有二阿哥的声音，浑厚而低沉，已经完成了变声的男性的声音。他也听见小孩的声音，鸟语般唧啾里的一个——她为什么能出得门去？没事人似的。独独是他，在受舆论的责罚。弄堂生活的复兴时期，就像自然界里的春天，万物萌发，荷尔蒙勃然分泌，真是骚动！他的兄弟也在弄堂里尽情奔跑，所有的孩子都兴高采烈，唯有他——他坐在桌子边，眼睛对着书本和纸张，外表很安静，心里却鼓噪着。他被这世界放逐了！他忍不住停留在厨房，从后门里往外窥觑。有一次，他的目光正对着小孩，看见小孩奋力踢一枚残破的毽子，鸡毛都秃了，有一枝还折了茎。她踢得也不得法，每每落在地上，拣起来再接着踢。又要躲避大孩子们的腿脚，那是很粗暴的腿脚，都能把小孩子碾成泥。可是她并不在意，专心在自己的游戏中。他想，她玩得挺好。正这么想到，小孩却突然丢下毽子，朝后门奔来，赶紧地推门，她已经扑到门缝上，急促地说了一句：他不在！

他知道小孩说的那个"他"是谁，因为被小孩看破心思而感到难堪和气愤，可是后弄里满是下午的金晃晃的光，对面院墙上的夹竹桃影都摇曳到他脸上了。他心跳着，站了一会，定定神，推门走了出去。他带着一种故作的轻松，好像本来就要出去的样子，一只手斜插在裤兜里，甚至，另一只手还抬起来理了一下鬓角，就像二阿哥习惯做的。小孩并没有迎上来，而是退开去，表示与她无关。这一个小伎俩，表明了他与她之间有着一个默契。

他向他的玩伴们走过去，走进他们中间，没有人特别留意到他的出现。很显然，他们也没有特别留意他的不在场。他略有些失望，但总的来说是轻松了。他们聚在一起，没有特别的事要做，甚至于也没有什么可说的，只是头抵头站着，互相看着对方的鞋尖。这就是少年人的玩耍，他们都是将成未成的少年人。二阿哥果然不在，没有人提起他，非常隐约地，人群里传递着一种欣悦的情绪。人们克制着，但还是透露出笑容，在他们的年龄显得有些世故了。他一加入他们，很自然地，也浮上了这笑容。这时候，夹竹桃花叶间的光携了影，直接倾在他的身上、顶上，花蕊里那一股辛辣的气味，对驱除隔宿气特别有帮助。好像听到一声号令，低着的头全抬起来了，朝向一个方向。弄底一扇后门内，走出了二阿哥，后面走着他的母亲。

二阿哥穿一件咖啡格子衬衫，束在灰色哔叽呢西装裤腰里，肩上还挂着一副吊带。头发斜分，梳平，上了发蜡。这一身花哨时髦的装束并没有让他变得成熟，反是衬托出他的稚气。他低着头，不朝人们看一眼，在他这样的年龄，跟母亲出行是一件窘迫的事情了。他一改平素的油滑，老实得畏缩起来。人们不发一言，连幼小的孩子也都收起了游戏，敛声屏息，一起看他走过去，留下一个背影。忽然间，没有任何人起头地，人群爆发出哄笑。笑声里面是对权威的识破和反叛，那些小孩子也跟着笑，还跳起脚来。在众人的笑声里，二阿哥的背影转过横弄的墙角，消失了。

之后的日子里，小孩看见他，脸上是一种佯装的冷淡。她拿着自己的玩具，煞有介事地从他跟前走过，就好像没他这个人。可是，冷不防扭过脸，向他笑一笑。那笑容十分诡秘，似乎他与她的默契已经确定无疑了。他无从否认，也无从拒绝，只是不理睬，也装看不见。这样倒安静下来，两厢无事。九月里的一天，他从学校回来，看见小孩走在前面，肩上斜挎了书包，晓得她上学了，做了学生。他的脚步大一些，很快就要超出她，她偶一回眸看见他，一下子绽开了笑靥，好像是为她的上学又高兴又害羞。她笑着转回头，改成一种跑跳步，一步一跃，速度加快，跑在了他前面。她跑几步，回头看看他，他扭过脸，装不看见。不知为什么，今天的弄堂这么清寂，其他人都没有来得及回家，只有他和她，一前一后地走。她又回头看他，然后再继续跑，一转身，进了一扇后门。他这才发现他拐弯早了，走进前一条横弄，这条弄堂里所有的横弄都一模一样。他气恼地转身向回跑，却与看管小孩的女人撞个正着，原来她是接小孩回家的。他狼狈地让开，不顾那女人看他，向自己的横弄里跑去，心里庆幸二阿哥不在场。二阿哥有一阵没出来了，即便从弄堂走过，也步履匆匆，一歇不停留，也不看大家。其实，大家都在等他，等他继续来统治他们，可他却拉不下面子。年长的人比年幼的更容易受伤，受了伤也更不容易痊愈。

新开学的日子，是弄堂里的淡季。经过一个散漫的假期，学校生活重新又充满了吸引力，小孩子们都在校园里活动。早上升旗仪式，在低年级的队伍里，也站着小孩。她对他显然淡薄了，因为有了新的同伴，还有老师，一年级的学生总是对老师无限巴结，而对其他人无限轻蔑。有几次，他看见那帮佣的女人跟在小孩身后，小孩跳着脚，不要她跟。女人欺骗地停下脚步，等小孩向前走时再又举步，小孩警觉地回过头来，于是又跳脚。周而复始，进一步，退两步，一直到校门口。和这样的人与事同处一个学校，他实在感到羞耻。幸好，再有一年，他就可以毕业，升入中学。

现在，小孩是骄傲的，她不是佯装，而是真的对他视而不见。她和她那些同年级小女朋友，勾肩搭背地进出，所玩的游戏也像样起来。她们的皮筋是双股的牛筋，一环一环穿起来，套着木头线轴，一边跳，一边唱：马兰花，马兰花，风吹雨打都不怕！皮筋和歌谣都是从她们的姐姐那里传下来的。她们自己也会制造游戏的器材了，跳房子的纽扣串是整齐均匀的莲花似的一盘，在吃螺蛳的季节，就见她们四散开，埋头在弄堂的水泥地上疯狂地磨着螺蛳壳，磨出一个洞，好串成溜滑的一盘。橄榄核是最上乘的材质，滑而坚硬，但磨起来的功夫也比较艰深，她们几乎是咬着牙，滴水穿岩地磨着橄榄核。她们开始和男孩子划分界线，排斥比她们年幼的孩子，无论是男是女，当那些大孩子侵犯了她们地盘，她们一边速速让开一边嘴里嘟嘟囔囔，这一点抱怨之色说明她们长胆子了。就这样，弄堂生活再度兴起高潮，社会各阶层的力量消长变化着，恩怨情仇也消长变化。不知不觉，时间翻过了一个坎似的，分明只是数月前的事情，想起来却好像隔世。

这一日是星期天，他的父母带兄弟去苏州亲戚家，他总是不去。一是不愿随父母出行，二是不愿与兄弟轧道，宁愿和祖母在家里。到了下午，多少有些闷了，向祖母要了一角钱去买连环画。书店是在弄底小弄堂口的马路对面，就是他们抗击外来入侵者的要塞。星期天，小孩子大多被管束在家里，与家人在一起，弄堂里很清静。底楼院墙的树影已经疏落，晒白的地面上有了落叶，天空变大了、变高了，满是太阳光。空气里含了一丝沁甜，是无花果的香气。从室内方一走到室外，有些目眩，他闭了闭眼睛，渐渐适应了光线的亮和清澈，丝丝缕缕尽入眼睑，都看得见自己眼睫的影。他背了大弄堂的弄口向弄底去，远远看见小孩在夹弄口踯躅。他忽然想起了黑弄堂，黑弄堂被他们遗忘许久了，它沉默地横陈在夹弄那一端，勿管你记不记得它。小孩在夹弄口流连，涉水似的试图向里探进脚去，又收回来。有一次，她往里走了几步，最终还是退出来，脸上带着一种要哭出来的表情，是受着极大的蛊惑，同时又受着极大的惊惧。她看见了他，忽然转换成得救般的欣喜表情，向他招着手。他本来是装不看见的，可是她的脸和动作流露出特别强烈的激动，他禁不住走了过去。看他过去，她几乎是狂喜地奔来，差一点要扑到他身上，他让开了，兀自朝夹弄口走。他走得很快，她被甩在了身后。他径直走进了夹弄，一股阴湿的霉气袭来，然后有一面蛛网被他撞破了。他抬手在脸前挥了一下，什么也没有，这时他感觉到了黑弄堂的魅。可是，夹弄两头都是璀烁的日光，顶上那一线天又高又蓝，身后还有一个小孩。他没回头，却知道她在身后。有一回，她伸手拉他的后衣襟，被他机敏地闪开了——即便在这夹弄里，笼罩着鬼魅的气息，他依然有着如此的机敏。以后，她就不再作尝试了，而是很乖地跟在身后。他们一前一后，脚分开踩着干沟的沟沿，这样的步子很妨碍速度，可是一步一步，已经走过了夹弄的一半，现在，退路比进路更远，他们没有回头路，只有向前去了。

　　明渠的底部覆盖着尘土，有细小的虫类被他们惊起，急促地爬行。成群的飞虫从眼睛前过去，拂在脸上，如烟一般。现在，接近弄口了，从夹弄那端遥望着不可企及的这一端，越来越接近了。终于，一片光明扑面而来。他们出了夹弄，站在又一条弄堂里，就是著名的黑弄堂，有着世代传说、扑朔迷离的黑弄堂。他们站在人家的弄堂里，茫然四顾。这条弄堂应是与他们的横弄平行，他们从夹弄出来，所面对的是这弄堂的前弄，一列黑色的石窟门洞关闭着，如同惯例，人们多是由后门进出和活动，于是，前弄少有人迹。这条弄堂总体规模不像他们弄堂庞大，没有横弄，直弄亦不出十幢，但是，楼体高大，格局整肃，气象就森严许多。他们站了一时，朝弄口走去。小孩安静着，似乎被眼前景象威慑，她木木地跟在他身后。他的眼睑里已经没了她，也是被这黑弄堂震慑住了，并不是为它的异常，而是相反，它竟然与所有的弄堂无大异。

他们走到黑弄堂的弄口，更大的震撼发生了，弄口的马路竟然是如此熟悉的一条，正与他们的小弄堂口相邻，他要去买连环画的书店就在斜对面。书店旁边是菜场尽头的肉摊，砧板在阳光底下，有几只苍蝇在嗡营，都嗅得到生肉和木屑的气味。还有碗店、小百货店，沿街的住家，日常起居就在街面展开。这是一条嘈杂的小街，生活气氛格外蒸腾，向他们进犯的孩子就是从这条街上杀来。往日里稔熟的景象在此时又显得陌生，他们重新审视着其实无数次地走过的这个弄口，弄口挂着"注射"和"编结"的招牌，原来这里面就是黑弄堂！一个魔咒破除了。他欣然地回头看看小孩，小孩完全糊涂了，不晓得这街景是陌生是熟悉，一会儿朝东看，一会儿朝西看。他伸出手，手指头钩住小孩背带裙的两条背带，向上提了提，小孩也没有觉察。他们这一大一小沿街站着，往日的离隙弥合了。可也只是这么短暂的一瞬，接着，他将进入中学，成为二阿哥那样骄矜的青年；她呢，则成为真正的女生，弄堂里再见不着她。再然后，他会长成如何俊朗的男子！而她，淑女窈窕。从此以后，不知道什么时候才能邂逅。

2007 年 12 月 26 日　上海

散

文

剑桥的星空

一

美国科学新闻记者黛布拉·布鲁姆所著《猎魂者》，在第二章"勇者无畏故不信"末尾写道："一八七一年十二月的一个夜晚，迈尔斯和西季维克走在剑桥校园里，天气十分寒冷，空气很清新，却也如冰水般刺骨。头顶上，星星密布，无数小小的银色闪点看来如此遥远，如此不可触及。"

迈尔斯和西季维克是谁？

西季维克全名为亨利·西季维克，一八三八年出生于牧师之家，在这个家族中，供奉神职被视作正途，至最高位的是一位表兄，爱德华·怀特·本森，后来担任坎特伯雷大主教，要知道坎特伯雷是英格兰大教区，其主教为全英格兰的首主教，公认的高级主教。在上文所记述的那个夜晚时，西季维克任教剑桥大学三一学院古典文学系，正致力写作《伦理学法则》。费雷德里克·迈尔斯则是西季维克的学生，出生于一八四三年，同样是在牧师之家，是个神童，五岁写下布道文，十七岁进剑桥大学。这一对年仅相差五岁的师生将在一八八二年，再加上一位埃德蒙·盖尼先生，组建"英国灵魂与精神研究学会"。埃德蒙·盖尼于一八四七年出生于英格兰上流社会，多少是将学习当作高贵的消遣，于是选择进剑桥攻读法律和哲学。

"英国灵魂与精神研究学会"第一届主席为西季维克；迈尔斯和盖尼负责研究灵异幻象；威廉·巴雷特主导"意念传递研究分会"；诺拉·西季维克——顾名思义，她是西季维克的妻子，具有数学天赋，身为统计学家，被任命负责调查鬼魂。在此人事安排中，还需要对威廉·巴雷特说几句。威廉·巴雷特，生于一八四四年，都柏林皇家科学学院的教授，研究项目为铁合金的电磁性，曾经在一八七四年英国科学会主席约翰·廷德尔的实验室工作，可想而知，巴雷特进入灵学界激起了导师何等样的愤怒，约翰·廷德尔的愤怒代表着整个正统科学界的反应。

那是一个科学昌明的时代，标志性的事件大约可说是一八五九年，查尔斯·达尔文发表《物种起源》，挑战了上帝创造世界的神话，引起科学与宗教的大论争，其中最著名的一场舌战发生在一八六零年，英国博物学家赫胥黎与牛津地区大主教之间。与此同时，法国化学家路易斯·巴斯德创立了现代微生物学，发明巴氏杀菌法；瑞典化学家阿尔弗烈德·伯恩哈德·诺贝尔发明炸药；美国发明家托马斯·阿尔瓦·爱迪生发明电灯……一项项新发现证明着世界的物质性，犹如水落石出，隐在未明中的存在显现实体，那全是可触摸可感受而且可解释的，人类的认知大大地进步了，称得上是启蒙。然而，另一种怀疑悄然降临，那就是当一切存在全被证实来自于物理法则，人们是更幸福了还是不够幸福？由于西季维克出身的宗教背景，他天然倾向于相信存在着更高的意志，使人心生敬畏，从而能够约束行为，这便是道德的缘由吧。他追崇并以承继的先师康德，描绘引发敬畏之心的说法是："头顶满天星斗，及其内含的道德法则。"在亲手组建的"英国灵魂与精神研究学会"里，西季维克负责的始终是务虚的部分，也就是理论建设，这可见出他对"研究学会"寄予的希望，希望能够提供给他材料，证明在实有的同时，还有一个无形的空间。在唯物主义的大时代里，勿管信不信的，人们全都服从一条原则，就是耳听为虚、眼见为实，倘若承认乌有之乡，那就是倒退。

再来看看"研究学会"组建之开初，主创者几乎平分为两部分人：一是具有宗教背景的人文学家，比如西季维克，迈尔斯；二是科学家，比如巴雷特，诺拉，还有诺拉的姐夫，著名物理学家瑞利勋爵，化学家威廉·克鲁克斯，达尔文《进化论》合著人、自然主义者阿尔弗雷德·罗素·华莱士，等等。颇有意味的是，有一大帮作家跟进，比如文学史上赫赫有名的英国桂冠诗人阿尔弗雷德·丁尼生；艺术评论家约翰·罗斯金，他在一八五三年到一八五九年关于绘画、建筑、设计的演讲，以《艺术十讲》为书名，于二零零八年在中国人民大学出版社出版发行；《爱丽斯漫游奇境》的作者查尔斯·道奇森；美国作家马克·吐温；弗吉尼亚·伍尔芙的父亲莱斯利·史蒂芬——《英国传记大辞典》编辑之一，等下一个世纪开始，将会以这个家庭为中心而辐射形成著名的布鲁姆斯伯里集团……我想，这三种人群其实代表着三种不同的愿望：科学家追求真相；哲学家企图在实证世界内再建设一套精神体系，以抵制道德虚无主义；文学家总是相信他们愿意相信的事物，他们本来就生活在虚拟中，灵学研究的对象，在某种意义上，与想象力不谋而合。

　　"英国灵魂与精神研究学会"成立之后半年的光景，一八八二年深秋，一个美国人来到伦敦，他就是哈佛大学威廉·詹姆斯教授。威廉·詹姆斯医学出身，然后专攻心理学，几乎是与英国剑桥那拨灵学研究者同时，他也开始对超自然现象产生兴趣。从《猎魂者》的描写来看，詹姆斯的家庭令人想到英国作家奥斯卡·王尔德的小说《坎特维尔鬼魂》。新任的美国公使来到英国，住进历史悠久的坎特维尔庄园，和许多老宅子一样，庄园里阴气森森，出没着一个冤鬼。始料不及的是，鬼魂留下的血迹，被这家的儿子用平克顿牌的去污剂擦拭一净；受鬼魂惊吓随时要昏厥的老管家太太，公使以索赔的法律手段治好了她的神经衰弱症；每每在夜间响起的锁链镣铐声，来自新大陆的房客赠送给一瓶旭日牌润滑油；至于时不时的凄厉惨笑，则轮到公使夫人出马了，她开出的是一服肠胃药，专对付消化不良引起的打嗝……总之，这古老鬼魂的所有伎俩都在美国人新派的物质主义跟前失效。老詹姆斯就是一个富有的持无神论观念的美国人，纠缠他不放的不是"坎特维尔"勋爵庄园里那个老衰鬼，而是生于一六八八年，死于一七七二年的瑞典人史威登堡。这位北欧金属技师，做过艾萨克·牛顿和埃德蒙·哈雷的学生，前者发现著名的牛顿定律，后者的名字则用来命名一颗卫星。而正当人生飞黄腾达时候，却放弃科学事业，走入虚枉的类似邪教的信仰世界。他声称要重新诠释《圣经》，自称上帝委以先知的使命。然而，老詹姆斯远不如那个美国公使幸运，能够轻松将鬼魅搞定，少年时遭遇一场不测而导致终身残疾，尽管只是出自鲁莽的淘气，可却让他体味到命运的无常，史威登堡大约就是在这背景下引入生活，具体表现为"不可预知性"的人生观念，它使詹姆斯一家都处在动荡不安的情绪里。这种粗糙简单的结论到了威廉·詹姆斯，经过科学和人文教育的陶冶提炼，深刻为一种世界观。这世界观就是史威登堡的对应理论，用《猎魂者》里的话说——"在这个世上的物质生活和灵魂世界之间存在切实关联，有不可见的线索将两个世界的居住者们扣在一起。"

当威廉·詹姆斯来到英国，住在弟弟亨利·詹姆斯的公寓里——亨利·詹姆斯作为一个作家的事业，正在崛起之时，可说蒸蒸日上，以后的日子里，将会写作一本小说，名叫《螺丝在拧紧》。在现实主义文学史观里，它是被纳入十八世纪后期的哥特小说流派，而到了现代的文学分类里，它不折不扣就是一本灵异小说，或者说惊悚小说。但是，倘若了解亨利与威廉这一对詹姆斯兄弟的亲缘关系，继而再了解威廉·詹姆斯的思想探索，以及当时英美科学界所发生的这场边缘性质的革命性研究，才会明白《螺丝在拧紧》真正意味着什么。亨利·詹姆斯有个英国朋友，正是埃德蒙·盖尼，"英国灵魂与精神研究学会"组建者之一，专负责灵异现象的领域，亨利自然会介绍认识哥哥威廉。这一个邂逅，不仅使两人彼此找到知音，还将英国和美国两地的灵魂研究从此联络起来。三年以后的一八八五年，"美国灵魂与精神研究学会"成立，与英国研究学会的建制同样，亦是由正统科学家领衔，担任会长，那就是天文学家西蒙·纽科姆，是为强调主流科学精神，表明将以实证的方法进行研究。然而，这个想法很快就被证明是过于天真了。西蒙·纽科姆的专业方向是分析测量计算太阳、月球、行星的运动，还有光速和岁差常度，是以精确为要义，而灵魂和精神研究最大的疑问在于采证，一切都是在无形中进行，假定与想象是推论的主要方式。我觉得，细看英国和美国两个研究学会的成员组合，大约也可见出这两个民族的不同性格。相对英国学会的人员成分，美国学会中有科学家和哲学家两部分是没错了，但至少从《猎魂者》书中记载，没看见如英国学会那样，拥有一个文学群体。看起来，美国要比英国更加纯科学，多少有些一根筋，新大陆的人民显然思想单纯。而古老不列颠则比较浪漫，于是更有弹性，能够变通，在灵魂研究来说，余地就大得多。就好比王尔德《坎特维尔鬼魂》中描写的，美国人远比英国人不信邪，这也预示着，美国学会的工作比英国学会将要经历更多的挫折。

二

已经说过，灵魂研究的采证是最大的问题，它很可能取消整个学说的安身立命。关于那些超自然的现象，作为传闻实在是太多了，除去本书中所列举的那些，在其他作家的笔下，也有过记录和描写。捷克诗人亚罗斯拉夫·塞弗特的回忆录《世界如此美丽》，有一章，名叫"积雪下的钥匙"，写二次大战之前，诗人居住在布拉格，住宅的院子由一扇临街大木门锁着，古老的门锁钥匙很巨大，几乎有一公斤重，携带十分不便，所以他们常常是将它藏在门底下的沟槽里，探进手就摸得到。可是，在一个雪夜里，松软的积雪填满了沟槽，将钥匙深埋起来。诗人，当时还是一位年轻的编辑，不得已只能拉响门铃。过了几分钟，照例是，睡眠最轻的房屋管理员，一位老奶奶，穿过院子来开门，也是照惯例抱怨和数落了一番。当他进了屋，将遭遇告诉妻子，妻子却大骇道，老奶奶已在当晚去世，就停灵在小客厅里。你要说当事人是诗人，诗人总是有着丰富的想象力，难免会混淆虚实，亦真亦幻。比如，《猎魂者》中特别提到的马克·吐温的一个梦境。在他成为作家马克·吐温之前，是水手赛缪尔·克莱门斯，和他的弟弟亨瑞·克莱门斯一同在密西西比河上的蒸汽轮船接受培训，有一晚，赛缪尔做了一个可怕的梦，梦见弟弟亨瑞躺在棺材里，胸膛上盖满鲜花。这个梦境在三天之后变成现实，轮船锅炉爆炸，亨瑞去世了，入殓的情景与梦中一模一样。这个事故被作家后来写进他的长篇《密西西比河上》，第二十章中的一节，题名"一场祸事"。马克·吐温以现实主义的笔法描写了那场可怕的灾难，八个锅炉爆炸了四个，一百五十人死亡。当时兄弟俩在密西西比河上分手，弟弟在宾夕法尼亚轮，哥哥则在晚两天启程的拉赛轮。一路上不断从孟斐斯报号外得到消息，一会儿说他的小兄弟幸免，一会儿又说受伤，这一次没说错，事实上，是致命的重伤，被安放在孟斐斯的公众大会堂挨着弥留的时光，"第六天晚上，他那恍恍惚惚的心灵忙着想一些遥远的事情，他那软弱无力的手指乱抓他的被单。"假如认为作家的经验不能全当真，那么科学家呢？我亲耳听一位早年留学剑桥，师从诺贝尔物理奖金获得者，专事基因研究，中国科学院院士描述所亲历的一件往事。那还是在他幼年时候，因母亲重病，被送到相隔数条马路的外祖父母家中生活，一日下午，他与邻居小伙伴在弄堂里打玻璃球玩。下午的弄堂十分寂静，忽然间，却觉有人，一个男人，伏在他身边说道：你怎么还在淘气，你妈妈不行了！抬头一看，并无他人，起身飞奔回家，外祖父正接起电话，母亲那里报信来了。一个科学工作者，一生以实证为依据，他的讲述应当要比艺术者更为可信的。

对神秘的事物好奇是普遍的人性，每个小孩子都曾经在夜晚，浑身战栗着听过老祖母的鬼故事，如何分辨哪些是真实发生，哪些又是臆想？为了听故事的快感，宁愿相信是真的，可一旦要追究，却又都落了空，发誓赌咒，究竟也无奈何举不出一点凭据，最后只得任其遁入虚妄。而猎魂者们就是要从虚妄中攫取实体，听起来颇为荒谬，极可能劳而无功，但是，假如将其视作对人类智慧的挑战，就不能不承认勇气可嘉。

倘若说，这一代灵学研究者确实给我们留下了一些接近于实证的材料，那么有两个人物是关键性的。一是剑桥圣约翰学院学生，澳大利亚人理查德·霍奇森；二是波士顿一名小业主的妻子，利奥诺拉·伊芙琳娜·派普太太。前者是灵学研究者，后者是灵媒。我相信有关他们的记录一定收藏在某个重要的专业机构里，将会在某一个重要的时刻被展示，而当下他们在这本非虚构类的大众阅读书籍中的出场，多少染上文学的色彩。理查德·霍奇森出生于墨尔本一个商人家庭，先在墨尔本大学修法律学士学位，终因提不起兴趣转向哲学，成为西季维克的学生。他天性崇尚自然和诗歌，或许是这两条，使得西季维克下定决心要引他加盟灵学研究。灵学研究带有空想的成分，或者说是浪漫主义的性格，在严谨的科学者看来，不免是离谱了。但从另一方面来说，它又是向认识领域的纵深处开发，存在的物质性挡住了去路。科学锲而不舍、再接再厉，将一切现象全解释与证明为实有，世界成为铜墙铁壁，而你分明感觉到另一个无形的疆域，忽隐忽灭，闪烁不定。

对于这虚妄的存在，中国人的态度要比西方人灵活得多，我们更承认现实，甘于将它置放在它该在的地方。当进行抽象认知的时候，决不会错过它，哲学里有老庄，文学里有志异；但轮到现实秩序时候，则是"子不语怪力乱神"，这一些又凭借中国民间社会普遍的诗意性和谐地共存于一体。

也因此，那一个灵异的所在，于中国人留下的多是抒情的篇章。我很欣赏明代徐渭的一则笔记，"记梦"，写梦中来到青山幽谷之间，见一道观，欲走入，却遭观主婉拒，说这不是你的家，然后又取出一本簿子，翻开检索一番，说：你的名字并不是"渭"，而是"哂"。《红楼梦》太虚幻境，更是一个大境界。《牡丹亭》的生死两界，则更加自由随意，带有瓦肆勾栏的佻跶韵致。而在西方二元论的思想体系，却此是此，彼是彼，非此即彼，定要搞个一清二白。即便是产生于近代的电影工业，其中的惊悚片，人鬼两界也是划分严格，不像中国的鬼故事，界限相当模糊，只需要一两点条件，便可互通往来。

我想，理查德·霍奇森最后被老师西季维克说动，参加"灵魂与精神研究学会"，不止是出于诗人的爱好幻想的浪漫天性，更可能是与生俱来的唯物精神，要将未知变成已知。理查德·霍奇森接受西季维克的委派，着手调查计划，第一步就是去到印度孟买。印度是一个奇异的地方，似乎天然与灵魂有涉，它对存在的观念比中国人更要广阔与宽泛。在他们的世界里，有形无形，是没有边界的，任何的发生，哪怕只是一个闪念，都是事实。所以，霍奇森去往印度就像是履行一个仪式，象征着他从此踏上一条不归路，虽然这一次出行本身并没有什么收获。霍奇森去孟买专为会见一位灵媒，布拉瓦斯基夫人，俄罗斯人，曾在西藏居住，据称与喜马拉雅山的神有心灵沟通。听起来，她真是采灵异之气场集大成，对于急切需要信仰的教众，这已经足够有说服力了，但到了霍奇森这里，就没那么容易过关。结论很快出来了："彻头彻尾就是场骗局！"

在这之前几十年里，就不断涌现灵媒问世：纽约州海德丝村的福克斯姐妹；从爱丁堡移民到美国纽约的修姆；能用意念摆布家具物件，水牛城的达文波特兄弟——为测试他们的超自然能力，哈佛大学调查团将他们捆得结结实实，关在封闭的密室中，观察动静如何产生。这让人想到魔术师哈里·霍迪尼，从锁链中脱逃。这一幕魔术十分悚然，似乎暗示着幕后有着残酷的真相，比如脱臼之类的身体摧残。就在本书中，写到达文波特兄弟中的一位，曾经向魔术师哈里·霍迪尼坦白所谓"特异功能"里的机关，而霍迪尼推出从手铐中脱逃的表演，是在之后的一八九八年，两者间的关系就很难说了。总而言之，这些灵媒的命运大体差不多，先是被灵学研究者检验，检验的结果多是无果。我以为一方面因为他们自己无法掌控异能的显现，免不了就要弄虚作假，自毁信誉；另一方面也是勿论真假，研究者都不知道下一步该把他们怎么办，又如何将研究进行下去，只能放任他们于江湖。其中有能耐如布拉瓦斯基夫人，建立起一套理论和组织系统，成为职业灵媒，而更普遍的下场是在杂耍班子里挣钱糊口。与此同时，降神会大量涌现，几乎成为社会时尚，降神会的副产品就是魔术，从中收获形式和内容的灵感，多出许多玩意儿。先前提到的达尔文进化论合作者华莱士，一八七五年在府上举行降神会，转瞬间客厅里鲜花怒放，我们知道，一直到今天，许多魔术是以百花盛开作一个繁荣的谢幕。上足当的霍奇森联手魔术师戴维，举行降神会，然后揭露实情，是企图用排除法来正本清源，以筛选出可靠的证据。而他内心已不再相信，其实他从来不曾真正相信过，会有非物质灵魂这东西的存在，参加调查研究，多半是看导师西季维克的面子。倘若不是遇到一个人，他也许终身都将坚持唯物论的世界观，这个人就是派普夫人。

一八八五这一年，关于灵学研究的事情有："美国灵魂与精神研究学会"成立；霍奇森与布拉瓦斯基夫人在孟买纠缠；"英国灵魂与精神研究学会"出现内讧，争端起源于灵派信徒和科学者之间，因此可以见出灵学研究实是走在刀刃上，稍不留意便滑到邪教门里去了。这一年，派普夫人二十六岁，她的通灵禀赋只在亲朋好友中间流传，当然，没有不透风的墙，有时候，人托人的，也会接待陌生人。这一日，来请求招魂的客人是威廉·詹姆斯的岳母，就这样，一位隐于坊间的灵媒与灵学研究接上了关系，由此而和务实肯干的理查德·霍奇森结下了称得上"永恒"意义的友谊。

直到两年之后的一八八七年，霍奇森受老师西季维克派遣，去到波士顿，帮助式微的"美国灵魂与精神研究学会"重振旗鼓，工作之一就是见派普夫人。他是本着打假的意图，打假并非颠覆灵学研究，而是为剔除伪灵学，扫清道路，使灵学健康发展。《猎魂者》将霍奇森与派普夫人交手写得又紧张又谐谑，非常戏剧性。通常灵媒都有一位导灵，如同中国民间社会里的神婆，也有地方称关亡婆，一旦入化境，就摇身一变，音容举止全成另一人。但在关亡婆，变成什么人都是随机的，也就是说，变成请灵者求见的那一位故人，然后与之对答。在英美灵媒，却是由专人承担这一角色。书中写道："派普夫人的'导灵'自称为法国人，名为菲纽特博士，生于一七九零年，卒于一八六零年，"派普夫人被菲纽特博士附上身后，立刻，"从纤弱淑女变成粗鲁男人"。灵魂研究者大约费了不少功夫，去查证这位菲纽特博士究竟何方人士，结果一无所获。

初次接触，霍奇森被这个来历不明的家伙弄烦了，直指他就是个"假货"，菲纽特也火了，宣布再不和"这个男人"说话。但似乎双方都咽不下这口气，决定再来一个回合，所以，霍奇森又一次来到派普夫人府上，而菲纽特显然也是有备而来，他带来霍奇森已故表弟的口信。这一回，霍奇森从头到尾默默地坐在椅子上，显然受了震动。可是，还不够折服他，霍奇森并不就此罢休。他使出侦探破案的手段，对派普夫人严密监视。监视包括跟踪，检查来往信件，搜索社会关系。一个月的辛苦工作过去，事实证明了派普夫人的清白，却也激怒了派普夫人，深感受到侮辱。与那些出身底层的灵媒不同——灵媒们往往是在市井社会，生活贫贱，意识混沌，境遇又使得他们言行举止鄙俗粗陋，信誉度很低。而派普夫人却是在中产阶级，受过教育，具备良好的修养。事情就这么一波三折，也应了中国人一句老话：不打不相识，最终，他们还是结成一对合作伙伴。在派普夫人，她也很期待有人来帮助她解开这个谜，那就是她为什么会有这种古怪的禀赋。可以想象，这种禀赋并不是十分令人愉悦的，窥见那么多陌生人的私密，不仅惊惧，还很忧伤。

无论之前还是之后，灵学研究都曾经和将要遭遇形形色色的灵媒，可是没有一个具有派普夫人高超而且稳定的通灵能力，从某种方面说，也许正是派普夫人的教养帮助了这种特异功能的持久。她沉静，文雅，理性，实事求是，一点不神经质，而灵媒们免不了都是精神兮兮的。在对灵幻现象进行普查，几乎必定无疑会遭受挫败的过程中，因为有了派普夫人的存在，而鼓舞起沮丧的心情。无论有多少骗局将通往幽冥的道路阻隔，可是，派普夫人让人相信，终还有一条通道传来那渺渺世界的信息，游丝般的，一触即灭，若明若暗，若即若离，维系着和我们的联络。

三

灵魂与精神研究，在科学与伦理的动机之外，有没有其他的需要呢？不知事实如此，还是出于本书写作者个人的观念，我们从《猎魂者》中，还看见这项研究事业更被一种私人化的情感经验推动着，那就是亲人亡故的伤痛。近在身畔的人忽然间不在了，令人难以接受。他们究竟去了哪里？科学祛魅固然不错，可是，彻底的唯物主义者其实是面临更大的虚无。就好比霍奇森在派普夫人的导灵菲纽特博士口中得到了故人的消息，应该是会感到一些儿慰藉吧。这慰藉表明降神会也罢，通灵术也罢，并非完全无聊，除去满足庸人的猎奇心，一定程度上还是有着感情的需要。那一个无数生命去往的彼岸，究竟是一个什么样的空间？又与此岸保持如何的关系？是存在的一个巨大黑洞。倘若能有丝毫，哪怕丝毫的信息传来，就可让这边所谓"活着"的人——不是吗？倘若"死亡"不再是原有的概念，"活着"就不定是活着——所谓"活着"的人大约就可对"死亡"抱有比较乐观的态度。尤其是当宗教不再能够维系生死之间的连贯性，神学被实证科学揭开了神秘面纱，科学能不能继续前行，突破壁垒，打开另一个通道，让人遥望彼岸呢？

前面说起过的埃德蒙·盖尼，"英国灵魂与精神研究学会"创建者之一，与费雷德里克·迈尔斯一同负责"灵异幻象"的那一位富家子弟，一八七三年，他的三个姐妹在尼罗河游船，发生意外溺水而亡，书中这么描写他的茫然："关于生命之有限，科学家们给出了精确无比的定论，但他不知道他们是否弄错了。"

一八七六年，费雷德里克·迈尔斯深爱的安妮·马歇尔沉湖自杀。她本是迈尔斯的表嫂，当表兄罹患精神疾病送入医院，迈尔斯一边为表兄寻医求药，一边安抚表嫂，他的努力付出没有奏效，却坠入情网，深陷不可自拔。之后的岁月里，他恋爱结婚，生儿育女，但从来不曾忘记安妮。为了与冥界的安妮联络，他见过无数灵媒，结果总归是真假难辨，有失望有鼓舞，直到将临二十世纪之际，他遇到一位新灵媒，英国的汤普森太太，她给迈尔斯带来了一个幽灵，"简直明亮得像上帝"。与汤普森太太的导灵"小耐丽"的谈话，迈尔斯没有纳入调查的记录，这是属他个人的隐私，他独自占有了。但他公布说，汤普森太太给了他一份预言，那就是二十世纪过后，他将与安妮聚首。

一八八五年，威廉·詹姆斯的小儿子小赫姆，一岁半，感染了母亲的猩红热与百日咳，夭折了。前面说到威廉·詹姆斯的岳母去见派普夫人，就是为了这个可怜的小外孙。对这转瞬即逝的至亲骨肉，威廉·詹姆斯无以寄托哀恸，他给亲友的信中写道："他应该还有一次机会可以活得更好，肯定就是现在了。"其实是以来世的想象来说服自己，接受伤心的现实。在此，这位哈佛大学的哲学教授与中国民间的生死观简直不谋而合。对于早逝的孩子，人们通常会这样劝解自己和他人，那就是：他是来骗骗你的啊！意思是别当真了。《红楼梦》高鹗的续书中，最后一回里贾宝玉科考后弃家而去，父亲贾政说道："岂知宝玉是下凡历劫的，竟哄了老太太十九年！"高鹗的续书不可与曹雪芹同日而语，粗糙许多，处处可见村俚乡俗，这话想也是从坊间得来。在中国知识阶层，没有严格意义的宗教，而古老偏远的乡村社会，自会生出慰藉精神的法则，难免是鄙陋的，但基本路数却与宗教接近，承认灵魂与肉体的相对关系。威廉·詹姆斯的思想追索，在很多处与中国人殊途同归，他毕十二年时间精力完成的《心理学研究》，依《猎魂者》所介绍："他甚而进一步提出更具风险性的假设，提出人际关系组合的另一种可能性，即超出人眼可看到的物质现实局限而形成的另一种人际关系。"这就极近似于"缘"的说法了。

一八八八年，埃德蒙·盖尼前往调查一幢著名的"鬼屋"，在酒店客房里猝死。死因迷离，有一种猜测，是过量服用帮助睡眠的氯仿。他的妻子答谢朋友们的吊唁，信上写道："他现在会比生前更快乐……我觉得，要是我从未听说过'灵魂不朽'的说法，现在我也会相信他并未消失……"话语中很微妙地表示了讥诮，还透露出他们并不是一对亲密的夫妇。盖尼心思不在俗世的生活，他就好像是他著作的名字——《生者的幻影》。现在，他终于到了朝思暮想的冥界，会不会传来几些消息呢？他可说是一位先驱者，在他之后，还会有同道者继往开来，那将是本书《猎魂者》中最激动人心的章节。

一八九二年，威廉·詹姆斯的考验又一次来临，他的小妹妹爱丽丝患癌症去世。辞世前，爱丽丝对灵魂学说表现出极大的反感，她对威廉哥哥说："我希望，那个讨人厌的派普夫人别口不择言地拿我不设防的灵魂说事。"要等灵学来克服死亡恐惧还远着呢！

同一年里，理查德·霍奇森的好朋友，哲学系学生乔治·佩鲁，在纽约中央公园坠马身亡，年仅三十二岁。生前，他与霍奇森争论有无灵界存在，说道，倘若真有那个世界，而他又早一步离开人世，他一定会现身，来为灵学研究作证。只有年轻人才会百无禁忌，口无遮拦，说出这种不吉利的玩笑，因没有领教过命运的不测。而这一回，正巧或者正不巧，一语成谶。

距离乔治·佩鲁去世五个星期，派普夫人徘徊于灵肉之间的呓语中，忽然出现一个新的声音，道出"乔治·佩鲁"这名字。就是从此刻开始，导灵菲纽特博士销声匿迹，取而代之以 G.P.——霍奇森为这个新人格起的名字，用乔治·佩鲁姓名的首字母——G.P. 希望用自动书写来沟通，于是，派普夫人手中的铅笔便在纸上移动起来。霍奇森最大限度地调动人事资源，甄别检验 G.P. 是否真的是乔治·佩鲁的灵魂，比如请来他的亲友与他对话，也夹杂着陌生人，类似警局请目击证人认人。一些极其私密的细节从派普夫人的铅笔尖流淌出来，举座皆惊，没错，就是他！测试引起的狂乱平息下来，G.P. 进入宁静的交谈。我并不介意《猎魂者》记叙所根据材料的客观程度，我只是为它所描述的景象动容，即便是在一个多方合作的虚拟之下所产生——当通灵会已经制造如许繁复的骗局，又有如许不可思议的魔术诞生，还有什么是人力不逮的呢？那生者与死者的遥相远望依然透露出无限的哀伤与欣悦，对话是这样的——

G.P. 通过派普夫人的书写说道："一开始我什么都分辨不清。黎明前最黑暗的时刻，你知道的，吉姆。"在座的名叫吉姆的朋友问："你发现自己还活着，难道不惊异吗？"G.P. 说："惊异极了。这大大超出了能够解释得通的能力。现在，我已经完全弄明白了，好比在太阳底下看清一切。"

从冥界终于传来合作的声音，要与这物质世界联起手，建立起实证与信仰之间的桥梁。当二十世纪即将来临时候，那一个英国灵媒汤普森太太，她的导灵，多年前失踪的女儿，小姑娘耐丽，曾经预言新世纪的拂晓过后，迈尔斯会与安妮重逢。这一句灵媒之言可视为隐喻，那就是跨入二十世纪之后，事情会发生本质性的转变。被预言跨过冥河去往灵界的迈尔斯举步之前，一九零零年八月二十八日，西季维克先行一步，去世了。第二年，一九零一年一月十七日，迈尔斯死于肺炎引起的窒息，留下一份残稿，题目为《人类性格与其肉体死亡后的存活》，由霍奇森接手，但是看起来，却更像是迈尔斯以自身的实践来完成这部论述。埃德蒙·盖尼早在一八八八年六月二十三日亡故。至此，灵异研究的排头兵全部故去，又好像是一次集合，集合起来探涉那个未知的世界。这边的人等待他们传递来消息。有了G.P.的来临，这份期望不再是荒诞不经、异想天开了。

　　然而事情却似乎走在了下坡路，一九零五年早春，派普夫人的丈夫去世，由于伤心还是另有说不明的原因，比如磁场改变，派普夫人的通灵能力下降了。G.P.甚至预言派普夫人客厅里温馨的聚会时日不长了，就好比中国人的古话，千里长席没有不散的时候。然后，这年的深秋，有一晚，理查德·霍奇森望着满天寒星，说道："有时候，我都等不及想到那边去。"不幸的是，又一次一语成谶。十二月二十日，霍奇森在手球比赛场心脏病突发。就在这一天夜里，派普夫人平静的梦中闯入一个男人，酷似霍奇森，独自走入一条隧道的入口。

　　霍奇森与派普夫人长年合作，已成为心神相通的朋友，他们之间应该有着较为畅通的桥梁，果然，他来了！派普夫人的铅笔写下这样的字句："能来我真开心，但太艰难了。我明白了，为什么迈尔斯很少出来。我必须走了。我待不下来……"真是伤心啊！那是个什么样的世界，有着什么样的秩序，人还是不是原来那个人，事还是不是原来那个事！盖尼，西季维克，迈尔斯，现在又加上霍奇森，他们前赴后继，涉向空虚茫然之中，攫取无形的真相。

　　在那个世界里，事物是否还保持原有的形态？就像诺拉，西季维克夫人，"英国灵魂与精神研究学会"的开创元老之一，她出于正统科学严格的本能与训练，第一个提出，为什么会有穿衣服的鬼魂？这问题乍听来很荒唐，细究却颇有意味。假如我们都能接受，如书中所说"鬼魂代表的是一个亡者之灵，或曰精神能量"，那么，如何解释衣服这样的身外之物却能够一成不变地显现，在那虚空境界中，它们持有着什么样的能量呢？诺拉因是负责调查鬼魂，她首先需要甄别鬼魂事实的客观性，而穿衣服的鬼魂更像是一种想当然，或者说接受了生活经验暗示的错觉。就好像要帮助回答诺拉这个疑问，逝去的人们开始发出信号。

玛格丽特·福润夫人，丈夫是剑桥的哲学教授，本人则在另一所学院任古典文学教员，和西季维克、迈尔斯夫妇交往甚密，耳熏目染，受到灵魂研究吸引，朋友去世之后，便生出要与冥界联系的念头。她独自练习"自动书写"，三个月来，在胡涂乱抹的希腊语和拉丁语之中，忽然出现了"迈尔斯"的字样。福润夫妇的女儿海伦，也在练习"自动书写"，她的笔下也奇异地出坝同样的字句。此时，远在美国波士顿的派普夫人，并没有受过希腊语和拉丁语的教育，使用英语"自动书写"，但是内容竟然与英国这一对素昧平生的母女交迭互通。于是，交叉通讯浮出水面。更重要的是，在交叉通讯的实验中，灵媒表现出高于自身的智慧和教育，比如，派普夫人的导灵，又是一个新人格，教区长，接受拉丁语的指令在纸上画下图式，这是一个新成就，它从某种方面提供了灵魂存在的证明。

交叉通讯的范围继续扩大着，就好像人世间藏匿着一个信息辐射的网络。这一日，"英国灵魂与精神研究学会"收到印度的来信，写自一位名叫爱丽丝·吉卜林·佛莱明的女性之手，是著名作家拉迪亚德·吉卜林的妹妹。信中说，她自觉具有通灵的特质，读过迈尔斯的，由霍奇森最后完成的书《人类性格与其肉体死亡后的存活》，因不想让人以为荒唐，一直保守着秘密，但是近来却有一些事情令她困惑，按捺不下。在某一日的自动书写中，那些潦草无序的笔迹联系成相当具体的指示，其中有"迈尔斯"的名字，极为神奇的，让她把信寄给剑桥的福润夫人。佛莱明夫人并不认识福润夫人，但她自动书写描绘的福润夫人的客厅就好像她是一位常客……鬼魂究竟穿不穿衣服暂且难说，可是有一点，在那个与此界不同质的空间里，它们似乎是摆脱了生前的某些束缚。它们的行为脱离了原先的轨迹，留给人们漂移的印象。他们漂移地寻找前一世的遗踪，令我想起香港作家李碧华的小说《胭脂扣》，鬼魂如花到世间寻找爱人十三少，找到第五天上，渐渐绝望，她说："一望无际都是人"，何等凄凉！《猎魂者》中的灵学研究者，却终于联络上了，在那些降神会上——"私下开的玩笑，亲密时分的细节，尴尬的回忆……"又是何等的亲切，慰藉着饱受丧失痛楚的心。倘若灵魂真的存在，我们对生死聚离的感受大会不同，生命不再是有限与间断的，幸福的观念也许有所改变。

然而，交叉通讯的实验是相当危险的，因为不需要现存条件的制约，无限地扩大范围，更加难以取证，连同已经受到考虑的事实都变得脆弱起来。派普夫人又一次受到主流科学界严苛检测，主持检测的是美国克拉克大学校长斯坦利·霍尔，是灵魂研究公开反对者。检测的结论是：第二人格症。斯坦利·霍尔校长的助手艾米·坦纳，出版了新书《对灵学的研究》，则是从现代心理学及社会学的方法，详细分析派普夫人双重人格形成的原因。可能是因为女性富于幻想的天性，她还是为派普夫人的异能留下一条出路，那就是，超能力也许会受疾病与年岁的影响增强或者减弱。

前一世纪的八十年代，盖尼和迈尔斯搜集问卷，经过筛选甄别，汇编超自然事件，因工作巨大，中途招募了第三位合作者，牛津大学研究生弗兰克·鲍德莫，共同完成这本奇书《生者的幻影》，于一八八六年出版。一八八七年一月，威廉·詹姆斯所写的评论发表在主流科学期刊《科学》杂志上，无论它受到了多么强烈的指摘与讥诮，但是回想起来，却可说是超自然研究的全盛时代。风华正茂的科学、哲学精英，积极昂扬地工作着，未知世界初露端倪，好比雾里看花、云中探月，待到云消雾散，反倒什么也看不见了。埃德蒙·盖尼和迈尔斯先期去世，一九一零年八月十九日，弗兰克·鲍德莫溺毙在湖水中。要说，《生者的幻影》三位作者的死亡都有些诡异，好像染了他们投身的事业的魅影。

"英国灵魂与精神研究学会"的新任主席，西季维克的遗孀诺拉·西季维克，不再像过去那样勇往直前，并不是说她要放弃什么，而是她重申了谨慎与严格的原则，强调学会工作应当服从科学研究程序的定义和操作。

最可信的灵媒派普夫人在斯坦利·霍尔校长几近折磨与侮辱的测试之后，正式宣布退休。

　　……

就在弗兰克·鲍德莫溺毙之后一周，一九一零年八月二十六日，威廉·詹姆斯去世了。顿时，小道消息满天飞，四处都是威廉·詹姆斯亡灵显现的传闻。其中，某位灵媒的降神会上送来一个口信，听起来，与威廉·詹姆斯的精神相当接近，它说的是："我很平静，平静——无论是我还是全人类。我意识到有一轮新生命，远远高于在我身为尘世凡人时所能料想到的一切。"当然，更可能是一位熟读过詹姆斯理论的崇拜者的杜撰。波士顿联众教堂的牧师宣称他感受到詹姆斯亡灵的接触，引起"灵魂的震颤"。这似乎又与威廉·詹姆斯的世界观颇不一致，他以终身而不懈投入灵魂的研究，前提是他放弃有神论的传统宗教观念，因此很难解释他在身后去拜访一位牧师的行为。事情的结尾多少有点荒唐，是由《纽约时报》向爱迪生求教，此时，爱迪生正攻克一个新课题，就是让无声电影变成有声电影。至此，已经非常像王尔德的鬼故事，《坎特维尔鬼魂》，美国人用平克顿牌去污剂擦拭鬼魅的千年血迹。但爱迪生最后的回答又使尾声一幕回到正剧上来，他说："我们的生命太有限，无法理解一切。至今，我们还不能掌握那真正宏大的奥妙。"看起来，科学尽管严格遵守已知世界的法则，但对未知的世界依然抱着敬畏的态度。它有一句说一句，对不曾证实存在的，且不敢轻举妄论，而文学，尤其是小说，则欣然接过手去。

四

《猎魂者》第九章，名为"灵魂存放地"，写到威廉·詹姆斯的兄弟亨利·詹姆斯，于一八九八年出版小说《螺丝在拧紧》，故事来源于亨利·西季维克的表兄爱德华·怀特·本森府上的"幽灵之夜"。这位表亲身为坎特伯雷大主教，却酷爱鬼故事，以此来看，那时候的宗教已经呈露罅隙。大主教家的故事会上，来宾们一个接一个讲述关于鬼魂的传说。这种消遣一定来自于民间，不过是从老奶奶的炉灶边移到了书房里。阿加莎·克里斯蒂笔下的马普尔小姐，所在的英国乡间小镇，也有一个"星期二晚间俱乐部"，与大主教的"幽灵之夜"路数差不多，区别只是"俱乐部"会员的神秘故事，结尾多是以刑事案件的方式给出了现实的答案。很难考证《螺丝在拧紧》与"幽灵之夜"的直接关系，但亨利·詹姆斯参加过本森的故事会是不争的事实，而且，小说的开头是人们围坐在火炉边讲鬼故事，那情景很像是对"幽灵之夜"的摹写。《螺丝在拧紧》在文学史上，当归类于浪漫主义派系里的哥特小说，"哥特小说"的命名起源于一七六四年，贺拉斯·瓦尔浦尔的小说《奥特朗托城堡》，副标题为"一个哥特故事"，是借中世纪建筑风格而暗示压抑恐怖的情节构成。但在这里，我宁可认为《螺丝在拧紧》来自超自然研究的影响。你想，亨利的哥哥威廉正从事这一门，亨利自己在伦敦，埃德蒙·盖尼就是他的老熟人，由盖尼牵头的哲学家俱乐部"八人谈"，我想他也曾去过旁听，这帮研究者苦思冥想的，如这一章的题目所说"灵魂存放地"的问题，免不了的，同样困扰着他——科学无法认证有还是没有，倘若有，又是如何的境地？而虚构是自由的，小说不必为现实负责，它可以使灵异学合法化。更重要的是，"灵魂"本来就是小说描写的核心。假定肉体死亡后，灵魂依然活着，便拓开了永恒的空间，小说所向往的，不就是永恒性的乌托邦吗？如此这般，写实性格的小说不仅在哲学意义，也在材料供给上，都从灵异研究里汲取了可能性。我想，大约这也是鬼故事吸引某一类小说家的原因。写鬼故事的作家其实和不写鬼故事的作家同样，决不会忽略客观存在的秩序，比如亨利·詹姆斯，他并没有因为虚构的现实豁免权而放纵自己为灵魂建构一个更为具体的存放地，《螺丝在拧紧》中的鬼魂，依然服从着从科学出发，即使是灵异科学的限制，它们踪迹模糊，出入无定，不知所向。

　　《螺丝在拧紧》写一个年轻的家庭女教师，接到聘任，来到偏僻乡间的大宅子里就职，所遭遇的故事。故事的结构使人想到早于五十年诞生的《简·爱》，也许那个时代正统社会的女性只有担任家庭教师，才有机会发生奇情故事，于是就形成了套路。这一位家庭教师和简·爱一样，在东家的宅第里撞上一系列诡异的迹象，和简·爱不同的是，这些迹象看上去要平静得多，也因此暗示出更危险的隐秘。没有夜半的嚎叫惨笑，没有伫立于床前的怪影，没有紧闭的阁楼、形貌古怪的女仆人、兀自点燃的蜡烛……相反，一切都是美好的，明媚的风景，轩朗的厅堂，小主人，也就是她的学生，乖巧和顺，在这和悦的表面之下却潜在着一种不安：被寄宿学校退学的小男孩，一去不复返的前任女教师，从不露面的男主人……阴森可怖的气氛就在安宁中酝酿积累，终至显山显水。彼得·昆特，主人的已故男仆出场了；再接着，杰塞尔小姐，那个死去的前女教师也出场了——故事在这里与《简·爱》分道扬镳，循着鬼魂的轨迹，走入灵异小说。如先前说的，它们的活动都是有限制的，彼得·昆特总是只有上半身，下半身或者遥远地挡在塔楼的箭垛后面，要不就是挡在窗台外面；杰塞尔小姐则是在池塘的对面。偶尔，他们也会进入室内，但也总是离开一段距离，或者隔一面玻璃。显然，它们并不因为是鬼魂就行动自由，无所不至，而是只能在一定程度上涉入这一个世界。那时候的鬼魂要比后来的吸血僵尸一类守规矩许多，因此也优雅许多。是时代的缘故，作者和读者的胃口都撑大了，难免粗糙，还可能是作者亨利·詹姆斯亲眼目睹哥哥和朋友们所进行的灵魂实验，举步维艰，超自然现象扑朔迷离，难以捕捉，使得笔下的鬼魂有了谨慎的态度，不敢过于造次。也或许因为亨利·詹姆斯体察到哥哥研究工作里的情感动因：那些逝去的人究竟在了哪里？难道我们真的再也不能聚首了吗？他故事里的人和鬼都透露出一种难言的哀伤。年轻的女教师渐渐发现她与小主人之间的隔阂，那是以周全的礼貌与教养体现出来的，他们是和她周旋呢！事实上，他们与死者守着默契，谁也介入不了。说服与训导无能为力，阻止不了孩子们与旧人伺机交往。那两个孩子日益显出孤独的面目，在惊悚小说中，凡被死灵魂吸引的人全都有一种孤独的面目，是这类小说中最动人的情感。故事的结尾在我看起来，略微有些扫兴，小男孩迈尔斯——奇怪，男孩为什么叫"迈尔斯"，和"费雷德里克·迈尔斯"有关系吗？当然，"迈尔斯"是一个相当普遍的名字，最后，小男孩迈尔斯被鬼魂摄走，在女教师怀里留下他的没有生命的肉体。对于一个鬼魂故事，不免是太过具象了，可是不这样，又怎么办？故事总是要有个结尾的，而虚无缥缈的鬼魂又究竟能往哪里归宿呢？惊悚小说的结尾确是很难办，不了了之是小说家渎职，一旦落实却又失了余韵。

　　曾经读过一本比较新近的美国惊悚小说《窗户上的那张脸》，与此类型小说差不多，不外是异域的老旅馆，发生过不为人知的事故，亡灵出没。这通常的套路里，却散布着一股极度抑郁的情绪。那小鬼魅越来越攫住客人的心，他渐渐与家人疏远，再也离不开这房间了。情节过渡到一个现代的幽闭的故事，但幽闭之中却是阴阳两界，住不得，往不得，无限绝望。客人与鬼魂厮磨良多日子，最终也没展现那一界的景象，永远地隐匿在不可知的冥想深处。即便是灵异小说，似乎也严格遵守着实证科学的约定，不逾雷池。知道就是知道，不知道就是不知道。美国电影《第六感》，情节是在阴阳两界之间展开，最后，世间纠葛终于厘清，人鬼情了，那一大一小两个鬼魂相携相伴走在去往彼岸的路上，年龄和阶级的差异全都消弭了，很使人动容。可是，到底也没让观众看见那一岸的情形。

前面已经说过中国人的灵活性，这灵活性一定程度上缓解了生死暌违的痛楚，可能有些佻达，但却不乏意境，有一种抒情性。我很欣赏中国民间社会，对那一个世界的假想，即朴素又相当开放。在这里，人们常以转世投胎来解释生与死的交割，而转世投胎又并不是生命的单一延续，而是从一物为另一物。最著名的如"梁祝"神话的"化蝶"；"孔雀东南飞"的连理枝、鸳鸯鸟；《聊斋志异》更比比皆是，或为蚁穴，或者狐蛇……在这些传说背后也许是老庄的哲学，物物相通，天地贯彻，是从玄思而起，到玄思而止，离科学远，却与文学的本质接近。我以为《聊斋志异》里"王六郎"的故事，可说是对"灵魂存放地"中国式的完整表达。故事说的是渔人夜晚撒网，一人独坐小酌，酒香引来了美少年王六郎，渔人便邀他入座，从此两人常在夜晚河边对饮，结成好友。王六郎其实是个新鬼，因贪杯醉酒，失足堕河身亡。不久，王六郎做鬼满了期限，得以投胎，两人高高兴兴地告别。不料，代他做落水鬼的却是一个女人，怀抱嗷嗷待哺的婴儿，王六郎生出恻隐之心，放弃了这投胎机会，女人从水中挣扎而起，王六郎则继续同渔人夜饮。又过些时候，上天褒奖他有德行，纳王六郎入仙籍，为远地一镇的土地神。王六郎专来向渔人告别，嘱咐千万要去辖地探望，捕鱼人疑虑："神人路隔"，如何相逢？王六郎则一味要求。分别之后，捕鱼人日益思念心切，决定前往。一旦进入地界，只见男女老幼蜂拥而至，家家留宿，户户请饭，说是土地神有托梦，百般叮咛盛情款待，将回报以五谷丰登。告辞回乡路上，旋风平地起来，缭绕脚下，随行十余里，那就是王六郎在相送。多么美妙啊！《红楼梦》是这境界的最高级，三生石畔绛珠草，受赤瑕宫神瑛侍者的甘露浇灌，为报滴水之恩，决定陪伴下凡做人，"但把我一生所有的眼泪还他，也偿还得过他了。"于是，演绎了宝黛之爱情。到了高鹗的后四十回里，这境界就又变得村俗了。黛玉死后，宝玉等她托梦，独眠一夜无所得，叹气吟了两句白居易的《长恨歌》："悠悠生死别经年，魂魄不曾入梦来"，将这木石前盟的仙气扫荡一空，余下的就只是男欢女爱。我经常猜测，倘若曹雪芹写完《红楼梦》，那绛珠草与神瑛侍者会不会在三生石上重逢，经历了红尘一场故事，之间的宿债是了还是未了，它们又是不是原先那个它？如今一切隐匿于幽冥之中，真可谓天机不可泄漏。三生石在中国文学里，大约可充当得"灵魂存放地"，有了这地方，事情就变得不那么哀绝，有前缘，又有来世，生命可经久绵延，生生不息。但其实还是与物质无关，全是在精神层面，是生命美学，不能用作解释客观世界。对于中国人的思想，是足够用的了，我们习惯于接受未知事物，多少是为回避虚无主义，于是绕道而行。但在物理学基础上建立起来的西方世界观，却远远不能满足坐而论道，他们就是抱定耳闻为虚、眼见为实。

最近，读到一本日本前辈作家远藤周作的小说《深河》，作者介绍中说，远藤周作为"日本信仰文学的先驱"。"信仰文学"这个概念对我们很陌生，不知道内容究竟是什么，或者是指宗教的意思？因为介绍中又说，作者"出生于东京一个天主教家庭，十岁时接受洗礼，深受天主教思想的影响"。想来，科学与神学对峙而后又和解的过程，也会影响到近代亚洲的天主教传播。小说《深河》是一本奇异的著作，它在西方科学主义的立场上发展情节，却终结于东方神秘哲学。倘若与作者的背景联系，猜想远藤周作先生大约也是对灵异研究有兴趣的吧。

故事从妻子病危开场，丈夫矶边绝望地看着妻子渐渐远离，一无所措。当诀别的时刻来临，矶边发现平素感情并非十分亲昵的妻子竟然于他无比重要，难以接受丧失之苦，陷入痛苦不能自拔。妻子临终前断续说出一句话："我一定会转世，在这世界的某处。我们约好，一定要找到我！"这一句梦呓般的爱情誓言一直萦绕在矶边心头。偶然间，他了解到美国弗吉尼亚大学医学院精神科人格研究室正进行死后生存的调查，多半是出于排遣苦闷的心情，他给那个机构写信。若干日子过去，研究室真的回信了，告知在他们搜集到转世的案例里，唯有一件与日本有关。但那是早在多年前了，出生于缅甸乡村的少女，四岁时声称自己前世是日本人，战争中是一名列兵，曾经遭遇飞机轰炸，被机上机枪击中而死亡，她时常说要回日本，自语着一些谁也听不懂的话。听起来挺离谱，但矶边先生却认真地拜托继续查找。经过一段时间的收集与核对，弗吉尼亚大学研究室又得到一个案例，看起来比较接近矶边太太转世的条件。那是在北印度卡姆罗治村的小女孩，自称前世是日本人，其他资料未详，但因矶边先生的急切心情，还是提供了这个简单的讯息。于是，矶边踏上了印度之旅。这真是一个大胆的举措，以如此写实的情节将怎样来处理这虚妄的悬念？转世投胎的说法虽然由来已久，长盛不衰，但多是神话志异，在小说的写作，亦是奇情，比如李碧华的小说——我以为李碧华在小说家中是个另类，她天生异禀，能将世外的人事拉入世内，又将世内推到世外，但前提是假设，假设两界存在并且互往，无论写作还是阅读都需承认这前提，建立起信任感，于是顺利进行。而在《深河》，则让人担心疑虑，因整体是具象的，全是由现实的材料砌成，严丝密缝，从哪里破开缺口，好向空茫出发？这一个上路会有什么样的命运呢？叙述始终在严肃的态度中进行，不敢称它为荒唐，那简直是亵渎矶边先生对亡妻的心情了。

矶边先生前往的那一个地方大有考究，印度。《猎魂者》中，澳大利亚出生的剑桥哲学系学生理查德·霍奇森，接受"英国灵魂与精神研究学会"第一份任务，就是到印度孟买调查灵异事件。诺拉的助手爱丽丝收到的那封怪信，声称"迈尔斯"要与剑桥的福润夫人联系，那信也寄自于印度的一位弗莱明太太。印度，在我们有限的认识中是那样一个深不可测的地方，爱·摩·福斯特的小说《印度之行》中，那山洞里究竟发生了什么，几乎将成为千古之谜。当然，这些印度图像多是得之于西方人的眼睛，在印度本土，也许一切都是平常自然。读过几本印度作家的小说，倒也未见得有什么奇突的事情发生。但泰戈尔的诗句，却透露出一种别样的世界观，无论是与西方理性主义，还是与中国的儒或是道都大相径庭。《吉檀迦利》中，比如"旅客在每一个生人门口敲叩，才能敲叩到自己的家门"；比如"被我用我的名字囚禁起来的那个人"；比如"我不知道从久远的什么时候，你就一直走近来迎接我"；比如"那使生和死两个孪生兄弟，在广大的世界上跳舞的快乐"；比如"当我想到我的时间的终点，时间的隔栏便破裂了"……"我"和"你"，"生"和"死"，"终点"和"隔栏"，在相对中相生，没什么是绝对规定的，还是以总量计，不以个体为单位，呈现出弥漫遍布的状态。所以，我想，远藤周作将矶边的寻找带入印度，是有用心的。

矶边先生所要寻找的女孩，所在卡姆罗治村，正是在孟买的恒河附近——作者始终没有放弃写实主义的笔法，凡事都保持现实生活的面目，充满琐细的日常细节：加入旅行团，行程中结伴，宿寐起居，旧识新交而思故……就这样越来越接近那个转世所在的村庄，很难想象水落石出的景象，于是，这景象就越加让人渴望。叙述依然不疾不徐地进行，并不见得直取目的地的迫切，却也没有迹象是要规避结果，不兑现向读者的承诺。寻访循序渐进，矶边先生终于搭上出租车，怀着对妻子的思念，向那个素昧平生的村庄去了。炎热中的贫瘠令人心惊，矶边先生心生抑郁，迎面而来乞讨的孩子，浑身赤裸，饥饿得失神，抢着将手伸到眼前，哪一个会是妻子的转世呢？倘若真的是，又将如何呢？一切依然不显得荒诞，而是格外严肃——"矶边尝到了类似人生道路上失败的那种悲伤。"事情再怎么继续下去？远藤周作先生真是执着，他不让矶边就此调头，而是接受出租车司机推荐，去找算命师，算命师给出又一条线索。依了指点，矶边走入嘈杂街市一家修车铺，得到的回应相当暧昧："一个掉了牙的老人指向道路深处，说'拉——兹——尼'"。"拉兹尼"是弗吉尼亚大学研究室所提供的那小女孩的名字，在此却像是咒语，又像是谶言，不知暗示什么。绝望的矶边，在消沉的醉酒中走向恒河，呼喊："你到哪里去了！"恒河在印度教徒中被认为，通向更好的来世，要是相信它，妻子就不应当是这不幸命运中的一个。事情终是守住了现实主义的壁垒，但在矶边的故事，毕竟算不得完满，而是妥协的意思了。好在，之后还有数十页码，或许，还有机会峰回路转。

旅行进行，沿着恒河，一个码头接一个码头，尽是沐浴的人们，还有，火葬场。为什么要将火葬场建在河边，难道是方便于转世吗？不得而知。从小说中看，这火葬场似乎也成观光景点之一。场面奇异而又残酷，人头攒动的游客中，抬尸的队伍，蜿蜒向焚尸炉走去。尸臭弥漫在滚烫的空气中，尸灰直接倾进河水，和着悼念的花朵，顺流而下。混乱杂沓之中，却有一条严格不逾的戒律，那就是不许照相。这意味什么？是不是意味死亡有着不可涉足的密约，千万，千万不要偷窥。这一条戒律，在后来爆发的冲突中得到特别强调，哲学的抽象性也由此外在成具体情节，平衡故事的全局。现在，矶边先生的寻找有了答案，逝者的去向，也终于被安置，安置在郑重地遮蔽之下。

五

加拿大著名女作家艾丽丝·门罗，有一篇小说名叫《法力》，写的是一位先天生有特异功能的女性泰莎，她可以隔着衣服看见对方兜里的钱包，以及钱包里的东西，她还能报告失踪者的踪迹。总之，她就是那类被称作有超感的人。在小说家的笔下，这超自然能力将被用作于什么样的虚构情节呢？泰莎爱上了。泰莎爱上的那一个名叫奥利的男人，很难说是真正被泰莎的人格吸引。泰莎长相平平，甚至称不上匀称，穿着陈旧而且背时，缺乏女性的妩媚，虽然她自有一种从容镇定的风度，可这又并不能刺激人的情欲，所以，奥利更可能是迷上了泰莎的特异功能。奥利是一个异想天开的人，而且，野心勃勃，期待做一番惊人的事业，却不知从哪里着手。我想，奥利说是从事灵魂研究，充其量不过业余爱好者，对这一门科学的认识仅止于道听途说，泰莎显然是一个极难得的标本，于是，如获至宝。从此，泰莎便步入了灵异研究者的实验室，小说这样描写道："简直就是一间审讯室，泰莎每回出来都像给挤干了似的。"泰莎一定是出于爱情才能够那么顺从，随奥利摆布，到东到西，走进各式各样的"审讯室"，贡献她的耐心和尊严，接受考验，力图得到研究者的满意，好为支持奥利的论述提供实证。可是，就像《猎魂者》里描绘过的超感者，他们的异能很难经得起追根究底，大多是被科学抛弃。也同样，泰莎和奥利走上了街头，泰莎表演，奥利宣讲他的观点。他们不得不借用马戏团的场子，跟着跑码头，过上了江湖艺人的生活。事情离奥利的期望越来越远，而泰莎的能力也变得越来越可疑，不知是使用过度，磨损尽了，还是本来就不存在，只是被世人渲染夸张的。总之，这样的生活似乎到了该结束的时候，怎么办？奥利将泰莎送入了精神病院。最耐人寻味的一节到了，那就是，当奥利口袋里揣着与医院签署好的书面材料，和泰莎拥抱告别的时候，他不安地想到：泰莎的法力究竟有还是没有？她若是看得见他上衣口袋里的文件，以及文件的内容，他立刻将文件销毁，就像没发生过这件事一样。可是，泰莎什么都没说，什么也没问，驯顺地由着奥利送她去那个"可以让她休息一阵子的地方"，然后放下她，一去不回。也许泰莎真的完全丧失了法力，抑或是，她的法力更强了，能够穿透衣服、口袋、文件、肉体，看到奥利的内心，看出她的爱人是想摆脱她，回到自由的生活里去。于是她无怨无艾，在那地处偏僻的精神病院里，度着被囚禁的余生。泰莎的特异功能在此担负起爱情的至深的理性，成为普遍人性中的超自然。小说家的手才具有着真正的法力，即能够化腐朽为神奇，又能够化神奇为常态。

倘若将小说还原成素材，显然，泰莎就是《猎魂者》里众多灵媒的一个，他们都走过了差不多的历程。先是能力超拔，神迹连连；接着是衰减，不得不以骗术替代；然后被揭穿，遭到唾弃，于是漂泊江湖；最后销声匿迹，不知所终。然而，就当他们完全退出视野之后，偶尔的，却又会显现出异禀。那一对最早吸引眼球的福克斯姐妹，童年时能够与鬼魂沟通，从老房子的地窖里，寻出多年前被杀害的尸首，一时辉煌之后是困窘潦倒的一生，两人的晚年都是贫病交加，相继在五十多岁的年纪去世。一八九三年，姐妹中的一个死了有三年，另一个也快不行了，奄奄一息中，忽然向守在身边的邻居女人要了纸笔，胡乱写下足有二十几页文字。邻居女人发现写的全是她的一生，她从未向这个萍水相逢的邻里谈过自己的生活，更让人吃惊的是，文字中反复提到一封遗书，是邻居女人的母亲留下的，藏在某人的书桌抽屉里，很快证明情况属实。也许，她们，以及那些被认为是骗子和魔术师的灵媒，真是具有超自然的能力，可是，事情似乎是，越要证明越是漏洞百出，到底也不知道真相是什么。

我不禁想起八十年代前后，中国出现一位能用耳朵认字的少年，之后，掀起一波热潮，对超自然能力的好奇心席卷全国。那时候资讯不发达，长年耳目蒙塞，不晓得世界上有多少学科，又是在如何发展，我们只能在有限的范围内搜索材料，进行见证。当时我所工作的《儿童时代》杂志，开设科普知识栏目，也对此事件投向关注。有一日，我们从南市区某小学请来一伙小学生，大约有六名还是七名，据称，他们都能够不用视力而用身体辨识字样或图样。那是一个冬天的阴霾很重的下午，杂志社内的编辑，还有社外听闻而来一探究竟的人们，将孩子们围得严严实实。他们将写上字和画上东西的字条折起来，掖在棉袄底下，坐在桌子边，一动不动，任凭时间过去。似乎并没有显著的奇迹发生，多数孩子声称累了，有一两个说出来却又不全对，这场检测不了了之。大家却并没有感到太大的失望，因为相信，如此划时代的奇迹不是平凡如我辈有幸目睹的。事实上，这样的实验在一百多年的时间里不断地重复着，却还没有划下时代的坐标。那些闪烁的奇相，其实一直没有彻底冥灭过，时不时地，就会冒出头来，这里或是那里，这样或者那样。

科学继续在实证的道路上进步，越来越多种物质从无形中提炼出有形。一八八四年，奥地利精神病学家，著名的西格蒙德·弗洛伊德出版论文《对可卡因的研究》，致幻麻醉品制造出相当客观的兴奋、快乐，甚至"不朽"的灵光闪现；"潜意识"的理论从意念传递的实验中浮出水面；心理疗法在奠定正统科学中的合法地位；催眠术的临床应用悄然扩大着范围；一八九零年，威廉·詹姆斯的《心理学原理》问世，提出精神、意念与肉体的关系；一八九六年，弗洛伊德第一次正式使用"精神病学"术语。进入二十世纪以后，物质性有了更广义的体现：越洋电话的电波；双面灌录唱片的音频；照相机的成像；量子论；弗洛伊德再创建树，出版《梦的解析》；齐柏林飞船完成测试首航；物理学中电力、磁场、电流传动与隔绝；大气化学，氩气的发现获诺贝尔奖金；一九零九年，细菌学家发明治疗梅毒药剂；无线通讯日臻成熟，一架小飞机飞越英格兰海峡，全活动的照片出现了，然后就有了"好莱坞"……一百年后的今天，看似平常的这些，当时却都是从无到有，从虚空茫然中浮出轮廓，灵魂依然飘忽不定，一伸手就是一个空。

当派普夫人与福润夫人建立交叉通讯，企图与往生者联络，自动书写与导媒共同努力，筛选出几个关键词：希冀，星星，布朗宁。然后，人们寻找到迈尔斯最爱的布朗宁诗歌，其中有一句："只找到了流离之星，并将其锁定"。同时，人们在猎魂者霍奇森遗留下的文件中，翻出一张纸片，上面写着一些单词，其中也有"星星"，还有"凝视"和"眼泪"。总是有星星在，那遥隔几亿光年的光明，看着人们，试图传递什么呢？

本文有关书目如下：

《猎魂者》（美）黛布拉·布鲁姆著　于是译　人民文学出版社 2008 年

《螺丝在拧紧》（美）亨利·詹姆斯著　袁德成译　四川人民出版社 2001 年

《坎特维尔鬼魂》（英）奥斯卡·王尔德著　袁德成译　四川人民出版社 2001 年

《深河》（日）远藤周作著　林水福译　南海出版公司 2009 年

《法力》（加拿大）艾丽丝·门罗　李文俊译　北京十月文艺出版社2009年

《吉檀迦利》（印度）泰戈尔　冰心译　湖南人民出版社1982年

《密西西比河上》（美）马克·吐温　张友松译　江西人民出版社1984年

2011年8月12日　上海

华丽家族

一、阿加莎·克里斯蒂

我读阿加莎·克里斯蒂的小说，感受相当单纯，那就是"享受"。你可以放弃意义的追寻，径直进入故事。她不会让你失望，一定会有神秘的死亡发生，然后，悬疑一定有答案。好比波洛在他的事务所里等待案件，而终会有案件找上门来。你不必去推敲，难道真的会有如此多的谋杀案件？因为这是与现实无关的，你早已经卸下现实批判的武器，身心轻松，只等着听故事。可是，事后要细究起来，却发现故事中的人，分明又是生活中的面目，情节也是根据日常的情理，是你我他全能了解的。反倒是那企图超出共识的现实，比如少数几部间谍故事，震惊的效果比较减弱。所以说，这些令人着迷的故事，其实是囿于现实，在生活的范围内索取材料。也所以，要是检点阿加莎·克里斯蒂的故事，你又会发现，故事的要素很简单，不外是争夺遗产、欺瞒历史、谋骗钱财、恩仇相报。然后再派生出敲诈，灭口，掩藏。人物呢，又总是一个家族、一间寄宿舍、一艘游轮，或者一列客车，甚至只是一个晚会和一餐宴席。这多少也能看出女性写作者较为狭小的社会以及居家的性格。就是这些简要的因素，却组织出这许多故事。这又使我想到女性的另一项技能，就是编织的技能——竹针，毛线球，编织法，竟可以生发出无穷无尽的花样。那乡下老太婆马普尔小姐，从不离手的毛线活儿，大约也是阿加莎·克里斯蒂手里的活儿。这还像一种小孩子的挑绷的游戏，将一根棉线对头打个结，双手撑开，挑出一个花样，再由对方挑过去，形成第二个花样，两个人挑过去，挑过来。倘若是聪明的小孩，可挑出无数种图案，而要是笨小孩，没几个回合就挑成一团乱麻。阿加莎·克里斯蒂就是那个顶聪明的挑绷能手。她用有数的条件，结构出大量的谋杀，线索错综复杂，就像编织活儿和挑绷上美妙的经纬组织。这些线条和结构，都是以日常生活作材料，这种材料的具体性，覆盖了抽象的结构图案，给予了可以理解并且引起同情的现实面貌；同时，内里结构的抽象性，又将它们从现实中划分出来，独立为另一种生活。

阿加莎·克里斯蒂的小说，很像是一种成人的童话，我想，孩子们所以能被童话吸引，是因为他们有足够的想象力，相信那些精灵是真实存在的。而成人在阅历中储备起的知识和认识，占去想象的空间，排除了信赖的条件，于是，精灵退出成人世界。可是，就像一种进化不完全的后遗症，成人依然保留有对不寻常事件的好奇心。现在，阿加莎·克里斯蒂用成人世界里认可的人和事，讲述一桩接一桩的离奇故事——没有比一桩杀人案更令人兴奋的了。离奇故事里的每一个细节，她都负责给予让我们信服的解释，就像《古墓之谜》里，波洛所说，"完美的答案必须要把一切事情都解释得清清楚楚"。阿加莎·克里斯蒂就能够将一切事情解释得清清楚楚。而且，她不是求精辟，而是务实际，就像方才说过的，倘若阿加莎·克里斯蒂要讲述一个超出常理的故事，比如间谍类的，《暗藏杀机》《犯罪团伙》《桑苏西来客》等，无论是罪行也好，侦破也好，所根据的理由就都悬了，显见得不是她的强项。我觉得，马普尔小姐的案件最体现阿加莎·克里斯蒂故事的性质，那就是她在《平静小镇里的罪恶》中说的："一年到头住在乡下，人能看到各种各样的人性"。阿加莎·克里斯蒂编织故事的线索，究其底就是"各种各样的人性"，而且就是"一年到头住在乡下"所能看到的人性。因为，马普尔小姐坚信一条："人性都是相通的"。以此可见，阿加莎·克里斯蒂笔下的犯罪，都是出于通常的人性，绝不会有现代犯罪的畸形心理。比如像英国当代推理小说女作家，露丝·蓝黛儿所写《看不见的恶魔》（台北新雨出版社），那个老罪犯，专门在黑暗的狭长的街道上，袭击金发碧眼的年轻女郎，当他在公寓地下室发现一具同类形象的模特儿之后，便将袭击冲动转向这个橡皮人，因地下室亦有着黑暗、狭长的空间，能够让他在渐渐逼近对象时，积蓄起兴奋感。不幸的是，这具橡皮模特儿被小孩子在游戏中烧毁，于是，地面上就又开始发生一连串的谋杀案。在此，谋杀便成为一种奇异的癖好，说是谋杀犯，其实倒更像是一个病人。阿加莎·克里斯蒂的谋杀则有着常规的理由，悬念的设置和解答都不超出普遍人性的范围，而且一定解答透彻，也就是"解释得清清楚楚"。在《藏书室女尸之谜》中，马普尔小姐说过一句："维多利亚时代的人比较懂得人性"，那是老派人的人性观念，是经验主义的，可是很管用。比如《命案目睹记》，马普尔小姐说："我的一大优势是了解埃尔斯佩思·麦克利卡迪太太……"埃尔斯佩思·麦克利卡迪太太不是一个富于幻想的人，所以，她说她看见了一桩谋杀案，那可能真的是发生了谋杀案。比如，《藏书室女尸之谜》，班特里上校古色古香的书房里，躺着一具打扮花哨的女尸，形成一幅"不真实"的画面，而马普尔小姐看着女尸良久，轻声说："她很年轻"，她注意的是那种个人性质的因素；在《寓所迷案》里，她世故地指出："现实生活中，明显的就是真实的"；《迟来的报复》里，她又一次说："犯罪的总是最明显的人"；而在《悬崖山庄奇案》里，尼克·巴克利小姐一次一次遭暗算，又一次一次化险为夷，最后却是她的表妹马吉·巴克利小姐被谋杀，大侦探波洛动用了好些"灰色细胞"，才总算明白这一个简朴的真理："我看到实际上只发生了一件事，那就是马吉·巴克利被杀害了"！所以，不要小瞧了马普尔小姐的认识论，看起来，老是老了些，可并没有减弱说服力。

如果说，马普尔小姐包含了阿加莎·克里斯蒂对个别人事的理解，那么波洛则表现出阿加莎·克里斯蒂对事物的整体概念，他标出了阿加莎·克里斯蒂的智力水平。波洛不像马普尔小姐，是从具体性入手，而是从抽象着眼。他认为任何事物都有着相对于内部性质的外部形式，外部的变形，往往可能意味着内容的转化。中篇小说《死者的镜子》里，引他注意的是，自杀人的姿势多么"不舒服"，那么就是说，死者可能应和着另一种性质的死亡。波洛特别讲究事物的排序，排序完成，真相就显现了。《尼罗河上的惨案》里，他说："我们知道的很多，可是逻辑上没有连贯"，这就是说，排序出不来。在此，阿加莎·克里斯蒂体现出逻辑性极强的头脑，就像原始人陶罐上的雷电纹、鱼形纹，意味着有能力将具体的印象归纳概括成抽象的形态，思维发生了本质性的进步。所以，在阿加莎·克里斯蒂小说里，生动的人性情节底下，其实网络着一个图案形式，这个图案有序的变化，将具体的人性材料演变成种种形式。波洛喜欢将自己的推理形容为"拼图游戏"，在《阳光下的罪恶》里面，他向正玩着拼图游戏的加德纳夫人描绘他的劳动："您得把所有的碎片拼接在一起。最后的成品像镶嵌画一样包含有多种颜色和图案，每一块奇形怪状的碎片都必须被放入它自己的位置上。"有时候，会发生假象，就是说，有一块"按颜色本该属于毛毯的一部分，结果却被用来构成一只黑猫的尾巴"。事情常常是这样，波洛手里握着一块碎片，看起来似乎和整个事件并不相干，可就是这块碎片，"放入它自己的位置上"，真相就显现了。比如，《清洁女工之死》里边，首先引起波洛注意的是，从来不写信的老妇人麦金蒂太太去买了一瓶墨水；《牌中牌》里，桥牌局中，罗伯茨医生莫名其妙地叫了"大满贯"；《哑证人》则是，小狗鲍勃一夜在外，它的玩具球却在楼梯上……

这块碎片，从事实上脱落，最终又回进事实，"终于各就各位"，复原了事实的全貌，依然是具象的生活。就好比一个关于拼图的小故事，小男孩拼一幅世界地图的拼图，他以出人意料的速度拼成，却原来，他是反过来拼的，反面是父亲的照片。我想用这个故事证明的是，在逻辑形式的外部，还是表情活跃的人性面目。

在马普尔小姐主持的案件中，其实也隐匿着一个形式，不过她的形式更具有生活的状态，比如说"歌谣"——《黑麦传奇》中，马普尔小姐意识到这桩案子中藏着一个模式，就是那支歌谣："唱个歌儿叫六便士，一口袋黑麦，二十四只黑画眉烘在一个馅饼里，馅饼一切开，鸟儿便歌唱，多美丽的一道佳肴献给国王尝！国王在账房数金币，王后在客厅吃面包涂蜂蜜，女仆在花园里晾衣，一只小鸟飞来，叼走了她的鼻。"这就是马普尔小姐所破译的犯罪模式，比较波洛的更有人的性格。

《赫尔克里的丰功伟绩》是一部故事集，共有十二个故事，可明显看出阿加莎·克里斯蒂的形式感。赫尔克里·波洛和万灵学院院士伯顿博士聊天，聊到名字的话题，伯顿博士的意思是给小孩子起名要当心，因为常常事与愿违，他认识一个以女神戴安娜名字命名的孩子，小小年纪体重已经达到二百四十磅。波洛的名字"赫尔克里"与希腊神话中的大力神同名，大力神是主神宙斯的孩子，以十二项丰功伟绩闻名。波洛要纠正伯顿博士的成见，为自己正名，决定挑选十二桩精品案件，每一桩都必须对应大力神的丰功伟绩。于是，就有了《涅墨亚狮子》《勒尔那九头蛇》《阿卡狄亚牝鹿》《厄律曼托斯野猪》等一共十二个故事，每一个故事都有着相应的模式。比如《赫思珀里得斯的金苹果》，在希腊神话中，是关于赫尔克里与背负苍天的阿特拉斯的一场斗争。赫尔克里接过阿特拉斯背上的苍天，让阿特拉斯去偷金苹果，阿特拉斯偷来金苹果后，却不愿再接回沉重的苍天，赫尔克里便施计让阿特拉斯重新负上苍天，自己拾起了金苹果。阿加莎·克里斯蒂将金苹果换成了金杯，这金杯除去有显赫的历史而外，本身也十分精致，上面雕了一棵苹果树，挂了绿宝石的苹果，在它从一名侯爵手中转向金融巨子的当口，被国际盗窃团伙掳走，最终，它当然被波洛找到了。

阿加莎·克里斯蒂的探案小说，在严格的抽象形式和生动的具体情景之上，又笼罩着一层神秘的气氛——《神秘的别墅》里，新婚的格温达·里德要为他们的小家觅一处住宅，当她看见那一幢维多利亚式小别墅的时候，忽就认准这是她所要的房子，一切都令她熟悉和亲切，甚至是她可以想象的，这一点很快被可怕地证实了。她想象卧室里有一个壁橱，果然就有一个；她想象壁橱里应该是小罂粟花和矢车菊的糊墙纸，果真就是小罂粟花和矢车菊的糊墙纸……再有，《命运之门》，托马斯·贝雷斯福特太太整理新居，在旧房主留下的藏书上发现有蓄意划下的字母，拼起来是一个完整的句子："玛丽·乔丹并非自然死亡。凶手是我们中的一个，我想我知道是谁。"——这几乎有一些《呼啸山庄》的意思了。还比如，《斯塔福特疑案》，玩灵桌游戏，召来名叫"艾达"的精灵，带来口信，特里维廉上校被谋杀，事实果然是，特里维廉上校被谋杀。这里透露出一股来自哥特小说的惊悚空气，决不会演变成《呼啸山庄》那样痛楚伤人的悲剧，而是正好到激起兴奋为限，表现出女性仁慈的性情。阿加莎·克里斯蒂也有着大多数女性都有的喜好，就是对神秘事物心向往之。这大约来自于一种女性祖先的遗传，在足不出户的生活里，生出对世界又好奇又恐惧的幻想。那鬼魂与精灵大多活动在封闭的室内，带着家族的徽印和训诫，试图对种种现象作出道德说教。《死亡之犬》

中的十二个短篇小说，多是灵异故事。《马普尔小姐探案》这一本短篇集里，也有两篇灵异故事，其中一篇名叫《裁缝的洋娃娃》，不仅是神奇，而且非常动人。那一个洋娃娃，谁也不记得它是几时，又是如何来到了伦敦艾丽西亚·库姆小姐的裁缝铺子里，她躺在天鹅绒的椅子上，和房间里的家具摆设格调匹配，加上它那副懒散的态度，"看上去好像她才是这儿的主人"，裁缝铺子里的女人们感到了不自在。又是不知道怎么开始的，它坐在了试衣间的书桌前，好像在写信。女人们都被它乱了心思，记性变得很差，总是找不到东西，也集中不了精神工作，清洁女工不愿意来打扫卫生，因为感到气氛古怪不祥。最后，它终于惹火了艾丽西亚·库姆小姐，她将它从窗口扔出去，扔到了马路上，被一个小姑娘拾走，小姑娘抱住洋娃娃说："我告诉你们，我爱她，而这是它想要得到的，她想被人爱。"这一个灵异故事里的惊悚意味被处理得相当微妙，顺便说一句，洋娃娃也是灵异小说里的重要道具之一，在此，它却一反以往，从邪恶中脱身，走入一个抒情的结局。《马普尔小姐探案》中的另一篇灵异故事《神秘的镜子》，气氛要阴森一些，惊悚的效果更强烈，情节亦要复杂。它以第一人称方式叙述，"我"宿在朋友家的客房，从镜子里窥见身后墙上洞开一扇门，门里正上演恐怖的一幕——朋友的美丽的妹妹西尔维亚，被一个男人扼住喉咙，男人左脸上有一道疤痕，使他看起来十分凶恶。"我"将这一幻象告诉了西尔维亚，于是，西尔维亚解除了婚约，因为她的未婚夫和镜子里的男人一样，左脸上有一道疤痕。后来，西尔维亚和"我"结了婚，可"我"其实是一个心胸狭隘的人，有一次，嫉妒心大发作，扼住了西尔维亚的脖子，就在这时，"我"从镜子里看见了多年前那个幻象，那个左脸有伤疤的男人正是"我"，因镜子反射的缘故，左脸上的伤疤实是在右脸，而"我"在战争中右脸被子弹划伤了。这个恐怖故事的结局是，"我"震惊地松开手，认识到心中的"恶魔"，从此与妻子相谐相伴，永不相疑。神秘的预言最终成为道德的警示，及时挽回事态，使善心得到发扬。这大约也是维多利亚时代女性的教养，对邪恶有天然的忌讳，不忍看人难堪，尤其是体面的人，于是，尖锐的冲突便在她们的慈悲心肠下化险为夷。

阿加莎·克里斯蒂的小说，在经历了残酷的谋杀和慎思严行的侦破之后，总是将结局引向大团圆，用马普尔小姐在《平静小镇里的罪恶》里说的话，就是——"一切都以最好的方式有了结局"。凶手多半是天性卑鄙，犯罪是他们必然所为，受罚则天经地义，比如《古墓之谜》里，阴险的利德勒博士；《ABC 谋杀案》里的富兰克林·克拉克先生；《云中奇案》的牙医诺曼·盖尔。或者就是微贱的人物，有他们没他们，世界都不会受影响，比如《H 庄园里的一次午餐》里的罪犯霍普金斯护士；《葬礼之后》的女伴吉尔克里斯特小姐；《牌中牌》里的安妮·梅雷迪思小姐——她虽然不是本起谋杀案的罪犯，但却是个隐蔽的累犯，波洛曾经略施小计，对她进行测试，这个测试很有些安徒生《豌豆公主》的意思，就是让她帮助在高级丝袜里挑选几品送人，等她挑定，桌上的丝袜便少了两双——这合乎她的女伴出身，当然还有个人品行的缘故，所以就可以放心地让她犯罪了。"女伴"，在阿加莎·克里斯蒂生活的时代里，真是属于一个较低的阶层，《葬礼之后》里，女伴吉尔克里斯特小姐，为实现开一爿小茶馆的夙愿杀了人，人们甚至不惜残酷地寻吉尔克里斯特小姐开心，说她在监狱里已经精神错乱，正兴奋地筹划开茶馆，这一爿茶馆的名字叫"紫丁香丛"。而那些令人扼腕的罪犯，出身于好人家，有好身份，有着可以理解的犯罪原委，特别是女性，这样的故事往往是哀婉的，阿加莎·克里斯蒂总是让他们服用药物自杀，既可免于受审的羞辱，又怀有着一种自赎的姿态。例如《空幻之屋》里温良的妻子格尔达，爱她丈夫爱到膜拜；例如《哑证人》里，为让她的宝贝孩子过上好日子的母亲，塔尼奥斯夫人；比如，《悬崖山庄奇案》的企图谋取表妹财产以拯救家业的尼克·巴克利小姐；或者像《迟来的报复》，不幸的女明星玛丽娜·格雷格，是被爱她的拉德先生安排无痛苦地进入睡乡，长眠不醒；《罗杰·艾克罗伊德谋杀案》，詹姆斯医生写完他的犯罪自述，准备服安眠药了，他最后写道："安眠药？这是一种富有诗意的公正的处罚"；再有，《古宅迷踪》，弗利亚特太太庇护儿子的谋杀计划，为了夺回失去的纳塞庄园，那儿子从来是个坏料，没什么可说的，母亲却依然是这个光荣的古老家族的女儿，面对前来控罪的波洛，她沉着地说："谢谢你亲自到这里来把这个情况告诉我。现在你就要离去了吧？有些事情，一个人是不得不独自前去承担的……"虽然没有明示何种惩罚，至少是让弗利亚特太太保持了尊严。至于那些无辜受惊受磨难的人，阿加莎·克里斯蒂一定要给予补偿，这补偿基本是好婚姻和好出身，比如《云中奇案》中，纯真的格雷小姐，经由波洛撮合，与前途远大的考古学者让·杜邦开始了交往；《怪钟疑案》的希拉小姐，最终证明了她诞生于合法婚姻，父母都是可尊敬的国家政要部门人员，自己也与高层特工科林先生缔结良缘。这里确有一些偏见，但还有着对人生的现实态度，就像《简·爱》，简·爱最后得了一份小小的遗产，然后再去和罗契斯特相守，即便是两心相倾的爱情，还是需要有尽可能相等的条件，才可保证完美。显然，那时代的人不喜欢过分的偏离常规，什么都要恰如其分，总之，不能太离谱了。这在《H庄园里的一次午餐》中可以见得，H庄园的老仆人杰勒德的养女玛丽，深得女主人韦尔曼太太的照料，原来她是韦尔曼太太的私生女，波洛揣测道："毫无疑问，她要适当地关照玛丽·杰勒德，可是不会把所有的家产全留给玛丽。她希望自己的私生女最好还是生活在上流社会圈子之外。"这种保守主义并不负责进行社会批判，但它诚实的表达，使这些故事都有了一种温文尔雅的态度。

二、波洛

在这一章节的开始部分，我要说明我所阅读以及在此使用的材料来源，就是贵州人民出版社一九九八年十月第一次印刷的，《阿加莎·克里斯蒂作品全集》。这是迄今为止收集最多的阿加莎·克里斯蒂中文作品集，对照其中《阿加莎·克里斯蒂自传》"译者前言"中所统计，阿加莎·克里斯蒂一生写作有"八十多部长篇小说，一百多个短篇，十七部剧作"，那么，这里并非如标明的那样是"全集"，相信编译者自有删取的理由。但我还是必须承认我的阅读是有限的，所以，我的评析就只是在有限的范围中进行，忽略与偏颇在所难免。在这套作品集中，总共有长篇小说六十七部，中短篇小说集十一部，共计一百一十四篇，再有两部纪实散文，一是《情牵叙利亚》，一是《阿加莎·克里斯蒂自传》。其中，由波洛主持侦破的故事有三十二部长篇和四十个中短篇，几近一半，他当然是阿加莎·克里斯蒂的第一男主角，我就我能了解的事实来对波洛作一个画像。

显然，波洛是在《斯泰尔斯的神秘案件》中首次亮相。其时，正是在战争中，他和他的比利时同胞，总共七人，在英国偏僻乡间斯泰尔斯避难，受到斯泰尔斯庄园的主人英格尔索普太太的照应。他的形象有点滑稽：小个子，却表情威严，圆圆的脑袋，时常向一边偏一点，上唇留着浓黑整齐的小胡子，衣着整洁得过头，"如果他衣服上有了一点灰尘，会比被子弹打伤更痛苦的"。这些基本的特征，在以后多次登场中，将不断地加强：他的小胡子渐渐向两边翘，皮鞋擦得锃亮，爱吃甜得发腻的食品……并且，很显然的，安居的优渥生活使他这些习性向奢华发展，他变成一个上了岁数的花花公子。在英国人眼睛里，低地国家的民族无疑都是乡巴佬，像波洛这样事事讲究，最终亦不过是一个光鲜的乡巴佬。但是，这最初的可笑印象将在每一次事情的终局全盘扭转，他神奇地解开一个又一个谜团，事实总是证明他全对，于是，这个小矮人就变成了精灵。在《阿加莎·克里斯蒂自传》里面，阿加莎·克里斯蒂说"波洛"这个人物来自于当时，也就是一次大战时期，她所居住的教区里的比利时难民。看起来，她对这些难民印象不怎么样，觉着他们疑心重重，又牢骚满腹，性格且孤僻，保守着古怪的生活方式。阿加莎·克里斯蒂就像是一时兴起，起用了"波洛"，没想到他会就此存在几十年。而在最初时候选定的特征，也一直沿用下来，并没有妨碍他行事动作，还为他派生出更多的细节。除了"精明，利落，干练"这一些笼统的个性外，我以为极重要的是——"总是在整理东西，喜欢什么东西都成双成对，方方正正"，这在未来的日子里，会发展成多么高的天分啊！

　　《斯泰尔斯的神秘案件》时候，波洛是在与黑斯廷斯上尉重逢中登场。黑斯廷斯上尉，这个故事的讲述者，也是首次亮相，这一对显然来自福尔摩斯与华生医生那一对，这已经成为经典搭配：一个精明的侦探配一个不那么精明的伙伴，由于他们的友谊，这一个伙伴有幸参与调查，出一些歪点子，以接受朋友的嘲弄和调教，顺带着说出自己的真知灼见。这个旁观者是最令人羡慕的，他从头至尾都不错过热闹，领受着激动人心的场面，却不必负责解决疑难，交付答案，他其实就是我们读者的代表与化身。从黑斯廷斯上尉的口中，我们得知波洛来到英国之前，是"比利时警察局最有名的成员之一"，以"顺利地侦破了一些最离奇的案件而获得了名声"。当斯泰尔斯庄园的主人英格尔索普太太离奇地死亡之后，波洛又和前来调查的苏格兰场贾普侦探长相遇，这一对老熟人共同回忆往事：一九零四年，一起在布鲁塞尔侦破伪造文书的案件。于是，我们就对波洛的来历有了基本的了解。此时，波洛身上还留有着警察的习性，他带着一个"小公事包"，频繁活动，在现场遍地爬摸，"他像蚱蜢一样敏捷地从一处跳到另一处"，一口气找到六个疑点，看上去真有些像他后来讥诮为"猎犬"的警察做派。比如《高尔夫球场的疑云》里那个年轻狂妄的检察官吉罗先生，"四肢着地匍匐着"，找到一个香烟头和一根火柴。当然，他还是显出思维的不同之处，他说："每件事都需要精确地安排在合适的位置上"，这一点将越来越主要地成为他办案的方式。他的注意力将越来越在现象和现象之间的关系，也就是结构，企图将分散的事物组织起来，这就需要更多地用脑子，而不是用动作。事实上，他后来会遇到一些年经月久的积案，那样，所有的实证都消失了，记忆也变得不可靠，他只有用自己的脑子——"小小的灰色细胞"，想啊，想！在《怪钟疑案》里，波洛甚至足不出户，单凭别人提供的条件，进行纯粹的推理。这时，他的仪表更为讲究，风格沉着，态度也有不多一点倨傲。而在《斯泰尔斯的神秘案件》里，波洛未脱警察形骸，也许，还多少因为寄人篱下，便显得格外的殷勤，行动未免有些琐碎。在《三幕悲剧》中，波洛略有名声，但在傲慢与偏见的英国绅士们，依然是不屑的，谈论起来，措辞相当不敬。在"鸦巢屋"，查尔斯·卡特赖特爵士的招待会上，清点来宾时，主人差点儿想不起还有这么一个客人，经人们提醒，他不由笑道："这位先生似乎不是会受欢迎的人，这家伙是我所见过的最刚愎自用的人，鬼精灵。"他甚至骂他"矮鬼"，"当然，是个杰出的矮鬼"。最后，这"杰出的矮鬼"就成了查尔斯·卡特赖特的命中克星。波洛揭露出他将妻子藏匿在精神病院，好另娶新欢，然后谋杀多嘴的知情人，查尔斯·卡特赖特爵士对了波洛吐出了三个字："天杀的！"轻蔑在极度的愤怒中化为灰烬。当波洛向爵士步步质疑的时候，叙述者用了这么一种描述："赫尔克里·波洛，这个小资产者，仰面看着贵族"，这可视作是对波洛身份的鉴定。至此，波洛的来历大致可以清楚了。

然而，却还有两个昙花一现的人物，让我看见波洛的影子，他们似乎是波洛的前身，或者说是变体。在此要说明的是，我的描述并不按照阿加莎·

克里斯蒂写作的顺序为依据，一是因为我无法得到这方面的资料；二也是我以为写作顺序不是唯一根据，因想象力是那样活跃生动，会有许多不期而然，我们有时候不得不放弃写作者的初衷，从结果上着眼。"全集"中有三本短篇集：《惊险的浪漫》《神秘的奎恩先生》《神秘的第三者》，前一部是关于一位帕克·派恩先生，后两部则是奎恩先生。帕克·派恩先生是由一则广告带上场，广告上写："您快乐吗？如果答案是'不'，那么请来里奇蒙街 17 号，让帕克·派恩先生为您解忧。"在形象上，帕克·派恩先生——"他是个大块头，但并不胖；他有一个大光头，一双小眼睛透过厚厚的镜片闪烁着光芒"，这称不上什么特色，奇异的是他的态度，"只要看到帕克·派恩先生就让人觉得心里舒服了不少"。这看上去与波洛没有明显的相像，可是，谁知道呢？奔他而来的人，因怀揣着指望，预先已经有了好感，波洛原本不就是智慧而且善解人意的吗？帕克·派恩先生向他的一名雇主，威尔布拉厄姆少校解释他的业务说："你看，我已经在一家政府机构整理了三十五年的各种数据。现在我退休了，我忽然为我所积累的经验想到了一条前所未有的用途"，政府机构与警察多少有一些联系吧！总之都是公务员。帕克·派恩先生的办事处里有一位女秘书，也和波洛后来的办事处里那位同名，叫莱蒙小姐。再有，千真万确，波洛的朋友，侦探小说家奥利弗太太也在这里出入，就住在帕克·派恩先生办事处的顶楼房间，她是"派恩先生工作队伍中的一员"。在这里，人们带来的难题五花八门，帕克·派恩先生的解决办法则是奇思异想——帕金顿太太的问题是丈夫有了外遇，帕克·派恩先生的对策是，帕金顿太太也来一段罗曼史；雷金纳德先生的妻子要离婚，帕克·派恩先生就让雷金纳德先生身边挤满热情的适婚女性；小公务员罗伯茨遗憾他一生无甚可供纪念，那么，给他一次惊险的旅程，正巧，伯宁顿先生的难题是，如何将一份机密的设计图送往日内瓦国际联盟；艾布纳·顿默夫人钱多到不幸福了，怎么办？那么，劫她到一贫如洗的农舍，过简朴生活……其中也有谋杀案，比如说，《尼罗河凶案》，也是在尼罗河上的旅行，也是富有的太太，遭丈夫暗算，也是受屈抑的丈夫，不妨将它看作后来辉煌的《尼罗河上的惨案》的雏形。

这是帕克·派恩先生，还有一位哈利·奎恩先生。在《神秘的第三者》的一则短篇《五彩茶具》里，为"哈利·奎恩"这名字作了一条注——"原文 HARLEQUIN，意为意大利、英国等喜剧或哑剧中剃光头、戴面具、身穿杂色衣服、手持木剑的诙谐角色、喜剧角色"。在《五彩茶具》里，奎恩先生在五彩咖啡馆出场，咖啡馆的窗户是带着教堂气息的彩色玻璃窗，太阳投射进来，就给奎恩先生披上了一件花色外衣，就像方才说的那种喜剧人物。这就是奎恩先生每一次出场的背景，他的背后总是彩色玻璃，造成的效果是——"他看上去穿得五颜六色"；有时候，"火光在他脸上投下一道阴影，给人一种面具的感觉"。当他从这幻象中走出，显现出真身，你便看见一个又细又高、皮肤黝黑的男人。他总是突然出现，好像从天而降，而他一旦来到，就会发生奇异的事变，绝大多数与犯罪有关，这一点令人想到波洛。似乎是，波洛在哪里，哪里就会有犯罪，他总是和犯罪不期而遇，用他自己的话说，就是"不论我上哪儿，总会有什么事情令我联想到犯罪"（《死亡约会》），简直心想事成，果然就有犯罪发生。奎恩先生的解释更神秘，《神秘的奎恩先生》里面，他对萨特思韦特先生说："我必须提醒你当心丑角戏。虽然如今它已经绝迹了——但是仍值得注意，我向你保证。它的象征意义不太容易理解——但是永恒的永远是永恒的"——他们都有些像先知，奎恩先生是古老的面目，波洛则是现代人。萨特思韦特先生，又是一个神秘人物，奎恩先生所降临的地方，一定是萨特思韦特先生在场。萨特思韦特先生是个六十二岁的干瘪老头，"他的一生，可以说，是一直坐在剧场正厅的前排，看着一出出不同的人间戏剧在他面前上演。他一直是旁观者的角色。"他对观看有天生的禀赋，他本能地知道每出戏中每个情节即将发生的时间，就在他的本能达到炉火纯青的时刻，他与奎恩先生邂逅了——那就是发生在《神秘的奎恩先生》的第一章"奎恩先生的到来"，这是一个上流社会的新年晚会，来宾多是有爵位的贵族，品级很高，可是萨特思韦特先生却感到不安，他明显感到有一种阴沉的空气渐渐弥漫在这所华丽的宅邸，然后暴风雨起来，于是，汽车抛锚的过路人，奎恩先生走进客厅。不寻常的事情发生了，多年前的一桩自杀案——就是这自杀案压抑了晚会的气氛——在奎恩先生的提示下，一步一步揭开帷幕，演绎了真相。萨特思韦特先生意识到："是奎恩先生策划这出戏——给演员们提示他们该何时出场。他在这出神秘剧的核心位置牵着线，指挥着木偶们活动。"这就是奎恩先生提醒萨特思韦特先生注意的永恒的"丑角戏"，而他是那穿着彩衣的领衔角色。之后，他们两位就打上了交道。事情总是这样，当萨特思韦特先生感觉不安的时候，奎恩先生来到。他并不告诉萨特思韦特先生什么，但是，"他有能力从一个完全不同于他人的角度把你一直都知道的东西展示给你。"比如说，《空中的手势》，巴纳比夫人被枪杀，法庭判年轻的马丁·怀尔德有罪，萨特思韦特先生又感到不安了，奎恩先生建议他去加拿大旅行，顺便找一下案发后不久便去了那里的女仆露易莎·布拉德。萨特思韦特先生与露易莎·布拉德谈了一席话，什么收获也没有，可是奎恩先生却让他留意露易莎说到枪响时候的一句话——"正好有一列火车经过，它喷出的白烟在空中升起，形成一只巨手"——这说明了开枪的确切时间，死者的丈夫，巴纳比先生不在现场证明由此变得不可靠了。就是这样，奎恩先生又好像是灵感，他一降临，萨特思韦特先生的思想立刻焕发光芒。在他们第五次相遇时，奎恩先生说他的朋友有了变化——"那时你满足于旁观生活摆在你面前的戏剧。现在——你想参加——去表演。"萨特思韦特先生开始介入生活，或者说走进生活，与奎恩先生搭档扮演角色，扮演的是谁？会不会就是波洛！

萨特思韦特先生曾经在《三幕悲剧》与波洛同台演出。小说开始，便是——"萨特思韦特先生坐在'鸦巢屋'的露台上，看着屋主查尔斯·卡特赖特爵士从海边爬上小路。"这情景不知怎么有些苍凉，他依然保持着旁观者的姿态，并且是俯视的位置。他的形象没变，还是个干瘦驼背的小个子男人，不过，身份却比较具体了——"他是一位美术和戏剧的赞助人"。和《神秘的奎恩先生》时期一样，对人，具体来说，就是当晚聚会的来宾，怀有兴趣，暗自细细地打量。然而，风波兴起的时刻，在场的却不是奎恩先生，而是波洛。萨特思韦特先生依然是思考的角色，他看见很多，听见很多，也想了很多，甚至，波洛向他指出："你注意到了一个重要的线索"，可他茫然无所知，结果是波洛破了案。萨特思韦特先生有一种空想家的抑郁表情，这给整个叙述染上忧伤的格调。我是挺喜欢他，觉着他有些像俄国十九世纪文学中的"多余的人"，勤于思想，惰于行动，对人世怀着悲悯的心情，略微消除了些维多利亚式的保守风尚，而增添了浪漫空气。可是，萨特思韦特先生在波洛的故事里，惊鸿一瞥，很快退场了。或者，我们可以认为，奎恩先生与萨特思韦特先生终于合二为一，功成身退。

好比希腊诸神有谱系，我也想给予大力神同名的赫尔克里·波洛排一个族谱，但作为一个异乡人，他的亲缘已不可考，余下的只是社会关系。我想，第一位应当是前面提到过的黑斯廷斯上尉。在波洛主持的案件中，有七件大案，二十二件小案，黑斯廷斯上尉伴随左右，并且担任记叙。前面已经说过，是黑斯廷斯上尉将波洛带上场，就在《斯泰尔斯的神秘案件》中，还是在斯泰尔斯这地方，黑斯廷斯上尉送走波洛——"这里，是他头一次到这个国家来的时候居住的地点。最后，他要在这里安息了。"（《帷幕》）就这样，我们甚至比认识波洛更早就认识他，当波洛消失了，他还在视线里仃留了一歇，他是波洛在这个国家里最忠诚的朋友。在《斯泰尔斯的神秘案件》里，黑斯廷斯上尉刚从前线负伤回来，在短篇小说《舞会谜案》中，对负伤地点有更详细的说明，"索姆河战役受伤"。伤势痊愈之后，得到一个月的休假，应老朋友邀请，到他的父亲，如今则是他继母的庄园里住一阵子。老朋友的继母英格尔索普太太，就是后来发生谋杀案中的被害人。在这个小镇的邮局里，黑斯廷斯上尉和波洛迎头撞上，两人不由欣喜若狂。后来，曾经有一度，退役的黑斯廷斯上尉和波洛，在伦敦合租一套公寓，一同起居，因此而参与了许多激动人心的案件。

　　黑斯廷斯上尉是个老派的英国绅士，和比利时侦探波洛在一起，他常常会感到害羞，忍不住要抱怨："我觉得我们在这里特别显眼，特别是你——波洛，简直完全像个外国人。"要知道，在英国人看来，几乎所有的"外国人"都是要不得的，尽管波洛向他说明："我的衣服可是英国裁缝做的"，也无济于事。波洛对甜食的嗜好，花里胡哨的睡衣，夸张的小胡子，都让他神经受刺激。而波洛的某些动作，则直接向他的行为道德观念提出挑战：说谎，偷听，甚至对犯罪嫌疑人讹诈——因波洛常常是在没有实证的情况下破案，要让嫌疑人服罪就不得不设计一点花招，比如虚构一个指纹，这就使得黑斯廷斯上尉大惊失色。但在他矜持的绅士风度底下，其实有一颗赤子之心。《罗杰·艾克罗伊德谋杀案》里，波洛曾对詹姆斯·谢泼德医生描绘此时远在阿根廷的黑斯廷斯上尉："他有时愚笨得让人害怕，但他对我非常亲热。你可知道，我甚至想念他那笨拙的举动，天真的言语，诚实的表情。"也正是这样纯真的天性，使得这个规矩的英国人，能够克服偏见，受比利时人波洛的吸引。在斯泰尔斯，他同朋友们讨论退役以后的打算，他说他希望做一名侦探，因为在比利时他遇到过这样一个人："他是个神奇的、小个子的人，总爱说侦探工作纯粹是个方法问题。我的思想体系就建立在这个基础上。当然，我把他的思想又进一步发展了。"他这大话可不敢在波洛面前说，不知道会招来什么样的嘲讽，甚至有时候，波洛开始恭维他了，他也是准备好了接受打击。《人性记录》里面，波洛热情地表达着他对黑斯廷斯上尉的依赖之心，他的诚恳态度迷惑了向有自知之明的黑斯廷斯上尉，他无限感动地聆听着，波洛的话却离期望越来越远。波洛的原话是这样的——"当罪犯着手犯罪的时候，他的第一步就是欺骗。他要打算欺骗谁呢？在他心目中，他要找的对象就是正常人。……我可以把你当成一面镜子，在你的心里可以确切反映出那个罪犯想要我相信什么。这非常有用，非常有参考价值。"这当然令黑斯廷斯上尉扫兴，他回到了原先自谦的认识上，难免负气地想："我的真正用途是陪着他，好让他有炫耀对象。"有关黑斯廷斯上尉的这种"天分"，波洛在《罗杰·艾克罗伊德谋杀案》里，也对詹姆斯·谢泼德医生说过："他有一种诀窍，能够在不知不觉中发现事实真相——当然，他本人都没注意到。有时候他会讲一些非常愚蠢的话，透过这些愚蠢的话我能够弄清真相！"应当承认，波洛的话里不尽是讥诮，确是有几分诚意。黑斯廷斯上尉，他是如此纯正，纯正到和所有的邪恶不相谐，因此而能够提供给波洛反证。

黑斯廷斯上尉的温情也总是驱使他走出英国绅士的藩篱，面向不同社会阶层的姑娘。《斯泰尔斯的神秘案件》时候，他爱上了辛西娅·默多克小姐，这个寄居在庄园里的护士姑娘，他喜欢她头发的颜色、皮肤的颜色，她的青春活力，她的亲切，事实上，更是对她的孤独无依靠的怜惜。他勇敢地握住她的小手，说："跟我结婚吧，辛西娅。"得到的回答大出他的意料，是"别傻了"！他的多情难免也会遮住眼睛，看不清事实。《西方之星历险记》里，他看见窗外街道上走着一个美丽的女士，身后有三男一女盯梢，眼看她陷入危境，万般紧急，波洛及时赶到，告诉道："那是玛丽·马维尔小姐，著名的电影明星，她身后跟着的是一帮认识她的崇拜者。"《高尔夫球场的疑云》中，他与波洛赶往事发地点，途中经过一所小破房子，门口站着一位妙龄女郎，有着天仙般的容貌和体态，这就有一点"灰姑娘"的情调了，他不由惊呼起来，说看见了一个女神。波洛的回答是："我看到的只不过是个带着焦急眼光的女郎。"结果当然是波洛对，"女神"胸怀杀机。不过作为命运的补偿，在这里，黑斯廷斯上尉和一位真正的灰姑娘，结为秦晋之好，那就是贝拉·杜维恩小姐，一个大篷车剧团的演员，表演歌舞杂耍，艺名为"杜尔西贝拉娃娃"。这可是离谱离得有些远了，可并不妨碍他们幸福地生活在一起，有了成群的儿女，一个男孩在海军服役，还有一个在阿根廷经营农场，女儿格雷丝嫁给了一个军人，驻守在印度。他最疼爱的小女儿朱迪思，取得理科学士的学位，担任一位从事热带病研究的博士的秘书，与他一起走进最后的故事——《帷幕》。此时，妻子，当年的"杜尔西贝拉娃娃"，已经独自去了天国，留下孤寂的他。时光流逝，斯泰尔斯变多了，他也老了，不再像年轻时那样，前途在望，而是，一切都在过去。他只能牢牢抓住手边的一点东西，就是朱迪思。为了朱迪思，他险些也成了杀人犯，幸好波洛拯救了他。波洛，他的老朋友，尽他最后的智慧，回报了黑斯廷斯的忠诚。

波洛社会关系排行榜上的第二名，我以为是侦探小说家阿里亚登·奥利弗太太。奥利弗太太是个名人，属于走到哪里，哪里都有人认出她，请她签名的那种人物。没见过她，觉得很神秘；一旦走近，则被她吸引。比如《牌中牌》里，她的膜拜者罗达小姐来到她的工作室，看见四壁都贴着热带景色的壁纸，旧餐桌上放一架打字机，遍地打字纸，奥利弗夫人呢？头发乱蓬蓬——她总是精心地将头发更换新奇的颜色和款式，却又总是忘记，将头发抓乱。她身边永远放着满满一袋苹果，也是要被她忘记，而滚得遍地都是。最令罗达惊奇的是，奥利弗夫人满不在意地向她透露探案小说的写作内幕——"你看见啦，我正在工作，但是我的芬兰侦探把自己给搅糊涂了。喏，他靠一盘法国蚕豆作出了令人信服的判断……但是我突然想起，迷迦勒节时法国蚕豆已经过季节了。"然后，罗达还与奥利弗太太共进午茶，不加糖也不加牛奶的浓咖啡和滚烫的烤面包，是比波洛经典的口味，也是女性的口味，理解食物的本质。她认识波洛有年头了，前边说过，她曾经出现在帕克·派恩先生的办公楼里，我怀疑那就是和波洛相识的开始，那时，她和帕克·派恩先生是同一支"工作队伍"的。到了《旧罪的阴影》，波洛则很保留地承认——"他们一起分享过许多体验和试验"，这也是对工作搭档的一种解释吧。

波洛挺器重她，甚至，可说有一点倚赖。他倚赖的不是像黑斯廷斯上尉那样的"正常人"的镜子作用，而是，女性的直觉。虽然，奥利弗太太极力想用她的想象力协助波洛，可在波洛看来，她的过于活跃的想象力总是偏离事实越来越远——"她的想法是她用脑子想出来的，至于事实就不好说了"，波洛谨慎地说道。奥利弗太太面对谋杀案，常常按捺不住要行动，可在波洛看来，这只会使她陷入险境，而于事无补。波洛要的，就是"直觉"，一种处于朦胧状态的直觉。这种直觉，很奇怪地，经不起推敲，一旦推敲，立即就偏离真相。比如《牌中牌》，奥利弗太太一上来认定凶手是罗伯茨医生，在波洛与巴特尔警监的讨论分析之后，她又毅然放弃意见，出尔反尔道："我从来不认为是他，从来不认为。他太明显了。"可是，事情到最后，还是罗伯茨医生。这直觉如此游移不定，等到真正的凶案发生在了身边，它却浑然不觉。《清洁女工之死》里，当罗宾杀害他的所谓养母厄普沃德太太的时候，奥利弗太太就坐在门外的汽车里——"竟然一点儿感觉都没有！"面对一位女性，波洛当然不能言重，他只是低声嘟囔一句："你那女人的直觉那天放假休息了吧……"然而，这直觉处在原始状态的时候，却有着惊人的预测力。比如《牌中牌》里，牌局开始之前，奥利弗太太忽然说道："有天使正经过我们的头顶。我的双脚没有交叉——一定是个黑天使！"果然，谢塔纳先生在牌桌边被刺死。《公寓女郎》中，当她走入一片巷道像蛛网似的错综交织的街区，忽然生出一股惊恐，觉得自己就好像走入了丛林，灌木里藏着窥视的眼睛，又果然，头上挨了一下，什么也不知道了。《古宅迷踪》里，她在游园会上策划妥了"杀人游戏"之后，却感到"这里边有些不对劲儿"，立即召来波洛，果然，扮演死尸的少女死了——尊重现实的波洛有时候也得承认，"尽管她头脑糊涂……她却时时能突然悟到事情的真谛。"

除去黑斯廷斯上尉和奥利弗太太这两个老熟人之外，余下的，波洛的社会关系，就都是警察行当里的人了。伦敦苏格兰场的总警督贾普先生、巴特尔警监，地方上的斯彭斯警监、莫顿警督、拉格伦警督……虽是公务关系，可后来也有了交情。还有一个人必须提一下，就是波洛事务所的秘书，莱蒙小姐，一个头脑冷静的老处女，也是一个档案学家，致力于创造一项新档案系统，以她的名字申请专利，在电脑尚未发明的时代，这带有着编程的性质。在她的眼睛里，任何奇峻的案件，都只是一份档案，重要的是要放在合理的位置上，以便查询比照。也只有这样性格的人，才能面对这么多犯罪而处之泰然。可即便是莱蒙小姐，不也失态过一次吗？她的姐姐——莱蒙小姐有姐姐使波洛吃惊不小，她似乎是专为工作而生，没有个人的生活，其实呢，她当然可以有姐姐——她的姐姐，哈伯德太太在一家国际学生宿舍做管理员，那里发生了一些不可思议的事情。波洛让莱蒙小姐请来姐姐哈伯德太太，在事务所一起喝下午茶，于是，波洛又得手一单生意——《外国学生宿舍谋杀案》。

再次来到斯泰尔斯，回想那辉煌的往昔，真是不胜凄凉。此时，波洛老，而且病，他神情诡异地告诉黑斯廷斯上尉，他来此地是为"追寻一个谋杀犯"。然后他取出一堆剪报材料，总共是五件性质不同的杀人案，发生在不同地点，不同阶级，出于不同动机——波洛则推论出这样一个结果，这五件，甚至更多的杀人案，都由一个人所为，暂且称他为 X——这个 X 并没有动机，抑或都不在现场，可是每每得手。多么古怪啊！黑斯廷斯都有些认不出老朋友了，可是黑斯廷斯自己不也是有些异样吗？他心情焦虑，老是和女儿朱迪思吵嘴，周围的事物都让他生厌：病病歪歪的富兰克林太太，只顾工作的富兰克林先生，阿勒顿少校如此轻浮，勒特雷尔太太却迷上了他，有一次，他看见朱迪思居然在和阿勒顿上校接吻，他便计划去谋杀……此情此景令人伤感，事情都处在无法控制的状态，而波洛他，似乎也靠不住了，他追寻的 X 在哪里呢？听起来多么悬啊。这个 X，类似某种触酶的物质，他激发潜在于每个人心中的犯罪因素，以消除免疫力的方式。所以，有时候，一个好人，比如像黑斯廷斯这样天性仁厚的人，也会动杀心。可波洛永远不会输，他终于找到，并且亲手处决了他，然后，他又亲手处决了自己——"我宁愿将自己交到上帝的手中。他或许会惩罚，或许会宽恕，愿它快一点来吧！"他在留给黑斯廷斯的遗言中写道，这是他手下许多气质高贵的杀人犯的结局。

这部小说的名字为《帷幕》，我以为其实应当是——谢幕。

三、马普尔小姐

我觉得，马普尔小姐有些像简·奥斯丁呢！她们的名字都叫"简"。也是出身宗教家庭；也是生活在乡下，社交圈就是邻里坊间的人家；也是终身未婚嫁；都以观察人作乐趣，而且，同样都有锐利的眼光。甚至于，她俩说出的话也有点儿像。《傲慢与偏见》里面，达西说："在乡下，你四周围的环境非常闭塞，很少变化。"伊丽莎白的回答是："可是人本身变化那么多，你永远可以在他们身上看出新的东西。"马普尔小姐则是这样说："一年到头住在乡下，人能看到各种各样的人性。"（《平静小镇里的罪恶》）她们都不嫌闷，挺满意她们所能见识到的世面。作为简·奥斯丁的晚辈，又活得更长久——在年轻人眼睛里，已经有一百岁的马普尔小姐，还有时间看到变化更巨的时代，并且作出更深刻的见解——"人们穿着不同了，声音不同了，但是人类还是同他们以前一样。还有，尽管用词有点儿变化，但话题还是没变。"（《迟到的报复》）就是在这封闭的环境里，传统才可能保持下来，所以，马普尔小姐几乎就是直接从维多利亚时代走出来的。她家教很严，从少女时代就有人教她使用背部垫板，所以到老她的坐姿都是笔直的。家中曾为她和姐姐，请过一名操行良好的德国女教师，然后，她又去往佛罗伦萨的女子寄宿学校受早期教育。她的母亲和外祖母告诫她："为人处事要持理智，一个真正的淑女应该做到喜怒不形于色。"她曾经也是个心浮气躁的小姑娘，有一次，差点儿误入歧途，怎么说呢？一句话，一个和她"极不相称"的年轻人，是她的母亲坚决地阻止了这桩荒唐事。马普尔小姐非常感激母亲，虽然婚姻的机会不多，维多利亚时代就是这样，女孩如何将自己嫁出去，是简·奥斯丁写作的主要题目。那么不结婚好了，维多利亚时代这也挺成风气，那时代的老处女似乎没什么坏毛病。事实上，马普尔小姐生活得不错。她头发雪雪白，脸颊粉粉红，蓝色的眼睛很清澈，脖子上裹着一至两条毛茸茸的羊毛围巾，提着一个花色网篮，里面装着毛线活儿，坐下来，雪白的活计就铺开在膝上。她对棉织品有特殊的喜爱，亚麻布，玻璃纱布，绣花和线钩的床单、茶巾。所以，给人印象，她就处在一个色泽秀丽质地柔软的布艺世界。她暖暖和和，舒舒服服的，然后开始观察人，这是她的一种独特的消遣。《寓所谜案》里，她说过："像我这样，孤零零地生活在世界的荒僻的一角，一个人得有点癖好！"这点癖好，在侦破凶杀案上很派用场。一桩谋杀案里，集合了多少人性的戏剧啊！马普尔小姐也承认："没有人会对谋杀不感兴趣。"《寓所谜案》中，克莱蒙特牧师以讥诮的口吻说："在英格兰，任何侦探也比不上一个上了年纪的，有很多闲暇的刁妇。"但是，这决不能就此认为马普尔小姐喜欢谋杀案，正好相反，她很厌恶。她天性不能容忍残忍，看到小孩子蹂躏一只小猫，她气愤极了，将那小孩子都吓怕了，肯定他以后再不会忘记。《黑麦奇案》中，当她从晨报上看见"紫杉小屋三重命案"新闻，立刻动身辗转来到事发现场。她如此关心这场命案，不止是其中一名受害人曾经是她的小女佣，还因为杀人犯很下流，他将一只晾衣夹夹在姑娘的鼻子上——马普尔小姐气红了脸，她对警察说："你知道，侮辱人的尊严是十分恶毒的——尤其是人已经被他杀了。"

马普尔小姐居住的村子，名叫圣玛丽米德，倘若是在简·奥斯丁的时代，应当算是偏僻乡村。可到了马普尔小姐的晚年，铁路像蛛网般铺开，将无数个莫名的小村庄连接起来，生活变得开放了。在《命案目睹记》里，麦吉利卡迪太太去看望马普尔小姐，乘坐下午四点五十分的火车，从伦敦出发；三分钟之后，麦吉利卡迪太太睡着，一个盹打掉三十五分钟；然后就看见并列而行的车厢内，一个男人正扼住一个女人的喉咙，她去向检票员报告，检票员应付她说："七分钟后"列车到达布拉克汉普顿，他会向上汇报。如此累计，再加上事情衔接处的时间，大约是在一小时左右。接下来，是九英里长的乡间公路，一般可乘载出租车。最早的时候圣玛丽米德的出租车业务由一位英奇先生承担，他只有一辆汽车，也够用了。老英奇死后，儿子小英奇继承家业，此时已有了两辆旧汽车和一间停车房。小英奇死后，生意又易了主，名字也换了，叫"皮普"，再后来叫"詹姆斯"，"阿瑟"。可是人们，主要指老住户们，还是叫"英奇"。等"英奇"驶过这一段村路，圣玛丽米德就到了。在《黑麦奇案》里，马普尔小姐去往伦敦近郊贝敦希思的紫杉小屋，则是乘早班火车从圣玛丽米德出发，然后途中转一次车，再往伦敦。看起来，圣玛丽米德也通上了火车，虽然不能直达伦敦，但中转一次，就到了。所以，圣玛丽米德和伦敦，不是贴近，可也绝不遥远。这种距离，其实挺好，又清静，又可随时找热闹，对手头拮据的人也蛮合适——比如《伯特伦旅馆之谜》里面，马普尔小姐在旅馆大堂遇见的赛利纳夫人，就在她刚死了丈夫的日子里，租圣玛丽米德一栋小房子，住过一段。再有，心灵受过创伤的人，也会喜欢它和尘世若即若离的关系，一边躲避，一边伺机待发，那就是《迟来的报复》

里边，电影明星玛丽娜·格雷格，她也入住圣玛丽米德，她丈夫贾森·拉德的想法很客观——"他想，玛丽娜可能至少在两年到两年半的时间内不会讨厌它。"有趣的是，这地方特别受电影界青睐，《藏书室女尸之谜》里面，英国"新时代电影制作中心的总部莱姆维尔电影制片厂"排名第十五位的美工巴兹尔·布莱克也在此买房，结果当然卷进了谋杀案——以此可见，房地产开发商进入圣玛丽米德，新住宅区建设起来了。

在圣玛丽米德周围，还有着或大或小的村镇，比如，齐平克里霍恩。这是个比圣玛丽米德略大的村子，它有着自己的一份报纸，"齐平克里霍恩消息报"，"谋杀启事"就是刊登在"消息报"上，传播开来的。这里风景美丽，就发展出一点小小的旅游业。历史上曾经有过许多农庄，后来却萧条了，于是——"原先由农业工人居住的小木屋经过了改造，现在住着上了年纪的老处女和退休夫妇"。看起来它很幽静，有一点赋闲的意思，似乎不像圣玛丽米德拥有着更活跃的现代生活，可是它照样也发生着谋杀案——《谋杀启事》。还曾经有一个神秘的过路人，躺在它教堂的祭坛上死去了（《避难之所》）——它的教堂比圣玛丽米德辉煌，有着蓝色和红色的彩色玻璃，是维多利亚一位富人捐赠的，这说明它曾经是个富裕的村镇。这是齐平克里霍恩，再有利姆斯多克，一个历史久远的小镇。十一世纪诺曼征服时期就因宗教缘故而为重镇，利姆斯多克修道院在数百年内成为当地的一大势力；十六世纪，亨利八世和教皇决裂，封闭了所有的修道院，没收地产，于是——"一座城堡成为镇中心"，表明宗教的位置被军政所代替；到了十八世纪，由于地理位置的偏离，被现代发展抛弃到时代后面，成为落伍者，可却保持了农业社会的安宁。每周一次集市；每年两次赛马会，参赛的马都是无名之辈；镇上有一条街道，一名医生，一家律师事务所；当然，还有一座教堂，一所新学校，两家小酒馆。这就是《平静小镇里的罪恶》的发生地，大约可称得上英国的腹地吧！

圣玛丽米德不如利姆斯多克历史显赫，也不如齐平克里霍恩地盘大，它是个真正的小地方，人口有限，男女婚配便也不够自给自足。《黑麦奇案》中，那个被杀的小女佣，格拉迪斯，原先在马普尔小姐家打杂，后来跳槽走了，就因为想找男朋友，而圣玛丽米德，用马普尔小姐的话，"竞争非常激烈"。

《"蓝色特快"上的秘密》里的凯瑟琳，忠心为哈菲尔德女士服务整十年，得到一大笔遗产，当她离开时，有位夫人问她多大年龄，回答是"三十三岁"，老夫人说："还不成问题，可是总有点……"意思还是在婚姻，总之，走出圣玛丽米德多少被视作走向真正的生活。年轻人，比如马普尔小姐的侄儿雷蒙德·韦斯特的说法是："我认为圣玛丽米德，是死水一潭。"马普尔小姐温和地辩解道："无论如何，各处的生命都是大体相同的，你知道，出生、长大，与其他人接触、竞争，然后是结婚生子……"当她来到"黑麦奇案"的现场，与那里的人谈起圣玛丽米德，这样说道："那个村子相当漂亮。住在里面的有好人，也有非常讨厌的人。那个地方同别的村子一样，也发生稀奇古怪的事情。"这个村子使我想起马克·吐温的小说《败坏了赫德莱堡的人》里面的赫德莱堡。在美国密西西比河流域的居民，多是来自英格兰或苏格兰的清教徒，有一些村庄，活脱是从英国腹地的村镇翻版下来。这个赫德莱堡也有着虔诚的宗教生活，和圣玛丽米德一样，有一名牧师柏杰士先生；金融组织的网络布及这里，就有了银行家；有一份地方性报纸，记载着本地新闻；也有自己的上层社会集团，所谓"十九位主要的公民"。圣玛丽米德也一样，虽然没有明确的提法，事实上，牧师、爵士、医生、退休军官，形成了村子里最有发言权的阶层，左右着村子里的日常事务。所以，它们也有着自己的政治。它们同样都是宁静，淳朴，知足，守规矩的。然而，有一日，赫德莱堡遇上一个居心不良的人，他用一大袋金币诱惑了村民们，使赫德莱堡丧失了体面。在英国本土的圣玛丽米德，人性的弱点表现得比较含蓄，不像在新大陆那样露骨，它又没有遭遇那么一个道德陷阱，所以，还不至于发生人性大爆炸事件。但它的人性资料，也已经够马普尔小姐参照使用的了。马普尔小姐破案，是通过联想的方式，就是说，"她能够把发生在乡下的小事和更重大的问题联系起来而使后者得以解决。"这个"乡下"，就是圣玛丽米德。比如《谋杀启事》中，那个"谋杀者"的扮演者——皇家游乐饭店的瑞士籍接待员鲁迪·谢尔兹，使马普尔小姐想起鱼店的伙计弗雷德·泰勒，他喜欢占些小便宜，当你向他指出时，他道歉的态度十分诚恳。比如《命案目睹记》，命案中的女尸藏匿处，拉瑟福德庄园的继承人之一，哈罗德先生像银行经理伊德先生，"一个非常保守的人——但未免有点太爱财了——也是那种会千方百计避免丑闻张扬出去的人"；另一位继承人艾尔弗雷德像的是修车厂的詹金斯——"他并不偷走工具——但他会拿坏的或者质量低劣的千斤顶偷偷换成好的"。比如，《庄园谜案》，最后破案取决于对埃德加·劳森这个人物的识别，是他忠诚地为凶手提供关键几分钟的不在场证明，马普尔小姐穿过迷雾，终于——"我现在想起来他像哪个人了"！她想起的是一对牙医父子，父亲又老又衰，人们便去找儿子看牙，老人从此变得消沉，儿子为将病人让给父亲，佯装酗酒，可是，"他用的威士忌太多了——往衣服上洒酒"。再比如，《加勒比海之谜》中，马普尔小姐在遥远的度假海滨一时陷入困惑，"她始终没能找到她过去通常能轻而易举就发现的东西，这些人与她原先所认识的人的相似之处"，可是，很快，揭开异国风情和鲜艳服饰的表面，她又认出了她的旧相识——"比如说格列高里？他很难判断，美国人。也许有点像乔治·特罗洛普爵士，总是在国际会议上连接不断地讲笑话。或者也许更像卖肉的莫德克先生……"她很快将眼前的人和圣玛丽米德的村民一一对上了号，于是，扑朔迷离的情景变得清晰可辨了。照这样看，圣玛丽米德这个小村子，其实是一个包罗万象的大千世界。

像马普尔小姐这样，生活在乡间的人，其实是正宗的英国人。他们驻守在内陆，保持和延续了纯正的血统，他们的家族源远流长，向上几代都有案可查。《死亡草》里，这样描写马普尔小姐的住宅——"这房子已经有些年头了，屋顶的房梁已经变黑。房间里陈设着属于那个年代的家具，做工考究"。马普尔小姐呢？"她直直地坐在壁炉边祖父留下来的那把椅子上"。在她家里，保留着一些祖上留下的旧家什，"查尔斯王子的酒杯"，"伍斯特时代的茶具"什么的，当她需要离开一段时间，就需要将这些古董存放到银行去保管。前边提到过，马普尔小姐受到过外祖母的管教，母亲对她的生活也作出了严厉的指点。她的一名叔叔，名叫托马斯，在伊利做教士。在马普尔小姐十四岁的时候，叔叔和婶婶一同带她旅游伦敦，那是她第一次去伦敦吧，就住在后来发生重案的"伯特伦旅馆"。当时一起逛伦敦的，还有一个亲戚，海伦姨妈，她最热衷逛军人消费合作社——我猜想，"军人消费合作社"是那年头的 SHOPPING MALL，是军人及他们的眷属享用的特权，为报酬他们效忠国家，在物质匮乏的战争时期，也保证供应。海伦姨妈在此大买特买，圣诞节，甚至更遥远的复活节的用品，也都买齐了，然后到五楼吃午餐，再乘四轮车看演出。由此见得，马普尔小姐的长辈里，有人在军中服役。在拥有大量殖民地的英国，军人是一种尊贵的职业。所以，可判定马普尔小姐出身于一个好人家。马普尔小姐当然有兄弟姐妹，前面说过她和姐姐跟着一位德国女教师受教育，而且她有侄儿侄女侄孙。她的侄儿叫雷蒙德·韦斯特，是个作家，一个现代主义作家。当他指责现实——年轻人总是目中无人，批评圣玛丽米德"一潭死水"的也是他，马普尔小姐温和地说道："你的书很精彩，但你真的认为，人人都像你书中塑造的人物那样郁郁寡欢吗？"一个维多利亚时代的人，对于现代派作品中，活动在梦魇里似的面目晦涩的人物，所能给出的最客气解释，大约只能是"郁郁寡欢"。圣玛丽米德的牧师所注意到的现代派特征则是——"诗歌中没有大写字母"，顺便地，他也提到了"过着枯燥乏味生活的郁郁不乐的人们"。和所有的年轻人一样，雷蒙德也对包括"简姑姑"在内的上辈人不以为然，觉着他们的生活没有价值。对此，马普尔小姐并不急于反驳，但是她总能在恰当的时机，给他一个有力的还击。《死亡草》中，"简姑姑"的客厅里，举行"星期二晚间俱乐部"活动，大家轮流讲一个案件，总是简姑姑的答案合乎事实。当雷蒙德讲述他的谜案——他的朋友，专事打捞沉船的纽曼，忽然在一个夜晚被绑架，与此同时，沉船上的金条被劫走了——简姑姑说："好吧，亲爱的雷蒙德，我实在觉得你应该仔细挑选你的朋友。你太轻信，太容易上当受骗了。我想作家都这样，想象力太丰富了。如果你们有我这把年纪，有那么多生活经历的话，一听到这类有关西班牙沉船的故事，一个几星期前刚认识的人，马上就会警惕起来。"这真的很痛快！马普尔小姐欣赏青春，但并不为自己的年迈自卑，她很满意自己的年岁换来的经验，所以她在年轻人面前一点不畏缩。她了解他们知道的其实不像他们以为的那样多，他们看不清自己，而她却能够。《复仇女神》中，她终于完成拉弗尔先生的临终嘱托，为他不争气的小儿子恢复了名誉，当然，他有太多的弱点，她将他爱过的死去的女孩的照片递给他，他的表情一扫尖刻，变得柔和。这一老一小静默着，如小说中写——"老太婆和小伙子"，这一刻相当动人，有一种几乎是心心相印的同情从中升起，马普尔小姐客观地说："我知道他不能拯救他自己，除非……当然，最重要的是希望他将会遇到一个真正善良的姑娘。""简姑姑"不是先知，只是什么都逃不过她的眼睛，包括雷蒙德向乔伊斯求婚。"简姑姑"是以隐喻的方式说出这个秘密——"茉莉花丛旁，那儿正是送奶人向安妮求婚的地方"，这样，马普尔小姐就又有了一个侄媳妇，画家乔伊斯。乔伊斯有着艺术家的敏感气质，她生活在真实和想象之间，她所目睹的杀人案就带着这样虚实莫辨的色彩。也是在"星期二晚间俱乐部"上的讲述，名字叫作《行道上的血迹》，说的是康沃尔郡的一个海边小城，这地方地势陡峭，街道便在斜坡上蜿蜒交错。这一日的寂静午后，她坐在小旅馆门前的游廊下写生，忽然间，她发现——"在阳光斜照下的波哈维思纹章店前的白色行道上，我画上了血迹！"这一对很有孝心，提供马普尔小姐去加勒比海旅游的就是他们，结果遇上了《加勒比海之谜》，而后拖带出陈年旧案——《复仇女神》；提供去伦敦的也是他们，于是又遇上了《伯特伦旅馆之谜》；有一次，他们引"简姑姑"认识了他们的朋友格温达，牵进的案子是《神秘的别墅》。这么说来，马普尔小姐也有些像波洛，她在场，就会有犯罪，这就像一种特异功能，能够使隐匿罪行显现出来。

在侄辈中，马普尔小姐有一个侄女儿，名叫美布尔，她不像雷蒙德那么令人骄傲，是在一起谋杀案中带出场的，这桩案件名为《圣彼德的拇指印》。缠进这样的事情终是愚蠢的，说起来也不光彩，可马普尔小姐那么怜惜她，完全不计较她给大家带来的难堪，替她洗刷了嫌疑。在一个大家庭里，应当允许存在各种各样智能的成员。马普尔小姐还有一个侄孙，名叫戴维·韦斯特，对火车时刻表很精通。我想这是一个很典型的男孩子，在《ABC谋杀案》中，波洛分析案情时提及"铁路迷"这类人，指出"男孩子要比女孩子更喜欢铁路"。所以，这个戴维·韦斯特一定是个小"铁路迷"。《命案目睹记》里面，为了查证麦吉利卡迪太太与其并行的那次列车，马普尔小姐特地写信向戴维请教，戴维则很卖力地提供了姑婆需要的资料，使马普尔小姐得以开展调查。以此看来，马普尔小姐的家庭生活是很温暖的。

在圣玛丽米德村，与马普尔小姐紧邻的是牧师寓所。穿过起居室的落地长窗，走过花园，一出门，就拐进了牧师家的花园。牧师克莱蒙特先生，是一位勤勉的教职人员，在圣玛丽米德这样的英国乡间，宗教事务可包括一切日常庶务。在虔信的村民们眼中，哪一件事情不需要上帝的指点呢？只要例举克莱蒙特牧师某一日的时间表，便可看出这一点。这是《寓所谜案》里的一个星期四，一早，教区内的两位女士为了教堂装饰的事情吵将起来，牧师被叫去调停；然后，是管教两名唱诗班的男童，他们一边唱诗，一边吸饮料；接着，风琴手又有纠纷，需要平息；随即，四位贫穷教民反抗势利的哈特内尔小姐；又遇上地方治安官普罗瑟罗上校，刚处罚了三个偷猎者，于是，牧师就有义务提醒他"仁慈"的观念；终于吃完午饭，又去走访教民；再回到家中，准备星期天的布道；且又来了一位坠入情网的苦恼的人，要求帮助灵魂；五点半钟，电话铃响，两英里外的一位艾博特先生要死了，请牧师去作临终忏悔；近七点回到家，这一日的高潮来临了——普罗瑟罗上校死在了牧师书房的写字桌上！牧师太太格丽泽尔达，比牧师年轻二十岁，是个天真的姑娘。雷蒙德称她为"完美的格勒兹"——格勒兹，法国风俗画和肖像画家，犹为擅长妇女肖像。她使得牧师在看见她的二十四小时内就改变了终身不娶的信条，在此后的生活中，他的信仰时不时地要受到威胁，她总是把宗教事务看成玩笑，对教区居民也不够尊敬。但这一点不是出于恶意，而是快乐的天性。自与她结婚以来，牧师的生活非但没有安定，似乎，反而混乱了。她不会烹饪，不会管家，这都还在其次，最要命的是，牧师的情绪变得不稳定，那都是一桩事情引起的，就是吃醋。他不仅吃年轻画家劳伦斯·烈丁的醋，甚至他的侄儿丹尼斯和她说笑，也使他有"一种孤独感"。可是，事实上，他正不知不觉在"返老还童"。马普尔小姐很快就抓住了这一点，她说："您真顽皮，克莱蒙特先生。""顽皮"两个字用在牧师身上，多么不妥啊！

圣玛丽米德的最古老宅邸，戈辛顿宅，是班特里家的产业。"星期二晚间俱乐部"曾有一次在班特里府上举行过，来宾的身份都挺显赫，有伦敦警察局前任局长亨利·克利瑟林博士，资深精神科医生劳埃德大夫，电影明星珍妮·赫利尔小姐——当亨利博士推荐马普尔小姐的时候，班特里太太实在有些勉强，她是看亨利博士的面子才邀请她的。可是，最后，马普尔小姐使她折服。不知是因为在戈辛顿宅里举行过"星期二晚间俱乐部"，主宾轮流讲述犯罪故事，还是因为戈辛顿宅太过古老了，它有些像中国民间所说的那种"凶宅"，宅子里竟然发生过两起凶杀案！先是《藏书室女尸之谜》，班特里上校的书房里出现了一具陌生女尸——看起来，圣玛丽米德村似乎门户敞开，任何人都能进到任何人的房中，顺便放下一具尸体。此时，班特里太太几乎对马普尔小姐迷信了，事情发生，班特里上校打电话给警局，班特里太太则打给了马普尔小姐。就在班特里太太的有生之年，又发生第二起案件，《迟来的报复》。其时，班特里上校已经去世，班特里太太卖掉宅子，只留下一间原先门房住的小房供自己住。事实上，她长年在外旅行，去到她散布世界各处的儿女家，这里住住，那里住住，享受天伦之乐。此时，班特里太太不再是那个矜持的上校夫人，含饴弄孙使她变得安详。她和她丈夫度过幸福婚姻生活的戈辛顿宅，几次易主，一会儿当作旅馆，一会儿分成四套公寓，再一会儿，政府卫生部门买下它，却没有想好派什么用途又出手了，后来，就到了著名的电影演员玛丽娜·格雷格名下——他们大兴土木，几乎推倒了重来。班特里太太也并没有感到不舒服，她只是更为以前的戈辛顿宅骄傲，她显现出一个源远流长的古老世家的涵养，就是处惊不变。就在装修改造得簇新，体现了一个影星光华四射的生活风格的宅子里，为圣约翰流动医院举办筹款仪式，圣玛丽米德村的上层人物汇聚一堂，一位热情的影迷，巴德科克太太忽然死了。

圣玛丽米德变得够厉害的，曾经是草地和牛群的地方，是一片新型住宅区，就像是一个儿童玩具：轻盈的建筑材质，鲜丽的外墙，楼顶的电视接受器，巷道里出入着陌生的面孔。女孩子们多是大胆无耻，男孩子呢，"凶神恶煞"似的。圣玛丽米德的女仆们，过去大多来自孤儿院，没读过书，可是会干活，现在的女仆则是新住宅区里年轻独立的妻子，受过高等教育，可是经常打碎碗碟。马普尔小姐也老了，老得要受许多管辖……她有时候会感到惶惑，似乎一切都是不真实的。可是，伦敦的伯特伦旅馆，完全的一成不变，简直是——"时光倒流，你再一次置身于爱德华时代的英格兰"。壁炉，壁炉旁的黄铜煤斗，里面盛的煤块，家具的款式，印有徽章的银制托盘，瓷器，传统的英式下午茶，黄油松饼，侍者，女仆——"红扑扑的挂满微笑的脸蛋，带着乡下人所特有的憨厚淳朴"，都是上一个时代的。最令人惊奇的是，旅馆的客人，那是些真正的老古董：古老世家的成员，旧贵族，退休的军人，传教士——马普尔小姐感到不安了，她甚至天真地掐了一下自己的左臂，看是不是在做梦，梦见一个消失的世界。后来事实证明，这个虚拟的世界掩藏着犯罪。这就是马普尔小姐的审时度势，她知道，什么叫生活。

四、贝雷斯福德夫妇、阿瑟·卡尔加里博士、马克·伊斯特布鲁克及其他

汤米和塔彭丝在《暗藏杀机》里第一次登场，那时候，还是一对年轻人，"他们的年龄加起来无疑不到四十五岁"。他们原是在大战中认识，一个是士兵，一个是战地医院的勤杂工，就像海明威《永别了，武器》中的男女主角，亨利和卡隆玲。他们虽然是卡隆玲的英国同胞，意识形态上却更接近美国人亨利，海明威笔下典型的迷惘的一代。他们性格轻佻，带着一种时髦的玩世不恭，但因为没有恶意，也没有染上生活的阴影，所以都是快乐有趣的人。汤米曾经有一次竟然说服护士长相信，医生给他开了啤酒作滋补品，只是忘记写在医嘱上了。塔彭丝呢，和一名病人约会看电影，这位病人就是汤米。他们比海明威的那一对幸运，都从战争中活下来了，没有像腓特烈·亨利那样，失去卡隆玲，领受了生活的残酷性。战争没怎么伤着他们，还给他们各人一段传奇生涯。塔彭丝在医院打了一段杂以后做了驾驶员，开过货运卡车，还给一位将军开过车——小巧玲珑的塔彭丝，驾着粗犷的越野车，就像骑手乘着骏马，招来多少钦羡的目光啊！汤米负过两次伤，但都无大碍，他虽然没受到提升，却也被派遣去不少地方：法国、美索不达米亚、埃及。他们过得都还不错，甚至挺有发展的，可是停战让他们失了业。是乐天的本性，还是"迷惘的一代"的颓废通病，再有，大约也是战争中养成的吃光用光的生活方式，他们很快花完了退役慰劳金，两手空空。就在这穷困潦倒的时候，两人在伦敦地铁口遇上了。

汤米是个孤儿，为了去世的母亲的尊严，他拒绝富翁叔叔的收养。塔彭丝，她甚至比汤米更像"迷惘的一代"的代表腓特烈·亨利，她所以会有美国人的腔调，也可以理解，因她在战地医院的要好朋友恰巧是个美国小姑娘。她的言论和行径都违背她的牧师家庭的传统，而她坚持不肯妥协，回家去做乖乖女。于是，他们俩都成了无家可归的人，独自为生计奔波着。战时学来的一点零碎本事，在和平时期根本派不上用场，战争反而把他们变得华而不实，对日常生活看不上眼，老是幻想传奇发生。生活的本质是平淡的，塔彭丝服务过的将军，此时也不过开一家自行车商店糊口。他们的幻想在现实面

前大大降低了水准，已经降到有堕落的嫌疑了——勾搭有钱人，和他们结婚。无奈两人的社会背景都不怎么样，周围的人和他们一样穷困，根本结识不到有身份的人。两人碰面，自然是谈当务之急，谋生。商量下来，决定在《泰晤士报》登一则求职启事——"两名青年冒险家待聘。愿意做任何事，去任何地方。报酬应丰厚。"启事还没送到报馆，雇主就来了，一名大块头先生喊住了塔彭丝，要给她一个机会，因为看中了她的机灵、说话里的美国口音。塔彭丝的条件是必须搭上一个人，就是汤米。这时候，就看出她的仁义道德，还有契约精神。大块头用高薪诱惑，又用失业的形势威吓，都不能动摇塔彭丝——"要么两人一块干，要么两人都不干"。正相持不下，塔彭丝又换了策略，她像桥牌里叫牌似的叫出一个名字："简·芬恩"，这是无意中从过路人闲聊中听来的，完全不知道有何意思，不料却叫出一个大满贯！大块头大惊失色，认为塔彭丝一定了解什么机密，应下了所有条件。那么，"简·芬恩"这名字究竟藏着什么秘密呢？汤米和塔彭丝再一次登报——"征求，任何有关简·芬恩的信息"，果然，有了回应，署名为"你忠实的 A·卡特"——他们连坑带蒙地，居然进入了国家安全机密的核心部分，而卡特先生则将他们引上正当的人生道路，既有饭吃，又合乎正义的原则，而且，充满冒险精神。

卡特先生是个贵族，有着显赫的封号，本名为伊斯特汉普顿勋爵，卡特是他的化名。这是个高个子男人，瘦削的脸像鹰，"动作疲惫"——我想这是指他有一种慵懒的风度，是贵族气，也说明，怎么说呢？一个老牌子间谍，对于这一行不再有热情可言，只是职业的负责态度。有点像《战争与和平》里，托尔斯泰描写的俄国军队总司令库图佐夫——他浑身上下都透露出一种厌烦的态度，无精打采地从受检阅的几千名士兵面前走过，当有军官向他宣誓效忠，他则露出嘲讽的微笑。他也总是疲惫的，上马下马动作笨重，眼睛常常睁不开，睡不醒的样子，对战事又总是持消极的意见。可是，最终还是拿破仑溃逃，俄罗斯得胜。不同的是库图佐夫身躯肥胖，卡特先生却瘦，是不是从英国铜板插图上的绅士形象脱下来的？这个老间谍所以看中那一对宝货，是因为他们具有着街头青年的放浪形骸。每当外交通道出了点岔子，需要非官方手段解决问题了，就是这类人物显身手的时候。他们不守规则，因为他们完全不懂得什么是规则；胆大包天，也因为他们同样不知道危险来自何处；甚至于，不太遵守道德，是因为他们反抗一切约定俗成的东西；反正他们也不是谍报部门的在编人员，就不需要为国际情报条约负责任。他们是属于"线人"那一类的人物，由卡特先生单线联络，根据需要随时更换身份，曾经有一度，他们开张过一间国际侦探所。卡特先生算是用足了他们，给他们的案子难度都很大，重要到涉及国家安全、欧洲安全，甚至世界和平，线索却少得可怜。《暗藏杀机》里是"简·芬恩"这个名字；《犯罪团伙》则为"16"这个数字；《桑苏西来客》中，是一首儿歌："母鹅，母鹅，公鹅"。他们还是老手法，连欺带诈，慢慢打开局面，最终追到罪犯，找到秘密文件，破坏对方组织。由卡特先生特别举荐，他们受到国家表彰，同时，他们也都获得一份额外的奖品，就是喜结良缘。然后为人父母，他们有了一对孪生儿女，德里克和德博拉。时间在激动人心的事业和养儿育女中过去，转眼间，他们就成了一对老夫妇。谍报机构不再起用他们了，他们只得赋闲在家，靠回忆往昔的峥嵘岁月聊解沉闷，但回忆却使他们心痒痒的。于是，他们就像一对老猎犬，四处嗅来嗅去，竟然真给他们挖掘出几桩神秘的罪行。有一次，他们去看望汤米住在煦阳岭养老院里的姑妈，老姑妈很任性地拒绝接见塔彭丝，只让汤米一个人进房间，塔彭丝只得一个人坐在客厅里。就在这个难堪的时刻，事情来了。一位老夫人，兰开斯特夫人，很机密地暗示壁炉后面有个死去的孩子——就像他们年轻时候所参与的那些间谍案一样，也是线索少得叫人无法下手，连兰开斯特夫人自己也消失了，只留下一小幅画，画上有一所宅院。于是，塔彭丝开着车去寻找画上的房子。女人总是比男人富于幻想，在他们也是，塔彭丝比汤米更不安分。结果，梦想成真，罪行一点一点刨出来了。

他们这一对，年轻时候称得上"时髦的一对"，不是美男和美女，可却是有个性。汤米早早地败了顶，一束红头发精心梳往脑后。塔彭丝的长相有些像精灵，灰色的眼睛分得很开，就像欧洲民间传说中那种小灵耗子。中年时候，至少看上去两人要稳重了些，甚至塔彭丝，也像马普尔小姐那样，织起了毛线活儿。到了老年，汤米·贝雷斯福德先生的红头发变成沙黄色，塔彭丝·贝雷斯福德夫人的黑头发也掺进了灰色，但他们就像圣诞颂歌里面扮成老人的小孩子，是那种永远长不大的老小孩。

阿加莎·克里斯蒂的小说里，职业侦探只有波洛一名，马普尔小姐带有顾问性质；方才说的一对，则是业余爱好者；除此之外，还有至少十来个人物，完全出于偶然而卷入杀人案，不得已担任起侦破的义务。这些散兵游勇本来是在正常生活的流程里，突然被推进事件中，毫无准备。他们谈不上有什么侦破的常识，甚至都很难说有什么兴趣——虽然马普尔小姐说："没有人会对谋杀不感兴趣"，可那是指没瓜葛的人，像他们，迫于某一种命运似的理由而必须要将事情搞个水落石出，处境就要复杂得多。事态往往与他们痛痒相关，于是就要经历感情的波折。这些其实都是单纯的人，几乎是在一夜之间，生活改变了面目。这群人里面，我首先要说的是阿瑟·卡尔加里博士。

　　《奉命谋杀》的故事，在忧伤情绪的笼罩下拉开帷幕。阿瑟·卡尔加里博士拖延许久，终于还是在暮色时分来到渡口，望着水面，他想着："这里的景象多么荒凉"。然后渡船来了，就像是一个裁决，他不得不走向前途了。前面究竟是什么等着他？阿瑟·卡尔加里博士，一个地球物理学家，南极探险者，忧心忡忡，周围的景物都有一种不祥的暗示。他向船老大打听一所名叫"和煦点"的房子，船老大回答说：有，但是我们大家都叫它"蝮蛇点"。这恐怖的名字也是一个凶兆似的。他到底走到了"和煦点"这座房子里，带去一个消息，他以为对"和煦点"里的人家来说，应该是个好消息。可是，令人不安的是，连阿瑟·卡尔加里自己，竟也不能完全确定这一点。他是来为他们家的小儿子贾科洗刷罪名的。两年前，贾科被控杀了自己的母亲，控诉成立，判处终身监禁，服刑半年后患伤寒在狱中去世，而阿瑟·卡尔加里博士可以证明贾科无罪。在警方查定的作案时间里，贾科搭乘了他的车，因此可作不在现场证明。很不走运的是，和贾科分手不久，他遇上车祸，失去记忆，伤势痊愈以后又往澳大利亚会合探险队去了南极，直到一个月前方才回到英国，从一张包东西的旧报纸上看见这则报道，记忆慢慢浮现起来，露出水面。阿瑟·卡尔加里博士感到自己对这个青年以及他的家人犯有罪行，他怀着赎罪的心情来到这里，请求他们宽恕。可是，为什么一切都那么阴郁？远超过事实应该有的气氛。当他宣告贾科无罪，并且积极建议，通过内政大臣，请求女王批准特赦，恢复名誉。"和煦点"的居民们没有表现出一点应有的激动，他们出奇的冷淡，没有感谢，相反，谴责——是的，他们在谴责他，但不是谴责他那时不出场，而是谴责他，现在出场了。当贾科的姐姐赫斯特送他出门的时候，悲伤地说："你为什么要来？哦，你究竟为什么要来？"他回答是"正义"。"正义？"赫斯特接下去说了一句微妙的话："不是对有罪的人有关系，而是对无罪的人。"关于"正义"，贾科的辩护律师也说过约略相似的意思："从某一方面说是对的。但是，你知道，对这件事还有更多要考虑的，比方说，比正义还更需要考虑的事。"这个单纯的人，被这事件中的所有人都搞糊涂了头脑，从他井然有序的科学世界里，一下子蹈入模棱难辨的世事之中。他感觉自己又犯了错，却不知错在何处，他认为他必须对自己的所为负责，却不知从何入手。还是要由律师来告诉他，道理非常简单："要是杰克·阿盖尔（贾科）没有犯这个罪行，那么是谁干的？"阿瑟·卡尔加里博士，这个好人，总是事与愿违——他们这类人卷入事件，除了前边所说的命运，到底是和性格有关，在博士，就是"正义"的性格。就这样，老账重算，将这个刚从受伤中复原的家庭，再一次搅翻，更深重的悲剧揭开了。而他的真挚是如此不可忽视，他以爱情报偿了这个家庭，同赫斯特结成恋人，这个忧伤的故事终有了一个温煦的结局。

马克·伊斯特布鲁克，研究蒙古历史的学者，是沉浸在逝去的世界里的人，但无论怎样，从事人文学科的人，终要少一些古板。所以，虽然被妹妹批评为"只活在自己的天地中"，他对外界多少怀有一些好奇心。马克·伊斯特布鲁克与阿瑟·卡尔加里博士应是同年龄的人，有一些老派，就像博士会被年轻的贾科蒙骗，以为他"很有趣很讨人喜欢"，马克·伊斯特布鲁克也差不多看不懂现代的年轻人，他称他们为"垮掉的一代"。在他看来，"垮掉的一代"的特征就是穿着累赘，而且邋遢。他惊讶地看着两个女性"垮掉的一代"打架，一个"垮掉的一代"将另一个"垮掉的一代"的头发连根拔起，这一个竟勇敢至此——决不叫痛！事实上，他自己都不知道，他已经从这杂乱纷沓的景象里看见了一些至关重要的东西。马普尔小姐不是说，"明显的怀疑对象老是很正确"？由于专业的领域不一样，阿瑟·卡尔加里博士更具有严肃的气质，而马克·伊斯特布鲁克，研究的是蒙古历史，长期在东方生活，我想他会染上萨满教里神秘主义成分的影响，容易感应虚无的暗示。"白马"这个词第一次进他耳朵，是从关于女巫的话题里面冒出来的，他们讨论散布于英格兰乡下的女巫，应该是普通老太婆的形象还是"有一种特殊的神秘味"；再次听到这个词的时候，却是和"酒店"连在一起，白马的巫术气息消失了，取而代之的是繁杂的伦敦街景，霓虹灯闪烁的招牌，杯中的酒水，打扮奇特的年轻人；当"白马"这个词第三次出现，却在一个花店姑娘身上引起惊惧的反应，很明显的，她"吓呆了"，他感觉到一股邪恶的空气；奇怪的是，他终于走进"白马酒店"，一栋偏离乡间大路的砖木结构房屋，当年的酒店，如今被人买下，改造成了住宅，他却有一点失望，因为——"没有一点凶兆，无那种气氛"；然而壁炉上的旧招牌，一幅粗糙的油画，一匹白马站在黑暗的背景前，忽然又有了不寻常的空气……英格兰乡下的女巫，其实是一会儿变成普通老太婆，一会儿散发出神秘味。

《斯塔福特疑案》里的埃米莉·特里富西斯小姐，是为拯救未婚夫吉姆·皮尔逊进入案件的。就在灵媒预报谋杀时间，午后五时二十五分，特里维廉上校死了。而吉姆·皮尔逊恰巧在这时候从伦敦来到这小镇子，住了一晚上，又匆匆离去。最关键的是，他是特里维廉上校的外甥，遗嘱受益人之一。他很快向警察承认，他进去了上校的房间，"没什么特别的。我只想跟老头谈谈，看看他，如此而已"。这当然还不够，需要到警察局详细解释解释，他吓坏了，绝望地叫唤："有人能帮我的忙吗？"帮忙的人就是埃米莉·特里富西斯，她表示对他有绝对的信任，因为："你可没这种胆量啊！"她安慰他说："跟警督去吧，剩下的一切让我来办。"她很快来到事发现场，进入状态。她物色了一个好搭档，《每日电讯报》的新闻记者恩德比先生，他迅速落到埃米莉·特里富西斯的手掌中，心甘情愿由她调派。在镇上人的眼睛里，还有恩德比先生自己心目中，他们都已经是天造地设的一对，就等着去教堂或者公证处。可是，得到的回答是，她还是吉姆的未婚妻，她永远爱吉姆。房东太太对此表示惋惜，认为她错了姻缘，"那位年轻先生能跟这一位比吗？"她肯定地说不能比："他是那种天生前程远大的人——可另外那位没有我去照料的话，就料不定会出什么事了。"调皮的迷人精一下子变成了圣母。

阿加莎·克里斯蒂对警察的态度基本上是不屑，他们在她的笔下出的洋相可不少，可是，她到底让他们独立担纲几起案子，他们也还干得不错，就算是颁发了一项荣誉奖。平心而论，巴特尔警监，其实是很棒的一个，却被遮蔽在波洛的身影底下，使我们难以看清他的面目。在《牌中牌》里，倒是他一幅正面的画像，可是挺刻薄——"高高的个子，身材粗大，加上刻板的面容，巴特尔警监给人一种错觉，好像他整个人是用木头雕的，并且雕刻用的材料才刚从战舰上拆下来。据说巴特尔警监是最具苏格兰场特点的工作人员。由于缺乏表情，他看上去有点迟钝和愚蠢。"我以为，这多多少少有些是出于对苏格兰场的意见，而不完全针对个人。巴特尔警监外表木讷，很可能是因为他有控制力，不习惯流露感情罢了。事实上，他也是——并非所有警察都像波洛讽刺的那样只晓得烟灰、火柴梗、脚印，巴特尔警监也是尊重人性的，他懂得犯罪中的人性因素，因而从人性切进事情的核心。只是他时运不好，精彩的案子都到了波洛那里去，不过，他好歹也落着了一二桩，比如《走向决定性的一刻》。案子还未发生，巴特尔警监先就遇到了一点家务事，从这也可看出，巴特尔警监是有着家庭生活、儿女情长，并不如人们通常以为苏格兰场的人，都是破案机器。这家务事是关于他的小女儿西尔维亚。西尔维亚所住读的学校，长期以来，小偷小摸的失窃不断，现在，忽然间，西尔维亚主动出来坦白，承认一切都是她干的。于是，校长——和所有女校一样，一位可尊敬的老小姐，召来了家长，巴特尔警监到校。巴特尔警监请教校长是如何破的案，校长说是根据心理学——西尔维亚神色不安，经过一种字母组合的小测验，孩子就全招了。巴特尔警监说了声："明白了。"立即带女儿离校，他以警察的名义严正告诉校长，西尔维亚不是小偷，而他已经知道小偷是谁，就是那个金发蓝眼、红脸蛋的下巴上长了黑斑的女孩，因为她有一种"自鸣得意的样子"，而且，巴特尔警监断言："别指望她会向你坦白——当然不。"这桩家务事，其实是后来事情的预演。

特立西利安太太死在自己的床上，被铁头高尔夫球棒抡死的。事情显然是奥德丽·斯特兰奇所为，她杀了特立西利安太太，又伪造现场，使它看起来像是她的丈夫内维尔·斯特兰奇作的案，却处处留下马脚。奥德丽·斯特兰奇爽快地服了罪，流露出如释重负的表情。当然，事实并非如此，而是再一次反过来——内维尔·斯特兰奇杀了特立西利安太太，伪造成受奥德丽诬陷的现场，是两次否定式的犯罪。这一回，终于轮到巴特尔警监陈述案情了，他说："使我感到震动的是那双眼睛，当我看到和听到她……你们要知道因为了解过另一个女孩，她所作所为和奥德丽一模一样。"这女孩就是他的小女儿西尔维亚，一个"不同寻常的说谎人"，宁可承认自己不曾做过的错事，来换回片刻的安宁，只求大家别来烦她。巴特尔警监用一个伊丽莎白圣女的传说来形容这种情况：圣女总拿面包施舍穷人，可她的丈夫不乐意，有一次，恰巧和丈夫迎头撞上，丈夫问篮子里是什么，她慌不择言，回答"玫瑰花"，揭开一看，果然全是玫瑰花！你看，巴特尔警监竟然会使用马普尔小姐乡村式的、联想的方法，这多少有些不符苏格兰场的经典风格。其实呢，在那张木头雕成的无表情的面具底下，也是人之常情。巴特尔警监自有他作为职业警察的魅力！

五、"我——"

阿加莎·克里斯蒂的小说里，往往是以第一人称为叙述者，有时候，"我"这个人，相当耐人寻味。

《长夜》开局第一句："事情的开始往往就预示着结局……那是我常听人们引用的。"这一句类似《百年孤独》著名的起句："许多年之后，面对行刑队，奥雷良诺·布恩地亚上校将会回想起，他父亲带他去见识冰块的那个遥远的下午。"这是说命运的旨意，人只能随波逐流。一股哀伤升起来，有什么事情在无可拯救地往下走去，什么事情呢？"它是一个爱情故事，我发誓——"这也是奇怪的，有什么需要发誓的，谁又会怀疑，"我"急切所要辩护的是什么？一种不幸的预感在逐渐加强。事情按着既定的路线进行——"我"在房产销售广告牌上看见"塔城"这名字，此时此刻，"一片乌云遮住了太阳"，这是一个坏兆头。可是，不是已经说过，事情不可逆转，只能往下走了。然后，那位先知般的老人出场了——很微妙的，"我仍然能看到那位老人古怪的表情，尽管他从侧面看我。"似乎是，无论时间还是空间，"我"都处在一个全视的角度看着事态的发生和发展，"我"究竟在哪里？在已经发生过并且结束了的终局，那就是命运。可在叙述里，一切尚未揭晓。老人的话，很像谶语，他告诉"我"，人们都叫"塔城"这地方为"吉卜赛营地"，传闻说这里曾是吉卜赛人的领地，后来吉卜赛人却被赶走，走之前，下了咒语。从此，这地方就成了事故多发地带，公路上汽车失事，采石场上石头压死人。离开老人，"我"又遇见一个黑头发高个子的老太婆，她也有着巫师般的表情。她的话更直接了，她说："别与它有瓜葛，年轻人，听我的，忘掉它。"她还替"我"看手相，手相显示出凶兆——"如果你知道什么对你有利的话，你现在就离开这儿——吉卜赛营地。"可是，当然，"我"没听她的，因为一切必将发生，或者是已经发生。

"我"——迈克尔·罗杰斯，二十二岁；精通汽车；去过爱尔兰，在那里养马；差点儿和贩毒集团沾上，又幸运地脱身；做过小旅馆服务生，海滨救生员，推销百科全书、吸尘器，等等。总之，"我"的生活是动荡的，而且，有一点危险。说白了，"我"是个穷小子，没有好的出身，没受过好的教育，也没有好运气。可是，这并不妨碍"我"有高尚的鉴赏力。"我"喜欢好东西，好品位的鞋，前卫的抽象画，还有，有历史感的老宅子——就和所有轻浮的年轻人一样的臭毛病，不踏实，好高骛远，精神不稳定，常有危机，但大多数人一旦走出这个年龄段，会安静下来，接受生活的教育，矫正行为，归入正常的人群。这类人中间，也会有马普尔小姐所预言过的那种——"我知道他不能拯救他自己……当然，最重要的是希望他将会遇到一个真正善良的姑娘。"似乎"我"正是那种人，因为机遇真的送给"我"一个好姑娘，埃利。

埃利是谁？是那一个阶层的姑娘，可是，并非人们所以为的那么幸福，而是"一个可怜的贵族小姐"——我们在哪里听说过这样的说法？是在《马普尔小姐探案》中的"看房人之谜"里面，回头的浪子哈瑞带了新婚妻子归来，马普尔小姐对小新娘的印象是"可怜的富有的小姑娘"。这不是指某一个人，而是某一种类型。埃利虽然有钱，可却是个孤儿，又是在那样的阶层，社会交往实际很有限。她没有朋友，只有一个女伴——格里塔，格里塔成了她的知己。像埃利这样的女孩，多半是无能的，那么，格里塔自会替她张罗一切。因为是在一个长篇的篇幅里，埃利这个"可怜的贵族小姐"，就要比"看房人之谜"里的那一个，内容要详实许多，她很是让"我"开了眼界。当"我"听埃利说，她已经将吉卜赛营地买下来，不由十分惊讶——"温柔而胆怯的埃利竟然谈论这样的商业买卖知识，并且对此充满信心"。"我"不会懂得，在那样的有产阶级家庭里，财政名词就是投资、增值、减税、信托资产，而不是柴米人家里的水费、电费、菜钱、油钱。这些复杂的庶务其实是在抽象的智能层面上进行，不是像底层的社会，一切奋斗都是身体力行，在感官上印下深刻的烙痕，很快就遍体鳞伤。而埃利身心完好，她保持了性格的纯良，她甚至比应当同病相怜的人更有同情心。这就是命运的不公平，它将什么都给了一方，却剥夺另一方。"我"走进埃利的世界，真正了解了富人的生活，它并不如"我"想象的那样穷极奢华——"相反，一切都很单纯"。因为什么都不会阻止你去得到，所以你的占有欲反而不强烈了。但是，"我"还需要学习，学习这种昂贵的"单纯"。

现在应该来说说格里塔这个人了。度过蜜月旅行后，"我"和格里塔见面了。"我"说："很高兴终于见到你，格里塔。"这句话很微妙，这里尽是微妙的东西。接着，埃利说了一句话："你知道，如果不是格里塔，我们根本不可能结婚。"这一句诚实的感激将会奇怪地得到证明。之后，"我"与埃利有一段关于格里塔的对话，埃利问"我"是喜欢还是不喜欢格里塔，"我"的回答很含糊，令埃利起疑，因为——"你对她说话时看也不看她的缘故"。当埃利瞒着"我"，去接来"我"的母亲，一位为了儿子，拼命工作，几乎磨穿十指的女人。母亲看见了他们的生活，临别前问起格里塔是谁，然后含蓄地说了一句："已婚夫妇刚刚开始生活的时候最好单独在一起。"他母亲也是具有先知的能力，但不是出于巫术，而是经验。

新婚的日子很幸福，可是，"我"无端地战栗起来，"忽然觉得好像有人在我的坟上走"，埃利接过去说："一只鹅正在我的坟上走过，这才是原话，对吗？"果然，是埃利的"坟"，而不是"我"的。埃利的死法与"看房人之谜"里的"富有的可怜的小姑娘"一样，坠马身亡，同样都是在诅咒的恐惧里。"富有的可怜的小姑娘"是受看房人诅咒，埃利则是——那个黑头发高个子的女人，两人同样都是由某人指使，收某人的钱。我们可将"看房人之谜"看作是《长夜》的前身，但情形已经大变，凶手"我"比凶手哈瑞处境复杂得多，前面那一句起誓——"它是一个爱情故事"，是指"我"和格里塔，还是"我"和埃利？埃利曾经说过一句话，似乎不知不觉的人同时都是先知先觉，埃利的话总是无意间击中事实——"仿佛你很爱我"，接下来是——"我想在一定程度上我确实爱她。我本来应该爱她的，她那么甜美。埃利，温馨甜蜜。"可是，事情早已经决定了，不会有另外的可能，那是出于一个执着的意志，"我"一定要去做，而且已经做了，任何人都无法阻止——"可能除了我自己"。母亲说："我非常努力地想确保你平安无事。我失败了。""我"的回答是——"这不是您的错。我选择了自己要走的路。"可是，"我"确实没想到，会有一些意外发生，我说的意外不是指早有人看见过"我"和格里塔手挽手，完全像一对恋人，走在德国汉堡的大街上；我的意思是埃利——"格里塔根本无足轻重，甚至我那漂亮的房子也无足轻重，只有埃利……可埃利再也看不到我了。"

这就是作为罪犯自述中的"我"，他确实处境为难，从技术上看，难度在于如何保持悬念。"我"必须陈述现象，却不能透露事实。这当然是不自然的，是一个明显的骗局。可探案小说肯定是造假的艺术，不必像现实主义小说那么认真地对自然性负责，它的真实只在于叙述本身的合理度，就是说，要组织周密，不能露马脚。我想它的诚实原则是"我"可以不说，但不能说谎，而且，必须将叙述坚持到底。那么，说什么，就成为最微妙的事情。这是对故事趣味而言的说法，在另一方面，由于犯罪者的主观身份，叙述里必定具有更多心理的内容。波洛在《尼罗河上的惨案》里说过，"凶手是需要想象力，侦探则寻找真相"，因此，罪犯的内心活动其实更复杂，这就与人性有涉了。《长夜》里的"我"，其实也是《尼罗河上的惨案》的西蒙，可是，我们对西蒙了解得不多，而这里，"我"的哀悼之情弥漫了整个事件的首尾，令人痛楚。

《罗杰·艾克罗伊德谋杀案》里的"我"，詹姆斯·谢泼德，一名乡村医生，中年，单身，和同样单身的姐姐一起生活。他们居住的村子叫金艾博特，应当是与马普尔小姐的圣玛丽米德村差不多，离它最近的大城镇是克兰切斯特，距离是九英里。金艾博特通火车，就有火车站，一个小邮电所，两个百货公司。大多数人在年轻的时候去到外面世界打拼天下，余下的人都已经上了岁数。在金艾博特村里，有两幢大宅子，也就是说，有两户人家称得上渊源世家，一幢叫"金帕多克"，一幢叫"弗恩利大院"——后来的谋杀案事发现场。在这样一个偏僻的小地方，乡村医生是接近牧师样的人，牧师抚慰灵魂的困苦，医生则解救肉身的疾痛——担当起上帝的另一半职责。像圣玛丽米德的海多克医生，他曾经很通人情地给马普尔小姐开出一副药方，就是一桩谋杀案，他知道如何对付各种不同的病人。他在那小村子里服务了一辈子，陪伴着村民度过生老病死，自己也从中获得安宁。俄国屠格涅夫有一篇小说，《县城的医生》，写一个少女在临终时，抓住最后的时间爱上医生，这就是那类活动在欧洲腹地的旧式的医生，他们都已经超越治病的范畴，去对灵魂负责任了。但是，从另一方面看，乡村医生又是过着沉闷的生活，他们虽然受人尊敬，但是收入有限，事业呢，倘若没有虔诚的牺牲的观念，就也谈不上远大。法国作家福楼拜的《包法利夫人》里的包法利医生，在他夫人的眼睛里，就是一个没出息的男人。为了使自己的婚姻合乎梦想，包法利夫人不是尝试着提升包法利先生，而是鼓动他去进行那场大胆又荒唐的手术，给客栈里的马夫娇治马蹄足，结果当然是惨败。在马普尔小姐主持侦破的《命案目睹记》里，罪犯就是乡村医生——这个医生的生活里，还有着少许浪漫经验，他曾经和一个法国剧团的龙套演员恋爱，这段浪漫史从某种方面也说明乡村医生实在是缺乏机会的，这桩心血来潮式的婚姻为他种下了苦果，因为后来他遇到了一个正经的婚姻对象，品格高尚而又富有的继承人埃玛小姐。在金艾博特行医的"我"，却似乎更少机会，财运也不好，他做了一点小小的投机生意，西澳大利亚金矿股票，结果血本无归。我相信他一直耐心地等待，时间在等待中流过。人到中年，生活还是原样，和姐姐一同住着父母留下的旧宅，在村子及周边地区行医，出入于那些饶舌的女人和不得意的男人中间。他不像《长夜》里那个年轻的"我"，充满着野心，他已经走过人生的发轫阶段，原先就没什么声色，如今更加沉寂下来。他的自述相当平静，难得流露心情，从这点看，他也是要比《长夜》里的年轻人老练，到底是经历过人生的人。他将自己藏得那么深，但依然可靠地叙述了事实。当然，有一些事情他可以不说，用波洛的说法——波洛读过他的记录手稿之后，向他说——"我向你祝贺——为你的谦虚表示祝贺！"然后再说："也为你的隐匿手法表示祝贺。"

他对自己的记述也是得意的，自认为值得表扬的地方有两处，都是罗杰·艾克罗伊德被谋杀当晚的描写。一处是他离开罗杰·艾克罗伊德的时候——"信是八点四十分送来的。我八点五十分离开了他，信仍然未读。"他说："这一切都是事实，但如果我在第一个句子后面加上几点省略号，情况又会如何呢？是否有人对这十分钟的空白时间里我所做的事表示怀疑呢？"这是一处。第二处是谋杀现场被发现，管家去打电话报警时候，"我做了点我必须做的事。"他很为文稿中的谨慎措辞满意。事实上，他真的很谦虚，这样含蓄又诚实地叙述事实还有很多处。比如，一开篇，他从弗拉尔斯太太自杀的家中回来，在前厅脱衣帽时，他写了这么一句话："我确实无法预料，但我有一种预感，震撼人心的时刻即将到来。"我敢说，在这个乡村医生平淡的一生中，"罗杰·艾克罗伊德谋杀案"可说是唯一的"震撼人心"。他记录这桩谋杀案时，多少带有着一种成就感，当然，沮丧的情绪偶有流露，虽只是一句两句，但分量却很沉重。比如谋杀案发生的次日早晨，听到死者罗杰·艾克罗伊德先生的秘书雷蒙德用轻松的口气谈论案子，医生不由感慨地写道："就我来说，我早就失去了从悲哀中迅速恢复愉快的能力"。这句话包含着人生的灰暗。

他的处境是要比《长夜》中那小子艰难得多，那小子叙述的重点在如何实施犯罪计划，最后的暴露只是在一瞬间，这个难堪的时刻猝不及防地发生，然后结束。然而在乡村医生，这却是漫长的过程。他在一夜之间便完成了谋杀计划，余下的，全是在对付波洛，可他镇定自若。但是我想，当死者，罗杰·艾克罗伊德先生的侄女儿弗洛拉要求他引她晋拜新搬来的邻居，就是大名鼎鼎的犯罪学家波洛先生，"我"，医生，一定是面临着一个极其尴尬的处境，但他依然很镇静。他以那种替对方着想的口气说："亲爱的弗洛拉，你能肯定我们所需要的就是真相吗？"这话里含有的暗示是，真相是你弗洛拉不愿意看到的，是你的表兄拉尔夫·佩顿犯下的事——医生可是要比那小流氓狡猾得多，那家伙是个坏料，天生的利己主义；而医生是受过道德的教化，他的恶意里积蓄着人生的失意感。他不像《长夜》里那孩子，一心要追求幸福，虽然并不知道什么才是幸福；医生则已经断定，他和幸福无缘。因此，他能够如此平静地犯罪。但是，有一点他控制得不够好，就是他对案件过分的关切——波洛说："你肯定是仁慈的上帝派来替代我的朋友黑斯廷斯的，我发现你跟我形影不离，总是在我身边。"医生的回答是："你要知道，我这一生过的都是乏味守旧的生活，干的都是平庸枯燥的琐事。"这话不可不谓真情，医生从未正面评价过自己的生活，只是言辞中流露出倦意，和《长夜》那小子多么不同，那一个，坏也坏得生气勃勃。整个过程中，只有一次，医生突然情绪高涨，那是在麻将桌上——"这时我简直无法抑制内心的兴奋，我曾听别人说起过天和——拿起牌就和了，但我从没想到自己打牌也会天和。"据文中说，这种"天和"之说来自于"上海俱乐部"——那一定是英国殖民上海的上上世纪末及上世纪初，牌一上手就是一副完整的和局，这种概率极其之低，好比中头彩。医生如此欣喜，这个天降好运鼓舞了他，要知道，他可是个霉运的人！俗话说：谋事在人，成事在天，医生总是该做的都做了，却总也不成。现在好了，老天终于顾恤到他了。

生活真的很艰难，在前一个阶段，波洛总来找他谈案子，当然也是他希望的，但这实在是一场考验，考验人的心理和头脑。这也是波洛的方法之一，那就是谈话。在《ABC谋杀案》里，他说过："通过反复谈论，多余的细节就必定会呈现出来"，他还说："对任何想藏匿的人来说，没有任何东西比谈话更危险"。所以，这就要格外的小心。波洛说："与案件有关的人都隐瞒了一些东西。"医生笑着问："我也隐瞒了吗？"波洛说："我想你也有事瞒着。""那么是——""有关佩顿这位年轻人的事，你是否把你所知道的一切都告诉我了呢？"这句话大有深意，字面上是医生你仅是为"佩顿"掩饰嫌疑，底下——要知道，说这话的不是别人，而是波洛——底下的意思很可能是，医生你到底对"佩顿这位年轻人"做了什么手脚。对这个狡黠的问题，医生"我"应付的也不坏，他做出一种有意掩饰窘状的样子，慌乱地转移了话题，请波洛先生谈谈关于"炉火"意味着什么，而波洛便也顺水推舟放下了那个敏感的话题。这是在事情的前半段，波洛让医生充当了"华生"或者黑斯廷斯的角色，而后半截——"我们便分道扬镳，各干各的事"，他不必和波洛搞脑子了，可情形却似乎更加令人不安。波洛在做什么呢？医生只能在麻将桌上听人谈起一点波洛的动作，就在这时，得一副"天和"，命运开始青睐医生。可这青睐的媚眼里似乎又藏着陷阱，有一天——"我突然意识到，没有什么能逃得过赫尔克里·波洛的眼睛"。医生回顾所作所为，自己觉得计划还是不错的，当然有一些小纰漏，却也于大局无碍，要是波洛不出现的话——医生最后一句话是——"如果赫尔克里·波洛没有隐退到这里来种南瓜就好了。"这个乡村医生黯然无光的一生中，能与波洛交上手，哪怕是输了，也虽败犹荣。

由犯罪当事人主述案件过程，他们的性格便到了前台，成为比客观事实更重要的动机，这符合波洛，也符合马普尔小姐的人性原则。他们都认为，人性的因素是犯罪的第一要件，谁又能比罪犯自己提供出更多隐秘的人性呢？但这确实是一个危险的叙事角度，它太大限度地使用了虚构的功能，多少有些笔走偏锋，稍有不慎，就会穿帮，必须谨思密行，小心着来。所以，在阿加莎·克里斯蒂，这一类叙述只占极少数，偶尔为之而已。

六、黄金时代

前边我曾说过，我缺乏有关阿加莎·克里斯蒂个人的资料，从某一方面来说，我也并不以为十分需要。阿加莎·克里斯蒂的作品本身，已自成一体，具备了起承转合的过程。我就想，倘是以波洛、马普尔小姐、贝雷斯福德夫妇为这个阿加莎·克里斯蒂家族里的主要成员，那么，是否可以认为，起源和归结已经讲述过了？现在，就要进入这家族最兴隆的阶段——黄金时代。这也是全剧的高潮，华彩篇章，这个华丽家族，在此走向全面的辉煌。我将那些最精彩的事迹列于此，光芒四射。它们通常都有着精致与和谐的图案性，而在逻辑图案的底下，则有着充沛的人性；是人性的运动规划了图案的经纬线，流利的线条又使人性焕发绚烂的色彩。图案和人性在不同情景下处于不同位置。有时候，前者是显性的，就是大侦探波洛天赋的本能，只消身子往后一仰，闭上眼睛，便可看见的对称性、平衡感、合理的秩序，像拼图一样，每一块就嵌在应该在的地方。还有时候，后者是显学，好比波洛在《葬礼之后》里说的："由于这件事情里证据不如人多——那么我就得专门同人打交道。"最为极端的情形，我以为是《啤酒谋杀案》。案子发生在十六年前，十六年的时间过去了，当时的轰动烟消云散，细节已经变成案卷里的枯燥的文字，人的记忆对客观事物总是不可靠的，然而感情却有着强烈的渗透力，它洇染在某些看似无关的印象里，可保持许久。这个案子，如何从尘封的记忆中重新挖掘出来真相，依凭的就是这个——感情。

当波洛接受当事人委托，着手调查这桩陈年积案，拜访当时的被告律师蒙塔古·德普利奇爵士，这位著名的王室法律顾问，记忆犹新的是他的委托人。"那个女人很有魅力"，她的情态在十六年后还能够呼之欲出——"我甚至想判罪对她来说是一种解脱。她毫不畏惧，一点也不紧张，只想审判早一点结束。"他很遗憾地承认，她无疑就是凶手。原告律师，皇家法律顾问昆廷·福格当然更有理由认为被告有罪。他，当年胸怀抱负的小伙子，现如今已经长成为淡泊又固执的中年人，却还对被告怀有深刻的印象，他至今相信——"卡罗琳·克雷尔是个了不起的女人。我永远忘不了她。"长期受雇于克雷尔家族，处理日常法律问题的"乔纳森律师事务所"的书记员埃德蒙兹，一个谨慎的法律工作者，他承认没有任何证据可为卡罗琳·克雷尔谋杀丈夫开脱，可是他说："我崇拜克雷尔夫人。不管她干了些什么，她都是个淑女！"至于律师事务所的老板，凯莱布·乔纳森先生，一个老绅士，在他漫长的岁月里攒足了人生经验，是俗话"姜还是老的辣"里的老姜，波洛和他才算得是搭上了话，只几个来回，他就指出——"波洛先生，不过你像是对性格感兴趣。"于是，他也有了谈话的兴趣。乔纳森先生不像那几位易动感情，那时他们还都是年轻人，他能够保持冷静，他描述卡罗琳在法庭上的表现是——"无法胜任为她安排的角色，她可不会演戏。"但当谈起那个插足克雷尔夫妇，因而引起悲剧的谋杀案的模特儿埃尔莎·格里尔，老头儿却奇异地难以自禁，他没有如通常那样称她作"无耻的烂货""狐狸精""罪魁祸首"，而是怀了无限的感慨提到"青春"这个字眼。他说："也许因为我老了，可是，波洛先生，我觉得年轻人没有城府，有时把我感动得落泪。年轻人如此脆弱。如此放荡不羁——如此地自以为是，如此慷慨，如此煞费苦心。"——事情过去了那么久，什么痕迹都消失了，可人的情感依然是激越的。多么主观啊！可是这就是波洛要的，当他请菲利普·布莱克，事发时间的在场者之一，请他写下当时的情景，菲利普·布莱克觉得多余，警察的卷宗一定写得更准确，波洛说："我不想要简单的事实。我要的是你所选取的事实。"乔纳森那老头儿，已经站在人生的末梢上了，也许对青春有特殊的偏爱，可就是这偏爱，着重向波洛指出了，青春不可小视。后来在梅雷迪思·布莱克的庄园里，波洛看见了死者——艾米亚斯·克雷尔生命中最后一幅画，画的正是埃尔莎·格里尔。波洛果然注意到了"青春"的诸多属性："青春是原始的，是强壮的，是充满力量的——是的，而且残酷！还有——青春是脆弱的。"他甚至也提到"脆弱"这个词。这个被乔纳森老头称之为"朱丽叶"的女人，她的"罗密欧"是个什么样的人呢？死者不能复生，生者印象各异，事实上是重新塑造了一个他，但谁能说准，哪个他更真实呢？

菲利普·布莱克，十六年来，已经成为一个成功的生意人，染了生意人所有的臭毛病。但当提起克雷尔，他的好朋友，他一下子从造作的慵懒中抖擞起来，过往的激情又回到身上。他让波洛看克雷尔的一幅玫瑰花，"色彩如此浓艳，甚至有些淫猥呢！""他就是这样一个人——画玫瑰的人。"菲利普·布莱克说："他的艺术，你知道，他总是热爱艺术。是一种逃避。"梅雷迪思·布莱克——菲利普的哥哥，他们与死者一同长大，从小朋友到老朋友。和弟弟完全不同，梅雷迪思·布莱克是那种人们通常叫作"科学怪人"的人，对具体的庶务没有兴趣，而是沉浸于抽象世界。可是，也正是这种人，其实有着旁人不知，甚至自己也不自知的内心生活，是这种内心生活的经验使他们更能想象别人的处境。他承认克雷尔是天才的同时，也看见"天才"的气质对他身边人的残忍。梅雷迪思至今记着他如此狂妄地说道："我在画的这幅画是我有史以来画得最好的。告诉您，真不错，而两个嫉妒的争吵不休的女人想要打扰——不，妈的，办不到。"这一个男人使得他周围的气氛变得激动不安，你不知道他的真心在哪里，当然，在绘画，那么就像梅雷迪思说的："画画又不能当饭吃"，在生活里，他的感情倾向于谁？或者，用更实惠的方式说，他更需要谁？人人都看见，妻子卡罗琳在了下风，埃尔莎气焰高涨。波洛去访问埃尔莎，埃尔莎为要证明克雷尔与她的感情，拿出一封皱巴巴的信，交到他手里——"看着他接住了她的宝贝，她是那么自豪，又有点怯怯地，又急于知道他的评价。"她，埃尔莎，似乎并没有太大的信心。于是，信上那些狂热的情话，忽然变得不堪一击。那么，克雷尔和卡罗琳如何呢？谁都看见他们争吵，总是不忠、背叛的主题，互相说出刻毒的话来。可是，有意思的是卡罗琳的小妹妹安吉拉的家庭女教师威廉斯小姐的评价。这位威廉斯小姐也是属于维多利亚时代的保守人物，由于终身未婚，独立生活，又是一位女权主义者——"她说起男人们，就像一个资本家说'布尔什维克'——像一个虔诚的共产主义者说'资产阶级'——像一个家庭主妇说'蟑螂'。"她当然不会喜欢克雷尔先生的生活方式，然而她却有足够的理性来判断事物。她看出克雷尔和卡罗琳其实情投意合，甚至因此而忽略孩子。用波洛的话，就是"更像是一对情人而不像是夫妇"。波洛承认自己被"性格问题迷住了"，由各种性格出发产生的情感，其实已经摆脱了事物的客观性。现在，波洛就必须集合起所有这些人性的条件，重新结构起平衡协调的图案，这图案就是十六年前的真实情景。

和《啤酒谋杀案》相反，《ABC谋杀案》，是先有图形，再有图形底下的人性因素。波洛对这桩谋杀案评价很高，事情刚一露头，他便敏感意识到，这就是他恭候已久的"超级罪案"——一封落款为ABC的信，通知波洛留意本月二十一日的安多弗。到这一天，苏格兰场果然传来消息，安多弗发生谋杀案，死者是个名叫阿谢尔的老太太，现场有一本《ABC铁路指南》，正翻到去往安多弗时刻表那一页。A字打头的阿谢尔老太太；A字打头的安多弗；还有《ABC铁路指南》，这样多的巧合显然是一种有意的安排，以字母排列为秩序。由此类推，很可能还会有B字母打头的第二起案件。果然，"ABC"的第二封信来了。信上指明的是贝克斯希尔海滨，本月二十五日。谋杀案如期而至，死者是年轻的女招待，姓巴纳德，尸体底下有一本《ABC铁路指南》，打开的那页正是去往贝克斯希尔的时刻表。"ABC"第三封信告诉道，彻斯顿那地方会发生些什么。彻斯顿的死者是克拉克爵士，同样有一本《ABC铁路指南》。

A字打头的阿谢尔老太太，开着一家烟纸店，贫寒度日。酗酒的丈夫为了索讨酒钱，会说出杀人的气话，可并不足以失态到要杀自己的老婆。阿谢尔太太清简的一生里结交下的社会关系一目了然，没有谁是需要除掉她不可的。就是说，找不到杀人动机。死者的外甥女玛丽说："姨妈被人谋杀，真是天理不容。"这话朴素地指明了阿谢尔太太无辜的事实。B字打头的贝克斯希尔的死者，那位年轻姑娘，在海滨的小茶餐厅工作，餐厅总共只两名女招待，同事之间关系疏淡，家中有父母和姐姐，再有一个正相处着的男友唐纳德·弗雷泽。这一对恋人经常争吵，年轻人气极了也许真会杀了她。可是，第二起案件就比第一起的情形复杂了，这个凶手应当也是第一起案件的作案人，也就是说，他必须能嵌得进"ABC"的序列中。那么，唐纳德·弗雷泽就明显条件不够了。用波洛的话，就是，"如果唐纳德·弗雷泽得以脱离嫌疑，那倒要归功于 ABC 狂躁的吹嘘。"因此，当 C 字头案件来到的时候，对于凶手的限制就更为苛刻了：他需要具有 ABC 三起案件的作案动机，而至少第一第二起案件里，看不出有什么明显的动机。克罗姆警督判断为："这是种按字母顺序进行的犯罪情结"。就好像做字谜游戏，ABC 自己不也是说，这是一场游戏。苏格兰场召开会议时候，汤普森医生不无轻佻地对波洛说："看来像是从字母 A 到 Z……我只是很有兴趣想知道他想怎样来处理字母 X——可早在那之前，你就会抓住他的，在 G 或 H 的时候……"虽然不够严肃，可汤普森医生道出了这起连环凶杀案的形式。这种形式感意味着什么？波洛说："直到现在，所有的案子都是由我们从内部开始侦破，被害人的历史总是关键所在，那些关键的地方则是'谁能够从死亡中得利？他会有些什么机会来作案？'而在这里……是个由外部而来的凶手。"这就是说，波洛也必须从外部出发，破除形式——"这件以字母顺序而进行的谋杀案，会有其破绽之处。"必须要找到破绽，就是不均衡、不对称的地方。

然后，D 字打头的案件发出预告了，地点在唐克斯特。可是在预定的时间，唐克斯特地区一家电影院里，被杀的倒霉鬼，一个理发师，名叫厄斯菲尔德，是 E 字母打头。苏格兰场怀疑"可能是跳过了一个字母"。然而，死者的邻座，一名男校校长，倒是 D 字母打头——唐斯，基本可以断定，凶手杀错了人。以字母顺序进行的谋杀案，严重变形了。回过头去检查这"外部"形式，这形式总是有着不够匀称的地方。死者的年龄、性别、社会阶层都不同，这种随机性和字母递进的严格规律不怎么相符；比如，对排序有如此爱好的凶手，应该更讲究秩序井然，比如"安多弗"是 A 目录的第一百五十五个地名，那么 B 字母打头的谋杀地点应该也是 B 目录的第一百五十五，或者第一百五十六……可事实上这些地名没有进一步的排序关系；比如，前两桩谋杀案没有明显的动机，可是第三桩，C 案件里，克拉克家族却隐藏着某一种可能成为动机的因素，就是死者卡迈克尔·克拉克是个巨富，他的妻子则病入膏肓，遗产将归兄弟富兰克林·克拉克；再有，D 字母打头的谋杀看起来似乎是失了手，可是，也很像是，凶手对精确度不再关心，或者说，凶手打算结束游戏了——这就是破绽。这些破绽意味着什么？意味着理性，波洛说的那句话："那是一种向某些固定方向运行和工作的心思。"这"心思"的轮廓逐渐清楚起来,凶手浮出水面——这时候,就要让性格分析派上用场了——胆大妄为的冒险爱好,四处漫游的生活方式,富有条理的平面状思维,男孩子心理:对铁路的特殊兴趣。这场谋杀构思得如此精致,波洛禁不住赞叹:"游戏万岁!"

就在《ABC谋杀案》中,波洛和黑斯廷斯上尉聊天,关于理想的犯罪。换句话说,倘若让波洛点菜,他将点什么?波洛向往道:"会是个非常单纯的犯罪,丝毫不带错综复杂的罪行。是一宗平静的家居生活的罪案——非常不带有感情色彩,极其隐秘。"黑斯廷斯上尉又问他如何算是隐秘,波洛就举一个例子,四个人坐下来打桥牌,壁炉边坐了个看牌的,然后,这人死了——他说的就是《牌中牌》。

事情就是这样,谢塔纳先生的客厅里,洛里墨夫人、罗伯茨医生、安妮·梅雷迪思小姐、德斯帕德少校,四人一桌桥牌。谢塔纳先生坐在壁炉前,忽发现,他被一柄宝石匕首刺死,这把匕首来自他自家的收藏柜。凶手就在这四个人里。每个人都起身离开过牌桌,取饮料,给壁炉添柴,拿鼻烟盒,做"明家"的绕过桌子看搭档的牌——就是在中间某个当口,杀了谢塔纳先生。动机似乎有的是,谢塔纳先生如此令人厌恶:罗伯茨医生觉得他狂妄伤人;洛里墨夫人认为他生性恶毒;安妮·梅雷迪思小姐害怕他,他看你的样子就好像会吃了你;德斯帕德少校很简单,他讨厌他的体味——当然这些都不足以要去谋杀,可是谁又知道其中的隐情呢?像谢塔纳先生这样的神秘人物:身家来历不明,过着豪富的生活,结交八方宾客,而且,似乎他掌握了所有人的隐私。问题是即便有了足够的杀人动机,却也未必杀得了。谋杀现场如此不具备谋杀条件——这就是波洛说的,"单纯",非常单纯,单纯到几乎难以考虑动机,也就是《ABC谋杀案》中说的"历史","谁能够从死亡中得利"。需要考虑的仅只是,如何实施杀人计划。巴特尔警监的注意力在各人离开牌桌的次数和时间长短,这是谋杀的外部根据,而波洛一贯重视内在的条件,他的问题是关于牌局。他依次询问各位,总共打几局牌;谁和谁搭档;谁输谁赢;个人牌风如何。他将四个人的记分表很宝贵地收拢起来,说从上面可以看出"人的个性"。比如,德斯帕斯少校字写的很小,记上新的数字的同时就划掉原来的，说明什么——"他宁愿一下子就搞清楚自己的处境"；洛里墨夫人的字形很有品位，说明她受过良好的教育；罗伯茨医生的字则"华丽且略显轻浮"；安妮·梅雷迪思小姐的记录没有体现特别的风格。记分表还记录了牌局的进展情况——第一盘，"平平淡淡，很快就结束了"；第二盘，由于是少校记分，边记边划，看不出过程；第三盘，很精彩，双方的分数都是高水准的，不过，罗伯茨医生叫牌太高了；第四盘，罗伯茨医生叫分比较低……波洛还登门请求当事人为他复盘。洛里墨夫人显然对桥牌有惊人的记忆力，照了记分表，每一步都复出来，最为"惊险壮观"的是第三轮，她与罗伯茨医生搭档，罗伯茨医生的牌都叫得很高，忽然间还叫了一个大满贯。夫人说："他这样叫真没道理，但是出乎意料地我们却打成了。"德斯帕德少校对桥牌没太大的热情，只是偶尔应景，所以请求他复盘没什么收获，但他也记得有一盘中，罗伯茨医生叫牌叫得太高。罗伯茨医生的回忆也不怎么样，但他一语道破波洛的用心："你是说凶手在盘算着如何下手的时候，情绪肯定会有所变化，这种变化有可能从牌路上反映出来？"波洛承认了这一点。至于安妮·梅雷迪思小姐，波洛并没有请她复盘，也许是波洛心存偏见，认为这类"女伴"身份的人，没有自由的个人生活，所以也不习惯昭示性格色彩。他倒是额外地出了一个小测验题，就是前边提过的挑选丝袜的测验，针对她的品行。还是偏见，或者说是经验作怪，认为对于某类人来说，品行比心理更有说服力。

这桩条件单纯的谋杀案——"没有指纹，没有可供调查的文件，甚至没有一片纸头，只有这四个人……还有那几张记分表"，侦破的手段不得不也变得单纯，主要是记分表，这有些类似现代科学的测谎仪。记分表上最引人注意的是一千五百的超高分，有人叫了"大满贯"——"桥牌中最扣人心弦的莫过于'大满贯'了"，在这抓人的几分钟里，也许，事实上果真发生了意想不到的事情。和单纯至致的《牌中牌》相对，《尼罗河上的惨案》则是顶级繁华，所有的配置都超乎寻常的华丽，光芒四射。

首先是人物，都是身份显赫，这合波洛的口味。像《ABC谋杀案》，倘不是精致的锁链形犯罪，单单第一起，安多弗一名开烟纸店老太婆被谋杀，波洛是会扫兴的。而这里，人都是一线名牌：巨额财产的美丽的继承人，林内特·里奇韦小姐，携同她的新郎，来自平民阶层的赛蒙·多伊尔，他的英俊漂亮完全配得上林内特，而他的贫寒和林内特的富有从某种含义上也是相匹配的一对，再有，他们神速的婚姻更加强了传奇性；何况，其中还有一个被抛弃的角色，以不幸映照他们的幸福，顺便说一声，这个角色，杰奎琳·德·贝尔福特也来了；没落世家的阿勒顿太太，是带着她的儿子蒂姆，一个生过肺结核，据说以"写作"为消遣的年轻人，看得出，他们母子相处和谐；相反，著名色情小说家奥特波恩夫人和她的女儿罗莎莉关系紧张；有钱的老处女范·斯凯勒小姐，声势颇大地携有两名随行人员，一个是略微年轻的老处女，女伴鲍尔斯小姐，另一名是贫穷的表妹，渴望出来见世面的年轻的科妮莉亚；意大利考古学家里克蒂先生，却奇怪地收到一份关于蔬菜的电报，报告土豆、朝鲜蓟、韭菜的行情；弗格森先生，极其憎恶资产阶级，看上去像工党成员，事实上，却也可能是一名爵爷，他在牛津大学读过书，大学是自由主义思想传播最甚的地方，而且，民主理想总是选择贵族青年，因他们不愁吃穿；大英帝国的军事要人雷斯上校；银行事务所的"安德鲁大叔"；贝斯纳医生；当然，还有大侦探波洛先生。

　　和显赫身份相配，他们都具有色彩鲜明的性格。林内特不可能具备别种性格了，金钱和魅力使她成了"要什么有什么的林内特·里奇韦"，所以，她只能是那种人——"不可抗拒"。可是，有时候，比如当波洛用一个长者的态度告诫她，她拥有的太多，应该学会宽厚待人，林内特的表情一下子变得"单纯朴实——近乎凄凉可怜"，她说："我一直想做到这些"。那么赛蒙的性格呢，似乎很微妙，谦逊的科妮莉亚的眼睛里，他是一个虔诚的丈夫，"简直崇拜她走过的每一寸土地"。在林内特的光辉之下，赛蒙真的很难有什么性格，就是一个交了鸿运的穷小子，于是，他对波洛发的那通牢骚："他不想感到被人占有，肉体和灵魂全部被占有。这就是该诅咒的要占有别人的态度！"说起来是针对旧情人杰奎琳，但放在"不可抗拒"的林内特身上似乎更合适。性格最强烈的自然是杰奎琳了，在她这样不利的处境里，是需要有超常的意志力来支持的，而且需要有强大的动机，这两点都证明杰奎琳拥有着巨大的能量，就像《安娜·卡列尼娜》，安娜卧轨自杀之后，渥伦斯基的母亲说的话："这种不要命的热情算什么呢？"波洛早知道这种能量的危险，他一直企图制止这个，他先劝她审时度势，"须知覆水难收。痛苦挽回不了过去"，再劝她从善如流，宁可人负我我不负人，可这些说教在杰奎琳面前，显得软弱无力。小说家奥特波恩夫人自然有着艺术家夸张的个性，可是似乎也过于强调了些，近乎失态；女儿罗莎莉又偏巧格外的敏感，常常为之感到害臊，在这个娇弱的年龄里，很容易受伤，她已经养成易怒的脾气，对什么都不满意，不过看起来，蒂姆对她颇有好感。一无所有的科妮莉亚却是最快乐的人，因为将自己看得很低，所以很知足，贝斯纳医生说得很好，没有"饥饿感"，"灰姑娘"式的运气一般都是选择这样的姑娘，这次也不例外，弗格森先生向她求了婚。阿勒顿太太由于家道中落，手头拮据，但因有良好的教养，所以她保持了理性，能够明辨是非，她甚至有足够的智慧和波洛对话，讨论谋杀——波洛的观点是无论动机如何，谋杀总是不对的，"主宰生死是仁慈的上帝的事情"；阿勒顿太太说："上帝还是要挑选自己的工具"；当波洛指出这想法的危险性，她为谈话作了一个幽默的总结："这次交谈之后，我将怀疑是否还能留下什么人活着！"……卡纳克号游轮便携着这一船人，在尼罗河上启航了。

　　这一时刻，使我想起根据同名小说改编的英国电影《印度之行》。为去往山洞，手忙脚乱地准备多日，终于停当，深夜登上火车，到站天已薄亮，上了骆驼，再向山洞进发。一列驼队蚁似的走在岩壁之下，走入吉凶叵测的命运，气氛陡然肃穆起来。卡纳克号游轮行走在暗淡的尼罗河上，两岸是巨大的石块和圮颓的房屋，古老的水道总是这样，时间积压太多，就好像有幽灵出没。船上的人和故事都显得太新，也太光鲜，犹如旅途中登岸参观寺庙的时候，林内特站在古代埃及君王拉美西斯的雕像底下，仰着脸——阿加莎·克里斯蒂写道："这是一张代表新文明的脸孔，聪明、好奇，不为历史的遗迹所动心。"倒是"灰姑娘"科妮莉亚更了解自己的处境，她说："啊，波洛先生，多美啊！我是说它们这么大，这么安静，看到它们会使人感到自己多么渺小，就像一个小虫……"这其实就是卡纳克号的处境，它无依无傍地走在几千年的河道里，已经无法左右自己的命运，可船上人浑然不觉，只有波洛——我说过，波洛带有先知的成分，他悲观地祈祷："上帝保佑我们平安到达谢拉尔。"

在爱情、财富、珠宝、爵号、埃及文明、国际恐怖事件……奢华的辉映之下，其实还存在着一种极为淳朴的案件，比如，《迟来的报复》，那是由圣玛丽米德村的马普尔小姐侦破的。马普尔小姐际遇的总是这类淳朴的案件，这和她的天性有关，更和圣玛丽米德的传统有关。那里面，大约有着一种万变不离其宗的性质，看起来像是静止固守的，但事实上呢，大千世界总也跳不出它的方寸之间。《迟来的报复》也是关于一种危险的人性，可是绝不像杰奎琳那样有声色、辉煌和响亮，这一种人性要家常得多，属于平庸的生活里的常情。这也很合马普尔小姐的口味，她不像波洛那样喜好奢华。在她维多利亚式的眼睛里，波洛的品味多少有些"口重"了。换一个说法，马普尔小姐趣味老派。

马普尔小姐在圣玛丽米德的新住宅区散步，不小心绊倒了，一个热情的女人照料了她——扶她进门，端上茶点，自来熟地说了自己的故事给她听。这女人，希瑟，使马普尔小姐想起了一个人，希瑟说："希望她是个好人。"马普尔小姐的回答是肯定的："善良，健康，充满活力。"希瑟又问，她会不会有缺点，因为她，希瑟，也有缺点。对一个与自己相象的人，总会有好奇心，就像人喜欢照镜子一样。马普尔小姐诚实地回答道："是的，阿利森——就是那个女人——阿利森总是非常清楚自己的观点，以至于她总是看不到事情在别人那儿会怎么样，或者可能会给别人带来什么影响。"希瑟又饶有兴趣地问："您那位朋友现在在做什么？"马普尔小姐说："她死了。"这有些令人扫兴，可是谁也不会就此以为，这样的平凡的性情，会导致什么真正的悲剧发生。没想到，马普尔小姐一语成谶。就在圣玛丽米德的新居民电影明星玛丽娜·格雷格宅邸里的招待会上，希瑟，在这位她从少女时代膜拜至今的影星跟前，药物中毒死去。她们正在聊着天呢！就像所有崇拜与被崇拜的人之间，一方是热情的称颂，另一方耐住性子，于是多少是陈式化的谦逊和感谢。两边的情感很难说是相等的，可是影迷是不会在意这个的，他们总是急不可待地要将自己的心意表达出来。从某一方面来说，影迷是比明星更加自我为中心的人——对这类人，马普尔小姐还是以那个"阿利森"做样本，一个"阿利森"足够了，她不需太多的材料，无论是多么新鲜时尚的材料，她倒宁可要老旧的材料，老旧的似乎更结实耐用，因为更加本质。马普尔小姐对"阿利森"式的人性——说起来，这只是一种肤浅的人性，可是不妨碍作出深刻的认识——"她是这种人：告诉你她们做了什么，看见什么，感觉到了什么，听见了什么。她们从来不提起别人说了什么，或做了什么。生活就像一条平行轨道——"可是她们当然不是"自私自利"，马普尔小姐已经解释过了，她们只是严重地不关心外界，甚至不关心自身的安危。所以，马普尔小姐认为，希瑟一定是一头撞进了一件危险的事，而毫无觉察。那又是一件什么样的危险事情呢？在场的人都看见她喋喋不休地在讲述那个老掉牙的故事，就是多年前，她如何偷偷从病床上爬起来，在出了疹子的脸上扑了粉，去见玛丽娜·格雷格，而玛丽娜·格雷格却并没有听进去，她的眼光被别的东西吸引了——玛丽娜·格雷格的目光越过希瑟的肩膀，对着墙上的一幅画，画上是一个圣女举着一个婴儿。马普尔小姐在这个细节上停留了一会儿："我不明白一幅画会让她有那样的表情"，班特里太太补充了一句："特别是因为她一定每天都能看见它。"然而，当时的场面如此热闹，人来人往，她也许只是在看一个过路的人。在画底下的楼梯平台上站着的人，至少有八个：市长和夫人，伦敦摄影师，农场主和老婆，美国影星，等等。马普尔小姐的见识依然是淳朴的："明显的怀疑对象老是很正确。"但是她确实还不知道谁是"明显的"，只是有一些令人注目的细节，比如玛丽娜·格雷格的目光，目光所朝向的画，画上的孩子——也许是妇道人家，总是对孩子、妊娠这类事有兴趣。这位影星身边果然有些关于孩子的轶事给人嚼舌头，她唯一的一次生育失败了，生下的是一个低能儿，一直寄养在美国疗养院里。之后，她还领养过两儿一女，但都草草收尾，很快被打发开。总之，她在孩子的事情上不够顺遂。关于育儿，马普尔小姐和所有的乡下老太太一样，有着些琐碎的常识，家中备有大众医学的手册。我想，尤其是在传染病学方面的知识，从科学昌明的维多利亚时代过来的老太太，一定有许多可炫耀的资本。马普尔小姐终于想到，"风疹"。"风疹"特别容易传染，特别是怀孕四个月的妇女，不幸染上的话，就可能生下畸形儿。而所有事发在场的人全都听见了希瑟的故事，带了风疹勇敢前往拜见玛丽娜·格雷格。玛丽娜·格雷格渴望做母亲，就像任何一个乡村妇女，无论她多么美丽、聪明、才华横溢、星运亨通，心，总是淳朴的。

阿加莎·克里斯蒂令人目眩的谋杀案，其实都是由这些简朴的理由生发的。还是那个说法，她就像编织毛线活儿的女工，凭着简单的工具、材料，加上基本针法——于是，杂树生花，万树千树。

2005 年 5 月 29 日　上海

附录

王安忆主要作品出版年表

1993 →《纪实与虚构》（长篇小说），人民文学出版社

1995 →《乌托邦诗篇》（小说集），华艺出版社

1996 →《漂泊的语言》（散文集），作家出版社

《米尼》（长篇小说），作家出版社

1997 →《一个故事的三种讲法》（文论集），明天出版社

1998 →《我爱比尔》（小说集），中国福利会出版社

《心灵世界：王安忆小说讲稿》（文论集），复旦大学出版社

《接近世纪初》（散文集），浙江文艺出版社

《独语》（散文集），湖南文艺出版社

1999 →《王安忆小说选：英汉对照》（小说集），外语教研出版社（英文版）

《王安忆散文》（散文集），华夏出版社

2000 →《米尼》（长篇小说），南海出版社

《剃度》（小说集），南海出版社

《富萍》（长篇小说），湖南文艺出版社

《男人和女人，女人和城市》（散文集），云南人民出版社

《岗上的世纪》（小说集），云南人民出版社

《隐居的时代》（小说集），上海文艺出版社

《妹头》（小说集），南海出版社

《我爱比尔》（小说集），南海出版社

2001 →《三恋》（小说集），浙江文艺出版社

《文工团》（小说集），文化艺术出版社

《窗外与窗里》（散文集），广州出版社

《69届初中生》（长篇小说），北岳文艺出版社

2002 →《隐居的时代》（小说集），上海文艺出版社

《忧伤的年代》（综合集），新世界出版社

《茜纱窗下》（散文集），上海文艺出版社

《小鲍庄》（小说集），上海文艺出版社

《流水三十章》（长篇小说），上海文艺出版社

《岗上的世纪》（小说集），云南人民出版社

《男人和女人，女人和城市》（散文集），云南人民出版社

《王安忆代表作》（综合集），春风文艺出版社

《上种红菱下种藕》（长篇小说），南海出版社

2003 →《桃之夭夭》（小说集），上海文艺出版社

《王安忆说》（文论集），湖南文艺出版社

《闲说中国人续编》（文论集），中国文联出版社

《长恨歌》（长篇小说），南海出版社

《荒山之恋》（小说集），中国文联出版社

2004 →《王安忆中篇小说选》（小说集），上海社会出版社

《长恨歌》（长篇小说），人民文学出版社

《小城之恋》（小说集），中国电影出版社

《荒山之恋》（小说集），中国电影出版社

《锦绣谷之恋》（小说集），中国电影出版社

《我爱比尔》（小说集），中国电影出版社

《叔叔的故事》（小说集），中国电影出版社

《岗上的世纪》（小说集），中国电影出版社

2005 →《富萍》（长篇小说），上海文艺出版社

《小说家的十三堂课》（文论集），上海文艺出版社

《遍地枭雄》（长篇小说），文汇出版社

《街灯底下》（散文集），山东画报出版社

《流逝》（小说集），外文出版社（英文版）

《稻香楼》（小说集），春风文艺出版社

《长恨歌》（长篇小说），人民文学出版社

2006 →《华丽家族》（散文集），合肥九歌（原安徽文艺出版社）

《悲恸之地》（小说集），文汇出版社

《上种红菱下种藕》（长篇小说），文汇出版社

《叔叔的故事》（小说集），人民文学出版社

2007 →《启蒙时代》（长篇小说），人民文学出版社

《王安忆读书笔记》（文论集），新星出版社

《王安忆导修报告》（文论集），新星出版社

2008 →《海上》（小说集），华东师大出版社

《疲惫的都市人》（散文集），中国文联出版社

《窗外与窗里》（散文集），中国文联出版社

《情感的生命》（散文集），中国文联出版社

《谈话录》（文论集），广西师大出版社

《王安忆散文》（散文集），吉林文史出版社

《王安忆小说》（小说集），吉林文史出版社

《王安忆散文（插图珍藏版）》（散文集），人民文学出版社

《长恨歌》（长篇小说），东方出版中心

2009 →《米尼》（长篇小说），云南人民出版社

《小鲍庄》（小说集），花城出版社

《我爱比尔》（小说集），云南人民出版社

《桃之夭夭》（长篇小说），云南人民出版社

《月色撩人》（小说集），云南人民出版社

《王安忆短篇小说编年》（四卷），人民文学出版社

2010 →《骄傲的皮匠》（小说集），海豚出版社

《伤心太平洋》（散文集），黄山书社出版社

《七月在野八月在宇》（散文集），解放军出版社

《妹头》（小说集），云南人民出版社

2011 →《乌托邦诗篇》（小说集），华东师大出版社

《遍地枭雄》（长篇小说），黄山书社出版社

《长恨歌》（长篇小说），黄山书社出版社

《发廊情话》(小说集)，江苏文艺出版社

《天香》(长篇小说)，人民文学出版社

《故事和讲故事》(文论集)，复旦大学出版社

《雅致的结构》(文论集)，上海书店出版社

《流逝》(小说集)，浙江文艺出版社

2012 → 《三恋》(小说集)，重庆出版社

《男人和女人，女人和城市》(散文集)，新星出版社

《姊妹行》(小说集)，上海文艺出版社

《小说课堂》(文论集)，商务印书馆出版社

《空间在时间里流淌》(散文集)，新星出版社

2013 → 《今夜星光灿烂》(散文集)，新星出版社

《放大的时间－我们的小时候》(散文集)，明天出版社

《文革轶事》(小说集)，上海文艺出版社

《香港的情与爱》(小说集)，上海文艺出版社

《面对自己－典藏版》(散文集)，湖南文艺出版社

《王安忆－中国好小说》(小说集)，中国青年出版社

《弟兄们》(小说集)，上海文艺出版社

《岗上的世纪》(小说集)，上海文艺出版社

《文工团》(小说集)，上海文艺出版社

《大刘庄》(小说集)，上海文艺出版社

《爱向虚空茫然中》(小说集)，上海文艺出版社

《悲恸之地》(小说集)，上海文艺出版社

《波特哈根海岸》(散文集)，新星出版社

《剑桥的星空》(散文集)，十月文艺出版社

《麦田物语》(综合集)，人民文学出版社

《上种红菱下种藕》(长篇小说)，云南人民出版社

《众声喧哗》(小说集)，上海文艺出版社

2014 → 《长恨歌》(长篇小说)，北京联合出版有限责任公司

《上种红菱下种藕》(长篇小说)，北京联合出版有限责任公司

《妹头》（小说集），北京联合出版有限责任公司

《我爱比尔》（小说集），北京联合出版有限责任公司

《月色撩人》（小说集），北京联合出版有限责任公司

《桃之夭夭》（小说集），北京联合出版有限责任公司

《长恨歌》（长篇小说），北京联合出版有限责任公司

《安忆六短篇》（小说集），海豚出版社

《临淮关》（小说集），江苏文艺出版社

《小城之恋》（小说集），五洲传播出版社（西班牙文版）

《荒山之恋》（小说集），五洲传播出版社（西班牙文版）

《锦绣谷之恋》（小说集），五洲传播出版社（西班牙文版）

《流水三十章》（长篇小说），人民文学出版社

《王安忆的上海》（散文集），香港生活书店出版社

2015 →《雨，沙沙沙》（小说集），上海文艺出版社

《打一电影名字》（小说集），上海文艺出版社

《黑弄堂》（小说集），上海文艺出版社

《本次列车终点》（小说集），上海文艺出版社

《发廊情话》（小说集），上海文艺出版社

《天仙配》（小说集），上海文艺出版社

《伴你同行》（小说集），上海文艺出版社

《老康回来》（小说集），上海文艺出版社

《王安忆精选集》（小说集），北京燕山出版社

《丰饶与贫瘠》（散文集），上海人民出版社

2016 →《小说家的第十四堂课》（文论集），河南文艺出版社

《富萍》（长篇小说），湖南文艺出版社

《王安忆的上海 – 作家与故乡》（散文集），三联书店出版社

《69 届初中生 – 百年经典》（长篇小说），晨光出版社

《爱情的故事》（小说集），江苏文艺出版社

《匿名》（长篇小说），人民文学出版社